WAT IK OP ZOLDER BEWAAR

J.D. Barker bij Boekerij:

Horen, zien zwijgen
Het vijfde meisje
Vergeef me
De kustmoorden (met James Patterson)
De beller op lijn vier
Oorverdovend (met James Patterson)
Augustus
Jeugdzonde (met James Patterson)
Dracul (met Dacre Stoker)
Het spel
Doodsvonnis (met James Patterson)
Wat ik op zolder bewaar

boekerij.nl

J.D. Barker

WAT IK OP ZOLDER BEWAAR

Vertaald door Jan Pott

ISBN 978-90-492-0748-9
ISBN 978-94-023-2668-0 (e-book)
ISBN 978-90-528-6927-8 (audio)
NUR 330

Oorspronkelijke titel: *Something I Keep Upstairs*
Vertaling: Jan Pott
Omslagontwerp: Domanza, bewerkt door DPS Design & Prepress Studio
Zetwerk: Mat-Zet bv

Voor Sam Reid.
Wat jij hebt beleefd wordt alleen overtroffen
door wat je hebt vastgelegd.

'Een huis wordt pas een huis met geesten
als er iemand in is doodgegaan.'
– Nomen nescio

Ik ben Billy Hasler.

Mijn beste jeugdvriend was David Spivey. Ik heb die naam al elf jaar niet meer hardop uitgesproken. Het is minstens negen jaar geleden dat ik hem voor het laatst heb opgeschreven en het voelt heel dubbel om hem nu aan het papier toe te vertrouwen. Er is me echter gezegd dat ik dat moest doen, dus bij deze. Ze zeggen dat het me goed zal doen, maar ik vraag me eigenlijk af of het niet vooral hún goed zal doen.

Er zijn veel mensen die verwachten dat ik iets voor hen zal afsluiten. Dat is eerlijk gezegd nogal een opgave. Ik heb zelf het verleden nog niet verwerkt.

Er is me verteld dat de spanning alleen maar zal toenemen als ik alles voor me houd, en dat ik dan een dezer dagen…

Kaboem!

Oké, dat is kinderachtig, maar het is wat de dokters zeggen. Dat is wat mijn moeder zegt.

Dat is wat de vrienden die me resten zeggen.

En vooral de politie. Ze zoeken me niet zo vaak meer op als vroeger, maar van tijd tot tijd staan ze op de stoep. Mundie heeft er de brui aan gegeven en Sandy Lomax is al een hele tijd met pensioen, maar dat weerhoudt alle nieuwkomers in ons kleine korps er niet van om bij me aan te bellen.

Hé, ik heb het dossier gelezen en ik vroeg me af of je even tijd hebt om over Chief Whaley te praten, en die pubers…

Dan vertel ik ze precies genoeg om te zorgen dat ze weer vertrekken.

Genoeg om ze duidelijk te maken dat die spons al door veel handen is uitgeknepen en dat er niets meer te halen valt voor hen.

Zelfs dat kleine beetje – een paar woorden hier, een paar woorden daar – voelt als verraad. Het voelt alsof ik Matty, Izzie, Chloe, Kira en zelfs Alesia verraad, alsof ik het pact verraad dat we hebben gesloten, maar vooral alsof ik verraad pleeg naar Spivey toe (iedereen noemde hem Spivey, zelfs zijn moeder, wat ik altijd maar gek vond), omdat we het langst van allemaal vrienden waren en omdat die band het sterkst was. Hij hield stand toen al het andere instortte.

Ik kende Spivey al vanaf mijn vierde. We groeiden allebei op in New Castle, op een klein eiland voor de kust van Maine, bij Portsmouth. Een deel van de oude dorpsweide van het eiland is ingericht als speeltuin en als ik mijn moeder moet geloven, zag ze daar op een goede dag nog een kind van vier met zijn moeder. De twee moeders hadden weinig tijd nodig om ons te koppelen. Als je opgroeit op een eiland waar minder dan negenhonderd mensen wonen, heb je weinig keus als het om vrienden gaat. We zaten samen op de Maude H. Trefethen-basisschool – in een klas met slechts acht andere leerlingen. De hele school telde niet meer dan zevenendertig leerlingen. De wereld werd groter toen we op Rye Middle School en daarna op Portsmouth High School zaten. Die beide scholen stonden aan de andere kant van de brug, op het vasteland, terwijl het van mijn voordeur naar de basisschool zo'n honderd meter was. Op mooie, warme dagen mocht ik van mijn moeder alleen naar school lopen, al vermoed ik dat ze me de eerste jaren wel volgde.

Net als veel andere kustplaatsen in New England is het verleden van New Castle niet iets om trots op te zijn. Ons huis is gebouwd in 1923 en gold als een van de 'nieuwe' huizen. De meeste huizen in de buurt stamden uit de zeventiende of achttiende eeuw, sommige waren nog ouder. Onze lokale toeristische attractie, Fort Stark, kreeg al een eerste cosmetische opknapbeurt in 1808. De New Castle Inn biedt al sinds 1698 reizigers een dak boven het hoofd. De deuren van ons postkantoor gingen voor het eerst open in de zomer van 1864. In het begin was het eiland een kolonie, in turbulentere tijden was het een militair steunpunt, en tussendoor was het een slaperig vissersdorp. Paul Revere is nog eens door New Castle gegaloppeerd aan het begin van de revolutie. Anderhalve kilometer van mijn huis hebben ze een gedenkteken geplaatst.

New Castle is stokoud.

Als je als kind overspoeld wordt met geschiedenis en nostalgie heb je daar weinig ontzag voor. Niet echt. Net zomin als voor het feit dat je op een steenworp afstand van de oceaan woont, of voor het feit dat je buren je bij naam kennen, buren die iedere dag naar je zwaaien en niet wegkijken en in hun eigen bubbel leven – dat soort mensen kwam ik in New York tegen in dat ene jaar dat ik na de vreselijke gebeurtenissen van die ene zomer New Castle probeerde te ontvluchten. Ik denk dat ik daarom ben teruggekomen. Weg van New Castle belandde ik in mijn eigen bubbel en ik kwam er al heel snel achter dat ik geen goed gezelschap was. Toen niet in ieder geval. Ik heb mensen nodig die ik ken, ook al vuurden ze van alle kanten hun vragen op me af.

Ik ben ervan overtuigd dat Spivey en ik geen vrienden zouden zijn geweest als we ergens anders waren opgegroeid. Ik was goed in sport (op mijn zestiende speelde ik al in het schoolteam), het kostte me geen enkele moeite om nieuwe vrienden te vinden en ik had op mijn vijftiende al een vriendinnetje. Spivey bracht veel tijd in zijn eentje door, hij leefde in zijn eigen hoofd en voelde zich daar goed bij. Hij zat het liefste op de rotsen aan de oostkant van de pier van de kustwacht te staren over het water van wat wij, de inwoners van New Castle, Het Rak noemden. Meestal zat hij daar met zijn gitaar – een gehavende Rickenbacker die hij thuis in de schuur had gevonden toen hij negen was, niemand wist hoe het ding daar terecht was gekomen. Meer gezelschap had hij niet nodig. Ik ga niet net doen of ik verstand heb van muziek. Ik ken het verschil niet tussen een G-akkoord en een F-akkoord, maar ik hoor het wel als iets goed klinkt en wat Spivey speelde, klonk altijd goed. Hij was zo iemand die maar één keer iets hoefde te horen om het feilloos na te kunnen tokkelen, alsof hij het al zijn hele leven had gespeeld. Hij zong ook, maar niet als er iemand anders in de buurt was. Je moest hem ongemerkt besluipen om er iets van mee te krijgen, maar ik durf met mijn hand op mijn hart te beweren dat hij minstens zo goed klonk als die jongens die je op de radio hoort. Bij mij thuis (mijn vader deed in vastgoed en mijn moeder was lerares) liep alles op rolletjes. Spiveys vader was een alcoholist die op het schip van een visser uit New Castle werkte. Zijn moeder kon niet van de pillen afblijven. Misschien was dat wel de tweede reden waarom hij zo vaak op de rotsen zat. Spivey leefde ook in een bubbel.

Vanaf de rotsen kon je het huis zien.

Het stond, wit en zwart met een rood dak, op een klein eiland een halve kilometer uit de kust van ons eiland, maar ik had er nooit echt aandacht aan besteed. Net zomin als aan de vuurtorens verder weg of aan het kleine stukje van het kustwachtstation dat je in de bocht van de baai kon zien liggen. Ik weet niet of Spivey met het huis bezig was als hij daar zat. Het zou best kunnen, maar hij praatte er niet over. Hij had me nooit verteld dat zijn grootmoeder daar woonde. Niet tot de dag die ons leven veranderde.

Ik wou dat hij het nooit had verteld.

Er zijn veel dingen die ik heel graag zou terugdraaien.

Dinsdag 22 juni 2010

1

Ik zou op een kalender moeten kijken om je vertellen welke dag het vandaag is, maar dinsdag 22 juni 2010 had net zo goed op mijn hand getatoeeerd kunnen staan. Spivey en ik hadden algebra van meneer Hurley en staarden alleen maar naar de grote wijzer van de klok boven het schoolbord. Ons voorlaatste jaar op school duurde nog een week. We hadden de laatste proefwerken achter de rug (Spivey haalde de hoogste cijfers, terwijl ik er redelijk zeker van was dat ik dit kwartaal gemiddeld een 8 zou halen). Niemand wilde nog in dit lokaal zijn, ook meneer Hurley niet. Hij had zijn voeten op zijn bureau gelegd en zat te bladeren in een oud exemplaar van *Car & Driver*. Spivey zat te tekenen in een schrift, ik wisselde briefjes uit met mijn vriendin Kira Woodward – *ik hou van je. Ik hou nog meer van jou, Billy Hasler. Nee, ik...* – op dat moment had ik nog geen flauw idee of ik werkelijk van haar hield, maar ik vrijde graag met haar en die dag droeg ze een spijkerbroek met afgeknipte pijpen en een wit hemdje dat ik, zonder dat ik er moeite voor hoefde te doen, op de vloer van mijn Volvo zag belanden. Die Volvo was een afdankertje van mijn moeder, die op haar beurt vorig jaar met kerst een nieuwe BMW cadeau had gekregen van mijn vader.

Twee rijen achter me was Rory Moir druk in de weer met het verfrommelen van vellen papier tot een voetbal. Om de minuut vloog er een door de lucht, min of meer in de richting van Spivey. Maar ze haalden het niet. Soms gooide Rory met paperclips, soms schoot hij elastiekjes weg. Spivey had de kunst van het negeren van deze projectielen geperfectioneerd, net zo goed als hij had geleerd om struikelpartijen in de gangen van de school te negeren, of de bloemlezing beledigend taalgebruik die Rory op zijn locker kraste net nadat de conciërges de lockers van een nieuwe laag verf hadden voorzien. Rory had niet meteen een reden om een hekel aan Spivey te hebben, behalve dan dat hij een etter met een enorme plaat voor zijn hersens was – Rory, welteverstaan. Toch had hij halverwege onze tijd op *middle school* Spivey als mikpunt uitgekozen en had hij de afgelopen vijf jaar talloze methoden om te martelen en terreur te plegen geperfectioneerd.

Rory wist maar al te goed dat hij Spivey geen pijn mocht doen. Ik was tien kilo zwaarder dan Rory. Ik was fit omdat ik trainde voor football en hij wist dat ik Spivey te hulp zou schieten als hij ook maar één stap zou zetten over de denkbeeldige grens die we hadden getrokken. Dat betekende niet dat hij geen pogingen ondernam om die grens af te tasten. Ik denk dat ik hem alleen zijn gang liet gaan omdat ik hoopte dat Spivey op een goede dag voor zichzelf zou opkomen. Na vijf jaar moest die dag nog altijd aanbreken en dus speelden we alle drie nog steeds de ons toebedeelde rol.

Voor een deel had ik met Rory te doen en ik denk dat ik hem daarom ook een beetje ruimte gaf. Zijn moeder was ervandoor gegaan toen hij zeven was, zodat hij alleen door zijn vader werd opgevoed. Zijn vader was geen lieverdje. In zijn jeugd had hij evenveel tijd doorgebracht binnen de muren van de Concord Correction-gevangenis als erbuiten en hoewel hij vanaf het moment dat hij alleen verantwoordelijk was voor Rory niet meer achter de tralies had gezeten, was dat niet omdat hij zijn leven had gebeterd.

Hij was talloze malen aangehouden voor rijden onder invloed en werd meermaals verdacht van inbraak, maar al die aanklachten verdwenen als sneeuw voor de zon. Voor een deel was dat pure mazzel, maar het hielp ook dat drie neven die bij de politie van Portsmouth werkten best bereid waren een oogje dicht te knijpen of even met iemand te bellen als ze zijn naam zagen staan op de incidentenlijst. Hij doet zijn best, zeiden ze dan. Alleenstaande vader. Het is zo moeilijk om werk te vinden – er zijn ieder jaar minder vissersboten. Weet jij nog iemand die een goede dekknecht nodig heeft? Als hij maar werk heeft, dan redt hij het wel. En al helemaal als hij voor dat werk de zee op moet, uit de buurt van de Lobster Tail Tavern in de stad. Geef hem een kans. Op zijn minst voor dat joch.

Rory lanceerde een volgende voetbal, die Spivey op zijn linkervoet raakte. Klootzak.

Hij wist dat Spivey leukemie had (nu in remissie) en zelfs dat was voor hem geen reden het een beetje kalmer aan te doen. Ik zou hem graag een oplawaai hebben verkocht met een van mijn schoolboeken. Spivey zou de eerste zijn die tegen je zou zeggen dat je hem niet anders dan anders mocht behandelen vanwege al die shit, maar toch zat het me dwars.

We schrokken allemaal toen er op de deur werd geklopt. Ook meneer Hurley, die bijna van zijn stoel viel bij een poging zijn beide voeten weer op de vloer te krijgen. Hij ging rechtop zitten toen de deur openging. Rector Wilson gebaarde hem even mee te komen op de gang. Wij gingen met z'n allen rechtop zitten toen we achter de rector Chief Whaley zagen staan.

Iemand van de politie in de school was altijd slecht nieuws. Voor iedereen in de klas uit New Castle kwam het nog veel harder aan, omdat Whaley de trip naar Portsmouth alleen zou maken als het om zaken ging die met het eiland te maken hadden.

Toen de deur achter Hurley dichtging, keek ik snel de klas rond. We waren maar met z'n vijven uit New Castle. Matthew Fernandez (voor ons 'Matty') gedroeg zich bepaald nerveus. Chloe Kittle ook. Kira staarde naar mij en als Spivey de moeite had genomen om op te kijken zou er amper iets tot hem zijn doorgedrongen, want hij was veel te geboeid bezig iets heel ingewikkelds te tekenen dat nog het meest op een sok leek. Ik draaide me om naar Matty en trok mijn wenkbrauwen op. Hij haalde zijn schouders op, stak om vooral niet al te aardig te zijn, zijn middelvinger op en richtte zijn blik weer op de deur.

Die ging een minuut later weer open. Hurley keek de klas in. 'Spivey? Pak je spullen bij elkaar en kom even op de gang als je wilt.'

Zevenentwintig paar ogen schoten gelijktijdig in de richting van mijn vriend. Uit een aantal monden klonk een *aah* of een *ooh*. Iemand begon de tune 'Bad Boys' uit een oude politieserie te neuriën.

'Heb je weer achter de katten aan gezeten, Spivey?' vroeg Rory.

Een paar klasgenoten lachten plichtmatig. Het leidde niet tot het lachsalvo waarop Rory had gehoopt.

Spivey keek op van wat hij dan ook aan het tekenen was. 'Kom ik straks nog terug? Ik rij mee met Billy.'

'Dat wordt genieten,' mompelde Rory hardop.

De woeste blik die ik hem toewierp snoerde hem de mond voordat hij een vunzige opmerking kon maken.

Chief Whaley verscheen in de deuropening en zocht mij met zijn ogen. 'Dan jij ook, Hasler. Kom op, nu.'

Ik voelde een knoop in mijn maag die langzaamaan strakker werd getrokken en begon op mijn vingers alles af te tikken wat ik de laatste tijd had gedaan wat niet mocht. Dat was heel wat, maar er was niets bij wat een spektakel als dit rechtvaardigde. Ik kon me niet herinneren dat er tijdens mijn zeventien jaar in deze wereld ooit een scholier uit de klas was geplukt door de politie. Whaley had me een keer thuis opgezocht toen hij had gehoord dat ik met een paar anderen wiet had zitten roken bij het fort, maar zelfs toen had hij niet met mijn ouders gepraat. Hij had me alleen even snel bestraffend toegesproken op de oprit en was daarna met zijn patrouillewagen doorgereden.

Ik hield mezelf voor dat dit niet om mij maar om Spivey ging. Spivey deed nooit iets wat niet mocht en dat moest betekenen dat er iets ergs was gebeurd. Toen ik mijn rugzak pakte en achter hem aan de klas uit liep, hield Kira duim en wijsvinger langs haar gezicht, van oor tot mond. *Bel me.* Haar mondhoek plooide zich in een ondeugende krul en ik kreeg het plotseling een beetje warm. Ik kon een glimlach niet onderdrukken. Ja... misschien hield ik toch wel van haar.

2

Met een achterdochtige blik op Spivey gericht stapte meneer Hurley terug het lokaal in en trok hij de deur achter zich dicht. De rector deed een stap opzij, zodat hij voor het raampje in de deur kwam te staan en het uitzicht voor iedereen in het lokaal belemmerde, een manoeuvre die hij in de loop der jaren had geperfectioneerd.

Chief Whaley legde een hand op Spiveys schouder. Chief Whaley was al zolang ik me kon herinneren hoofd van de politie. Hij won de verkiezingen steeds opnieuw met het grootste gemak. Hij was groot van postuur, bijna een meter negentig, en hij woog misschien wel tegen de honderd kilo. In de jaren tachtig had hij football gespeeld op Portsmouth High. In de prijzenkast bij de sportzaal stonden meerdere bekers waarop zijn naam prijkte. Hij was *wide receiver* en het record voor de meeste succesvolle meters in één seizoen stond nog altijd op zijn naam. Hij kreeg moeiteloos een beurs voor Plymouth State University, dat wist ik wel, ik weet alleen niet waarom en wanneer hij is gestopt met spelen. In de loop der jaren was het allemaal een beetje slapper geworden, maar wat je zag was nog altijd vooral spieren, geen vet. Zijn bruine haar dat grijsde aan de slapen was kortgeknipt, maar hij verschilde nog niet zoveel van zijn evenbeeld op oude foto's.

Spivey probeerde zich groot te houden, maar zijn onderlip trilde. 'Is er iets met mijn moeder?' Hij gooide het eruit voordat Chief Whaley ook maar iets kon zeggen.

Nog geen twee jaar geleden had Spiveys moeder een overdosis fentanyl geslikt. Spivey had haar gevonden, onderuitgezakt in een luie stoel in de woonkamer, in haar eigen stinkende pis. Het oorverdovende gekakel van een talkshow vulde de kamer. Er lagen nog eens negen pillen keurig op een rijtje klaar op het tafeltje naast de stoel, maar meer dan de drie die ze had geslikt, weggespoeld met Jack Daniel's, had ze niet nodig gehad. Hij had het alarmnummer gebeld en haar hand vastgehouden in de ambulance. In het ziekenhuis hadden ze haar maag leeggepompt, haar een paar injecties gegeven en een infuus aangelegd met een of ander magisch brouwsel – een paar uur later praatte ze al weer alsof er niets was gebeurd. Spiveys vader was op zee geweest met een kreeftenvisser en toen hij terugkeerde aan wal, leek de geslonken inhoud van de fles Jack Daniel's hem meer te deren dan haar lot. Het was niet haar eerste ritje naar het ziekenhuis geweest. Spivey had in de koelkast nog een lading verstopte pillen gevonden. Hij had ze weggegooid, de luie stoel zo goed mogelijk schoongeschrobd en de kamer opgeruimd in afwachting van een volgende keer. Niemand koesterde de illusie dat er geen volgende keer zou komen.

Ik keek naar de grond. Als Spivey verwachtte dat het zo'n gesprek zou worden, wilde ik er geen getuige van zijn.

Chief Whaley sprak zacht. 'Je ouders zijn niet thuis, jongen. Ik ben bij hen langsgegaan voordat ik hiernaartoe kwam. Weet jij waar ze zijn?'

Spivey schudde zijn hoofd.

'Maar je vader is wel aan wal, toch?'

'Hij is de laatste tijd meegevaren met Milligan. Ze zijn eergisteren weer thuisgekomen. Ik geloof dat ze maandag pas weer de zee op gaan.' Chief Whaley en ik keken elkaar even veelbetekenend aan. We wisten allebei wat dat betekende voor Spiveys vader. De kans was groot dat hij bij iemand op de bank zijn roes lag uit te slapen. Ik kon zo een paar mogelijke adressen noemen. Chief Whaley ongetwijfeld ook. Het zou me niet verbazen als hij al hier en daar had gekeken voordat hij naar de school reed.

Chief Whaley verplaatste zijn gewicht van zijn ene naar zijn andere been. 'Wanneer heb je je grootmoeder voor het laatst gesproken?'

'Mijn grootmoeder?'

Chief Whaley knikte. 'Geraldine Rote.'

Ik dacht dat ik alles van Spivey wist, maar die naam had ik nog nooit gehoord.

'Wie?'

'Geraldine Rote,' zei Chief Whaley. 'De moeder van je moeder.'

Spivey leek even niet te begrijpen wat Chief Whaley zei, toen werd het hem duidelijk. 'Goh, ja, misschien was ik acht of zo toen ze met Thanksgiving bij ons langskwam. Ze bleef een uur en het was allemaal heel ongemakkelijk. Niemand zei iets. Ik denk dat ze eten had meegebracht, want mijn moeder kan niet zo goed koken en ik kan me die kalkoen nog steeds herinneren.' Hij keek op naar Chief Whaley. 'Heet ze zo? Geraldine?'

Chief Whaley leek even na te denken en vervolgens zorgvuldig zijn woorden te kiezen. 'Zou je haar herkennen?'

Spivey keek naar mij alsof hij verwachtte dat ik het antwoord zou weten. Ik haalde mijn schouders op. Toen zei hij: 'Ik weet het niet. Misschien. Het is lang geleden.'

De rector, die al die tijd had gezwegen, besloot dat het nu tijd werd om zich ermee te bemoeien. 'Wat is er aan de hand, Chief?'

Whaley zuchtte. 'We zitten met een dode vrouw in Henry's Market. Ze kwam tegen het einde van het lunchuur binnen, bestelde een kop koffie en een bagel en overleed aan haar tafeltje. De lijkschouwer denkt dat het een herseninfarct is geweest, maar dat weten we pas met zekerheid na de autopsie. Wat het ook mag zijn geweest, het ging snel. Het ene moment zat ze uit het raam te kijken en het volgende moment was ze dood. Ze had geen portemonnee bij zich en niets waaruit bleek wie ze was. Ralph Pack was er ook toen ze binnenkwam en hij dacht dat het misschien Geraldine was, maar dat weet hij niet zeker. Hij had haar al heel lang niet meer gezien. Maar hij dacht wel dat zij het was.'

Hij haalde zijn telefoon uit zijn zak en scrolde langs een aantal beelden. 'Denk je dat je me zou kunnen vertellen of zij het is als ik je een foto laat zien?'

De rector verstijfde. Met strakgetrokken lippen zei hij: 'Hij is minderjarig, Chief. Misschien moet je eerst zijn moeder opzoeken.'

Chief Whaley bleef Spivey aankijken. 'Als je dit niet wilt, begrijp ik het, jongen.'

Spivey knikte nerveus. 'Over een maand word ik achttien. Het is goed, laat maar zien.'

Het leek alsof de rector opnieuw wilde protesteren, maar hij zei niets.

Chief Whaley draaide het scherm van zijn telefoon naar ons toe. Ik boog iets voorover om beter te kunnen kijken.

De vrouw had toegeknepen ogen achter een bril met een dun zilverkleurig stalen montuur. Haar grijze haar was lang voor een vrouw van haar leeftijd. Ze had het bijeengebonden in een paardenstaart. En ze droeg een beige trui. Toen ik de foto zag, gingen er twee dingen door me heen. Ik dacht meteen: ik kijk naar een dode vrouw. Maar ik dacht waarschijnlijk ook in grote lijnen hetzelfde als Spivey – de drugs die zijn moeder had gebruikt, het harde leven waaraan ze haar lijf had blootgesteld, hadden haar vroeg oud gemaakt. Ze zag er veel ouder uit dan zevenendertig. Maar de vrouw op de foto moest precies het tegenovergestelde hebben gedaan in haar leven, want ze zag er een stuk jonger uit dan ze in werkelijkheid waarschijnlijk was. Als je het grijze haar zou vervangen door bruin en je de rimpels om haar ogen en mond zou wegpoetsen, had ze een zus kunnen zijn van Spiveys moeder. Ik twijfelde er niet aan dat dit Spiveys grootmoeder was en afgaande op de manier waarop Spiveys mond openzakte, deed hij dat evenmin.

Chief Whaley zag het ook. Hij frommelde de telefoon weer in zijn broekzak en vroeg me: 'Kun jij hem een lift naar huis geven en me opbellen als zijn moeder zich laat zien?'

Ik stond op het punt te antwoorden toen mijn eigen telefoon ging. Mijn vader.

Ik stak een vinger omhoog en nam het gesprek aan. 'Hé pap, ik...'

'Ik wil dat je nu naar mijn kantoor komt, nu meteen. Geef me je leraar maar aan de telefoon als hij bezwaar maakt. Maar doe het nu.'

'Chief Whaley is hier en hij heeft me gevraagd om...'

'Nu. Het is belangrijk.'

Voordat ik kon reageren had hij opgehangen. Iedereen staarde me aan.

3

Het vastgoedkantoor van mijn vader lag op de derde verdieping van het Leland-gebouw in het centrum van Portsmouth, aan Bow Street, met uitzicht over de rivier de Piscataqua. Ik parkeerde in de garage en nam de lift omhoog. Toen de deur van de lift openschoof, keek mevrouw Atkinson op van haar bureau in de lobby. Ze glimlachte. 'Hé Billy.'

Mevrouw Atkinson was begin veertig, slank, en gekleed in een witte blouse en een grijs broekpak. Ze werkte al zo lang voor mijn vader als ik me kon herinneren. In het begin in iets met twee vertrekken dat amper een kantoor mocht heten en daarna in het veel ruimere kantoor tegenover Citizen's Bank. Drie jaar geleden, toen mijn vader zich meer ging bezighouden met bedrijfspanden, waren ze verhuisd naar het Leland-gebouw.

'Ik moest me melden.'

'Dat heeft hij me verteld.' Ze knikte naar de openstaande deur achter haar. 'Ga maar naar binnen. Hij zit op je te wachten.'

Mijn vader stond bij het grote raam achter in zijn kantoor. Hij keek naar het water met zijn telefoon tegen zijn oor. Ik deed de deur dicht en ging voorzichtig, zo stil mogelijk, in een van de grote leren stoelen voor zijn mahoniehouten bureau zitten.

'... moet ik met de bouwinspectie gaan praten? Als de stichting aan de wet voldoet, zie ik niet in hoe hij aanvullende eisen kan stellen. Dat is nu juist de bedoeling van de wet. Voor zover ik weet hoeven we ons niet in esoterische teksten te verdiepen. We houden ons gewoon aan de wet. Als we Stan erbij halen en er bestemmingsplannen in het geding komen, verliezen we enorm veel tijd. Heeft hij er eigenlijk wel een idee van hoeveel geld ons dat gaat kosten? We zouden mensen moeten ontslaan. Daar valt niet aan te ontkomen.'

Ik zag zijn glimlachende gezicht weerspiegeld in het raam. Hij heeft me eens verteld dat je altijd moet glimlachen als je aan de telefoon bent. Het maakt niet uit dat degene met wie je spreekt je niet kan zien, je moet altijd glimlachen want dat werkt door in je stemgeluid. Dat was, zeker nu, je reinste flauwekul, want je kon horen dat hij kwaad was.

'Ga zelf nog eens met hem praten. Hij mag jou. We kunnen nog vierentwintig uur lief en aardig blijven doen. Niet langer. Als je dit morgen nog niet hebt opgelost, moeten we overstappen op een plan B. Alle onderaannemers staan klaar om aan het werk te gaan. Misschien kunnen we nog drie dagen schuiven met van alles en nog wat, maar daarna dondert alles als een kaartenhuis in elkaar. Ik weet niet hoe jij erover denkt, maar ik heb geen zin om die rotzooi op te ruimen. We kunnen net zo goed meteen de winst in de fik steken. Bel me terug als je met hem hebt gesproken.'

De hand waarmee hij de telefoon vasthield ging naar beneden. Hij keek nog even uit het raam en draaide zich toen om om de telefoon weer op de haak te leggen. Hij haalde een keer diep adem en liet zich toen tegenover mij op zijn stoel achter het bureau vallen, zonder dat zijn glimlach ook maar een seconde verslapte. 'En ik dacht nog wel dat het vandaag lekker rustig zou blijven. Hoe gaat het met jou, jongen?'

Ik stond op het punt hem te vertellen dat Spiveys grootmoeder, die hij helemaal niet kende, was overleden, toen ik besefte dat hij dat al wist. Ik had geen flauw idee hoe hij dat te weten was gekomen, maar hij wist het. Natuurlijk wist hij het. Wat hij meteen daarna zei, bevestigde dat.

'Hoc gaat het met Spivey?'

'Ik... ik weet het niet. Hij hoorde het net voordat je belde. Whaley heeft hem een lift naar huis gegeven. Hoe wist jij...?'

Hij wapperde met een hand. 'Ik lig altijd met één oor op de grond te luisteren. Dat weet je. En de rest van de familie? Zijn moeder?'

Mijn vader is opgegroeid in New Castle en zat samen met Spiveys moeder op school. Het gerucht gaat dat ze in het voorlaatste jaar op de highschool iets met elkaar hadden, maar mijn vader had daar nooit iets over gezegd. Ik had ook gehoord dat hij Spiveys vader de schuld gaf van haar drugsprobleem (ze had Spiveys vader in het laatste jaar van de highschool leren kennen), maar daar praatte hij ook niet over. Ik wist wel dat ze een mooie beurs om te studeren aan de UNH had afgewezen, en ik neem aan dat dat ook de schuld was van Spiveys vader. Pa was niet de enige die zijn oor weleens op de grond te luisteren legde.

Hij trok een la van zijn bureau open, haalde er een visitekaartje uit en schoof dat over zijn bureau naar me toe.

Ik bekeek het kaartje. 'Ik weet hoe ik je kan bereiken, pa.'

'Het is niet voor jou. Het is voor Spivey.'

'Voor Spivey? Waarom?'

Hij gaf geen antwoord. Hij keek me alleen aan met een glimlach op zijn gezicht. Ik deed geen moeite om het kaartje op te pakken.

'Wat weet je allemaal?'

Hij ging verzitten.

'Ik weet dat Pam en haar man absoluut niet opgewassen zijn tegen wat ze allemaal te wachten staat. Wist je dat ze de laatste keer dat Spivey ziek was een tweede hypotheek hebben genomen? Ze hebben telkens weer de grootste moeite om het einde van de maand te halen. Dat is ongelukkig, maar het is wat het is. Het kleine beetje geld dat Keith mee naar huis brengt met zijn werk op de vissersboten, is amper genoeg om de belasting en de rekeningen voor ziektekosten en energie te betalen. De rest zuipt hij op. Door die tweede hypotheek staat het water ze aan de lippen. Het huis is meer van de bank dan van hen op dit moment. Als de winter komt en de olieprijzen gaan omhoog… en er komt geen extra geld meer binnen… zullen ze overal moeten zoeken naar iets om zich aan vast te klampen.'

O, dat weer. Mijn vader had een paar jaar geleden een poging gedaan hun huis te kopen, maar Spiveys vader had hem nul op het rekest gegeven. Hij had geweigerd te verkopen. Jaren geleden was New Castle niets dan een vissersdorp en een paar boerderijen geweest. Alles met geld had zich geconcentreerd in Portsmouth en nog een paar steden in de regio, niet op het eiland. Dat veranderde toen de belastingen in Californië de pan uit rezen en de mensen daar op zoek gingen naar een plek in andere staten om aan het water te wonen. Omdat in New Hampshire geen inkomstenbelasting werd geheven, werd de staat razend populair. De kopers kwamen in horden naar ons kleine eiland. De prijzen schoten omhoog. Het huis aan Murdoch was al generaties lang van de Spiveys. Spiveys vader had, wanneer zich ook maar een mogelijkheid voordeed, geld uit het pand gezogen, eerst om voor zichzelf een vissersboot te kopen (die sinds de motor het in 2003 had begeven niet meer was uitgevaren), en daarna om het 72-voets schip van Milligan aan de gang te houden. Niet als een lening die iets moest opleveren, een beetje rente of zo, maar met een onderhandse afspraak en de zekerheid dat Harry Milligan het geld nooit zou terugbetalen. Nog eens een beetje voor rekeningen, energie en wie weet voor wat nog meer… Het was iets waarover bij ons thuis aan tafel tijdens het avondeten werd gepraat.

De Spiveys hadden achterover kunnen leunen en hun hand kunnen ophouden om te incasseren. In plaats daarvan had Keith Spivey al het geld tot op de laatste cent uit het huis gezogen en Pam had hem niet tegengehouden. Hoewel mijn vader er niets mee te maken had, ben ik ervan overtuigd dat hij alles ergens in een spreadsheet had staan en waarschijnlijk beter op de hoogte was van de financiële situatie van de Spiveys dan zijzelf. Hij stond klaar om erin te duiken, de schulden bij de bank af te lossen, nog een beetje extra zakgeld in de portemonnee van de Spiveys te stoppen en op de plaats van hun huis een patserige villa te bouwen. De Spiveys zouden er weinig aan overhouden, misschien net genoeg om nog een jaar van te leven, maar hij zou er een mooie winst mee maken. Dat was het enige wat voor hem telde. Ik weet wel dat pa voor ons de rekeningen betaalde, maar daarom hoefde ik dat nog niet leuk te vinden.

'Waarom bel je hem niet zelf?' vroeg ik. 'Ik wil hier niet bij betrokken raken.'

Hij reikte over zijn bureau en schoof het kaartje nog verder naar me toe. 'Ik probeer alleen maar te helpen.'

Ik bleef hem nog even aankijken, pakte toen het visitekaartje en stopte het in mijn broekzak. Ik was niet van plan om het aan wie dan ook te geven, maar ik wist dat hij me pas met rust zou laten als ik had toegezegd om mee te werken.

Ik wilde naar Spivey toe.

'Zo ken ik je weer.'

Ik ging staan. 'Mag ik nu weg?'

'Doe David de hartelijke groeten. En Pam en Keith ook.'

Dat deed er allemaal niet meer toe. Tegen de tijd dat ik bij Spivey voor de deur stond, was het huis verlaten, de pick-up van zijn vader was weg. Ik zou Spivey drie dagen niet meer zien en toen hij eindelijk weer opdook, had de timing niet beroerder kunnen zijn.

Vrijdag 25 juni 2010

1

Chief Whaley zat achter zijn bureau in het krap bemeten kantoortje in het politiebureau van New Castle en pakte de dossiermap aan die Sandy Lomax hem gaf. Hij woog hem op zijn hand. Nogal licht, dat viel niet te ontkennen. 'Is dit alles wat je kon vinden?'

Sandy haalde haar schouders op. 'Geraldine Rote is nooit meer van die rots afgekomen sinds ze een kind was. Ik heb er links en rechts naar gevraagd, maar de meeste mensen op het eiland wisten niet eens wie ze was. Alleen een paar oudjes, maar die hadden niet veel zin om over haar te praten. Voor zover ik kan nagaan, was ze een kluizenaar die daar helemaal in haar eentje woonde. In de dossiers is ook niet veel over haar terug te vinden, niet meer dan een paar aantekeningen van een aantal jaren geleden.' Ze knikte naar de map en streek een verdwaalde lok haar van haar gezicht achter haar oor. 'Heb je me vanavond nog voor iets anders nodig?'

Whaley liet de map op zijn bureau vallen. 'Belangrijk afspraakje?'

'Een diepvriesmaaltijd, de finale van *Idols* en ik heb afgesproken dat ik de buurvrouw zou helpen haar haar bij te kleuren om het grijs weg te werken. Een avond waar ik al jaren naar heb uitgekeken.'

Whaley tuurde naar de klok in de gang, maar kon niet zien hoe laat het was.

'Half acht,' zei Sandy. 'Als ik jou was, zou ik ook maar eens naar huis gaan, anders krijg je van Mary ook alleen nog maar diepvriesvoer.'

Zijn vrouw staarde hem aan vanaf de ingelijste foto die op een hoek van zijn bureau stond. Hij zag haar voor zich, ongeduldig met haar voet op de vloer tikkend, terwijl ze hem vertelde dat Sandy er helemaal niet zo ver naast zat. Een ingelijste foto van zijn broer stond naast die van Mary. Hij had dezelfde, ietwat onnozele blik in zijn ogen als altijd. Hij was aan taaislijmziekte overleden toen ze allebei nog klein waren. Er ging geen dag voorbij dat hij niet aan zijn broer dacht.

'Ik ga zo,' zci Whaley, meer tegen de beide foto's dan tegen Sandy. Hij legde de dossiermap met de goede kant naar boven voor zich en sloeg hem open. 'Als ik hier doorheen ben.'

'O, o ja,' zei Sandy. 'Tot morgen, Chief.'

Chief Whaley wachtte tot de deur aan het einde van de gang naar het halletje achter haar was dichtgevallen voordat hij zich concentreerde op wat Sandy voor hem had gevonden.

Er was een trouwakte – Geraldine Louise Walton was in de echt verbonden met Lester Herbert Rote door rechter Bloomfield, met Lucinda Marchant als getuige. Lucinda werkte al op het stadhuis toen de meeste wegen in de omgeving nog onverhard waren. Ze was iets meer dan twintig jaar geleden overleden in een verzorgingstehuis in Exeter. Whaley had haar nooit gekend, maar haar naam dook op veel documenten op. Rechtbankhuwelijken. Destijds niet ongebruikelijk. Hij sloeg het vel papier om en keek naar het tweede document.

Het was het formulier waarop Geraldine Rote de vermissing van haar dochter Pamela Rote twintig jaar geleden had aangegeven. Haar dochter Pamela Rote die nu Pamela Spivey heette. Whaley zocht de geboortedatum op en rekende terug. Ze moet toen zeventien zijn geweest. Geraldine had om 1.34 uur 's nachts het politiebureau gebeld omdat haar dochter werd vermist. Onderaan op het formulier stond een aantekening gekrabbeld.

Aangetroffen met Keith Spivey bij de brug van 1B, met ingepakte tassen. Bezig weg te lopen? Door GR afgehaald op het bureau. Gesloten om 3.27 uur.

Dat was niet bepaald wereldnieuws. Of het nu verstandig was geweest of niet, uiteindelijk was ze met die jongen getrouwd.

Onverstandig, dacht hij. En het was van kwaad tot erger gegaan.

Daar viel niet aan te twijfelen.

Het derde en laatste vel papier in de map was misschien het begin daarvan geweest. Het was een kopie van een straatverbod dat Geraldine tegen haar eigen dochter en een aantal andere jongeren had geëist, ondertekend door een rechter in Rockingham County, zo'n drie jaar na de aangifte van de vermissing. Het werd Pam verboden om zich binnen een straal van 150 meter van haar moeder, en specifiek van haar woning, te bevinden. Het verbod gold ook voor Keith Spivey, Ted Hasler en iemand die Laura Dubin heette.

Whaley wist dat Pam en Keith meteen na de highschool waren getrouwd en in eerste instantie dacht hij dat het daarom ging, dat Geraldine niet gelukkig was met de keuze van haar dochter, maar nee, dat klopte niet met de datums van een en ander. Pam was twintig toen haar moeder het straatverbod had geëist en was al meer dan twee jaar getrouwd. Opnieuw rekende Whaley terug en toen ging er een lampje branden. Geraldine had het straatverbod niet geëist toen haar dochter trouwde, maar toen ze een kind kreeg.

Daar dacht Whaley even over na. Hij probeerde een reden te bedenken waarom een grootmoeder haar eigen kleinkind niet zou willen zien, maar zijn vermoeide brein kon niets verzinnen. Al helemaal niets wat kon verklaren waarom het verbod ook gold voor Ted Hasler en die andere vrouw.

Zijn blik viel op de naam van de advocaat die het verbod had opgesteld. Hij tikte erop met zijn pen en omcirkelde de naam vervolgens – Lockwood Marston. Dit was al de tweede keer in drie dagen dat hij die naam tegenkwam. De eerste keer was bij Henry's Market geweest toen Geraldine overleed.

2

Kira kon iets speciaals met haar handen. Ik wist niet zo goed waar ze dat had geleerd (in het cheerleaderkamp, zei ik tegen mezelf – een stelletje meiden in een schaars verlichte blokhut die ervaringen, tips en trucjes uitwisselen. Dezelfde schaars verlichte blokhut waar ze tongzoenen oefenden en heel in het algemeen vertrouwd raakten met hoe meisjes en vrouwen seks beleven – alles afgewisseld met kussengevechten en lange gezamenlijke sessies onder de douche). Waarschijnlijk was het iets wat haar vorige vriendje haar had gevraagd te doen of iets wat ze in een pornofilm had gezien. Hoe dan ook, ze kon het verdomd goed en ik zakte iets verder onderuit op de achterbank van mijn auto.

De zon was een uur eerder ondergegaan, de halve maan hing boven ons. We hadden de auto geparkeerd op de voor de brandweer gereserveerde ventweg aan het einde van Ocean Street, pal onder het bord met het parkeerverbod. Net iets hoger dan de rotspartijen die het strand afsloten, meteen bij het pad omlaag naar het strand. Dat was de plek waar we bijna altijd parkeerden. Ik had de afgelopen twintig minuten besteed aan een strategische manoeuvre met mijn hand omhoog onder Kira's shirt en bh, terwijl zij die truc met haar hand deed. We zoenden en haar hart ging bijna net zo hard tekeer als het mijne. We produceerden zoveel hitte dat de ramen van de auto beslagen raakten. Het had er alle schijn van dat het een geweldige avond zou worden.

Kira maakte haar lippen los van de mijne. 'Heb je zin om te gaan zwemmen?'

Ik sloot mijn hand om haar borst en voelde de tepel tegen mijn handpalm. 'Ik heb het hier prima naar mijn zin.'

Ze kneep me even fijntjes en kuste mijn oorlel. 'Ik denk dat ik wil zwemmen.'

'Het water is waarschijnlijk koud.' Ik zocht de sluiting van haar spijkerbroek, knoopte hem los en liet mijn hand verder omlaagglijden. Ze had iets onduidelijk zijdeachtigs aan als ondergoed. Dat moest misschien nader onderzocht worden.

'Er is daar helemaal niemand,' fluisterde ze. Met haar tong verkende ze dat ene plekje achter mijn oor. Haar hand bewoog iets sneller. 'We hebben het hele strand voor ons alleen. We zouden het op de rotsen kunnen doen. De oceaanlucht. De golven die om ons heen stukslaan...'

Dat was niet eerlijk. Ze wist hoeveel ik van de rotsen houd.

Voordat ik kon reageren had Kira het portier opengegooid en was ze uit de auto gesprongen. Ze wierp een snelle blik op de lege weg achter ons, grijnsde ondeugend, trok toen in één beweging haar shirt over haar hoofd en liet het op de grond vallen. Ondertussen liep ze achteruit het pad op naar het strand. Ze trok hinkend haar spijkerbroek uit en bleef net lang genoeg in het maanlicht stilstaan om mij zo ongeveer uit de auto te zien rollen en de jacht op haar in te zetten. Toen verdween ze lachend langs de helling naar beneden. Haar donkere haar wapperde in de wind.

Ah... Hoe mooi ik haar ook vond, ik denk dat het haar lach was die me het meeste trof. Haar stem was als een zachte deken, iets waarmee ik me wilde omwikkelen. Haar gevoel voor humor. Ze luisterde als ik iets kwijt moest en wist altijd precies dat te zeggen wat ik dan nodig had. Bij andere meisjes met wie ik iets had gehad, leek het soms wel een vervelende verplichting om met ze op te trekken. Daar moest ik dan mijn best voor doen. Bij Kira ging het vanzelf. Bij Kira schrijnde het als ze er niet was.

Ik vond haar bh en slip op het strand en tegen de tijd dat ik haar weer in het oog kreeg, stond ze tot haar middel in het water met haar armen om zich heen geslagen. 'O, het is koud!'

Dat kon me op dat moment niet meer zoveel schelen. Als het moest had ik me een weg door ijs geklauwd om bij haar te komen. Ik worstelde me onhandig huppelend en struikelend uit mijn kleren, bukte bij de waterkant en spetterde haar nat.

'Klier!' Kira schuifelde dieper het water in dat nu tot haar schouders kwam. Ze zette zich af op de zandbodem, schoot omhoog uit het water en liet zich achterovervallen. Ze spartelde een paar keer heftig met haar benen en besproeide me met een regen van ijskoud water voordat ze helemaal onder het oppervlak verdween.

Zwemmen in de zee voor de kust van New Hampshire kon je het best beschrijven als een poging te overleven. Het water werd nooit warmer dan vijftien, zestien graden. Als je je niet bewoog, werd het ademhalen steeds moeilijker en werden je benen twee van die onhandige, lompe dingen die je alleen maar naar beneden trokken. In feite was het water druk bezig je in een kalm tempo te vermoorden. Ik wist maar al te goed dat ik niet stil moest blijven staan. Ik stampte door het water naar waar Kira was verdwenen, trok moeizaam mijn benen onder me vandaan en liet me als een kei omlaagzakken in het water. Ik liet het ijskoude water me opnemen, een onderdompeling even wreed als het losrukken van een pleister. Het werd stil, gedempt. Ik kwam weer omhoog en stak mijn hoofd boven water, net op het moment dat een schuimende golf me bereikte. Ik kreeg zout water in mijn ogen en longen, hoestte en knipperde het weer weg en keek om me heen waar Kira was. Ik zag haar niet, maar dat was niets om bang van te worden. Kira was de nummer één van het zwemteam van de school, al jaren. Ze had in de county het record op de tweehonderd meter stevig in handen.

Ik weet niet hoe het haar lukte achter me te komen, maar ik voelde ineens haar warmte tegen mijn rug en haar handen op mijn schouders. Ik draaide me om en voelde haar lippen op de mijne. Ze sloeg haar benen om me heen en trok me stevig tegen zich aan. Ik waadde door het water naar onze lievelingsrots, een van de grote afgesleten blokken graniet, zwart en glanzend. Ik tilde haar op uit het water, zette haar op de steen en kon alleen maar naar haar staren. Ze moest het mooiste wezen zijn dat ooit op deze planeet had geleefd, elke ronding even perfect. Ze had kippenvel, druppels rolden van haar schouders, het water droop uit haar haar en streelde elke centimeter van haar lichaam. Haar mokkabruine ogen staarden mij aan. Ik liet mijn handen langs haar benen omhoogglijden en boog me naar haar toe.

Kira snakte naar adem.

'Jaaa...' zuchtte ik. Ik verkende haar hals met mijn lippen.

'Sst.' Ze verstijfde. 'Dat bedoel ik niet. Er is daar iemand.'

In eerste instantie deed ik niets. Ik hoopte dat ik haar verkeerd had verstaan. 'Op het pad bij je auto.'

Ik tuurde met gestrekte nek, maar zag niemand. 'Weet je het zeker?'

'Ik zag iemand aankomen vanaf de weg.'

De maan was schuilgegaan achter een paar wolken, zodat alles wat ik nog kon zien op het strand gehuld ging in donkere schaduwen. De duisternis golfde door het hoge helmgras en tussen de bomen als olie. Zelfs het zand leek zwart.

'Niet bewegen,' zei ik. 'Misschien gaat hij weer weg.'

'Maar het is ijskoud.'

Dat was zo. Op het moment dat we ons niet meer bewogen, herinnerde de oceaan ons eraan hoe gemeen koud het water eigenlijk was. Elke golf die op ons af rolde en tegen mijn rug stuksloeg leek een graad kouder dan de vorige. Ik probeerde haar zo goed mogelijk af te schermen, maar ik zou het ook niet veel langer kunnen volhouden. Dan zouden we uit het water moeten.

'Daar,' zei ze vlak bij mijn oor. 'Op de klif, bij de afvoer.'

De afvoer was een oud ijzeren fiasco dat deels onder het zand op het strand lag, in de duinen verdween en bedoeld was om te voorkomen dat de natte delen van de oude dorpsweide onder water kwamen te staan. De buis was helemaal verroest. Water spoot en sijpelde uit gaten en vormde kleine riviertjes in het zand. Ik volgde de buis met mijn ogen vanaf het einde over het strand tot aan de duinen. Eerst zag ik niets, toen wel. Een donkere schaduw, bewegingloos in de diepe duisternis daarboven.

'Doe iets,' fluisterde Kira.

'Wat moet ik doen?'

Onze kleren lagen op het strand. We hadden er niet eens aan gedacht een handdoek mee te grissen uit de auto.

'We moeten uit het water,' zei Kira.

Ze had gelijk. We rilden allebei van de kou en ik had geen gevoel meer in mijn benen. Alle hitte die we in de auto samen hadden opgebouwd, was weg. Als we nog veel langer in het water zouden blijven, zou het een probleem worden.

'Ik ga erheen,' zei ik met klapperende tanden. 'Ik zorg dat hij weggaat, wie het ook is, en dan kun jij eruit komen.'

Ze knikte. 'Schiet op.'

Mijn lichaam verzette zich. Toen ik het eindelijk in beweging kreeg, jankten mijn spieren van de pijn. Terwijl ik om de rotsen naar het strand waadde, trok Kira haar benen uit het water en maakte ze zich zo klein mogelijk met haar knieën tegen haar borst. Het interesseerde me niet meer dat ik naakt uit het water kwam en wat mensen zouden zien. Ik had het zo verdomd koud dat het me niets meer kon schelen. Terwijl ik vanuit een ooghoek de donkere schaduw in de gaten hield, sprintte ik naar mijn onderbroek en spijkerbroek. Ik worstelde me erin en ploeterde over het zand omhoog.

Wie daar dan ook mocht staan, hij bewoog niet. Pas toen ik vlak bij hem was, zag ik wie het was.

Spivey.

Zijn gitaar stond rechtop in het zand tegen zijn been. Hij had zijn handen in de zakken en de uitdrukking op zijn gezicht was een mengeling van verlegenheid en bezorgdheid. 'Je weet dat er daar haaien zijn, toch?'

Ik wilde hem een oplawaai verkopen. Uithalen en hem wezenloos meppen. Maar ik zei: 'Draai je om.'

Hij draaide zich om en keerde zich naar de klif. Toen hij met zijn rug naar me toe stond, riep ik over mijn schouder: 'Kira, kom er maar uit!'

'Ik zag ze vanaf de steiger,' ging Spivey verder. 'Blauwe haaien, zandbankhaaien, tijgerhaaien. Ik zag zelfs witte haaien.'

'Je mag jezelf gelukkig prijzen dat ik je niet verrot sla,' mompelde ik. Ik pakte mijn shirt op uit het zand en trok het aan.

Hij keek schaapachtig naar zijn gitaar. 'Sorry, man, ik kwam hiernaartoe om dingen op een rijtje te zetten. Ik wist niet dat jullie hier waren.'

Achter ons kwam Kira met veel kabaal uit het water. Onwillekeurig keek Spivey over zijn schouder. 'Ze heeft me verwend,' zei hij.

Nu sloeg ik wel. Een harde tik met gebalde vuist tegen zijn schouder. 'Hé, viezerik, niet kijken, zei ik. Dat is mijn vriendin en die verwent je helemaal niet.'

'Au!' Spivey deed een paar struikelende stappen en wreef over zijn schouder. 'Kira niet, mijn grootmoeder.'

'Je grootmoeder, ja.' Ik begreep er niets van.

'Kan ik me nu weer omkeren?'

Ik keek over mijn schouder. Kira had zich aangekleed. Min of meer. Ze had haar broek weer aangeschoten en haar bh omgedaan en reikte naar haar shirt dat naast het pad in het helmgras lag.

'Ja, oké, maar blijf voor je kijken.'

Terwijl hij zich omdraaide, wierp Spivey toch een steelse blik op Kira. Ik kon het hem niet kwalijk nemen, dat zou ik ook hebben gedaan. Kira leek het helemaal niets te doen. Tot op het bot verkleumd of niet, ze stampte op Spivey af, slechts gekleed in spijkerbroek en bh, en schopte hem met haar blote voet tegen zijn schenen. Toen pas trok ze haar shirt aan. 'Je bent een klootzak.'

'Oké, maar zou iedereen nu alsjeblieft willen ophouden me te slaan en te schoppen?'

Kira nestelde zich onder mijn arm en keek hem gemeen aan. 'Dit is de reden waarom jij geen vriendin hebt.'

'Misschien heb ik geen vriendin, ik heb wel een eiland.'

Ik trok Kira dichter tegen me aan. We stalen allebei de warmte die we nodig hadden van elkaar. 'Waar heb je het over?'

Een grijns plooide zich om Spiveys lippen. De voldane grijns van een kat die een muis in één gulzige hap naar binnen heeft gewerkt. 'Mijn grootmoeder was de eigenaar van Wood Island en dat heeft ze mij in haar testament nagelaten.'

Kira draaide zich half om onder mijn arm en keek over het water naar het kleine eiland dat tussen twee vuurtorens een paar honderd meter uit de kust lag. 'Dat Wood Island?'

Spivey knikte.

Je kon er niet veel van zien. Er stonden een huis en misschien twee schuren, maar het was donker. Ik kon me wel vaag herinneren dat er zo nu en dan licht brandde, maar ik was er altijd van uitgegaan dat dat op timers was aangesloten. 'Ik dacht dat het van de kustwacht was?'

Spivey haalde zijn schouders op. 'Blijkbaar heeft mijn overgrootvader het in de jaren veertig van de kustwacht gekocht voor één dollar.' Bij elk woord ging hij sneller praten alsof hij zich had ingehouden, maar de controle kwijtraakte nu hij eenmaal was begonnen. 'De boel was aan het instorten en voor de visserij had je er niets aan, want de grotere boten konden er niet aan wal komen vanwege de rotsen. Dus wilde niemand het hebben. Mijn overgrootvader heeft het gekocht en opgeknapt en toen haar ouders doodgingen heeft mijn grootmoeder het geërfd. Zij heeft het weer aan mij nagelaten. Ik had geen flauw idee dat ze daar woonde. Mijn ouders hebben er nooit iets over gezegd. Ze praatten nooit over haar. Meneer Marston zei...'

Ik onderbrak hem door mijn vlakke hand op te steken. 'Hoho, kalm aan. Wie is meneer Marston?'

'Haar advocaat,' zei Spivey. 'Daar ben ik naartoe geweest. In Boston. Toen Chief Whaley me ophaalde uit school, waren mijn ouders al koffers aan het pakken. Marston had gebeld dat Geraldine was overleden. Hij gaf ons zijn adres en zei dat hij opdracht had gekregen om haar testament voor te lezen zodra wij er waren. Ik denk dat mijn ouders dachten dat zij alles zouden krijgen, dus ze hadden haast om daar maar zo snel mogelijk te komen... O, man, wat waren ze woest.'

'Geraldine?' vroeg Kira zacht.

'Geraldine Rote,' zei Spivey. 'Zo heette ze. Mijn moeder wordt kwaad als ik oma of grootmoeder zeg, dus zeg ik Geraldine.'

Ik keek nog steeds over het water naar het eiland en probeerde tot me door te laten dringen wat Spivey zojuist had gezegd.

'Jouw grootmoeder heeft jou een eiland gegeven?'

De grijns op Spiveys gezicht werd nog breder.

'Het eiland. Het huis. Alles op het eiland. En een vet bedrag op een bankrekening in een of ander fonds om alles te onderhouden. Man, compleet *nik nok*.'

Toen we een jaar of vijf waren had ik een boek dat *Tik Tok slaat de klok* heette. Om een of andere reden kon Spivey dat niet goed uitspreken. *Tik Tok* werd *nik nok*. Dat werd iets van ons tweeën. We stopten het door de jaren heen zo vaak in een gesprek dat we het zonder erbij na te denken gebruikten.

Spivey had een eigen eiland.

Kira en ik keken elkaar aan.

Huizen.

Huizen in New Castle van waaruit je ook maar een streepje van de zee kon zien gingen voor miljoenen weg. Het ging mijn verstand te boven hoeveel dat eiland wel niet waard was. Zelfs als het huis vervallen was – en dat was het waarschijnlijk – alleen al dat stukje grond... een privé-eiland... Ik moest aan het visitekaartje denken dat mijn vader me had gegeven. Ik had het op mijn nachtkastje laten liggen. Hij wist het. Binnen een paar uur na de dood van die vrouw wist hij niet alleen dat ze was overleden, maar wist hij ook wat er in haar testament stond. Hoe wist Marston trouwens dat ze was overleden? Chief Whaley wist pas wie de overleden vrouw was toen Spivey haar had geïdentificeerd, dus wie had haar advocaat ingelicht? Wacht, dat klopte niet helemaal. Ralph Peck had Whaley verteld dat hij dacht dat het Geraldine Rote was, al wist hij het niet zeker. Kende Ralph Peck mijn vader? Misschien. Maar kende hij dan ook de advocaat van Geraldine Rote?

'Kunnen we ernaartoe?' Kira begon te stralen. 'Ik bedoel, als het van jou is, kan dat toch?' Spivey liet zijn vingers over de snaren van zijn gitaar dansen. Ik zou je niet kunnen vertellen wat hij speelde, maar tot op de dag van vandaag ben ik het niet vergeten. Drie noten die het begin van iets waren. Hij keek ons om beurten aan. Het was duidelijk dat hij zich liet overhalen. 'We hebben een boot nodig.'

Kira kneep me in mijn arm. 'Matty heeft een boot.'

Nik nok.

3

Ik tolereerde Matty Fernandez, maar had hem nooit als een vriend beschouwd. Hij was een arrogante, egoïstische klootzak die je nog eerder voor een glas lauw bier en een halve Snickers zou verlinken dan dat hij je een plezier zou doen, maar, zoals ik al eerder heb gezegd, in een stadje zo klein als New Castle, moest je roeien met de riemen die je had – en Matty had een boot.

Zijn ouders waren de eigenaar van een kleine vloot kreeftenboten die afgemeerd lagen in de haven bij BG's Boat House aan 1B, een paar honderd meter Sagamore Creek op. Ze woonden er vlakbij in Harborview. Tegen de tijd dat we daar aankwamen, was het bijna tien uur. Matty werkte in het weekend voor zijn vader. Dan moest hij vroeg op en dat betekende dat hij thuis zou zijn.

Kira stuurde hem een bericht terwijl ik erheen reed. Hij zei dat we aan het begin van de oprit moesten stoppen, zodat we zijn ouders niet wakker zouden maken.

Spivey zat achterin en zei niet veel. Iedere keer als ik in de achteruitkijkspiegel naar hem keek, zat hij uit het raam te staren, in diep gepeins verzonken. Ik kon alleen maar raden naar wat er in zijn hoofd omging. Een week geleden vroeg hij zich nog vertwijfeld af hoe hij ooit aan het geld moest komen om te studeren, of het hem überhaupt wel zou lukken om naar de universiteit te gaan. Nu was alles anders.

Hoewel hij samen met ons op het eiland was opgegroeid, was hij altijd een beetje een buitenbeentje geweest. O, zeker, toen we klein waren speelden we in het park en op heel veel verjaardagsfeestjes was hij ook van de partij, maar toen ik wat ouder was, besefte ik dat het vooral onze ouders waren die hem erbij probeerden te houden. We kregen als kinderen door de jaren heen bij stukjes en beetjes het verhaal van zijn ouders te horen, bedoeld als waarschuwing voor hoe het niet moest in het leven. Toen Spiveys moeder een overdosis nam en bijna doodging, kwam mijn vader op de rand van mijn bed zitten voor een wijze les. Iedereen, zei hij, was in zijn leven maar drie beslissingen verwijderd van succes. Maar, zei hij vervolgens, we zijn ook allemaal maar drie beslissingen verwijderd van een volsagen mislukking. De omstandigheden bepalen de hindernissen die we onderweg tegenkomen, maar we kunnen de oplossingen voor problemen in onszelf vinden als we maar de tijd nemen om daar te zoeken.

Kijk, mijn vader vond het nodig om dat aan mij uit te leggen. Ik weet zeker dat Spivey het allemaal al als heel fundamentele kennis met zich meedroeg. Wat er bij hem thuis gebeurde was geen geheim, maar hij had zich er evenmin ooit door laten leiden als door de leukemie. Als je er iets over kon zeggen, was het wel dat alle tegenslagen er alleen maar voor zorgden dat hij nog beter zijn best deed ze te boven te komen. Die avond dat zijn moeder bijna doodging, had hij een muur opgetrokken. Er was een harde schil om hem gekomen die ik nooit eerder bij hem had waargenomen. Hij had de pijn in een keurslijf geperst en gekanaliseerd. Elke keer als zijn vader dronken thuiskwam of weer een financiële blunder opbiechtte, werden die muur en die schil dikker. Als een klier als Rory Moir hem pestte, werden die muur en die schil dikker. Zelfs de leukemie kreeg hij eronder.

Ik begreep dus hoe hij reageerde op tegenslagen, maar ik kon me geen enkele keer herinneren dat het hem voor de wind was gegaan. Een grote meevaller? Ik had geen idee hoe hij daarmee om zou gaan en dat vond ik een beetje beangstigend.

Matty stond op de stoeprand te wachten met een brandende sigaret tussen zijn vingers. Over zijn pyjama had hij een jack aangetrokken. Toen ik stopte, gooide hij de sigaret weg en gebaarde hij naar Kira dat ze haar raampje moest opendraaien. Hij stak zijn hoofd door het raam naar binnen, keek om beurten Kira en mij aan, en grijnsde toen naar Spivey. 'Ongelofelijke mazzelkont dat je bent.'

Spivey boog zich naar voren. 'Kun je ons ernaartoe brengen?'

'Wat krijg ik ervoor?'

Matty's ogen schoten terug naar Kira toen hij dat zei. Het gebeurde in een flits, maar ik zag het. Een paar jaar geleden hadden ze kortstondig gedatet, lang voordat Kira en ik samen iets kregen. Ik wist dat het helemaal voorbij was, maar dat kon niet verhinderen dat er een scheut van jaloezie door me heen ging, steeds als hij zo naar haar keek.

'We zijn je eeuwig dank verschuldigd,' zei ze toonloos.

'Daar doe ik het niet voor. Als ik jullie daarnaartoe breng moet je regelen dat Alesia ook meegaat.'

'De cheerleader?'

Hij knikte.

'Ik geloof dat ze niet in jongens geïnteresseerd is.'

'Helemaal goed. Ze mag een vriendin meenemen.'

Kira rolde met haar ogen. 'Ik zal kijken wat ik kan doen.'

Matty keek weer naar Spivey. 'Hé speurneus, als jouw grootje bij Henry's de pijp uit is gegaan, moet ze zelf ergens een boot hebben. Je kunt er gif op innemen dat ze niet heen en weer naar het eiland is gezwommen.'

Daar had ik niet aan gedacht. Het was een slimme opmerking.

Spivey haalde zijn schouders op. 'Haar advocaat zei dat ze een 22-voets skiff had, die Annabelle heette, maar dat hij niet wist waar ze die had afgemeerd toen ze naar New Castle kwam.'

Matty kneep zijn ogen tot spleetjes. 'Ik zal eens rondvragen. Boten die zomaar ergens liggen afgemeerd, trekken de aandacht. Als niemand ervoor zorgt, kan ik hem altijd nog slopen voor onderdelen.'

Spivey was niet van plan te happen. Hij was een man met een missie. 'Wil je ons naar het eiland varen?'

'Nu?' drong Kira aan.

Dat leverde haar opnieuw zo'n broeierige blik van Matty op, maar vervolgens schudde hij zijn hoofd. 'Morgen. Wood Island wordt omringd door rotsen. Daar vaar ik niet in het donker naartoe. Geen denken aan. Zorg dat je om zes uur op de steiger staat. Het zal niet lang duren, want ik moet om negen uur weer thuis zijn om mijn vader te helpen. Ik denk een kwartier om er te komen, een kwartier terug, dan blijft er nog tweeënhalf uur over om de boel te verkennen.' Hij keek mij nors aan. 'Jij moet zeker ook mee?'

'Val dood, eikel.'

Matty knipoogde naar Kira, klopte twee keer op het dak van mijn auto en liep over de oprit terug naar huis.

'Zes uur, en neem Alesia mee,' riep hij over zijn schouder.

Mijn ouders sliepen tegen de tijd dat ik Kira en Spivey naar huis had gebracht en zelf thuiskwam. Zo stil als ik maar kon ging ik onder de douche en trok ik me terug in mijn kamer. Het visitekaartje van mijn vader lag pontificaal midden op mijn bed – ik wist zeker dat ik het op het nachtkastje had gelegd. Ik gooide het op de vloer en kroop tussen de lakens. Denkend aan Kira viel ik in slaap, maar ik droomde heel vervelend.

'We halen het niet,' zei ze vlak bij mijn oor met een gebroken stem, terwijl een nieuwe golf zich over ons hoofd stortte. 'Het is te ver naar de kust!'

Ik trok haar dichter tegen me aan, hield haar zo stevig vast als ik maar durfde, terwijl ik watertrappelde om ons boven water te houden. Mijn spieren weigerden dienst. Het branderige gevoel van zojuist was weg, maar nu voelde het alsof ik met duizend spelden werd geprikt. Langzamerhand werden mijn benen gevoelloos. Het ijskoude water putte me uit. 'Zie je hem? Waar is hij gebleven? Waar is hij verdomme gebleven?'

Kira gaf geen antwoord. Ze begroef alleen haar gezicht dieper in mijn schouder en snikte.

'Jij moet gaan,' zei ik tegen haar. 'Jij zwemt sneller dan ik.' Ik voelde een helse pijn langs mijn rug glijden. 'Ik weet niet eens of ik nog kan zwemmen.'

Ze gaf geen antwoord, schudde alleen haar hoofd en klampte zich nog steviger aan me vast. 'Misschien moeten we proberen terug te gaan.'

Maar we waren al te ver. We zouden het niet halen.

Even verdwenen we samen onder water – ik hapte een mondvol zeewater en proestte die weer uit. Ik was heel even opgehouden met watertrappelen. Dat wilde ik niet, maar het gebeurde. Ik kon dit niet volhouden. Ik kon niet voor ons beiden zwemmen.

'We moeten zwemmen, Kira. We moeten...'

'O, god, daar!' Ze verstijfde en wees naar links.

Mijn blik volgde haar vinger en ving nog net een glimp op van de vin die vijf meter verderop onder water verdween.

Zaterdag 26 juni 2010

1

Toen ik de volgende ochtend Spivey kwam ophalen, stond zijn vader op de veranda bij de open voordeur. Zijn gezicht was van woede vertrokken. Spivey haastte zich om in te stappen en sloeg het portier met een klap achter zich dicht.

'Wat is er aan de hand?'

Hij rukte aan zijn gordel. Tot twee keer toe lukte het hem niet om de gesp vast te klikken. 'Rij maar gewoon.'

Dus dat deed ik.

Hij zei niets, maar ik wist dat die schil weer ietsje dikker was geworden. Wat er ook was gebeurd, hij kookte van woede.

Toen we bij de steiger aankwamen, stond Kira al te wachten. Matty was druk bezig een koelbox en reddingsvesten in te laden. Matty's zusje, Izzie, stond achter hem, samen met haar hartsvriendin Chloe. Ze zaten beiden een klas lager dan wij. Kira droeg een spijkerbroek met afgeknipte pijpen en een wit bikinitopje. Ze had haar haar bij elkaar gebonden in een lange paardenstaart. Een zonnebril met donkere glazen balanceerde op haar hoofd. Mijn hart begon sneller te slaan.

'Waarom zijn al die mensen hier?' kreunde Spivey. Hij sprong uit de auto en marcheerde op hen af nog voordat ik de motor had kunnen afzetten. Hij riep iets, ik kon niet verstaan wat, maar Kira ging snel tussen hem en Matty staan met wijd gespreide armen en hield ze uit elkaar. Ik haastte me ernaartoe.

Wat Spivey dan ook had gezegd, het was bij Matty in het verkeerde keelgat geschoten. 'Hé, man, ik bewijs jou een dienst. Als jij lullig gaat doen, zoek je maar iemand anders met een boot.'

Ik schoof naast Kira tussen hen in en sloeg een arm om haar heen. 'Hoho, wat is er aan de hand?'

Matty priemde een duim in de richting van Spivey. 'Jouw maatje wil even bepalen hoeveel mensen er precies mogen deelnemen aan onze kleine excursie. Mijn vader zei dat we de boot mogen meenemen als Izzie ook mee mag. En Izzie wil dat Chloe meegaat.' Hij maakte een weids armgebaar. 'Mag ik de aanwezigen erop attent maken dat ik hier geen Alesia zie, zodat we eigenlijk maar één persoon extra hebben? Ik zie niet waar al die ophef voor nodig is.'

Ik ook niet. Matty's boot mat zevenenhalve meter. Ruimte zat aan boord.

Spivey had een vuurrode kop. Hij zag er nog woester uit dan toen ik hem thuis had opgepikt. Waarschijnlijk had hij maar een heel kort lontje na wat zich eerder op de ochtend tussen hem en zijn vader had afgespeeld. Dat hield ik mezelf tenminste voor.

Ik nam Spivey een paar passen terzijde en sprak hem zacht aan. 'Waarom kunnen zij eigenlijk niet mee?'

Even verscheen er iets van vuur in Spiveys ogen en was ik bang dat hij zou uithalen om me te slaan – zo woest leek hij. Een belachelijk idee, want Spivey had me nog nooit geslagen, en trouwens ook niemand anders. Ik heb nog nooit meegemaakt dat hij agressief werd. Het vuur doofde even snel als het was ontstaan. Ervoor in de plaats kwam iets van frustratie.

'Ze zijn te jong,' zei hij uiteindelijk.

'We zijn geen kinderen.' Izzie spuugde de woorden bijna uit. 'We zijn allebei vijftien. Waarom ben jij zo'n klootzak?'

Spivey kleurde opnieuw vuurrood. Ik hield razendsnel een bezwerende hand op naar Izzie en snoerde haar de mond voordat ze iets kon zeggen wat het allemaal nog veel erger zou maken. Ik keek Spivey aan. 'Vertel eens wat er mis is.'

Spivey bevochtigde zijn lippen met zijn tong. 'Weet je nog dat Marston me vertelde dat alles was ondergebracht in een fonds?'

Ik knikte.

'Het eiland, het huis. Het geld... Het zit allemaal in dat fonds dat door hem en zijn kantoor wordt beheerd. Ik heb een kopie van de papieren thuis. Die verdomde stapel is zo dik.' Spivey hield zijn duim en wijsvinger vijf centimeter uit elkaar.

'Je bent minderjarig,' zei ik. 'Zo'n fonds is heel normaal bij een erfenis voor minderjarigen.'

Ik had genoeg van die pakken papier gezien wanneer ik mijn vader hielp in zijn kantoor. Toen ik een jaar of veertien was, had hij me zelfs een keer een complete 'vaderlijke cursus' gegeven over fondsen, stichtingen, taxshelters, overdracht van vastgoed en dat soort zaken. Het frustreerde hem hevig dat we dat soort dingen niet op school leerden. 'Dat zijn basisbeginselen van het omgaan met geld,' kreunde hij. 'Ze vertellen jullie zeker ook niet dat krediet een duivelse uitvinding is, of wel? Ze stoppen jullie vol met allerlei revisionistische geschiedenis en oud nieuws, maar ze nemen niet de moeite jullie de tools aan te reiken die je nodig hebt om in het leven te slagen.' Het had hem niet meer losgelaten en hij beijverde zich om kleine beetjes van zijn kennis aan mij over te dragen wanneer de gelegenheid zich ook maar voordeed.

'Ze noemen het een fonds,' zei Spivey, 'maar dat klopt niet helemaal. Marston zei dat het iets is wat ze bewaarneming noemen. Ik krijg het wel, ik mag er alles mee doen, maar het wordt niet mijn eigendom. Hij is de beheerder van alles, hij houdt alles in de gaten. Er zijn eh... regels...'

'Regels? Zoals...?'

'Alle rekeningen worden door de beheerder betaald, nooit door mij. Als ik iets nodig heb, moet ik me bij Marston melden. Ik mag zelfs niet eens iets kopen en dan het bonnetje aan hem geven – hij moet alle aankopen regelen die meer om het lijf hebben dan gewone kruidenierswaren. Reparaties, voorraden, al dat soort dingen. Het moet allemaal via hem. Los van gewoon onderhoud mag ik niets op het eiland of aan het huis veranderen, en ik mag het niet verkopen. Hij heeft heel specifiek gezegd dat mijn ouders nooit een voet op het eiland mogen zetten. Dat zal wel iets met rancune te maken hebben, maar mijn grootmoeder heeft dat erin laten zetten – net als de regel dat het eiland verboden terrein is voor iedereen jonger dan zestien.' Hij keek eerst naar de grond en toen weer naar mij. 'Er waren nog meer regels, een hele reeks, maar de laatste regel was de klap op de vuurpijl. Als ik ook maar één van de regels – bepalingen noemt hij ze – overtreed, maakt niet uit welke, dan wordt alles – eiland, huis en al het andere – meteen eigendom van de stad Kittery in Maine.' Hij keek met een lege blik over het water. 'De grens tussen de beide staten loopt door het midden van Het Rak, dus Wood Island ligt niet eens in Maine, maar in New Hampshire, dus het eiland zou niet eens naar New Castle gaan, als ik het verkloot.'

'Ik weet niet of ze dat zomaar kan doen,' zei ik. 'Ik kan mijn vader vragen...'

Ik brak mijn zin af. Ik wilde niet dat mijn vader hier nog meer bij betrokken zou raken dan hij al was. Hij zou zich niet inzetten voor Spivey. Hij had een eigen agenda, dat had hij al heel duidelijk gemaakt.

Hoewel we even van het groepje weg waren gelopen, konden ze ons nog wel horen. Izzie haakte in op wat Spivey vertelde. 'Over twee weken ben ik zestien en meteen daarna is Chloe jarig. Wie komt daar nou sowieso achter?'

Toen Chloe twaalf was, begon ze haar heil te zoeken bij de gothics. Hekserij. Het macabere. Marilyn Manson. Er waren een paar begraafplaatsen in New Castle en ze wist op al die begraafplaatsen in het donker de weg. Sommige grafstenen dateerden nog uit de zeventiende eeuw en ze wist precies wie daar sinds wanneer begraven lagen. Ze had uren zitten speuren in de annalen van de Historische Vereniging, op zoek naar verhalen over geesten (elke stad in New England heeft een heel leger geestverschijningen) die ze allemaal in schriftjes opschreef. Haar lievelingsspookverhaal was iets wat 'De stenen gooiende duivel' heette: een regen van honderden stenen was neergedaald op de herberg van George Walton. De duivel moest in 1682 worden uitgebannen door Increase Mather, een dominee uit Boston. Het gebeurde in dezelfde tijd dat de inwoners van Salem in Massachusetts beseften dat ze een heksenprobleem hadden.

De herberg van George Walton was nu verbouwd tot woonhuis. Chloe had de eigenaar zover gekregen dat ze een keer een uur mocht doorbrengen in de kruipruimte onder het huis. Haar ouders waren niet bepaald blij toen dat hun ter ore kwam. Chloe maakte zich niet meer op als goth, in haar kledingkast hingen niet alleen maar meer zwarte kleren en als het om muziek ging, had haar smaak zich ontwikkeld in de richting van de boybands die Izzie geweldig vond. Hat was een fase, zei iedereen, want je werd nu eenmaal geacht dat te zeggen. Chloe was de hartsvriendin van Izzie en Izzies broer trok met ons op, dus probeerde ik verder te kijken dan die oppervlakkige zaken. Ik bleef haar overigens maar een eng meisje vinden.

'Veel mensen vinden dat het eiland een historische betekenis heeft,' zei Kira. 'Daarom doet je grootmoeder waarschijnlijk zo ingewikkeld. Ze wil niet dat je alles paars verft of de boel beschadigt. Kinderen hebben nu eenmaal weinig respect.' Ze imiteerde bij de volgende woorden de stem van een oude vrouw zo goed als ze maar kon. 'Het is maar beter als ze het gazon niet betreden. Apenkoppen zijn het, stuk voor stuk!'

Geen van ons wilde natuurlijk dat Spivey alles zou kwijtraken. Zelfs Matty keek iets minder kwaad. 'Mijn vader zei dat we de boot alleen meekrijgen als zij ook meegaan, maar als zij nou in de boot blijven?'

'Ik wil niet in de boot blijven,' gromde Chloe. Het was de eerste keer dat ze iets zei. 'Ik wil rondkijken. Ik heb gehoord dat het eiland behekst is. Niemand ziet ons.'

'Het gaat niet...' Spivey rolde met zijn ogen en zette nog een paar stappen op de steiger. Hij haalde zijn hand door zijn haar en keerde zich naar ons toe. 'Oké, zij blijven in de boot.'

'Hallooo,' zei Izzie met luide stem. 'Wij zijn hier, hoor.'

Spivey keerde zich naar haar en keek haar diep in de ogen. 'Je mag mee, maar je blijft op de boot. Gewoon deze keer, we moeten het eerst allemaal uitzoeken. Als ik beter begrijp hoe het precies in elkaar zit, mag je weer mee. Is dat goed?'

'Misschien hangen er camera's of zo,' zei ik. 'Je moet ons even de tijd geven om alles op een rijtje te krijgen.'

Ik dacht niet echt dat Marston er camera's had. Waarschijnlijk had Kira gelijk en wilde grootmoeder alleen het gespuis van het eiland weren. Maar ik wist hoe gevoelig Chloe was op het gebied van camera's nadat ze een maand geleden op school in de kleedkamer van de meisjes een camera had gevonden. Dat had tot veel ophef geleid, maar het had vooral Chloe geraakt omdat de camera verstopt was in een rookmelder pal boven haar locker. Haar hand schoot naar Izzies hand. Ze grepen elkaar stevig vast. Chloe knikte.

Matty trok een koelbox bij zijn voeten open en gooide iedereen een flesje water toe. 'We zitten de hele tijd in de zon. Je moet blijven drinken, anders krijg je een akelige koppijn.'

Ik klokte een derde van het flesje naar binnen en zette het toen in de bekerhouder naast het bankje waarop ik zat.

Vijf minuten later voeren we weg van de steiger.

2

'Jullie moeten allemaal op rotsen letten,' zei Matty. Hij trok de gashendel naar zich toe, zodat de boot nog slechts door het water kroop. 'Over een paar uur is het hoogwater, dus het zou goed moeten gaan, maar we willen niet vast komen te zitten.'

'Ik kan de bodem niet eens zien,' zei Kira die zich over de rand boog.

Matty rekte zijn nek en keek langs de boeg naar het water.

'Toen het eiland nog een station van de reddingsbrigade van de kustwacht was, hebben ze het hier uitgebaggerd. De vaargeul moet een meter of vier diep zijn. Het punt is dat niemand die de afgelopen honderd jaar heeft onderhouden en dan kan de bodem razendsnel omhoogkomen, zoals daar bijvoorbeeld.'

Hij wees over de boeg naar links, waar vijf meter verderop een paar scherpe zwarte granietpunten omhoogstaken uit het water als de rotte tanden van een reeds lang in vergetelheid geraakt prehistorisch monster.

Izzie hield haar hand boven de ogen tegen het zonlicht en zei: 'Het is niet zo groot als ik dacht.'

Ik moet toegeven dat het vreemd aanvoelde om ineens zo dicht bij het eiland te zijn dat ik mijn hele leven alleen vanaf het strand een paar honderd meter achter ons had gezien. Ik vond het ook kleiner dan ik had gedacht, maar het was toch nog groot genoeg. Als ik een gok moest doen, zou ik zeggen dat het een halve hectare groot was, maar dat was natuurlijk vooral afhankelijk van het tij, want bij hoogwater lag het hoogste punt van het eiland nog maar iets meer dan een meter boven het water. Een dikke gemetselde muur lag langs het grootse deel van de waterlijn van het eiland, terwijl de rest werd beschermd door enorme rotsen. Het huis – begane grond en een verdieping met een vierkante toren die daar nog boven uitstak – stond midden op het eiland. Vanuit die toren kon je in alle richtingen uitkijken over de oceaan. Dat moest een spectaculair uitzicht zijn. Vanuit de toren lag over de nok van het dak van het huis een *widow's walk*. Er waren een paar schoorstenen en de gevels van het huis waren bekleed met witte planken. Het dak was gedekt met rode dakleien en leek goed onderhouden. In deze tijd van het jaar was het zeewater vrij rustig, maar 's winters kregen we zware stormen te verduren en ik kon me moeiteloos een enorme golf voorstellen die in zijn geheel over het huis zou slaan.

'Marston vertelde dat het hele eiland van graniet is,' zei Spivey. 'Toen ze hier gingen bouwen, hebben ze dynamiet gebruikt voor de kelder. Zie je dat Kittery daar verder uitsteekt, zodat er een baai ontstaat? Die landtong is een natuurlijke zeewering tegen slecht weer en hoge golven. Vroeger ankerden grote schepen hier in plaats van in de haven, omdat het water hier rustiger is. Wood Island is nooit overstroomd. Niet één keer.'

'Waar zijn die grote zwarte deuren van?' vroeg Kira.

'Dat is het botenhuis. Zie je dat spoor dat naar buiten komt en naar het water loopt? Die rails? De reddingsboten lagen op bokken in het botenhuis en werden dan naar buiten getrokken voor reddingsacties. Na afloop werden ze met een lier weer naar binnen getrokken.'

'Zijn de boten van de kustwacht daar nog steeds?'

Spivey haalde zijn schouders op. 'Daar heeft Marston niets over gezegd.'

'Daar ligt de boot van je grootmoeder,' zei Matty. Hij wees over de boeg naar de steiger. 'Jezus, hij is van hout! Daar ligt een klein fortuin.'

Alle hoofden draaiden in één keer dezelfde kant op. De 22-voets skiff wiegde zacht op en neer, afgemeerd aan de steiger. Net als het huis was hij wit en rood geschilderd. Op de flank was de naam ANNABELLE aangebracht met zwarte letters.

'Als die boot hier ligt, hoe is zij dan in New Castle gekomen?' vroeg ik. 'Wie heeft die boot teruggevaren?'

Iedereen bleef het antwoord op die vragen schuldig.

De steiger was lang, minstens dertig meter. Matty manoeuvreerde zijn boot achter de Annabelle en nam precies op het juiste moment gas terug, terwijl hij aan het stuurwiel draaide om de boot langs de steiger te loodsen. 'Iemand moet op de steiger springen en een landvast aanpakken.'

Ik verwachtte dat Spivey dat wel zou doen, maar toen hij niet in beweging kwam, kwam ik maar overeind. Het plankier van de steiger lag minstens een meter hoger dan de boot, maar om de drie meter waren er ladders. Ik klauterde langs de dichtstbijzijnde omhoog en draaide me om. Met nog steeds één hand aan het stuurwiel gooide Matty me een lijn toe. Ik haalde hem achter een kikker langs, trok de boot naar de steiger en legde hem vast. Bij de achtersteven deden we hetzelfde. Het was niet mijn eerste optreden als dekknecht. De helft van mijn vrienden had al jaren een boot voordat ze in hun eerste auto rondreden. Op de basisschool kregen we zeilles in een sunfish.

Toen de boot vastlag, zette Matty de motor uit. Hij pakte een ladder beet en trok de boot nog iets dichterbij. 'Wie gaat als eerste?'

Toen Kira als eerste van boord wilde gaan, zette hij zijn beide handen op haar heupen en hielp hij haar omhoog. Daar was ik niet zo blij mee, evenmin als met de manier waarop hij openlijk haar kont bewonderde toen ze omhoogklom. Ze moet geweten hebben wat ik dacht, want ze grijnsde toen ze op de steiger stond en gaf me een vluchtige kus op mijn wang.

Spivey kwam als tweede en Matty als derde.

We lieten Chloe en Izzie achter op de boot. Ze keken verlangend naar de ladder. Ik denk dat ze hoopten dat iemand zich had bedacht, maar het venijn waarmee Spivey naar hen keek, maakte snel een einde aan alle verwachtingen. 'Geen enkele stap van boord. Begrepen?'

'Ja, pa. Goed, pa,' snoof Izzie. Ze trok haar T-shirt en haar korte broek uit, ze droeg er een rode bikini onder. Ze liet zich op een van de bankjes vallen en begon zich in te smeren met zonnebrandolie. Ze gaf het flesje aan Chloe. 'Als jij mijn rug insmeert, doe ik die van jou.' Ze kwam van het bankje en ging op haar buik liggen.

Chloe hoorde amper wat Izzie zei. Ze keek ingespannen naar het huis. 'Ik kan maar moeilijk geloven dat je grootmoeder daar helemaal alleen heeft gewoond. Hoe had ze het geregeld met elektriciteit en water?'

Spivey wees naar een klein schuurtje links op het eiland. 'Daar staat een generator, en je kunt ze van hier niet zien, maar Marston heeft me verteld dat er aan de andere kant van het huis zonnepanelen op het dak liggen. In de kelder is een waterreservoir. Ze ving regenwater op. Het eiland is helemaal offgrid.' Hij liet zijn blik even rusten op Izzie, die halfnaakt uitgespreid lag te zonnen. Toen keek hij Chloe weer aan. 'Ik meen het, jullie moeten echt op de boot blijven.'

Ik kon slechts raden naar wat er in Chloe omging. Waarschijnlijk wist ze meer over het eiland dan wie ook van ons, en popelde ze om het te verkennen. Ik dacht dat ze zou tegenstribbelen, maar ze knikte bedeesd, schopte haar schoenen uit en ging op het bankje bij Izzie zitten.

Ze mocht dan sinds een jaar geen goth meer zijn, ze was nog steeds verreweg de bleekste persoon die ik kende en eigenlijk wilde ik het liefste uit de buurt zijn als ze haar kleren uittrok en ons allemaal zou verblinden. Ik schuifelde een eindje over de steiger, weg van de boot, en probeerde die beelden uit mijn hoofd te bannen.

Kira haalde haar telefoon tevoorschijn en nam foto's. Ze hield hem boven haar hoofd en draaide langzaam om haar as. 'Je hebt hier geen bereik,' zei ze. 'Dat is vreemd.'

Dat was inderdaad vreemd. Meteen westelijk lag New Castle en daarachter Portsmouth. Kittery was ook niet ver weg. Al werden we ook aan alle kanten omringd door water, er stonden telefoonmasten in drie van de vier windstreken.

Spivey leek zich daar niet zoveel van aan te trekken. Hij was al halverwege de weg naar het huis.

3

De staat waarin de steiger verkeerde verbaasde me. Ik had geen idee wanneer het ding was gebouwd, maar hij zag er als nieuw uit. Matty stond bij de Annabelle te kijken. 'Wie heeft de boot teruggebracht?'

'Maakt dat wat uit?'

'Ik denk het niet. Ik vind het gewoon vreemd. Mijn vader had wel gelijk, het is een mooi schip. Met de hand gebouwd. Je kunt sporen zien van het gereedschap. Het is geen waaibomenrotzooi uit een fabriek.' Hij liet zijn hand over de romp glijden. Het hout was gepolijst tot het zacht glansde. Zelfs bij de waterlijn zag ik geen zeepokken of aangroeisel. Nergens waren krassen of schaafplekken te zien waar het schip langs het steigerwerk had liggen schuren.

'Iemand is jaloers vanwege een boot,' zong Kira toen ze langsliep. Ze pakte mijn hand weer. 'Kom op, ik wil het huis zien.'

'Toe maar,' zei Matty. Hij sprong op het dek van de Annabelle. 'Ik kom wel achter jullie aan.'

Ik was ook benieuwd naar de boot, maar Kira trok me mee van de rand van de steiger naar de kleine veranda voor het huis. De buitendeur stond open.

'De tank is vol en de sleutel zit in het contact,' riep Matty achter ons. Even later hoorde ik het diepe grommen van de motor van de Annabelle. Het zou typisch Matty zijn als hij zou proberen het schip te houden.

De veranda was in net zo'n goede staat als de steiger. Geen enkele barst in het hout. De balkenconstructie vertoonde dezelfde sporen van het gereedschap dat was gebruikt voor de boot. Ik begreep niet hoe dat mogelijk was, want het hout zelf zag er nieuw uit. Dit kon onmogelijk stammen uit de tijd dat het huis was gebouwd. Misschien werkte de man die Spiveys grootmoeder had ingehuurd voor onderhoud volgens een of andere oeroude techniek om het historische karakter van het eiland en de bebouwing in stand te houden. Dat zou ook begrijpelijker maken waarom er een aantal van die vreemde regels in haar testament waren opgenomen.

'Halloooo?' riep Kira toen we over de drempel het huis binnenstapten.

Ik ben in mijn leven al in veel oude huizen geweest en ik denk dat ik ervan uitging dat dit ook zoiets zou zijn – scheve vloeren, gebarsten pleisterwerk, verkleurde, afbladderende verf en boze spinnen die ons, verontwaardigd omdat ze in hun rust werden gestoord, vanuit alle hoeken aanstaarden. Maar hier niets van dat alles. Hoewel alle ramen gesloten waren, was de lucht niet muf of schimmelig. We stonden in een grote bijkeuken. Links van ons stond de deur naar de keuken open. De wanden waren lichtgeel, de verf leek nog vers. De vloer was waarschijnlijk stokoud, maar hij was dik in de was gezet en geboend tot hij glansde. Er was geen stofje te bekennen, alleen de voetsporen van Spivey waren te zien. Kira liep op blote voeten, maar ik voelde me verplicht mijn schoenen uit te trekken. Alsof iemand me zou terugfluiten als ik zomaar naar binnen liep. Ik liet ze bij de deur staan toen we de keuken in liepen.

De werkbladen in de keuken waren van een warm, gepolijst mahonie gemaakt, net als de kasten. Alle keukengerei was van roestvrijstaal, hooguit een paar jaar oud. Ik had durven zweren dat ik versgebakken brood rook, al zag ik niets op de werkbladen liggen.

Kira ervoer hetzelfde. Ze liep in een rechte lijn naar de oven en trok het deurtje open. Hij was leeg. De koelkast daarentegen was bepaald niet leeg. 'Er liggen hier wel tien maaltijden, kant-en-klaar. Moet je zien...' Ze stak haar hand in de koelkast en pakte een briefje van een schaal die was afgedekt met aluminiumfolie. 'Gehaktbrood. Ze heeft opgeschreven hoe je het moet opwarmen. Daar staan soufflés, daar soep... o, kijk nou, een macaronischotel met kaas!'

Er stond een hele pan met een gegrild laagje paneermeel erbovenop.

'Zou dat nog te eten zijn?' Ze straalde. Ze prikte haar vinger in de kaas en likte die af.

'Ze is minder dan een week geleden overleden, dus ik denk het wel. Maar ik weet niet of we wel van die spullen moeten eten. Dat voelt niet echt goed met de begrafenis van morgen.'

'Dan doe jij dat maar niet,' zei Kira. 'Ik heb honger.'

Ik keek naar alle briefjes. Alles in de koelkast was voorzien van een etiketje waarop aanwijzingen stonden voor het opwarmen. Als Geraldine daar in haar eentje woonde, waarom zou ze dat dan doen?

Kira zette de pan op het aanrecht en schepte een berg macaroni op een bord dat ze uit een rek boven de gootsteen haalde. Ze zette het bord in de magnetron, tikte een minuut in en drukte op de startknop.

'Als jij denkt dat ik nee zeg tegen grootmoeders kookkunst, dan ben je knettergek.'

Naast de broodtrommel stond een grote trommel met koekjes. Ik nam het deksel eraf en keek wat erin zat. De geur van versgebakken chocoladekoekjes steeg op uit de trommel en drong mijn neus binnen. Het water liep me in de mond.

Ik pakte een koekje en beet er voorzichtig proevend in.

Mijn moeder kon goed koekjes bakken, maar jezus, ze kon nog niet in de schaduw staan van Spiveys net ontdekte grootmoeder. Ik had al drie koekjes op toen het belletje van de magnetron tingelde voor Kira's macaroni en pakte een vierde terwijl zij met volle lepels de macaroni naar binnen werkte alsof ze een maand lang niets gegeten had. We zeiden geen van beiden iets, maar ik weet zeker dat de uitdrukking op ons gezicht Matty in één klap duidelijk maakte wat er aan de hand was toen hij met de koelbox in zijn armen de keuken binnenkwam.

Zijn ogen schoten van het koekje in mijn hand naar het bord macaroni. 'Kijk, dat ziet er nog eens goed uit!'

Hij zette de koelbox op de vloer en trok de koelkast open, floot zacht toen hij de inhoud zag, verplaatste een aantal dingen om ruimte te maken en haalde toen bier, een fles rum en een paar literflessen mineraalwater uit de koelbox.

'Ga je een feestje bouwen?' vroeg ik met volle mond – mijn zoveelste koekje.

Hij schoof een grote fles wodka in het vriesvak naast een stuk of vijf, ook weer van een etiketje voorziene, vleespakketten – lendensteak, ribeye, filetlapjes. 'Het meeste hiervan heeft al een maand in een koelbox liggen dobberen onder een steiger zodat mijn vader het niet zou vinden, dus het leek me beter om het op te bergen in Spiveys vrijgezellenhol voordat het fout gaat. Waar zijn al die briefjes voor?'

Ik haalde mijn schouders op.

Op de deur van de koelkast waren ook briefjes geplakt. Matty pakte er een en gaf het aan mij.

'Misschien moest je maar eens in de benen komen.'

Op het briefje stond: *Het is jouw beurt om Emerson te voeden.*

'Wie is Emerson?' vroeg Kira verbaasd.

Ik liet mijn ogen over de vloer van de keuken dwalen en verwachtte een voederbak en een drinkbak voor een kat of een hond te zien, maar er was niets.

Matty hield het briefje voorzichtig tussen twee vingers vast. 'Dit is een beetje eng. Het is net alsof ze wist dat ze dood zou gaan of zo.'

'Misschien moet Spivey eens aan die Marston vragen of ze een huisdier had?' bedacht Kira. 'Misschien heeft dat beest zich verstopt.'

Matty zette de laatste spullen uit de koelbox in de koelkast, graaide een koekje uit de trommel en keek om zich heen. 'Waar is die klojo van een Spivey gebleven?'

Ik legde mijn hoofd in mijn nek en riep luidkeels Spiveys naam.

Even later riep Spivey terug. 'Ik ben boven. Dit moet je zien.'

4

'U bent verbonden met het advocatenkantoor van Lockwood Marston. Helaas is er op dit moment niemand die u te woord kan staan, maar als u...'

Whaley legde de hoorn op de haak.

Dit was de vierde keer in vier dagen dat hij had geprobeerd te bellen.

De vierde keer dat hij de voicemail kreeg.

Hij stond op het punt om een ander nummer te proberen toen Jolene Petersen zijn grote beker koffie samen met een zak zoete broodjes op de toonbank zette. 'Verder nog iets vandaag, Chief?'

Het was druk bij Henry's Market. Alle zitplaatsen waren bezet, behalve die aan het tafeltje waar Geraldine Rote vier dagen geleden was overleden. Er was niets aan het tafeltje te zien, er stond geen bordje op, geen foto, geen enkel aandenken, maar toch liep iedereen er met een wijde boog omheen.

'De mensen praten,' zei Jolene die zag waar Whaley naar keek.

'Dat doen ze zeker.' Hij pakte de zak broodjes en de koffie en liep naar de deur. 'Doe Perrie de groeten.'

Hij stond op het punt om Main Street over te steken naar het politiebureau toen hij Ted Hasler in het oog kreeg. Hij stond voorovergebogen bij het geopende raampje van een rode Audi en ruziede met de vrouw die achter het stuur zat. Hij kon net op tijd zijn hoofd terugtrekken toen zij op het gaspedaal trapte en wegstoof. De slippende banden lieten een zwart spoor achter op het asfalt.

'Alles oké, Ted?'

Als door een hond gebeten draaide Ted Hasler zich om. Zijn gezicht was vuurrood en verwrongen van emotie. Whaley vroeg zich even af of Ted Hasler wel doorhad wie hem aansprak. Ted draaide zich weer om en keek de Audi na. Hij balde beide vuisten en strekte toen heel langzaam zijn vingers weer. Balde opnieuw zijn vuisten en strekte zijn vingers weer. Toen hij zich voor de tweede keer omdraaide naar Whaley, waren alleen nog vurige blossen op zijn wangen achtergebleven. Hij grijnsde een beetje nerveus en kwajongensachtig. 'Hé Cliff, het spijt me dat je dat nu net even moest zien.'

Whaley nam een slokje koffie, maar zei niets.

Ted werd opnieuw vuurrood, deze keer omdat hij in verlegenheid werd gebracht. 'Het is niet wat je denkt.'

'Vast niet.'

'Ik zou mijn vrouw nooit bedriegen.'

'Ik zei ook niet dat je dat deed.' Whaley nam nog een slok koffie. Hij had al heel lang geleden geleerd dat je het beste je mond kon houden als je iemand aan het praten wilde krijgen. Maar Ted hapte niet. Beide mannen stonden elkaar nog even zwijgend aan te kijken, toen liet Ted de lucht uit zijn longen ontsnappen en liep hij naar de plek waar zijn auto stond. 'Ik moet naar mijn werk.'

'Ik wens je een goede dag, Ted.'

Ted Hasler stak een hand op, maakte er een onduidelijk gebaar mee, maar keek niet meer om. Hij stapte in en reed weg in de richting van Portsmouth. Toen hij om de bocht uit het zicht verdwenen was, drukte Whaley op de knop 'zenden' van de microfoon die aan zijn schouder was bevestigd. 'Hé Sandy?'

'Ja, baas.'

'Kun je een kenteken voor me opzoeken?'

Hij gaf haar het kenteken van de rode Audi.

Even bleef het stil, toen reageerde Sandy.

'Hij staat op naam van Laura Dubin uit Portsmouth.'

Zijn telefoon maakte een tingelend geluid.

'Ik heb je het adres gestuurd.' Weer even bleef het stil. 'Waar heb ik die naam eerder gehoord?'

Whaley vroeg zich hetzelfde af. Toen schoot het hem te binnen.

'Hij stond op dat contactverbod dat je gisteravond voor me hebt afgedrukt. Geraldine Rote heeft haar jaren geleden van dat eiland verbannen, samen met Pam en Keith Spivey en Ted Hasler.'

5

We gingen op het geluid van Spiveys stem af en liepen door een voorraadkamer (volgestouwd), een woonkamer (knus maar zonder tv) en een bibliotheek vol boeken naar de trap achter in het huis. Nergens was ook maar een stofje te bekennen. Als iemand me had verteld dat het huis net was afgebouwd en dat er nog niemand in had gewoond, zou ik dat zonder meer hebben geloofd. Alle wanden en plafonds waren gestuct, maar er was nergens ook maar een klein barstje in het pleisterwerk te ontdekken. Zelfs op plekken waar je altijd stof en stofnesten aantreft, op de plinten bijvoorbeeld, was geen smetje te vinden. Spiveys grootmoeder moet van de vroege ochtend tot de late avond bezig geweest zijn met schoonmaken.

Kira stoof voor me uit, maar op de overloop bleef ze staan kijken naar de muren. 'Ik dacht dat ze geen contact had met Spiveys familie? Hoe is ze hier dan aan gekomen?'

De wanden hingen vol met ingelijste foto's van Spivey. Er waren tientallen foto's, vanaf zo ongeveer zijn geboorte tot heel recent. Er hingen foto's tussen die niet meer dan een paar maanden oud konden zijn.

'Ik denk niet dat dit foto's zijn die door zijn ouders zijn gemaakt,' zei ik zacht. 'Het zijn ook geen schoolfoto's. Hij kijkt niet eens in de lens.'

'Ze zien eruit alsof ze stiekem zijn gemaakt,' zei Matty. 'Ze zijn korrelig, alsof er een telelens is gebruikt. Grootmoeder heeft er een mannetje op gezet om hem te bespioneren.'

'Dat is eigenlijk heel droevig.' Kira liet haar vinger langs een van de houten lijsten glijden. 'Ze hebben haar uitgestoten, ze woonde hier helemaal alleen en wilde er toch nog bij horen. Misschien was dit de enige manier waarop dat kon.'

'Enig idee waarom ze met haar overhooplagen?' vroeg Matty terwijl hij een foto bestudeerde waar Spivey op stond toen hij een jaar of acht was. Spivey zat met een brede grijns van oor tot oor op zijn kont midden op de ijsbaan bij de basisschool.

Ik schudde mijn hoofd. 'Het zijn allemaal foto's van Spivey. Er is niet één foto van Spiveys moeder, haar eigen dochter. Dat betekent toch ook iets?'

'Komen jullie nog?' riep Spivey van boven.

We liepen de trap op naar de eerste verdieping en troffen daar iets aan wat we absoluut niet hadden verwacht.

Lockers.

Van de vloer tot aan het plafond. Op de hele overloop was aan weerszijden een houten kastenwand getimmerd.

'O, cool,' zei Matty. 'Dit is vast nog van de tijd dat de kustwacht hier zat.'

'Hier hangt nog een jas in!' Kira straalde. Ze reikte in de locker en haalde er een lange, zwarte wollen jas uit die ze over haar schouders gooide. Ze salueerde. 'Soldaat Woodard meldt zich, sir!'

Zoals ze daar stond, in haar spijkerbroek met bijzonder kort afgeknipte pijpen, het bikinitopje, en dan die lange wollen jas eroverheen, was ze wel een heel sexy soldaat. Ze boog een van haar lange, slanke benen en maakte een snelle pirouette. De jas waaierde uit.

We vonden mutsen, laarzen en uniformen. In sommige lockers hingen oude foto's, ongetwijfeld van geliefden die al lang geleden waren overleden. Vriendinnen, echtgenotes, een paar pin-ups uit oeroude tijdschriften. Schaars geklede vrouwen die uitdagend naar de camera lachten waren weergegeven in verbleekt zwart, wit, sepia en doffe kleuren. Op de plank boven de hangende kleren lag van alles, van oude tandenborstels en scheermessen tot tijdschriften en in elkaar gedraaide sokken.

'Het is net alsof iemand dit hele eiland heeft vereeuwigd in een tijdcapsule.' Ik streek met mijn vinger over het glanzende hout, in de wetenschap dat ik er geen stof zou vinden. Kira schudde de jas van haar schouders en telde onze bevindingen op haar vingers. 'Oma Spivey kon verdomd goed koken, ze hield de zaak onvoorstelbaar goed schoon, ze was een veelbelovend fotograaf en een historicus. Wie had dat verwacht?'

'Als er iemand is die er nog aan twijfelt of je hier een feestje kunt bouwen, dan moet die even hier komen kijken,' zei Matty, die bij een brede deur aan de linkerkant stond.

Ik liep naar hem toe en keek in de ruimte ernaast.

Het was een zaal met bedden aan weerszijden langs de wanden. Acht stuks – de lakens en dekens waren keurig opgevouwen en samen met het kussen op het voeteneinde gelegd, alsof de mannen voor wie de bedden bestemd waren elk moment terug konden komen om er nog even wat slaap in te halen.

'Het voelt alsof hier bij de deur een dik rood koord de toegang zou moeten belemmeren, met een bordje erbij met SLAAPZAAL BEMANNING en een beetje uitleg. Alsof dit een schoolexcursie is naar een oud kustwachtstation,' zei Kira, die over mijn schouder naar binnen keek. 'Ik weet dat Spiveys familie het eiland van de kustwacht heeft gekocht, maar waarom hebben ze dit in stand gehouden? Daar zou je toch gewoon een slaapkamer of zo van maken?'

'Grootmoeder woonde hier alleen, weet je nog?' riep Spivey vanuit het vertrek aan de andere kant van de overloop. 'Waarschijnlijk had ze al die ruimte niet nodig en heeft ze het daarom niet opgeruimd. Ze heeft niet alles bewaard. Je hebt het mooiste nog niet gezien. Kom hier eens kijken.'

We staken de overloop over. Mijn mond viel open van verbazing.

De slaapkamer van grootmoeder.

Spivey lag languit op een kingsize bed met zijn hand achter zijn hoofd op een berg kussens. Hij grijnsde van oor tot oor. 'Welkom in mijn liefdesnestje. Zorg dat je genoeg vloeistoffen hebt opgenomen en hang je preutsheid aan de kapstok in de gang. Als deze trein op gang komt is hij niet meer te houden. Nik nok.'

'Idioot,' mompelde Matty.

'Een idioot met een eigen huis,' corrigeerde Spivey hem.

De slaapkamer was abnormaal groot en besloeg bijna de helft van de verdieping. Hij was volledig gemeubileerd met tot in de puntjes verzorgd meubilair. Omdat mijn vader in vastgoed handelde, hadden we door de jaren heen ook nogal wat landgoederen gekocht en verkocht en hij had me geleerd waar ik op moest letten. De beide nachtkastjes naast het hemelbed waarop Spivey lag te pronken waren gemaakt van mahonie- en satijnhout met waaiervormig inlegwerk in de stijl van Hepplewhite. Als ik ze op waarde zou moeten schatten, waren ze per stuk ergens tussen de twee- en tienduizend dollar waard. Het bankje aan het voeteneinde van het bed, de ladekasten, de twee stoelen die een marmeren schaaktafeltje flankeerden bij het raam – het was allemaal nog veel meer waard.

Kira liep naar het bed, keerde zich om en liet zich ruggelings languit naast Spivey vallen. 'Ik ben volledig bereid me als vrouwtje te laten onderhouden als ik hier mag wonen.'

'Hé Billy,' zei Matty op fluistertoon, 'als jouw vriendinnetje al bereid is jou te dumpen voor die slaapkamer, wil je er niet bij zijn als ze de badkamer ziet.'

Hij had voor honderd procent gelijk.

De badkamer was een meter of drie breed en twee keer zo lang, het was er een en al marmer, er waren twee met de hand uitgehouwen badmeubels, er was een aparte toiletruimte en er was een inloopdouche zo groot dat je er een auto in kon parkeren. Alles fonkelde en de geur van schoonmaakmiddelen kwam je tegemoet. Een mandje met zeep, shampoo, conditioner en douchegel stond op een tafeltje midden in de ruimte. Op het rek eronder lag een stapeltje schone handdoeken.

Kira was weer van het bed gekomen en ik hoorde haar achter me naar adem happen. Ik sloeg mijn arm om haar middel voordat ze langs me naar binnen kon glippen. 'Hij heeft gelijk. Het wordt tijd voor jou om te vertrekken,' plaagde ik, terwijl ik haar probeerde mee te tronen.

'Dit is ongelofelijk. Waar verdiende jouw grootmoeder haar geld mee?' vroeg ze Spivey zonder zich om te draaien.

'Geen idee. Anders dan die ene keer met Thanksgiving geloof ik niet dat ik haar ooit heb ontmoet.' Spivey tilde zijn hoofd op. 'Er zijn twee kleerkasten. Als jij mijn seksslavin wordt, mag je er een van uitkiezen.'

Kira keerde zich om en maakte aanstalten naar Spivey toe te lopen. Ik trok haar naar me toe voordat ze zich uit mijn greep kon losmaken. 'Hé, laat je mij zomaar in de steek?'

Kira knipperde koket met haar oogleden. 'Ik krijg een kleerkast van hem.'

Er waren twee grote inloopkasten in de slaapkamer, beide helemaal leeg. Er hingen slechts kleerhangers.

'Marston moet hier iemand naartoe gestuurd hebben om de zaak op te ruimen,' zei Spivey. 'Al die laden zijn ook leeg, net zoals de laden en de kastjes in de badkamer.'

'Nou, dat is attent,' zei Kira. Ze dwaalde langzaam door de vertrekken.

'Ik denk dat degene die hier heeft opgeruimd ook al die briefjes heeft achtergelaten. Wie het ook geweest mag zijn, hij of zij had gevoel voor humor. Deze lag bij de telefoon bij het bed.'

Spivey hield een briefje omhoog zodat we het konden lezen.

Neem de telefoon niet op.

'Dat vind ik nou helemaal niet raar,' zei ik zo sarcastisch mogelijk. 'Misschien is dat de taak van Emerson.'

'Emerson? Wie is Emerson?' vroeg Spivey.

Matty liet hem het briefje van de koelkast zien.

Het is jouw beurt om Emerson te voeden.

'O, man, ik hoop niet dat we hier over een maand of zo een dode kat vinden,' zei Spivey. 'Ik zal Marston ernaar vragen als ik hem weer zie. Die weet vast of ze een huisdier had.' Hij haalde een paar velletjes papier uit zijn broekzak. 'Ik heb er nog meer gevonden. Ik heb ze steeds maar in mijn zak gestopt. Deze hing op de deur naar de kelder...'

Houd de waakvlam in de gaten. Die gaat nog weleens uit.

'Dat klinkt heel normaal, vind ik.' Kira haalde haar schouders op. 'Die bij ons gaat voortdurend uit. Mijn vader loopt er steeds over te mopperen.'

'Tuurlijk,' zei Spivey, 'maar wat vind je hiervan?' Hij hield een ander briefje omhoog.

Doe nooit de deuren op slot.

'Lijkt me ook niet nodig, toch,' zei Matty zonder te aarzelen. 'Je zit immers op een eiland.'

Nu haalde Spivey zijn schouders op. 'Marston zei dat ze voor geen enkele deur sleutels had, dus vroeg ik hem of ik nieuwe moest laten maken, en toen zei hij: "Dat zou ik niet doen." Niet: "Zeker, jongen, heel goed plan. Zorgen voor je nieuwe eigendommen..." Of: "Misschien komen ze nog weer boven water..." Nee, alleen: "Dat zou ik niet doen."'

'Advocaten houden ervan om de hete brij heen te draaien,' zei Matty. 'Mijn vader zegt dat ze worden betaald om voor verwarring te zorgen en vervolgens iedereen rekeningen te sturen om de zaak weer in het reine te trekken.'

'Ik weet het niet, het klinkt op een of andere manier wel logisch, vind ik,' zei ik. 'Als je geen sleutels hebt, kun je ook geen deuren op slot doen. Iemand houdt de boel in de gaten.'

'Oké,' zei Spivey, 'dat verklaart misschien dat briefje, maar wat vind je hier dan van?'

Hij liet ons weer een ander briefje zien. We vielen alle vier stil.

Wie hier is bij zonsondergang, moet blijven tot zonsopkomst.

'Oef, dat is eng,' zei Kira.

Matty klakte met zijn tong. 'Neu... dat is ook heel logisch. Weet je nog wat ik zei over die rotsen? Als je niet kunt zien wat je doet, is het levensgevaarlijk om hier rond te varen. Daar gaat het om. Misschien moet je de havenmeester een keer bellen en vragen of ze de vaargeul wat duidelijker kunnen aangeven met tonnen. Of nog beter, je moet je nieuwe vriendje Marston laten bellen. Advocaten beschikken over magische krachten als het om dat soort dingen gaat. Dan kan hij ophouden met briefjes schrijven en een keer iets nuttigs doen.'

Kira pakte mijn hand en nam me mee terug naar de trap. 'Ik wil die toren nog bekijken voordat we teruggaan.'

'Het uitzicht is waanzinnig – ik ben daar al boven geweest,' zei Spivey, onderweg naar beneden. 'Ik ben nog niet in de kelder geweest.'

'Dan ga ik mee.' Matty volgde Spivey naar beneden en nam de trap met twee treden tegelijk. 'Ik wil de watertank zien. En het botenhuis. Dat mag ik niet vergeten.'

Kira en ik liepen de trap op naar een volgende overloop waar slechts één deur was. Hij was op slot. Er zat een zwaar nachtslot in dat er niet erg oud uitzag.

'Iemand heeft dat ene briefje niet goed gelezen,' zei Kira. Ze rammelde aan de deurkruk.

Mijn ruimtelijk inzicht was vrij goed ontwikkeld en op grond van de ramen die je van buitenaf kon zien, leek het me duidelijk dat het huis alleen een begane grond en één verdieping had. Dat betekende dat wat zich achter deze deur bevond een vliering moest zijn, pal onder het dak. 'Daar is niet veel ruimte. Waarschijnlijk is het een rommelzolder of zo.'

'Misschien mogen we er van Spivey een slaapkamer van maken. We zouden niet veel nodig hebben, alleen een paar dekens. Een plekje helemaal voor ons alleen,' spinde Kira. Ze kuste me op de wang en keerde zich toen naar de laatste trap omhoog, die veel smaller en steiler was dan de andere trappen. Het was eigenlijk meer een ladder dan een trap. Ik klom achter haar aan, omhoog door een luik in de vloer van de torenkamer.

Ik heb altijd last gehad van hoogtevrees. Ik weet niet hoe dat komt. Ik heb nooit een zware smak gemaakt en ben nooit uit een boom getuimeld of iets dergelijks, maar toen ik in die torenkamer rechtop ging staan, voelden mijn benen slap als pudding en wilde ik weer door het luik naar beneden. Als ik er niet samen met Kira was geweest, was ik waarschijnlijk daadwerkelijk weer naar beneden gegaan. Ik bleef echter. Ik slikte de brok in mijn keel weg en sloeg mijn arm om haar schouders. Als we naar beneden zouden storten, zouden we samen naar beneden storten.

Hoogtevrees of geen hoogtevrees, het uitzicht was adembenemend.

De toren was zo'n tweeënhalve meter breed. In elk van de vier wanden zaten twee ramen. Aan één kant zag je de oceaan, aan de andere kanten Het Rak, New Castle en Kittery. Er was ook nog een smal deurtje naar een nog smallere widow's walk over de nok van het huis, en ik was blij dat er op die deur een vrij nieuw hangslot zat. Kira had anders de verleiding vast niet kunnen weerstaan om naar buiten te gaan. In plaats daarvan draaide ze zich naar me om, sloeg ze haar armen om mijn middel en trok ze me stevig tegen zich aan. 'Ik wil dat je hier boven stoute dingen met me doet.'

'Nu?'

Het glipte eruit voordat ik er erg in had en de ondeugende blik in haar ogen maakte plaats voor gefronste wenkbrauwen. 'Heb je daar geen zin in?'

Laat ik even heel duidelijk zijn – er is nooit een moment dat ik daar geen zin in heb. Op mijn zeventiende was een plotselinge windvlaag genoeg om mij op gang te krijgen. Maar terwijl ik haar omhelsde in die toren en probeerde niet naar buiten te kijken en me alleen op haar te concentreren, voelde ik het zweet op mijn rug en mijn voorhoofd. Het bonzen van mijn hart werd door iets anders veroorzaakt.

'O, fuck,' zei Kira zachtjes.

'Ik wil wel, maar...'

Kira sloeg me met haar vuist op mijn borst. 'Dat bedoel ik niet, kijk...' Ze wees door een van de ramen.

Ik keek naar buiten, zag Matty's boot aan de steiger en begreep het meteen. Izzie en Chloe waren niet langer in de boot. Ze hadden handdoeken uitgespreid op de steiger.

Kira liep naar het raam en deed het open. 'Hé!'

Izzie keek op.

Zonder iets te zeggen priemde Kira met een wijsvinger naar de boot.

Beide meisjes kwamen met de nodige tegenzin overeind. Het duurde een hele tijd.

Kennelijk had Spivey niets in de gaten. Dat beschouwden we als een winstpuntje.

Later kwamen we erachter dat dat helemaal niets uitmaakte.

Zondag 27 juni 2010

1

Ik was nog nooit bij een begrafenis geweest en wilde er ook niet heen, maar Spivey zei dat hij de halve nacht op was geweest. Hij had ruzie gehad met zijn ouders en wilde niet met hen meerijden. Ik sprak dus met hem af dat ik hem op de hoek van de straat zou oppikken. We reden vrijwel zonder te praten naar de Oceanside-begraafplaats, in onze zondagse kleren, onwennig prutsend aan de stropdas die we geen van beiden gewend waren en het liefst niet om hadden gehad.

'We gaan met een groepje later weer naar het huis, misschien wil je ook mee,' zei Spivey afwezig en uit het raam kijkend. Hij had wallen onder zijn ogen en oogde slaperig, alsof hij maar het beste weer in bed kon duiken, maar ik besloot er niets van te zeggen.

'O, ja...?'

'Alleen Matty, zijn zusje, Chloe... en Kira en jij als je zin hebt. Een soort housewarmingfeestje, maar dan bescheiden.'

'En de regels dan? Izzie en Chloe zijn toch te jong?'

Spivey haalde zijn schouders op. 'Ik heb Marston ernaar gevraagd en hij zei dat het niet belangrijk meer was.'

Ik wilde weten wat dat precies betekende, maar we reden de parkeerplaats bij de oude dorpsweide op, zodat ik niet de kans kreeg om de vraag te stellen.

De Oceanside-begraafplaats lag aan de rand van de oude dorpsweide, tegenover de bibliotheek. Ik vond een vrije parkeerplek en we liepen naar de paar rouwenden.

De begraafplaats was niet erg groot, iets kleiner dan een voetbalveld, maar het was een van de weinige op het eiland waar nog plaats was. Veel huizen op het eiland hadden een privébegraafplaats, een klein stukje grond weggestopt in een hoekje van de tuin. Ons huis had ook zo'n privébegraafplaats. We hadden geen idee wie er begraven lag of lagen. De grafstenen waren zo oud dat de tekst allang afgesleten was.

Spiveys grootmoeder werd dicht bij de stenen muur met het zwarte hek dat toegang tot de begraafplaats bood begraven. Het was een deel van de begraafplaats waarvan ik dacht dat het al jaren geleden helemaal vol was. Waarschijnlijk betekende het dat ze er al jaren geleden een plekje gekocht had.

Toen we dichterbij kwamen draaide een oudere man in een donkergrijs pak zich om. Hij knikte naar Spivey.

'Dat is Marston,' zei Spivey zacht tegen me.

Ik zag Spiveys moeder vooraan. Ze zat op een stoel. Zijn vader was er niet. Chief Whaley en agent Mundie stonden wat opzij, achteraan bij de bomen, beiden in uniform. Chief Whaley keek naar ons toen we naar voren liepen. Alles bij elkaar waren er tien mensen, inclusief de dominee van Congregationalistische Kerk van New Castle. Het was de enige kerk op het eiland.

Toen we zover waren dat we de kist konden zien, verstijfde ik. De aanblik van die glanzende zwarte kist boven dat gapende graf, de met een groen zeil afgedekte hoop zand ernaast... ik wilde er niet nog dichter bij komen.

Spiveys stem klonk gespannen. 'Ik denk dat ik...'

'Doe maar,' zei ik. 'Ik denk dat ik hier blijf staan.'

Ik had verwacht dat hij op de stoel naast zijn moeder zou gaan zitten. Ruzie of niet, dat leek me gepast, maar hij deed het niet. Spivey liep om het groepje mensen heen en ging naast Marston staan. Een paar minuten later begon de dominee te spreken. Hij had de passages die hij voorlas uit een versleten bijbel gemarkeerd met stroken rood vilt. Waarschijnlijk had hij de teksten over *Stof zijt gij...* net zo vaak nodig als de teksten voor huwelijksrituelen. Ik zou liegen als ik zou zeggen dat ik wist hoe hij heette. Wij zijn een paar keer naar de kerstnachtdienst en zelfs een keer met Pasen naar de kerk geweest, maar niemand zou ons als trouwe kerkgangers beschouwen. We hielden ons aan onze eigen zondagse traditie en dat betekende uitslapen, een uitgebreid ontbijt nemen en daarna voor de tv hangen en naar een of andere sportwedstrijd kijken. Mijn vader keek liever naar honkbal dan naar football, maar naar dat laatste wilde hij wel samen met mij kijken. Hij zette meestal zelfs zijn telefoon op zondag uit. Hij was niet perfect als vader, maar hij deed zijn best.

Iemand in mijn buurt schraapte zijn keel. Ik keek over mijn schouder en zag meneer Peck staan, gekleed in een kreukelig zwart pak en een verbleekte stropdas die ooit donkerrood was geweest. Hij had zijn grijze haar een beetje slordig over zijn hoofd achterover gestreken. Hij hield een oude hoed voor zijn borst. Hij leek me in eerste instantie niet te herkennen, maar toen hij zag wie ik was, verstrakte zijn gezicht en bewoog zijn hoofd met een klein knikje. 'Billy.'

Mijn vader had hem een paar jaar gelden geholpen het perceel naast zijn huis te verkopen. Soms zag ik hem in de stad, maar los daarvan kende ik hem niet echt goed. Hij had diepe wallen onder zijn ogen en hij had zich al een paar dagen niet geschoren. De diepe groeven in zijn gezicht waren gevoerd met grijze stoppels. Waarschijnlijk had hij niet geslapen. Geen wonder, na het identificeren van een dode.

'Chief Whaley vertelde dat jij haar bij Henry's hebt herkend?'

Hij liet zijn blik over de van ons afgekeerde hoofden voor ons gaan, leek even iets langer naar Spivey en Marston te kijken en reageerde toen met een klein hoofdknikje. 'Ja. Het is alweer een tijd geleden, maar ik ken haar en haar man van vroeger.' Hij liet zijn ogen langs mijn lichaam naar beneden glijden. 'Toen ik zo oud was als jij, denk ik.'

'Heette haar man misschien Emerson?' vroeg ik.

'Emerson? Nee.' Zijn ogen schoten even wijd open voordat hij ze tot spleetjes kneep. 'Waar heb je die naam gehoord?'

'We vonden een briefje. Spivey denkt dat het misschien haar kat is.'

Peck slikte. 'Ik weet niets van een kat. Haar man heette Lester. Lester Rote. Ze zijn jong getrouwd vanwege de oorlog. Ik denk dat hij haar aan zich wilde binden voordat hij scheep ging. Alles was... anders toen.'

'Woonde ze daar toen al? Op Wood Island?'

Peck liet zijn ogen opnieuw over de mensen dwalen en keek toen naar de geparkeerde auto's. Ik geloof dat hij daar evenmin graag was als ik. Hij knikte weer. 'Dat heb ik nooit zo goed begrepen. Ik neem aan dat zij het als haar thuis beschouwde, maar het is zo verdomd afgelegen. Dat is geen plek om volwassen te worden en al helemaal geen plek om je kinderen te laten opgroeien. Kinderen hebben speelruimte nodig, op dat eiland zit je alleen maar gevangen.'

'Waren jullie vrienden? Ben jij er geweest?'

'Ik ben er geweest.' Hij liet zijn stem dalen en keek naar de grond alsof hij zojuist een vreselijke misdaad had bekend. 'Een paar keer toen we nog jong waren. Haar ouders hadden iets tegen kinderen op dat eiland, dus deden we het stiekem. Je kunt op veel manieren een ongeluk krijgen als je op een rots in het water woont. Als je op de verkeerde plaats staat als het hoogtij wordt, heb je een probleem. Meestal zag ik Geraldine op school en in de kerk. Haar ouders kwamen op zondag naar de kerk en bleven dan de hele dag. In die tijd was de kerkdienst meer een sociaal gebeuren dat de hele dag duurde. Picknicks, muziek op de oude dorpsweide – dat is nu allemaal weg. Het zijn andere tijden,' zei hij nog eens. 'We waren heel close toen we jong waren, maar de tijd scheidt mensen al evenzeer als al dat water. Lester was niet zo kerks aangelegd. In het begin ging hij vanwege haar, maar langzamerhand kwamen ze steeds minder en uiteindelijk helemaal niet meer. In de loop van de jaren raakten we elkaar steeds meer kwijt. Ik leefde mijn leven en zij gingen hun eigen gang. Het moet minstens twintig jaar geleden zijn geweest dat ik haar voor het laatst heb gezien.' Hij knikte naar het graf naast de kist. 'De laatste keer was, denk ik, toen Lester is overleden. Dat is in ieder geval de laatste keer geweest waarvan ik zeker ben.'

Ik volgde zijn blik naar de grafsteen naast de kist. Zwart graniet, op de zijkant groeide mos. 'Hoe is hij… doodgegaan?'

Peck staarde naar zijn voeten en schuifelde met zijn glanzend zwarte schoenen in het zand. 'Verdronken. Ging met een boot de zee op om te gaan vissen en werd overvallen door een storm. Het was stom om er zo alleen op uit te gaan, maar het past wel bij wat ik zonet zei. Als je daar zo geïsoleerd woont, gaat dat in je hoofd zitten. Waarschijnlijk genoot hij op den duur meer van zijn eigen gezelschap dan van dat van anderen. Hij is op een zaterdag uitgevaren en nooit meer teruggekeerd. Dat graf daar naast dat van Geraldine is leeg. Die steen is alleen maar een gedenkteken voor Lester.'

'Verdiende hij daar zijn geld mee? Met vissen?'

Peck haalde zijn schouders op. 'Eerlijk gezegd zou ik het niet weten. Dat heb ik mezelf vaak genoeg afgevraagd. Ik weet niet wat ze deden. Je zou denken dat ze van oud geld leefden. Ik kan me niet herinneren dat iemand die daar heeft gewoond ooit heeft gewerkt, dus ze moeten wel iets in een oude sok hebben gehad.'

Ik vroeg me af of dat misschien de oorzaak was geweest van die diepe kloof tussen Spiveys grootmoeder en zijn ouders. Dat lag voor de hand.

Spiveys ouders gingen kopje-onder in de schulden. Als grootmoeder over de middelen beschikte om hen te redden, maar niet over de brug kwam, leek me dat een bron van ellende.

'Als je het mij vraagt, word je gek van de eenzaamheid,' zei Peck. 'Ik weet niet precies wat er met haar ouders gebeurd is, maar op een gegeven moment is ze eerst hen verloren, daarna Lester, en toen was ze helemaal alleen op het eiland. Al die jaren. Er zijn grenzen aan hoelang een mens dat kan volhouden. Eenzaamheid groeit in je als een tumor. Het vreet al het goede op en verspreidt een kille leegte en op het laatst is er niets meer over. Ik kan haar niet kwalijk nemen wat ze heeft gedaan.'

'Hoe bedoel je?'

'Er een einde aan maken zoals ze heeft gedaan.'

Hij moet de verbazing op mijn gezicht hebben gezien toen hij dat zei, want hij perste zijn lippen op elkaar, vloekte zacht en wierp een steelse blik in de richting van Chief Whaley. 'O, verdomme. Ik dacht dat je het wist. Ik dacht dat je vriend het je wel had verteld.'

'Chief Whaley zei dat het een beroerte was of zo.'

Peck schudde zijn hoofd en sprak nu zo zacht dat ik moeite had hem te verstaan. 'Ze zullen het wel stilhouden uit respect. Geraldine heeft iets in haar koffie gedaan, ik weet niet wat. Er hangt een camera boven in een hoek bij Henry's en Jolene Peterson zei dat je haar heel goed kon zien op de beelden, dat ze iets in haar koffie strooide, het doorroerde en toen een lange teug nam. Allemaal heel kalm. Daarna zat ze stil te wachten.' Hij begon weer met zijn voeten te schuifelen. 'Luister, het is mijn zaak niet, en ik zou het je waarschijnlijk allemaal niet moeten vertellen. Misschien kun je beter eens gaan praten met je vriend.'

Spivey stond al die tijd roerloos met gebogen hoofd en gevouwen handen naast Marston. Ik vroeg me af of hij het wist, en zo ja, waarom hij het mij niet had verteld.

Peck legde een hand op mijn schouder. 'Je zou er goed aan doen om je vriend aan te raden dat eiland te verkopen. Dan kan hij aan zijn leven beginnen zonder die last op zijn schouders en met een beetje geld op zak. Hij moet daar niet gaan wonen. Ik geloof niet dat Lester en Geraldine ooit gelukkig zijn geweest. Haar ouders evenmin. Hij staat aan het begin van een tocht die anderen al hebben gemaakt. Misschien is het nooit te laat om van het verleden te leren.'

Marston keerde zich op dat moment naar mij toe en keek me voor het eerst recht in de ogen. Hij kon onmogelijk hebben gehoord wat we hadden besproken. Hij stond te ver weg, maar iets in zijn blik maakte me duidelijk dat hij het allemaal wist. Hij had kille ogen, grijsblauw van kleur. Ik had hem nog nooit horen spreken, maar op een of andere manier wist ik hoe hij zou klinken. In gedachten hoorde ik hem luid en duidelijk zeggen: 'De regels, Hasler. Houd u aan de regels.'

2

'Niet die.' Whaley wees. 'Die volgende, nummer 93-04A71.'

Hoog op de wiebelige ladder keerde agent Mundie zich weer naar de plank, bekeek de dozen die erop stonden en niesde prompt vier keer snel na elkaar. Dat deed alleen maar meer stof opstuiven, zodat hij opnieuw moest niezen. Toen hij de niesbui eindelijk onder controle had, snoof hij en veegde hij zijn neus af. 'Wat zoeken we eigenlijk precies?'

Chief Whaley wist niet zo goed wat hij moest zeggen, want hij wist het zelf niet, hij ging af op een vaag gevoel. Een gevoel waarvan hij wist dat het niet vanzelf zou weggaan. Mundie was een prima jongen, maar de inkt waarmee de handtekening op zijn diploma was gezet was amper droog en hij werkte nog maar een half jaar hier in New Castle. Bovendien kwam hij uit Portsmouth, nog geen kilometer van dit bureau. Whaley was ervan overtuigd dat alles wat hij aan de jongen vertelde prompt het geruchtencircuit zou ingaan bij het eerstvolgende bezoek aan de Lobster Tail voor een potje poolen. Whaley had geen zin dat geruchtencircuit te voeden. De dood van Geraldine Rote had hem van zijn stuk gebracht. Dat zou hij nooit hardop zeggen, maar het was wel zo. Hij had de dood al van alle kanten meegemaakt, vier keer eerder een zelfmoord, maar nog nooit zoiets als dit. De vrouw had er op de videobeelden zo rustig uitgezien, alsof ze verlost was van iets. Haar handen trilden niet eens toen ze haar thee dronk.

En dan was er nog die brief.

Het telefoongesprek dat daarna kwam.

Hij had niets daarvan aan die jongens verteld. Daar was ook geen enkele reden voor.

'Help je me een handje?' mopperde Mundie. Hij moest zich in een rare bocht wringen om Whaley een doos aan te reiken. Mundies benen trilden bijna net zo hard als de poten van de ladder.

Whaley pakte de doos aan en zette hem op een oud stalen bureau in de hoek van het souterrain. Met het puntje van een nagel sneed hij het gele plakband door en hij tilde het deksel van de doos. Achter hem kwam Mundie van de ladder. Hij ging bij hem staan.

'Wat is in hemelsnaam *Brigadoon*?' vroeg Mundie. Hij wees naar een boek dat boven op een stapel dossiers en documenten lag.

Whaley pakte het boek uit de doos. Het was een paperback uit de bibliotheek van New Castle. Het kaartje voorin maakte duidelijk dat het in januari 1993 was uitgeleend aan Whaleys voorganger, Chief Nelson.

Mundie floot zacht. 'Zeventien jaar boete voor te laat inleveren. Als Nelson niet dood was geweest, had hij een tweede hypotheek op zijn huis moeten nemen om die boete te betalen. *Brigadoon* was toch een toneelstuk dat op Broadway heeft gespeeld?'

De omslag van het boek met al zijn felle kleuren was behoorlijk versleten. De rug was gebarsten op alle plekken waar het boek was opengeslagen. Van veel pagina's was een hoek omgevouwen en toen Whaley het boek doorbladerde, herkende hij veel van de hoogtepunten. 'Mary en ik hebben het jaren geleden in New York gezien. Het gaat over een dorp in de Schotse Hooglanden waar een vloek op rust en dat slechts één keer in de honderd jaar een dag tevoorschijn komt voor de buitenwereld. De rest van de tijd is het er gewoon niet.'

'Nou, ik hoop dat het beter was dan *Cats*. Dat heb ik twee jaar geleden uitgezeten en het bezorgt me nog steeds nachtmerries. Die klotebeesten zijn al druk bezig de wereld over te nemen. Als ze een meter tachtig waren, zouden de katten ons tot slaaf maken. Daar hoeven ze wat mij betreft niet ook nog eens liedjes bij te zingen en te dansen. Godvergeten eng!'

Whaley sloeg een van de pagina's met een ezelsoor tegen het einde van het verhaal open. Een alinea was met een marker geel gekleurd en de tekst was ook nog eens met een zwarte balpen onderstreept om het belang ervan te benadrukken.

Jeff stond als aan de grond genageld en staarde naar de plek waar zijn vriend had gestaan. Tommy's silhouet ijlde nog even na in de mist, zijn hand geheven in een groet, het dorp op de achtergrond en meneer Lundie aan zijn zijde. Toen was alles weg en bleef er niets anders over dan bomen die ouder waren dan Methusalem, langs de rivier, bomen met stammen zo kolossaal als huizen. Brigadoon *was verdwenen alsof het er nooit was geweest.*

Hoe mysterieus dat ook was, het waren de woorden in de kantlijn die Whaley pas echt de wenkbrauwen deed fronsen. Geschreven in een keurig handschrift stond daar *Niet elke honderd jaar, maar hoe vaak? Wat brengt het in hemelsnaam op gang?*

'Iemand is wel heel serieus met Broadway bezig,' zei Mundie die meelas over Whaleys schouder.

'Kun jij je Chief Nelson nog herinneren?'

'Pff, natuurlijk. Hij joeg ons zo ongeveer elke vrijdagavond van het strand. Hij was wel aardig. Nooit getrouwd, hij woonde alleen. Er werd wel beweerd dat hij gay was, maar daar is geen enkel bewijs voor.'

'Dat bedoel ik niet. Was hij goed als politieman?'

Mundie haalde zijn schouders op. 'Hoe moet ik dat weten. Ik was nog klein. Ik denk het wel, want ze hebben hem iets van dertig jaar aangehouden.'

Onder het boek lag een dikke dossiermap waarop L. DUBIN stond. Op de binnenkant van de omslag zat met een paperclip een foto van meisje dat een jaar of vijftien, zestien was. Een opname van grote afstand, gemaakt met een telelens. Het kostte Whaley geen enkele moeite om in haar de vrouw te zien met wie Ted Hasler gisteren ruzie had gemaakt. Ze mocht dan een jaar of twintig ouder zijn, die smaragdgroene ogen en dat kastanjebruine haar spraken boekdelen. Boven op een stapeltje losse vellen papier met aantekeningen lag een brochure met de titel 'Heksen van Salem'. Er was ook een dun mapje met blaadjes die met een paperclip aan elkaar waren gehecht en die eruitzagen als de uitdraai van een oude microfichelezer. De titel op het bovenste blad was 'Behekst Portsmouth en de geschiedenis van New England'. Op de binnenkant van de omslag waren twee namen met een vraagteken erachter gekrabbeld. Eén naam herkende hij, de andere niet...

Marston?

Emerson?

Nog dieper in de doos vond hij dossiers voor Ted Hasler, Pam Rote en haar latere echtgenoot Keith Spivey. Bij al die dossiers zaten foto's uit de kinderjaren. Er waren ook mappen voor Ralph Peck, Geraldine en Lester Rote en een met de naam Whidden. Whaley bladerde ze vluchtig door, legde ze terug in de doos en deed het deksel er weer op. Hij tilde de doos op en liep naar de trap. 'Bedankt voor de hulp, Mundie. Sluit de boel hier maar weer af en ga dan maar weer door met je patrouille.'

Mundie keek hem nieuwsgierig aan. 'Ga je me ook vertellen waar dit allemaal over gaat?'

'Nee.'

3

Toen we die avond in de buurt van het eiland kwamen, moest ik ineens huiveren. Het was zo'n huivering die dwars door je heen gaat, van je kruin tot je tenen. Er was geen enkele reden voor. Om kwart voor acht scheen de zon nog wel, maar al heel dicht boven de horizon. De temperatuur was net boven de twintig graden, warm genoeg, maar Kira moet die huivering hebben opgevangen, want ze kroop dichter tegen me aan en keek over de rand van Matty's boot naar het voorbijstromende water. 'Moet je aan je droom denken?'

Ik had haar verteld over de nachtmerrie met de haai.

Dat was ik eerst niet van plan, maar ik kon niets voor haar verborgen houden en ze had iets op mijn gezicht gelezen toen we op de steiger stonden te wachten tot Matty terug zou komen. Hij had een briefje achtergelaten om te vertellen dat hij Spivey en de meisjes alvast had weggebracht en nog even moest tanken.

Ik dacht nu helemaal niet meer aan haaien en ik was haar bijna dankbaar dat ze dat fijne verhaal weer oprakelde, maar in plaats daarvan gaf ik toe dat dat me bezighield, omdat het beter was dan vertellen waaraan ik werkelijk moest denken, namelijk aan wat Peck me had verteld.

In gedachten zag ik steeds maar beelden van Spivey – in de zeventig en helemaal alleen sjokkend over dat kleine eiland van hem. Een vereenzaamde kluizenaar over wie de kinderen enge verhalen vertelden. Het kostte me geen enkele moeite om hem op een dag aan boord van de Annabelle te zien stappen, weg te varen tot waar geen land meer te zien was, de stop uit het hoosgat te trekken en op de voorsteven te gaan zitten kijken hoe het water de boot in stroomde. Misschien zou hij het glas heffen op Lester. Misschien zou hij eerst nog wat wit poeder in het glas strooien, iets wat het allemaal wat minder heftig zou maken, net als die lieve grootmoeder had gedaan bij Henry's. Het had er alle schijn van dat wie lang op Wood Island woonde, een talent ontwikkelde voor een creatief afscheid.

Steeds bande ik die gedachten uit mijn hoofd, maar steeds kwamen ze weer terug. En hoewel ik er geen been in zag om over mijn nachtmerries met haaien te praten, kon ik geen reden bedenken om Kira op te zadelen met gedachten aan zelfmoord, eenzaamheid en andere naargeestigheid. Zij was opgetogen over dit nieuwe liefdesoord van Spivey – dat waren we allemaal – en dat hield ik mezelf steeds maar voor.

New Castle was maar klein en er waren erg weinig plaatsen waar we ons konden onttrekken aan het waakzame oog van onze ouders en hun vriendenkring. Zelfs die zo verlaten weg vlak bij het strand waar Kira en ik graag parkeerden, was geen groot geheim. Het was heel waarschijnlijk dat onze ouders ooit op dezelfde plek hadden geparkeerd, en misschien hun ouders ook nog. Iedereen wist precies wanneer Chief Whaley die kant op kwam tijdens een patrouille, net zo goed als we wisten wanneer hij over de oude dorpsweide reed of een paar andere afgelegen plekken aandeed. Je kon de klok erop gelijkzetten. Dat was denk ik ook niet per ongeluk. Er bestond een soort gentlemen's agreement tussen ouders en pubers – jullie krijgen van ons een beetje vrijheid om te doen wat pubers doen, zolang je het maar beperkt tot deze plaatsen.

Wood Island werd een gamechanger op het gebied van privacy. Wood Island was Privacy 2.0. Niet alleen konden ouders niet even langskomen om poolshoogte te nemen, ook Chief Whaley had er niets te vertellen. Ik neem aan dat de politie in Kittery er een boot naartoe zou kunnen sturen als ze dat per se wilden, of anders de kustwacht of de havenpolitie, maar we zouden ze zien komen en ik weet vrijwel zeker dat ze zonder toestemming geen voet op het eiland zouden mogen zetten. We hadden geen kwaad in de zin, begrijp me goed. Afgezien van een beetje wiet, had niemand van ons zich ooit met drugs beziggehouden. We dronken wel alcohol, maar dat doen alle pubers. En echt, was dit nou eigenlijk niet beter dan als we ons met een stelletje zouden verstoppen achter de winkels in Portsmouth, of bij het oude fort? Onder de tribunes van het sportveld van de highschool? Als puntje bij paaltje kwam zou niemand van ons achter het stuur van een auto kruipen. Als we al tot ongeregeldheden zouden komen, zou het heel beperkt zijn, op één geïsoleerde plek, min of meer afgezonderd van de beschaafde wereld. We zaten veilig op een eigen eilandje. Ik ben ervan overtuigd dat zelfs de meest bekrompen volwassene het zo zou zien.

Bovendien zou Spivey niet alleen zijn.

Dat speelde ook mee.

Niemand van ons ging vanavond weer naar huis.

We bleven allemaal op het eiland.

Kira had haar ouders verteld dat ze bleef slapen bij Alesia, en hoewel ze er niet bij was, had ze beloofd dat ze Kira zou dekken. Mijn ouders dachten dat ik bij Matty bleef slapen. Die had op zijn beurt verteld dat hij bij mij bleef. Chloe en Izzie hadden dezelfde truc uitgehaald. Spivey was gewoon vertrokken. Zijn vader was al een dag op zee op de boot van Milligan en het kon zijn moeder niets schelen wat hij deed.

Vorig jaar hadden we tijdens de zomer ditzelfde dansje uitgevoerd om in onze tenten te kamperen in de bergen bij Conway. Onze ouders hadden er zelfs geen flauw idee van dat we de stad uit waren.

Matty legde de boot stil langs de steiger en meerde af. Met z'n drieën liepen we naar het huis.

Het huis bleek goed geïsoleerd, want ik hoorde de muziek pas toen we al op de veranda stonden. In de keuken stevende Matty recht op de koelkast af. Hij haalde er drie flesjes bier uit. Met de flessenopener in de hand wees hij trots naar de keukendeur.

'Ik heb zelf een regel gemaakt!' riep hij over de muziek heen.

Je mag geen drank laten staan.

Gekrabbeld in vierkante blokletters.

Ik vond het een uitermate zinnige regel.

Jezus, wat stond de muziek hard. Maroon 5 met 'Moves Like Jagger'. Niet echt mijn smaak, maar het kon ermee door.

Matty wipte de kroonkurken van de flesjes, deelde het bier uit en hief zijn flesje. 'Op vanavond, hopelijk de eerste van een heleboel mooie avonden!'

Kira tikte haar flesje tegen het mijne en daarna tegen dat van Matty. 'Op vanavond.'

Terwijl ze proostte, kneep ze zacht in mijn hand.

Ik zette de fles aan mijn mond en nam een lange, koele teug bier. Ik vroeg me af hoeveel drank er nodig zou zijn om die stem van Peck uit mijn hoofd te krijgen.

De muziek stierf weg. 'Kom eens hier!' riep Spivey uit de woonkamer.

Hij zat op de vloer tussen een salontafel en de grootste stereo-installatie die ik ooit had gezien. Twee Klipsch-speakers en een Marantz-versterker domineerden een hoek van de kamer. Chloe en Izzie zaten op de bank, allebei met een fles bier in de hand, allebei met het gezicht dat iemand trekt die niet aan de smaak van bier gewend is. Het was al een jaar of twee geleden dat ik zelf zo'n gezicht had getrokken.

Er brandde nergens licht, maar verspreid door de kamer stonden kaarsen. Het flikkerende licht deed zijn best de donkerste schaduwen te bestrijden nu de zon onderging.

Matty liet zich op de bank naast Chloe en Izzie vallen en keek met grote ogen naar de stereo. 'Waar komt díé ineens vandaan?'

'Gevonden op de vliering.' Spivey glunderde. 'Hij zat nog ingepakt. Alsof grootmoeder hem heeft gekocht maar hem daarna is vergeten.'

Ik liep ernaartoe en bestudeerde de versterker. 'Die kost wel een paar duizend dollar, denk ik.'

'Alleen het beste van het beste is goed genoeg voor Geraldine. Die heb ik ook gevonden...'

Hij wees naar een 55-inch-tv die tegen de muur leunde, nog niet eens uitgepakt. Ernaast lag een tweede doos met een muurbeugel.

'Meen je dat? Op de vliering?'

'De vliering bij de overloop van de toren.'

'Heb je de sleutel gevonden?' vroeg Kira. Ze liet zich op de vloer vallen naast Spivey. 'Die wil ik.'

Ze knipoogde naar me. Dat was de kamer die ze wou inrichten als ons privéhol.

Spivey haalde zijn schouders op. 'Hij zat niet op slot.'

'De deuren mogen niet op slot!' zeiden Chloe en Izzie eenstemmig. Ze tikten hun flessen tegen elkaar en namen een slok bier.

Blijkbaar had iemand ze de nieuwe regels verteld.

Ik zag voor me hoe Kira geprobeerd had de deur open te maken, maar ik had het zelf niet geprobeerd. 'Misschien klemde hij,' zei ik verzoenend. 'Het is een oud huis.'

'Maakt niet uit. Hij is voor mij. Je zei dat ik een kast mocht kiezen,' zei Kira. 'Ik wil de vliering als kast.'

'Die wil je echt niet. Het is een grote hoop rommel. Hij staat vol met rotzooi van grootmoeder.'

'En super-de-luxe stereo-installaties,' vulde Matty aan.

'... en spinnen en muizen en ratten.'

'Gatver!' kreunde Izzie.

'Oké, dat misschien niet, maar er staat een heleboel rommel.' Spivey keek naar me op. Ik was blijven staan. 'Kom erbij zitten. We gaan een spel spelen.'

Ik ging naast Kira op de vloer zitten. 'Welk spel?'

Spivey goot het laatste restje bier door zijn keelgat, legde het lege flesje op de salontafel en liet hem met een snelle beweging van zijn pols ronddraaien. 'Flesje draaien.'

'Dude.' Matty fronste zijn wenkbrauwen. 'Ik ga geen flesje draaien met mijn zusje en haar vriendin erbij.'

Chloe porde hem met haar elleboog in zijn maag.

'Je zou wel meedoen als Alesia er was,' zei Kira.

'Ja... nou, en, maar die is er niet. En wiens schuld is dat?'

'Ik heb haar gevraagd. Misschien een volgende keer, zei ze.'

'Uh-huh, dan zul je nog een tijdje langer moeten wachten tot je me naakt te zien krijgt.'

Hij trok zijn shirt een stukje omhoog.

Kira droeg een dun groen truitje over een wit T-shirt, een spijkerbroek met afgeknipte pijpen, witte sokken en sneakers. Aangevuld met een bh'tje en een slipje kwam het totaal op negen kledingstukken. Tien als de haarband die ze droeg ook meetelde. Dat was waarschijnlijk wel genoeg om haar op zijn minst gedeeltelijk in de kleren te houden bij een stevig potje flesje draaien, maar ik wist absoluut zeker dat ik mijn vriendin alleen naakt wilde zien zonder gezelschap, dus ik draaide het voorstel meteen de nek om. 'Zullen we kwartjes gooien?'

Spivey keek de kring rond. 'Heeft iemand een kwartje?'

Niemand had een kwartje.

Izzie deed een poging. 'Doen, durven of de waarheid?'

'Ik heb nog nooit,' zei Kira.

'Dat kunnen we ook bij elkaar doen,' zei ik. 'Dan moet je kiezen uit *waarheid, doen* of *ik heb nog nooit.* Twee keer hetzelfde mag niet, dus iedereen moet ze alle drie een keer doen voordat we opnieuw beginnen.'

Kira kuste me op mijn wang. 'Daarom hou ik van jou. Altijd maar denken.'

'Oké, ik begin.' Matty boog naar voren. 'Waarheid.'

'Hé, heel fijn. Meteen doen wat het makkelijkst is. Toe maar,' zei Spivey.

Matty knipte drie keer snel achter elkaar met zijn vingers. 'Je moet wel een beetje snel zijn als je met mij wilt spelen.'

'Oké, snelle jongen,' zei Kira. 'Hier komt jouw waarheid... Heb je ooit geneukt?'

Matty bloosde, hij schoof onderuit op de bank. 'Oeps, jij loopt wel hard van stapel, hè?'

'Yep, zo doen we dat.'

Matty nam een slok bier, maar zei niets.

'Betekent dat nee?'

'Ik dacht dat we moesten drinken als we geen antwoord wilden geven. Zo werkt het toch?'

'Nee, je moet antwoorden.'

'Volgens mij heeft Matty gelijk,' zei Chloe. 'Volgens mij werkt het zo.'

'Jij bent vijftien,' zei Kira. 'Jij weet helemaal nog niet hoe dat soort dingen werkt.'

'Ik weet hoe je dat spelletje moet spelen én ik heb geneukt.'

'O ja? Met een jongen? schoot Kira terug.

Nu was het Chloe's beurt om te blozen. Ze nam een slok bier en maakte zich zo klein mogelijk op de bank.

'Dat dacht ik al.'

'Het antwoord is nee,' zei Matty. 'Ik heb nog niet geneukt. Ik wacht op jou.'

Kira keek hem scheef aan. 'Zal ik Alesia dan maar vertellen dat ze geen moeite hoeft te doen?'

'Oké,' onderbrak ik haar, voordat die woordenwisseling uit de hand zou lopen. 'Wie volgt?'

'Ik ga wel,' zei Spivey. 'Maar ik haal eerst iets sterkers. Als het een beetje leuk moet worden, redden we het niet met bier.'

Hij ging staan, liep naar de keuken en kwam terug met een fles wodka en een borrelglaasje. 'Nieuwe regel. Als je aan de beurt bent en je wilt niet doen wat je moet doen, móét je een shot drinken. In alle andere gevallen houden we het op bier. Goed?'

Toen niemand bezwaar maakte, ging hij verder: 'Ik wil er bovendien even op wijzen dat de zon net is ondergegaan en dat regel nummer vijf nu van kracht is. Iedereen zit vast op het eiland tot de zon opkomt.'

Hij vulde het borrelglaasje met wodka, zette het midden op het tafeltje en ging weer zitten. Hij keek de kring rond en zei toen: 'Ik denk dat ik een lopend onderzoek nog iets wil uitbreiden. Een vervolg, zou je kunnen zeggen, op iets wat juffrouw Kira zojuist aan de orde heeft gesteld.' Hij schraapte zijn keel. 'Ik heb nog nooit... een meisje gekust.'

'Even voor alle duidelijkheid,' zei Matty. 'Iedereen die een meisje heeft gekust, moet drinken?'

'Yep,' zei Kira. Ze nam een slok bier.

Ik keek haar glimlachend aan. 'Echt?'

'Als je een brave jongen bent, zal ik je er alles over vertellen.'

Alle anderen dronken ook, Chloe en Izzie niet uitgezonderd, en niemand ontging de blik die ze uitwisselden voordat ze een slok namen.

Spivey kneep zijn ogen tot spleetjes en hij grijnsde. 'Ik wist het!'

Izzie bloosde. 'Het is niet echt een geheim.'

'Doen!' zei Spivey. 'Ik daag je uit haar nu te zoenen.'

'Jij bent niet aan de beurt. Je bent net geweest.'

‘Dan daag ik jou uit,’ zei Kira.

Matty sloeg zijn handen voor zijn ogen. ‘Ik wil niet zien dat mijn zusje…’

‘O, jezus, hou even op, zeg!’ kreunde Chloe. Ze boog naar het tafeltje, pakte het glas wodka, sloeg het in één keer achterover, keerde zich toen naar Izzie en kuste haar vol op de lippen. Een lange, hongerige kus die bijna een halve minuut duurde. Toen klapte ze het borrelglaasje op tafel en grijnsde. ‘Ik ben van mening dat je dergelijke zaken niet moet uitstellen.’

Izzie veegde, nog altijd blozend, haar mond af met de rug van haar hand. ‘Ik wil even vermeld hebben dat we nu net allebei van die wodka genoten hebben.’

We zaten sprakeloos te staren.

Nog steeds met zijn handen voor zijn ogen vroeg Matty: ‘Is het al weer veilig genoeg om te kijken?’

Toen niemand iets zei, liet hij zijn handen zakken. ‘De kamer van Izzie ligt naast de mijne en vanwege al die slaapfeestjes de laatste tijd moet ik een koptelefoon met noisecancelling opzetten om nog een beetje slaap te krijgen. Er vinden kwalijke zaken plaats in die slaapkamer.’

Spivey vulde het borrelglaasje met wodka. ‘Je zusje is ineens veel interessanter geworden, Matty. Nik nok.’

‘Het is goed met je, eikel.’

Kira rolde met haar ogen. ‘Wie is er aan de beurt?’

‘Ik ben,’ zei Chloe. ‘We zijn weer bij waarheid, toch?’

‘We hebben ze alle drie gedaan, dus je kunt kiezen wat je wilt.’

Chloe nam een slok bier en boog zich over het tafeltje naar Spivey. ‘Denk jij dat dit huis bezeten is?’

4

‘Zo werkt het niet,’ zei ik. ‘Je kunt hem niet zo een vraag stellen.’

Chloe negeerde me en drong aan bij Spivey. ‘Ken je de geschiedenis van dit eiland?’

‘Onze kleine goth kan het niet laten om overal geesten te zoeken,’ klaagde Matty.

‘Ze is geen goth,’ mompelde Izzie binnensmonds.

‘Hoezo? Omdat jij haar hebt overgehaald iets aan te trekken wat niet zwart is?’ sneerde Matty. ‘Je kunt haar nagels roze verven en je kunt je kleine speelpopje aantrekken wat je maar wilt – ze blijft een namaakvampier die de hele dag naar deathrock luistert. Waarschijnlijk heeft ze piercings door haar tepels en een tattoo van prikkeldraad op een plek waar haar moeder het niet mag zien.'

Chloe stak haar tong uit. 'Dat zou jij wel willen weten.'

Spivey pakte het borrelglaasje, dronk het leeg en zette het weer op tafel. 'Waarom zou dit huis behekst zijn? Omdat het oud is?'

'Om wat dit huis ooit is geweest.'

'En dat is?'

Chloe maakte een gebaar naar het borrelglaasje. 'Ik wil eerst nog een shot.'

Spivey schonk het glas vol en schoof het naar haar toe.

Ze sloeg het glas ook deze keer achterover als een doorgewinterde alcoholist. Ik probeerde me te herinneren hoeveel ze nu al had gedronken. Was dit haar derde glas? Haar ogen glansden. Als ze nog niet dronken was, scheelde het niet veel meer. Kennelijk wilde ze daar gezelschap bij, want ze zei: 'Als iedereen een shot neemt, vertel ik het.'

Spivey glimlachte veelbetekenend naar Chloe. 'Ik mag die gedachtegang van jou wel, Donderdag.'

Donderdag? Ik denk dat we hem allemaal een beetje raar aankeken. Hij legde het uit.

'Wednesday is de goth van de Addams Family, Woensdag dus. Omdat Chloe haar gothicperiode voorbij is, noem ik haar maar Donderdag.'

'Dat is stom,' zei Izzie.

'Het is vanaf nu een officiële huisregel. Vanaf nu zal ik haar alleen nog Donderdag noemen. Het is gezegd, het zij zo.' Spivey schonk het borrelglas vol en schoof het naar Kira.

Kira woog nagenoeg niets, maar ik wist uit ervaring dat ze ons allemaal onder de tafel kon drinken. Mij ook. Ze beweerde dat dat kwam doordat ze heel weinig vet en een snelle stofwisseling had. Ik denk zelf dat het feit dat ze vier sneden brood at voordat ze alcohol dronk er meer mee te maken had, net als het glas water dat ze naar binnen stond te gieten toen ik haar had opgehaald. Hoe dan ook, ze maakte korte metten met het glas wodka, hield Spivey het lege glas voor zodat hij het weer vol kon gieten, en reikte het mij vervolgens aan.

De wodka brandde in mijn keel. Ik probeerde mijn gezicht in de plooi te houden, maar slaagde daar niet in. De anderen lachten. Het borrelglas ging rond.

Vast van plan haar dronken te voeren, probeerde Spivey weinig subtiel Chloe een extra glas toe te schuiven, maar Izzie pakte het voordat Chloe een kans kreeg en zette het midden op tafel. 'Kom op met dat verhaal. Ik wil het horen.'

Spivey grinnikte en gaf het op.

Het deed me goed hem gelukkig te zien. Na alle ellende die hij de afgelopen jaren had meegemaakt, verdiende hij dit meer dan wie ook.

Nu de zon was ondergegaan, werd het vertrek alleen nog verlicht door de kaarsen. Zacht geel en oranje licht glansde door de kamer, maar kon de donkere schaduwen hier en daar niet verjagen. De wanden leken iets dichterbij te komen, alsof het huis net zo graag wilde meeluisteren naar het verhaal van Chloe als wij.

Ze hield Izzies hand vast en schoof naar het randje van de bank. 'In 1869 gebruikte de kustwacht dit eiland als quarantaineplek voor de gele koorts. Elk schip dat Portsmouth aandeed met zieken aan boord, moest die hier afzetten. Soms moest het schip hier zelf worden afgemeerd. De zieken en schepen met zieken moesten hier blijven tot ze ofwel doodgingen ofwel beter werden. Ze werden niet echt behandeld. Er was weinig te eten en weinig water. Bijna niemand overleefde het. Veel zeelieden in die dagen waren criminelen, niet veel beter dan piraten. Naast alle ziekte en koorts, het gebrek aan voedsel, te weinig slaapplaatsen, te weinig onderdak, was er ook moord en doodslag. Je kon het krijsen tot op de oude dorpsweide horen.'

Kira snoof. 'Dat verzin je allemaal.'

Chloe schudde traag haar hoofd. 'Het staat in de annalen van de Historische Vereniging. Daar hebben ze zelfs een lijst met namen van alle mensen die zijn doodgegaan.'

'De kustwacht heeft dit huis jaren na al die ellende gebouwd,' zei Spivey. 'Hier is nooit iemand doodgegaan.'

'Hoe weet je dat zo zeker?' vroeg Chloe.

'Wacht,' zei Kira. 'Wil je beweren dat ze hier echt al die zieke mensen wegstopten?'

Spivey peuterde aan een hoekje van het etiket op zijn bierfles, kreeg er greep op en trok het ervan af. 'Marston heeft me het hele verhaal verteld. Hij vertelde dat ze de schepen dwongen af te meren aan de rotsen en de steiger, maar dat was het dan ook. De artsen kregen wel tijdelijk onderdak, maar de zieken moesten aan boord blijven om de ziekte in te dammen en te voorkomen dat ze zich zou uitbreiden. Iedereen die doodging, ging dood op het schip, niet hier op het eiland.'

'O, dus we worden omringd door lijken in plaats van dat we er bovenop zitten,' mopperde Matty. 'Dat lucht op. Hoeveel?'

'Honderden,' zei Chloe voordat Spivey kon reageren.

Het woord bleef zwaar in de lucht hangen.

Spivey dronk de laatste slok van zijn bier. Ik verwachtte dat hij zou zeggen dat het niet waar was, maar dat gebeurde niet.

'Ze gooiden de lijken niet gewoon overboord of zo om ze te laten wegrotten in het water,' zei hij. 'Ze zijn niet hier. Niet meer.'

Hij ging staan, liep naar de keuken en kwam terug met zes nieuwe flessen bier. Hij deelde ze uit en liet de flessenopener rondgaan. Omdat ik nu eenmaal een heer ben maakte ik de flesjes voor Kira, Izzie en Chloe open voordat ik de opener naar Matty gooide.

Matty produceerde een daverende boer.

Kira nam een klein slokje en schoof iets dichter bij de tafel. Ze wilde meer horen. 'Wat hebben ze dan wél met de lijken gedaan?'

'Ze werden verbrand,' zei Chloe. 'Ze bouwden gigantische vuren die je van kilometers ver kon ruiken. Er waren geruchten dat as en stof tot in Rye en Exeter waaiden.'

We vielen stil. Kira's ogen dwaalden naar het raam en de rotsachtige kust net achter het huis.

Spivey zei aanvankelijk niets. Ik denk om ons de tijd te geven het goed tot ons te laten doordringen. Toen begon hij te lachen. 'O, man, ze heeft jullie behoorlijk te pakken.' Hij schoof het borrelglas naar Chloe. 'Vertel ze eens wáár ze die lijken hebben verbrand, juffrouw Donderdag.'

Chloe bleef even stil en zuchtte toen. 'Bij de haven van Portsmouth. Op de plek waar nu de zoutopslag is.'

'En níét hier dus,' zei Spivey.

'Niet hier,' herhaalde Chloe en het klonk echt alsof ze daarom treurde. Spivey schoof het borrelglas nog verder naar haar toe. 'Drink,' zei hij.

Chloe dronk de wodka voordat Izzie de kans kreeg in te grijpen en hoewel ze haar best deed net te doen alsof het haar geen moeite kostte, was het mij duidelijk wie er als eerste over haar nek zou gaan.

Spivey schonk het borrelglaasje weer vol en schoof het naar het midden van de tafel.

'In feite is er niemand hier op het eiland gestorven,' zei hij. 'Het eiland is door de jaren heen voor van alles en nog wat gebruikt, maar nooit als begraafplaats.'

'Dit is New England,' zei ik. 'Overal zijn graven.'

'Maar niet hier,' hield Spivey vol. 'Marston zei dat de kustwacht in de tijd dat hier een reddingsstation was, op het eiland alleen reddingswerkers onderbracht in het huis en ze van hieruit de zee op stuurde. Maar die namen nooit overlevenden mee naar het eiland. Daar hadden ze hier geen voorzieningen voor. Ze brachten ze naar ziekenhuizen op het vasteland, in Portsmouth of bij de kustwachtbasis. Soms naar Rye, maar ze kwamen nooit hier.'

Ik moest denken aan Marston, zoals hij naar me had staan kijken bij de begrafenis. Die koude ogen van de man. 'Denk je dat hij over zoiets de waarheid zou vertellen?'

'Waarom zou hij liegen?'

'Omdat niemand op een plek wil wonen waar iemand is doodgegaan,' zei Kira. 'Dat brengt onheil.'

Ze had gelijk. Mijn vader had het daar vroeger wel over toen hij nog gewone huizen verkocht. Bij een bezichtiging was dat meestal het eerste wat potentiële kopers vroegen. Hij legde dan altijd meteen erachteraan uit dat een geval van overlijden volgens de wet van New Hampshire geen 'materieel feit' is bij het nemen van een beslissing over koop, en dus niet vermeld hoeft te worden. Als de koper ernaar vraagt, en de verkoper heeft er weet van, is hij verplicht naar waarheid te antwoorden, maar juridische stappen zijn niet mogelijk tegen een verkoper of diens makelaar als hij dat niet doet. Ik ben ervan overtuigd dat mijn vader het Amityville House, waar Ronald DeFeo zes familieleden doodschoot, zou verkopen als een bijzonder object dat wel een opknapbeurtje kon gebruiken, en dat hij verder niets zou hebben gezegd.

Het borrelglaasje ging nog een keer rond en toen het mijn beurt was, sloeg ik het ook achterover. Dat ging gemakkelijker – zo ging het immers altijd met alcohol. Alcohol besloop je. De eerste klap was weliswaar ruw, maar daarna werd het iets warms dat je op je gemak stelde als een oude vriend. *Hier, neem er nog een.* Tot je probeerde te gaan staan en tot de conclusie kwam dat je dat niet meer kon, dat er van lopen geen sprake kon zijn en dat je alleen nog kon kiezen uit twee kwaden: overgeven of in zwijm vallen. Het warme gevoel in mijn maag en het waas waardoor ik alles waarnam, leken erop te wijzen dat ik ergens tussen de twee voortploeterde.

Ik moest denken aan Spiveys grootvader Lester Rote, die met een vissersboot van het eiland wegvoer. En aan Geraldine Rote, die op een of andere manier vervoer naar New Castle had geregeld om daar een einde aan haar leven te maken. Misschien was dat ook een regel. Dat niemand mocht sterven op het eiland. Want dat leek ook logisch, toch? Als sommige plaatsen de dood aantrekken, zijn er andere die de dood op afstand houden. Maar nee, dat was dronkenmanspraat. Plaatsen doen dat niet, die doen niets. Toen schoot me ineens vaag iets te binnen van een verhaal over een grasvlakte in Afrika waar olifanten naartoe gaan om te sterven. Ze sjokken honderden kilometers om er te komen, om te sterven waar hun voorvaderen zijn overleden... Dinosaurusbotten die in hopen zijn gevonden... Indiase grafvelden, begraafplaatsen... was dat allemaal niet eigenlijk hetzelfde? Plaatsen waar de doden elkaar ontmoeten. Een soort reünie. Dus als een plek aantrekkingskracht op de dood kon uitoefenen, kon het tegenovergestelde toch ook?

'De helft van de huizen in New Castle is behekst,' zei Chloe. 'In Portsmouth is het nog erger. Hebben jullie ooit gehoord van Chase House?'

Toen niemand iets zei, ging ze verder.

'Dat staat aan Middle Road. Het is aan het einde van de negentiende eeuw gebouwd als weeshuis. Niet heel lang nadat het in gebruik werd genomen, hing een meisje zich in haar kamer op de eerste verdieping op. Dat overleefde ze niet. Mensen hebben haar door de gangen zien zwerven en gezien dat ze door de ramen naar buiten staart. Deuren gaan op onverklaarbare manier plotseling op slot. Licht gaat vanzelf aan en uit. Dat doet zij allemaal. Als je te dichtbij probeert te komen, draait ze zich om en vlucht ze weg. Als je heel stil een tijd op de stoep voor het huis blijft staan, kun je haar soms horen krijsen in het huis.'

'Dat is gewoon een mooi verhaaltje voor de toeristen,' mompelde Matty.

Chloe schudde het hoofd. 'Ik heb haar gehoord.'

'Ik ook,' zei Izzie zacht.

Matty kneep zijn ogen tot spleetjes en vroeg zijn zusje: 'Wanneer?'

'Vorig jaar zomer. Ik dacht dat Chloe het allemaal had verzonnen, dus heeft ze me meegenomen ernaartoe. Het was echt heel eng. We hoorden gekrijs in het huis. Het kwam van boven ergens. Een paar minuten later kwam er een vrouw naar buiten om de krant van de stoep te rapen. Ze deed alsof er niets was gebeurd. Chloe vroeg haar of ze het had gehoord en toen zei de vrouw dat het heel vaak gebeurde, maar dat je het alleen buiten kon horen.'

Matty nam een ferme slok van zijn bier en stelde toen vastberaden: 'Lokaal toeristengelul.'

'Ik heb gehoord dat het John Paul Jones House behekst is,' zei Kira en ik besefte dat ze er helemaal door gegrepen werd. Dat ze er écht door gegrepen werd. Kira kon heel overtuigend doen alsof ze in een onderwerp geïnteresseerd was – ze kon een beleefde glimlach op haar gezicht toveren en precies op het juiste moment knikken en degene die aan het woord was het gevoel geven dat alles in het universum om hem draaide. Dat was zo'n oerkracht waarover ze beschikte. Als iemand haar aansprak leek ze altíjd geïnteresseerd, zelfs als ze eigenlijk aan heel iets anders liep te denken. Zelfs als ze geen ene moer gaf om waarover ze het hadden. Maar nu zag ik een fonkeling in haar ogen die ik daar zelden zag. Iets van wat je in kinderogen ziet die de cadeautjes onder de kerstboom ontdekken.

Chloe knikte naar Kira. Zij zag het ook. 'Iederéén weet dat. Het huis is van de Historische Vereniging van Portsmouth en ze hebben verhalen van mensen die iemand zagen die van de zolder kwam in ouderwetse kleren, een kamer binnenging en verdween. Dat gebeurt daar aan de lopende band. De mensen die het hebben gezien, zeggen dat het net is alsof je naar videobeelden zit te kijken die worden afgespeeld. Een man van middelbare leeftijd die iedere keer precies hetzelfde doet, ongeacht wie er staan te kijken. En hij lijkt hen niet te zien.'

Izzie porde Chloe in haar zij. 'Vertel ze eens over de concertzaal in de stad.'

Chloe's ogen begonnen te glanzen. 'O, dat is echt eng. Een paar van die tv-programma's die onderzoek doen naar paranormale verschijnselen hebben er rapportages gemaakt. Dat gebouw zit vol warme en koude plekken. Er gaat raar licht branden in delen van het pand waar geen elektriciteit is. De mensen van de schoonmaak hebben verteld dat ze de piano op het podium hoorden spelen terwijl er niemand was. Acteurs hebben mensen in het publiek gezien die kostuums aanhadden. Ze zagen ze het ene moment zitten en het volgende moment waren ze weer weg. Ze zaten er zelfs bij repetities zonder publiek.'

'Gelul.' Matty hoestte in zijn elleboog. 'Denk je dat die concertzaal er nog zou zijn als ze niet op een of andere manier de toeristen naar binnen kregen? Zonder spookverhalen zou er nu een biologische winkel in dat pand zitten. Of een drogist.'

'Klootzak,' zei Kira.

Hij draaide zich om op de bank. 'Wat wou je zien, schatje?'

Even was ik bang dat ze haar lege bierflesje naar hem zou gooien. Spivey moet hetzelfde hebben gedacht, want hij pakte het uit haar hand en liep naar de keuken om een nieuw biertje te halen.

Kira leek Matty te vergeten en keerde zich naar mij. 'Jij bent akelig stil. Wat denk je?'

'Ik weet het niet. Misschien heeft Matty gelijk.'

Ze ramde haar elleboog in mijn maag.

'Au!'

'Wat denk jij dat er gebeurt als we doodgaan? Denk je dat we gewoon uitdoven, en dat was het dan? Hatsikidee, weg?'

Ik had daar bijna op gereageerd, maar bedacht op tijd dat Kira's tante de afgelopen winter was omgekomen bij een auto-ongeluk. Kira had een nauwe band gehad met haar tante, dus ik kon dat pad maar beter niet bewandelen. 'Ik weet het niet,' zei ik dus maar. 'Niemand weet het zeker.'

'Mensen, levende dingen, zijn energie,' zei Chloe. 'Niets houdt ooit op, alleen de energie wordt anders verdeeld. Soms raakt die gevangen. Dat is wat er volgens mij gebeurt.' Ze keek mij aan. 'Wat jij zei, overal zijn graven. Als alle doden in New England in één keer tegelijk zouden opstaan zouden er waarschijnlijk tien doden zijn voor elke levende.'

Matty snoof. 'Dus nu zijn zombies ook echt?'

Ze schudde haar hoofd. 'Dat bedoel ik niet. Je moet al die mensen zien als energie. Waar moet die naartoe? Die hoopt zich op, steeds meer, en zoekt uitwegen. Het is overal. Soms is het zo sterk aanwezig dat we het kunnen zien, dan vloeit het over naar onze wereld. En soms gloeit het alleen zwakjes. 'Als mensen op een vreselijke of agressieve manier aan hun einde komen, raakt de energie gevangen, opgesloten. De dode zit vast in een huis. Zo ongeveer als wanneer mensen in een huis roken – je kunt boenen en poetsen en verven, je kunt de vloerbedekking vernieuwen, maar die stank blijft hangen. Ik denk dat de doden ook weleens in de war zijn, dat ze niet begrijpen dat ze dood zijn. Verdwaalde zielen. Die gaan dan terug naar plaatsen die hun het vertrouwdst waren, zoals de concertzaal. Maar hoe dan ook, alle energie moet ergens naartoe. Die verdwijnt niet.'

'Dat is dom gezeik,' zei Matty. 'Prietpraat, geklets, gezwets in de ruimte.'

'Kom op, heb jij nooit een geest gezien?' vroeg Kira. 'Niet één keer?'

'Jij wel?'

Ze schoof het borrelglaasje naar hem toe. 'Je moet drinken als je dat wilt weten.'

'Iedereén moet drinken,' zei Spivey.

Het borrelglas maakte een volgend rondje.

5

'Alesia bleef bij mij slapen,' zei Kira. 'Twee jaar geleden in de zomer. Om één uur 's nachts slopen we het huis uit en gingen we naar de Point of Graves-begraafplaats. Annie McCormick had ons uitgedaagd en zei dat we haar een foto met een tijdstempel moesten laten zien van het familiegraf van de Vaughns. Dat is dat grote graf, helemaal achterin.'

Chloe straalde. 'O, dat graf ken ik, dat...'

'Sst.' Kira legde haar het zwijgen op. 'Mijn verhaal.'

Mijn maag was niet erg tevreden over de laatste toevoer van alcohol. Er rommelde iets, gevolgd door een gorgelen. Om vooral de schijn op te houden dat er niets aan de hand was, zette ik mijn bierflesje aan mijn mond en dronk ik het laatste restje op. Ik had Spivey niet overeind zien komen om meer te halen, maar hij verving het lege flesje dat ik in mijn hand hield door een vol flesje, tikte er proostend tegenaan met zijn eigen fles en keek weer naar Kira. Dat gebeurde allemaal met één soepele beweging waarin alles in elkaar overvloeide zonder dat ik de dingen scherp kon onderscheiden. Ik zei tegen mezelf dat ik het kalm aan moest doen en nam een nieuwe slok bier. Er was duidelijk sprake van een communicatiestoornis tussen mijn mond en mijn hersens. Daar moest ik iets aan doen. Misschien moest ik beide maar eens streng toespreken.

Kira pakte een van de kaarsen en hield die even dicht bij haar gezicht. Ze liet het licht over haar trekken dansen terwijl ze naar de vlam keek. Toen zette ze hem op tafel tussen ons in naast het borrelglaasje – dat al weer vol klaarstond.

'Het graf van de Vaughns dus. De Vaughns emigreerden in de zeventiende eeuw vanuit Engeland hiernaartoe, maar verder is er niet veel meer over hen bekend dan dat ze een van de eerste families waren die zich hier hebben gevestigd. Op het graf ligt een soort stenen sarcofaag, maar dat is misleidend, want het is eigenlijk een deur. In de negentiende eeuw heeft iemand die een keer opengemaakt. Ik denk dat ze die man hadden ingehuurd voor onderhoud of schoonmaak. Hij zag dat er een trap omlaag was. Aan het einde van die trap bevond zich een bakstenen grafkamer met achtentwintig lijken. Niet in grafkisten, maar verspreid in die grafkamer tussen aardewerk en ander persoonlijke bezittingen. Eenentwintig volwassenen, vier pubers, twee kinderen en een baby.'

'Hm, geval van massazelfmoord?' vroeg Matty.

Kira haalde haar schouders op. 'Niemand weet het. Tenminste niet zeker. Maar heel veel mensen hebben hun geesten gezien. 's Nachts komen ze de trap op en dan dwalen ze rond over de begraafplaats. Allemaal, de hele familie.'

Chloe's mond hing open. 'Heb je ze gezien?'

Kira staarde een tijdje naar de kaarsvlam voordat ze reageerde. Toen schudde ze haar hoofd. 'Nee, maar we voelden ze wel. We kregen kippenvel op onze armen en de lucht was helemaal elektrisch, zoiets als na een blikseminslag vlakbij. Er was geen wind, geen zuchtje, maar toen we vlak bij het graf stonden voelden we allebei iemand pal achter ons ademhalen. Alsof er iemand achter ons stond die heel lang was. Alesia wist zeker dat ze iemand haar naam hoorde zeggen, een oude man met een Engels accent. We zijn zo hard weggerend dat we die foto nooit hebben gemaakt.'

Chloe staarde eveneens naar de kaarsvlam. 'Ik heb thuis een boek waarin alle behekste plaatsen in deze buurt staan beschreven. Er zijn meer verhalen zoals dat van jou. Niet alleen van mensen die erin geloven, ook verhalen van mensen die heel sceptisch zijn. Het bestaat echt.'

Spivey, die al een hele tijd niets meer had gezegd, mengde zich nu in het gesprek. 'Niemand sterft daadwerkelijk op een begraafplaats. Dus waarom zou een begraafplaats behekst zijn?'

'Om dezelfde reden waarom de concertzaal behekst is. De geesten worden erdoor aangetrokken.'

'Net als de olifanten,' mompelde ik.

Kira keek me verbaasd aan. 'Hè?'

'Niets.'

Matty schoof het borrelglas in mijn richting. 'Als je iets stoms zegt, moet je drinken.'

Dat was een onzinnige regel, maar ik werkte de wodka niettemin naar binnen en plaatste het glas daarna met overdreven gebaren op z'n kop op tafel. Daarbij gooide ik bijna de kaars omver. Kira kon hem nog net grijpen. Ik weet zeker dat niemand dat heeft gezien. Ah, misschien ook wel, misschien hebben ze het allemaal gezien. Spiveys gitaar stond tegen de bank geleund. Hij pakte hem en begon gedachteloos te tokkelen. 'Dus zelfs als hier nooit iemand is doodgegaan, kunnen hier toch geesten zijn?'

Chloe dacht na. 'Ik denk het wel.'

'Hoe weten we...' Zijn stem stierf weg. Hij dacht na. In de stilte klonk alleen het getokkel op de gitaar.

'We hebben een ouijabord nodig.'

'Heb je dat?'

Chloe knikte. 'Ik kan het de volgende keer wel meenemen.' Ik zag dat Izzie zich naar haar toe boog en iets in haar oor fluisterde. Ik kon niet uitmaken wat ze zei.

Naast me zei Kira ineens: 'Hoho, er gaat iemand van zijn stokje!'

Ik keek rond en vroeg me af wie ze bedoelde. Langzamerhand drong het tot me door dat iedereen mij aankeek. Kira bedoelde mij.

'Ik ga niet van mijn stokje,' zei ik tegen haar.

Maar de woorden kwamen meer uit mijn mond als *Iiijjegggnnnniieettt-efffmnnnnzzztokkju*, en ik moest toegeven dat ik mijn staat van beschonkenheid lichtelijk verkeerd had ingeschat. Dat laatste zei ik ook hardop en dat ontlokte aan de rest een daverend lachsalvo. Ook aan Chloe – juffrouw Donderdag – die toch met gemak als eerste dit stadium had moeten bereiken, maar als zij net zo dronken was als ik, dan kon ik dat niet van haar gezicht aflezen. Ze leek te intensief na te denken over wat Spivey zojuist had gezegd. Of misschien moest ze denken aan Spiveys overgrootouders, want om een of andere reden moest ik plotseling aan hen denken. Ik vroeg me af hoe zij aan hun einde waren gekomen. Daar hadden we nog niet over gesproken. Meer in het bijzonder vroeg ik me af wáár ze waren overleden. Ik vroeg me af of Spivey dát aan Marston had gevraagd. Want het was belangrijk dat hij dát zou vragen.

Ik wist dat ik dat nu wilde vragen, maar mijn mond werkte niet langer mee. Ik besefte ook dat ik in een andere hoek van de kamer lag en wist eigenlijk niet zo goed wanneer ik daar terecht was gekomen. Iemand (waarschijnlijk Kira) had een kussen onder mijn hoofd geschoven en een deken over me heen gelegd, en zelfs een glas water naast mijn hoofd gezet.

Ze speelden het spel weer.

Ik hoorde iemand (ik denk dat het Spivey was) Izzie uitdagen alleen naar de kelder te gaan. Ze moest daar een hele minuut in het donker blijven staan voordat ze weer naar boven mocht komen. Kira zei dat ze even naar het waakvlammetje moest kijken als ze daar toch beneden was – *die gaat nog weleens uit*, weet je.

Toen besloot ik om te gaan slapen, even maar, een poosje. Ik zakte weg en vroeg me nog vaag af of iemand eraan had gedacht om Emerson te voeden.

Toen ik wakker werd, was ik alleen. Er brandde geen licht, alle kaarsen waren uit en het was doodstil. Volgens mijn horloge was het tien voor half vijf. Ik dronk het glas water leeg dat Kira voor me had klaargezet en kwam overeind. Ik moest naar de wc maar liep naar het raam en keek naar buiten. Toen zag ik ze. Kira en Matty. Ze zaten in het maanlicht op een grote rots (die erg leek op ónze rots). Ze hadden een deken om hun schouders geslagen. De golven rolden zachtjes landinwaarts. Maar al die romantiek was niet aan mij besteed. Een geweldige woede ontstak in mij. Ik wilde niets liever dan een mes in Matty's nek steken.

Moeizaam vond ik mijn weg naar buiten. Strompelend over het smalle strandje bereikte ik de rots. Ik had geen mes, dus pakte ik een steen op en woog ik die in mijn hand, voelde hoe solide hij was. Ik zocht een lekker scherpe rand. Een uitstekend wapen.

Toen ik bij ze kwam, waren ze niet met z'n tweeën. Kira was alleen. Ik had evenmin een steen in mijn hand en daar was ik blij om, want toen ze me hoorde, keek ze glimlachend over haar schouder. 'Daar is mijn slaapkop. Moest je overgeven?'

Ik deed mijn mond open om nee te zeggen en kotste de inhoud van mijn maag in het zand.

Maandag 28 juni 2010

1

Whaley had zich voor de gelegenheid geïnstalleerd in de kleine vergaderruimte aan de andere kant van de gang, tegenover zijn kantoor. Zijn bureau lag zo afgeladen vol met van alles en nog wat dat er domweg geen plek meer was voor nog meer. Op het moment dat hij de doos had opengemaakt, had hij beseft dat hij extra ruimte nodig had.

Hij was nooit een lezer geweest, dus had hij zich niet aan de gedrukte uitgave van *Brigadoon* gewaagd, maar was hij de vorige avond onderweg naar huis langs Video Zone gegaan en had hij een video gehuurd van de in 1954 uitgebrachte film met Gene Kelly en Cyd Charisse. Mary had hem met opgetrokken wenkbrauwen gadegeslagen toen hij de video in de recorder had gestopt, maar het duurde maar een paar minuten tot ze zich met een schaal verse popcorn naast hem op de bank nestelde.

'Het is voor mijn werk,' had hij gezegd.

'Hm-hm.'

En dat was dat.

Hij had er iets meer van genoten dan hij ooit publiekelijk zou toegeven, terwijl Mary na ongeveer een uur in slaap was gesukkeld. Toegegeven, gewoonlijk gebeurde dat al na twintig minuten.

Zo ongeveer op hetzelfde moment dat zij in slaap viel had hij het boek erbij gepakt en mee gebladerd met het verhaal op het scherm.

Steeds weer kwam hij terug bij die twee regels die Chief Nelson in de marge had gekrabbeld: *Niet elke honderd jaar, maar hoe vaak? Wat brengt het in hemelsnaam op gang?*

Zowel in het boek als in de film verscheen het dorp om de honderd jaar slechts één keer. In de film was er geen enkele suggestie waardoor het op gang werd gebracht. Het werd niet uitgelegd, het gebeurde gewoon. Whaley vermoedde dat sommigen dat frustrerend zouden vinden, maar het deed niets af aan het verhaal. Hij had geen flauw idee waarom zijn voorganger zich daar zo druk over had gemaakt.

En dan was er nog het eerste zinnetje – *Niet elke honderd jaar, maar hoe vaak?* – zowel in het boek als de film werd heel duidelijk gemaakt dat het maar één keer per honderd jaar gebeurde (in het boek werd dat voor het eerst op pagina 138 vermeld). Dus wat was dat voor vreemde opmerking van Chief Nelson?

Toen de film om half twaalf was afgelopen en Whaley in gepeins verzonken in het donker op de bank zat met zijn vrouw onderuitgezakt naast hem, drong zich iets van besef aan hem op over wat hij aan het doen was. Had hij echt serieus naar een oude musical zitten kijken alsof dat deel uitmaakte van een misdaadonderzoek? Overwoog hij werkelijk of hij iets van bewijsmateriaal had gevonden voor wat dan ook?

Jezus, als iemand daar lucht van kreeg...

Hij legde het boek op het bijzettafeltje, ging staan, rekte zich uit en begeleidde Mary naar bed.

De volgende ochtend zouden al die hersenspinsels wel vervluchtigd zijn.

Maar dat waren ze niet. Hij had de hele nacht liggen woelen met beelden van Geraldine Rote op zijn netvlies en was uiteindelijk maar een uur voor zonsopgang naar zijn werk gegaan. Daar had hij de doos opengemaakt.

In de doos zaten acht dossiers:

Laura Dubin
Ted Hasler
Pam Rote
Keith Spivey
Ralph Peck
Lester Rote
Geraldine Rote

... en een laatste waar alleen *Whidden* op stond. De eerste vier waren uitgebreider dan de rest – terwijl er in de map Whidden slechts één enkel vel papier lag, was het dossier van Ted Hasler bijna drie centimeter dik. Er zaten schoolrapporten bij, verkeersboetes, een rapport uit de NCIS-database met alle persoonsgegevens uit het verleden, en wat het meest in het oog sprong was het financiële cijfermateriaal, doorspekt met door Chief Nelson aangebrachte onderstrepingen en opmerkingen. Hij had alles vastgelegd, vanaf Haslers eerste vastgoedtransacties en leningen in de jaren tachtig en negentig tot het moment dat Nelson met pensioen was gegaan. Bij de allereerste transacties was hij nog niet eens van school gewest – hij was zestien toen hij een stuk grond van een halve hectare in Rye kocht met een onderhandse lening, gearrangeerd door – Whaley staarde secondelang naar de naam, alsof hij verwachtte dat er iets anders zou staan als hij ook maar even met zijn oogleden knipperde, maar dat gebeurde niet. Het stond er echt: *Lockwood Marston*. Getypt op een machine met een zwart lint, diverse keren met blauwe inkt omcirkeld, ongetwijfeld door Nelson.

De naam Marston dook ook op bij een aantal andere transacties, die iedere keer iets groter waren dan de vorige. Whaley vond vergelijkbare zaken in de mappen met de dossiers van Laura Dubin, Geraldine Rote en Lester Rote, en zelfs in de map van Ralph Peck, al dateerden die van veel eerder. Geraldine was een niet te onderschatten erfenis ten deel gevallen, waar ook Wood Island deel van uitmaakte, toen haar ouders stierven. Lester trouwde met haar. Al zou je er nooit achter komen als je met hem een gesprek begon, Peck was eigenaar van een aantal winkelpanden en zelfs een heel rijtje winkels naast elkaar in Exeter. Het ging om tientallen transacties waarbij Marston telkens op een of andere manier betrokken was.

Je kon in die mappen een verhaal zien over de accumulatie van rijkdom, behalve in de mappen van Keith en Pam Spivey. Er zaten processen-verbaal in van arrestaties, aangiftes van creditcardfraude en op valse gronden aangegane leningen. Er zat ook een kopie in van een contactverbod. Keurig gerangschikt op datum en op volgorde gelegd zag je het leven van twee mensen voorbijkomen dat langzamerhand naar de bliksem ging. De ene mislukking na de andere. Afgezien van de kopie van het contactverbod kwam de naam Marston maar één keer in die dossiers voor. Hij had geprobeerd een borgsom te betalen voor Keith Spivey toen die in 2004 na een knokpartij in een kroeg in de cel zat. Keith had zijn tussenkomst geweigerd en ervoor gekozen de rest van het weekend in de cel door te brengen.

Na verloop van tijd was Whaley toe aan het enkele vel papier in de dossiermap Whidden. Het was een met de hand geschreven tekst en dateerde nog van voor Chief Nelsons tijd. Whaley had de tekst eerder gezien – Nelson had hem er alles over verteld toen Whaley het werk jaren geleden van hem had overgenomen. Het was een oude zaak, een soort overgangsrite. Whaley had geen idee wat het moest betekenen en wat het met de rest van de inhoud van de doos te maken had.

'Chief?'

Sandy stond met gefronste wenkbrauwen op de drempel.

Whaley legde het vel papier neer. 'Wat is er?'

'Pam Spivey belde, volledig overstuur. Iets met haar zoon. Ik denk dat je ernaartoe moet.'

2

Ik weet niet precies hoe laat het was toen ik van Wood Island thuiskwam. We waren met z'n allen even na zonsopkomst, weinig spraakzaam, in de boot van Matty weer naar New Castle teruggevaren. Ik had een fikse kater en ik was niet de enige. Er werd bijna niets gezegd. We communiceerden vooral met grommen en hoofdknikken die zo weinig mogelijk energie en beweging vergden, zaten stil op de bankjes en staarden over het water tot we afmeerden. Kira en ik bedankten Matty voor de lift, deden een halfslachtige poging afscheid te nemen van Izzie en Chloe en stapten in mijn auto. Dat was het. Ik zette Kira thuis af, reed op de automatische piloot naar huis en zocht daar mijn bed op, waarop ik me liet vallen zonder de moeite te doen me uit te kleden.

Van ons allemaal was Spivey de enige die vrolijk was, die geen kater had. Hij bood aan om ontbijt voor ons te maken en zei dat er meer dan genoeg te eten was voor iedereen, maar we bedankten allemaal.

Naar huis.

Bed.

Ja…

Spivey was op het eiland achtergebleven. Hij zou later wel komen met de Annabelle. Zoals ik zei weet ik niet hoe laat het was toen ik thuiskwam, maar ik weet precies wanneer ik weer wakker werd, want ik schrok me dood toen mijn vader uit alle macht op mijn deur bonkte. Ik maaide mijn wekker van het nachtkastje toen ik zo plotseling werd gestoord in mijn onrustige dromen. Het was vijf minuten over half twaalf. Bijna middag.

'Hé Billy, ben je wakker?'

Bij het horen van zijn stem schoten er twee dingen door mijn hoofd.

Om te beginnen zat ik in de problemen. Omdat het zomervakantie was en omdat ik me niet kon herinneren wanneer mijn vader mij voor het laatst had wakker gemaakt als het niet ging om te laat komen op school, voor training of wat dan ook, maar dat was allemaal niet aan de orde. In de tweede plaats was het maandag: mijn vader hoorde niet thuis te zijn, maar op kantoor. Er zou niemand thuis moeten zijn. Op de universiteit begon de vakantie pas over een week. Mijn moeder zou aan het werk zijn, mijn vader zou op kantoor moeten zijn en ik zou druk doende moeten zijn mijn roes uit te…

'Billy.' Hij bonsde voor de tweede keer op mijn deur. 'Er is bezoek voor je.'

De deurkruk ging omlaag en mijn vader duwde aarzelend de deur een eindje open.

Het lukte me het laken tot mijn kin omhoog te trekken voordat hij zijn hoofd naar binnen stak. Ik geloof niet dat hij zo snel had kunnen zien dat ik al mijn kleren nog aanhad. En als hij het wel zag, zei hij er niets van. Hij wierp een vluchtige blik op mij en keek toen naar mijn bureau in de andere hoek van de kamer, alsof hij zich een beetje schaamde voor deze inbreuk op mijn privacy. 'Haast je, jongen, het is belangrijk.'

Zijn hoofd verdween, hij sloot de deur. Ik ging overeind zitten.

Ik heb geen idee of hij wist welke kleren ik de vorige dag had gedragen, maar voor de zekerheid trok ik mijn spijkerbroek en sweatshirt uit en verving ik ze door een oud T-shirt en een korte broek. Ik haalde een borstel door mijn haar, waardoor het er nog slordiger ging uitzien en ik het nog een minuut lang probeerde te fatsoeneren. Zonder resultaat. Hij wist dat ik net uit bed kwam en ik hoopte maar dat hij dat al wereldkundig had gemaakt, want ik was niet van plan om veel indruk op wie dan ook te maken.

Op weg naar de deur van mijn kamer graaide ik een doosje Tic Tac mee. Ik goot de helft van de inhoud in mijn mond en verbrijzelde de snoepjes met mijn kiezen. De frisheid van pepermunt, klaar voor een nieuwe dag.

Ik wist niet wie daar op me zou zitten wachten, maar ik kan je wel vertellen wie ik niet had verwacht te zien, en dat was Spiveys vader. Maar hij was het wel, hij zat op de bank in onze woonkamer, de handen gevouwen, de blik op het oosterse tapijt onder de salontafel gericht. Mijn vader stond bij de keukendeur en leunde tegen de deurpost. Ik kreeg hem nu pas goed te zien. Hij droeg een pak. Dat betekende dat hij of al naar zijn kantoor was geweest en weer thuis was gekomen, of helemaal nooit was weggeweest. Als hij een dag vrij was, droeg hij nooit een pak.

Hij knikte naar de bank. 'Billy, je kent meneer Spivey, toch? De vader van David.'

Het klonk vreemd om Spiveys voornaam te horen, bijna net zo vreemd als het was om te horen dat Spiveys vader 'meneer Spivey' werd genoemd omdat ik hem altijd had gekend als Keith. Spivey was Spivey en Keith was Keith, en christus, wat had ik een koppijn. Ik wist dat ik naar bier stonk, maar dat was waarschijnlijk geen probleem, want Keith stonk altíjd naar bier en dat ging hem waarschijnlijk veel gemakkelijker af dan mij.

Even zocht ik oogcontact met mijn vader, hopend op een signaal, een code of wat dan ook, maar er gebeurde niets. Hij knikte alleen naar de man op de bank alsof het feit dat hij daar zat alles duidelijk maakte wat er maar duidelijk gemaakt moest worden.

Spiveys vader keek me aan en strengelde zijn vingers in elkaar. Hij was er zonder meer veel erger aan toe dan ik. Zijn gezicht was rood en opgeblazen. Dat kon van het drinken of van slaapgebrek zijn, maar het was waarschijnlijk beide. In zijn linkerwang had hij een verse snee en hij had schaafwonden op zijn knokkels. Hij droeg een flanellen shirt waarvan twee knopen ontbraken. Het zag eruit alsof hij zojuist bij een vechtpartij betrokken was geweest. Alsof hij daar net een einde aan had gemaakt, in zijn auto was gesprongen om bij ons op bezoek te gaan. Dat bleek uiteindelijk niet helemaal te kloppen.

'Meneer Spivey kwam vanmorgen naar mijn kantoor,' zei mijn vader. 'Hij maakt zich zorgen over zijn zoon.'

Toen hij dat zei gingen in mijn hersenen alle alarmen af die erop ingesteld zijn gelul te detecteren. Ik kon me geen dag herinneren dat meneer Spivey zich zorgen had gemaakt over zijn zoon, net zomin als hij zich ooit zorgen had gemaakt over zijn vrouw, de zich altijd maar voortslepende naargeestige soap bij hen thuis, of wat dan ook. Het enige waarover hij zich zorgen maakte was waar hij het geld voor zijn eerstvolgende borrel vandaan moest halen. Ik was er niet trots op dat ik dat als eerste reactie dacht op wat mijn vader zei, maar het is niet anders. Ik was samen met Spivey opgegroeid en had alle verhalen gehoord. Ik had gezien hoe het gezin uiteengevallen was en ik wist dat de man die daar bij ons op de bank zat wel de laatste was die het iets kon schelen waar de brokstukken terecht zouden komen. Ik was niet achterlijk. Het ging om geld. Daarom was hij naar mijn vader gekomen.

Ik slikte het laatste restje Tic Tacs door en schraapte mijn keel. 'Ik dacht dat je met Milligan mee de zee op was?'

'Dat was ik ook. Ik heb hem gevraagd me terug te brengen. Waarschijnlijk had ik beter eerst naar huis kunnen gaan om me op te frissen, maar dit was te belangrijk. Ik dacht… Ik dacht dat Pam alles onder controle had, maar ze belde me en…' Zijn stem stierf even weg en hij prutste aan een van de schaafwonden op zijn hand. Zijn ogen schoten heen en weer alsof er een tenniswedstrijd werd gespeeld op het tapijt, maar toen hij me weer aankeek waren zijn ogen vochtig. 'Je weet dat David… Spivcy… Je weet dat hij ziek is, toch? Daar praat hij met jou over? Ik weet dat jullie een nauwe band hebben. Ik weet niet precies wat hij allemaal wel en niet vertelt. Hij vertelt mij niets.'

Mijn vader observeerde ons, maar zei niets. Hij keek naar mij zoals vaders dat plegen te doen. Alsof ze door je heen kijken en alles tussen de regels door kunnen lezen.

'Ik weet dat hij in remissie is,' zei ik tegen Keith. 'Het lijkt veel beter te gaan dan de vorige keer. Hij is sterker. Vrolijker. Hij heeft het er al bijna een jaar niet meer over gehad.'

De vorige keer.

De vorige keer dat hij in remissie was gegaan, was toen we dertien waren. Toen had het bijna een jaar geduurd. De keer daarvoor waren we tien. En de keer daarvoor waren we acht, denk ik. In mijn herinnering was het vooral zijn haar dat opviel. Ze hadden telkens zijn hoofd kaalgeschoren om de chemo voor te zijn, maar als hij in remissie was, liet hij zijn haar groeien. Dan werd het zelden geknipt. Dat was een soort opstandige daad van ontkenning. Mijn hele leven al kende ik hem alleen kaal of met lang haar. Zijn haar was nu lang. Zo lang dat hij het bij elkaar kon binden in een paardenstaartje.

Keith zei 'ziek ís', niet 'ziek wás'. Dat was me niet ontgaan.

Leukemie heeft symptomen en als je samen met iemand die leukemie heeft opgroeit, raak je heel bekend met al die symptomen. Bij Spivey leek het altijd te beginnen met rode vlekken op zijn huid. Een soort huiduitslag, maar toch weer anders. Hij werd moe en verloor gewicht. Hij had geen zin meer in eten. En als het erger werd, kreeg hij koortsaanvallen en zwellingen in zijn hals en onder zijn armen. Hij kreeg heel gemakkelijk blauwe plekken. Zijn huid werd vaal, een lappendeken van witte, rode, paarse, roze en blauwe vlekken. Dan begon de chemokuur en werd alles nog veel erger.

Ik dacht terug aan de Spivey van de afgelopen nacht, die met ons lachte en dronk. Ik dacht terug aan de afgelopen weken, de afgelopen maanden en herinnerde me niet een van al die symptomen. Misschien had Spivey ze voor me verborgen gehouden, maar dat had hij eerder nooit gedaan. Misschien was ik wel de enige met wie hij er ooit over had gepraat. De vorige keer toen de symptomen weer zichtbaar werden, vertelde hij het mij als eerste, nog voordat hij het aan iemand anders vertelde.

'Hij had vanochtend in het Portsmouth Regional-ziekenhuis moeten beginnen met een nieuwe kuur,' zei Keith. 'Hij had Pam en mij beloofd dat hij zou meewerken, maar hij was er niet op de afgesproken tijd en hij neemt zijn telefoon niet op. Ik weet dat hij daar is... in dat huis. Ik heb die advocaat gebeld...'

'Marston.'

Hij knikte. 'Precies, Marston. Ik had gehoopt dat die hem zou toespreken en op hem in zou praten, maar het enige wat hij zei was dat het eigendomsrecht van Spivey vervalt als Pam of ik naar het eiland gaan. Hij ratelde voor de tiende keer die kutregels van Geraldine af. De gezondheid van Spivey kan hem geen moer schelen. Ik had Milligan bijna gevraagd me op het eiland af te zetten. Wie zou daar achter moeten komen, hè? Maar ik kan het niet doen. Mijn zoon haat me zo al genoeg, Ik kan hem het enige wat hem gelukkig maakt niet afpakken. Niet nu. Dat wil ik tenminste niet, maar als ik geen andere keuze heb zal ik het doen. Als het nodig is, zal ik hem desnoods krijsend van dat eiland slepen.'

'Billy,' mengde mijn vader zich voor het eerst in het eenzijdige gesprek. 'Meneer Spivey en zijn vrouw zijn het erover eens dat het in het belang van hun zoon is om het eiland te verkopen en met de opbrengst zijn behandeling te betalen.'

'Er is een behandelcentrum in Texas,' zei Keith. 'Anderson Oncology. Een van de beste in het hele land. Onze verzekering dekt maar een deel van de kosten, maar als hij het eiland verkoopt, kunnen we het ons veroorloven. Ze werken daar met heel geavanceerde methoden, die je nergens anders kunt vinden. Dit zou weleens de enige manier kunnen zijn om de ziekte te verslaan.' Hij sprak met gebroken stem. Het klonk echt, heel echt, maar ik geloofde hem niet. Dat wilde ik wel. Ik wilde echt serieus geloven dat Spiveys vader het beste voorhad met zijn enige kind, maar zeventien jaar bewijs van het tegenovergestelde viel niet zomaar weg te poetsen. Bovendien kende ik mijn eigen vader maar al te goed. Ik wist wat er in zijn hoofd speelde. Het zou me niet verbazen als hij die kliniek in Texas had gevonden en het idee als een worst voor de neus van Spiveys ouders had laten bungelen – als jullie het eiland verkopen, maken ze de jongen beter en hou je nog genoeg geld over om al je andere problemen op te lossen. Weg met alle rekeningen. Weg met de kanker. Collegegeld betaald. Geen gebeul meer aan boord van ouwe vissersboten om eten op tafel te krijgen. Zin in een borrel? Ik weet wel dat het nog een beetje vroeg is, maar dit is iets om te vieren – die ouwe Geraldine heeft een knop omgedraaid en aan het einde van de tunnel schijnt licht!

Ik las dat allemaal af van het gezicht van mijn vader zoals hij daar naar me stond te kijken. Hij probeerde het te verbergen met een uitgestreken smoel, maar het was er allemaal. Hij liet een minuut voorbijgaan zodat ik het verhaal goed tot me kon laten doordringen, toen hield hij me mijn mobiel voor. 'Zou je hem willen bellen?'

Ik maakte geen aanstalten de telefoon aan te pakken. Ik liet hem daar min of meer voor schut staan. Ik wilde dat hij zou weten dat ik het wist. Ik zei: 'Er is geen bereik daar.'

Er was natuurlijk wel de vaste telefoon. Daar wist ik weliswaar het nummer niet van, maar een klein stemmetje in mijn hoofd vertelde dat een van deze twee mannen dat nummer paraat had. En als dat niet zo was, kon mijn vader het wel achterhalen.

Er was ook nog een regel waarmee ik rekening moest houden – *Neem de telefoon niet op.*

Spivey zou de telefoon nooit opnemen.

Dat bleek ook niet nodig.

De telefoon begon te rinkelen in mijn vaders hand. We zagen alle drie Spiveys naam op het schermpje verschijnen.

3

Mijn vader drong me de telefoon op. Ik liet hem nog twee keer overgaan voordat ik hem eindelijk aanpakte en het gesprek aannam. Ik kon in zijn ogen de woede zien groeien, al deed hij zijn best niets te laten merken. In tegenstelling tot Spiveys vader, die zo ongeveer gestuurd werd door zijn emoties, had mijn vader geleerd die te verbergen.

Ik hield de telefoon bij mijn oor. 'Hé.'

'Hé.'

'Hoe gaat-ie?'

Spivey wachtte even en zei toen: 'Is hij daar?'

Ik had het gesprek niet op luidspreker gezet, maar zijn stem was voor ons alle drie te horen. Dat zag ik aan de manier waarop ze naar me keken. Ik keek Keith aan. 'Ja... Hij is hier.'

Weer duurde het even.

Ik zag bijna voor me hoe Spivey op zijn lip beet terwijl hij overwoog wat hiervan de implicaties waren.

'Kun je me bij mijn ouders oppikken?' zei hij uiteindelijk.

'Wanneer?'

'Nu?'

Ik keek hoe laat het was. Meer uit gewoonte dan iets anders. Zijn huis was hier maar een paar minuten vandaan. 'Ja, natuurlijk.'

Spiveys vader was gaan staan en was al halverwege de deur. Ik weet niet zeker of hij het laatste hoorde.

'O, en Billy?' zei Spivey.

'Ja.'

'Kom met je eigen auto.'

Ik nam een korte douche – een 'internaatdouche' noemde mijn vader dat. Drie minuten niets dan snel bewegende handen en zeep. Nog twee minuten later was ik aangekleed en op weg naar de voordeur. Spiveys vader was al verdwenen. Het leek alsof mijn vader niet van zijn plaats was gekomen – hij stond nog altijd op de drempel van de woonkamer tegen de deurpost geleund, daar waar ik hem had achtergelaten.

'We moeten even samen gaan,' zei hij. Hij maakte aanstalten om naar buiten te lopen en had zijn autosleutels al in de hand. 'We moeten hierover praten.'

Ik schudde mijn hoofd. 'Als dit allemaal waar is, schrikt dat hem alleen maar af. Je moet gewoon weer aan het werk gaan.'

Hij pakte me bij mijn schouder, niet hard, maar genoeg om me tegen te houden. 'Ik denk dat jij en ik op hetzelfde spoor moeten komen.'

'We kunnen later wel praten.' Ik maakte me los en liep naar buiten. 'Ik moet mijn vriend helpen.'

'Dat is precies wat ik probeer te doen,' reageerde hij. 'Ze zullen het langs juridische weg doen als het moet. Hij is minderjarig en heeft een medische behandeling nodig. Ze kunnen zeggen dat hij in de war is. Het kan heel vervelend worden.'

Ik reageerde niet. Dat wilde ik wel, maar ik wist vrij zeker dat dit een knallende ruzie zou worden als ik ook maar iets zei van alles wat er door me heen ging. Ik stapte in mijn auto, sloeg het portier dicht en reed weg. Ik verwachtte dat ik binnen de kortste keren zijn BMW achter me zou zien opduiken, maar hij kwam niet achter me aan.

Spiveys vader had zijn aftandse pick-up scheef voor hun huis geparkeerd. Het portier hing open.

Meteen toen ik mijn motor uitschakelde, hoorde ik het geschreeuw – Spiveys vader, zijn moeder en Spivey zelf. Ze schreeuwden alle drie zo hard naar elkaar dat ik er geen woord van kon verstaan.

Spivey kwam in razende vaart de voordeur uit, in de ene hand een volgepropte rugzak, in de andere een kistje met cd's.

Hij zag me en kwam naar me toe. Zijn ouders kwamen achter hem aan naar buiten. Zijn vader liep met grote stappen over de veranda terwijl zijn moeder in de deuropening bleef staan en met een vuist haar badjas bijeenhield. Ze zag eruit alsof ze net uit bed kwam, ook al was de dag al halverwege. Nog voordat ik mijn gordel had kunnen losklikken, bleef de auto van Chief Whaley pal achter me stilstaan. Hij schakelde geen zwaailicht of sirene in. Dat was niet nodig, want bij het zien van de Chief bond iedereen in. Spivey verstijfde even halverwege een stap, keek woest naar de patrouillewagen, stampte toen naar de passagierskant van mijn auto en rukte het portier open. Hij liet zich op de stoel vallen en zei: 'Rijden. Gewoon rijden.'

Dat kon ik niet. Whaley versperde de oprit. Hij was uitgestapt en liep naar het raampje aan mijn kant.

'Godverdomme Billy, rijden!'

'Hé, kalm...'

'Zeg me niet wat...'

Whaley klopte op mijn raampje.

Ik dwong mezelf tot een glimlach die er waarschijnlijk net zo gekunsteld uitzag als die van mijn vader, en draaide het raam open. 'Goedemiddag, Chief.'

Jezus, ik klonk schuldbewust terwijl ik niets had gedaan.

Whaley keek over mijn auto heen naar Spiveys ouders op de veranda en ging toen op zijn hurken zitten. Hij keek langs me de auto in naar Spivey op de passagiersstoel.

'Wat is er aan de hand, jongen? Waar ga je naartoe?'

Spivey keek hem niet aan. Hij staarde met een rood hoofd verbeten naar mijn dashboard. 'Je weet heel goed waar ik naartoe ga.'

‘Ik heb gehoord dat je ergens anders zou moeten zijn.’

‘Wie heeft je gebeld?’

‘Je moeder. Ze maakt zich zorgen.’

Spivey kreunde. ‘Zorgen. Absoluut. Ze maakt zich zorgen dat de kip met gouden eieren haar ontsnapt. Dat soort zorgen.’

‘Ik denk dat ze het beste met je voorheeft.’

‘Ze kunnen me niet dwingen naar Texas te gaan. En jij ook niet.’

‘Je bent minderjarig.’

Spiveys hand ging naar zijn broekzak. Ik zag Whaley verstrakken. Zijn hand ging zelfs in de richting van zijn wapen, maar toen hield hij zich in. Waarschijnlijk was het een puur instinctieve reactie geweest, gevolgd door het besef dat het gewoon Spivey maar was. Maar instinctief of niet, het was beangstigend om te zien.

Spivey vond wat hij zocht. Een visitekaartje. Hij reikte het voor me langs Chief Whaley aan. ‘Dat is het nummer van mijn advocaat. Ik heb een uur geleden met hem gepraat. Hij zei dat zij me niet kunnen dwingen, evenmin als jij. Hij zei dat ik sinds de dag dat ik zestien werd het recht heb om te weigeren. Als ze willen dat ik weer in die stoel ga zitten, zullen ze een gerechtelijk bevel moeten hebben, en omdat ik over een maand achttien word, zal geen rechter het in zijn hoofd halen dat te tekenen. Ik ga die chemo niet weer doen. Zij kunnen me niet dwingen en jij kunt me niet dwingen. Niemand kan me dwingen om dat te doen.’ Hij keek Whaley nu wel aan. ‘Mijn advocaat zal een zaak aanhangig maken tegen jou en de gemeente wegens inbreuk op mijn burgerrechten als je het wel probeert.’

Whaley knikte naar het visitekaartje, maar pakte het niet aan. ‘Is dat die Marston?’

Spivey knikte.

De radio op Whaleys schouder kraakte. De stem van Sandy Lomax klonk. ‘Chief?’

Hij drukte op de knop van de microfoon. ‘Whaley hier. Zeg het maar.’

‘We hebben net een fax binnen van een advocaat en hij is aan jou gericht. Hij dreigt naar de rechter te stappen als...’

Whaley drukte opnieuw op de knop van de microfoon om haar te onderbreken. ‘Leg maar op mijn bureau, Sandy. Ik kijk ernaar als ik terug ben.’

‘Oké, Chief.’

Whaley haalde diep adem en keek Spivey aan. ‘Hij windt er geen doekjes om, hè?’

'Hij wint,' zei Spivey vlak. 'Ik wil het niet, maar ik zal hem zeggen de zaak aanhangig te maken, als het moet. Hij werkt er al aan om me met terugwerkende kracht meerderjarig te laten verklaren en een verklaring van geestelijke gezondheid is in de maak, zodat ze niet een of andere kwakzalver kunnen inhuren om te beweren dat ik dat niet ben. Niemand schrijft mij de wet voor. Niet meer.'

Beide handen van Chief Whaley lagen op het portier, in de opening van het raam. Hij strekte en spreidde alle tien zijn vingers in een gebaar van overgave. 'Ik ben niet gekomen om ruzie met je te maken, jongen. Zeg eens wat je van plan bent.'

'Ik wil met rust gelaten worden.'

'Zoals je moeder het me vertelde, is de behandeling uitstellen niet mogelijk.'

'Ik wil met rust gelaten worden!'

Hij sprak elk woord met nadruk uit en als hij genoeg ruimte had gehad in mijn auto, zou hij ieder woord hebben onderstreept door met zijn voeten te stampen als een kleuter die zijn zin niet krijgt. Maar hoe dan ook, het was Whaley en mij zonneklaar dat er aan zijn plannen niet viel te tornen.

'Oké,' zei de Chief. Hij drukte zich weer overeind. Hij keek me even veelbetekenend aan, een blik die zei: *Probeer hem te overtuigen*, maar ik keek een andere kant op. Als er nog iemand een poging zou doen me een andere kant op te trekken, zouden mijn armen van mijn lijf vallen.

Spiveys ouders waren op de veranda blijven staan in afwachting van de uitkomst. Ik weet niet wat ze van de woordenwisseling hadden meegekregen, maar op het moment dat Whaley zich omkeerde en terugliep naar zijn patrouillewagen om de weg voor ons vrij te maken kwam Spiveys vader in beweging. Hij was samen met Whaley opgegroeid, ze hadden als kinderen samen gespeeld, en Whaley mocht dan politieman zijn, Keith was woedend. Whaley riep iets naar hem door het open raam, iets wat kennelijk zo bedreigend was dat Keith stokstijf stil bleef staan. Dat gaf Whaley de gelegenheid om de patrouillewagen te verplaatsen. Hij wuifde naar ons dat we konden gaan.

Ik startte de motor en schakelde in de achteruit en wilde weg voordat iemand zich kon bedenken. Ik wilde hier absoluut niet meer in de buurt zijn. 'Waar gaan we heen?'

'Kun je met me mee naar het huis? Er is iets wat ik je wil geven.'

Ik knikte. Ik wilde daar niet naartoe, niet nu. Maar ik zou mijn vriend ook niet in de steek laten.

'Ik heb de Annabelle bij het Piscataqua-café afgemeerd.' Spivey zakte onderuit op de passagiersstoel en keek in de buitenspiegel, waar hij Chief Whaley en zijn ouders snel kleiner zag worden en verdwijnen.

'Je kunt achter het café parkeren.'

4

Spivey hield de rest van de rit zijn lippen stijf op elkaar. Ik zei ook niets. Het was hoog tijd om de zaken te laten afkoelen. We waren al halverwege de tocht naar Wood Island toen Spivey eindelijk de stilte verbrak.

'Zeg tegen niemand dat de kanker weer terug is, goed? Ik wil niet dat ze me anders dan anders behandelen. Je weet dat ze dat doen.'

Spivey stond met één hand aan het stuurwiel van de Annabelle. Zijn andere hand lag op de gashendel. Hij manoeuvreerde ons over het water als een doorgewinterde zeebonk. Niets wees erop dat hij voor gisteren nog nooit het roer van die boot had vastgehouden. Het was lichtbewolkt en een beetje fris voor juli, maar het voelde goed om op het water te zijn en de zilte zeelucht op te snuiven. Vanaf het moment dat we losgooiden en wegvoeren, was het alsof we de spanning als vuilnis achter ons lieten in New Castle. De groeiende kloof tussen mij en mijn vader leek kleiner te worden naarmate we verder van de kust waren, en tijdens dat wegvaren begreep ik ineens waarom Spivey weg wilde.

'Waarom heb je me niet verteld dat je weer ziek bent?'

Spivey keek me niet aan. Hij hield zijn ogen op Wood Island gericht. Het eiland werd groter naarmate we dichterbij kwamen. 'Als je de uitdrukking op jouw gezicht had gezien toen je me kwam ophalen, dan zou je begrijpen waarom. Medelijden of zo. Bezorgdheid. Ik weet het niet, maar zo keek je gisteravond niet toen we een feestje bouwden op het eiland. Het was duidelijk dat je het van iemand had gehoord. Jouw talent om dergelijke dingen verborgen te houden is echt nul komma nul. Ik denk dat ik gewoon eens een keer een zomer wilde dat alles normaal was. Geen dokters, geen zorgen over bloedplaatjes, geen onderzoeken, geen kuren, geen uitvallend haar, niet voortdurend bekaf, niet zomaar misselijk worden zonder oorzaak. Ik wil gewoon een gewone puber zijn. Een paar maanden. Meer niet. Dit is echt onze laatste kans. Volgend jaar gaan we van school, naar de universiteit, en wat dan ook. Deze zomer – auto's, boten, meiden, geen verantwoordelijkheden – is onze laatste kans om gewoon puber te zijn. Dat snap je, hoop ik? Ik weet zeker dat jij dat ook zo voelt.'

Ik begreep wat hij bedoelde. De toekomst lag voor ons als een enorme, overweldigende leegte. Het eindexamenjaar, universiteit. Carrière. Gezin. Volwassen zijn. Een jaar geleden leek dat allemaal nog heel ver weg, nu lag het aan de andere kant van de heuvel. In veel opzichten had hij gelijk. Dit was onze laatste kans om ongecompliceerde pubers te zijn, om te genieten van het moment. Maar dat nam allemaal niet weg dat hij bezig was dood te gaan zonder dat dat nodig was. De toekomst was beangstigend, maar ik wilde wel dat hij er deel van uitmaakte.

Ik klemde me steviger vast aan de boot toen we over een reeks golven bonkten. 'Maar je moet die behandeling niet laten lopen.'

'Ik laat de behandeling niet lopen. Ik stel het alleen uit tot na de zomer.'

'Mag dat?'

'Ik mag doen wat ik wil.'

'Dat bedoel ik niet. Ik bedoel, wat gebeurt er als je wacht? Wordt het dan niet erger?

'Het is nog maar nét terug,' zei Spivey. 'Ik kan zo langzamerhand de uitslagen van mijn bloedonderzoek net zo goed lezen als de artsen. Ik kijk er al mijn hele leven naar. Het aantal witte bloedlichaampjes is iets te hoog. Dat was veel hoger toen we de vorige keer aan de kuur begonnen. Véél hoger. Als ik een paar maanden wacht, maakt dat niet uit.'

'En die kliniek in Texas waarover je vader...'

Hij wuifde het bezwaar weg. 'Marston heeft een kliniek in Vancouver gevonden die veel beter is. Hij is bezig een plek voor me te reserveren en zegt dat het fonds de kosten zal dragen. Dat plan van mijn ouders is dikke shit. Dat is gewoon hun manier om alles weer in handen te krijgen. En zelfs als ik daarin mee zou willen gaan, dan kan ik dat niet.'

'Omdat je niet kunt verkopen.'

Hij knikte. 'Ik mag het weggeven of nalaten aan mijn erfgenamen zoals Geraldine heeft gedaan, maar ik mag het niet verkopen. Als ik doe wat Marston zegt, kan ik het huis houden, de kuur doen...'

'Én je krijgt je zomer,' vulde ik aan.

'We krijgen met z'n allen de mooiste zomer van ons leven.'

Ik liet het allemaal op zijn plek vallen en ik kon niet ontkennen dat het in alle opzichten logischer was. Als mijn vader de kliniek in Texas had opgezocht als onderdeel van een alomvattend plan om Spivey over te halen om te verkopen, had hij waarschijnlijk hooguit twee minuten op internet gezocht zonder er verder over na te denken, als het maar in het plaatje paste. Het zou me verbaasd hebben als die kliniek uit de koker van Spiveys ouders was gekomen. Ik betwijfelde of een van hen beiden beschikte over de vaardigheden om zoiets voor elkaar te krijgen. Spiveys plan betekende bovendien dat mijn vader kon fluiten naar de commissie die hij hoopte op te strijken bij de verkoop, en dat Spiveys ouders kopje-onder zouden gaan door hun schulden. Dat vond ik zonder meer acceptabele gevolgen zolang ik mijn vriend maar niet kwijt zou raken.

'Weet je zeker dat je kunt wachten? Met de kuur?'

Spivey nam gas terug en vlijde de boot langs de steiger. 'Ik weet alle details niet, maar Marston wordt vanuit het fonds betaald en die betalingen stoppen op het moment dat ik doodga. Hij heeft reden genoeg om mij in leven te houden en dat vind ik prima. Ik heb een paar dingen ondertekend die hem volledige toegang tot mijn medisch dossier geven en hem machtigen namens mij met artsen te praten. Laten we maar zeggen dat ik veel meer vertrouwen heb in hem dan in Keith en Pam.'

Ik sprong uit de boot op de steiger, ving de landvast en meerde de Annabelle af. Spivey zette de motor uit, stapte op de steiger en zette er stevig de pas in naar het huis. 'Kom op.'

Hij liep om het huis heen naar het botenhuis en ging daar naar binnen. Ik was nog niet in het botenhuis geweest. Mijn mond viel open van verbazing.

Het dak lag minstens zes meter hoog boven ons, misschien was het nog hoger. Dikke houten balken op palen middenin schraagden het. We liepen over dikke grenenhouten planken die in de loop der jaren zo afgesleten waren dat ze meer op steen dan op hout leken. Twee houten reddingsboten lagen op een helling naar twee enorme zwarte deuren, alsof ze zo het water in konden om weg te varen. De ene boot was donkergroen, de andere kastanjebruin. Aan de wanden van het botenhuis hingen ankers, reddingsvesten, roeispanen en ouderwetse borden met voorschriften en veiligheidsaanwijzingen, getijdentabellen en weersvoorspellingen. Er stonden ook pakketten met veiligheidsuitrusting en medische voorraden die nog uit de vorige eeuw dateerden. Net als de slaapzaal op de verdieping van het huis, voelde het aan alsof iemand dit in een tijdcapsule had vereeuwigd.

Spivey gebaarde naar de beide boten. 'Kies er maar een uit.'

Ik denk dat mijn mond nu nog verder openviel. 'Wat?'

'Als we de mooiste zomer van allemaal gaan beleven, kan ik niet toestaan dat mijn beste vriend steeds maar een lift moet regelen. Je hebt een eigen boot nodig.'

'Maar... maar... ik kan niet...'

'Zeker wel, dat kun je wel, en dat zul je ook.' Hij liep naar de groene boot. Op de boeg stond de naam MERVIN F. ROBERTS in blokletters. 'Ik heb Matty ernaar laten kijken en hij zei dat dit de beste was. Hij is van hout, net als de Annabelle, maar heeft een stevige constructie. Het skelet is van witte eik en de beplanking is van cipressenhout. Grootmoeder nam de tijd voor het onderhoud.' Hij reikte in de boot, sloeg een luik open waarachter een stuurwiel en een klein bedieningspaneel zichtbaar werden. 'Deze heeft een kleine binnenboordmotor. Een soort upgrade achteraf. De boot zelf dateert uit de jaren dertig, maar de motor is bijna nieuw. Ik denk dat grootmoeder expres opdracht heeft gegeven om het allemaal zo te verbergen om de authenticiteit te waarborgen.' Hij knikte naar de kastanjebruine boot ernaast. 'Voor die boot heb je zes man nodig om te roeien. Heel mooi, maar niet praktisch. Het is echter helemaal aan jou wat je wilt. Kies maar.'

Ik wist niet wat ik moest zeggen.

Ik liep langzaam om de Mervin F. Roberts en liet mijn hand over het gladde, glanzende hout glijden. Bijna honderd jaar oud, maar het zag eruit alsof hij nog nooit in het water had gelegen. Ik was sprakeloos, letterlijk sprakeloos – ik deed mijn mond open, maar er kwam geen geluid uit, slechts een soort zucht.

Spivey straalde. 'Oké, het wordt dus Merv!'

'Je kunt mij geen boot geven.'

'Nou ja, in principe heb je gelijk,' zei Spivey. 'Nog zo'n regel van grootmoeder. Ik kan je die boot niet geven omdat hij bij het eiland hoort.' Hij stak een vinger in de lucht. 'Maar ik kan je hem wel in eeuwige bruikleen geven. Bekijk het maar als een lease. Je mag ermee doen wat je wilt zolang je hem nodig hebt. Aan het einde van de zomer, of wanneer dan ook, komt hij weer hier terug. Afgesproken?'

Zelfs als ik had gewild, had ik geen nee kunnen zeggen.

Vrijdag 2 juli 2010

1

Uiteindelijk was het Chloe, alias Donderdag, die Alesia overhaalde mee te gaan naar het eiland, niet Kira. Dat was vrijdag 2 juli, vier dagen nadat Spivey het huis van zijn ouders achter zich had gelaten.

Het waren maar vier dagen, maar veel was in die tijd veranderd. Om te beginnen had het nieuws zich als een lopend vuurtje verspreid. Alesia Dubin was niet de enige nieuwkomer op het eiland. Toen Kira en ik er met de Merv naartoe voeren, lagen er al zes andere boten afgemeerd aan Spiveys steiger. De enige van die boten die ik kende was de boot van Matty. Een paar jongens en meisjes uit Portsmouth stonden bij de rotsen te drinken en sigaretten te roken. Binnen waren er nog meer. Zeker een tiental gezichten die ik eerder had gezien, maar niemand die ik als vriend zou beschouwen. In ieder geval niet als een goede vriend. Overal lag bovendien rommel en dat beviel me niet. Spiveys grootmoeder had het huis smetteloos schoon gehouden en rommel leek respectloos. In de keuken, meteen bij de buitendeur, had Spivey een groot bord neergezet met de huisregels. Sommige daarvan kende ik al, andere waren nieuw:

DE REGELS

- Geef Emerson eten, alsjeblieft
- Neem de telefoon niet op
- Houd de waakvlam in de gaten

- Wie hier is bij zonsondergang, moet blijven tot zonsopkomst
- Doe nooit de deuren op slot
- Je mag niets meenemen uit het huis
- Je mag geen drank laten staan
- Rap, reggae en country zijn verboden
- Overtreders worden doodgeschoten
- De eerste verdieping en alles daarboven is verboden voor gasten (tenzij Spivey toestemming geeft)
- Spivey is koning

Zo is het geschreven, zo zal het zijn.

Er lag een zwarte marker op het aanrecht. Kira pakte hem, liep naar het bord en voegde er een eigen regel aan toe.

- Je moet al je rotzooi opruimen

Ze legde de marker terug en ik kuste haar op haar hoofd. 'Goed gedaan.'

Een jochie met pluizig haar stond bij de koelkast, kennelijk met de taak bier uit te delen. Hij stopte ons allebei een blikje in de hand. We liepen de volle woonkamer in. Er zaten minstens vijftien mensen bij elkaar in de ruimte gepropt. De stereo stond uit, het was op een vreemde manier stil. Alle lichten waren uit. Een groepje waarvan Spivey ook deel uitmaakte zat in een kring op de vloer, Chloe en Izzie zaten naast hem. Anderen stonden eromheen. Er was nog een meisje dat ik dacht te kennen. Ik geloof dat ze Kelly heette. Matty was er ook. Links naast hem zat Alesia Dubin.

Ze zaten allemaal met de ogen dicht en hielden elkaars hand vast. Een koffiebeker stond op de vloer in het midden en hoewel het donker was in de kamer, zag ik HENRY'S MARKET op de zijkant staan. Kira kneep in mijn hand. 'Is dat…'

'Onmogelijk.'

Want dat was het. Als Spiveys grootmoeder zichzelf gif had toegediend (en tegen die tijd had ik van meerdere mensen vernomen dat ze dat inderdaad had gedaan), zou Whaley de bewuste beker als bewijsmateriaal hebben opgeborgen. Ergens veilig op het politiebureau, of misschien zelfs wel in een of ander depot van de county. Het was volstrekt onmogelijk dat die beker hier in het midden van die kring bij Spivey op de door hem geërfde vloer stond.

Alesia had haar donkere haar over haar schouders geslagen. Ze droeg een zilveren ketting waaraan een groene amulet tussen haar borsten hing te bungelen. De groene steen straalde een vreemde gloed uit. Ik kon niet zien of hij het weinige licht dat er nog was in de kamer reflecteerde, of fosforiseerde. Ze legde haar hoofd in de nek en sprak met zachte stem.

'Geraldine Rote, wij gebieden je aan ons te verschijnen, in lijf en leden, kom in ons licht en word één met ons, kom bij ons uit het hiernamaals, je geest is onder vrienden, je geest komt thuis. Reis door deze kom des doods, door deze tunnel. Aanvaard deze graal als anker voor je ziel. Volg mijn stem naar deze ruimte die je kent. Volg mijn stem vanuit de duistere leegte naar deze ruimte van licht. Kom naar ons terug, Geraldine Rote. Kom naar huis...' Ze liet de woorden wegsterven, opende toen één oog en zei: 'Nu, Spivey.'

Spivey schraapte zijn keel en zei: 'Ik, bloed van jouw bloed, gebied het je.'

'Laat ons zien dat je er bent,' zei Alesia zacht. 'Geef ons een teken.'

Ik denk niet dat er op dat moment nog iemand was die ademhaalde. Ik zeker niet. Al die mensen, roerloos als standbeelden, staarden naar die plek midden in de cirkel waar de koffiebeker stond.

BAM!

Kira piepte. De helft van alle meisjes in de kamer krijste. Sommige jongens ook. Mijn hart bonkte zo hard tegen mijn ribben dat de laatste lucht die ik al veel te lang had vastgehouden in mijn longen door mijn keel naar buiten werd geperst. Alle ogen schoten open, alle hoofden draaiden, alsof het de koppen van marionetten waren, in één vloeiende beweging in de richting van het geluid.

Een jongen die ik niet herkende stond op de drempel van de bibliotheek. Hij droeg een buttondownoverhemd en hield zijn broek omhoog met bretels. Midden op zijn borst was een naamplaatje geplakt. HALLO, IK BEN BENNY stond erop. Hij had zijn blikje laten vallen – dat was de harde knal – en het bier vormde nu een schuimende plas rond zijn voeten. 'Sorry!'

'O, christus,' kreunde Spivey. 'Kan iemand een handdoek voor hem halen?'

Uit de keuken vloog een welgemikte handdoek over Hallo, ik ben Benny's hoofd.

Spivey kwam overeind. 'Dweilen, jongen. En daarna is het jouw beurt om in de kelder de waakvlam te bewaken. Nik nok.'

'Yes, sir!' zei Benny. Hij ging op zijn knieën zitten.

Sir?

Kira boog zich naar me toe en fluisterde in mijn oor. 'Was ik vergeten je te vertellen. Alesia denkt dat ze een heks is.'

'Je maakt een grapje...'

Ze schudde haar hoofd. 'Ze heeft op ancestry.com haar stamboom uitgeplozen en kwam erachter dat haar betover-over-over-wat-dan-ook in Salem woonde tijdens de heksenvervolging. Haar bloedverwanten hier in New Castle waren ook heksen. Niet van die enge met een puntmuts, maar vrouwen die andere mensen hielpen met kruiden en zo, en de oogst en huizen zegenden. Dat soort dingen. Die amulet die ze daar heeft, stamt uit de zeventiende eeuw. Ze heeft hem de afgelopen winter van haar moeder gekregen. Ik denk dat hij al die tijd van moeder op dochter is doorgegeven. Ze zijn allemaal heks.'

'Haar moeder is toch bedrijfsleider bij Costco?'

'Precies.'

Oké, dat was eigenlijk heel logisch allemaal.

Spivey kwam naar ons toe voordat ik Kira kon vragen wat ze eigenlijk bedoelde. Hij had een blikje bier in zijn hand en je kon aan zijn ogen zien dat het niet zijn eerste was. 'De bedoeling was dat ik mezelf zou snijden en bloed in die beker zou laten druppelen, maar ik weet niet zeker of ik daar al aan toe ben. Project Poltergeist bevindt zich vooralsnog in de planfase.'

'Ik vraag me af of ik wil weten waarover je het hebt.'

Spivey keek Kira aan. 'Heb jij Doornroosje niets verteld over Project Poltergeist?'

Kira nam een slok van haar bier en grijnsde schaapachtig. 'Het spijt me, ik dacht dat dat niet serieus was. We zaten gewoon maar wat te praten, dacht ik.'

Spivey zuchtte. 'Het is het beste idee dat ooit iemand heeft bedacht. Hoe kun je nou denken dat het niet serieus was?'

'Ik vraag me af of ik er meer over wil weten,' herhaalde ik.

'Chloe kwam er gisteravond mee aanzetten toen het ouijabord niets deed,' zei Kira.

Ik voelde een brok in mijn keel. 'Ben jij hier gisteren geweest? Ik dacht dat je thuis wilde blijven om naar een film te kijken met je moeder?'

Kira bloosde. 'Mijn moeder ging vroeg naar bed en toen stonden Chloe en Izzie ineens voor mijn raam. Dus toen ben ik er een paar uur tussenuit geknepen. Matty heeft ons overgevaren.'

'Waarom heb je me dat niet verteld?'

'Het was laat. Ik ging ervan uit dat je al naar bed was.'

Ik keek naar Matty, die uitsluitend in Alesia geïnteresseerd was. Hij grijnsde van oor tot oor. Even keek hij me aan. Hij hief proostend zijn blikje bier en richtte zich toen weer tot Alesia.

Kira sloeg een arm om me heen en trok me tegen zich aan. 'Hé, relax, Billy, hij heeft ons alleen maar een lift gegeven.'

'Je had het me moeten vertellen.'

Spivey schraapte zijn keel. 'Hoe dan ook... We hebben bijna drie uur met dat ouijabord zitten prutsen en dat leverde helemaal niets op. Ik had het kunnen weten toen ik zag dat het uit de fabriek van Hasbro kwam. Ik betwijfel of de mensen die verantwoordelijk zijn voor Twister en Monopoly ook een kort lijntje hebben naar het hiernamaals.' Hij knikte naar de doos met het ouijabord op de schoorsteenmantel. 'Volgens mij moet dat gewoon op de brandstapel.'

'Jij gaat mijn ouijabord niet verbranden – daar heb ik dertien dollar voor betaald,' mopperde Chloe. Ze ging naast Spivey staan. Izzie hing aan haar arm.

'Maar wat heb je er nou aan? Het is stuk.'

'Het is niet stuk. We hebben gewoon iemand nodig om mee praten.' Chloe fronste haar wenkbrauwen. 'Op een of andere manier heb jij het enige huis in heel New England zonder dolende geesten geërfd.'

Spivey hief het blik bier in zijn hand. 'Oké, op Project Poltergeist dan maar.' 'Project Poltergeist,' echode het van verschillende kanten.

Ik wist eigenlijk niet of ik het antwoord wel wilde horen, maar ik vroeg het toch: 'Oké, ik hap. Wat is Project Poltergeist?'

Spivey begon te stralen. 'We gaan hier een spookhuis van maken.'

Chloe grijnsde. 'Niet zoiets als de toestanden met Halloween, dat er allemaal mensen in rare kostuums tevoorschijn springen uit allerlei hoeken en gaten om je angst aan te jagen. We willen échte geesten.'

'En waarom zou je dat precies willen?'

'De juiste vraag is: waarom zou je dat níét willen?' zei Spivey. 'Is het niet hartstikke cool om een huis te hebben waar geesten ronddwalen?'

Nee, niet echt, dacht ik, maar ik wist dat ik tot de minderheid behoorde. Ik wist dat Kira regelmatig had meegedaan aan seances tijdens slaapfeestjes een paar jaar geleden. Chloe was er duidelijk door geobsedeerd. Alesia waarschijnlijk ook, en dat betekende dat Matty meedeed, of hij nou in dat soort zaken geloofde of niet. Hoe dan ook, het kwam in ieder geval Spiveys humeur ten goede en gezien alle ellende met zijn ouders wilde ik niets liever dan hem te zien lachen. Iedere keer als zijn mouw iets omhoogschoof over zijn arm, betrapte ik me erop dat ik onderzoekend keek of ik de symptomen zag, de veelzeggende rode en paarse vlekken, de signalen van vermoeidheid, en al die andere dingen, en ik baalde van mezelf omdat ik daar zo op gefocust was. Ik bespioneerde hem, terwijl ik had gezworen dat ik dat nooit zou doen. Maar ik had ook geen nee gezegd, en waarschijnlijk was dat de oorzaak voor mijn schuldgevoelens.

'Hoe doe je dat? Een huis omtoveren tot een verblijfplaats voor geesten?'

Spivey trok zijn wenkbrauwen op. Hij kreeg een baldadige blik in de ogen. 'Ik zal het je laten zien.'

2

Whaley was altijd al een lichte slaper geweest. Het kostte hem geen moeite om in slaap te sukkelen bij het tv-kijken, of zelfs als hij met zijn schoonfamilie aan tafel zat, maar op het moment dat hij zijn hoofd op het kussen legde, zijn ogen sloot en een schietgebedje deed om eindelijk eens een hele nacht diep te slapen... Tja, daar werkte zijn brein niet aan mee. Zijn vrouw Mary had daar geen problemen mee. Dat wist hij omdat hij vrijwel iedere nacht lag te luisteren naar haar ademhaling die razendsnel afvlakte en vervolgens na een paar minuten dat vertrouwde, rustgevende ritme kreeg van een diepe slaap. Hij luisterde ernaar terwijl hij zijn best deed zijn ogen dichtgeknepen te houden, de talloze gedachten die rondtolden door zijn hoofd tot rust te brengen, en soms lag te tellen. Iemand had hem eens verteld dat dat hielp, maar dat deed het maar zelden. Uiteindelijk viel hij altijd wel in slaap, maar om een uur, drie uur, vijf uur en ten slotte bij zonsopkomst was hij weer wakker. Al die tijd snurkte Mary zachtjes voort, in volledige onwetendheid van al dit woelen en draaien.

Toen zijn telefoon om half twaalf begon te rinkelen, wist hij meteen dat het niet pluis was – zijn telefoon rinkelde altijd alleen maar als het niet pluis was – en zijn brein mompelde ook meteen *zie je wel, daarom houd ik je wakker, je moet alert blijven en altijd op je qui-vive zijn, zoals het een goede padvinder betaamt.*

Hij drukte op de knop om het gesprek aan te nemen en hield de telefoon bij zijn oor in de wetenschap dat Mary zoals altijd dwars door het gesprek heen zou slapen. 'Met Whaley.'

'Chief, met Mundie. Het spijt me dat ik je stoor.'

'Wat is er?'

'Er komen klachten over geluidsoverlast van Wood Island.'

'Heb je gezegd dat ze dan Kittery moeten bellen? Wood ligt niet in onze jurisdictie.'

'Natuurlijk. Ik heb Kittery zelf gebeld, maar zij zeggen dat wij het moeten afhandelen omdat al die jongelui hier in New Castle wonen.'

'Nou ja, dat klopt niet helemaal, toch?'

Mundie snoof. 'We hebben al die boten zo goed mogelijk geobserveerd en op het moment zijn er misschien vijf pubers uit New Castle. De rest lijkt uit Portsmouth te komen.'

Whaley ging op de rand van het bed zitten. 'Dan moet je Portsmouth bellen.'

'Heb ik ook al gedaan. Die zeiden dat ik Kittery moest bellen. Dat het niet hun probleem was.'

De eerstvolgende die hem zou bellen, zou waarschijnlijk iemand van de gemeenteraad zijn. Of een verslaggever van een lokaal blaadje. Whaley wist dat er op het eiland gedronken werd. Waarschijnlijk werd er ook wel het een en ander aan drugs gebruikt.

Een beetje seks, een knokpartijtje zo nu en dan – allemaal typisch puberaal gedrag. Als het daar niet gebeurde, gebeurde het wel ergens anders, en hoewel de meeste mensen dachten dat het zijn taak was om dat allemaal te voorkomen, wist hij als geen ander dat zijn taak was om het binnen de perken te houden. Zolang het daar gebeurde, gebeurde het niet op een van zijn stranden of aan het einde van een van zijn doodlopende wegen. Het gebeurde niet op de oude dorpsweide of een ander openbaar terrein. Pubers bleven altijd pubers en pubers moesten érgens puber kunnen zijn. Hoe lawaaiig zou het kunnen zijn? Er lag een paar honderd meter water tussen de kust en dat eiland. 'Ga maar bij de haven staan,' stelde Whaley voor. 'Als er een boot vanaf Wood afmeert, doorzoek je de boel. Laat degene die aan het roer zit maar blazen. Neem alles in beslag wat je maar in beslag kunt nemen. Maak ze maar bang. Dat is de snelste manier om de boodschap op dat eiland te krijgen. Ze moeten weten dat we ze in de gaten houden.'

'Moet ik ze oppakken als ze dronken zijn?'

'Nee, maar zorg ervoor dat er niemand achter het stuur van een auto kruipt. Breng ze maar naar huis, maak de ouders wakker – laat die ouders ze maar ophalen. Zorg dat iedereen doodsbenauwd wordt. Vertel ze dat je ze de volgende keer in de cel gooit en proces-verbaal opmaakt, de hele handel. Deze keer zie je het nog door de vingers, maar dat is alleen maar deze keer.'

'Oké, Chief.'

Whaley wierp een blik op de rood oplichtende cijfers van de wekker op zijn nachtkastje. 'Is er verder nog iets gaande?'

'Twintig minuten geleden hebben we een amber alert binnengekregen uit Newington. Lily Dwyer, een meisje van zestien, wordt sinds vanmiddag vermist. Ze was met een paar vrienden in de Fox Run Mall, ging in haar eentje de hort op en kwam niet meer opdagen toen het tijd werd voor haar lift naar huis. Waarschijnlijk loopt het wel los.'

Vrijdagavond. Die vermaakt zich ergens met haar vriendje.

'Stuur haar foto maar naar iedereen en hou me op de hoogte.'

Er klonk een belletje op zijn telefoon.

'Alsjeblieft.'

Whaley wierp een blik op het schermpje. Blank, groene ogen, blond, schouderlang haar. 'Is dat een recente foto?'

'Ongeveer een week oud. Haar moeder zegt dat ze haar haar gisteren roze heeft geverfd.'

'Roze?'

'Blijkbaar is dat nu helemaal in.'

Whaley wreef over zijn schedel. 'Nou ja, dat zou het makkelijker moeten maken om haar te vinden. Vangen we iets op van haar telefoon?'

'Die staat uit of ze is ergens waar geen bereik is,' antwoordde Mundie. 'Het laatste signaal dat we hebben komt van de mast bij de mall, iets na twee uur.'

Dat was niet ongebruikelijk. De meeste ouders verplichtten hun kinderen locatieservices op hun telefoon in te schakelen. Sommigen die dat niet expliciet wilden voorschrijven, zetten een of andere app op de telefoon die hun locatie doorgaf. Er waren ook ouders die allebei deden. In de nooit eindigende strijd tussen ouders en kinderen, waren de pubers altijd de winnaars. Zij kenden al die kleine trucjes. Als ze niet wilden dat hun ouders wisten waar ze waren, zetten ze de locatieservices gewoon uit. Wereldwijze pubers gaven hun telefoon in bewaring bij een vriend (die braaf bleef waar die telefoon zou moeten zijn) als ze zelf op stap gingen en zich bezighielden met wat werkelijk belangrijk was. De ware kampioenen hielden er een tweede telefoon op na zonder dat hun ouders er weet van hadden.

Iedere ouder die dacht dat hij het gaan en staan van zijn puber onder controle had, leefde in dromenland.

'Houd elke boot aan die van Wood komt en vraag of ze haar daar hebben gezien. Als je beet hebt, hebben wij een excuus om erheen te varen en de zaken van dichtbij te bekijken.'

'Oké, Chief, zal ik doen.'

Whaley verbrak de verbinding en legde zijn hoofd weer op het kussen, kneep zijn ogen dicht en luisterde naar de rustige ademhaling van zijn vrouw, nog altijd diep in slaap. Deze keer probeerde hij terug te tellen vanaf duizend. Hij was bij zeshonderdzevenentwintig toen het belletje van zijn telefoon een bericht aankondigde. Opnieuw Mundie:

Chief in Portsmouth heeft gebeld – moeder van Lily Dwyer heeft hem verteld dat haar dochter samen met een meisje uit New Castle naar de mall was vertrokken. Ze dacht dat die Karla heette. Er woont geen Karla in New Castle, wel Kira Woodward. Ik heb haar een uur geleden samen met Billy Hasler naar Wood zien varen. Moet ik ernaartoe om met haar te praten?

Whaley hield het kleine scherm slechts luttele centimeters van zijn ogen, dichterbij dan zelfs nog maar een jaar geleden – zijn ogen gingen in rap tempo naar de filistijnen. Hij was nog niet helemaal toe aan een bril, maar dat zou niet lang meer duren. Naast hem kuchte zijn vrouw twee keer voordat ze weer zachtjes begon te snurken. Hij stelde moeizaam zijn zicht weer scherp en las het bericht een tweede keer. Toen zuchtte hij. Het raderwerk in zijn brein begon langzaam op toeren te komen, de machinerie begon te brommen. De vroege dienst was begonnen, of hij er nu zin in had of niet. Als de machinerie eenmaal echt op gang was gekomen, was er geen beginnen aan om die weer uit te schakelen. Als hij zijn hoofd weer op het kussen legde, zou hij de eerstvolgende vier uur naar het plafond liggen staren.

Hij schoof zijn voeten uit bed op de vloer en tikte met zijn duimen een kort antwoord:

Ik ga wel.

3

Spivey nam ons mee de trap af achter in het huis, naar de kelder. In tegenstelling tot de rest van het huis, dat in uitstekende conditie verkeerde, was het hout van de treden van deze trap splinterig en versleten. Hij hing aan de muur met losse schroeven en de leuning was niet meer dan een wiebelige balk van vier bij acht centimeter. Er hingen een paar kale gloeilampen aan de zoldering die hun best deden om de duisternis terug te dringen, maar een bij voorbaat verloren strijd streden. De wanden waren van gebeiteld graniet, dat getekend was door de sporen van het gereedschap waarmee het bewerkt was. Er waren dunne barsten en grotere kloven die als littekens waren achtergebleven waar brokken waren weggebroken.

'Marston zei dat ze bijna een jaar nodig hebben gehad om deze kelder te bouwen,' zei Spivey. 'Ze hebben alles met springstof opgeblazen en met de hand weggesjouwd, In die tijd hadden ze nog geen echte zware machines, en wat ze wel hadden, konden ze niet hier op het eiland krijgen.'

Ik zag de vloer pas toen we halverwege de trap waren afgedaald. Dat gold denk ik ook voor Kira, want ze liep vlak langs de muur en kneep bij iedere stap omlaag harder in mijn hand. De lucht die we inademden was vochtig en schimmelig. Ik voelde een druk op mijn oren die het moeilijk maakte om te horen. We zijn nu onder water, toch?'

'In wezen wel, ja. De vloer van de kelder ligt vijf meter onder het zeeniveau bij hoogwater.'

Eenmaal beneden zag ik Benny die op een metalen klapstoeltje achterin zat te kijken naar de cv-ketel. Naast hem lag een stapeltje lege plastic jerrycans van vijf liter.

'Hoe staat het met de waakvlam, Benny?' vroeg Spivey. Hij trok aan het touwtje van een kale gloeilamp om die in te schakelen.

Benny keek niet op of om. Hij hield zijn blik gericht op de cv-ketel en zei: 'Brandt als een tierelier, sir!'

Ik stak een vinger in mijn oor en probeerde al wrikkend de druk te verminderen, maar het had geen effect. Het was net als in een vliegtuig. Ik kon de muziek van boven niet meer horen, evenmin als de mensen die daar waren.

De kelder was enorm groot en, afgezien van Benny op zijn metalen klapstoeltje, leeg. Om de paar meter staken dikke balken uit de vloer omhoog die de zware liggers ondersteunden waarop het huis stond. Het enige wat nieuw leek was de cv-ketel. Aan de ene kant stonden bij de muur een paar grote olietanks, aan de andere kant stond een oude houtkachel. Ernaast was brandhout opgestapeld, oude blokken, overdekt met spinnenwebben. Spivey wees naar de houtkachel. 'Zo werd het huis vroeger verwarmd. Volgens Marston doet hij het nog steeds, daarom hield grootmoeder hem voor nood achter de hand. Vanaf die kachel gaan houten luchtkanalen omhoog naar de liggers en dan verder het huis in. Op een gegeven moment heeft iemand cv-buizen aangelegd en hebben ze die nieuwe ketel in gebruik genomen.' Hij wees naar de andere hoek waar een groot vertrek zonder deur leek te zijn. 'Dat is het waterreservoir. Op het dak wordt regenwater opgevangen. Het wordt hiernaartoe geleid. Er kan twintigduizend liter in. Wasbakken, toiletten, de douches... al het water voor het hele huis komt hiervandaan.'

Kira porde met de neus van haar schoen in het zand. 'Als die hele kelder uit de rotsen is gehouwen, waarom ligt er dan zand op de vloer?'

'Aardappels.'

'Aardappels?'

'Ze hebben hier aardappels verbouwd,' legde Spivey uit. 'Uien... en nog het een en ander. Wat er maar wilde groeien, neem ik aan. In de winter was de kans groot dat ze hier vast kwamen te zitten. Water, eten, elektriciteit, niets was dan bereikbaar, helemaal offgrid.'

Ik liet me op een knie zakken en woelde met mijn vingers door het zand. Ik keek omhoog naar de zoldering. 'Het is hier minstens drie meter hoog. Hoe dik is die laag zand?'

Spivey keek achterom over zijn schouder en vroeg: 'Hoe dik is die laag zand, Benny?

'Dat is niet bekend, sir!'

'Heb ik je gisteren niet gevraagd om een gat te graven en het uit te zoeken?'

'Jawel, sir!'

'En?'

'Ik vraag toestemming om het u te laten zien, sir!'

'Toestemming verleend.'

'Waarom dat krijgshaftige jargon?' vroeg ik.

Spivey haalde zijn schouders op. 'Het is nog maar een klein jochie, dus ik heb hem gezegd dat hij hier alleen mag zijn als hij precies doet wat ik hem opdraag. Zonder uitzondering. Matty noemde hem gisteren Soldaat Benny, en ik denk dat dat is blijven hangen. Is dat zo, Soldaat Benny?'

'Sir, jawel sir!' Benny liep naar een hoek van de kelder, schakelde nog een kale gloeilamp in en trok een dekzeil van een grote bult zand. Hij schoof vervolgens een plaat multiplex van een gat naast de bult zand. 'Ik ben tot een meter tachtig gekomen voordat ik moest vertrekken, sir!'

We liepen met z'n drieën naar de hoek en staarden in het gat. Een schop met een rood handvat stond op de bodem tegen een wand aan. Uit de wanden van het gat staken oude wortels als benige vingers. Ik moest denken aan het gapende gat op de begraafplaats, en de kist erboven waarin Spiveys grootmoeder lag. Ik huiverde.

Spivey legde een hand op Benny's schouder. 'Terug naar boven. Je kunt hier morgen verder werken. En neem die emmers mee.'

'Jawel, sir!' Benny salueerde, pakte de lege emmers en sleepte ze mee de trap op.

'Dat is een beetje gemeen,' zei Kira. 'Je behandelt hem als een soort slaaf.'

Spiveys mond plooide zich tot een grijns. 'Niet aan denken. Heb je iets meegebracht?'

Kira knikte en haalde een oude zilveren kam uit haar zak. 'Deze is van mijn grootmoeder geweest. Ze had hem in haar haar toen ze gestorven is.'

Spiveys ogen begonnen te stralen. 'Echt?'

'Ik was erbij. Mijn moeder en ik. Ze is drie jaar geleden overleden als gevolg van complicaties bij een longontsteking in een verzorgingshuis in Dover. Ze vertelde ons dat ze nog maar een paar uur te gaan had, dus verzorgde mijn moeder haar haar en deed ze haar make-up en hielp ze haar haar mooiste jurk aan te trekken. Ze had deze kam al sinds ze net zo oud was als ik nu. Ze had hem van haar moeder gekregen, dus staken we hem in haar haar. We waren van plan haar ermee te begraven, maar ze liet hem aan mij na in haar testament.'

'Het klinkt alsof hij heel belangrijk voor je is. Weet je wel zeker dat je hem hiervoor wilt gebruiken?'

Kira bleef even stil, toen knikte ze. 'Als het werkt en ik op een of andere manier met haar kan praten, dan is dat waardevol.'

'Als wat werkt?' Ik kon me niet stilhouden. 'Wil iemand me misschien even vertellen wat ik allemaal heb gemist?'

'Heb je ooit *Pet Sematary* gezien?'

Dat was Chloe. Ze stond halverwege de trap. Ik had haar niet gehoord.

'Zeker,' zei ik.

'Elk één moet de zijnen zelf begraven,' zei Spivey met een vette, lijzige stem die het accent van New England moest nabootsen dat de oude man in de film sprak. 'Het was een idee van juffrouw Donderdag, nou ja, van Stephen King. Hoe dan ook, er zit wat in, in het principe in ieder geval.'

'Het was een idee van Alesia,' verbeterde Chloe Spivey. 'Ze kwam er vrijwel meteen mee toen ik haar had verteld wat we willen doen.'

Kira keerde de kam in haar handen om en om. Het dof geworden zilver reflecteerde hier en daar een beetje licht. 'We nemen allemaal dingen mee die van overleden mensen zijn geweest en begraven die hier beneden. In de kelder.'

'Niet alleen dingen die ván overleden mensen zijn geweest,' zei Chloe. 'Dingen die bezeten zijn door de geest van doden. Dingen van plaatsen die behekst zijn. Vervloekte dingen. Alles wat we maar kunnen vinden. Dat begraven we allemaal hier en die energie vangen we af. Alesia denkt dat de energie zal toenemen en dat we die misschien kunnen kanaliseren.'

Ik kon haar maar net zien op de trap, slechts een vaag silhouet in het schemerduister, maar iets zei me dat ze glimlachte op dezelfde manier als Spivey. Dat verontrustte me een beetje. Ik wist niet wat erger was – dat zij geloofde dat zoiets belachelijks zou werken, of dat het écht zou werken. Maar het ergste was nog wel dat Spivey en Kira erbij stonden alsof ze droge feiten opsomden. Alsof ze met een handleiding van IKEA bezig waren.

'Dat is maar een film,' zei ik.

'Nou ja, eigenlijk is het een boek,' zei Spivey.

'Daarom is het nog geen werkelijkheid.'

'Maar het betekent ook niet dat het niet zo is.'

Ik keek naar de vloer, naar het zand, en pas toen zag ik wat ik eerder niet had gezien. Misschien was het het zwakke licht, misschien had ik het niet willen zien, maar ik kon het nu niet langer negeren – de zandvloer was hobbelig. Er waren tientallen, misschien wel honderd gaten gegraven en, nadat er iets in was gestopt, weer dichtgegooid en aangestampt. Verspreid over de hele vloer van de kelder.

Spivey liep op zijn gemak rond en wees plekken aan. 'We hebben kussens van de stoelen van de concertzaal in Portsmouth waar geesten huizen. We hebben een vloerplank van het John Paul Jones House, uit de gang waar volgens iedereen de geest het vaakst is gezien. Een stuk touw uit het Chase House, dat weeshuis waar dat meisje een einde aan haar leven heeft gemaakt. Brian Neblow heeft de deur van een schuur achter het huis opengebroken en er een stuk van afgesneden. De vader van Mallory Tilsdale heeft een crematorium in Exeter en ze heeft van alles meegenomen. Allerlei dingen die ze in de as vinden na het verbranden van lijken – tanden, juwelen, pacemakers. Van de helft van wat ze gisteren allemaal meebracht, zou ik niet eens kunnen zeggen wat het is, maar ze kwam met zakken vol aanzetten. We hebben kogels uit de vitrine van de Historische Vereniging in de stad. Kogels waarmee mensen gedood zijn.

We hebben een oud zwaard en een paar messen. Alles wat hier begraven ligt heeft een band met de dood.'

Chloe daalde de trap verder af en bleef aan de voet ervan staan. 'Alesia zei dat dingen die verbonden zijn met mensen die op een tragische manier of plotseling, of onder omstandigheden waarbij woede een rol speelde, zijn omgekomen, het sterkst zijn, maar dat alles kracht heeft. Helemaal op zichzelf zijn die dingen onschuldig, machteloos, zwak, zoiets als één enkele vuurvlieg boven een weiland. Maar als je alle vuurvliegen bij elkaar ziet, kunnen ze de nacht oplichten.'

'In het boek van King,' zei Spivey, 'is de grond zelf doordrenkt van de geesten van doden. Het is een oud grafveld van oorspronkelijke bewoners van Amerika van de Mi'kmaq-stam. Dat heeft Stephen niet bedacht – die mensen bestaan echt. Die grafvelden zijn echt. Het was een grote stam die vooral verder naar het noorden leefde, in Canada en het noorden van Maine. Ik weet niet of ze ooit zo ver naar het zuiden gekomen zijn als waar wij zijn, maar waar het om gaat is dat dat grafveld fungeerde als trigger, als katalysator, facilitator – als dat een goed woord is –, als couveuse, wat dan ook, het hangt er maar van af hoe je ertegen aankijkt.'

Spivey moet hebben gezien dat ik naar de trap keek. Het was slechts één enkele snelle blik, maar dat was genoeg. Hij kende me al mijn hele leven en begreep op een bepaalde manier hoe mijn hersens werken. Hij wist dat ik stond te denken aan die emmers die Benny mee moest nemen naar boven.

'We hebben zand meegenomen van alle begraafplaatsen in de omgeving,' zei hij. 'Twee hele emmers gevuld met zand van de tombe van de Vaughns. Eén emmer was gevuld met zand uit de grafkamer zelf, van de bodem waar die lijken lagen.' Zijn ogen schoten nu vuur, een opwinding die ik nog nooit eerder bij hem had gezien. Hij liet zijn stem iets dalen. 'Ik heb gisteren een nieuwe regel bedacht. Iedereen die hier voet aan wal zet, moet iets meebrengen wat van iemand is geweest die is overleden, iets waar geesten in huizen, of een emmer zand van een kerkhof. Geen uitzonderingen. Nik nok.'

Het haar in mijn nek ging overeind staan en ik kreeg kippenvel op mijn armen. Ik wist niet of dat mijn reactie was op wat hij net had gezegd of op het feit dat ik midden op een soort massagraf stond. Dat kon me ook niets schelen. Ik wilde weg uit die kelder en ik was waarschijnlijk ook de trap op gelopen als Kira me niet had meegetrokken naar de muur in de buurt van het waterreservoir.

'Is deze plek goed?'

'Zeker,' zei Spivey. 'Je moet met je handen graven, zonder gereedschap, net als in het boek van King.'

Het was lang geleden dat ik *Pet Sematary* had gezien. Het was nog langer geleden dat ik het boek had gelezen, maar ik herinner me dat de grond hard was geweest, rotsachtig. Dat het vrijwel ondoenlijk was geweest om er een gat in te graven. Dat gold niet voor Kira. Ze schepte vrijwel moeiteloos het zand weg, maakte een gat en bood de grond de kam van haar grootmoeder aan. De grond opende zich en aanvaardde haar gift als een hongerig kind. De grond slokte haar gift op toen ze het zand weer in het gat stortte en aandrukte met haar handpalmen.

Bovenaan de trap riep iemand: 'Spivey! Kom hier!'

4

Spivey keek omhoog naar de zoldering alsof hij er dwars doorheen kon kijken om een glimp op te vangen van wat daar gebeurde. Toen haastte hij zich met twee treden tegelijk de trap op. Wij volgden hem.

Het huis was leeg. Iedereen was naar buiten gegaan.

In de keuken, bijna bij de buitendeur, hield Kira me tegen.

'Je hand bloedt.'

Een akelige splinter stak uit mijn handpalm, waarschijnlijk afkomstig van die balk die als leuning fungeerde. Ik pakte hem met twee vingers beet en trok hem uit mijn hand. Dat hielp niet echt, het was alsof ik een kurk uit een fles had getrokken. Mijn hand begon nu pas echt te bloeden, er vormde zich een ware plas op mijn handpalm. Het drupte op de vloer.

Kira pakte een theedoek van het aanrecht en wikkelde die om mijn hand. Ze keek in de richting van de kamer en de rest van het huis. 'We moeten verband voor je zoeken.'

'Straks,' zei ik. Ik liep naar de buitendeur. 'Ik wil zien wat er aan de hand is.'

Met mijn andere hand trok ik haar mee naar buiten. Iedereen stond bij de steiger. Het was hoogwater. Er was maar een smal strookje over van het strandje.

'O, shit. Rory Moir,' zei Kira, die tussen alle mensen door net iets kon zien.

Toen zag ik hem ook. Niet alleen Rory, maar ook diens twee schandknaapjes, Zack Kirkley en Colin Booth. 'Wat doen die klootzakken hier in hemelsnaam?'

'Alesia.'

'Hè?'

'Ze heeft een soort van dates met hem gehad.'

'Een soort van?'

'Vorig jaar zijn ze zo nu en dan uit geweest,' legde Kira snel uit. 'De afgelopen weken ook weer een paar keer en toen kwam alles weer naar boven wat haar niet aan hem beviel, dus ze heeft het gisteren uitgemaakt. Daarom wilde ze ook mee hiernaartoe, om Matty misschien een kans te geven.'

O, shit. Matty.

Op dat moment hoorde ik hem.

Hij riep iets. Het kwam van de andere kant van die hele groep, aan de waterkant.

'Kom mee.'

Ik nam Kira mee tussen de mensen door. We liepen naar Spivey.

Matty stond links van Spivey, Alesia stond achter Matty. Rory stond verder naar rechts, tussen Matty en de steiger. Hij had een halflege bierfles in zijn hand. Zack Kirkley en Colin Booth stonden aan weerszijden met gebalde vuisten, klaar voor een knokpartij.

'Kom in de boot, Alesia.' Rory zwaaide met een arm achter zich naar de kleine skiff die slordig afgemeerd lag op de kop van de steiger. Hij sprak met onvaste stem. Het was duidelijk dat dit niet zijn eerste fles bier was. Net als Matty werkte Rory in het weekend en de zomervakantie op de vissersboot van zijn vader en dat hield hem in goede conditie. Als ik een soort pikorde zou moeten maken, dan was ik groter dan Rory, Rory en Matty waren tegen elkaar opgewassen, terwijl Spivey niet meer dan het kleine onderkruipseltje was.

Dat weerhield Spivey er niet van tussen beide jongens in te gaan staan. 'Als ze niet wil, dan hoeft ze niet. Jij hebt geen toestemming om hier te zijn.' Spivey zette een stap dichterbij, ging vlak voor Rory staan en keek hem doordringend aan. 'Dit is privéterrein.'

Ik had nog nooit gezien dat hij zich zo hard opstelde tegenover Rory.

Rory werd vuurrood. 'Kop dicht, eikel. Niemand zei iets tegen jou.'

Zack en Colin zetten een paar stappen in Spiveys richting. Met z'n drieën vormden ze een dronken speerpunt.

'In de boot, Alesia,' verordonneerde Rory voor de tweede keer.

Matty zette een stap naar voren en probeerde Alesia verder achter zich te manoeuvreren, maar ze gaf geen krimp. Ze schudde haar hoofd. 'Ik ga nergens naartoe.'

'Jullie drieën moeten weg,' zei Spivey. 'Nu meteen.'

'Wij gaan niet weg zonder mijn meisje.'

'Ik ben jouw meisje niet.' Alesia was een en al venijn. Ze stond met beide voeten stevig op de grond. 'Ik ben niemands meisje.'

Rory keek haar geringschattend aan. Zijn mondhoek krulde iets omhoog. Hij was uit op een knokpartij en deed geen enkele moeite om dat te verbergen. Zijn ogen waren glazig en hadden een maniakale uitstraling. Ze schoten heen en weer, van Alesia naar Spivey, van Spivey naar Matty en al die anderen die eromheen stonden alsof hij zijn kansen inschatte en de waarde van het potentiële publiek. Voor hem was de vraag niet óf het tot een gevecht zou komen, maar wanneer het zover was. Hij leek een wild beest dat in het nauw is gedreven. Hoewel hij voor Alesia gekomen was, richtte hij zich nu tot Spivey. Zijn spieren rolden onder zijn shirt. 'Ik wacht al jaren op een kans om jou in elkaar te slaan. Dat kan net zo goed hier als ergens anders.' Hij spuwde Spivey de woorden toe. 'Jij bent gewoon een watje, net zoals je papa.'

Spivey deed nog een stap naar hem toe en ik wist dat dat een vergissing was. Rory speculeerde erop dat Spivey de eerste zet zou doen.

Ik wilde ernaartoe lopen, maar Kira pakte mijn arm beet. 'Niet doen,' zei ze zacht.

Rory kon Spivey een pak slaag geven wanneer hij maar wilde, daar bestond geen twijfel over, en nu de leukemie terug was, moest Spivey niet aan een vechtpartij beginnen. Ik had Kira, Matty, nog helemaal niemand over de leukemie verteld omdat ik dat Spivey beloofd had. Maar mijn ouders wisten het. Spiveys ouders wisten het. Er waren ook anderen die het wisten. En als hem iets zou overkomen, als ik zou laten gebeuren dat hem iets overkwam, zou ik daar niet mee kunnen leven. Hij was nou eenmaal mijn vriend.

'Hij heeft hulp nodig.' Ik stapte bij Kira weg voordat ze verder nog iets kon zeggen en ging naast Spivey staan. 'Donder op, Rory.'

Uit een ooghoek zag ik dat Matty aan de andere kant van Spivey ging staan.

Alle anderen schuifelden een paar pasjes achteruit om ruimte te maken voor wat er ging komen.

Rory leek volstrekt niet onder de indruk van dit alles. Hij klokte de rest van zijn bier naar binnen, sloeg de fles stuk tegen een rots en greep hem omgekeerd bij de hals beet. Moorddadige glasscherven. 'Zack, wat hebben we net daarginds in het water gezien?'

'Een haai.'

'Wat voor haai?'

'Een grote witte. Daar.' Zack wees naar het water vlak voor de kust, niet meer dan twintig meter van de steiger.

'Een grote, hè?'

'Op zijn minst drie meter, misschien wel bijna vier. Groot zat.'

Er droop een beetje spuug uit Rory's mondhoek. Hij deed geen moeite om het weg te vegen. De blik in zijn ogen was hongerig geworden, hij was buiten zinnen. Hij liet de stukgeslagen fles in zijn hand draaien. 'Ik wil wedden dat Spivey en z'n maatjes binnen een minuut weg zouden zijn als we ze even flink toetakelen en dan in het water gooien.'

'O, zo'n jongen van drie meter maakt korte metten met ze,' stemde Zack in. 'En als er eentje is, zijn er meer. Ze worden nergens zo wild van als van een beetje voer in het water.'

'Gooi die fles weg, Rory,' zei Matty. 'Doe geen domme dingen. Dat wordt heel pijnlijk voor je.'

'Alesia moet nu in de boot stappen, anders wordt het voor een heleboel van jullie hier pijnlijk.'

Een kei zeilde over mijn schouder en raakte Rory's schouder. Een fikse kei, puur graniet. Rory's lijf zwaaide om door de klap, zijn hand schoot naar zijn schouder. Die waanzin in zijn ogen werd nog intenser toen hij naar de kei aan zijn voeten keek en daarna weer naar de groep die in een halve cirkel voor hem stond. 'Welke klootzak...?'

Alesia stond al met een tweede kei klaar, nog groter dan de eerste. 'Wegwezen, Rory, niemand wil jou hier op het eiland.'

'Vuile bitch. Moet ik jou ook in repen snijden?'

Iemand anders gooide een tweede kei. Hij raakte Colin Booth op zijn onderarm. Hij piepte en schuifelde een paar stappen achteruit. Een derde kei trof Zack Kirkley midden op de borst.

'Julie zijn in overtreding,' zei Spivey. 'Jullie alle drie. Op mijn grond. Ik heb het volste recht om dodelijk geweld te gebruiken als dat nodig is. Ik heb het recht mezelf te verdedigen.'

Spiveys hand gleed langzaam naar zijn rug, onder zijn T-shirt. Ik zag wat er ging gebeuren.

De keien kon ik billijken, maar dit niet.

Ik had geen idee hoe of wanneer hij aan een wapen was gekomen.

Ik had geen idee wat voor wapen het was. Ik zag alleen een deel van de kolf boven de rand van zijn spijkerbroek, maar of het nu een pistool of een revolver was, het was een wapen. Shit! Spivey had een wapen.

Ik slikte de brok in mijn keel weg. 'Spivey. Niet doen.'

We waren opgegroeid in New Hampshire en dus waren we niet onbekend met wapens. Al toen we klein waren, hadden we meegedaan aan jachtpartijen. Mijn ouders hadden drie handwapens in huis en twee geweren. Ik wist dat Spiveys vader meerdere jachtgeweren had en een shotgun, al was het waarschijnlijk jaren geleden dat Spivey er een in handen had gehad. Van jongs af aan waren ons twee regels in het hoofd gestampt: je richt alleen een wapen op iemand anders om jezelf te verdedigen, en je richt alleen een wapen op iemand als je ook daadwerkelijk bereid bent te schieten. Na de martelgang die Rory Spivey al die jaren had laten ondergaan, kon ik me voorstellen dat Spivey niets liever zou willen dan een aanleiding om de trekker over te halen. De wet in New Hampshire stond hem toe dat te doen, maar ik had geen idee wat de wet in Maine daarover zei, en technisch gezien waren we in Maine. Ik wist alleen dat Rory grote kans liep op een kogel in zijn lijf als Spivey het wapen tevoorschijn zou halen.

Zo dronken als hij was, had Rory in de gaten dat er iets was veranderd. Hij had gezien dat Spiveys hand achter zijn rug was verdwenen, de uitdrukking op de gezichten van iedereen direct achter Spivey had hem nog veel meer duidelijk gemaakt. 'Laatste kans, Alesia. Je gaat met ons mee of je hoort bij het stelletje losers hier. Je krijgt geen nieuwe kans.'

'O, ik denk dat ik het hier wel naar mijn zin heb, Rory.'

Spiveys hand lag om de kolf van het wapen. Zijn arm trilde. Niet heel erg, maar ik zag het. Rory zag het ook en dat teken van zwakte deed de woede in hem nog één keer opvlammen. Zijn ogen werden spleetjes en hij draaide de fles langzaam rond tussen zijn vingers. 'Wat heb je daar achter je rug, Spivey? Ga je me prikken met een mes?'

Spivey greep de kolf steviger vast. Hij trok het wapen iets omhoog.

'Spivey...' zei ik zacht, net genoeg om zijn aandacht te trekken. Ik stond op het punt om het wapen uit zijn hand te rukken, maar ik kreeg geen kans.

Plotseling flitsten rode en blauwe zwaailichten door het duister van de nacht boven het water. Meteen erachteraan loeide heel even een politiesirene.

5

Het ging daarna razendsnel.

'Geef me dat ding,' zei ik zacht tegen Spivey. Toen ik het eenmaal in handen had, zag ik dat het een revolver was. Ik liet hem in het zand voor mijn voeten vallen en met de neus van mijn schoen begroef ik hem. Ondertussen meerde Chief Whaley, geholpen door twee andere politieagenten, zijn patrouilleboot af aan de steiger. Ik hoopte maar dat Spivey, Rory en de paar anderen die tussen ons in stonden het zicht van Chief Whaley genoeg belemmerden, zodat hij niet kon zien wat ik deed.

Ik was niet de enige die in beweging kwam. Rory gooide de stukgeslagen fles in het water. Hij probeerde dat niet eens steels te doen. Als een dronken honkbalpitcher zwaaide hij zijn arm naar achteren en slingerde hij de fles bovenhands in het water. Er spatte water op, toen was de fles weg.

Begeleid door gefluister verdwenen meer flessen en blikjes uit het zicht. We waren allemaal te jong om te drinken en drank verbergen als de politie opduikt, was als een tweede natuur voor ons. Het ontging Chief Whaley allemaal niet toen hij over de steiger naar ons toe liep. Agent Sandy Lomax kwam achter hem aan. Agent Mundie bleef bij de boot.

'Er staat een boete van vijfhonderd dollar op het weggooien van afval, meneer Moir,' zei Whaley. 'Ik zou je het water in moeten sturen om het te gaan zoeken.'

Zonder een seconde te aarzelen, diende Rory hem van repliek. 'Gelukkig staan we hier in Maine en niet in New Hampshire, Chief. Jurisdictie en zo. Ik zou het vervelend vinden als je buiten je boekje ging.'

'Jaja, gelukkig maar.' Whaley keek hem even aan en knikte toen in de richting van de steiger. 'Die ene skiff daar is van jou, hè? Wat vinden we allemaal aan boord als we die doorzoeken? Of beter nog, ik leg er beslag op en roep de havenpolitie op. Wat gaan ze vinden? Omdat ik een vriend ben van je vader, kunnen zij de skiff maar beter doorzoeken. Er is maar één ding erger dan een probleem met jurisdictie, en dat is belangenverstrengeling, en als er iets illegaals wordt aangetroffen op jouw boot, dan zou ik het heel vervelend vinden als de officier van justitie zou struikelen over zo'n nietig detail als hij jou aanklaagt. Bovendien hoef ik dan ook niet naar je vader te luisteren als hij probeert jou vrij te krijgen. Het wordt allemaal veel eenvoudiger als zij jou oppakken. Voor mij tenminste.'

Rory maakte een dronken zwaaigebaar met zijn hand naar alle omstanders. 'Ga je iedereen oppakken, Chief? Ik ben geen advocaat, maar dit heeft veel weg van persoonlijke vernedering en intimidatie. Uit die hele groep overtreders hier pik je mij en mijn vrienden eruit?'

'Jij bent de enige hier die in overtreding is, Rory,' zei Spivey.

Dat leverde hem een verstoorde blik op van zowel Rory als de Chief. Chief Whaley liet een paar seconden voorbijgaan en sprak toen Rory zacht toe. 'Het lijkt me het beste als je vertrekt, Rory, voordat je iets zegt wat je echt in de problemen brengt. Ik geef je zestig seconden om je boot te zoeken en te vertrekken van dit eiland, en je kunt maar beter je gezond verstand gebruiken en naast iemand gaan zitten die de skiff bestuurt. Als je me een reden wilt geven om je alsnog mee terug te nemen naar het bureau, dan vind ik dat ook goed. Dan zoeken we het allemaal wel uit als je weer nuchter bent. Zeg het maar.'

Rory keek alsof hij opnieuw zijn mond open wilde trekken en zijn grafkuil nog dieper wilde uitgraven. Hij richtte zijn bloeddoorlopen ogen op Spivey en heel even dacht ik dat hij over het wapen zou beginnen, maar dat had hij niet gezien. Hij wist niet wat Spivey achter zijn rug vandaan had willen halen, en gelukkig was het ook niet zover gekomen. Rory verbrak het oogcontact met Spivey, grijnsde naar Whaley en begon naar de steiger te lopen. 'Tot binnenkort, Spivey! Tot binnenkort.'

Zack Kirkley en Colin Booth haastten zich achter Rory aan. Ze klommen van de steiger in de skiff, van dichtbij gadegeslagen door agent Mundie vanaf de patrouilleboot. Colin ging aan het roer staan, niet Rory, dat was goed om te zien. Toen Colin de contactsleutel omdraaide, kuchte de motor. Hij sputterde een keer en viel toen stil. Colin probeerde het nog drie keer, maar telkens weigerde de motor te starten.

Spivey deed een stap in de richting van de steiger. 'Verdomme, ik wil dat die lui oprotten.'

Gelukkig voor iedereen sloeg de motor bij de vijfde keer aan. Ze gooiden de boot los en voeren weg in het duister.

Chief Whaley keerde zich om naar alle jongelui en sprak ze met luide stem toe. 'Het is laat, jongens. Waarschijnlijk is het voor jullie ook de hoogste tijd om naar huis te gaan. Iedereen behalve Kira Woodward, Izzie Fernandez, Chloe Kittle en Alesia Dubin. Jullie moeten nog even blijven. Ik weet dat jullie er zijn, dus probeer er niet stiekem vandoor te gaan.'

Vrijwel iedereen kwam in beweging in de richting van de steiger. Een ware exodus. Of hij nu wel of niet bevoegd was hier maakte niet uit. Niemand wilde Chief Whaley tegen de haren in strijken. Hij bood iedereen een veilige aftocht en niemand had een tweede aanmaning nodig. Met uitzondering van Matty en ik misschien, want wij bleven beiden staan. Ik was niet van plan Kira in de steek te laten en Matty bleef omwille van zijn zusje. Bovendien had de neanderthaler in Matty waarschijnlijk al een claim op Alesia gelegd, ook al was zij er misschien nog niet helemaal aan toe om dat te erkennen.

Zonder om te kijken naar de steiger riep Whaley over zijn schouder: 'Ik weet dat jullie allemaal verstandige jongens en meisjes zijn en dat niemand van jullie onder invloed van drank aan het roer gaat staan. Iedereen die vermoedt dat hij niet in staat is zelf thuis te komen, moet maar in de rij gaan staan bij agent Mundie. Die helpt je dan naar de vaste wal, en daarna naar huis. Ik zou het heel vervelend vinden als de agenten die in de haven zijn achtergebleven om op te letten, alsnog mensen moeten oppakken voor rijden onder invloed.' Hij keek opzij naar agent Lomax. 'Kun jij Mundie een handje helpen? Ervoor zorgen dat ze allemaal veilig thuiskomen?'

Agent Lomax knikte en ging op weg naar de steiger.

Ik verplaatste mijn gewicht van de ene voet naar de andere en zette die op de plek waar ik de revolver had begraven. Dat was geen opzet. Dit was zo'n moment waarop mijn instincten de automatische piloot uitschakelden en de lakens begonnen uit te delen. Ik wilde absoluut geen aandacht trekken, maar dat was precies wat ik deed. Whaley keek me aan. Ik verwachtte dat hij op een of andere manier die revolver onder het zand kon zien, dat hij zijn eigen pistool zou trekken en me zou commanderen op de grond te gaan liggen. Of misschien zou hij eerst een schot lossen en de vragen later aan de overlevenden stellen, maar hij keek niet omlaag naar de grond. Hij keek naar de bebloede theedoek om mijn hand.

'Heb je een dokter nodig, Billy?'

Door al het gedoe was ik de wond in mijn hand helemaal vergeten. Toen ik naar de theedoek keek, verbaasde het me hoeveel bloed ik had verloren. Je zou bijna denken dat ik een vinger was kwijtgeraakt. Ik hief mijn hand en haalde er onderzoekend de theedoek af. Waarschijnlijk was al het bloed op een bepaald moment op geweest, want de wond bloedde niet meer. Het was echter een vervelende wond. Er lag een hele flap huid en vlees open, rood en vurig. Alles aan mijn hand kleefde. De wond klopte. 'Het was een grote splinter. Het komt wel goed. Ik maak het zelf wel schoon.'

'Blijf jij hier vannacht?'

Ik knikte.

'Weten je ouders dat?'

Hij wist dat ze dat wisten. Ik weet niet of hij dat vroeg om mij een soort dekking te bieden of uit gewoonte. Maar ik knikte toch maar.

Hij keek naar Matty en de meisjes. 'En hoe zit dat met jullie?'

Ze knikten allemaal voorzichtig. Zelfs Alesia, wat me verbaasde.

Dat gold blijkbaar ook voor Whaley. 'Jij ben toch de dochter van Laura Dubin?'

'Ja.'

Whaley keek in de richting van het huis.

'Het is een groot huis. Genoeg plek voor iedereen die wil blijven,' zei ik.

'Vast wel.'

Ik zag dat hij nadacht. Dat hij probeerde al die leugentjes op een rij te krijgen die we hadden gebruikt om een hele nacht van de ouderlijke radar te verdwijnen. Hij zette leeftijden op een rijtje, de verhouding jongens en meisjes. Het kostte me altijd moeite om greep te krijgen op wat er in Whaley omging en ik wist werkelijk niet of hij alles wat hij zag voor zich hield, of de telefoon zou pakken om al die ouders op te bellen zodra hij terug was op het bureau.

Zonder dat we er erg in hadden, hadden we stelletjes gevormd. Kira stond bij mij, Alesia stond naast Matty, Izzie stond bij Chloe – iets wat ook Whaley niet was ontgaan. Evenmin als het feit dat Spivey aan de kant stond, helemaal alleen nadat ook de laatste feestgangers in boten in het duister waren verdwenen.

Whaley schraapte zijn keel en bestudeerde de gezichten van de vier meisjes die hij had gevraagd te blijven. Ik besefte dat niets van dit alles hem verraste. Hij had geweten dat ze hier waren, nog voordat hij uit de boot op de steiger stapte.

Waarschijnlijk wist hij al wie vannacht hier bleven. Misschien wist hij ook wie hier eerder overnacht hadden. Ik vroeg me af hoe nauwlettend hij het eiland in de gaten hield. Na dat gesprek bij mij thuis met mijn ouders en de vader van Spivey, vroeg ik me ook af aan wie Whaley rapporteerde.

'Wanneer hebben jullie Lily Dwyer voor het laatst gezien,' vroeg hij aan de meisjes.

Kira hield mijn hand vast en ik voelde de spanning in haar hand toen die naam viel. Ik had geen flauw idee wie Lily Dwyer was, maar Kira kende haar, dat was duidelijk, en als Whaley al die andere zaken wist, kende hij ongetwijfeld ook het antwoord al op de vraag die hij zojuist had gesteld. Dat wilde ik allemaal tegen Kira zeggen, maar dat ging niet.

Kira wisselde snelle blikken uit met de andere meisjes en zei toen: 'Ze was met ons mee naar de mall. Is er iets gebeurd?'

'Is ze met jullie meegekomen hiernaartoe?'

Kira schudde het hoofd.

'Wanneer heb je haar voor het laatst gezien?'

'Bij de mall. Om een uur of een.'

'Was ze daar met iemand anders?'

Niemand beantwoordde die vraag. Tenminste aanvankelijk, en Chief Whaley liet de stilte voortduren, omdat die veelzeggend was.

'Ze heeft haar telefoon bij de mall om twaalf minuten over een uitgezet. Ze is niet naar huis gegaan. Haar telefoon staat nog steeds uit. Haar ouders zijn vreselijk bezorgd. Met wie was ze daar?'

Opnieuw dezelfde stilte.

Izzie keek naar de grond. 'Ze ging naar de film.'

'Met een jongen,' vulde Chloe aan.

'Welke jongen?'

Stilte.

Nerveuze blikken.

'Welke jongen?' drong Whaley aan.

'Ze zei dat hij Brian heette,' zei Alesia uiteindelijk.

'Brian wie?'

'Dat heeft ze niet gezegd.'

'Hij zit op Exeter High in het eindexamenjaar, als je daar iets aan hebt,' zei Izzie.

'Ze heeft hem online ontmoet,' droeg Kira haar steentje bij.

'Waarom zou ze haar telefoon hebben uitgezet?'

'Omdat ze naar de film gingen,' zei Izzie nog maar een keer.

Ik wist dat dat gelul was. Niemand zet zijn telefoon uit om naar de film te gaan. Misschien demp je het geluid. Als dat meisje haar telefoon bij de mall heeft uitgezet, was dat omdat ze niet wilde dat haar ouders te weten kwamen dat ze de mall had verlaten. Die hele film was gelul. Zeggen dat je naar de film gaat, levert je twee uur op, misschien een beetje meer. Twee uur weg van de mall met die knul die Brian heette, wie dat dan ook mocht zijn. Als ik daar dwars doorheen kon kijken, kon Whaley dat ook. Dat werd ook duidelijk door wat hij vervolgens zei.

'Waar ging ze écht naartoe?'

Ik verwachtte min of meer dat een van hen opnieuw over de film zou beginnen, en het leek of Chloe dat ook zou doen, maar ze perste op tijd haar lippen op elkaar en zei niets.

'Luister, meisjes,' zei Whaley. Er klonk ongeduld door in zijn stem. 'Ze is vijftien. Ze wordt al meer dan twaalf uur vermist. Het is tot daaraan toe dat jullie haar dekken zodat ze er een tijdje tussenuit kan knijpen met haar vriendje, maar dit is iets heel anders. Ik moet weten wat jullie weten. Hoe zou het zijn als een van jullie werd vermist?'

De meisjes wisselden weer blikken uit en ik begreep uit de manier waarop Kira en Alesia elkaar aankeken dat er veel meer aan de hand was. 'Ik zou het hem maar vertellen,' zei ik zacht tegen Kira. 'Misschien zit ze in moeilijkheden.'

Het bleef weer stil, maar minder lang dan de vorige keer. Kira's hand voelde klam en koud aan. 'We zouden Lily om drie uur weer ontmoeten bij de eettent, maar ze kwam niet opdagen. We zijn blijven wachten tot vier uur...'

'Tot kwart over,' onderbrak Chloe haar.

Kira knikte. 'Tot kwart over. We hebben een paar rondjes door de mall gelopen om haar te zoeken, maar we hebben haar niet gevonden. Om vijf uur moesten we weg. We gingen ervan uit dat die Brian haar wel thuis zou brengen.'

'Die knul die ze online had ontmoet en die niemand van jullie kent,' zei Whaley.

Weer knikte Kira.

'Kun je hem beschrijven?'

'We hebben hem niet gezien. Ze ontmoetten elkaar toen ze bij ons weg was. Buiten op het parkeerterrein, denk ik. Dat heeft ze niet verteld.'

'En dat lieten jullie gebeuren?'

'Ze is niet echt een vriendin van ons.' Alesia haalde haar schouders op. 'We kenden haar van school. Ze had gehoord dat wij naar de mall gingen en vroeg ons om haar te dekken. Meer was het niet. Het was op het allerlaatste moment. We weten verder niet wat ze allemaal uitspookt of zo. Een maand geleden heeft ze mij een keer gedekt, dus nu was het andersom. Stelde niks voor.'

'Stelde niks voor,' mompelde Whaley. Hij klakte een paar keer met zijn tong, nam alles in overweging en vroeg toen: 'Heeft een van jullie misschien toevallig een foto van haar bij zich? Een recente foto?'

Alle vier pakten ze hun mobiel.

Ik keek toe terwijl Kira haar vinger over het scherm veegde en uitkwam bij een foto die eerder die dag was gemaakt. Ze hield zelf de mobiel met gestrekte arm vast – op de foto waren Alesia, Izzie, Chloe, zijzelf en nog een meisje, dat ik niet herkende, te zien. Ze had roze haar. Op haar hoofd balanceerde een John Lennon-zonnebrilletje. Alle vijf glimlachten ze. Achter hen waren vaag een Toro's Tacos en de eettent van de mall te zien. Ze hield Chief Whaley de telefoon voor zodat hij de foto kon bekijken.

Hij tuurde naar de foto en haalde zijn eigen telefoon tevoorschijn. 'Kun je me die foto sturen?'

'Dat moet met Airdrop,' zei Spivey. 'Je hebt hier geen bereik.'

Whaley hield de telefoon boven zijn hoofd. 'Geen bereik? Hoe kan dat?'

Niemand reageerde. Dat hadden we zelf nog niet uitgevogeld.

Kira wist echter hoe Airdrop werkt. Het belletje van de telefoon van de Chief tingelde. 'Gewoon daarop tikken om het te accepteren.'

De foto verscheen op zijn scherm. Hij keek Alesia aan. 'Geen bereik? Dus als Lily vanavond een van jullie gebeld had, zouden jullie dat niet weten?'

'Ze zou ons niet bellen,' zei Alesia. Ze haalde opnieuw haar schouders op. 'Ik zei al dat we haar nauwelijks kennen.'

'Maar het kan zijn dat ze geprobeerd heeft jullie te bellen.' Hij keek over zijn schouder naar de steiger. Mundie had een groepje naar New Castle teruggevaren en was nu weer op weg naar Wood. 'Meisjes, jullie moeten met me mee om dat uit te zoeken.'

De ogen van Izzie en Chloe kregen iets paniekerigs. Zij zouden van ons allemaal het meest op hun donder krijgen als de ouders erachter zouden komen dat we hadden gelogen en op Wood waren geweest.

'Ik ga wel mee,' zei Alesia. 'Als ze heeft geprobeerd om iemand te bellen, dan ben ik dat geweest. Ze heeft de nummers niet van de anderen.'

'Jullie gaan allemaal mee,' zei Whaley, en voordat iemand nog kon protesteren, liep hij weg naar de steiger.

6

Een paar minuten later waren ze op weg en werden de boordlichten en het heklicht van de patrouilleboot langzaam zwakker.

Ik keek Spivey aan en liet eindelijk de lucht uit mijn longen ontsnappen die ik voor mijn gevoel minstens tien minuten had ingehouden. 'Christus, waar heb je die revolver vandaan?'

'Die was van grootmoeder. Je denkt toch zeker niet dat die hier helemaal in haar eentje woonde zonder enige vorm van bescherming? Hij lag in haar nachtkastje. Er lag er ook een in de keuken, verstopt in een kastje achter een pot, en er zat er een tussen de kussens op de bank. In de zolderkast heb ik twee geweren gevonden. Er zal nog wel meer zijn. Kennelijk was grootmoeder een groot voorstander van het recht op zelfverdediging.' Hij keek om zich heen. 'Wat heb je ermee gedaan?'

'Je had wel iemand kunnen doodschieten!'

'Nou en of, verdomme. Denk je dat ik iemand op me af laat komen met een stukgeslagen fles? Nooit een keer. Marston heeft me verteld dat ik mezelf mag verdedigen tegen iedereen die hier komt die hier van mij niet mag zijn. Ik hoef ze maar één keer te vragen te vertrekken. Al ze dat niet doen en als ik me bedreigd voel...' Hij bootste een pistool na met duim en wijsvinger. 'Boem.'

'Denk je dat het echt zo makkelijk is?'

Hij grijnsde. 'Heb ik iets gemist? Ik had een prop lood in hem moeten schieten.'

'Dit is verdomme geen grap. Als je iemand doodschiet, moet je daarmee leven. Als je een revolver op iemand als Rory Moir richt, moet je ook schieten. Die lul loopt niet weg. De klootzak bindt niet in. Hij gaat zover dat je moet schieten.'

'Precies. Nik nok.'

'Kom op, geef hem die revolver terug,' gromde Matty. 'Maak je niet zo druk. Rory is een lul. Hij is altijd al een lul geweest. Die stamt af van een lange lijn van stomme lullen. Als hij op zijn eenentwintigste niet dood is, zit hij wel in de bak. Maar dat maakt niet uit, want niemand zal een traan om hem laten. Chief Whaley al helemaal niet. Ik zou me meer zorgen maken over de vraag wanneer Rory terugkomt, want je weet dat hij dat van plan is. Hij laat niet over zijn kant gaan wat er is gebeurd, want er waren te veel mensen bij die het hebben gezien.'

Het had geen zin om daartegen in te gaan. Ik bukte en groef de revolver op uit het zand. Het was een .38 met zes kogels. Toen ik hem aan Spivey gaf, klapte hij de cilinder open, liet de kogels op zijn handpalm vallen en blies de loop schoon. 'Nou moet ik hem weer schoonmaken.'

'Heb je dat ook van Marston geleerd?'

Dat had ik bedoeld als sarcastische opmerking, maar Spivey knikte. 'Ja.'

Matty staarde over het water. 'Denk je dat de meisjes nog terugkomen?'

'Spivey heeft bijna iemand doodgeschoten en het enige waar jij aan kunt denken is neuken.'

'Er is niemand doodgeschoten, en ja,' zei Matty, 'ik heb zin om te neuken.'

'Nee, Matty, ik denk niet dat ze nog terugkomen.'

Ze kwamen inderdaad niet terug.

Dat gold ook voor mij. Ik kwam bijna een week lang niet meer op Wood Island.

Vrijdag 9 juli 2010

1

De volgende ochtend was de vermissing van Lily Dwyer overal in het nieuws. Het amber alert breidde zich uit van de county over de staat en uiteindelijk over het hele land. Steeds was dezelfde foto van de telefoon van Kira in beeld.

De foto was bijgesneden, zodat de andere meisjes niet meer te zien waren. Allen Lily Dwyer glimlachte nog met haar roze haar, gekleed in een bruin vest en een spijkerbroek, naar de camera – '... voor het laatst gezien in de Fox Run Mall in het gezelschap van een oudere jongen die mogelijk Brian heet, van wie aanvankelijk werd aangenomen dat hij een leerling was van Exeter High School'. Het kostte de politie weinig moeite te achterhalen dat hij geen leerling was van Exeter. Er zaten zes jongens met de naam Brian op Exeter, die stuk voor stuk een alibi hadden voor de ochtend van 2 juli. Geen van hen had ook maar een flauw idee waar Lily zou kunnen zijn.

Ik had gehoord dat ze op de laptop van Lily hadden gezocht en al haar accounts op social media hadden nagetrokken, maar geen spoor van de jongen hadden gevonden. Dat verbaasde me niets. We werkten allemaal met Tor-browsers als we online iets wilden doen wat onze ouders niet mochten zien. Tor kaatste je signaal over de hele wereld en wiste elk spoor van wat je deed. Kira had twee Facebook-accounts, een voor het grote publiek, een account dat haar ouders mochten zien, en een tweede onder een valse naam dat alleen voor een paar vrienden toegankelijk was. Met behulp van een programma dat SocialEase heette, zette ze geautomatiseerde posts op het openbare account, zodat ze er zelf niets voor hoefde te doen. Zo nu en dan deelde ze haar zogenaamde locatie op dat account als ze niet thuis was, zodat haar ouders konden zien waar ze was – althans, dachten dat ze was. Daarin was ze niet bijzonder, de helft van mijn vrienden deed het net zo. Waar het om gaat is dat ik wist dat alles wat de politie op de laptop en in de accounts van Lily Dwyer zou vinden, waarschijnlijk nep was en dat haar werkelijke leven zich ergens in het verborgene afspeelde, net zoals dat van elke highschoolleerling.

Iemand had videobeelden van bewakingscamera's gevonden waarop te zien was dat Lily Dwyer zonder gezelschap aan de zuidkant de mall uit liep. Er waren geen beelden van het parkeerterrein. Het bedrijf dat de mall exploiteerde beweerde dat verzekeringstechnische redenen het installeren van bewakingscamera's op het parkeerterrein verhinderden. Kira en de andere meisjes waren door Chief Whaley verhoord, daarna door de State Police en de FBI, maar konden niets toevoegen aan wat ze in eerste instantie hadden verteld. Ik had de foto van Lily Dwyer na verloop van tijd zo vaak gezien dat hij op mijn netvlies gebrand stond. Het verhaal van de meisjes bleef steeds hetzelfde. Ik had geen enkele reden om eraan te twijfelen en toch voelde het om een of andere reden niet goed. Toen ik daarover tegen Matty begon, zei hij dat ik een achterdochtige klootzak was. Misschien was ik dat.

Hoe dan ook, ik ging niet meer naar Wood Island. Wij allemaal niet. Dat is tenminste wat ik dacht.

Laat ik over één ding heel duidelijk zijn. Ik liet mijn vriend niet in de steek. Als ik me verplaats in het standpunt van een buitenstaander en terugkijk op die nacht en op wat er later is gebeurd, lijkt het misschien wel zo. Maar als ik die schijn heb gewekt, was het in ieder geval niet opzettelijk. Ik moest gewoon een tijdje op mezelf zijn en op adem komen. Mezelf herpakken.

De Spivey die op dat strandje stond, op het punt een revolver te trekken, de Spivey die de indruk wekte dat hij gráág die revolver had getrokken, was niet de jongen met wie ik was opgegroeid. Op dat moment herkende ik hem niet meer. Hij was altijd al een stille jongen geweest met een vreemd gevoel voor humor die bij tijd en wijle de gitaar pakte. Al zijn hele leven lang was hij Rory's boksbal geweest. Hoe je er ook tegen aan wilde kijken, zo zat het in elkaar. Ik beschermde Spivey als het de verkeerde kant opging – zo paste ik in het plaatje. Zo begreep ik het allemaal, zo stak de wereld in elkaar, daar kon ik op rekenen.

Toen Spivey het huis erfde werd hij anders. Die erfenis veranderde niet alleen zijn financiële situatie, die veranderde hemzélf. Ik weet niet goed of ik dat wel kan uitleggen, zelfs niet na alle tijd die voorbijgegaan is. Ik heb het geprobeerd, geloof me, ik heb het echt geprobeerd. Werd hij standvastiger? Sterker? Daadkrachtiger? Dat komt in de buurt, denk ik, maar geen van die woorden omvat precies wat het was, want dat is wat je zou verwachten. Werd hij erdoor getransformeerd? Dat komt nog dichterbij. Wat het ook was, ik wilde er niet bij zijn. De laatste keer dat ik de Spivey heb gezien die ik al die jaren had gekend, was toen Chief Whaley op school kwam om te vertellen dat zijn grootmoeder was overleden. De jongen met wie ik optrok was na die dag iemand anders, en de veranderingen volgden elkaar in snel tempo op. Die knul met die revolver op dat strandje, dat was een glimp van wat hij zou worden. Dat stopte hij weer weg, en daar was ik blij om, maar dat bleef niet zo. Die jongen met die revolver zou snel genoeg weer opduiken, en die volgende keer zou hij heel wat steviger in zijn schoenen staan.

Toen ik vrijdagochtend, de negende, een week na die toestand met Rory en de revolver wakker werd, was ik alleen thuis. Mijn ouders waren aan het werk. Ik kroop om half twaalf, een tijdstip waarop de dag tot volle wasdom was gekomen, uit bed, douchte snel en begaf me naar de keuken voor een ontbijt. Of misschien was het een lunch. Hoe dan ook, ik had honger. Ik had afgesproken dat ik Kira om één uur zou oppikken om de middag op het strand door te brengen, dus ik had nog een beetje tijd over. Rye Beach (omdat ik niet de hele middag Wood Island wilde zien), doorsnee zomers gelummel op het strand. Precies wat ik nodig had.

De deur naar het kantoor van mijn vader stond open.

Dat gebeurde zelden.

In eerste instantie liep ik er voorbij. Het drong pas tot me door toen ik in de keuken stond. Ik liep terug en bleef in de gang staan staren. Ik zou niet kunnen zeggen waarom.

Met een kom havermout in mijn hand was ik er een keer naar binnen geslenterd toen ik vier was. Gezeten aan zijn bureau had ik de havermout opgegeten. Misschien had ik geknoeid op zijn stoel, of op de vloer of op documenten die hij op zijn bureau had laten liggen. Dat zat mijn vader niet lekker en hij maakte er een gewoonte van om 's avonds de deur van zijn kantoor op slot te doen. In de jaren daarna was hij steeds op slot geweest als ik de deurkruk had geprobeerd (ik denk dat ik het heb opgegeven toen ik een jaar of acht, negen was). Zelfs als hij thuis was, hield hij de deur op slot.

Zoals ik daar in de gang stond en naar binnen keek, voelde ik die onzichtbare barrière op de drempel. Ik verwachte bijna min of meer dat er een alarm zou afgaan als ik over de drempel zou stappen. Misschien ging er een zoemer af in mijn vaders broekzak en zou hij onmiddellijk gealarmeerd komen aansnellen. Er zou ook ergens een verborgen camera kunnen hangen die hem beelden zou sturen waarop ik te zien zou zijn, schuldbewust over het vloerkleed sluipend. Al was dat een belachelijk idee. Niet omdat hij zover niet zou gaan, maar omdat hij mijn hulp nodig zou hebben voor het installeren. Ik wist alles van de wifi in ons huis en hij had mij nodig als hij zelfs maar verlegen zat om het wachtwoord.

Ik had mijn ouders er nooit op kunnen betrappen dat ze in mijn kamer snuffelden. Als ze dat deden, deden ze het heel stiekem. Op een bepaalde manier wisten ze dat het overhoophalen van mijn laden een schending zou zijn van het vertrouwen tussen ons. Rondkijken in mijn vaders kantoor door de open deur, of naar binnen gaan, was precies hetzelfde. In hun ogen zou het zelfs veel erger zijn.

Als ik betrapt zou worden.

Zijn auto stond niet op de oprit. Dat kon ik zien van de plek in de gang waar ik stond. Zijn kantoor keek uit over de oprit. Door het raam achter zijn bureau kon je de straat zien. Ik zou hem zien aankomen.

Het kantoor was verboden terrein, dat wist ik, maar ik had antwoorden nodig en ik wist dat hij zaken voor me achterhield. Het feit dat hij al meer dan een week niet meer tegen me begonnen was over Spivey of Wood Island, maakte me duidelijk dat hij een andere bron van informatie had. Dat zwijgen betekende alleen dat hij de hoop had opgegeven dat hij mijn hulp kon inroepen. Ik maakte me geen enkele illusie dat hij zijn plannen had opgegeven.

Eigenlijk voelde ik me ook wel een beetje gerechtvaardigd toen ik over de drempel stapte en naar zijn bureau liep.

Er lag niets op het bureau, maar ik vond wat ik zocht in de bovenste lade aan de rechterkant – een dikke gele dossiermap waarop mijn vader in zijn keurige handschrift *Wood Island* had geschreven. In de jaren daarna is er geen dag voorbijgegaan waarop ik niet aan die map heb moeten denken. Het testament van Geraldine Rote was, hoe erg ook, van de inhoud nog het minst verontrustende. De rest was veel en veel erger.

2

Veel later kwam ik te weten dat testamenten worden opgeslagen in een archief dat toegankelijk is voor iedereen die het ervoor overheeft een tijd door te brengen in dat archief en een dollar per pagina te spenderen, maar die ochtend, toen ik het document uit die map pakte, had ik geen idee hoe mijn vader het in handen had gekregen en vermoedde ik het ergste. Niet erg nobel, maar zo lagen de zaken tussen mijn vader en mij nu eenmaal.

Op de eerste pagina stond niet veel bijzonders:

> Ik, Geraldine Rote, woonachtig in de stad New Castle, in de county Rockingham, in de staat New Hampshire, verklaar, wilsbekwaam, handelend uit vrije wil en op generlei wijze onder invloed van buitenaf, met het volste begrip van de aard en de omvang van mijn bezittingen en de vorm waarin ik daarover bij deze beschik, hierbij dat dit document mijn laatste wil en testament is, en herroep tevens alle uiterste wilsbeschikkingen en codicils die ik voor vandaag heb gemaakt.

Omdat Wood Island feitelijk in Maine lag, en niet in New Hampshire, vond ik die opening een beetje vreemd, maar dit was het eerste testament dat ik in mijn leven onder ogen kreeg en ik ging er dus maar van uit dat iemand die slimmer was dan ik had besloten dat het zo in orde was. Misschien, dacht ik, zag ze New Castle als haar thuis en wilde ze dat op een of andere manier tot uitdrukking brengen. Ik was niet de enige die daar vraagtekens bij zette. Iemand anders (waarschijnlijk mijn vader) had die eerste zin onderstreept en letterlijk een groot vraagteken in de marge geplaatst.

In een tweede paragraaf, getiteld 'Kosten en belastingen', werd bepaald dat alle schulden en kosten die zouden samenhangen met haar dood en begrafenis uit de nalatenschap zouden worden betaald door haar 'persoonlijke vertegenwoordiger' Lockwood J. Marston, die in de derde paragraaf als executeur-testamentair werd aangesteld.

Dat was geen nieuws voor mij, dus sloeg ik de pagina om naar de 'Beschikking over bezittingen', wat in grote vetgedrukte letters bovenaan de pagina stond.

> Ik bestem en laat na al mijn bezittingen omschreven in bijlage A, feitelijk, persoonlijk en waar dan ook staand of gelegen, voor en aan mijn kleinzoon

> David Anthony Spivey, als volledig begunstigde van genoemde bezittingen, die in bewaring zullen worden gehouden zoals beschreven in het voor dat doel in het leven geroepen fonds dat zal worden beheerd door mijn persoonlijke vertegenwoordiger of degene die in diens plaats als vertegenwoordiger zal optreden, mocht mijn persoonlijke vertegenwoordiger niet langer handelsbekwaam zijn.

Dat stukje bezorgde me koppijn, maar ik begreep wat er werd bedoeld. Marston was de baas en als Marston doodging, met pensioen ging of er domweg mee ophield, werd zijn opvolger de baas.

Ik bladerde door de rest naar bijlage A. Daarin stond een gedetailleerde lijst met alle bezittingen van Geraldine Rote. Het begon met Wood Island en het huis, en eindigde met een reeks bankrekeningen en beleggingsrekeningen, niet alleen lokaal, maar ook internationaal, op de Kaaimaneilanden, in Zwitserland en Spanje. Er werden bedrijven opgesomd met namen als Carrington, LCC, Bridgeston Reserves Group en Kelemtin, Inc. Ik maakte foto's van alle pagina's met mijn telefoon. Ik had geen idee wat voor bedrijven dat waren, maar één ding was duidelijk – Spivey was veel rijker dan ik dacht.

Ik keerde terug naar het begin van het testament en zocht de paragraaf na de 'Beschikking over bezittingen'. Die paragraaf heette 'Voorwaarden'. Wat Spivey de 'Regels' noemde werd daar opgesomd.

- De entiteit mag nooit worden verkocht. Het eigendom mag slechts op een van de twee volgende manieren worden overgedragen:
  - Als schenking aan de stad Kittery in Maine
  - Als schenking aan een bloedverwant
- Als Keith of Pam Spivey voet op het eiland zetten, vervalt het eigendom van de entiteit aan de stad Kittery in Maine
- Alle goederen die op of in de entiteit worden aangetroffen worden beschouwd als onvervreemdbaar deel van de entiteit en mogen uitsluitend worden uitgeleend en verhuurd onder van tevoren bepaalde condities, ze mogen niet worden verkocht
- Tokens jonger dan zestien jaar worden beschouwd als eigendom
- Wie op het eiland is bij zonondergang moet op het eiland blijven tot zonsopkomst, tenzij toestemming voor vertrek wordt verleend door de beheerder
- Geldende voorwaarden mogen uitsluitend worden gewijzigd na bereik-

te overeenstemming tussen de beheerder en de persoonlijke vertegenwoordiger
- Emerson mag niet verhongeren

Minstens de helft van wat er stond begreep ik niet. Entiteit? Beheerder? Tokens? En weer die kloothommel Emerson. Een deel van wat ik niet begreep was waarschijnlijk weer pure advocatentaal, maar dat laatste? Gezien het feit dat geen van ons tot nu toe Emerson had gevonden – haar hond, haar kat, hamster, lievelingsslang of wat dan ook – moest dat beest allang verhongerd zijn. Toen Kira erover was begonnen, had Matty er een grapje over gemaakt en gezegd dat we hem vroeg of laat wel zouden ruiken. Kwestie van geduld dus.

Het laatste deel van het testament bevatte niet zoveel bijzonders. Handtekeningen, stempels, registratiedocumenten, dat soort zaken. Ik legde het testament opzij en maakte overal foto's van. Ik was op zoek naar feiten, wat het allemaal betekende kon ik later wel uitzoeken.

Onder het testament lag een afdruk op glanspapier. Het was een uitdraai van de microfichelezer in de bibliotheek. Sinds de opkomst van het internet werd die lezer niet meer zoveel gebruikt, maar het kreukelige thermische papier was heel herkenbaar. Het was een uitdraai uit de *Portsmouth Herald* van 19 juni 1972. De datum was omcirkeld met rode inkt. Het was een in memoriam voor Spiveys grootvader.

> Lester Herbert Rote is overleden terwijl hij deed wat hem het dierbaarst was: vissen. Hij voer uit op zaterdag en kwam niet meer terug. De zee heeft hem opgeëist als ware hij een van haar kinderen. Lester is hoogstwaarschijnlijk het slachtoffer geworden van de storm die die nacht opstak. De zoektocht naar zijn schip, de Annabelle, gaat voort, maar men verwacht deze niet meer te vinden. Hij laat zijn liefhebbende echtgenote Geraldine en dochter Pam achter. Op zaterdag 25 juni zal dominee Luston Balk een plechtigheid leiden op de Oceanside-begraafplaats te New Castle, New Hampshire.

De vermelding van de Annabelle betekende ofwel dat de boot alsnog was gevonden of dat er een fout gemaakt was. Ik probeerde me mijn gesprek met meneer Peck te herinneren. Ik dacht bijna zeker te weten dat hij had gezegd dat Lester Rote niet was teruggekomen, maar hij had niets gezegd over het schip.

Onder het in memoriam lag nog een uitdraai van de microfichelezer. Deze keer ging het om een krantenartikel van een week eerder, ook uit de *Portsmouth Herald*. Toen ik ongeveer halverwege het artikel was, kon ik niet langer blijven staan. Ik viel bijna op de bureaustoel van mijn vader.

SKELETRESTEN GEVONDEN OP WOOD ISLAND

8 juni 1972, Kittery – Federale autoriteiten zullen vandaag de skeletresten onderzoeken van twee personen die zijn gevonden op Wood Island, aldus Perleston Pert, woordvoerder van de State Police.

Een man uit Dover in New Hampshire die zijn middagboterham op Wood Island opat, vond een schedel die boven de grond uitstak. Hij meldde zijn vondst gisteren bij de politie. Een woordvoerder van de plaatselijke politie vertelde dat de man besefte dat zijn vondst een schedel was en dat hij die vervolgens weer heeft begraven.

Bij opgraving trof de politie delen aan van het skelet van één persoon. Een paar uur later werden bij verdere opgravingen resten van een tweede persoon gevonden. Volgens de woordvoerder wekten de beenderen de indruk dat ze daar 'al enige tijd' hadden gelegen.

Woordvoerder Pert van de State Police verklaarde dat de zaak nu is overgedragen aan de federale autoriteiten, omdat de zaak onder hun jurisdictie zou vallen. Het bureau van de FBI te Boston laat echter weten dat wordt onderzocht of dat daadwerkelijk het geval is.

Peter W. Culley, woordvoerder van de afdeling Misdaadbestrijding van het Openbaar Ministerie van de staat, gaf aan dat het bureau tot op zekere hoogte bij het onderzoek betrokken was. 'Voor zover wij het kunnen overzien is, is het een federale aangelegenheid.'

De kustwacht patrouilleert nu op het eiland om nieuwsgierigen op afstand te houden. Het eiland ligt voor de kust bij Fort Foster Park en is tot 1946 in gebruik geweest bij de kustwacht.

Het is daarna ter veiling aangeboden door de federale overheid, maar door de General Services Administration teruggetrokken. Een maand later is het eiland alsnog geveild en kwam het voor het symbolische bedrag van één dollar in handen van een particuliere koper, van wie wordt aangenomen dat hij de huidige beheerder is.

Hij werd niet als zodanig genoemd in het artikel, maar ik wist dat die koper Geraldines vader was. Spiveys overgrootvader.

Mijn vader had de datum van dit artikel ook omcirkeld en het was me niet ontgaan dat Lester Rote ongeveer een week na de ontdekking van die stoffelijke overschotten was overleden.

Verdwenen, wees een diep in mijn hersenen verborgen stemmetje me terecht.

Er is geen lichaam gevonden.

Maar zijn boot kwam wel terug.

Is dat echt zo?

Ik wist niet wat dit allemaal moest betekenen, maar Spivey moest op de hoogte worden gebracht. Nu meteen.

3

Ik maakte foto's van de uitdraaien van de microfichelezer en liet de dossiermap opengeslagen op het bureau van mijn vader liggen. Ik legde er een briefje bij.

We moeten praten

Billy

Ik had de vorige keer de Merv afgemeerd achter het Piscataqua-café. Niemand had me verteld dat dat niet mocht, niemand had daar last van de boot en dus leek het me een goede plek.

Op weg ernaartoe belde ik Kira. Ze nam niet op. Ik sprak iets in op haar voicemail en zei dat ik misschien later zou komen. Ik bedacht ter plekke een kutsmoes over een lekke band. Ik weet niet zo goed waarom ik haar niet gewoon vertelde hoe het werkelijk in elkaar stak. Sinds het begin van dit hele gedoe leek het niet helemaal te lopen zoals het moest tussen ons tweeën. Toen Lily Dwyer was verdwenen was het erger geworden en ik denk dat ik om een of andere reden eerst met Spivey wilde praten voordat de rest van de groep te weten kwam wat ik had gevonden. Ik wilde Spiveys gezicht zien als ik het hem vertelde.

Je wilt weten of hij het al wist. En loslippigheid…

Begrijp me niet verkeerd, ik wilde Kira graag vertrouwen. Een paar weken geleden zou ik mijn diepste geheimen aan haar hebben toevertrouwd, maar door alles wat ik had gezien en gehoord had ik de indruk gekregen dat zij even geobsedeerd was geraakt door Project Poltergeist als de anderen. Het had er alle schijn van dat zij zelf dingen verborgen hield.

Twintig minuten nadat ik Kira had gebeld gooide ik de Annabelle los achter het Piscataqua-café en nog eens twintig minuten later legde ik de landvast om een bolder op Spiveys steiger en haastte ik me naar het huis.

Ik klopte op de achterdeur en liep de keuken in toen niemand opendeed.

'Spivey? Ben je hier?'

Alle rommel was opgeruimd.

Ik wist niet wie hier verantwoordelijk was voor de schoonmaak, maar de keuken was smetteloos schoon en geurde naar ammonia en citroen. Het door Spivey in elkaar geflanste bord met regels stond er nog steeds. Spivey had de door Kira toegevoegde regel – *Je moet al je rotzooi opruimen* – uitgewist en zelf opnieuw opgeschreven. Dan was het allemaal tenminste in hetzelfde handschrift, dat zou het wel zijn. Spivey was altijd akelig precies in dat soort dingen.

Verdomme, het was doodstil in het huis.

'Spivey?'

De woonkamer was ook schoon. De meubels glansden van de boenwas. Spivey had de grote tv boven de haard gehangen, maar de stekker niet in het stopcontact gestoken. Het snoer met de stekker bungelde een klein eindje boven de vloer. Een gebreide lapjesdeken lag keurig opgevouwen over de rugleuning van de bank.

Niemand in de kamer.

Lag hij nog te slapen?

Misschien.

Het was bijna één uur, maar het was midden in de zomer en je zou denken dat Spivey net zomin verplichtingen had als ik.

Ik riep opnieuw zijn naam en liep naar de trap toen er weer geen reactie kwam. Ik stond op het punt naar boven te lopen toen mijn aandacht werd getrokken door de foto's aan de muur.

Het was anders.

De foto's van Spivey hingen er nog steeds, maar er hingen andere foto's bij. Foto's waar Spivey niet op stond. De foto die me was opgevallen was een dertien bij achttien in een vergulde lijst die helemaal links hing. Er stonden twee meisjes in zwemkleding op die op een handdoek lagen te zonnen op de steiger. Ik kon de gezichten niet zien, maar ik wist dat het Izzie en Chloe waren. En hoewel ik er absoluut zeker van was dat wat ik daarna dacht volstrekt onmogelijk was, kwam het toch bij me op: de foto was gemaakt op de eerste dag dat we hier waren, de dag dat ze op de boot moesten blijven maar desondanks aan wal kwamen. De foto was van een hoge positie genomen, van een redelijke afstand. Uit een raam van de toren of vanaf die widow's walk die Kira en ik hadden ontdekt achter de enige gesloten deur in het huis.

Hing daar een bewakingscamera?

Als er een bewakingssysteem in het huis was geïnstalleerd, was me dat nog niet opgevallen. Spivey had er niets over gezegd, al betekende dat niet dat het er niet was.

Je denkt toch zeker niet dat die hier helemaal in haar eentje woonde zonder enige vorm van bescherming?

Grootmoeder had wapens, dus zo raar was een bewakingssysteem nog niet.

Onder de foto van Izzie en Chloe hing er een met Benny. Die foto was in de kelder gemaakt. Daar viel niet aan te twijfelen. Hij zat onder het zand, hield de schop met twee handen vast en werkte aan de kuil die ik de vorige keer had gezien toen ik hier was. Hij keek niet in de lens van de camera en leek niet te merken dat er een foto werd gemaakt.

Er hingen nog meer ingelijste foto's. Ik herkende sommige gezichten, maar niet allemaal. Er hingen geen foto's van mij, Kira en Matty. Dat was vreemd, want wij waren Spiveys beste vrienden. Volgens mij zat minstens de helft van al die jongens en meisjes op die foto's niet eens op Portsmouth High. Ze waren de afgelopen paar weken gewoon komen aanwaaien om feest te vieren.

'Jezus Christus!' piepte een stem.

Ik keek langs de trap omhoog.

Halverwege de trap naar boven stond Alesia Dubin, gekleed in niet meer dan een miniem zwart slipje. Ze sloeg haastig haar armen voor haar borsten en bloosde. 'Wat doe jij hier?'

Ik deed mijn mond open om iets te zeggen, maar ik produceerde geen geluid. Ik voelde dat ik op mijn beurt begon te blozen. Mijn mond zakte zo ver open dat mijn kin op mijn borst moet hebben gelegen. Alesia was cheerleader en had het gespierde lichaam van een cheerleader, slank en met een vlekkeloze huid waarop geen streepje wit meer te zien was. Ik wist dat ze lange benen had – bij footballwedstrijden had ik daar al genoeg van gezien – maar dat was anders dan dit. Ik had haar nooit in een bikini gezien. Ze had een verrukkelijke platte buik waarop zich vaag haar buikspieren aftekenden. Links van haar navel prijkten een paar sproetjes. Ik stond verstijfd onderaan de trap en legde dit beeld in minder dan een seconde vast in mijn geheugen.

Alesia hield haar hoofd scheef, kreunde en liet haar handen zakken. 'Kijk maar even goed, jongen, en haal dan dat vieze lachje van je gezicht. Dit is de laatste keer dat je dit te zien krijgt, Billy.' Alsof ze dat nog wilde benadrukken, wipte ze omhoog op haar tenen en maakte ze een snelle pirouette. Haar haar was nat, haar huid glinsterde alsof ze net onder de douche had gestaan. Met de opmerking die ze daarna maakte, zette ze me weer met beide voeten op de grond. 'Weet Kira dat je hier bent?'

'Ah, ja. Ik bedoel, nee,' stamelde ik. 'Ik bedoel, ik moet met Spivey praten, daarom ben ik hier even snel naartoe gevaren. Ik zie haar straks. Wat doe jij...'

Ik maakte mijn vraag niet af, want ik had er niets mee te maken. Mijn hersens functioneerden niet goed, ik moest mijn mond houden en ik moest zéker ophouden met staren.

Alesia bleef nog even halverwege de trap staan met één hand op haar heup, keerde zich toen om en liep de trap weer op. 'Spivey is waarschijnlijk in de kelder. Volgende keer kloppen.'

'Dat heb ik...' begon ik, maar Alesia knalde de slaapkamerdeur achter zich dicht voordat ik de zin kon afmaken.

Ik bleef nog minstens een minuut omhoog staan staren in dat lege trapgat en probeerde te verwerken wat er zojuist was gebeurd. Ik moest me herpakken. Daarna keerde ik me om, liep terug langs de foto's en daalde de trap af de kelder in.

Ik trof Spivey aan op de klapstoel waarop Benny had gezeten. Spivey zat roerloos met zijn gezicht een paar centimeter van de cv-ketel. Hij had een geruit shirt aan dat ik nog nooit eerder had gezien, en een oude spijkerbroek. Geen sokken, geen schoenen. Slechts één enkele gloeilamp brandde, het grootste deel van de kelder was gehuld in duisternis. Een hol vol spinnenwebben, schaduwen en stof.

'Wat doe je hier beneden?'

Hij keek me niet aan. Ik dacht even dat hij me zelfs niet had gehoord, maar toen begon hij te praten, met een zachte stem, amper harder dan fluisteren. 'Stomme waakvlam. Ik draai me om en hij gaat weer uit.'

'Dude.' Ik ging zachter praten en wees met mijn duim over mijn schouder. 'Alesia Dubin loopt boven halfnaakt rond!'

Hij boog zich nog dichter naar de cv-ketel. Een blauw licht danste over zijn gezicht. 'Ik heb dat stomme ding al drie keer weer aangestoken sinds ik hier ben gaan zitten.'

'Heb je wel gehoord wat ik zei?'

'Wij, eh... hebben ongeveer iets.'

'Jíj hebt iets met Alesia Dubin?'

Het was niet mijn bedoeling dat het er zo sarcastisch uit kwam. Het was ook niet mijn bedoeling dat het zou klinken als iets wat godsonmogelijk was, maar in al die jaren dat ik Spivey nu kende, had hij nog nooit een vriendin gehad, nooit gedatet, zelfs geen dronken avontuurtjes gehad. En niemand debuteerde in die wereld met een meisje als Alesia Dubin. Je werkte je op naar de Alesia Dubins van deze wereld. Daar begon je niet mee.

Spivey blies zacht naar de waakvlam. Die sputterde, maar bleef branden.

'De dag nadat Whaley een einde maakte aan ons feestje, kwam ze terug en toen raakten we aan de praat. Ik zal niet zeggen dat van het een het ander kwam, maar zo ging het wel ongeveer. Ze bleef de hele dag. We waren met z'n tweeën. Voordat ik doorhad wat er gebeurde zaten we te zoenen op de rotsen. Toen heb ik aangeboden om voor haar te koken. We hebben voor de haard zitten eten. Daarna gingen we naar boven en hebben we...'

'Jij en Alesia Dubin?'

'Je zou het wel gemakkelijker maken als je iets minder verbaasd zou klinken.'

'Hoezo, ben jij dat niet dan?'

Hij zakte onderuit op de wankele klapstoel en sloeg het ene been over het andere. 'Misschien een beetje. Ik kon die eerste nacht niet slapen. Ik bleef maar naar haar kijken, de mooiste cheerleader, naakt in mijn bed. Ik wilde mijn ogen niet dichtdoen omdat ik bang was dat ze verdwenen zou zijn als ik ze weer opendeed, maar nee hoor... 's Morgens was ze er nog steeds. En de volgende dag ook. En de dag daarna.' Hij zuchtte zacht. 'Het zal je misschien raar in de oren klinken, maar echt, ik denk dat ik gewoon iemand nodig had om mee te praten. Er is in de afgelopen weken zoveel gebeurd. Het is één grote mallemolen. Die hele toestand met mijn grootmoeder. Mijn ouders. De kanker die weer opspeelt. Ze kan heel goed luisteren en ze lijkt me te begrijpen. Ik wist niet hoezeer ik dat nodig had tot zij er was.'

'Ik denk dat je dat uiteindelijk belangrijker zult gaan vinden dan...'

'De horizontale mambo? Het hotsen en klotsen? Verstoppertje spelen met het slangetje? Het knakworstje op sap zetten? Het poesje voeren?'

Ik lachte. 'Ja... dat.'

'Waarschijnlijk beter om niks tegen Matty te zeggen.'

'Absoluut beter om niks tegen Matty te zeggen.'

'Voorlopig tenminste.'

Ik trok een vinger over mijn lippen. 'Ik zeg niks.'

'Heeft Benny je op de steiger lastiggevallen?'

'Benny?'

'Hij zou op wacht moeten staan op de steiger, voor het geval Rory terugkomt.'

'Ik heb hem niet gezien.'

'Fantastisch.'

Ik zag een paarse bloeduitstorting op zijn rechterpols. Niet heel erg groot, maar toch. Ik moest meteen denken aan de vorige keer dat de leukemie opspeelde. Dat was ook begonnen met bloeduitstortingen op die pols.

Zonder me aan te kijken trok Spivey zijn mouw over zijn pols. Hij schoof dichter naar de cv-ketel. 'Fuck, daar gaat hij weer.'

Hij pakte een gasaansteker uit het zand bij zijn voeten, klikte hem aan en stak de waakvlam weer aan. 'Ik snap het niet. Het tocht hier niet. Er is niets verstopt of zo. Marston heeft er gisteren iemand naar laten kijken en die zei dat er niets aan de hand is. Dit is al de derde cv-ketel en ze hebben allemaal hetzelfde probleem.'

Ik keek de duistere kelder rond. 'Er moet toch ergens lucht vandaan komen.'

'Ja, vast. Nou, doe je best. Mensen met meer in hun mars dan jij hebben het al geprobeerd.'

De lucht voelde akelig stil aan hier in de kelder, als in een graftombe die jaren gesloten was geweest. Klam, als schimmel, met een zoetige ondertoon die ik niet kon plaatsen. Ik keek naar het gat van Benny. Er lag een half vergaan dekzeil over.

De grond eromheen was hobbelig, evenals het grootste deel van de bodem van de kelder. Ik wilde niet stilstaan bij de dingen die er begraven lagen.

Het schoot me te binnen waarom ik hier was. Ik pakte mijn telefoon, scrolde naar de foto's die ik in het kantoor van mijn vader had gemaakt en gaf de telefoon aan Spivey. 'Dit heb ik gevonden in het kantoor van mijn vader. Ik weet niet of hij het allemaal zelf bij elkaar heeft gezocht, of dat hij van alles van jouw vader heeft gekregen, of wat dan ook, maar ik vond dat je het moest zien.'

Spivey bekeek de foto's. Hij zoomde in om de tekst te kunnen lezen. 'Marston heeft me verteld dat Lester een eigen boot had. Volgens mij zei hij dat die High Hopes heette of zo. Hij heeft niet Annabelle gezegd. Dat moet een vergissing zijn...' Zijn stem stierf weg toen hij die andere pagina las, waar het ging over de gevonden stoffelijke resten. 'Dit... Dit is nieuw voor me. Dat kon weleens heel groot worden. Heb je dit aan iemand laten zien?'

Ik schudde het hoofd.

'Je moet vanavond komen.'

'Wat gebeurt er vanavond?'

Eindelijk ging Spivey staan. 'Je bent hier al een tijdje niet geweest, dus heb je wel wat gemist. Ik moet je iets laten zien.'

Hij gaf me mijn telefoon terug en begon de trap op te lopen.

In de woonkamer zat Alesia opgekruld op de bank met een stukgelezen paperback. *The Amityville Horror.*

Ze had een ruimvallend topje aangetrokken en een korte broek. Van minstens de helft van de pagina's van de paperback was de hoek omgevouwen. Alesia was druk doende een passage met een marker te bewerken. Ze zei, meer tegen zichzelf dan tegen iemand anders: 'Dit verhaal is in wezen een tragedie. Eerst heb je Ronnie DeFeo die in koelen bloede het hele gezin vermoordt. En dan komt het gezin Lutz en die denken dat ze met een blik verf de verschrikking kunnen wegwerken. Hoe zou zoiets moeten werken? Ik bedoel, de bloedvlekken zaten er nog steeds, toch? Ook al kun je ze niet zien, ze zijn er nog wel. Sommige vlekken gaan gewoon niet weg. Je kunt ze in net zo veel kleuren schilderen als je maar wilt, maar onder al die verf blijft het bloed, de tragedie waar die vlek het gevolg van is, doorwoekeren. Die vlek is in de vezels getrokken, net als een schimmel of rot.'

Of kanker, mompelde een stem in mijn brein die deelnam aan het gesprek. *Je kunt doen wat je wilt, je krijgt het nooit helemaal weg. Je kunt net doen alsof het er niet is, maar daarom is het nog niet weg.*

'Waar zijn de knikkers?' vroeg Spivey aan Alesia. Hij keek rond in de kamer.

Ze knikte naar een glazen schaal op de tafel.

Spivey pakte twee grote, zwarte knikkers uit de schaal en liep door de kamer naar de tegenoverliggende wand. 'Dit is krankzinnig. Kijk...'

Hij legde een van de knikkers op de vloer en liet hem los. De knikker begon langzaam te rollen, steeds een beetje harder, en verdween door de deuropening naar de keuken.

'Ik denk niet dat er ook maar één huis in New England is zonder scheve vloeren. Wat wil je hiermee aantonen?'

Een vertrouwde grijns verscheen op Spiveys gezicht. 'Kijk nog eens.'

Hij liep door de kamer en bleef bij de deur naar de keuken staan. Daar legde hij de tweede knikker op de vloer en liet hem los.

De knikker rolde de andere kant op, naar de plek waar hij de eerste knikker had laten rollen, steeds een beetje sneller tot hij tegen de plint botste en stil bleef liggen.

Dat kon niet.

Ik twijfelde er niet aan dat de vloer niet vlak was, maar hij kon onmogelijk tegelijkertijd in twee richtingen aflopen.

4

Het was al bijna twee uur tegen de tijd dat ik met de Merv terugvoer naar de steiger achter het Piscataqua-café en de boot daar afmeerde. De zon stond hoog aan de hemel en zelfs op het water was de temperatuur ver genoeg opgelopen om me een beetje te laten zweten, wat voor vochtplekken in mijn shirt zorgde.

Meteen toen ik weer bereik had, belde ik Kira. Ze nam weer niet op. Ik stuurde haar een snel bericht: *Band geplakt, ben je nog thuis?* Even later zag ik dat ze het bericht had gelezen. Ze reageerde niet.

Ik was al bezig mijn telefoon weer in mijn zak te stoppen, maar bedacht me en stuurde Matty ook een bericht: *Jij in de buurt?* Ik zag het pictogrammetje veranderen van 'afgeleverd' naar 'gelezen', maar hij reageerde evenmin. Ik wilde de gedachtegang die zich aan me opdrong onmiddellijk afbreken, maar dat ging natuurlijk niet. Matty was vast in de haven om zijn vader te helpen. Kon niet anders. En Kira... nou ja, die was nog thuis en die was boos op me, of ze was ergens met een paar vriendinnen naartoe. Die was niet bij Matty, dat was een droom, een boze droom, dat kon niet waar zijn. Ik zei tegen mezelf dat ik geen enkele reden had om jaloers te zijn. Dat zei ik een aantal keren tegen mezelf, maar het hielp niet echt. Dat zeurende, onbewuste stemmetje werd steeds indringender.

Ik besloot Kira thuis op te zoeken, omdat ze daar vast zielig zat te wezen. Ik zou me net zo lang kruiperig gedragen tot alles weer rechtgezet was. Ik bereidde in gedachten zelfs al een hele toespraak voor. Ik doorliep het concept voor de tweede keer toen ik om de hoek van het Piscataqua-café kwam en zag dat de patrouillewagen van Chief Whaley pal naast mijn auto geparkeerd stond. Hij had de motor afgezet, het raampje opengedraaid en zat naar buiten over het water te kijken. Ik was nog een meter of drie van hem verwijderd toen hij opkeek, al weet ik zeker dat hij allang had gezien dat ik eraan kwam. 'Kom er eens bij zitten, Billy. We moeten even praten.'

Ik aarzelde een ogenblik, keek naar het achterportier en wilde de greep al pakken toen hij zei: 'Voorin is prima... Vandaag in ieder geval.'

Hij knipoogde bij dat laatste, maar ik wist niet zeker of hij wel een grapje maakte.

Ik slikte de brok in mijn keel weg, liep om de patrouillewagen heen en installeerde me op de passagiersstoel. Ik trok het portier misschien iets harder dicht dan had gemoeten.

Toen ik de gordel wilde pakken, zei hij: 'Dat hoeft niet. We gaan nergens naartoe.' Hij knikte naar het water. 'Hoe gaat het met hem daar?'

Daar was ik niet blij mee. Het voelde een beetje als een vervolg op het gesprek bij ons thuis met Chief Whaley en Spiveys vader. Alsof ik geronseld was als informant. 'Chief, het voelt niet goed om te praten over...'

Hij wuifde mijn bezwaar weg. 'Het is goed, jongen, ik snap het. Wat ik me vooral afvraag, is of Rory Moir hem nog heeft lastiggevallen. Dat kun je me wel vertellen. Ik heb met mijn collega in Kittery gesproken en die heeft dat eiland min of meer als een persoonlijke vloek uit zijn leven gebannen, terwijl de havenpolitie alleen in actie wil komen als ik ze er specifiek om vraag. En zelfs dan kost het moeite om ze in de benen te krijgen. Officieel valt Wood Island niet onder mijn jurisdictie, het is een zwart gat daar, maar iemand moet een oogje in het zeil houden en ervoor zorgen dat de pleuris niet uitbreekt.'

'Rory is niet meer komen opdagen op het eiland, als je dat bedoelt. In ieder geval niet voor zover ik weet.'

'Maar jij bent er niet zo heel veel geweest de afgelopen dagen, toch?'

Daar gaf ik geen antwoord op en opnieuw maakte hij dat gebaar om mijn deze keer niet uitgesproken bezwaar weg te wuiven.

'Rory laat het er niet bij. Ik denk dat hij misschien iets uitbroedt. Hij is slim genoeg om er eerst een beetje tijd overheen te laten gaan, maar hij is dom genoeg om dan iets stoms te doen als hij denkt dat er niemand op hem let.'

'Spivey heeft mensen die de wacht houden.'

Volstrekt onmogelijk dat Rory ongemerkt langs die bewaking zou kunnen komen.

... en de wapens. Natuurlijk zijn er ook nog de wapens.

Ik wachtte tot Whaley me zou vragen wie er dan zoal op de uitkijk stonden. Of me nog eens zou doorzagen over Lily Dwyer – *Weet je zeker dat je haar daar niet hebt gezien? Heeft Kira of een van die andere meisjes je mis-*

schien nog iets verteld? Kom, kom, je kent haar toch? – zoiets, maar dat gebeurde niet. Hij zei iets wat ik volstrekt niet had verwacht.

'Als ik jou iets vertel, kun je dat dan voor jezelf houden?'

Mijn maag trok samen. 'Zeker.'

Hij legde zijn arm op de rand van het open raam en keek naar buiten over het water. 'Ik neem aan dat je gehoord hebt dat Geraldine Rote zichzelf die dag bij Henry's heeft vergiftigd? Dergelijke geruchten krijgen pootjes en gaan de ronde doen. Zeker hier. Ik weet hoeveel de mensen kletsen.'

Ik knikte.

'Nou dat is niet gebeurd. Ik heb het verslag van de lijkschouwer binnen. Hij heeft geen gif gevonden.'

'Ik dacht dat iemand had gezien...'

Weer dat armgebaar. 'Jolene Peterson zag dat ze een klein folieachtig pakje uit haar tas haalde en de inhoud in haar koffie strooide. De resten op de folie bleken bruine suiker te zijn. Niets giftigs. Ze had gewoon haar eigen zoetstof meegenomen.'

'Waaraan is ze dan overleden?'

'Een aneurysma in de hersenen.' Hij tikte tegen zijn slaap. 'Dat is alsof je een klein ballonnetje in een ader in je hersenen hebt. Dat kan daar maanden, of zelfs jaren zitten zonder dat het wordt ontdekt. En dan, op een dag, springt het ineens open, met als gevolg soms een zware hoofdpijn, of een beroerte, maar in het ergste geval een onmiddellijke dood. Waarschijnlijk had ze er zelf geen weet van, en zelfs als dat wel zo was, wist ze nog niet wanneer het einde zou komen.' Hij leek die redenering te formuleren op het moment dat hij de woorden uitsprak. Hij praatte trager en ook al rustten zijn ogen op een grote tanker die door het water voorbijschoof, hij leek het ding absoluut niet te zien. 'Ze kwam nooit van dat eiland. Nooit. Iedereen die ik heb gesproken heeft haar al jaren niet meer gezien. En dan op een dag verlaat ze het eiland...'

'... en dat is de dag dat ze overlijdt.'

Whaley knikte. 'Ik vind het moeilijk om dat los te laten.'

'Misschien was het de stress,' zei ik. 'Als iemand zo lang... Het moet wel heel veel stress opleveren om dan van het eiland te komen. Misschien is dat de oorzaak geweest.'

'Dat noemen ze agorafobie, pleinvrees. Als iemand de deur niet uit durft. Dat dacht ik aanvankelijk ook, dus ik heb er de lijkschouwer naar gevraagd en hij zei dat stress heel goed een aneurysma kan veroorzaken.

Door krachtige emoties neemt de bloeddruk toe en die toegenomen druk kan leiden tot het openbarsten van de ader. Als je het zo formuleert, klinkt het allemaal heel logisch.'

Ik begreep niet waarom hij me dit allemaal vertelde. Ik kreeg de indruk dat hij een klankbord nodig had. Maar waarom ik? Dit was voer voor politieagenten. 'Dus... dan is dat waarschijnlijk wat er is gebeurd, toch?'

Whaley trommelde met zijn vingers op de rand van het raam. Heel even dacht ik dat hij het verder liet rusten. Maar hij haalde zijn telefoon uit het vak in het portier naast zich, scrolde door wat foto's en gaf mij toen het toestel. 'Toen ik bij Henry's arriveerde hield Geraldine die envelop in haar handen.'

Ik staarde naar het kleine scherm en zoomde toen met twee vingers in op het beeld omdat ik dacht dat ik het verkeerd had gelezen, maar het stond er echt, in een beverig handschrift, op de witte envelop:

Verplaats mij niet voor drie uur
David Spivey, nu is het jouw beurt

'Ik begrijp het niet,' zei ik zacht.

'Je bent niet de enige.'

'Wat zat er in de envelop?'

'Een kopie van het testament.'

Ik keek hem aan. 'Je zei dat ze niet kon weten dat ze zou sterven.'

'Dat heeft de lijkschouwer me verteld.'

De telefoon trilde in mijn handen. Ik zocht steun voor mijn hand op mijn knie en hoopte dat Whaley het niet zou merken. 'Wat gebeurde er om drie uur?'

Chief Whaley klakte met zijn tong. 'De telefoon ging in Henry's. Het was haar advocaat, Lockwood Marston. Hij wilde mij spreken, alsof hij kon zien dat ik daar was. Hij zei dat die kopie van haar testament voor mijn dossier bedoeld was, en dat een plaatselijke begrafenisondernemer opdracht had gekregen haar op te halen zodra ik het lichaam zou vrijgeven. Ik zei dat het nog wel even kon duren. Hij zei dat hij dat begreep "gezien de omstandigheden en zo" en vroeg me weer contact met hem op te nemen als de lijkschouwer klaar was met zijn werk.' Whaley viel even stil. 'Hij wist waar ze zou overlijden. Hij wist wanneer het zou gebeuren. En hij had voorzieningen getroffen. Allemaal voor wat de meeste mensen een onvoorspelbaar goddelijk ingrijpen in een mensenleven achten. Ze wisten het allebei, want het is duidelijk dat zij het ook wist.'

Ik probeerde te bevatten wat hij me zojuist had verteld, omdat het misschien nog veel vreemder was dan hij zich realiseerde.

'Op die dag dat je Spivey ophaalde uit school, de dag dat ze overleed, zei hij dat zijn ouders al aan het pakken waren toen je hem thuis afzette. Marston had gebeld en verteld dat ze was overleden, en dat hij opdracht had gekregen hun het testament voor te lezen zo gauw ze naar zijn kantoor in Boston konden komen.' Ik keek hem opnieuw aan. 'Weet je zeker dat die suiker...'

Hij wist wat ik ging zeggen.

'Ze hebben het hier in het lab drie keer getest en daarna naar de feds gestuurd. Die waren het ermee eens. Alleen maar bruine suiker. Ze hadden zelfs kunnen vaststellen van welk merk. Ze hebben niets bijzonders kunnen vinden in haar bloed.'

We zaten lange tijd zwijgend naast elkaar. Ik wist evenmin als hij wat ik van de hele toestand moest denken.

Na een tijdje begon hij met zachte stem te praten. 'Ik vertel je dit allemaal omdat het niet goed voelt, en Spivey zit er middenin. Er is geen misdaad gepleegd. Niemand heeft de wet overtreden, voor zover ik kan beoordelen. Maar niets van dit alles... past... en als je doet wat ik doe, dan moeten alle puzzelstukjes passen.' Hij keek me aan. '*Nu is het jouw beurt* – wat zou ze daarmee bedoelen?'

'Ik heb geen idee.'

We vielen opnieuw stil. Op de een of andere manier zinde het me niet dat de Chief me dit hele verhaal vertelde. Het was alsof hij me even door een kier in de gordijnen een inkijkje gaf in een kamer die voor mij verboden was. Wat daarna kwam maakte het echter nog veel erger.

'Er zijn een heleboel mensen die hun oog hebben laten vallen op dat eiland. Ook jouw vader. Het begint uit de hand te lopen.'

Hij haalde een verzegelde envelop uit het vak in het portier en gaf die aan mij.

'Wat is dat?'

'Een dagvaarding,' zei hij. 'Uitgeschreven door de Raad voor de Kinderbescherming van Rockingham County. Een noodprocedure. Je moet maandag voor de kinderrechter verschijnen. Ze gaan je ondervragen over Spivey. Over de omstandigheden daar. Zijn gezondheid... Zijn ouders willen hem onder dwang laten terugkeren naar huis zodat hij een medische behandeling kan ondergaan.'

'Kan dat?'

Whaley haalde zijn schouders op.

'Dat is niet mijn expertise. Het enige wat ik weet is dat jouw vader erachter zit. Hij trekt aan de touwtjes. De rechter die de dagvaarding heeft getekend is rechter Schulz. Ik heb hem samen met jouw vader op de golfbaan gezien. Ik geloof niet dat het toeval is dat hij erbij betrokken is geraakt. Eenzelfde dagvaarding is vanochtend ook naar het kantoor van Marston gegaan.'

'Voor Spivey?'

Hij knikte.

'Nog meer mensen?'

Hij haalde nog een envelop tevoorschijn.

'Alleen ik. Ze zullen vragen gaan stellen over die feestjes daar. Misschien over die toestand met Rory Moir... Zo gaat dat meestal bij dit soort zaken. De advocaat die de zaken van Spiveys ouders behartigt, is Donald Murdock. Hij heeft in het verleden wel voor jouw vader gewerkt, dus ik ben ervan overtuigd dat hij ook door jouw vader is ingeschakeld. Ze zullen er een vreselijk verhaal van maken.'

5

'Waarom laten ze me verdomme niet met rust?'

Spivey stampte door de woonkamer. Hij zag eruit alsof hij zin had om een vuist door een muur te slaan.

Ik zat met Kira op de bank.

Matty en Izzie zaten op de vloer. Alesia en Chloe waren ook ergens in het huis.

Na mijn plotselinge ontmoeting met Chief Whaley was ik naar Kira gereden, maar ze was niet thuis. Ik reed naar Rye Beach, maar daar was ze ook niet. In de haven hoorde ik van Matty's vader dat hij een dag vrij had genomen. Ik was al halverwege de rit terug naar huis toen ik eindelijk een bericht van Kira kreeg. Ze was onderweg naar Wood Island en vroeg me daar ook naartoe te komen. Ik had nog geen kans gehad om met haar te praten waar de anderen niet bij waren en hoewel we naast elkaar zaten, had er net zo goed een muur van ijs tussen ons in kunnen staan. Toen ik haar hand wilde pakken, schoof ze die weg. Ik keek een paar keer naar Matty, die dan steeds een andere kant op keek en oogcontact vermeed.

Spivey graaide de dagvaarding van de tafel, verfrommelde de pagina's en liet ze uit zijn hand glijden. 'Ze kunnen doodvallen. Allemaal.' Hij keek me woest aan. 'Jij moet met je vader gaan praten. Je moet hem vertellen dat hij zich niet meer met mijn zaken moet bemoeien. Hij zit hier achter.'

Dat deed pijn. Ik had niet verwacht dat hij het op mij zou afreageren. Ik probeerde juist hem te helpen.

'Ze doen het allemaal,' zei Kira voordat ik op Spivey kon reageren. 'Ik hoorde mijn moeder aan de telefoon met mevrouw Edgerton. Die heeft de leiding over het taxatiebureau van de gemeente. Ze zei dat ze sinds je grootmoeder is overleden meer dan tien verzoeken heeft gehad voor informatie over het huis.'

'Mijn vader heeft gehoord dat een paar vissers overwegen om met een groep een zaak aan te spannen tegen de kustwacht over de aankoop van het eiland door jouw overgrootvader. Ze willen proberen die koop terug te draaien, of bewijzen dat het niet legaal is geweest, of zoiets.'

'Nou, dat zal ze niet lukken,' mompelde Spivey.

'Hoe weet jij dat?'

'Marston vertelde dat ze dat jaren geleden ook hebben geprobeerd toen grootmoeder het eiland erfde.'

'Wat zegt Marston dat jij moet doen?' vroeg ik.

'Hij zegt dat het allemaal om geld draait. Telkens als het eiland naar iemand anders gaat, komen de mensen tevoorschijn uit de bosjes om een graantje mee te pikken, maar het loopt altijd uit op niets. Hij zei dat ik met de feestjes moest stoppen en me gedeisd moest houden, dan waait het wel over.'

'Wil je dat we weggaan?' vroeg Izzie met een klein stemmetje.

'Nee, met jullie erbij is het prima. Maar het moet klein blijven. In ieder geval de komende tijd. Alleen wij zevenen.'

'En Benny?' vroeg Matty.

Door het raam kon ik Benny met de schop in zijn hand zien. Spivey had hem opgedragen niet alleen wacht te lopen, maar ook het hele eiland op te graven. Als er stoffelijke resten van twee mensen waren gevonden, was er misschien meer. Er leek kop noch staart te zitten aan waar Benny aan het graven was. Hij begon ergens, groef tot hij op graniet stuitte, gooide het gat weer dicht en begon op een willekeurige plek ergens anders opnieuw. Hij had geen moment pauze genomen sinds ik op het eiland was, zelfs niet om een slok water te drinken. Een dikke laag zand en aarde koekte aan zijn bezwete lichaam.

'Benny mag ook blijven,' zei Spivey. 'Maar verder niemand.'

Alesia en Chloe verschenen bovenaan de trap naar de kelder. 'Oké, wij zijn er klaar voor.'

Ze droegen allebei zwarte kleren. Alesia droeg een blouse en een rok, Chloe had een sweatshirt en een spijkerbroek aan. Allebei hadden ze zich opgemaakt met donkere eyeliner. Ze hadden hun haar achterover gekamd. Blijkbaar had Chloe haar gothic look van een jaar geleden weer uit de kast gehaald en met Alesia tips uitgewisseld over hoe je eruit moest zien.

Ik zag dat Izzie haar wenkbrauwen fronste. Ik denk dat ze het niet leuk vond als Chloe in haar eentje met Alesia optrok. Ik wierp een snelle blik op Matty en hoopte bij hem ook iets van jaloezie te zien, maar Matty vertrok geen spier. Hij prutste aan een draadje van zijn sok.

'Klaar? Waarvoor?' vroeg ik.

Als gevolg van al die waanzin van vandaag had niemand me bijgepraat over Project Poltergeist, en eerlijk gezegd was ik wel toe aan een beetje afleiding van alle wereldse problemen. Ik moest steeds maar denken aan het briefje dat ik op het bureau van mijn vader had gelegd. Daar had ik spijt van. Ik had mezelf in een positie geplaatst die niet anders dan een spetterend gevecht kon opleveren op het moment dat ik thuis over de drempel stapte. Naar huis gaan was voorlopig geen goed plan.

'Er is iets wat ik eerst wil doen,' zei Spivey. Hij verdween in de keuken. Hij kwam terug met een steakmes en de koffiebeker uit Henry's. Hij zette de beker midden op de salontafel die tussen ons in stond. 'We gaan een pact smeden.'

'Een pact?'

'Beschouw het maar als nog een Regel, maar dan eentje alleen voor ons hier.' Spivey drukte de punt van het mes tegen zijn wijsvinger en maakte een sneetje. Er welde een druppel bloed op. Hij hield de vinger boven de beker en kneep erin tot de druppel in de beker viel. Hij hield Matty het mes voor.

Matty snoof. 'Dat doe ik niet.'

'Je kunt alleen blijven als je het doet.'

Matty aarzelde en keek de kring rond. 'Wat houdt het pact precies in?'

Spivey keek ons stuk voor stuk aan. 'Vanaf nu blijft alles wat er in dit huis gebeurt in dit huis. Zonder uitzondering. Wie zijn mond opendoet, ligt eruit.'

Ik knikte naar de verfrommelde dagvaarding. 'En dat daar?'

'Ik zal met Marston praten. We vinden wel een oplossing. Ik ben niet van plan me dit huis te laten afpakken door klootzakken en je weet hoe ik er met dat andere voorsta. We zullen voor maandag het verhaal klaar hebben.'

'Wat is dat andere?' vroeg Kira.

De paarse vlek op Spiveys pols was groter geworden en donkerder. Ze moet hebben gezien dat ik ernaar keek, want ze zei alleen 'O', en keek toen weg naar de koffiebeker.

Spivey negeerde ons beiden en hield Matty opnieuw het mes voor. 'Nou?'

Toen Matty het mes nog altijd niet aanpakte, boog Izzie zich op haar hurken naar voren en hield ze haar hand op.

'Watje. Ik doe het wel.'

Dat toverde een glimlach op het gezicht van Spivey. Hij gaf haar het mes. Aanvankelijk drukte ze niet hard genoeg. Haar vingertopje werd alleen rood. Daarom trok ze het mes over haar vinger en maakte een snee van bijna een centimeter lang. Ze kromp in elkaar.

Spivey kon net op tijd de beker onder haar hand houden om het bloed op te vangen dat langs haar vinger over haar handpalm druppelde en op de tafel dreigde te vallen. Toen hij zei dat hij genoeg had, kneep ze het wondje dicht en stak ze haar vinger in haar mond.

Matty was niet van plan onder te doen voor zijn zusje en greep het mes. Zonder dralen prikte hij zich in zijn vinger en voegde zijn bloed toe aan de inhoud van de koffiebeker. Daarna volgden Kira, ikzelf en Chloe. Alesia was de laatste die druppels bloed in de beker liet vallen.

Met het mes roerde Spivey in de beker, die hij daarna omhooghield.

'Met ons bloed, onze levenskracht, bezegelen we dat we zullen zwijgen over de geheimen die wij binnen deze muren delen. Op spreken over wat wij hier in vertrouwen onder ons houden tegen wie dan ook buiten wie hier nu aanwezig zijn, staat de doodstraf, en...'

Matty verslikte zich. 'Echt?'

Spivey reageerde niet op de onderbreking – het venijn waarmee hij Matty aankeek was afdoende. En het was niet alleen Spivey. Alesia keek alsof ze ter plekke een einde aan Matty's leven wilde maken.

'Oké,' mompelde Matty. 'Oké, de dood voor iedereen die zich niet aan je heilige eed houdt. Ik snap het.'

'Shit. Nu ben ik de rest kwijt.' Spivey zuchtte en keek naar Alesia en Chloe.

Alesia legde haar hand op de beker.

'De stem van zielen uit een andere tijd,
de kracht van doden zonder weerga;
de stem die zich verheft en zegt wat wordt gezien, zal,
het verraad gepleegd, verstommen tot in eeuwigheid.'

De grote lamp in de hoek van de woonkamer, de enige lichtbron, dimde een paar seconden en brandde daarna even zo fel dat ik bang was dat de gloeilamp zou ontploffen. Toen kreeg het licht weer zijn oorspronkelijk sterkte.

Kira hapte naar adem.

'Dat was griezelig,' zei Chloe.

'Dat,' zei Spivey, 'was de generator. Soms is de stroom niet stabiel. Kom op, iedereen mee naar de kelder. Nik nok.'

Toen we gingen staan, pakte ik Kira's hand en hield ik haar tegen. 'Kunnen we even praten?'

Ze maakte haar hand los uit mijn greep. 'Niet nu.'

Ik stond als aan de grond genageld en keek haar na toen ze de trap naar de kelder afliep. Even later kwam ik ook maar weer in beweging en volgde ik de anderen.

6

Chief Clifford Whaley stond niet officieel in de slaapkamer van Lily Dwyer – ze woonde in Portsmouth, buiten zijn jurisdictie – en de FBI-agente die hem op dit late uur had opgevangen bij haar huis en met hem mee naar binnen was gegaan wist dat, maar liet Whaley toch toe, want Lily Dwyer was nu al een week zoek en ze hadden geen enkel spoor. Haar ouders waren beiden thuis. Ze zaten als standbeelden naast elkaar in de woonkamer, met rode ogen en uitgeteerde gezichten van een week slapeloosheid. Whaley was bepaald niet de eerste overheidsdienaar die in hun huis liep te snuffelen. Zo langzamerhand ging het volledig aan hen voorbij. Toen hij de trap op liep zag hij door de open deur op de keukentafel een stapeltje flyers, plakband en nietmachines naast een hoopje lege printercartridges. Hij hoorde de printer die nog meer flyers produceerde. Dat vatte hun leven op dit moment samen. Flyers afdrukken, opplakken en vastnieten, en daarna weer, en nog een keer. De cyclus werd alleen doorbroken door een enkele persconferentie en verstoord door fotojournalisten die hen met hun camera's belaagden.

De trap kraakte toen Whaley naar boven liep. Hij was dankbaar voor dat geluid.

De FBI-agente was een vrouw van begin dertig met kastanjebruin schouderlang haar. Ze deed de deur achter hem dicht en maakte een armgebaar dat de hele kamer omvatte. Het zag eruit als iets wat een reisgids zou doen die zijn verhaal al zo vaak had afgestoken dat hij het kon dromen. Ze wees naar een leeg bureau.

'De techneuten uit Boston hebben haar hele laptop leeggetrokken, maar niets gevonden wat bruikbaar was. We hebben het ding nog steeds. Ze had een paar accounts op social media, maar het leek alsof ze die alleen voor haar ouders bijhield. Zo nu en dan een paar foto's en berichten, waarvan de helft vooraf geprogrammeerd was voor een bepaalde datum en tijd. Typisch puberspul.'

'Hééft,' zei Whaley.

'Pardon?'

'Je zei dat ze een paar account op social media hád. Verleden tijd. We weten niet of ze dood is.'

Whaley wist wat ze dacht. Hij kende de kansen. Als een vermist persoon na achtenveertig uur nog niet was opgedoken, werd de kans op een goede afloop aanzienlijk kleiner. Dat betekende echter nog niet dat ze dood was en aan die mogelijkheid wilde hij liever nog niet denken.

De agente negeerde hem en ging verder. 'Alles op haar mobiele telefoon was schoon. We hebben de data uit de cloud geplukt. Er waren geen berichten voor ene Brian. Waarschijnlijk had ze een tweede telefoon, een wegwerptoestel, dat we nog niet hebben gevonden.'

Hoewel Whaley en zijn vrouw geen kinderen hadden, was Whaley al in veel puberslaapkamers geweest. Deze viel in geen enkel opzicht uit de toon. Er hingen posters van bandjes en zangers aan de wanden – vooral van Lady Gaga. Het bed was opgemaakt. Dat deed haar moeder waarschijnlijk. In de loop der jaren was Whaley betrokken geweest bij zeven zaken met vermiste kinderen en het was hem opgevallen dat op enig moment de moeder het bed opmaakte, als dat niet al opgemaakt was.

De kleerkast stond open. Schoenen stonden op een rijtje op een schoenenrek. Sweaters, shirts en jasjes hingen allemaal keurig op hangers. 'Heeft de moeder alles opgeruimd?'

De agente hield haar hoofd schuin, bekeek Whaley vragend en knikte toen. 'Meteen nadat wij ons onderzoek hadden gedaan. Ze maakte het bed op, ruimde de kast op en raapte wat vuile kleren van de vloer. Ze legde alles op het bureau recht, al lag daar niet veel. Alleen een paar boeken en wat schriften met huiswerk. Ze ruimde alles op. Onder het bed lagen een paar schaatsen, jaarboeken van de highschool, dat soort dingen. Dat ruimde ze ook allemaal op. Ze willen altijd...'

Whaley knikte. Hij luisterde niet naar het vervolg. Hij liep naar de dubbele boekenplank bij het bureau. Op de bovenste plank stonden een paar ingelijste foto's. Lily, een jaar of tien oud, met haar ouders. Lily met een hond, een paar jaar later. Lily in haar cheerleadersoutfit op de derde rij van een menselijke piramide. Die foto was van recentere datum. 'Geen briefjes of andere dingen achter de foto's?' vroeg hij aan de agente. 'Niet in de lijstjes verstopt?'

Ze schudde haar hoofd. 'Nee, daar hebben we naar gezocht. We hebben ook achter alle posters gekeken. Ze had ook niets in een boek gestopt of geplakt. We hebben de matras omgekeerd. Geen geheime compartimenten, geen scheuren in de tijk. We hebben achter alle roosters van de airco gekeken. In alle stopcontacten en lichtpunten. Niets. Dit is niet de eerste keer dat we dit spelletje spelen, Chief. We weten wat we zoeken en waar we dat moeten doen.'

'Zeker, daar ben ik van overtuigd. Ik denk alleen maar hardop.'

Toen hij vooroverboog naar de onderste boekenplank, kraakten zijn beide knieën. Een pijnscheut ging door zijn linkerzij. Hij veegde die weg met zijn hand over zijn heup en las hardop een paar titels van boeken. '*Portsmouth, de opkomst van de heks*, door Thad McAlister, *Het occulte in de moderne samenleving*,' (met de merkwaardige datering 1841), '*Geesten, spoken en hekserij: de verdoemde geschiedenis van New England, de Duivel van Great Island*.'

Dat laatste boek pakte hij van de plank. Hij bladerde het door. 'Ik heb dit boek gelezen toen ik klein was. Geschreven door iemand uit de streek. Het gaat over een behekste herberg in New Castle.'

'Haar moeder heeft verteld dat ze iets had...' ze onderbrak zichzelf, '... hééft met het occulte. Vooral hier in de buurt. We hebben van alles uitgezocht vanuit dat perspectief, maar niets gevonden wat erop wees dat ze bij een bepaalde groep hoorde. Ze was geïnteresseerd, meer niet.'

Whaley bladerde door het boek.

'Op een steenworp afstand van mijn voordeur heb ik drie begraafplaatsen. Spookverhalen zijn voor een goed deel verantwoordelijk voor de toeristenstroom deze kant op.'

Ze keek hem opnieuw vragend aan.

'Zoals ik al zei, we hebben al die boeken grondig bekeken. Geen aantekeningen. Nergens iets in de marge geschreven.'

Whaley knikte. Dat was niet wat hem opviel. Hij had het boek dichtgeslagen en bekeek het etiket op de rug. Op het etiket was vermeld dat het eigendom was van de Historische Vereniging in New Castle.

7

De stank kwam me tegemoet zodra ik over de drempel van de kelderdeur stapte. Een vochtige, rijpe geur van zand, schimmel en rot, doorschoten met iets vreselijk zoets, iets als verbrande suiker in een sudderende pan die was vergeten. Dunne slierten rook stegen op van beneden, zichtbaar in het flikkerende licht van kaarsen. Toen ik de trap afliep, drong het tot me door dat ik wierook rook. Overal stonden stokjes wierook. Ze stonden in de grond gestoken tussen de hopen zand en deden denken aan het stoppelveld nadat de mais is geoogst. Bruin, zonder bladeren en doods.

Ik wist wat al die hopen zand betekenden. Er waren er nu zoveel dat er geen vlak stuk bodem meer over was.

Hopen met dode dingen.

Ze hadden zand verzameld van begraafplaatsen. Ze hadden van alles begraven wat ze hadden meegenomen van plaatsen met een occulte lading. Daarna waren er dingen begraven die van doden waren geweest, en toen dat nog steeds niet het gewenste resultaat opleverde, had iemand voorgesteld om dan maar iets te begraven wat dood was.

Dat is gebeurd in de week dat ik er niet was.

Dat heeft ervoor gezorgd dat knikkers de verkeerde kant op rollen.

Als de andere wereld achter een grote deur lag, hadden ze een sleutel gevonden die nu onbekommerd in het slot stak. Iemand hoefde die alleen maar om te draaien. Al die gedachten tolden door mijn hoofd terwijl ik verstijfd bovenaan de trap stond en omlaag keek. Het was de stank die die gedachten opriep, want die stank was onmiskenbaar. De dood heeft een bepaalde geur, een geur die altijd penetranter is dan al het andere wat je ruikt. Mijn vader heeft me eens verteld dat ons brein die geur instinctief herkent en een vluchtreactie oproept, omdat ontdekken waar die geur vandaan komt nooit tot iets goeds leidt. Dat was ook wat ik wilde doen – me omdraaien en vluchten – en het scheelde maar weinig of ik had het werkelijk gedaan. Waarschijnlijk was ik gevlucht als Kira niet onderaan de trap afwachtend naar me had staan kijken. De vriendin die ik vreesde kwijt te raken. Met een hoofdknikje haalde ze me over de trap af te lopen en me bij haar en de anderen te voegen.

'Waar komt…' fluisterde ik zodat alleen zij het kon horen.

'Een zwerfkat,' fluisterde ze terug. 'Alleen maar een zwerfkat, drie dagen geleden.'

Gevonden? Een dode zwerfkat gevonden? Vermoord? Geofferd… een kat?

Al die vragen joegen achter elkaar aan door mijn brein, maar voordat ik zelfs maar de eerste onder woorden had kunnen brengen, liep Kira bij me weg naar het midden van de kelder.

Daar was een grote rode cirkel in het midden op de bodem. Misleid door het zwakke licht dacht ik eerst dat die daar met verf was aangebracht, maar toen ik dichterbij kwam zag ik dat het geplette rozenblaadjes waren. In de cirkel lagen een paar driehoeken die elkaar doorsneden. Op de hoekpunten stonden dikke witte kaarsen te branden. Ik had genoeg horrorfilms gezien om te weten wat een pentagram was en ook al zei ik tegen mezelf dat die dingen alleen maar iets betekenden in horrorfilms, ik kon niet ontkennen dat deze een zekere energie uitstraalde. Of dat nu echt was of ingebeeld, mijn hersens waren van mening dat het zo was. De blik in de ogen van Alesia maakte duidelijk dat het waar was.

Ik was nog nooit eerder bang geweest voor een meisje.

Ik weet dat het belachelijk is om zoiets te zeggen. Mannen, vrouwen, jongens en meisjes, we zijn allemaal tot dezelfde vreselijke wandaden in staat, maar ik had me nog nooit bedreigd gevoeld door iemand van het andere geslacht tot op dat moment. Kira had me verteld dat ze afstamde van heksen. Dat had ik niet geloofd, niet tot nu.

Midden in het pentagram was iets afgedekt met zwarte stof. Misschien was het satijn, het glansde zacht in het kaarslicht. Ik wilde niet weten wat er onder die doek lag en wierp een blik in de richting van de trap. Ik denk dat ik was weggegaan als Kira niet naast Matty was gaan zitten en me met een gebaar had uitgenodigd aan de andere kant naast haar te komen zitten. Ik wist op dat moment dat ik haar kwijt zou zijn als ik haar nu bij hem achterliet. Als je dat wat er tussen ons was wilde zien als een draad, dan stond ik nu behoedzaam op die draad te balanceren en zou de minste of geringste misstap me van die draad in een bodemloos ravijn doen tuimelen waaruit een weg terug onmogelijk was.

Ik ging naast haar zitten en pakte haar hand stevig beet. Ik was niet van plan haar zomaar op te geven.

Tegenover ons, aan de andere kant van de cirkel, zat Alesia tussen Spivey en Chloe. Izzie ging naast mij zitten.

Het kaarslicht danste over Alesia's gezicht.

'Julie hebben gehoord dat ik zei dat de doden energie hebben en ik weet dat jullie het nu voelen. Die is hier rondom ons, in grotere concentraties dan ooit de bedoeling was. Er is slechts één vorm van energie die sterker is dan de energie van de dood. Dat is de energie van het leven. Emotie. Menselijke emotie. Liefde. Haat. Lust. Afkeer. Ik ga ieder van jullie vragen iets te doen en dat doen jullie zonder iets te zeggen. Geen woord. Dat is de enige manier waarop we verder kunnen. De enige manier waarop we dit huis echt kunnen wekken.'

Ze keek ons een voor een in de ogen met een blik zo diep dat die niet te peilen was. Ze liet haar stem dalen tot gefluister.

'Ik wil dat jullie je tot iemand aan je zijde wenden en die vanuit het diepst van je hart kussen. Sta jezelf toe er helemaal in op te gaan.'

Ze keerde zich naar Spivey, legde haar beide handen om zijn gezicht en drukte haar lippen op de zijne. Izzie kuste Chloe. Ook een lange, smachtende kus. Ik zag beide meisjes rood aanlopen, niet uit verlegenheid, maar uit opwinding. Ik keerde me naar Kira, legde een vinger onder haar kin en tilde haar hoofd in mijn richting. Heel even dacht ik dat ze zich zou verzetten, maar toen sloot ze haar ogen en voelde ik de vertrouwde warmte van haar lippen tegen de mijne. Ik wilde niet dat het ooit zou ophouden, maar er kwam al te snel een einde aan de kus. Ik probeerde de uitdrukking op haar gezicht te lezen, maar dat lukte me niet.

Even schoot het beeld van de bijna naakte Alesia boven me op de trap door mijn hoofd. *Kijk maar even goed*, had ze gezegd en dat had ik gedaan. *En je wilt nog meer, hè?* Ik voelde de afdruk van Kira's lippen nog op de mijne, maar ik hunkerde ondertussen naar Alesia. Ik kon het niet verklaren en ik verachtte mezelf om die gedachten. Ik voelde dat ik een erectie kreeg en dat bracht immense schuldgevoelens teweeg.

Toen Kira de kus beëindigde, probeerde ik haar blik vast te houden, maar in plaats daarvan keek ik steels naar Alesia en ik weet zeker dat Kira het zag. Ze kreeg een ijskoude blik in haar ogen en keerde zich van me af.

Ik zag Matty van de andere kant van Kira toekijken en ik zag de woede waarmee hij eerst naar Kira en toen naar mij keek, en daarna naar Spivey en Alesia, want hij had niemand gekust. Weten dat hij pijn leed zorgde ervoor dat ik me beter ging voelen, alsof ik een wedstrijd had gewonnen. Vreselijk, maar wat Alesia meteen daarna zei, veranderde alles.

'Ik wil nu dat je degene die aan de andere kant naast je zit kust, even intens als zo-even.'

En alsof ze het voor wilde doen, keerde ze zich naar Chloe, legde haar hand zacht op haar wang en kuste haar vol op haar mond. Chloe had dat niet verwacht. Ze verstijfde even, maar ze herstelde zich snel. Ze beantwoordde de kus en haar hand gleed naar Alesia's blote knie. Naast haar zakte Izzies mond open, haar wangen kleurden donkerrood. Toen Alesia en Chloe een einde aan de kus maakten, legde Izzie agressief haar hand in mijn nek, trok me naar zich toe en kuste me. Ik voelde haar tong mijn mond binnendringen. Ze benam me bijna de adem. Ik duwde haar weg, niet omdat ik haar niet wilde kussen, maar omdat ik vanuit een ooghoek Matty en Kira zag kussen. Ik werd overspoeld door woede en haat. Het duurde maar een paar seconden – tegen de tijd dat ik me had losgemaakt van Izzie, was er ook een einde gekomen aan de kus tussen Matty en Kira. Ik wilde niets liever dan het steakmes dat we boven hadden gebruikt diep in Matty's hals steken. Ik keek hem woedend aan, maar hij keek niet naar mij. Hij keek naar de zwarte doek in het midden van de cirkel, en naar wat daaronder lag.

'Liefde. Haat. Lust. Afkeer,' herhaalde Alesia. 'Dat zijn de emoties die zwaar op ons wegen, waaruit we nu putten.'

Ze pakte de zwarte doek bij een punt en trok hem langzaam van wat eronder lag.

Een porseleinen schaal met ingewikkelde versieringen in het email.

Een glazen pot gevuld met troebel water.

Een boek.

Het waren allemaal heel oude dingen, dat kon je zo zien. De rand van de schaal was ongelijkmatig. Er ontbraken scherven. Hij was duidelijk handgemaakt. De pot, een weckpot, bedoeld voor de inmaak, was van geblazen glas. Geen massaproduct uit een fabriek zoals al het glas vandaag de dag, maar een uniek resultaat van de inspanningen van een glasblazer die zijn vaardigheid ongetwijfeld had geleerd van degenen die het beroep vóór hem hadden uitgeoefend. Het boek was gebonden in leer dat versleten en gehavend was. Losgescheurde pagina's staken uit het boekblok.

'De herberg van George Walton zou best weleens een van de plaatsen in New Castle kunnen zijn waar geesten het meest voorkomen. Maar is er iemand die weet waarom?'

Chloe ging rechtop zitten en deed haar mond open om iets te zeggen, maar Alesia pakte haar hand en legde haar het zwijgen op. Dat ging niet onopgemerkt voorbij aan Izzie, die haar hand onder Chloe's sweatshirt op haar rug legde en zo in alle stilte haar claim opeiste. Als Alesia dat al gewaarwerd, liet ze daarvan niets merken. Ze pakte het boek.

'Dit is in 1684 geschreven door Increase Mather, een vooraanstaande dominee. Het heet *Illustrious Providences: An Account of Many Remarkable and Memorable Events.* Increase Mather woonde in Boston, maar hij is meerdere keren in New Castle geweest op uitnodiging van George Walton. Hij heeft die reizen in zijn boek beschreven. Increase Mather had weinig tijd nodig om te achterhalen wat de oorzaak van de geestverschijningen was. De problemen begonnen op 5 mei 1657. Alice Walton bracht haar man George zijn eten op het veld waar hij aan het werk was. Haar oudste dochter had de taak op de kleintjes te passen. Toen Alice terugkeerde, bleek een van de jongsten, een dochter, weg te zijn. Ze werd uiteindelijk na lang zoeken teruggevonden op de bodem van de put. In de jaren daarna zouden meerdere huisdieren en zelfs vee een noodlottige val in die put maken, maar George Walton weigerde er een omheining omheen te zetten. Volgens Increase Mather wees George Walton in twee richtingen de schuldigen aan voor de ongelukken.'

Alesia hield haar wijsvinger omhoog.

'In de allereerste plaats beschuldigde hij zijn buurvrouw Prudence Toliver. George Walton beweerde bij hoog en bij laag dat zij een heks was. In de tweede plaats wees hij met een beschuldigende vinger naar God, die het had laten gebeuren. Er was onenigheid geweest tussen George Walton en zijn buurman Toliver over die put. George Walton beweerde dat Prudence Toliver een vloek over de put had uitgesproken toen hij geen afstand wilde doen van zijn claim op de put. Hij raasde en tierde tegen iedereen die het maar wilde aanhoren. Dronkemansgebral in de herberg. Hij werd zo liederlijk in zijn godslastering, dat de kerk op New Castle hem en zijn gezin in de ban deed. Ze werden quaker. Maar hij hield vast aan zijn overtuiging dat Prudence Toliver de put en zijn gezin vervloekt had.'

Alesia keek de kring rond. Haar ogen fonkelden in het duister.

'Als afstammeling van Prudence Toliver kan ik jullie, zonder enige twijfel, bevestigen dat die vloek écht was – misschien is er nooit meer zo'n krachtige vervloeking uitgesproken. George Walton had zich moeten afkeren van de put, maar dat deed hij niet omdat het de enige bron was waaruit zijn gezin water kon halen. Met iedere emmer die ze ophesen, iedere druppel die ze over hun lippen lieten glijden, verspreidde de vloek zich. Hij bracht leed en verwoestte uiteindelijk het hele gezin.'

Alesia zweeg even peinzend.

'Ik vertel jullie dit allemaal omdat het belangrijk is te begrijpen dat de geestverschijningen bij de herberg niet hun oorsprong vonden in de dood, maar in een vloek. De doden die daarna vielen, hebben de vloek slechts gevoed, sterker gemaakt. Alles wat daar gebeurd is, kan worden herleid tot die put, het water in die put en de vloek van Prudence Toliver. Water is een element en als zodanig een houder van energie – goede en kwade – als een batterij die niet uitgeput raakt. En net als de energie van een batterij, kan de energie van water gekanaliseerd worden en gebruikt voor uiteenlopende doeleinden.'

Alesia pakte de weckpot en hield hem omhoog tegen het kaarslicht. 'Dit is driehonderd jaar van moeder op dochter doorgegeven. Het is water uit de put, in deze pot bewaard door Prudence Toliver zelf.'

Ze draaide het deksel los. Toen het vacuüm verbroken werd, weerklonk er een duidelijk hoorbaar geluid. Toen ze het deksel eraf nam en weglegde, vulde de geur van het water de kelderruimte. Het was een zware, doordringende geur van stilstaand water. Mijn ogen begonnen te tranen, wat alleen maar erger werd toen Alesia het water uit de weckpot in de porseleinen schaal goot.

'Waar is de koffiebeker?' vroeg ze Spivey.

Spivey pakte rechts van zich de koffiebeker en gaf hem aan Alesia.

Ze kantelde de beker boven de schaal. Het mengsel van ons bloed druppelde dik en donker uit de beker in het water en zakte naar de bodem van de schaal. Met een vingertop roerde Alesia in het brouwsel tot het niet langer troebel en geel was, maar donkerroze. Toen schepte ze de beker vol uit de schaal.

'Ik roep de vloek op van Prudence Toliver, mijn oude zuster. Ik roep haar kracht op, haar macht en wijsheid. Ik roep de dood en het leven op die voor altijd in dit element zijn gevangen en ik roep op al wat wij hier hebben gebracht, in materie en in geest – ontwaak uit de sluimer en weet hier, hier in ons een gast te mogen zijn, een weg te mogen gaan naar kennis van vrijheid, te mogen ademen, en de eigen diepste macht te kunnen zien. Het zijn zij die hier uit eigen vrije wil zijn die het meeste openstaan en u welkom heten.'

Alesia zette de beker aan haar lippen en dronk. Ze gaf de beker aan Chloe, die ook dronk. Toen Izzie de beker aan mij gaf, overwoog ik even net te doen alsof, maar ik wist dat ik dat niet kon terwijl iedereen naar me keek, dus liet ik de vloeistof over mijn lippen glijden naar mijn keel. Ik probeerde te slikken voordat de smaak werd geregistreerd, maar er was geen ontkomen aan de zure branderigheid. Het was alsof gemalen glas door mijn keel schraapte en daar als in een dikke laag slijm bleef hangen. Ik had iets nodig om de smaak weg te spoelen en ik was Spivey dan ook dankbaar toen hij een heupflesje Jack Daniel's tevoorschijn toverde en rond liet gaan.

Toen de eerste trilling het huis deed schudden, geloof ik niet dat iemand van ons doorhad wat er gebeurde. Ik deed het achteloos af als een donderslag ergens in de buurt, of misschien was het iets in de fundering van het huis. Geen van beide kon waar zijn, want er was geen wolkje aan de lucht geweest toen ik op het eiland aankwam, en we bevonden ons in de kelder van een huis. De fundering bevond zich rondom ons, niet onder ons. Het menselijk brein is geneigd logische verklaringen te zoeken en pas als die er niet zijn, wordt het onmogelijke geaccepteerd. Zo ook in dit geval, maar bij de tweede trilling viel het niet meer te ontkennen. We zagen allemaal de rimpelingen in het oppervlak van de vloeistof in de schaal.

'Wat was dat?' vroeg Chloe.

Ze doelde echter niet op die trilling die we zojuist hadden gevoeld. Ze keek zelfs niet eens naar de schaal. Haar ogen, waarin de angst te lezen stond, waren gericht op de hoek van de kelder bij het waterreservoir, daar waar de duisternis het dichtst was.

8

'Tering...' mompelde Matty.

Ik had weliswaar nog steeds Kira's hand vast, maar onze vingers raakten elkaar amper. Tot dat moment, want haar greep om mijn vingers werd ineens zo stevig dat het pijn begon te doen.

De schaduwen in die hoek daar kwamen in beweging.

Het was niet domweg een kwestie van flikkerend kaarslicht, of een dwarreling van slierten rook van wierook, maar het was een werveling, alsof de lucht zich had verdikt en in beweging kwam zoals een dikke mist die in de haven opgesloten ligt dat kan doen om een uitweg te vinden. Het begon laag boven de grond, in het zand, dat was goed te zien. Het klom omhoog langs de muren en schoof langs de balken als eindeloos lange vingers die een wereld verkenden zonder zicht, die alleen op de tast konden afgaan. De trilling die door het huis trok, keerde terug, maar nu niet als een incident, niet als een enkele donderslag verder weg, maar aanhoudend, een beetje als een zware motor die staat warm te draaien, waarvan het toerental even wordt opgeschroefd om dan weer terug te zakken naar stationair. Een diep grommen van achter uit de keel.

Kira drukte zich tegen me aan toen die dingen die langs de balken kropen dichterbij kwamen.

'We moeten doorgaan,' zei Alesia, die er ondanks alles in slaagde met onbewogen stem te spreken. 'Het is nu tijd voor de offeranden.'

Ze schoof een ring van een vinger van haar rechterhand en bekeek hem even onderzoekend. Een zilveren ring met een rode robijn. 'Deze heb ik vorig jaar zomer van Rory gekregen. Hij zei dat hij van zijn grootmoeder was geweest.'

Ze liet de ring in het troebele vocht in de schaal vallen en keek Spivey aan. 'Snel, als we ons niet haasten, werkt dit niet.'

Spivey haalde de verfrommelde dagvaarding uit zijn achterzak en liet die in de schaal vallen. Het papier bleef even drijven, werd donker toen het het vocht opnam en zakte langzaam naar de bodem tot nog slechts een hoek zichtbaar was.

Spivey keek mij aan. 'We hebben iets van je vader nodig.'

Zijn stem klonk vreemd in mijn oren. Ver weg. Alsof hij niet twee meter bij me vandaan zat, maar ergens in een hoek van de kelder. Mijn hoofd voelde zwaar, minstens twee keer zo zwaar als anders, en mijn nek had moeite om het te dragen. Ik had slechts een enkele slok whiskey gehad, maar ik voelde me dronken. Ik besefte dat ik hem zat aan te staren en dat iedereen naar me keek.

'Iets van je vader,' zei hij met die stem van ver weg. 'Nik nok.'

Ik hield het visitekaartje van mijn vader omhoog.

Ik kan me niet herinneren dat ik het uit mijn zak of uit mijn portemonnee haalde. Ik wist zelfs niet dat ik het bij me had, maar toen ik naar mijn hand keek, hield ik het tussen mijn vingers geklemd en leek het even ver weg als Spiveys stem. Ik liet het kaartje in de schaal vallen. We keken allemaal toe hoe het vocht opzoog en begon te zinken.

Alesia haalde uit haar zak een pakje lucifers tevoorschijn. Ze stak geen lucifer aan, maar liet het pakje in de schaal vallen bij wat er al in lag. Langzaam verdween het in het troebele vocht.

We waren niet langer alleen.

Toen ik opkeek, zag ik ze.

Ik zou ze niet als mensen beschrijven, niet helemaal. Allemaal bij elkaar waren ze meer een 'aanwezigheid'. In de dikke, wervelende schaduwen zag ik hoofden, schouders, soms armen, alsof zich een grote menigte rondom ons had verzameld die alleen maar in silhouet zichtbaar was. Ik hoorde ook fluisterende stemmen, want ze keken toe met een groeiende belangstelling en konden de neiging commentaar te leveren bij wat ze zagen niet onderdrukken. Ze omringden ons, en ook al brandden alle kaarsen helder, het licht leek om hun losjes vormgegeven gestalten heen te zweven. Het verlichtte hen niet, alsof het licht zelf niet bereid was aan te raken wat het dan ook was wat zich hier materialiseerde.

Ik was niet de enige die het gevoel had dronken te zijn. Ik zag het aan de gezichten, aan de manier waarop onze lichamen heen en weer zwaaiden. Chloe's hand lag op Alesia's knie en het leek haar volstrekt niet te interesseren dat iedereen het kon zien. Gek genoeg leek Izzie niet langer kwaad. Haar hand lag nog steeds onder Chloe's sweatshirt. Ze streelde met lome gebaren haar rug, stak haar vingertoppen speels onderzoekend achter de broeksband van Chloe's spijkerbroek. Kira's vingers wurmden in mijn hand, verkenden mijn handpalm en mijn vingertoppen. Ze legde mijn hand op haar dij en hield hem daar gevangen onder haar eigen hand. Ze pakte met haar andere hand die van Matty en deed daarmee hetzelfde, maar voordat dat echt tot me doordrong, begon Alesia weer te praten.

'Wat jullie voelen, wat we allemaal voelen, is de emotie die we eerder hebben versterkt met de energie in deze ruimte, alles wat hier begraven is, is één geworden in het midden. We hebben vrijwillig gedronken van het water en we hebben toegestaan dat de energie die erin besloten lag in ons is gevaren. Wij zitten op de grond en staan de grond toe ons te omringen.'

Ze hield haar hand met gespreide vingers boven de schaal. 'Maar het is het vuur dat...'

'Wacht...' Spivey onderbrak haar. Hij zocht iets in zijn zakken. Haalde een zilveren medaillon tevoorschijn. Ik herkende het als een medaillon dat van zijn moeder was. Ik had vaak genoeg gezien dat ze het droeg. Hij haalde ook een versleten leren sleutelriem uit zijn zak. Ik zag er de initialen K.S. op staan, de initialen van zijn vader. Hij liet het medaillon en de riem in de schaal vallen, waar ze snel naar de bodem zakten en uit het zicht verdwenen.

Alesia keek Spivey aan. 'Weet je het zeker?'

Hij knikte.

Ze liet haar vinger over de rug van zijn hand dwalen, leek zich iets af te vragen en haalde toen diep adem. Ze richtte haar aandacht weer op de schaal en hield er haar hand boven.

'Het is het vuur dat werkelijk reinigt, dat het ene verslindt en het andere uit de as doet herrijzen. Het is het vuur dat we het meest welkom heten...'

De schaduwen om ons heen. Die díngen om ons heen, bogen zich naar ons toe, hingen zwevend boven ons hoofd, achter onze rug en keken met ons toe toen de vloeistof in de schaal eerst helderroze oplichtte en daarna ontbrandde. Een blauw, paars en wit getinte vlam schoot omhoog en lekte langs de balken van de zoldering. De schaduwen, de rook en de mist die in de kelder hadden gehangen verdwenen niet, maar leken de vlam te omarmen, kronkelend door het licht, wervelend, knedend. Ik wist dat ik bang moest zijn, maar ik was het niet. Het was prachtig. De manier waarop deze dingen elkaar aanraakten, verraadde een intense honger en ik merkte dat ik met dezelfde gedrevenheid Kira's dij streelde. We raakten elkaar allemaal begerig aan, wilden dichter bij elkaar zijn, wilden één worden, niet langer afzonderlijk. We graaiden naar elkaar, we graaiden in de kleren, eronder, zonder terughoudendheid, we streelden elkaar met een intimiteit die we onder andere omstandigheden nooit zouden hebben aangedurfd. Ik kuste Izzie opnieuw en daarna Chloe en Alesia – ik verloor Kira, Matty en Spivey uit het oog, maar zij waren er ook – wij allemaal – hongerige monden die zonder angst op zoek waren naar verboden delen van het lichaam, die kleren opzij rukten, begerig naar vlees, een kluwen van ledematen.

Het was allemaal even volstrekt begrijpelijk als radeloos. Op dat moment waren het niet alleen onze lichamen die één werden, maar raakten onze zielen vervlochten. De essentie van ieder van ons raakte verstrengeld met die van de anderen. En we werden niet alleen één met elkaar, maar met het huis, met de schaduwen en krachten die bezit hadden genomen van de kelder en om ons heen doolden.

Ik weet niet hoelang het duurde, maar toen het voorbij was, waren we allemaal uitgeput.

Met een gezamenlijke zucht, niet alleen van ons, maar ook van al die dingen, doofde de vlam even snel als hij omhoog was geschoten, zonder ook maar een enkele schroeiplek op de balken van de zoldering achter te laten. Het duister stortte zich omlaag op ons, omringde ons, en alles werd zo donker en stil dat ik niets anders meer hoorde dan mijn eigen ademhaling, tot Alesia's uitgeputte fluisterstem de stilte doorbrak.

'De offers die we hebben gebracht vertegenwoordigen degenen die ons willen scheiden. Elk offer is van iemand die niets liever doet dan ons het zwijgen opleggen, ons schade berokkenen, of van ons wil nemen wat hem niet toekomt. Ik roep de kracht die we hier hebben ontboden op ons te beschermen. Om dit huis te beschermen. Om te beschermen wat wij proberen te doen. Want alleen ons succes is een garantie voor bevrijding uit het rijk dat u nu gevangenhoudt.'

Er viel nog een offer in het water in de schaal en hoewel ik pas dagen later de betekenis ervan zou leren kennen, begreep ik achteraf dat het een kei was van het erf van George Walton.

9

Toen we weer uit de kelder op de begane grond kwamen, bleek dat er meer dan drie uren voorbijgegaan waren. Het gevoel dronken te zijn was niet verdwenen, het was eerder sterker geworden. Ik wist dat ik dat niet als enige zo ervoer. Het duurde voort in ons allemaal. Het zoemde in mijn hoofd van de geluiden. Ik kon alles horen, van het stukslaan van de golven tegen de rotsen buiten tot het krassen van de kleine voetjes van een muis die ergens op een voor mensen onbereikbare plaats langs een muur omhoog krabbelde.

We hadden onze kleren bij elkaar gegraaid. Kira liep samen met mij de trap van de kelder op. We leunden zwaar op elkaar.

'Ga met me naar bed,' fluisterde ze in mijn oor. Haar lippen streelden mijn hals. In weken had ik geen woorden gehoord die me zo welkom en dierbaar waren. De anderen waren ergens achter ons, hun stemmen klonken gedempt en ver weg, achter alle andere geluiden. Ze hadden evengoed honderd kilometer verderop kunnen zijn. Voor mij was er niets dan Kira en ik.

Samen klommen we omhoog uit de kelder, langs de foto's op de overloop van de verdieping verder omhoog. Ik was er sinds die eerste dag niet meer geweest. Daar was niets dan die kleine overloop en de afgesloten deur van de vliering die Kira als haar eigen hol had willen claimen. Ik probeerde de deur open te doen, maar hij zat nog steeds op slot.

Doe nooit de deuren op slot.

'Fijn, zo'n privékamertje,' zei ik. Ik probeerde het nog een keer, alsof er iets zou zijn veranderd in de afgelopen drie seconden.

Ze trok me aan mijn arm mee naar het steile laddertje achter ons. 'We gaan daar naar boven,' zei ze en verdween door het luik uit het zicht.

Ik klom achter haar aan. Ze stond uit het raam naar het donkere water te kijken.

Tegenover de deur naar de widow's walk lagen een slaapzak en een paar kussens op de vloer. Er stonden ook een paar kaarsen, maar geen van ons beiden nam de moeite die aan te steken. Kira trok de laatste kleren die ze nog droeg uit, liet zich op het geïmproviseerde bed zakken en strekte haar armen uit naar mij.

Ik ging naast haar liggen. 'Het spijt me als ik...'

Ze drukte een vinger tegen mijn lippen en pakte toen mijn gezicht tussen haar beide handen.

'Niets zeggen, geen woord over dat alles. Niet nu.'

Met een hand streelde ze de verweerde betimmering op de wand naast zich.

'Je voelt het, hè? Het huis leeft. Het is ongelofelijk. Als je het aanraakt... raakt het jou aan.'

Ik voelde het. De energie van de kelder was rondom ons, maar op dat moment was die het sterkst waar Kira me vasthield, alsof ze de energie kanaliseerde van het huis door haar lichaam, en doorgaf aan mij. Elke cel in mijn lichaam was van die kracht doordrongen en ik wilde meer. Met haar rug tegen de muur vrijde ik met haar. Ik verloor mijzelf geheel in haar. En ik wist dat op andere plaatsen in het huis, anderen precies hetzelfde deden. Ik voelde ze allemaal. We werden niet gescheiden door de muren, ze verbonden ons.

Eindelijk vielen Kira en ik in slaap, haar naakte lichaam, glanzend van het zweet, over het mijne gedrapeerd. Allebei hadden we het veel te heet om zelfs nog maar aan die slaapzak te denken. Ik kan me niet herinneren dat ik in slaap viel. Ik kan me ook geen dromen herinneren. De slaap die over ons kwam, was even diep als het water rondom de toren, en even donker.

10

Ik werd gewekt door het rinkelen van een telefoon.

We hadden eerder de ramen opengezet en nu woei een stijf briesje naar binnen vanaf zee. Het was kil geworden in de toren en ik had kippenvel over mijn hele lichaam.

Kira was er niet. Ik had geen idee waar ze naartoe was gegaan.

Ik had de telefoon in de toren nog niet eerder opgemerkt, maar om eerlijk te zijn had ik ook niet grondig rondgekeken in de toren. Hij hing aan de muur boven mijn hoofd, een beige toestel met een lang snoer, net zoals beneden in de keuken. Iemand had het nummer van het toestel op een stuk plakband geschreven en op de zijkant geplakt. Hoewel het rinkelen klonk alsof het werd geproduceerd door een echte bel, en geen nagemaakt elektronisch geluid was, klonk het gedempt, alsof iemand de telefoon had opengemaakt en een paar stroken stof over de bel had geplakt zodat die minder herrie zou maken. Ik lag omhoog naar het toestel te staren terwijl ik langzaam de loomheid van de slaap verjoeg en de regels van Spivey door mijn hoofd begonnen te spoken.

Ik zou niet hebben opgenomen als hij na verloop van tijd was opgehouden met rinkelen, maar dat gebeurde niet. Ik liet hem twintig, dertig keer gaan. Dan hield hij op om meteen daarna opnieuw te beginnen. Misschien had ik de stekker eruit kunnen trekken, maar ik zag nergens de aansluiting. Deze ouderwetse telefoons werden gevoed door de telefoonlijn en als ik het me goed herinnerde, kwam die telefoonlijn aan de achterkant uit het toestel. Ik zou een schroevendraaier en genoeg motivatie nodig hebben om het toestel open te maken. Aan beide ontbrak het me op dat moment. Ik reikte omhoog en sloeg de hoorn van de haak. De hoorn viel met een klap op de grond, luttele centimeters van waar mijn hoofd op het kussen lag.

Ik hoorde een meisje huilen.

Zachte snikken tussen gebroken woorden door.

Toen had ik meteen de hoorn weer op de haak moeten hangen, of het toestel los moeten rukken van de muur. Misschien had ik het door het open raam naar buiten moeten smijten, in dat diepe water, maar ik deed niets van dat alles. Ik schoof naar de hoorn toe en luisterde.

'Alsjeblieft, niet doen...'

Meer snikken.

'Laat me gewoon gaan!'

Dat joeg me overeind. Ik pakte de hoorn en hield hem bij mijn oor. 'Hallo?'

'O, god! O, god! Alsjeblieft, je moet me helpen!'

'Wie is daar?'

'Wie is daar?'

'Billy,' fluisterde ik. 'Billy Hasler.'

'Hij vermoordt me. Ik weet dat hij me vermoordt. Anders had hij me zijn gezicht niet laten zien. Je moet me hier weghalen.'

'Hoho, kalm aan even. Wie?'

'Ik weet niet hoe hij heet. Ik heb hem nooit eerder gezien. Hij heeft iets met drugs gedaan. Hield het tegen mijn mond. Nu zit ik opgesloten... Ik ben

net weer wakker... Ik denk dat ik in de kofferbak van een auto lig. Het lijkt of we in beweging zijn. Wil je de politie bellen?'

'Weet je waar je bent?'

Meer snikken.

'Nee.'

'Wanneer is dit gebeurd?'

'Dat weet ik niet. Ik weet niet hoelang ik bewusteloos ben geweest. Misschien een uur?'

'Weet je hoelang jullie al rijden?'

'Nee.'

Ik zat nu rechtop. De adrenaline gierde door mijn aderen. 'Ligt er iets in die kofferbak waarmee je kunt proberen hem open te breken, zodat je eruit kunt?'

Even bleef het stil. *'Nee, niks. Je moet de politie bellen.'*

Ik had mijn mobiel, maar ik wist dat ik hier geen bereik had en als ik dit gesprek afbrak, zou ik haar kwijt zijn. Ik probeerde na te denken. 'We moeten erachter komen waar je bent. Waar heeft die man je gepakt?'

'Bij de mall. Fox Run Mall. O, god. We staan stil. Hij heeft de motor uitgezet.'

Ik voelde mijn hart bonzen. 'Hoe heet je? Je hebt me niet verteld hoe je heet.'

'Lily Dwyer.'

Meteen daarna klonk een harde, snerpende gil. Niet door de telefoon.

De verbinding werd verbroken.

De stem van Lily Dwyer was weg.

Maar het gillen duurde voort en ik hoorde dat het Kira was.

Ik sprong overeind – Kira was buiten, aan het einde van de widow's walk, en stond voorovergebogen over de wankele reling. Ik liet de hoorn vallen en liep naar de deur. In eerste instantie dacht ik dat hij op slot zat, maar hij bleek slechts te klemmen. Ik rukte hem open. De hele wereld begon te draaien. Het kwam door de hoogte. Minstens twaalf meter boven de grond. Ik betwijfelde of ik naar buiten durfde te gaan.

'Kira? Wat doe je?'

Ik zei dat met alle kalmte die ik bij elkaar kon schrapen. Dat was maar heel weinig. Elk woord huiverde en het laatste bleef bijna in mijn keel steken. De scherpe granieten rotspunten daarbeneden leken omhoog te reiken en ons uit te nodigen naar ze toe te komen.

Mijn stem maakte een einde aan de aangehouden gil van Kira en dat was goed. Ze stond op haar tenen op het einde van de widow's walk met haar rug naar me toe. Haar naakte schouders huiverden onder het in die nachtwind wuivende haar. 'Kom weer naar binnen.'

'Oké,' zei ze zacht, maar ze keerde zich niet om. Ze drukte nog harder tegen die oude reling en boog verder voorover. 'Nadat ik heb gevlogen. Ik denk dat ik kan vliegen. Ik wéét dat ik kan vliegen.'

Ze sprak met een vlakke intonatie en ik besefte dat ze slaapwandelde.

Ik haalde diep adem en deed een aftastende stap naar buiten. 'Blijf waar je bent. Ik kom naar je toe.'

Het hout bewoog onder mijn voeten en kraakte. In tegenstelling tot de rest van het huis, dat zo punctueel onderhouden was, waren de planken van de widow's walk splinterig en aangetast door de jarenlange blootstelling aan het wrede klimaat van New England. Hier en daar ontbraken planken en kon ik zo naar de grond kijken. Ik greep de reling aan weerszijden vast en voelde ze evenzeer bewegen als de planken onder mijn voeten. Ik schuifelde desondanks verder de widow's walk op naar Kira die als een standbeeld aan het einde stond. Ik dwong mezelf niet opzij en omlaag te kijken en me alleen op haar te richten.

'Vlieg met me mee, Billy. Dat wordt genieten!'

Terwijl ik me aan de reling vastklampte, hield zij zich in het geheel nergens aan vast. Haar armen hingen langs haar lichaam. Ze bracht ze gestrekt, langzaam omhoog tot helemaal boven haar hoofd en liet ze toen weer zakken. Toen ik nog maar een kleine meter te gaan had, zei ze: 'Spiveys grootmoeder vloog altijd van hier. Dan liet ze zich door de wind meevoeren helemaal naar New Castle en weer terug.'

En toen viel ze zonder verder enig geluid te maken voorover in een trage glijvlucht.

Ik sprong naar haar toe.

Ik zette me met alle kracht van mijn benen af en graaide naar haar met mijn handen, maar er was slechts lucht waar ze zojuist nog had gestaan. Ik voelde niets. Ik landde hard op de luid krakende planken van de widow's walk. Mijn linkerknie ging dwars door een verweerde plank en kwam hard in aanraking met een dwarsbalk. Ik slaagde erin een van de steunen van de reling te grijpen, voelde hem wegdraaien en breken. Mijn borst klapte tegen het hout. Dat joeg de lucht uit mijn longen. Ik wilde Kira's naam schreeuwen maar kon het niet.

Ik kon niet zien waar ze terechtkwam. Het was hoogwater. Onder me zag ik niets dan een zuigend duister.

'Billy, wat doe je!'

Ik begreep er niets van dat ik haar stem hoorde en daarom kon ik er misschien niet toe komen om te kijken. Toen ik er eindelijk in slaagde over mijn schouder om te kijken, zag ik Kira in de deuropening van de toren staan met een spookachtig wit gelaat, een glas water in haar hand en mijn T-shirt losjes om haar lichaam.

'Billy, gaat het wel goed?'

Dat was Benny.

Hij stond met de kruiwagen bij een groot gat in de buurt van de schuur met de generator, met de schop in zijn ene hand en de andere hand gekromd om zijn mond om zijn woorden kracht bij te zetten.

Ik liet het allemaal tot me doordringen, liggend op de krakkemikkige widow's walk. Ik was degene die slaapwandelde, niet Kira. Ik was er bijna in geslaagd zo de dood in te lopen.

II

Chief Clifford Whaley zat achter het stuur van zijn privéwagen en staarde naar het kleine huis aan de overkant. Hij had het adres van Laura Dubin opgezocht in haar dossier bij de Dienst Wegverkeer. Hij was hier na zijn eigen dienst naartoe gereden en had er zijn auto stilgezet.

Dat was nu bijna twee uur geleden.

Hij had geen enkele reden om hier te staan.

Dat zei hij keer op keer tegen zichzelf. Het was de belangrijkste reden waarom hij nog steeds in de auto zat, maar hij kon zichzelf ook niet zover krijgen dat hij weer vertrok. Zijn instinct zei dat Laura Dubin iets te maken had met de verdwijning van Lily Dwyer, maar er was helemaal niets waarop hij dat vermoeden baseerde. In gedachten trok hij lijntjes tussen punten waartussen geen lijntjes getrokken mochten worden. Hij had niets wat een verdenking van de vrouw rechtvaardigde, maar toch stond hij hier en kon hij het niet loslaten.

Laura Dubin leek alleen thuis te zijn.

Whaley concludeerde dat uit de manier waarop licht in het huis aan- en weer uitging, een pad van één persoon volgend. Dat betekende dat haar dochter ergens anders moest zijn. Waarschijnlijk op Wood Island met die andere pubers. Hij vroeg zich af of ze haar moeder had verteld waar ze naartoe ging, of dat ze haar een leugentje had verteld.

Volgens de informatie die zijn voorganger had verzameld, had Laura Dubin bijna twee miljoen dollar op de bank, hoewel ze niet meer dan ongeveer 72.000 dollar per jaar verdiende als manager van de lokale Costco. Toen Whaley dieper was gaan graven, had hij achterhaald dat het grootste deel van dat geld afkomstig was van een schikking met de levensverzekering van haar man toen die veertien jaar geleden overleden was na een hersenaneurysma. Een doodsoorzaak die aan de dood van Geraldine Rote deed denken. En hoewel dat puur toeval leek, kon het geen toeval zijn dat de afhandeling van die verzekeringsuitkering was verricht door advocaat Lockwood J. Marston, die tevens als getuige zijn handtekening had gezet.

Die Marston was een drukbezet man en Whaley kon die Laura Dubin maar niet uit zijn hoofd zetten.

Het licht op de begane grond ging uit. Even later ging het op de eerste verdieping aan. Het silhouet van een vrouw die zich begon uit te kleden tekende zich achter het raam af.

Whaley wist dat hij niet moest kijken. Hij wendde zijn ogen dan ook af, na enkele tellen.

Dat was omdat er iemand op het raampje aan de passagierskant tikte.

Daar stond een wat oudere man met een hondenriem in zijn hand. Whaley kon de hond niet zien. Hij drukte op de knop op de middenconsole en liet het raam zakken. 'Kan ik iets voor u doen?'

De man leek te schrikken toen hij Whaleys uniform zag.

'O, het spijt me, agent. Ik zag u al een tijdje daar zitten en dacht dat ik maar eens poolshoogte moest nemen. Ik had niet door dat u van de politie bent.'

Hij wierp een blik op de slaapkamer van Laura Dubin.

'Heeft zij iets gedaan wat ik zou moeten weten? Ik run de misdaadpreventie in de buurt. Samen met Northrop.'

Hij bukte zich en aaide de hond die Whaley niet kon zien.

Whaley maakte een gebaar naar de doos met dossierstukken op de passagiersstoel.

'Ik ben alleen even blijven staan om een paar stukken door te nemen.'

'Ha,' zei de man. 'Zonder licht? Dat lijkt me niet best voor de ogen.'

Het portier van een auto sloeg dicht. Toen Whaley opkeek, in de richting van het huis van Laura Dubin, zag hij haar rode Audi achteruit van de oprit komen.

'Ik moet gaan,' zei hij. Voordat de man kon reageren drukte hij op de knop om het portierraam te sluiten, keerde de auto op de weg en volgde Laura Dubin over Summer naar Middle. In minder dan vijf minuten waren ze in New Castle en even later sloeg Laura Dubin af, Walbach in. Halverwege de straat parkeerde ze langs de stoeprand. Whaley reed de oprit van de familie Ingles op en deed het licht van de auto uit. Ze waren niet thuis, het was het enige wat hij kon doen – er reed verder niemand. Als Laura Dubin niet al eerder had gemerkt dat hij haar volgde, zou ze dat zeker hebben gedaan als hij net als zij langs de stoeprand was gaan staan.

Ze stapte niet uit. Ze hield zelfs haar voet op het rempedaal, zag Whaley, want de remlichten bleven branden.

De radio op Whaleys schouder produceerde een piepgeluid, gevolgd door de stem van Mundie.

'Chief, jij daar?'

Whaley drukte met zijn duim op de knop van de microfoon.

'Wat is er, Mundie?'

'Er is net een 911 binnengekomen van Ralph Peck op Walbach. Ben je toevallig nog daar in de buurt? Of ben je al thuis?'

Whaley voelde zijn hart bonzen. Ralph Peck woonde drie huizen verderop, precies op de plek waar Laura Dubin haar auto langs de stoeprand had stilgezet. Toen Whaley opkeek, reed haar rode Audi weg van de stoeprand. Ze reed Walbach uit en verdween om de hoek.

'Ik heb een ambulance opgeroepen uit Portsmouth. Het lukte Ralph nog wel om te bellen, maar hij reageert nu niet meer. De lijn is nog open.'

Maandag 12 juli 2010

1

Ik zou liegen als ik zei dat ik me van de rest van dat weekend nog iets kan herinneren. Ik herinner me dat ik naar Benny daar beneden riep dat alles oké was. Ik herinner me dat ik terugkroop over die widow's walk en bijna met een snoekduik weer naar binnen vloog en Kira omhelsde (ik knalde zo hard tegen haar aan dat ik het glas water uit haar hand sloeg en ik hield haar minstens een minuut tegen me aangeklemd voordat ik in staat was haar weer los te laten). Ik herinner me ook dat ik die oude telefoonhoorn op de vloer naast onze slaapzak zag. Kira raapte hem op en legde hem weer op de haak terwijl ik haar mijn droom vertelde – al was het eigenlijk een nachtmerrie – die me nog steeds abnormaal helder voor de geest stond. Ik vroeg me af hoeveel ik me had verbeeld, want die telefoonhoorn viel niet vanzelf van de haak. Op enig moment had ik het nummer van de telefoon op mijn arm geschreven met een zwarte marker. Ik kon me niet herinneren dat ik dat had gedaan. Ik wreef de cijfers weg, maar ze hadden zich al voor altijd in mijn herinnering opgeslagen.

Ik weet nog dat we met z'n allen hebben gepraat over de twee lijken in het krantenartikel dat ik in mijn vaders kantoor had gevonden. Ik weet nog dat we het over Lily Dwyer hebben gehad. Ik weet ook nog dat we meerdere keren teruggingen naar de kelder, maar wat we precies deden is me ontglipt. Dat was niet omdat we maar door bleven drinken. Dat hele weekend hebben we alleen nog water gedronken. De herinneringen eraan zijn gewoon vervaagd. Dat begon op het moment dat ik Kira hielp aan boord te klimmen van de Merv en wegvoer van Wood Island naar New Castle. Het was alsof de herinneringen hadden besloten achter te blijven op dat kleine eiland. Stuk voor stuk gleden ze uit mijn geheugen weg naarmate we verder van het eiland verwijderd raakten. Tegen de tijd dat ik de boot had afgemeerd achter het Piscataqua-café en we in mijn auto zaten, dacht ik alleen nog maar aan gewone dingen, zoals Kira naar huis brengen en de confrontatie met mijn ouders. Wat zouden ze doen als ik weer thuiskwam? Ik had hen drie dagen niet gezien. Ik wist zeker dat ze het briefje hadden gevonden dat ik op het bureau van mijn vader had gelegd. Over een uur moest ik bij de rechtbank zijn.

Toen ik eindelijk thuiskwam, was mijn moeder al naar haar werk.

Mijn vader was er echter wel. Hij stond in de woonkamer.

'Ralph Peck is gisteravond overleden,' zei hij terwijl hij de manchetten van zijn shirt dichtknoopte. 'Hartaanval. Hij had gisteren nog tegen Jolene Peterson geklaagd over pijn op de borst.'

Ik had Ralph Peck niet meer gezien na de begrafenis van Geraldine Rote een paar weken geleden. Toen leek er niets aan de hand, al wil dat niets zeggen.

'Ik heb een pak voor je klaargelegd. Ga douchen en je omkleden. We mogen niet te laat komen,' gebood mijn vader. 'We praten onderweg.'

2

Na drie pogingen slaagde ik erin een acceptabele knoop in mijn stropdas te leggen, maar ik liet het colbertje op mijn bed liggen. Na de begrafenis was mijn eigenlijke pak naar de stomerij gegaan. Dit pak had ik al bijna een jaar niet meer gedragen en het zat een beetje krap. Ik had verwacht dat mijn vader nog wel iets meer over Ralph Peck zou zeggen toen ik instapte in zijn BMW, maar dat deed hij niet. Hij keurde mijn uiterlijk even vluchtig en reed toen de oprit af in de richting van Portsmouth.

We waren halverwege de brug naar het vasteland toen hij eindelijk iets zei. 'Ik heb je briefje gezien. Een en ander is sneller geëscaleerd dan ik had gedacht.'

Ik wist niet goed hoe ik dat moest opvatten. 'Is dat bedoeld als een soort excuus?'

Hij keek me aan, zijn mond ging een beetje open, vervolgens leek hij te besluiten toch maar niet te zeggen wat op het puntje van zijn tong lag. Hij keek nog een minuut lang naar de weg voor de auto voordat hij doorging. 'Wat weet je over de advocaat van Spivey? Die Marston?'

Geen excuses dus.

'Niets.'

Waarom zou ik hem ook maar iets vertellen?

Mijn vader likte aan zijn lippen en klemde zijn handen steviger om het stuur.

'Ik geloof dat je het niet goed begrijpt. Ik ben niet op zoek naar allerlei vuiligheid over de man. Ik vraag je alleen wat je over hem weet.'

Opnieuw was het me niet helemaal duidelijk wat hij daarmee wilde zeggen, dus hield ik nu maar mijn mond. Ik keek uit het raam naar de haven, naar de boten die lagen te dobberen op het water. In de verte leek het gebouw van de afgedankte Portsmouth Prison op een oud kasteel dat een brede schaduw over het water wierp. Het bouwwerk was opdringerig en stil aanwezig. Op dat moment had ik overal wel willen zijn, als het maar niet samen met mijn vader in die auto was.

'Ik heb hem laten natrekken.'

'Vast wel,' mompelde ik.

Opnieuw klemden zijn handen zich steviger om het stuur. Hij haalde diep adem.

'Ik wil geen ruzie met je maken, ik wil gewoon praten. Denk je dat dat kan? Zonder snerende opmerkingen? Ik snap dat jij klem zit tussen alle partijen. Ik ga je niet zeggen dat ik begrijp hoe moeilijk dat waarschijnlijk is, want dat begrijp ik niet en ik probeer je ook niet over te halen.'

Hij nam gas terug en liet een aantal voetgangers oversteken.

'Je bent in deze zaak nogal sterk betrokken geweest bij één partij. Dat heeft je blik op wat er gebeurt vertroebeld. Je bent slim genoeg om te begrijpen dat er meer kanten aan de zaak zitten. Ik vraag je alleen om naar me te luisteren.'

Toen ik niets zei, ging hij verder.

'Die firma van hem stamt uit de negentiende eeuw. Het was een van de eerste advocatenkantoren in Massachusetts. Het is een familiebedrijf, er zijn geen andere partners. Er hebben steeds alleen Marstons aan het roer gestaan – Theodore, Benjamin, Huxley, Amos, Chester, Clarence, Bernard en nu als laatste Lockwood J. Die J staat voor Jonas, voor het geval je je dat mocht afvragen.'

Ik vroeg het me geenszins af.

'Ze werven geen klanten,' ging mijn vader verder. 'Er hangt geen bordje op de gevel van het kantoor. Marston werkt vanuit een oude stadsvilla aan Beacon. Het kantoor is gehuisvest op de begane grond, de woonvertrekken zijn op de eerste en de tweede verdieping. Hij heeft geen personeel, zelfs geen secretaresse. Het is een eenmansbedrijf. Hij verkoopt zichzelf als expert in vastgoed en vermogen. Het gebouw is nooit in andere handen geweest. Het is nooit verkocht of voorlopig verkocht geweest. De belastingen worden betaald via een brievenbusmaatschappij. Het gebouw wordt getaxeerd op zes miljoen, de OZB is zestigduizend. Nu komt het – hij lijkt geen andere cliënt te hebben dan de grootmoeder van Spivey. Dat is een behoorlijke klus. Ik neem aan dat Spivey je er ondertussen alles over verteld heeft, maar toch lijkt het me een zware dobber een zaak drijvende te houden op één enkele cliënt. Het lijkt erop dat een Marston de respectieve eigenaars van Wood Island vanaf het begin heeft vertegenwoordigd. Dat document dat duidelijk maakte dat Lester Wood Island voor één dollar heeft gekocht, noemde één getuige: Huxley Marston.'

'Ik vraag me af wat het belang ervan is om dat allemaal te weten.'

'Heb je hem ontmoet?'

Nee, ik had hem niet ontmoet. Dichterbij dan op de begrafenis van Geraldine Rote was ik niet geweest. Toen hadden we elkaar een keer aangekeken, maar we hadden niet met elkaar gesproken. Daar had mijn vader echter niets mee te maken, dus hield ik mijn mond.

'De man heeft iets... wat niet deugt.'

'Jij mag hem niet en dus moet dat ook voor mij gelden, is dat het?'

Ik begon boos te worden. Dat wilde ik niet, maar het leek alsof hij met ieder woord dat uit zijn mond kwam een poging deed me te manipuleren. Ik vroeg me af of het hem wel iets kon schelen hoe ik me werkelijk voelde. Ik was domweg een pion op zijn schaakbord die hij naar een positie wilde manoeuvreren waar hij er later gebruik van kon maken. Pas toen ik omlaag keek en zag dat alle bloed uit mijn vingertoppen was weggetrokken, besefte ik hoe hard ik in de armsteun had geknepen. Ik liet de steun los en stopte mijn hand onder mijn been.

Mijn vader bracht de BMW tot stilstand bij het stopbord van de kruising met Marcy en sloeg rechts af. Hij koos zijn volgende woorden zorgvuldig.

'Je hebt toch het artikel gezien over de stoffelijke resten van twee personen die ze in de jaren '70 op Wood Island hebben gevonden?'

'Je weet dat ik dat artikel heb gezien.'

Hij bleef even stil en ik besefte dat ik niet de enige was die uit alle macht probeerde zijn emotie in bedwang te houden.

'Afgezien van dat ene knipsel is er niets over te vinden. Ik heb Mundie laten zoeken in de dossiers op het politiebureau van New Castle – daar hebben ze niets. In Kittery evenmin.'

'Stond er niet in het artikel dat de feds het onderzoek voor hun rekening hadden genomen?'

Hij knikte. 'Dat stond erin. Dus hebben we een beroep gedaan op de wet openbaarheid van bestuur en wat denk je dat dat heeft opgeleverd? *Niente*, helemaal niks. Zelfs geen dossiernummer. De kustwacht heeft ook niets opgeleverd. Niemand weet van wie die stoffelijke resten waren en waar ze na het onderzoek zijn gebleven.'

'Ik veronderstel dat je nu gaat zeggen dat Marston het allemaal onder het tapijt heeft geveegd?'

Hij zweeg even en knikte toen naar het dashboardkastje. 'Daar zit een envelop in. Haal hem er eens uit. Er is iets wat ik je wil laten zien.'

Ik trok het dashboardkastje open en zag de envelop. In de envelop zat nog een uitdraai van een krantenartikel, samen met een paar zwart-wit-foto's.

'Die heb ik van de *Portsmouth Herald*,' zei mijn vader. 'Er is een fotograaf mee geweest met de verslaggever die het artikel heeft geschreven, maar toen de krant werd gedrukt, zijn de foto's afgevallen. Ik neem aan dat ze dachten dat ze niet de moeite van het drukken waard waren.'

Er waren drie foto's. De eerste was een opname met een groothoeklens, waarschijnlijk gemaakt vanaf een boot, want bijna het hele eiland was erop te zien. Het zag er niet veel anders uit dan tegenwoordig. Het zag er eigenlijk precies zo uit als nu. De Annabelle was nog net zichtbaar in een hoek van de opname, afgemeerd aan de steiger. Een vrouw – waarschijnlijk Geraldine Rote – stond de bezoekers op de kleine veranda op te wachten. Er lagen nog een paar boten. Op de zuidpunt van het eiland stonden zes mensen. Op de tweede foto waren een schedel en een deel van een arm te zien, gedeeltelijk onder het zand vandaan gehaald. Op de derde foto stonden de mannen rond de stoffelijke resten. Drie van hen waren politieagenten in uniform, een droeg een overall en twee mannen waren keurig in een pak gestoken.

'De man links is Peter Culley. Hij werkte voor de officier van justitie in Maine.'

Ik keek niet naar de man links, ik keek naar de man die naast hem stond, die een lange regenjas droeg en een hoed ophad. Hij leunde op een wandelstok en praatte tegen de man naast hem.

Ik had Marston slechts die ene keer bij de begrafenis gezien, en dan ook nog van een afstandje, maar het was duidelijk dat hier een bloedverwant van Marston stond, onmiskenbaar zijn evenbeeld.

'Mijn onderzoeker denkt dat dit Clarence Marston is,' legde mijn vader uit. 'In dat geval zou het om de grootvader van Spiveys advocaat gaan. Als het Clarence niet is, is het Chester. Zijn overgrootvader. Hoe dan ook, iemand uit het kamp van de Marstons was erbij en het verhaal is verdampt. Dus om jouw vraag te beantwoorden – je hebt mij als de kwaaie pier beschouwd, mij en de ouders van Spivey. Je mag denken wat je wil over ons, maar je moet wel alle feiten in ogenschouw nemen. De Marstons melken dat koetje al heel lang uit, en met Spivey als enige cliënt van die bijzondere firma, wat denk je, hoe ver zou de weledele heer Lockwood J. Marston gaan om zijn belangen te beschermen?'

Hij parkeerde op een lege plek bij de rechtbank, zette de motor af en stapte zonder verder nog iets te zeggen uit.

Ik zat nog een minuut lang in gepeins verzonken te kijken naar die foto's en pakte toen de envelop die op de vloer was gevallen.

Als dat niet gebeurd was, had ik het niet gezien, en tot op de dag van vandaag zou ik willen dat ik het niet had gezien...

Op de vloer, gedeeltelijk onder de stoel, lag een enkele haar. Roze. Dezelfde kleur als het haar van Lily Dwyer.

3

'Gaat het, jongen? Je bent helemaal bezweet.'

De vraag werd gesteld door Chief Whaley, die op het bordes voor de rechtbank stond en mij onvast zag lopen, achter mijn vader aan die al naar binnen was. Mijn hart ging wild tekeer en het zoemde in mijn hoofd alsof ik het in een wespennest had gestoken.

'Je ziet eruit alsof je zo van je stokje kunt gaan.'

Whaley legde een hand op mijn schouder om me te ondersteunen. Ik leunde tegen een brievenbus op het trottoir en deed mijn uiterste best om – met de Chief naast me – niet om te kijken naar de auto van mijn vader.

'Ik... Ik ben een beetje zenuwachtig.'

Ik had niet moeten liegen.

Liegen was stom.

Maar ik deed het wel en vanaf het moment dat die woorden over mijn lippen kwamen, was er geen weg terug. Ik kon me alleen maar dieper ingraven.

'Ik heb maar weinig geslapen. Ik wil hier niet zijn.'

Hij kneep me in mijn schouder.

'Dat zijn we met elkaar eens, maar ik kan je uit eigen ervaring vertellen dat het voorbij is voordat je het in de gaten hebt. Het wachten is erger dan de hoorzitting zelf. Kom op, we gaan naar binnen. Alle anderen zijn er al.'

Hij dirigeerde me naar het gebouw en nam me mee naar binnen. Ik liep gedwee met hem mee. Want alles – zelfs een wandeling door de poorten van de hel – leek me beter dan nadenken over die haar in mijn vaders auto.

Ik had een rechtszaal verwacht, maar Whaley nam me mee naar een grote vergaderzaal, meteen bij de hal. Spiveys ouders zaten achterin aan het ene uiteinde van de tafel en ze keken naar me toen ik binnenkwam. Mijn vader was links van Pam gaan zitten. Een oudere man die ik niet herkende zat rechts naast Keith. Dat was waarschijnlijk hun advocaat, Donald Murdock. Zo zag hij er ook uit – gouden manchetknopen, lichtblauw overhemd met een witte kraag en een bijpassende donkere stropdas. Aan het hoofd van de tafel zat rechter Schultz. Naast hem zat een griffier. Het dichtst bij de deur, met zijn rug naar me toe, zat Marston. Spivey was er niet.

Whaley bood me een stoel naast Marston aan (recht tegenover mijn vader), ik had overal wel willen zitten, maar niet daar, maar ik ging niettemin zitten. Ik verkeerde nog steeds in een toestand van shock, denk ik. Whaley nam naast me plaats. Hij reikte naar een kan water en schonk voor ons beiden een glas in, bood vervolgens mijn vader en Spiveys ouders water aan, maar zij bedankten.

Ik had Spiveys moeder minstens een maand niet van dichtbij gezien. Ze was afgevallen en ze was zo bleek dat het leek alsof ze haar gezicht wit geverfd had. Ze rilde, zat te frummelen, en toen Keith haar hand wilde pakken, schrok ze van hem en legde ze beide handen in haar schoot onder tafel.

Marston legde zijn hand om mijn oor. 'David heeft gevraagd of ik jou hier wilde vertegenwoordigen,' fluisterde hij.

Zijn adem was warm en rook zwaar naar pepermunt, een zoete geur waaronder iets viezigs schuilging. Een verstilde stem in mijn achterhoofd legde me uit dat iets wat vanbinnen geheel verrot was precies zo zou ruiken. Als ik de spullen die in Spiveys kelder begraven lagen zou opgraven, zouden ze zo ruiken.

Ik wilde van hem wegdraaien, maar kon me er niet toe zetten zo onbeschoft te zijn.

'Als je niet precies weet hoe je een vraag moet beantwoorden, wacht je gewoon even, dan spring ik er wel in. Los daarvan moet je je gewoon aan de waarheid houden. Niets minder dan dat. Begrepen?'

Hij had een zwaar New England-accent, vanuit diep in de keel gesproken, een heel klein beetje lijzig.

Ik knikte.

De rechter schraapte zijn keel.

'Als iedereen zover is, stel ik voor dat we beginnen.'

Hij keerde zich naar Marston.

'Komt David Spivey ook nog?'

'Nee, edelachtbare. Hij heeft afstand gedaan van het recht in levenden lijve te worden gehoord. Ik zal als zijn vertegenwoordiger alle vragen die u hem wilt stellen beantwoorden.'

Murdock zuchtte.

'Dit is uiterst discutabel, edelachtbare. Meneer Spivey is gedagvaard.'

'En uw dagvaarding is onderschreven door een rechtbank in New Hampshire. Meneer Spivey is niet langer inwoner van New Hampshire. Zijn woonadres ligt nu in Maine.'

'Dat woonadres is eveneens discutabel. Hij is gedagvaard op het adres van zijn ouders. Meneer Spivey is nog steeds minderjarig, is het niet?'

Marston richtte zich tot de rechter.

'Hij is in het geheel niet gedagvaard. De dagvaarding is afgegeven bij zijn ouders thuis, aan zijn vader, niet aan hemzelf.'

'Omdat hij nog geen voet van dat eiland heeft gezet,' riposteerde Murdock. 'Verwacht u dat iemand daar in een roeibootje naartoe peddelt om het hem in de hand te drukken?'

Marston haalde zijn schouders op.

'Hoe u dagvaardingen uitreikt is geheel aan u. Mijn bemoeienis gaat niet verder dan te constateren dat u hebt gefaald als het erom gaat de dagvaarding volgens de regels te doen plaatsvinden.'

'Een kopie is afgegeven te uwen kantore.'

'Een gebaar dat zeer op prijs wordt gesteld, maar dat geenszins een dagvaarding in feite kan vervangen. Onder zaak nummer...'

'Zo is het genoeg,' onderbrak de rechter hem. 'Laten we vandaag geen tijd verspillen met haarkloverijen van technische aard.'

Hij keek Murdock aan.

'Hij is er niet, dus stel uw vragen aan zijn vertegenwoordiger. Als u van mening bent dat die antwoorden niet afdoende zijn, stel ik voor dat u de volgende keer dat we hier samenkomen, uw getuigen op correcte wijze dagvaardt.'

De volgende keer?

Ik wilde dit geen volgende keer doen. Nooit niet.

Rechter Schultz nam een slok water en schraapte zijn keel.

'Dit is niet meer dan een hoorzitting en ik geef er de voorkeur aan niet al te diep te graven. Beschouwt u het als een gesprek waarvan verslag gemaakt wordt. Ik denk dat we het er allemaal over eens kunnen zijn dat we ons ten doel stellen een oplossing te vinden die het beste is voor David Spivey en dat kibbelen en vliegen afvangen niet tot dat gewenste doel zullen leiden. Ik heb begrepen dat we te maken hebben met een tijdsprobleem in de zin van gezondheidsperikelen. Hoogoplopende meningsverschillen en vertragingstactieken zullen de zaak alleen maar gecompliceerder maken. Als we die kant op moeten, kan dat, maar laten we vandaag proberen over onze eigen schaduw heen te stappen om te zien of we tot een snelle oplossing kunnen komen.'

Spiveys ouders knikten allebei. Mijn vader keek mij aan.

De rechter sloeg een notitieblok open en liet zijn wijsvinger langs de aantekeningen op de eerste bladzijde glijden. Hij keerde zich naar Murdock.

'Zou u de aftrap willen verrichten?'

Murdock knikte, bladerde in de stapel papieren die hij uit zijn aktetas had gehaald en tikte op het bovenste vel papier. 'Dit is een kopie van de resultaten van David Spiveys laatste bloedonderzoek. Zijn ouders hebben me toestemming gegeven dit met u te delen. Zijn arts was zo welwillend om het verslag met mij door te nemen en is bereid om, mocht dat nodig zijn, de uitslag telefonisch toe te lichten. Maar in feite spreekt het rapport voor zich. Afwijkende waarden zijn vetgedrukt en duidelijk aanwezig. De lymfocytenwaarde in zijn bloed is aanzienlijk opgelopen terwijl het aantal rode bloedcellen gevaarlijk laag is. De lever en de milt zijn beide vergroot en staan op het punt te falen. Zijn arts zegt dat dit allemaal tekens zijn van leukemie in een gevorderd stadium drie, beginnend stadium vier. Het is nog altijd behandelbaar, maar het is ruim voorbij waar je zou willen zijn. Om dit in het juiste perspectief te kunnen zien, moet vermeld dat behandeling meestal begint in stadium twee.'

Hij bestudeerde aandachtig de gezichten van iedereen rond de tafel.

'Dit bloedonderzoek dateert van een maand geleden. Zijn huidige conditie is niet bekend, maar mij is verteld dat de leukemie naar alle waarschijnlijkheid nu stadium vier heeft bereikt en op korte termijn een *point of no return* zal bereiken – als het al niet zo ver is.'

Ik begreep nog niet de helft van wat hij zojuist allemaal had gezegd, maar ik wist wel dat de behandeling bij Spivey in het verleden altijd was gestart in stadium twee. Hij had mij verteld dat hij nog niet zo ver was. Hij had gelogen. Toch kwam hij me helemaal niet zo heel ziek voor. Afgezien van een paar vlekken op zijn huid, leek hij helemaal niet ziek. De vorige keer dat de leukemie opspeelde, was hij doodmoe geweest en kwam hij amper uit zijn bed. Toen wilde hij niet eten. Van dat alles had ik nu niets gemerkt en als het waar was wat Murdock zei, zou ik het toch hebben gezien?

'Meneer Hasler, is er iets wat u wilt zeggen?'

Mijn hoofd schoot omhoog toen de rechter mijn naam noemde. Iedereen keek naar me. Ik had zitten mompelen.

'Hij, eh… Hij ziet er helemaal niet ziek uit. Hij lijkt oké.'

'Hij heeft al zijn medicijnen thuis laten staan,' zei Spiveys moeder. 'Hij slikt niets en dat heeft hij al twee weken niet gedaan.' Ze keek me woest aan. 'Hoe kan hij dan in godsnaam "oké" zijn?'

'Het gaat goed met hem omdat hij wordt behandeld,' zei Marston. 'Zijn ziekte is niet verergerd. In feite is die juist minder erg geworden.'

Het verweerde voorhoofd van Keith trok vol rimpels. 'Wat voor behandeling?'

'Mijn cliënt heeft me geen toestemming gegeven om daarover in detail te treden. Ik kan u slechts zeggen dat hij goed reageert en dat alle tekenen bemoedigend zijn.'

'Uw cliënt.' Keith spuugde de woorden bijna over de tafel. 'Uw cliënt is onze zoon, een minderjarig kind, en wij hebben geen toestemming gegeven voor een behandeling. Wat geeft u hem?'

'Mijn cliënt,' reageerde Marston onbewogen, 'heeft alle nodige papierwerk voor een meerderjarigheidsverklaring ingevuld. Ik heb het hier bij me en mij is verzocht de aanvraag in te dienen, mocht u in dezen volharden. Zijn achttiende verjaardag ligt nog slechts twee weken in de toekomst, dus lijkt het een onnodig gedoe, maar als u erop staat dat ik de rechtbank hiermee belast, zal ik dat doen.'

'Maar hij wordt behandeld voor zijn ziekte?' vroeg de rechter die aan het andere voorbijging.

'Ja, zoals ik net zei ben ik niet gemachtigd in detail te treden, maar hij gaat vooruit.'

Pams ogen waren rood en vochtig. 'Wat doet u met onze jongen? Komt dit door mijn moeder? Dat verdomde eiland?'

Marston legde beide handen vlak op de tafel en zuchtte. 'Zoals ik zei, ben ik niet gemachtigd...'

Spiveys moeder deed een poging zich op Marston te storten. 'Je krijgt hem niet! Dat heb ik haar gezegd!'

Ik heb haar nog nooit zo snel in beweging zien komen.

Haar stoel sloeg krakend tegen de muur. Ze stootte met haar knie zo hard tegen de rand van de tafel dat het water uit de glazen spatte. Ze zou op de tafel zijn geklommen en zich eroverheen op Marston hebben gestort als Keith haar niet om haar middel had gegrepen en haar weer van de tafel had getrokken.

De rechter en de griffier sprongen beiden overeind, evenals mijn vader en de advocaat van de Spiveys. Marston was onbewogen blijven zitten. Ik was verstijfd, ik denk dat het me niet eens gelukt was om te gaan staan als ik dat had gewild.

Keith worstelde met zijn vrouw en kreeg haar uiteindelijk weer op haar stoel. Hij fluisterde in haar oor, zijn gezicht verborgen in haar haar.

Pam keek met een smekende blik naar Marston.

'Hij is daar maar één keer geweest. Hij was nog een baby – ik wist het niet. Het was mijn schuld, ik wist het niet.'

Ze stak haar hand naar hem uit, maar kon hem niet bereiken, de tafel was te groot.

'Neem mij in plaats van hem. Het was mijn schuld, neem mij.'

Gedurende al die ophef was Marston onbewogen blijven zitten. Hij zei niets. Hij keek haar alleen aan.

Het gezicht van de rechter was bijna even rood aangelopen als dat van Pam.

'Meneer Murdock, als uw cliënt zich niet kan gedragen, maak ik nu een einde aan deze zitting!'

Er werd op de deur geklopt. Deputy Sandy Lomax stak haar hoofd om de hoek van de deur, keek snel het vertrek rond en liep toen naar Whaley, die de hele tijd merkwaardig rustig was gebleven. Ze hurkte bij zijn stoel en gaf hem een briefje.

Whaley vouwde het open en las wat erop stond. Toen keek hij mijn vader diep in de ogen en vroeg: 'Ted, waar was jij afgelopen vrijdag?'

4

Mijn vader fronste zijn wenkbrauwen.

'Afgelopen vrijdag? Hoezo?'

'Het is een eenvoudige vraag,' zei Whaley. 'Afgelopen vrijdag, tussen drie uur 's middags en tien uur 's avonds.'

Het geduld van rechter Schultz leek op te zijn.

'Heeft dit betrekking op het doel waarvoor deze hoorzitting wordt gehouden, Chief?'

Whaleys ogen lieten mijn vader niet los.

'Ik heb een antwoord nodig, Ted.'

Mijn vader leek even na te denken wat het beste antwoord zou zijn, en zei toen: 'In mijn kantoor tot twee uur. Van twee uur tot bijna vijf uur bezichtigingen van vastgoed. Daarna thuis.'

'Was er ook vastgoed bij in de buurt van de Fox Run Mall?'

Shit.

'De mall?' De frons werd dieper. 'Nee. Hoezo?'

'Heren,' onderbrak rechter Schultz hen. 'Ik weet niet waar het over gaat, maar u zult het verder buiten moeten uitvechten of moeten wachten tot deze hoorzitting is beëindigd. Voor alles is er een tijd en een plaats en dat is niet hier en nu.'

Marston schraapte zijn keel. 'Edelachtbare, mag ik?'

Schultz knikte. 'Ga uw gang.'

'Hoewel ik begrip heb voor de zorgen die de ouders van mijn cliënt uitspreken, krijgt hij een behandeling die hun middelen ver te boven gaat en waarbij de behandelingen die hij als kind heeft gehad in het niet vallen. Hij is in alle opzichten een volwassene die in staat is zijn eigen afwegingen te maken en op grond daarvan besluiten te nemen over zijn welzijn en gezondheid. Ingrijpen op dit moment zou mogelijkerwijs zelfs zijn behandeling kunnen schaden en zijn gezondheid in gevaar kunnen brengen in plaats van een bijdrage te leveren aan genezing. Ik vermoed dat niemand aan deze tafel zich dat tot doel stelt.'

Hij haalde een opgevouwen document uit de binnenzak van zijn colbert en legde het voor de rechter neer.

'Dit is een kopie van de uitslag van recént bloedonderzoek van meneer Spivey. Het is onderzoek van bloed dat gisteren is geprikt. Hoewel hij het niet wil delen met zijn ouders, heeft hij me gemachtigd het aan u voor te leggen.'

Rechter Schultz vouwde het document open en bestudeerde de resultaten. Hij vergeleek ze met het verslag dat Murdock hem had gegeven. Na amper een halve minuut vouwde hij het document weer dicht en overhandigde hij het aan de griffier. Hij legde beide handen op tafel en keek Spiveys ouders beurtelings aan. 'Ik begrijp uw wens uw kind in bescherming te nemen – ik heb zelf drie zoons – maar er komt een tijd dat je ze niet langer moet beschermen. Het lijkt erop dat uw zoon in de beste handen is. Zijn geestelijke vermogens om voor zichzelf te zorgen zijn niet aan de orde geweest en met de juridische volwassenheid zo aanstaande, is er voor mij geen weg open die ik kan bewandelen. Ik ben bang dat hij is uitgevlogen en u zult daar als ouders mee moeten leren leven. U zult er de komende jaren regelmatig getuige van zijn dat hij besluiten neemt die al dan niet op uw instemming kunnen rekenen, maar vanaf nu zijn het zijn besluiten.'

Dat was niet wat ik had verwacht. Whaley had verteld dat de rechter een golfmaatje van mijn vader was. Ik had verwacht dat hij onder één hoedje zou spelen met de advocaat van de Spiveys en achteloos alles zou wegwuiven wat Marston te berde zou brengen. Hij leek daarentegen heel objectief te oordelen. Niemand aan de andere kant van de tafel leek daar erg blij mee.

Pam begroef haar gezicht tegen Keiths schouder. Ze huilde, de snikken werden gedempt in zijn shirt. Hij had zijn hand beschermend om haar achterhoofd gelegd en hield haar dicht tegen zich aan.

Murdock keek ongemakkelijk naar de Spiveys en reageerde vervolgens op de uitspraak van de rechter. 'Edelachtbare, wij willen graag dat de jongen wordt onderzocht op verminderde geestelijke vermogens. Ik denk dat het belangrijk is om vast te stellen of hij in staat is volwassen besluiten te nemen.' Hij haalde een pak documenten uit zijn aktetas en legde ze op de tafel. 'Dit zijn getekende getuigenverklaringen van meerdere personen die op het eiland zijn geweest en hebben gezien dat meneer Spivey zich op buitensporige wijze overgaf aan drank en drugs. Beide zijn schadelijk voor welke behandeling hij ook krijgt en het gedrag toont aan dat hij geestelijk niet stabiel is.'

Ze keken elkaar even aan. De rechter trok de documenten naar zich toe en bladerde erin. Hij keek naar mij met gefronste wenkbrauwen. 'Billy, ben jij getuige geweest van die activiteiten?'

Toen begreep ik het.

Mijn vader. Murdock. De rechter. Ze wisten allemaal dat Marston het zou winnen als het ging om Spiveys juridische recht zelfstandig besluiten te nemen op grond van zijn leeftijd. Dus lieten ze hem dat gevecht winnen omdat ze wisten dat ze betere wapens in handen hadden.

Ik wachtte omdat Marston had gezegd dat hij dan zou inspringen, maar Marston zweeg. Daarom moest ik de rechter wel antwoorden. 'Er is wel wat gedronken, maar er zijn geen drugs gebruikt.'

'Niet waar jij bij was,' vulde Murdock aan.

'Helemaal niet.'

'Dat kun jij onmogelijk weten. Je bent daar niet een week lang dag en nacht geweest.'

De rechter keek me even nadenkend aan en keerde zich toen naar Whaley.

'Chief?'

Whaley had zijn ogen geen moment van mijn vader afgewend en mijn vader staarde hem nog altijd aan. 'We zijn tien dagen geleden een keer uitgerukt naar het eiland vanwege een incident. Er leek een feest gaande. Als David Spivey toen dronk, heb ik dat niet gezien.'

Murdock dook erbovenop. 'Laten pubers graag hun alcohol of verboden middelen aan u zien als u bij dergelijke festiviteiten verschijnt?'

Whaley schudde zijn hoofd.

'Nee, dat doen ze niet.'

Rechter Schultz pakte zijn pen en rolde die heen en weer tussen zijn vingers, knikte toen bedachtzaam en richtte zich tot Marston. 'Ik ga een bevel uitvaardigen voor een beoordeling van meneer Spivey door een door de rechtbank aangewezen deskundige. Het staat u vrij een tweede deskundige uit te nodigen om tot een oordeel te komen, mocht u dat inschatten als noodzakelijk. Ik geef uw cliënt dertig dagen om mee te werken. Dan zullen we elkaar hier weer treffen.'

'Dan is hij achttien.' De woorden schoten eruit voordat ik ze kon tegenhouden.

'Als wordt vastgesteld dat hij niet kan beschikken over al zijn geestelijke vermogens, is zijn leeftijd niet langer een relevante factor.'

Als er iets was in de voortgang van deze hoorzitting wat Marston dwarszat, liet hij dat niet merken. 'Als uw deskundige contact opneemt met mijn kantoor, zal er voor vervoer naar het eiland worden gezorgd.'

'Waarschijnlijk zal ik een beroep doen op Harold Springton. Hij houdt kantoor hier in Portsmouth,' zei de rechter. 'Waarom kan uw cliënt niet daarnaartoe?'

'Dat zou hem niet moeten worden opgelegd. Het is op zijn minst ongerieflijk en in ogenschouw nemende dat hij herstelt van een zeer ernstige ziekte, geloof ik niet dat iemand ook maar van hem zou moeten verlangen te reizen. En zeker niet een rechtbank die in wezen recht spreekt in een staat waar mijn cliënt niet woonachtig is.'

Dit laatste was niet echt een dreigement als zodanig, maar alle aanwezigen vingen de boodschap op – mocht de rechter volharden, dan zou Marston terugslaan en Spiveys ouders dwingen de hele zaak over te hevelen naar een rechtbank in Maine. Dat zou waarschijnlijk betekenen dat alles opnieuw moest worden gedaan en het betekende in ieder geval aanzienlijk tijdverlies.

Ik ving een glimp van woede op in de blik van de rechter, maar de man wist wanneer hij niet meer kon winnen. 'Dat is een verstandige gedachte, meneer Marston. Ik weet zeker dat Harold zal genieten van het boottochtje. Ik zal hem vragen contact op te nemen.'

Hij keek de tafel rond. Pam huilde nog steeds. Keith keek alsof hij het liefst daar en op dat moment Marston zou wurgen. Mijn vader en Whaley staarden elkaar nog steeds aan, verwikkeld in een potje ver pissen.

'Oké,' zei rechter Schultz. 'Dan verklaar ik deze zitting voor gesloten. Een kopie van de notulen zal beschikbaar worden gemaakt voor alle aanwezigen.'

Ik had gedacht dat hij vervolgens een houten hamer tevoorschijn zou toveren om de bijeenkomst af te hameren, maar hij boog zich naar de griffier en praatte zacht tegen hem.

Deputy Lomax stond tussen Whaleys stoel en de deur waardoor we de vergaderzaal waren binnengekomen. Toen mijn vader ging staan, zei Whaley: 'We moeten buiten praten, Ted.'

5

Toen ik aanstalten maakte om overeind te komen, voelde ik de hand van Marston op mijn schouder. Met een zachte, schorre stem zei hij: 'U hebt uw vriend een goede dienst bewezen, meneer Hasler.'

Een goede dienst?

Van de andere kant van de tafel sprak Pam me wanhopig toe. 'Je moet hem daar weghalen, Billy! Hij luistert naar jou. Je begrijpt niet hoe...'

Marston stak een benige vinger in de lucht. Het was genoeg om haar tot zwijgen te brengen.

De regels, Pam. Denk om de regels.

Hij had het net zo goed hardop kunnen zeggen en ook al deed hij dat niet, zij wist precies wat die merkwaardige uitspraak betekende. Je kon het van haar gezicht lezen. Het was niet alleen iets wat ze nu, op dit moment begreep, het was iets wat ze al jarenlang wist.

Heel even keken zij en ik elkaar aan. Toen stapte Keith tussenbeide. Hij hielp haar overeind. Hij fluisterde haar weer toe terwijl hij haar naar de deur begeleidde. Pam schudde heftig haar hoofd. Ze had wel honderd kunnen zijn, zo fragiel kwam ze over.

Marston liep achter hen naar buiten en dat leek hen alleen maar sneller te doen lopen.

'Rechter?' zei Whaley. 'Kan ik u even spreken?'

Schultz knikte en ging staan. Hij maakte een gebaar naar een klein zijvertrek naast de vergaderzaal. Samen verdwenen ze achter de deur.

Mijn vader maakte van de gelegenheid gebruik om zijn spullen te pakken en naar de deur te lopen. Daar versperde deputy Lomax hem echter de weg. 'U moet nog even wachten, meneer Hasler.'

Mijn vader stond op het punt daartegen in het geweer te komen, toen Whaley de vergaderzaal weer in kwam met een vel papier in zijn hand. 'Ted, dit is een gerechtelijk bevel voor het doorzoeken van je auto. Uitgevaardigd door deze rechtbank.'

'Mijn auto doorzoeken? Waarom?'

Whaley wierp een blik in mijn richting en overwoog of hij al dan niet dat gesprek aan wilde gaan in mijn aanwezigheid. Toen hij besefte dat ik niet van plan was te vertrekken, richtte hij zich weer tot mijn vader. 'Er is een tip binnengekomen dat je vrijdagmiddag bij de Fox Run Mall bent gezien. Er is een getuige die heeft verklaard dat hij zag dat Lily Dwyer in je auto stapte en samen met jou vertrok.'

Dat leek mijn vader alleen maar meer in de war te brengen. 'Wie is Lily Dwyer?'

'Iemand die wordt vermist. Een puber.'

'Dat meisje dat in het nieuws was?'

Whaley knikte.

Het duurde even voordat mijn vader alles op een rijtje had. Toen keek hij naar Murdock, die zijn spullen inpakte en op het punt stond te vertrekken. 'Donald, kun jij iets voor me doen?'

Murdock tuitte zijn lippen en keek mijn vader even aan. Dit was meer dan waarop hij zich vandaag had ingesteld, maar mijn vader en hij hadden een gezamenlijk verleden en hij kon mijn vader niet zomaar de rug toekeren. Hij hield zijn hand uit naar het vel papier van Whaley.

'Mag ik dat eens zien?'

Whaley overhandigde hem het gerechtelijk bevel.

Murdock liet zijn ogen over de tekst gaan, keek toen in de richting waarin de rechter was verdwenen en richtte zich weer tot mijn vader.

'Het is door de rechter ondertekend. Er is niets wat ik kan doen, Ted. Je zult hem toegang moeten verlenen tot je auto.'

Mijn vader liep rood aan.

'En als ik dat niet doe?'

'Dat zal worden geïnterpreteerd als wederspannigheid,' zei Whaley. 'Dan sleep ik je auto naar het bureau en dan wordt hij daar alsnog doorzocht. Als je ons nu laat kijken, kun je gaan en staan waar je wilt als we klaar zijn. Als je niets hebt gedaan, heb je ook niets te verbergen, toch?'

'Dit is gelul,' zei mijn vader. 'Van wie komt die tip?'

'Hij was anoniem. Ze hebben geen naam genoemd.'

'Natuurlijk niet,' reageerde mijn vader kwaad. 'Waarom zouden ze?'

Hij wees naar de deur.

'Het is Marston. Dat snap je toch wel? Die klootzak probeert me te intimideren, zodat ik me zou terugtrekken. Nou, dat doe ik niet. Dat doen we geen van allen.'

Op Whaleys gezicht viel te lezen dat hij al een leven lang verhalen had moeten aanhoren van mensen die met smoezen kwamen en probeerden zich vrij te pleiten van wat ook maar Whaley in hun leven had doen verschijnen. Hij liet mijn vader rustig uitspreken, maar het was duidelijk dat hij geen centimeter van zijn pad zou wijken. 'Staat je auto op slot, Ted?'

Mijn vader keek hem alleen maar woest aan.

'Gaan we dit op de gemakkelijke of de moeilijke manier doen?'

'Krijg de tering, Cliff. Krijg allemaal de tering.' Hij keek Murdock nog een keer gefrustreerd aan, viste toen de autosleutels uit zijn zak en gooide ze naar Whaley. 'Maar schiet een beetje op, want ik heb over minder dan een uur een afspraak.'

Whaley was snel.

Hij had maar twee minuten nodig om de haar te vinden.

6

'Jóúw vader?' Kira's stem klonk dunnetjes door de telefoon, ze klonk heel ver weg. 'Meen je dat?'

Ik stond op het parkeerterrein achter het gemeentehuis, met mijn rug naar het politiebureau. Het was juli, de middagzon stond hoog aan de hemel en brandde op mijn hoofd. Over het asfalt lag een sidderend waas. Maar het maakte mij niet uit dat ik daar stond te zweten. Ik moest per se dat gebouw uit. Henry's Market was aan de andere kant van de straat. Daar wemelde het van de toeristen.

'Je mag het aan niemand vertellen, aan…' Ik zweeg en wachtte tot een vrouw met twee stokken me met gezwinde pas voorbijstevende, op weg naar het strand, '… helemaal niemand.'

Kira reageerde niet meteen. 'Denk je dat jouw vader… O, jeetje… denk je écht…?'

'Absoluut niet. Je kunt mijn vader van van alles betichten, maar meisjes ontvoeren? Nooit een keer.'

Ik had dat keer op keer tegen mezelf herhaald, maar telkens als ik het zei, klonken die woorden minder overtuigend. Toen ik het tegen Kira zei, wist ik niet wie ik wilde overtuigen, haar of mezelf. Waarschijnlijk ons beiden.

'Dit is geen ontvoering, Billy. Niet meer. Ze wordt al tien dagen vermist. Meisjes van onze leeftijd worden niet tien dagen vermist. Ze is óf weggelopen, óf…'

… ze is dood.

Kira zei het niet hardop en dat hoefde ook niet. Zelfs de toon waarmee de krantenartikelen nu werden geschreven, neigde in die richting. Woorden als 'redden' waren vervangen door 'thuisbrengen' en dezelfde gedachte had zich vastgezet in het hoofd van elke volwassene – houd je dochter bij je in de buurt want wie dit gedaan heeft, loopt nog steeds vrij rond. Er was al een paar keer door milities gepatrouilleerd. De zuidingang van de mall was bijna niet bruikbaar vanwege alle foto's, memorabilia en knuffels. De politie had de geïmproviseerde gedenkplaats afgezet met lint om te voorkomen dat die ook een deel van de parkeerplaats zou innemen.

'Weet je moeder het?'

Ik wierp een blik over mijn schouder naar het politiebureau. 'Ze is binnen met mijn vader en Murdock, die advocaat.'

'Billy, hoe is haar haar in de auto van je vader terechtgekomen?'

'We weten niet of het haar haar is,' zei ik. Het klonk alsof ik mijn vader verdedigde en zo bedoelde ik het niet, maar het kostte moeite de frustraties de baas te blijven. 'Mijn vader doet in vastgoed. Hij neemt aan de lopende band mensen mee ergens naartoe in zijn auto. Iedereen kan wel een haar verloren zijn.'

'Een roze haar? Iedereen?' zei Kira zacht. 'Heeft je vader veel klanten met roze haar?'

Ik schopte tegen een grote kiezelsteen.

'Denk je dat je vader je moeder zou bedriegen?'

Ik deed mijn mond open om nee te zeggen, maar deed hem weer dicht, want ik wist het niet. Ik had daar de afgelopen uren zelf over lopen piekeren. Mijn vader was bijna nooit thuis, en als hij wel thuis was, zag ik zelden iets tussen mijn ouders wat je affectie zou kunnen noemen. Het was niet zozeer dat ze niet van elkaar hielden – ze hielden wel van elkaar, dat wist ik – maar ze gingen heel erg hun eigen gang. Als mijn vader thuis was, bracht hij het grootste deel van de tijd door in zijn kantoor. Mijn moeder zat thuis vooral werkstukken van haar studenten na te kijken. Zelfs als ze samen tv-keken zaten ze weliswaar in hetzelfde vertrek, maar met hun hoofd waren ze ergens heel anders. Ze maakten bijna nooit ruzie en dat was het dan wel zo'n beetje. Dat betekende nog niet dat hij vreemdging. Als hij vreemdging, zou dat dan met een puber zijn die nog naar school ging? Lily Dwyer was nog maar vijftien. Dat was seks met een minderjarige. Dat kon je een gevangenisstraf opleveren.

Als hij gepakt zou worden.

Als zij zou praten.

Als hij haar zou laten praten.

Ik probeerde die gedachten te verdringen. Ik herinnerde me wat ik Lily Dwyer in mijn droom had horen zeggen.

'Hij vermoordt me. Ik weet dat hij me vermoordt. Anders had hij me zijn gezicht niet laten zien. Je moet me hier weghalen.'

'Ik weet niet hoe hij heet. Ik heb hem nooit eerder gezien. Hij heeft iets met drugs gedaan. Hield het tegen mijn mond. Nu zit ik op opgesloten... Ik ben net weer wakker... Ik denk dat ik in de kofferbak van een auto lig. Het lijkt of we in beweging zijn. Wil je de politie bellen?'

Ze wist niet wie haar belaagde.

Hij had haar opgesloten in de kofferbak, ze had niet op de passagiersstoel voorin gezeten.

Toch was het een nachtmerrie geweest.

Dromen zijn bedrog.

Gelul.

Ik was serieus bezig om op grond van wat ik had gedroomd een soort alibi bij elkaar te sprokkelen voor mijn vader omdat ik niets anders had om me aan vast te klampen.

'Bij de rechtbank probeerde mijn vader Marston de schuld te geven. Hij zei dat die de haar in zijn auto had verstopt.'

'Dat geloof je toch niet? Ik bedoel, waarom zou hij? En hoe zou hij Lily Dwyer in vredesnaam moeten kennen?'

'Hoe zou mijn vader Lily Dwyer moeten kennen?'

Er was nog een andere mogelijkheid waar we geen van beiden hardop over wilden praten. De vloek van Alesia. Hoewel ik me maar vaag iets kon herinneren van wat er in de kelder was gebeurd, herinnerde ik me dat wel.

Bij al het andere wat in die schaal had gelegen, was ook het visitekaartje van mijn vader gegaan. Een paar weken geleden zou ik dat met een lach hebben afgedaan, maar ik kon me flarden herinneren van wat daarna gebeurde en laten we maar zeggen dat mijn zicht op mijn overtuigingen een beetje troebel was geworden.

Mijn telefoon kondigde trillend een nieuw bericht aan.

Mijn moeder.

Waar ben je? Kom weer naar binnen!

'Shit. Ik moet ophangen,' zei ik tegen Kira. 'Waar ben jij? Kan ik je opzoeken als we hier klaar zijn? Ik wil praten. Niet over de telefoon, maar echt.'

Kira aarzelde even. Toen zei ze: 'Bij Alesia.'

Ik wilde haar geloven, maar waarom deed ik dat dan niet?

Nog een bericht.

Nu, Billy!

'Ik stuur je een bericht als ik hier weg ben,' zei ik. 'Ik hou van je.'

'Van jou ook, Billy,' zei ze. Ze verbrak de verbinding.

Wat moest dat verdomme nou weer betekenen? *Van jou ook?*

7

Het politiebureau van New Castle was niet erg groot. De lobby was maar een bescheiden halletje – er stonden een paar stoelen met een tafel ertussen aan de rechterkant en links scheidde een glasplaat het bureau van de dienstdoende agent van burgers die binnenliepen om een beroep op de politie te doen. Deputy Lomax stond achterin bij een deur waarop met grote letters GEEN TOEGANG VOOR ONBEVOEGDEN was aangebracht. 'Kom mee. Ik breng je naar achteren.'

Ze leidde me door een paar volgepropte kantoortjes, over een trapje omhoog, naar een gesloten deur. Ze klopte twee keer en deed toen de deur open. Mijn vader zat aan een klein tafeltje, Murdock zat rechts van hem, mijn moeder zat tegenover hem. Ze had rode, opgezette ogen. Het was duidelijk dat ze had gehuild. Toen ze mij zag, kwam ze overeind en veegde ze haar wangen droog. 'Ik moet terug naar de universiteit. Als ik thuiskom, ben jij er ook. Je hebt genoeg lopen rotzooien, je hebt huisarrest.'

'Ik? Wat heb ik gedaan?'

Ze deed haar mond open om iets te zeggen, maar Murdock snoerde haar de mond met een veelzeggende blik en een licht hoofdschudden.

Ze keek hem even aan en richtte zich toen weer tot mij. 'Naar huis. Geen smoesjes.'

Deputy Lomax zette een stap opzij en deed de deur voor haar open. Mijn moeder zou dwars door haar heen zijn gegaan als ze geen plaats had gemaakt. Met kleine stapjes liep ze weg door de gang. Haar hakken klikten op de vloertegels.

Murdock gebaarde naar de stoel waar mijn moeder had gezeten, wachtte tot ik was gaan zitten en richtte zich toen tot Lomax. 'Zou u de Chief willen halen?'

Lomax knikte en verdween door de gang. Ze liet de deur openstaan.

Ik keek naar de handen van mijn vader. Ik had misschien wel verwacht dat hij geboeid zou zijn, maar dat was niet zo. Hij droeg ook geen oranje overall. Hij droeg nog steeds zijn pak, ook al had hij wel de stropdas losgetrokken. Hij had een kop koffie gedronken. De lege papieren beker stond nog voor hem. Als hij zich ergens zorgen over maakte, was dat niet aan hem te zien.

Murdock keek op zijn horloge. 'Ik moet over een uur bij de rechtbank zijn.'

'Jij gaat helemaal nergens heen,' zei mijn vader. 'Pas als we dit uit de wereld hebben geholpen.'

Murdock liet zijn stem dalen. 'Ik ben gespecialiseerd in familierecht, Ted. Jij hebt een strafpleiter nodig.'

Mijn vader kneep zijn ogen tot spleetjes. 'Voordat je dit bent gaan doen heb je zes jaar op het openbaar ministerie gewerkt. Geloof maar niet dat je hier onderuit kunt komen. Je bent hier en je blijft hier. Jij en jouw kantoor vangen een fiks honorarium van mij. We kunnen het erover hebben om iemand in te huren die meer gespecialiseerd is als dat nodig is, maar voorlopig verwacht ik van jou dat je je werk doet en je cliënt beschermt.'

Ik boog me naar hem toe. 'Pa, ik...'

'Hou je mond,' gromde hij. 'Ik wil geen woord meer horen van jou.'

Zo had hij nog nooit tegen me gesproken. De woorden deden pijn alsof hij me in mijn gezicht had geslagen. Ik zakte terug op mijn stoel.

Chief Whaley kwam aanlopen door de gang en bleef op de drempel stilstaan. Hij bestudeerde ons een voor een, stapte toen naar binnen en trok de deur achter zich dicht. Hij ging niet naast mij zitten, maar op de lege stoel aan het hoofd van de tafel.

Er was geen airco in de kamer, er waren geen ramen en het was heet. Murdock zweette, net als ik. Whaley zweette echter niet, evenmin als mijn vader. Het leek wel of die beide mannen zoveel wilskracht hadden dat ze die specifieke lichaamsfunctie konden uitschakelen. Whaley schoof zijn vingers een paar keer over de tafelrand heen en weer, trommelde er toen wat mee en keek uiteindelijk mij aan.

Ik had niet verwacht wat hij vervolgens zei.

'Billy, heb jij die haar in de auto van je vader verstopt?'

Het was alsof mijn hart ontplofte. Eén enkele harde klap tegen mijn ribben. Mijn maag kromp samen, alsof iemand zijn hand door mijn slokdarm had gestoken en die om mijn maag tot een vuist had geklemd. Ik keek naar Murdock, want die zou toch zeker protesteren? Maar Murdock deed niets. Toen keek ik naar mijn vader die me met dezelfde koude, starende blik opnam die hij me ook in de rechtbank had gegund. Alle drie wachtten ze op mijn antwoord.

Wat mijn vader zei, maakte het allemaal niet makkelijker.

'Vertel hem de waarheid, Billy.'

Hij keek me strak aan toen hij dat zei. Hij sprak de woorden luchthartig uit, bijna achteloos, alsof hij me had betrapt op een flagrante leugen en me de kans wilde geven dat op te biechten zodat ik met een zuiver geweten verder kon en hij over kon gaan tot de orde van de dag.

'Natuurlijk niet!' Ik spuwde vuur. 'Waarom zou ik? Waar had ik een haar vandaan moeten halen? Ik ken haar niet eens!'

'Heb je Lily Dwyer nooit ontmoet?' vroeg Whaley. 'Ook niet heel vluchtig een keertje?'

'Nee! Dat heb ik je ook verteld toen je laatst naar het eiland kwam. Dit is je reinste waanzin, waarom zou ik...?'

Whaley hief beide handen in een afwerend gebaar. 'Kalm aan, Billy. We voeren hier alleen maar een gesprek. Je hoeft je niet zo op te winden.'

Ik hoefde me niet op te winden. Mijn vader beschuldigde mij ervan dat ik had geprobeerd hem ontvoering en misschien wel moord in de schoenen te schuiven, maar ik hoefde me nergens over op te winden? Verdomme.

'Je hebt vanmorgen in de auto van je vader gezeten.' Murdock mengde zich in het 'gesprek' en maakte meteen duidelijk aan wiens kant hij stond. '... en plotseling verschijnt als bij toverslag een haar. Hoe is die daar gekomen, denk jij?'

'Ik heb geen idee. Ik heb hem gezien toen we aankwamen bij de rechtbank en ik...'

'Toen jullie aankwamen bij de rechtbank,' onderbrak Murdock me. 'Dus jij wist al dat die haar daar was voordat de hoorzitting begon?'

'Ja, maar niet omdat ik die haar daar had neergelegd.'

'Heb jij hem daar neergelegd?' vroeg mijn vader.

Ik keek hem woest aan. 'Nee!'

Alle drie staarden ze me zwijgend aan.

Murdock pakte de draad weer op. 'Je vaders zakelijke belangen met het oog op het eiland van de Spiveys sporen niet met jouw belang. Niemand zou het je kwalijk nemen als je uit was op een soort wraakactie. We willen alleen de waarheid weten.'

'Het eiland van de Spiveys? Dat eiland is niet van de Spiveys, het is eigendom van David Spivey. Misschien zouden al deze vreselijke dingen niet gebeuren als jullie er allemaal met je tengels van af zouden blijven!'

Murdock schoof iets onderuit, met een zelfgenoegzame uitdrukking op zijn gezicht. Hij keek Whaley aan. 'De jongen koestert overduidelijk weerstand tegen de ontwikkelingen. Wat is logischer? Dat een vooraanstaand lid van de gemeenschap een jong meisje ontvoert, in zijn eigen auto, op de passagiersstoel nog wel, of dat deze jongen – die heeft toegegeven in de gelegenheid te zijn geweest – de haar in de auto heeft gelegd in een poging zijn vader in zijn streven te dwarsbomen?'

'Ik heb Lily Dwyer nooit ontmoet,' zei ik voor wat me de tiende keer leek. 'Ik had de naam tot een paar weken geleden zelfs nog nooit gehoord. Hoe moet ik dan precies "in de gelegenheid" zijn geweest?'

'Ze was in de mall met jouw vriendin, toch? En niet alleen met Kira, maar met een aantal andere meisjes die ook tijd hebben doorgebracht op het eiland "van de Spiveys", als mijn informatie juist is. Jij en je vrienden zijn heel duidelijk in de gelegenheid geweest, en je woede naar je vader, in samenhang met de loop der gebeurtenissen, verschaft je een motief.'

Het bloed trok weg uit mijn gezicht. Ik keek mijn vader aan, en hoewel hij terugkeek, zei hij niets om me te verdedigen.

Whaley schraapte zijn keel en kwam tussenbeide voordat Murdock de kans kreeg nog verder te gaan. 'Ik wil graag met je praten zonder dat je vader erbij is. Ben je daartoe bereid?'

'U praat niet met de jongen zonder dat er een advocaat bij is.' Murdock schoot in zijn strafpleitersrol.

'U bent niet mijn advocaat,' zei ik.

Murdock deed zijn mond open om dat tegen te spreken, maar Whaley snoerde hem de mond. Hij keek mij aan. 'Als jij wilt dat er een advocaat bij is, iemand anders, kan ik iemand laten bellen.'

Ik keek achtereenvolgens mijn vader en Murdock aan. 'Ik wil alleen die twee hier weg.'

Mijn vader richtte zich tot Whaley. 'Niets van wat gezegd wordt als jij met hem praat zonder dat er een advocaat bij is, is bruikbaar in de rechtszaal. Daar zal ik voor zorgen. Hoe dit ook afloopt, hij is nog steeds minderjarig.'

'Ik probeer alleen antwoorden te krijgen. Ik ben op zoek naar een vermiste puber. Wat mij betreft ruimen we de rest van al deze viezigheid later op.' Hij hield zijn hoofd scheef achterover en riep over zijn schouder: 'Sandy, ben je daar nog?'

De deur ging open en deputy Lomax stak haar hoofd om de hoek. 'Ja, Chief?'

'Neem Ted Hasler mee en stop hem in een van de arrestantencellen.'

Murdock stak een arm uit over de tafel, tussen mijn vader en Whaley. 'Je zet hem vast. Wat is je aanklacht?'

'Geen aanklacht. Voorlopig nog niet,' zie Whaley. 'Ik kan hem achtenveertig uur vasthouden, dat weet je. Die haar is onderweg naar het lab in Boston. Als we hebben vastgesteld of hij van Lily Dwyer is, kunnen we over verdere stappen praten. Tot dan kan hij in alle rust hier blijven zitten.'

'Een rechter zou hem borg gunnen. Er is geen vluchtrisico. Dat weet jij.'

'Nee, dat weet ik eigenlijk helemaal niet. Bovendien kan een rechter pas borg stellen als ik een aanklacht op papier heb gezet. Hij moet voorgeleid worden. Dat betekent dat er veel in de publiciteit komt. Daar gaan veel mensen over praten. De pers stort zich erop. Als het op die manier moet van jou, kan dat – ik ging ervan uit dat je er de voorkeur aan zou geven de zaak voorlopig stil te houden. Als het goed gaat weten we tegen het einde van de dag de bloedgroep. Dat duurt hooguit een paar uur. Als er geen match is met die haar, gaat Ted vrijuit en zal niemand ooit weten van dat hij heeft vastgezeten. Zeg het maar. Het maakt mij niet uit.'

'En een enkelband? Dan kun je op die manier surveilleren.'

Whaley schudde zijn hoofd. 'Hierover kan niet worden onderhandeld.'

Mijn vader boog zich naar Murdock en fluisterde iets in zijn oor.

'Weet je dat zeker?' Murdock fronste zijn wenkbrauwen.

'Zolang ik mijn telefoon maar kan houden. Ik moet een zaak draaiende houden.'

'Dat is geen probleem,' zei Whaley. 'Sandy?'

Deputy Lomax maakte een gebaar naar de gang. 'Deze kant op, meneer Hasler.'

Mijn vader ging staan, streek een paar plooien in zijn broek glad en bleef op de drempel lang genoeg staan om mij nog een keer toe te spreken. 'Vertel hem de waarheid, Billy. We kunnen hierdoorheen als je eerlijk bent. Ik vergeef het je.'

Het volgende ogenblik was hij weg. Murdock ook.

Toen de deur dicht was, pakte Whaley de envelop met de foto's uit de auto van mijn vader en legde die midden op tafel. Hij draaide de envelop peinzend een aantal keren rond met een vinger. Wat hij daarna zei had niets van doen met de oude foto's van Marston, of de stoffelijke resten die op Wood Island waren gevonden, of mijn vader.

'Hebben Kira en haar vriendinnen Lily Dwyer iets aangedaan?'

8

'Kíra?'

'Ja... Kira.' zei Whaley. 'Luister, ik geloof niet dat jij dit hebt gedaan. En ik geloof ook niet dat je vader het heeft gedaan. Je kunt veel van hem zeggen, maar hij is niet het soort man dat zijn gezinsleven op het spel zet voor een puber. Met haar instemming of anderszins. Dat voelt allemaal verkeerd en ik loop lang genoeg mee in dit vak om te weten dat mijn onderbuikgevoelens meestal gelijk hebben als die aangeven dat iets niet deugt. Ik denk dat er iets in de mall is gebeurd, iets waar al die meisjes bij betrokken waren, en dat de rest een kwestie is van rookgordijnen en afleidingsmanoeuvres.'

'Nou, Kira zou ook nooit iemand iets aandoen.'

De Chief staarde me aan, krabde aan zijn neus en haalde toen een opgevouwen stuk papier uit zijn borstzak. Hij streek het glad op de tafel. Het was een kleurenprint van een afbeelding op een computer met een tijdstempel rechtsonder in de hoek. Hij plantte zijn massieve wijsvinger op de print bij een meisje met helderroze haar dat een zonnebril in de stijl van John Lennon droeg. 'Dat is Lily Dwyer. Dit is een van de laatste opnamen die we van haar hebben voordat ze de mall verliet.'

Hij draaide het vel papier zo dat ik het niet ondersteboven hoefde te zien. Ik herkende de ingang van de mall aan de zuidkant – ik kon ook moeilijk anders nu die beelden de afgelopen tijd steeds maar waren opgedoken in het nieuws op tv en in de kranten. Dit was echter een still die niet op tv te zien was geweest.

Whaley leek te weten wat ik dacht. 'De foto die ze op tv laten zien, is een still na deze. Ze komen allebei uit dezelfde camerabeelden. Er zat maar twintig seconden tussen.'

'Ik kan haar maar net zien,' zei ik.

'Dat klopt, ze is verder van de camera, en de kwaliteit is sowieso niet geweldig. Je kunt niet veel van haar gezicht zien, maar ze is het wel. Ze draagt dezelfde kleren als op andere videobeelden die we van haar hebben. Hier maak ik me meer zorgen over.' Zijn vinger schoof naar de rechterbovenhoek van de foto en wees iets anders aan.

Zijn handpalm had erop gelegen, daarom had ik het niet gezien. Daarom had ik haar niet gezien. Mijn hart begon te bonzen.

'Dat is toch Kira?'

Ik was slim genoeg om te begrijpen dat hij het antwoord allang wist. Ik was ervan overtuigd dat zijn handpalm niet voor niets zo lang op dat deel van het beeld had gelegen. Hij wilde dat ik haar zou zien op een moment dat hij daaraan toe was. Net als bij Lily was haar gezicht niet heel erg goed te zien. De afstand was groot en het beeld was korrelig en vervormd, waarschijnlijk omdat het was geschoten met een groothoeklens. Maar het was onmiskenbaar Kira.

Ik knikte.

Hij wees naar twee andere figuren op de foto. 'En zij?'

Ze hielden elkaars hand vast. Ze stonden een paar meter achter Kira. 'Dat zijn Izzie en Chloe,' zei ik.

'Dacht ik al.'

'Ik begrijp niet zo goed waar je naartoe wilt,' zei ik aarzelend. 'Je wist al dat ze met Lily naar de mall waren gegaan. Dat hebben ze je verteld. Ze hebben je zelfs een foto gegeven.'

'Jazeker, dat hebben ze gedaan.' Hij ging verzitten. 'Die fijne groepsfoto. Een en al glimlach. Je zou zeggen dat ze veel plezier hadden.'

Whaley haalde zijn telefoon uit zijn broekzak en veegde een aantal keer met zijn vinger over het scherm tot hij de bewuste foto had gevonden. Niet die ene die je in het nieuws zag, bijgesneden zodat alleen Lily Dwyer er nog op te zien was, maar de oorspronkelijke foto. De foto met Lily, Kira, Izzie, Chloe en...

Er begon iets te klikken in mijn hoofd. Het begon tot me door te dringen waar hij naartoe wilde, al was dat nog niet bepaald zoiets als de vondst van het moordwapen. Alesia Dubin stond wel op de groepsfoto, maar niet op de still van de bewakingscamera. Ik zei niets, maar dat hoefde ook niet. Whaley ging zelf door.

'Toen ik dit de eerste keer zag, dacht ik dat Alesia Dubin misschien even naar het toilet was, of dat ze misschien alleen een paar dingen had willen kopen. Je kunt tíg redenen verzinnen waarom ze nu net niet op deze opname staat. Shit, misschien stond ze een beetje verder opzij, net buiten beeld. Overal in de mall zijn blinde vlekken. En zoals jij zei, wat doet het ertoe? We wisten al dat Lily er met deze groep meiden is geweest.'

Hij ging nogmaals verzitten en klakte met zijn tong.

'Die still had echter iets wat me dwarszat. Als een losse draad aan een oude trui. Ken je dat? Je kunt er niet van afblijven, je moet eraan trekken, ook al weet je dat je daarmee meer schade aanricht dan wanneer je ervan af zou blijven.'

Hij keek opnieuw naar de foto.

'Wat zijn ze volgens jou aan het doen?'

Opnieuw had ik het gevoel dat hij het antwoord al wist. Op zijn minst had hij conclusies getrokken waarover hij mijn mening wilde horen. Ik bestudeerde de foto nog eens een tijdje.

'Nou, Lily loopt naar buiten. Ze is nog een paar meter van de deur. Ik vind het moeilijk te zien, maar ik denk dat ze haar arm uitsteekt om die glazen deur open te duwen.'

'Dat denk ik ook.' Whaley knikte instemmend. 'En Kira?'

'Ik weet het niet – die staat daar gewoon,' zei ik. 'Ze kijkt naar Lily.'

'Ze kijkt toe hoe ze vertrekt.' Hij tikte op Chloe en Izzie. 'Zij ook. Toch?'

'Ja... Ik begrijp nog steeds niet waarom dat belangrijk is.'

De stoel waarop Whaley zat kraakte onder zijn gewicht toen hij zich iets naar voren boog. Hij legde de afgedrukte foto en zijn telefoon recht naast elkaar.

'Kijk eens goed naar beide foto's, dan zie je het. Gun jezelf even de tijd om het tot je te laten doordringen.'

Ik begreep aanvankelijk niet wat hij bedoelde. Toen ineens wel. Het was zo overduidelijk dat ik me afvroeg hoe ik eroverheen had kunnen kijken.

'Ze hebben allemaal andere kleren aan.'

Wat Lily droeg was bijna hetzelfde – een spijkerbroek met afgeknipte pijpen en een wit topje, al verschilde het topje op beide foto's een beetje – de schouderbandjes. Het waren dunne bandjes op de groepsfoto op de telefoon, maar ze waren breder op het beeld van de bewakingscamera's. Kira had op beide foto's een donkere rok aan, maar op het T-shirt dat ze droeg op de groepsfoto stond een tekst. Het was een T-shirt dat ik herkende. KIJK VOOR JE, EIKEL stond erop. Op de foto van de bewakingscamera stond er niets op het T-shirt. Chloe droeg ongeveer dezelfde kleren op beide foto's, maar Izzie had iets heel anders aan, een broek met afgeknipte pijpen op de ene foto, een lange broek op de andere.

'Als ze ons vragen om iemand te herkennen, kijken we bijna altijd meteen naar het gezicht. Al het andere vervaagt, het wordt grijze ruis. We zien het niet omdat we ons zo concentreren.'

'Dit is raar,' zei ik zacht.

'De foto die ik van de meisjes heb gekregen, is gemaakt op een andere dag. Een week eerder volgens de technici in Boston. Ze hebben dat achterhaald met behulp van de gegevens die in de foto worden opgeslagen.'

'De metadata.'

'Ja... metadata. Datum, locatie, merk, model en serienummer van de telefoon waarmee de foto is gemaakt... Het zit allemaal in de foto.' Hij tikte op de groepsfoto. 'We hebben alle videobeelden bekeken die die dag in de mall zijn gemaakt en de meisjes zijn er samen. Bijna drie uur lang. Ze stuiteren van de ene winkel naar de andere. Ze snoepen. Ze houden jongens op een afstandje, kortom, precies wat meisjes doen. Maar dat gebeurde allemaal niet op de dag dat Lily verdwenen is. Het was een week eerder. Toen we de beelden bekeken van de dag dat ze is verdwenen, zagen we dat Kira Lily maar één keer is tegengekomen. Dan praten ze in de buurt van de toiletten een minuut lang met elkaar. Dat is het en meer is er niet. Afgezien daarvan kunnen we alleen maar heel voorzichtig vaststellen dat Kira, Izzie en Chloe Lily op een afstandje gevolgd hebben zonder contact te maken.'

'Oké, en waar was Alesia? Was zij er überhaupt?'

'O, zeker, zij was er wel. Ze kwam samen met Kira en de beide andere meisjes, maar vervolgens liet ze hen in de steek. We hebben beelden waarop ze linea recta naar de ingang aan de westkant koerst.'

'Waarom?'

'Ze was op weg naar deze jongen.' Whaley bladerde door de foto's tot hij vond wat hij zocht. 'Ze laat hem iets zien op haar telefoon. Ze praten ongeveer een minuut met elkaar. Het lijkt eerder alsof ze ruziemaken of het op een of andere manier niet met elkaar eens zijn. De bewakingscamera's nemen geen geluid op, maar het is duidelijk dat ze zich allebei opwinden. Hij kijkt een tweede keer op haar telefoon en stampt dan weg. Terug naar buiten.'

'Dat is Rory Moir.'

'Ja... Rory Moir, haar vriend.'

Ex-vriend, maar ik was niet van plan om dat te zeggen, want dat zou ertoe leiden dat ik ook zou moeten zeggen waar Alesia tegenwoordig dan wel haar hoofd te rusten legt, en Spivey had al genoeg problemen.

'Als je heel goed kijkt, kun je zien dat Rory's auto langs de stoeprand geparkeerd staat.'

'Ik begrijp nog steeds niet waar je naartoe wilt.'

Hij keek me een hele tijd aan zonder iets te zeggen. Je kon het knarsen van de raderen in zijn hersenen bijna horen. 'Ik denk dat je het echt niet begrijpt,' zei hij uiteindelijk. 'En dat is waarschijnlijk maar goed ook. Voor jou in ieder geval. Maar wat je vrienden betreft weet ik het nog niet zo net.'

Toen ik hem alleen maar aanstaarde, ging hij door.

'Ik denk dat Rory onze mysterieuze "Brian" is, al kan het ook zijn dat er nooit een Brian is geweest. Hoe dan ook, ik ben er vrij zeker van dat Lily de mall verlaten heeft in Rory's auto. Ik denk dat Alesia haar zo ongeveer eigenhandig in die auto heeft gezet met behulp van Kira en de vriendinnen. Ik heb geen idee waaróm dat allemaal is gebeurd, dat moet ik nog uitzoeken, maar ik denk dat die eerste trip naar de mall, samen met Lily, een soort proefrit was, een verkenningsmissie. En bij de tweede trip haalden ze de trekker over. Ze lokten haar ernaartoe en volgden haar in de mall om er zeker van te zijn dat ze met Rory mee vertrok. Misschien hebben ze haar in zijn richting gestuurd. Ze draaiden een soort verhaal in elkaar en voerden mij en iedereen bij wetshandhaving met die foto erbij op een dwaalspoor toen Lily bleek te worden vermist.'

Ook al was ik nog zo zenuwachtig, ik schoot bijna in de lach.

Want dat was een van de krankzinnigste verhalen die ik ooit had gehoord.

Whaley begreep natuurlijk ook dat hij een beetje in het duister tastte, want hij wachtte met een flauw glimlachje mijn reactie af. Het glimlachje werd een grijns, alsof hij me een geweldig goede grap had verteld en nu wachtte tot de clou tot me zou doordringen. Na verloop van tijd hield hij zijn hoofd scheef en zei: 'Geschift, hè? Als ik dat allemaal hardop zeg, ga ik denken dat jouw vader haar misschien toch heeft gekidnapt. Een opwelling van perverse neigingen die uiteindelijk een trieste climax heeft gevonden in een met stenen verzwaard lijk dat ergens in het water is gegooid. De eenvoudigste verklaring is meestal de juiste, dat leren ze je op de politieacademie.' Hij spreidde zijn handen. 'In mijn theorie maak ik sprongen van A naar C en vanuit daar naar X.'

'Het klinkt niet erg aannemelijk.'

'Absoluut niet,' stemde hij in. 'Tot gisteravond zou ik ook nooit zo'n raar verhaal hebben kunnen geloven.'

Mijn hart begon te bonzen. 'Wat is er gisteravond gebeurd?'

De glimlach op Whaleys gezicht bevroor. 'De vader van Rory werd opgebracht voor rijden onder invloed en het verstoren van de openbare orde. Hij had kennelijk iets te vieren gehad. Er was een schip met geld aangekomen. Nou ja, hij zelf zei in een gehucht dat Roosters heet, dat Rory flink had gecasht en hem erin had laten delen. Hoe het verhaal ook was, hij smeet met geld. Hij gaf rondjes en beweerde dat hij een eigen boot ging kopen en misschien ook wel een nieuwe pick-uptruck. Je zou denken dat hij de hoofdprijs in de loterij had gewonnen, maar dat was hij niet, dat was Rory. Maar nu komt het. Hij zei niet letterlijk dat Rory een prijs had gewonnen, nee, hij zei dat Rory de roze koe had verkocht. Zo was hij aan al dat geld gekomen. Letterlijk: de roze koe.'

Ik denk dat ik bleek wegtrok. Ik had onmogelijk kunnen opgroeien in het huis van een man die in vastgoed handelde en die ervan overtuigd was dat geld het doel was dat alle middelen heiligde, zonder te weten wat het betekent als je de roze koe verkoopt. Dat is meer dan ergens een melkkoetje hebben. Dat is in één keer de kip met de gouden eieren. Wie de roze koe verkoopt, is binnen.

Het was me ontgaan dat hij ondertussen de groepsfoto weer op zijn telefoon had opgeroepen en dat zijn wijsvinger naar het roze haar van Lily Dwyer wees.

'Ik zei het al,' zei Whaley. 'Ik weet nog niet waarom, het grote waarom.

Waarom ze haar zo nodig moesten hebben, maar ik denk wel dat ik nu weet hóé en wíé. Die meisjes hebben Rory betaald om haar te pakken. Misschien heeft ze zich vervelend gedragen tegenover hen. Meisjes kunnen heel kattig zijn. Misschien wilden ze haar bang maken, een lesje leren, wie weet. Ik denk dat het plan ontspoord is en nu is Lily zoek. Ik denk niet dat ze haar opzettelijk iets wilden aandoen, niet iets heel ergs, maar er kan iets zijn misgegaan. Zelfs de beste plannen kunnen in duigen vallen.'

'Als je dit allemaal gelooft, waarom vraag je het ze dan niet? Waarom zit ik dan hier?'

'Wil je de waarheid? Hij zuchtte. 'Omdat er gaten zitten in mijn theorie en de ouders die meisjes achter een muur van advocaten zouden zetten voordat ik ook maar iets uit ze zou krijgen.'

'En mijn ouders zetten mij niet achter een muur van advocaten, tenminste niet om me te beschermen, en daarom leg je mij op de pijnbank?'

'Dit is nog lang geen pijnbank, Billy. Ik deel wat ik weet met jou. Ik denk dat jij iets weet, ook al weet je zelf niet dat je dat weet. Jij hebt de ontbrekende puzzelstukjes, maar je weet niet waar ze moeten liggen. En wat daar dan weer de reden voor mag zijn, weet ik ook niet, maar je vrienden hebben besloten jou erbuiten te houden.' Hij zakte onderuit op zijn stoel. Het hout kraakte onder zijn gewicht. 'Ik denk dat een van de meisjes die roze haar in de auto van je vader heeft gelegd om ons op een dwaalspoor te zetten en dat dat arme meisje ergens verstopt zit op dat eiland.'

Beelden van de kelder kwamen in me op.

De stank.

Dode dingen.

Het gat dat Benny had gegraven.

Ik verdrong ze. Dat zouden ze niet doen. Dat was te gek voor woorden, dat zouden ze nóóit doen.

'Waarom vraag je het Rory niet gewoon? Niemand geeft geld uit om voor hem een advocaat in te huren, of voor zijn vader. Ik wil wedden dat hij zijn zoon erbij zou lappen om zichzelf vrij te pleiten.'

'Dat zou ik doen als we hem konden vinden,' antwoordde Whaley. 'Volgens zijn vader is Rory al drie dagen niet meer thuis geweest. Heb jij hem ergens gezien?'

Ik schudde mijn hoofd.

Hij keek me een tijdje onderzoekend aan. 'Waarom ben je zo bleek, Billy? Je zweet.'

Ik keek het vertrek rond. Op de raamloze muren zaten zoveel lagen verf dat ze bobbelden. Er hing een ventilator aan het plafond, maar die draaide niet. De lucht hing stil en zwaar in het vertrek. 'Het is hier heet, meer niet.'

'O, ja, het is hier heet,' zei Whaley. 'Maar je zit ook te trillen.'

Hij liet zijn stem dalen.

'Luister, het gaat zo. Binnen niet al te veel tijd zal de State Police dezelfde lijntjes trekken, of anders de feds. Zij zijn ook op zoek naar Lily Dwyer. Het kan een dag duren, misschien twee, maar dan zien ze het en als dat gebeurt, gaan ze flink tekeer tegen jou, tegen je vrienden en vooral tegen Spivey. Ze zullen de druk opvoeren en dat eiland uit elkaar trekken tot op de laatste vierkante meter. Je hebt Marston gehoord – over twee weken wordt Spivey achttien. Dan zal hij er op een harde manier achter komen wat het betekent om volwassen te zijn. Jullie allemaal.'

'Ze is niet op het eiland. Dan had ik haar gezien.'

De woorden klonken zo zwak. Ik geloofde het zelf niet.

'Neem me mee daarnaartoe,' zei Whaley. 'Alleen mij. Ga voor mij met Spivey praten. Geef me de kans er rond te kijken om te bevestigen wat jij zegt. Als ze niet op het eiland is, kan ik dat tegen iedereen zeggen, want de vraag gaat onvermijdelijk komen. En als ze wel...'

'Ze is er niet.'

'En als ze er wel is, en als jij degene bent geweest die me heeft geholpen haar te vinden, zal ik mijn uiterste best doen om jou buiten schot te houden. Ik kan ervoor zorgen dat er dan nog een toekomst voor je bestaat.' Hij likte zijn lippen. 'Ik wil geen gelijk krijgen. God, ik hoop dat ik er faliekant naast zit. God geve dat ik ernaast zit.'

9

We gingen met de Merv.

Als ik erop terugkijk, denk ik dat Whaley me wel gevraagd zal hebben met mijn boot te gaan in plaats van met een patrouilleboot van de politie zodat Spivey op geen enkele manier argwaan zou ruiken als hij de Merv zag aankomen. Het is ondoenlijk om ongezien naar een eiland te varen. Zelfs als de afstand maar een paar honderd meter is, blijft er genoeg tijd over datgene te doen wat gedaan moet worden.

Pleegde ik verraad?

Ja.

De knoop in mijn maag, die almaar strakker werd aangetrokken, maakte dat duidelijk.

De kans was vrij groot dat Spivey na vandaag nooit meer een woord met me zou willen wisselen.

Evenmin als Kira en de anderen.

Maar dit was iets wat ik moest doen. Niet voor Whaley. Niet eens voor de ouders van Lily. Voor mezelf. Íк moest het weten. Het was me volstrekt duidelijk hoe egocentrisch die redenering was, maar dat maakte het niet minder waar. Als je zeventien bent, kan de wereld ongelofelijk groot lijken, maar alles draait om één centraal punt en dat centrale punt ben jijzelf. Ik zei tegen mezelf dat dit goed was, dat ik dit moest doen, ook al voelde het helemaal fout. In een rare, kronkelende gedachtegang overtuigde ik mezelf ervan dat ik een einde aan dingen maakte voordat het nog veel erger werd, en het gekke was dat – zelfs als Whaley en ik Lily daar zouden vinden, als we dat weer dichtgegooide gat van Benny opnieuw zouden openmaken en er de stoffelijke resten van Lily in zouden aantreffen –, het gekke was dat iets me zei dat het nog veel erger kon. Haar dood was slechts het begin van al het kwaad dat op het punt stond om zich heen te grijpen. Ze was een katalysator, een vonk. Daarom deed ik dit – ik was ervan overtuigd dat ik wat er nog te gebeuren stond kon tegenhouden.

Ik was een idioot.

Whaley zat bij de voorplecht. Met zijn hand hield hij zich aan de boord vast. Met zijn andere hand probeerde hij – tevergeefs – zijn haar in toom te houden. Het wapperde in de warme wind. Hij staarde naar het eiland dat snel dichterbij kwam.

Toen ik de Merv om de rotsen heen naar de steiger stuurde, ging Whaley staan om me te helpen bij het afmeren. De Annabelle lag er niet. Dat betekende dat Spivey niet op het eiland was.

Het werd heel erg stil toen ik de motor van de Merv uitzette.

Whaley klom op de steiger en keek om zich heen. Ik stond achter hem en zocht Benny. Benny was een vast element op het eiland geworden, maar of hij er nu was, was niet duidelijk. Ik zag hem niet. Ik zag zijn kruiwagen ook nergens, of zijn schop. Alle gaten die hij rond het huis en op het strandje had gegraven, waren weer dichtgegooid. En wel zo netjes dat ik er niet één van terugzag. Geen bult, geen ruwe grond die onlangs was verplaatst.

Het voelde alsof er niemand was.

Ik had gedacht dat Whaley naar het huis zou lopen en op de deur zou kloppen. Misschien 'Politie!' zou roepen. Ik had toen geen flauw idee hoe dat soort dingen juridisch in elkaar stak, maar het leek me vanzelfsprekend dat hij niet zomaar overal kon gaan rondneuzen zonder toestemming.

Whaley begon echter niet bij het huis. Hij deed een paar stappen op de steiger, bleef toen stilstaan en wees naar het schuurtje links.

'Wat zit daarin? Enig idee?'

'De generator. Ik geloof dat er ook een paar accu's staan, maar verder weet ik het niet.'

'Oké.' Hij liep de steiger af en zette zijn weg voort naar het schuurtje. Zijn hoofd was voortdurend in beweging. Hij nam alles wat hij zag in zich op. Toen hij voor het schuurtje stond, liet hij zijn vingers over het kozijn glijden. 'Wel heel stil voor een generator, vind je ook niet?'

Met zijn linkerhand pakte hij de deurkruk vast terwijl hij zijn rechterhand op de kolf van zijn pistool legde. Met één vinger prutste hij het leertje uit de weg dat het pistool zekerde in de holster. 'Is daar iemand? Politie van New Castle.'

Hij zei dat net zo hard dat iemand in het schuurtje het zou kunnen horen, maar niet zo hard dat iemand in het huis zelf het zou kunnen horen. Ik dacht even dat er iemand zou reageren, maar er kwam geen reactie. Het enige wat er te horen viel was de wind in het hoge helmgras.

Whaley draaide de deurkruk. Toen hij merkte dat de deur niet op slot was, verstrakte hij. Hij beduidde mij met een hoofdgebaar dat ik opzij moest gaan staan.

Wat verwachtte hij? Dat Spivey naar buiten zou stormen met knallende revolvers, zoals in een oude western?

Misschien Spivey niet, maar ik kon me voorstellen dat Benny dat zou doen – met grote ogen, zwaaiend met zijn schop als een honkballer die van plan is een homerun te slaan. Ik deed mijn mond open om Whaley te waarschuwen, maar ik kreeg de kans niet. Hij rukte de deur open met zoveel kracht dat die tegen de muur sloeg en terugkaatste. Hij hield hem tegen met zijn rechtervoet en dook in elkaar. In een vloeiende beweging strekte hij beide armen en zwaaide hij het getrokken pistool, dat hij met beide handen vasthield, heen en weer om het hele interieur van het schuurtje zo nodig onder vuur te nemen. Ik had hem nog nooit zo snel iets zien doen en ik had ook niet gedacht dat hij zo snel kon zijn. Hij was de man die ik al mijn hele leven kende, die 's morgens met een speciaal jackje bij het zebrapad voor de school stond om het verkeer te regelen toen ik klein was. Het idee dat deze man iemand zou neerschieten, was belachelijk, maar ik was er ook van overtuigd dat hij niet zou aarzelen als het moest.

Benny was niet in het schuurtje.

Er was niemand.

Whaleys pistool zat net zo snel terug in de holster als het eruit was gekomen.

Ik zag niet dat hij het wapen weer wegborg. Ik was veel te veel in beslag genomen door wat ik in het schuurtje zag. Ik probeerde te begrijpen wat ik zag.

Midden in het schuurtje stond een generator op een plaat beton met scheuren en barsten, maar die generator was bijna niet te zien onder al het spinrag, de roest en het vuil. Het was duidelijk dat het ding al jaren niet meer had gedraaid. Er waren twee rubberen slangen, allebei verrot, gebarsten en vol gaten. Een onderdeel, waarvan ik niet zou kunnen zeggen wat het was, lag er gedemonteerd naast op een oude, verrotte grijze doek. Er lagen ook een paar jerrycans in een hoek, maar die zagen er nog veel ouder uit. Verroest en vergeten.

'Er moet ergens anders nog een generator zijn,' mompelde ik.

Dit ding kon onmogelijk het huis van elektriciteit voorzien. De laatste keer dat dit ding had gedraaid was waarschijnlijk in de tijd dat Nixon bandrecorders kocht om Watergate op gang te brengen.

'Misschien halen ze de stroom uit Kittery.' Er hing een kaal peertje midden in het schuurtje aan het plafond. Whaley reikte omhoog en trok aan het touwtje, er gebeurde niets. 'Of niet.'

Helemaal achter in het schuurtje stond een oude kruiwagen. Er lagen een oude schop en een pikhouweel in. De band was lek, het rubber verrot en ook de kruiwagen was gevangen in spinrag. Dat konden onmogelijk de werktuigen zijn waarmee ik Benny aan het werk had gezien, al leken ze er wel verdomd veel op, het rode handvat van de schop bijvoorbeeld, maar de verf bladderde af en was voor een deel verdwenen. Even oud als al het andere in dit schuurtje.

Whaley raapte een roestige schroevendraaier en een moersleutel op die naast het gedemonteerde onderdeel op de grijze doek lagen, veegde er het spinrag af en liet ze toen weer vallen. Hij liep het schuurtje uit.

Buiten bleef hij even staan en liet hij zijn blik gaan over de grote deuren van het botenhuis en het huis dat erachter te zien was. Toen baande hij zich een weg door het onkruid op het erf naar de keukendeur.

10

De planken van de kleine veranda kraakten onder ons gewicht en in het schelle daglicht zag ik dat de verf toch niet zo nieuw was als ik oorspronkelijk had gedacht. Een deel van de verf was helemaal weg, wat er nog aan verf op de reling zat, was gebarsten en bladderde af. De houten gevel van het huis zelf splinterde en was vuil. Twee ruitjes in de keukendeur waren gebroken. Misschien waren Rory en zijn beide vrienden nog even teruggekomen om een paar keien door de ramen te gooien. Dat zei ik tegen mezelf omdat dat tenminste logisch klonk en ik had iets nodig wat kon verklaren wat ik zag. Het bood echter geen enkele verklaring voor de afgebladderde verf en het verweerde hout. Dat had misschien het gevolg kunnen zijn van een vreselijke storm – maar er was geen storm geweest de afgelopen tijd, en zeker niet sinds ik hier de laatste keer was geweest. Misschien, dacht ik, had Marston iemand ingehuurd om het huis te schilderen toen het van Geraldine Rote overging naar Spivey, en misschien had die schilder heel erg slechte verf gebruikt, maar dan nog verklaarde dat niet waarom het hout zo oud en verweerd was.

Whaley trok de hordeur open en klopte een paar keer op de deur, maar er kwam geen reactie. Hij riep opnieuw 'Politie!', deze keer veel harder dan bij het schuurtje, maar ook dat bracht niemand tevoorschijn. Toen hij probeerde de deur open te doen, wilde ik dat die op slot zou zitten –

Doe nooit de deuren op slot.

– maar hij zat niet op slot. Hij ging echter niet makkelijk open. De deurkruk ging stroef, alsof hij was vergeten hoe het werkt. Alsof jaren van ongebruik die vaardigheid uit het geheugen van de deurkruk hadden gewist. De zware deur wilde ook niet meewerken. Het opgezwollen hout hield hem op zijn plek. Je kon het zien bij het kozijn, dat bol stond en gescheurd was. Donkere vochtplekken op plaatsen waar water in het hout was gesijpeld in dunne aderen en een rottingsproces in werking had gezet. De deur van onze stormkelder zag er zo uit. Het hout was zacht, sponsachtig. Maar dat klopte allemaal niet. De laatste keer dat ik hier was, zwaaide die deur open en dicht alsof hij splinternieuw was. Hij wás gewoon nieuw, net afgehangen. Ik kan me nog herinneren dat ik dat dacht toen ik hier voor het eerst kwam.

Whaley maande me een stap achteruit te doen. Hij nam een aanloop van een paar stappen en wierp zich met zijn schouder vooruit tegen de deur. De wide receivers in het American football worden nou niet bepaald geacht de techniek van het tackelen tot in de puntjes te beheersen, maar op enig moment na het einde van zijn sportieve carrière had hij het zichzelf kennelijk aangeleerd. Luid krakend sprong de deur open.

'Spivey... Ik ben het... Chief Whaley... Is daar iemand?'

Zijn stem bulderde door de lege ruimte en de vertrekken erachter. Het klonk alsof hij het geluid een lange tunnel in stuurde in plaats van een leeg huis.

'Ik geloof niet dat er iemand is,' zei hij. Hij liep de keuken in. Toen hij zich realiseerde dat ik was blijven staan, keek hij terug over zijn schouder. 'Kom je ook?'

Ik kon me niet bewegen.

Ik stond als aan de grond genageld.

In mijn hoofd tolden zo veel gedachten rond dat ik er geen wijs meer uit kon worden. Het enige wat ik nog kon, was de keuken in staren.

Wat een keuken was geweest.

Al het roestvrij staal was verdwenen. Er stonden nu een oeroud zwart fornuis en een verroeste witte koelkast... het was niet eens een koelkast... het was een ouderwetse ijskast – klein, met afgeronde hoeken, de greep van de deur bungelde aan een enkel boutje – het was een reliek uit lang vervlogen tijden. De muren hadden niet meer de bleekgele kleur die ik me herinnerde, maar ze waren behangen. Een bloemetjesbehang waarvan grote stukken hadden losgelaten. Omgekrulde randen waarop zich vuil en roet van het fornuis hadden verzameld.

In een mand lagen houtblokken te wachten om het fornuis mee te stoken, maar zelfs die houtblokken zagen eruit alsof iemand ze lang geleden naar binnen had gebracht en vervolgens was vergeten.

Het bord met de regels van Spivey was er nog wel. Het stond wankel op het aanrecht. Whaley stond ze te lezen toen ik mezelf eindelijk zover kreeg dat ik naar binnen kon lopen.

'Dit is allemaal verkeerd,' zei ik.

'Het is niet wat ik had verwacht,' zei Whaley instemmend. 'Ik zie niet hoe iemand hier kan wonen. Ik heb een tijdje geleden gehoord dat er plannen waren om dit huis onbewoonbaar te verklaren en te slopen en nu begrijp ik waarom.'

'Dat bedoel ik niet. Het is niet hoe het was. Het...'

'Wat is ermee?'

Ik kon alleen maar mijn hoofd schudden. Ik kon het niet uitleggen. Niet aan hem. Aan niemand. Ik begreep het zelf niet. Misschien konden alleen degenen die er eerder waren geweest het begrijpen, maar die waren er nu niet. Er was niemand.

Whaley hield zijn telefoon zo hoog mogelijk en staarde naar het schermpje. 'Geen bereik.' Met de camera maakte hij een paar foto's van het vertrek. 'Ik weet dat hij jouw vriend is, maar met zijn ziekte zou hij hier niet moeten wonen. Ik denk dat hier eigenlijk niemand zou moeten wonen.'

Er zaten gaten in de houten vloer. Whaley manoeuvreerde er behoedzaam omheen door de keuken naar de woonkamer. Het meubilair was verdwenen. De stereo ook. Er hing geen grote tv meer aan de muur. Niets in die kamer kwam me bekend voor, het was alsof ik in een droomlandschap terecht was gekomen. Heel even dacht ik dat ik werkelijk droomde, of als ik nu niet droomde, waren die eerdere tripjes hiernaartoe dromen geweest. Het klopte domweg allemaal niet.

Tegen een muur stond een bezem, maar als iemand die onlangs nog had gebruikt, was dat niet meer te zien. De vloer lag onder een dikke laag stof en vuil. Het glas in de ramen was ook bedekt met aangekoekt vuil, zodat maar weinig licht van buiten het schemerige vertrek bereikte. Er hing een schimmelige lucht en rond het raam en bij het plafond zaten grote vochtvlekken.

Whaley liep naar het midden van de kamer, voorzichtig de gaten in de vloer vermijdend, en maakte nog een paar foto's. Hij lette niet op mij. Ik liep langs hem naar de trap. Ik stond er misschien al een minuut toen hij bij me kwam staan.

'Wat is er?'

Ik keek naar de wand waaraan de foto's hadden gehangen, een wand die nu leeg was. Het was overduidelijk dat er iets had gehangen – de zon had het behang vergeeld en je kon zo tien rechthoeken aanwijzen die bleker waren, maar afgezien van kale spijkers was er niets te zien. Dat was echter nog niet het ergste. Ik stond naar de trap te kijken.

'Billy? Je ziet eruit alsof je een spook hebt gezien. Gaat het wel?'

Eerst kon ik alleen maar wijzen. Toen lukte het me om iets te zeggen. 'Daar was een trap omlaag, naar de kelder. Hij is... weg.'

Verbazing tekende zich af op Whaleys gezicht. 'Kelder?'

'Daar.' Ik tekende het met een vinger uit in de stoffige lucht. 'Daar zat een gat in de vloer met een trap naar de kelder.'

Whaley bekeek me even en liet zich toen op zijn knieën zakken. Hij schakelde de zaklamp van zijn telefoon in. Het heldere licht streek over de vloerplanken en de muur. 'Billy, er is geen gat in de vloer. Kijk maar, deze planken lopen zonder onderbreking van de ene kant naar de andere. Ik kan me ook niet voorstellen hoe je hier een kelder moet uitgraven die niet onmiddellijk onder water komt te staan, als je niet al meteen op graniet stuit.'

'Ze hadden het graniet met explosieven bewerkt.'

Whaley reageerde daar niet op. Hij keek me alleen aan en toen hij dat niet langer kon volhouden, bestudeerde hij de vloer een tweede keer. Na een tijdje ging hij weer staan. 'Het is een zware dag voor jou geweest. Misschien moet ik je maar eens naar huis brengen.'

Ik kon niet naar huis.

Nog niet.

Ik moest nog boven kijken.

Ik liep langs hem heen en haastte me met twee treden tegelijk de trap op. Zelfs toen een trede onder mijn gewicht bezweek en ik er met de hak van mijn schoen achter bleef haken, liet ik me niet weerhouden.

II

Boven meer van hetzelfde.

De kamer die de hoofdslaapkamer was, lag nu vol rommel. Kapotte meubels en materiaal van de kustwacht. Sommige afgedekt met zeilen, andere niet. Alles bedekt met een dikke laag stof. Er was geen badkamer meer. Waar het bad was geweest, maar ook in de andere vertrekken, stonden grote kisten met nog veel meer kleren – uniformen, laarzen, regenkleding. Oude lampen, boeken. Een grote, van overheidswege verstrekte doos met nietjes. Geen nietapparaat, alleen vijftigduizend nietjes. Genoeg voor een heel leven en dan nog eens twintig jaar. Er stond zelfs een fiets. De rubberen banden waren al jaren geleden vergaan. Er hingen nog wat resten aan de roestende velgen. Er stond ook een oude grammofoon, zo een met een hendel aan de zijkant.

Het was er eerder allemaal niet.

Het was alsof ik in een ander huis stond.

Whaley stapte om een stapel dozen heen en floot zacht. 'Al dat antiek moet een klein fortuin waard zijn.'

Een muis schuifelde met haastige beweginkjes langs de plint achter in de kamer. Even hield hij in en bekeken zijn kraaloogjes ons, de inbrekers. Toen dook hij weg door een klein gaatje in de muur waar het bed had gestaan.

Whaley liep door de slaapkamer naar de slaapzaal erachter. 'Is dit waar Spivey heeft geslapen?'

Verdwaasd liep ik achter hem aan.

Vergeleken met de andere vertrekken was hier het minste veranderd. De bedden stonden er nog, al waren ze nu niet opgemaakt. De kastjes aan het voeteneinde van de bedden stonden er ook nog. De verf was afgebladderd en van drie bedden had de vering het begeven. Er lag een slaapzak op de vloer bij de deur. Er stond een kampeerlamp naast. Spiveys rugzak lag op de vloer. De helft van de kleren lag er bovenop. Zijn kratje met cd's stond er ook. Een paar cd's waren uit het doosje gehaald, maar ik zag nergens een cd-speler.

Er stond een emmer om water op te vangen dat door het kapotte dak lekte.

Hoewel er een beetje licht door de groezelige ramen naar binnen sijpelde, schakelde Whaley zijn zaklamp weer in. Hij wees omhoog. 'Is hierboven ook nog iets?'

Ik keerde me om en keek naar de overloop, naar de trap en besefte dat het ook daar helemaal niet klopte.

Er had nog een trap moeten zijn – een gewone, met gewone treden, net als die andere – naar de kleine overloop met de afgesloten vliering, maar die trap was er niet. Er was alleen die steile ladder die naar de toren met de widow's walk leidde.

Ik liep aarzelend naar de ladder, alsof ik verwachtte dat deze ook zomaar in een flits kon verdwijnen. Mijn handen trilden toen ik ernaar reikte. Ik liet mijn vingers over de gesmede spijkers met vierkante koppen glijden. Ik voelde hoe glad de uitgesleten sporten waren, hoe het hout door jarenlang polijsten met leren zolen zo glad als speksteen was geworden. Toen ik langs de ladder omhoogkeek, zag ik alleen de daklijn van de toren.

Er was een complete verdieping van het huis verdwenen.

Het was onmogelijk dat ik het me allemaal had ingebeeld. Er waren gesprekken over geweest – over die ene deur in huis die op slot zat – Kira was erdoor geobsedeerd, ze wilde van die afgesloten vliering een klein slaapkamertje maken. Spivey had verteld dat de tv van de vliering kwam. En de stereo.

Al die spullen waren er niet meer.

Ik kreeg koppijn van het denken erover. Het leek of al die herinneringen zich ergens in mijn geheugen verstopten en niet tevoorschijn wilden komen, alsof ze tegenstribbelden terwijl ik ze naar het volle daglicht wilde halen. Als al deze dingen niet echt waren, als het huis dat ik me herinnerde niet echt was, zou ik dan geen herinneringen aan het huis in deze staat hebben? De verwaarlozing, alles wat stuk was, de indeling, de geuren? Maar die herinneringen had ik niet. Dit was allemaal nieuw voor me. Daar was ik zeker van. Even zeker als van de herinneringen.

Whaley had een oude zuidwester van de kustwacht in zijn handen. Hij bestudeerde de hoedenband aan de binnenkant. De eigenaar had er destijds zijn naam in geschreven met een zwarte viltstift, maar de letters waren uitgelopen en onleesbaar geworden.

Ik zag het bijna voor me – als ik mijn ogen tot spleetjes kneep en door het waas tuurde – een tiental matrozen op de overloop die hun zware zeilpakken uittrokken en iets gemakkelijks aantrokken, uitgerukt voor een operatie, nu terug en wachtend op een volgende oproep. Galgenhumor, cynische grappen, zware lachsalvo's. Amper gemeend lachen, overcompensatie voor de verschrikkingen die ze zojuist hebben meegemaakt. Lachen helpt als je dingen moet vergeten. Vanuit de keuken beneden stijgen geuren op. Bouillon, misschien wel kippensoep, moeilijk te zeggen, maar hoe dan ook, het water loopt je in de mond.

Beneden klonk een stem.

'Heeft iemand Emerson gezien?'

Boven begon een telefoon te rinkelen.

12

De stemmen stierven weg.

De geuren vervluchtigden.

De overloop was weer leeg, op Whaley na, die nog steeds die zuidwester bestudeerde.

Alles even snel weg als het was gekomen.

Maar de telefoon bleef rinkelen. Dof, gedempt, het kwam van boven. Uit de toren.

Een klein hamertje dat tegen een bel slaat waar een doek omheen is gewikkeld.

Whaley keek in verwarring omhoog. Hij was opgegroeid in een tijd dat er nog geen mobiele telefoons waren. Het ouderwetse geluid van een vaste lijn was hem waarschijnlijk vertrouwder dan mij, evenals wat er allemaal voor nodig was om een telefoon aan het rinkelen te brengen. Ongetwijfeld vroeg hij zich af hoe het telefoonbedrijf het voor elkaar kreeg om hiernaartoe een vaste lijn te onderhouden. Door de haven, over rotsen en zand van een vaargeul die zonder ophouden werd gebaggerd om de scheepvaart mogelijk te houden. Maar als ze dat konden, hadden ze dan misschien ook elektriciteitskabels getrokken? Als het antwoord op die vraag bevestigend was, kon dat de deplorabele staat van de generator verklaren. Maar Whaley was er niet bij geweest toen Spivey vertelde dat het eiland helemaal zelfvoorzienend was en geen lijnen naar het vasteland had. Maar als dat waar was, kon die telefoon boven ons hoofd niet rinkelen.

Mij was gezegd nooit op te nemen, maar dat had ik die ene keer wel gedaan. Misschien was dat de reden dat ik als een raket de ladder op schoot – het gesprek met Lily Dwyer was de vorige keer abrupt afgebroken. Lily en ik waren nog niet uitgepraat.

In de toren struikelde ik bijna over de slaapzak en de kussens die Kira ernaartoe had gesleept. Toen ik die slaapzak en kussens zag, en de kaarsen die we niet hadden aangestoken, voelde ik me iets lichter, want dat was dan in ieder geval wel echt. Ik had een wanhopige behoefte aan echtheid, ook al wierp die net zo veel vragen op en was het niet alleen troostend.

De oude beige hoorn rammelde op de haak. Ik staarde er even naar voordat ik de moed kon opbrengen om hem te pakken en bij mijn oor te houden. In een flits zag ik even weer het bord met regels dat beneden in de keuken op het aanrecht stond voor me.

Neem de telefoon...

'Hallo?'

Het was deze keer niet de stem van Lily. In tegenstelling tot toen kende ik deze stem wel. Het was een stem die ik, ook al klonk hij gedempt en omfloerst, herkende.

'Er was niets wat je had kunnen doen. Het was niet jouw schuld.'

Mijn adem bleef in mijn keel steken. Op dat moment had ik geen woord over mijn lippen kunnen krijgen, ook al had mijn leven ervan afgehangen.

'Wat er gebeurd is, alles, het waren allemaal processen die al heel lang liepen, die in gang zijn gezet lang voordat jij ooit een voet op dit eiland zette. Daaruit moet je troost putten, hoe moeilijk dat ook is.'

Whaley stak zijn hoofd door het luik. Hij bleef op de ladder staan. Zijn lippen vormden de woorden *Wie is het?*

Ik gaf hem geen antwoord. Dat kon ik niet.

'Beschouw het maar als een film die zich om je heen afspeelt. Je kunt alles aanraken, voelen, ruiken... het is even echt als al het andere, maar begin, midden en einde van de film... zitten in het blik. Het script is in steen gebeiteld, de productie is helemaal rond en hoewel je de hele film nog niet hebt gezien, is die wel af. Alles is gedaan. Er is geen cent meer om nog wijzigingen aan te brengen.'

'Ik begrijp het niet.'

'Nee, je begrijpt het niet. Je hebt het niet begrepen en dat zou je ook niet kunnen. Dat zei ik tegen mezelf voordat ik je belde, maar ik moest dit evenzeer doen als jij zult moeten doen wat nu komt. Het staat in het script. Het zit in de film. Op een bepaald vlak heeft het al plaatsgevonden. Shit, ik probeer er zelf nog steeds grip op te krijgen, en dat terwijl ik er veel meer tijd voor had dan jij. Waar ik nu ben, heb ik me maar één gedachte gegund om mezelf te troosten. Ik ben slim genoeg om te begrijpen dat er heel veel is wat ik niet begrijp.'

'Is Lily... dood?'

Bij die vraag zag ik Whaley ongeduldig worden. Diepe rimpels verschenen in zijn voorhoofd. *Wie is daar!!*

'Is ze hier ergens?'

'Niemand sterft op dat eiland, maar dat betekent niet dat ze niet thuiskomen. Op het laatst komen we allemaal thuis. Op het laatst is dat het enige wat we kunnen doen.'

Whaley klom razendsnel de laatste treden van de ladder op en graaide de hoorn van de telefoon uit mijn handen. 'Met Chief Whaley hier, van bureau New Castle. Met wie spreek ik?'

Ik liet me op de slaapzak vallen en heel even ving ik een vleugje op van Kira's shampoo. Ik zag de uitdrukking op Chief Whaleys gezicht veranderen van frustratie naar verwarring. Vervolgens werd hij lijkbleek, alle bloed trok uit zijn gezicht weg. Ik dacht dat hij de telefoon zou laten vallen, maar hij slaagde erin hem vast te houden, al trilden zijn handen hevig. Ik kon niet horen wat er werd gezegd aan de andere kant, maar ik denk dat het er ook niet zoveel toe deed. Wat werd gezegd was niet half zo belangrijk als door wie het werd gezegd. Toen het gesprek was geëindigd, had de Chief moeite om woorden te vinden. Wat hij uiteindelijk zei, klonk even onzeker als de herinneringen waar ik mee worstelde.

'Dat klonk alsof jij het was,' zei hij met verstikte stem. 'Dat klonk precies zoals jij.'

'Ik denk dat ik dat was.'

13

We zeiden niets meer op weg terug naar de vaste wal. Er waren alleen ongemakkelijke blikken over en weer en niet uitgesproken vragen. Talloze niet uitgesproken vragen die geen van ons beiden zou kunnen beantwoorden.

De Merv manoeuvreerde bijna zelfstandig door de haven naar de steiger achter het Piscataqua-café, en daar was ik dankbaar voor, want tot diep in mijn botten had zich een verdoving in mij gewroet en het horen van mijn eigen stem had niets geruststellends gehad.

Ik vertrouwde mijn eigen handelen, mijn bewegingen niet meer. Mijn heinneringen waren verdacht. Ik hoopte steeds maar dat ik wakker zou worden, al was het feit dat dit geen droom was het enige wat ik zeker wist.

Pas toen we de Merv hadden afgemeerd aan de steiger achter het café deed de Chief zijn mond open. Hij zat op het bankje bij de voorplecht. Hij was nog steeds lijkbleek en wat hij zei, sloeg nergens op.

'Ik kan Patricia en William nog steeds horen lachen, Chief, jij ook?'

Hij sprak zo zacht dat het het fluisteren van de wind had kunnen zijn. Als ik niet naar hem had gekeken en zijn lippen niet had zien bewegen, zou ik gedacht hebben dat ik het me verbeeldde.

Ik was niet de enige wiens handen trilden. Whaley vouwde zijn grote handen en kneedde zijn vingers. Maar dat maakte geen einde aan het trillen, net zo goed als ik niet zou weten hoe ik mijn trillende handen tot rust moest krijgen.

Whaley schraapte zijn keel. 'Dat is wat die stem aan de telefoon tegen me zei. Dat is wat jóúw stem tegen me zei.'

Het nummer van die telefoon stond in mijn geheugen gegrift. Ik probeerde het te vergeten, maar dat lukte me niet. Ik had het echter nooit ingetoetst. Ik wist dat ik dat niet was aan de andere kant van de lijn.

'Weet jij wie dat zijn?' vroeg ik. 'Patricia en William?'

Hij stak zijn hand in zijn zak en haalde de envelop uit mijn vaders auto tevoorschijn, de envelop met de foto's. Hij gooide hem op het bankje tussen ons in. 'De stoffelijke resten die ze in 1972 op het eiland hebben gevonden. Het was toen nog niet zo gemakkelijk, maar ze zijn geïdentificeerd als Patricia en William Whidden. Veertien en vijftien jaar oud.'

'Mijn vader heeft een krantenartikel gevonden uit de *Portsmouth Herald*. Daar zijn die foto's van. Alleen hun namen stonden er niet in.'

'Nee, dat vast niet.'

'Omdat ze minderjarig waren?'

Whaley krabde op zijn hoofd en keek weg over het water. 'Nee, omdat ze daar niet zijn overleden. Ze zijn daar alleen gevónden. Daar ging alle ophef over.'

De Merv schommelde licht toen kleine golfjes tegen de romp stukliepen. Die schommelingen zouden een kalmerend effect moeten hebben, maar zo was het niet. Ik kreeg de indruk dat de boot lag te popelen om iets te vertellen, een geheim dat ze niet langer voor zich kon houden.

Whaley bleef praten, al werd uit alles duidelijk dat hij dat eigenlijk niet wilde.

'Ze zijn verdronken. Allebei, maar niet hier.'

Hij zweeg even. Toen hij weer verderging keek hij mij met hulpeloze ogen aan.

'Ze zijn in de zomer van 1951 zoekgeraakt. Er zijn weinig details. Niemand weet precies rond welke tijd en wat er precies aan is voorafgegaan. Niemand besefte zelfs maar dat ze zoek waren totdat hun moeder de bel luidde voor het middageten en ze niet kwamen opdagen. Na een paar uur heeft een aantal inwoners een zoektocht in New Castle op touw gezet. Even na negenen vonden ze de lichamen op een plek waar niemand wilde kijken. Ze waren in de put achter de herberg van George Walton gevallen en verdronken. Volgens het proces-verbaal was de put afgesloten met planken. Maar dat deksel was oud, de planken waren verrot. Waarschijnlijk is er een bovenop gaan staan en erdoorheen gezakt. De tweede is erin gevallen in een poging de eerste te redden. Er waren geen getuigen of zo, dus dat is allemaal speculatie. Er was geen enkele reden om te vermoeden dat er kwade opzet in het spel was. Het was gewoon een dom, tragisch ongeluk. De lichamen zijn geborgen en op Oceanside begraven. De grafstenen staan er nog, maar je moet goed zoeken, in de oosthoek, helemaal achterin.' Hij gebaarde met zijn handen en gaf ongeveer de vorm van de grafstenen aan.

'Ze zijn maar vijftien centimeter hoog of zo… Met de hand uit graniet gehouwen.'

‘Maar ze zijn gevonden op Wood Island? Twintig jaar later? Hoe kan dat?’

Whaley haalde zijn schouders op. ‘Dat weet niemand. Ze waren bevriend met Geraldine. Ze speelden met z’n drieën toen ze klein waren. Ze waren allebei een paar keer op het eiland geweest, maar ze waren niet op het eiland toen ze stierven. Ze waren niet eens in de buurt. Ze stierven in die put in 1951 en daar zijn ze toen uit gehaald. Dat staat vast.’ Hij knikte naar de foto’s. ‘En toen was er die visser in 1972 die zijn boterham op Wood Island opat en die botten vond. De lijkschouwer die erbij werd gehaald, ene Homer Bueller, zag aan de botten dat het kinderen waren. Een jongen en een meisje. De jongen had een niet geheelde botbreuk in zijn scheenbeen. Die moest dus zijn ontstaan op het tijdstip van overlijden. Het meisje droeg een soort halsketting. Bueller herkende ze allebei. Op dat moment stond hij op het punt om met pensioen te gaan, maar toen hij in 1951 naar die put bij Walton moest, was hij net begonnen. Als je aan het begin van je loopbaan zulke dingen meemaakt, vergeet je die niet meer. Hij zei dat de jongen zijn been had gebroken toen hij in de put viel. Dus toen hij stoffelijke resten zag in 1972, stoffelijke resten die hij eerder had gezien, liet hij het graf van de Whiddens openen. Beide graven waren leeg. Het was geen opgraving met een gerechtelijk bevel, want geen rechter zou daar zijn handtekening onder zetten. Het was een particulier initiatief midden in de nacht van Homer en een paar vrienden die zich eerst met een paar flessen drank moed hadden ingedronken. Toen ze zagen dat de beide graven leeg waren, hebben ze de beide kinderen er weer in gelegd en de graven dichtgegooid. Ze hebben ze weer te ruste gelegd bij de rest van de familie. Ze hebben gezworen er nooit een woord over te zeggen.’

Hij keek naar de envelop.

‘Daar hebben ze zich heel behoorlijk aan gehouden. Zoals je vader ongetwijfeld heeft uitgezocht, heeft de *Portsmouth Herald* er nooit meer over geschreven, en je kunt in alle politiebureaus en kantoren van de FBI van hier tot Boston zoeken zonder ook maar één proces-verbaal aan te treffen over de zaak. Het is een van die dingen die niemand kan verklaren, dus wordt er alleen in bedekte termen over gefluisterd. Er is waarschijnlijk nog maar een handjevol oudjes over die het zich allemaal kunnen herinneren. De enige reden waarom ik het weet, is omdat de vorige Chief me het verhaal heeft verteld bij zijn afscheid. Een soort van overlevering. Hij zei dat het een van die paar onopgeloste zaken was die hem ’s nachts uit zijn slaap hielden.

Er zijn ooit lege kisten begraven, of iemand heeft de lijken verplaatst. Voor beide mogelijkheden heeft niemand ooit een verklaring kunnen verzinnen omdat er geen goede reden is voor dergelijk gedrag. Je wordt knettergek als je die gaat proberen te bedenken, dus kun je het maar het beste vergeten.'

'Wist je dat Lester Rote een week nadat die botten werden gevonden, is overleden?' vroeg ik. 'Hij stapte aan boord van zijn boot, voer de haven uit en verdween.'

'Denk je dat hij dat vanuit een soort schuldgevoel deed?' vroeg Whaley. 'Dat hij misschien degene was die die resten had verplaatst en geen uitleg wilde geven?'

Ik hoorde mijn eigen stem door die telefoon.

'Niemand sterft op dat eiland, maar dat betekent niet dat ze niet thuiskomen. Op het laatst komen we allemaal thuis. Op het laatst is dat het enige wat we kunnen doen.'

'Misschien wist hij hoe die resten daar waren gekomen en kon hij niet langer met die kennis leven.'

Whaleys telefoon rinkelde. Hij viste hem uit zijn zak en nam het gesprek aan.

Ik kon niet verstaan wat er werd gezegd, maar ik kon wel horen dat de stem aan de andere kant van de lijn een dringende boodschap had. Terwijl Whaley luisterde trok het laatste beetje bloed weg uit zijn gezicht. Tegen de tijd dat hij de verbinding verbrak, leek het of er een lijk tegenover me zat.

'Wat is er? Wat is er gebeurd?'

Zijn antwoord was een met verstikte stem uitgesproken vraag. 'Wanneer ben jij voor het laatst op Jaffrey Point geweest?'

14

Jaffrey Point was een landtong op het zuidelijkste puntje van New Castle, net voorbij Fort Stark. Het was een wildernis van rotsen, bramen en zand, te voet moeilijk bereikbaar en met een boot eigenlijk alleen bij hoogwater.

Chief Whaley schakelde zijn zwaailicht en sirene niet in, maar hij reed er in een oogwenk naartoe – het was maar anderhalve kilometer vanaf de steiger achter het Piscataqua-café en er was vrijwel geen verkeer. Hij wilde niet zeggen wat er aan de hand was en ik had het opgegeven ernaar te vragen.

Agent Mundie had zijn patrouillewagen midden op het grind van de parkeerplaats bij Fort Stark gezet. Whaley zette zijn auto er pal naast.

Net als zo veel andere historische trekpleisters van New Castle was Fort Stark een plek waar ik met mijn vrienden speelde toen we klein waren, zo nu en dan laat op de avond een feestje bouwde met vrienden en vriendinnen toen we pubers waren, en zou vergeten als ik eenmaal volwassen zou zijn met een verantwoordelijke baan en zo. Het was gebouwd in de negentiende eeuw en had dienstgedaan tijdens een handvol oorlogen en schermutselingen, het was verbouwd en versterkt als de tijden daarvoor de noodzaak aandroegen, en tussendoor en achteraf aan zijn lot overgelaten. De marine had het in de jaren zeventig een tijd gebruikt als opleidingscentrum, maar tegenwoordig was het een schoolvoorbeeld van zo'n historisch bouwwerk waar toeristen zich verdringen om foto's te maken die ze waarschijnlijk nooit meer zullen bekijken.

Whaley schakelde de motor uit en activeerde de handrem.

'Je blijft achter me en raakt niets aan. Ga niet voor jezelf op onderzoek uit. Als je me voor de voeten loopt, kun je de rest van de tijd dat ik hier bezig ben op de achterbank van de auto wachten. Begrepen?'

Hij stapte uit zonder me de kans te geven te reageren.

Ik bleef nog even zitten en stapte toen ook uit. Het grind knarste onder mijn schoenzolen toen ik om de auto heen liep naar de plek waar Whaley met Mundie stond te praten.

Mundie was niet veel ouder dan ik. Hij was net vier jaar van de highschool en werkte pas sinds kort bij de politie. Hij had eerst een paar jaar rondgelummeld in Boston. Wat hij daar precies had gedaan was onduidelijk. Zijn pistoolgordel hing losjes om zijn tengere gestalte. Hij hees hem om de haverklap omhoog met zijn rechterhand. In zijn linkerhand klemde hij een grote rol gele tape. Toen hij mij zag, zweeg hij abrupt.

Whaley keek in de richting van het water. 'Daar?'

Mundie knikte.

'Hoeveel?'

Mundie likte zijn lippen. 'Drie... denk ik.'

'Zet maar een paar bokken neer om de weg te blokkeren en tape het gebied af. Zorg dat er niemand op de rotsen komt of in het fort. Het volk komt er snel genoeg op af. Bel luitenant Milchman en vraag of hij een of twee patrouilleboten voor de kust kan leggen zodat de ramptoeristen niet in de buurt kunnen komen over het water. Dat zou ze moeite kosten nu, met laagwater, maar dat duurt niet lang meer en dan duurt het ook niet lang meer voordat iemand het probeert. Vooral de aasgieren van de pers.'

'Ja, meneer,' zei Mundie. Hij knikte naar mij. 'Waarom is hij hier?'

'Ik wil dat hij dit ziet.'

Wat 'dit' dan ook mocht zijn, het moest iets ergs zijn. Whaley noch Mundie haastte zich en dat maakte het nog onheilspellender.

Drie.

Dat was wat Mundie zei.

Mundie fronste zijn wenkbrauwen.

'Weet u dat zeker, Chief? Hij is nog maar...'

'Zet die bokken op hun plek. Bel Portsmouth als je versterking nodig hebt.'

Whaley stak de parkeerplaats over en liep langs de stenen buitenmuur van het fort naar de waterkant. 'Dicht bij me blijven, Billy, en kijk uit waar je loopt, want die rotsen zijn glibberig.'

Ik had daar eerder gelopen. Spivey en ik gingen daar een paar jaar geleden nog vissen. Ik was ook zeker een paar keer onderuitgegaan en in het water gevallen. De rotsblokken lagen los, ze wiebelden en doken steeds na hoogwater op een iets andere plek op. Ze waren bedekt met algen, slijm en zeewier.

Steunend met een hand tegen de muur van het fort om in evenwicht te blijven volgde ik Whaley. Ik zag de boot – Rory's boot – pas toen we om het fort heen waren. De manier waarop hij in het water lag maakte in een oogopslag duidelijk dat er iets helemaal fout was.

De geur van laagwater hing in de warme lucht, een akelige mix van zwavel en jodium die mijn ogen deed tranen. Spivey had me eens verteld dat die geur van de seksferomonen kwam die de eieren van zeewier produceerden om sperma aan te trekken. Net als heel veel van wat Spivey me had verteld toen we kleiner waren, was dit ook informatie die ik liever niet zou onthouden, maar die hardnekkig bleef hangen als ze er eenmaal was.

Toen ik het zag, wenste ik vurig dat ik het nooit had gezien. 'Godverdomme.'

We waren bij de boot. Whaley bleef staan. 'Ja... Godverdomme.'

De kleine skiff van Rory was min of meer gezonken. De achtersteven lag onder water terwijl de voorsteven in de lucht priemde. Ik zag geen gat in de achtersteven, maar die was dan ook bijna niet te zien en bedolven onder stenen.

Het kleinste steentje was eigenlijk niet meer dan een kiezel, het grootste zo groot als mijn vuist. Het leek wel alsof een vrachtwagen achteruit naar de skiff was gereden en zijn lading erbovenop had gestort, zodat die voor een deel begraven was, terwijl de rest van de lading om de boot heen terecht was gekomen in de blubber.

Ik zag Rory niet. Eerst niet tenminste, en toen ik hem wel zag, wenste ik dat ik hem niet had gezien. Net als veel van die feitjes van Spivey etste het beeld van Rory's lichaam zich zo scherp in mijn geheugen dat ik wist dat ik het tot mijn dood nooit meer kwijt zou raken.

Hij had achter het roer gezeten toen dit gebeurd was – wat 'dit' dan ook mocht zijn. Misschien had hij een poging gedaan te gaan staan, misschien ook niet, maar hij hing op een onmogelijke manier naar rechts gebogen op het gangboord van de skiff. Wat er nog over was van zijn rechterarm hing overboord, de vingers in het water. Zandkrabben – wij noemen ze zandbalkrabben – bedekten zijn arm. Ze kropen over elkaar heen omhoog uit het water naar de vleziger delen van zijn bovenarm en schouder. Ik zag ook mieren. Wie weet wat er nog meer actief was. Spiermassa, pezen en vel, gezwollen, losgescheurd van de botten, waren in beweging door leven dat niet meer dat van Rory was, maar toebehoorde aan wat bezit van hem had genomen.

Ik kon me nog net afwenden voordat ik overgaf, maar de inhoud van mijn maag klotste wel over mijn schoenen en de rotsen waar ik op stond.

Chief Whaley wierp een snelle blik op mij maar zei niets. Tot op de dag van vandaag heb ik niet begrepen hoe hij daar zo onaangedaan kon staan. Hij moet voor die tijd al zo veel vreselijke dingen hebben gezien dat hij erdoor afgestompt was.

Ik zocht steun op de rotsen, leunde met één hand tegen de muur van het fort en verroerde me niet. Dat kon ik niet eens.

Whaley liep om de achtersteven van de skiff heen. Zijn broekspijpen waren tot de knieën doorweekt. Hij zag iets tussen de rotsen en boog zich ernaartoe om het beter te kunnen zien.

'Zack Kirkley ligt hier. En nog iemand. Ik denk dat het die andere jongen is die altijd met hen optrok. De zoon van Randy Booth.'

'Colin,' zei ik zacht.

Hij keek naar mij. 'Ja... Colin.'

Het water kwam snel opzetten. Het was zelfs al gestegen gedurende die korte tijd dat wij daar nu waren en afgaande op het zeewier, het zand en de rotsen, en het water in de skiff, zou het hier over niet al te lange tijd helemaal onder water staan. Kennelijk was dat al een paar keer gebeurd. Het ongeluk, als het dat was, had al een paar dagen geleden plaatsgevonden.

Je weet wat hier is gebeurd, mompelde een stemmetje in mijn hoofd. *Je weet het heel goed.*

Ik zag het beeld voor me van Alesia die de ring van haar vinger schoof en in de schaal liet vallen die tussen ons in stond.

Deze heb ik vorige zomer van Rory gekregen. Hij zei dat hij van zijn grootmoeder was geweest.

Een offer.

Net als het visitekaartje van mijn vader.

Er waren meer dingen in die schaal gegaan, samen met het water uit de put van George Walton. Maar het was de steen van het erf van George Walton en het verhaal dat Chloe had verteld...

De stenen gooiende duivel – een regen van honderden stenen was neergedaald op de herberg van George Walton. De duivel moest in 1682 worden uitgebannen door Increase Mather, een dominee uit Boston. Het gebeurde in dezelfde tijd dat de inwoners van Salem in Massachusetts beseften dat ze een heksenprobleem hadden.

Mijn ouders vertelden dat verhaal zelfs als ze gasten hadden van buiten New Castle die ze de herberg lieten zien. De toeristen namen zoveel stenen van het erf mee als souvenir, dat de huidige eigenaars gedwongen waren nieuwe voorraden aan te houden. Ze hadden bakken vol in hun schuur.

Whaley had een grote kei in zijn hand. Zijn blik dwaalde omhoog van waar hij de kei had opgeraapt tot naar de rand van de klif boven ons. Ik wist wat hij dacht. Als hij op mijn plek had gestaan, had hij het nog beter kunnen zien. De keienregen was niet van die klif of het fort erboven gekomen. De hoek was helemaal verkeerd. De meeste keien lagen op een hoop achter in de boot aan stuurboord, aan de kant van het open water. Als de keien van boven waren gekomen, zouden ze niet aan die kant liggen, maar aan bakboord, het dichtst bij de vaste wal. Whaleys starende blik gleed van de klif naar de lucht erboven. Met zijn vrije hand schermde hij zijn ogen af zodat hij recht omhoog kon kijken.

Keien kunnen niet als regen uit de hemel vallen. Toch was dat hier gebeurd.

Niet alleen waren ze uit de lucht gevallen, het was heel snel gebeurd, en hard, het waren er veel geweest. Rory, Colin en Zack hadden geen tijd gehad zich te verweren of te vluchten. Ze waren door die keienregen in een mum van tijd bedolven, gedood en begraven.

Of hij er nu in geloofde of niet, ik wist dat Chief Whaley ook aan de stenen gooiende duivel moest denken. Hij was met die verhalen opgegroeid, net als ik. Hij dacht eraan en aan al het andere wat vandaag was gebeurd.

Ik dacht koortsachtig na en probeerde een duidelijk beeld te krijgen van wat dit betekende.

De dagvaarding was in de schaal verdwenen en Spivey was niet komen opdagen. Je zou kunnen zeggen dat de zaak in zijn voordeel was afgelopen. Mijn vaders visitekaartje was in die schaal gegaan en daarna was een haar van Lily Dwyer in zijn auto gevonden. Rory's ring, en nu was hij dood. Zijn vrienden ook.

Ik dacht niet aan de stenen gooiende duivel omdat ik aan al het andere dacht wat in die schaal was verdwenen – een zilveren medaillon dat van Spiveys moeder was geweest en een versleten leren sleutelriem met de initialen K.S. – Keith Spivey. Ik dacht aan de woorden van Alesia:

De offers die we hebben gebracht, vertegenwoordigen degenen die ons willen scheiden. Elk offer is van iemand die niets liever doet dan ons het zwijgen opleggen, ons schade berokkenen, of van ons wil nemen wat hem niet toekomt. Ik roep de kracht die we hier hebben ontboden op ons te beschermen. Om dit huis te beschermen. Om te beschermen wat wij proberen te doen. Want alleen ons succes is een garantie voor bevrijding uit het rijk dat u nu gevangenhoudt.

'Gaat het, Billy?'

Whaley keek me onderzoekend aan in afwachting van mijn reactie. Hij wilde dat ik het zou zien en hij probeerde vast te stellen of ik wist wat er aan de hand was. Het water stond nu tot boven zijn knieën en kabbelde met zachte golfjes over het gangboord van de skiff.

Mijn benen voelden als dunne slappe touwtjes onder mijn lichaam. In mijn hoofd tolden allerlei gedachten die ik absoluut niet wilde. Onmogelijke gedachten. Toen ik mijn mond opendeed om hem te antwoorden, speelde mijn maag opnieuw op en moest ik heftig slikken om wat omhoog dreigde te komen weer tot rust te brengen.

'Je moet me vertellen wat je weet, Billy. Geen kletspraatjes meer.'

Krabben dribbelden over Rory's arm omhoog en verdwenen onder wat er nog over was van zijn shirt. Hun kleine voetjes maakten een dun, bijna ritselend geluid. Een schurend geluid als ze klauwen vol...

'Ik moet overgeven,' kon ik nog net zeggen. 'Ik moet zitten.'

Whaley haalde een zakdoek uit zijn zak. Ik dacht dat hij me die zou aanbieden, maar hij bond hem over zijn neus en mond.

'Ga maar terug naar de auto en wacht daar. Zeg tegen Mundie dat hij hier iemand naartoe stuurt met een camera. Ik wil het allemaal op film voordat het weer onder water staat.'

Ik slaagde erin te knikken en keerde me om, terug de wal op. Ik was bijna bij de hoek van het fort toen Whaley me nariep: 'Ik wil dat je nadenkt over Lily. Je moet haar niet vergeten bij dit alles. Zij is ook nog ergens.'

Ik haastte me terug naar de auto.

Deputy Mundie was niet langer de enige op de parkeerplaats. Zeker tien mensen stonden achter de versperring die Mundie er had neergezet. Sommigen herkende ik, anderen niet. Er stonden nog twee patrouillewagens, beide van de politie in Portsmouth, en een ambulance van het regionale ziekenhuis in Portsmouth.

Ik gaf de boodschap van Whaley door aan Mundie, maar hij hoorde me maar half, want hij had zijn handen vol aan het aftapen van de rest van de parkeerplaats.

Ik was bijna terug bij de auto van Whaley toen ik Kira tussen de aangroeiende menigte zag staan.

15

Ze stond achter meneer Lowell, de man die ons plaatselijke postkantoor beheerde. Met zijn een meter drieënnegentig en het postuur dat bij die lengte paste, torende hij hoog boven haar uit. Een enkel moment vonden onze ogen elkaar. Toen verdween ze schielijk weer achter meneer Lowell. Ik wist echter dat ze me had gezien.

Ik keek naar Mundie, die met zijn rug naar me toe stond, en naar de andere agenten die niet eens leken te weten dat ik er was. Whaley was nog steeds bij het water en ik verwachtte hem voorlopig niet terug.

Voordat ik mezelf de tijd kon geven om me te bedenken, dook ik onder de afzetting door, liep achter de mensen langs over de parkeerplaats en ging achter Kira staan. Toen ik haar op haar schouder tikte, sprong ze bijna een gat in de lucht.

Maar niet van blijdschap. Ik zag paniek in haar ogen.

'Billy, wat is er aan de hand daar beneden?'

Ik pakte haar arm, misschien iets harder dan ik had moeten doen.

'We moeten praten. Nu.'

'Je doet me pijn.' Ze probeerde zich los te wurmen. 'Laat los of ik ga gillen.'

'Kira, ik…'

Ze keek woedend naar mijn hand. 'Laat los.'

Toen ik losliet, keek ze me strak aan. Ik kreeg het gevoel dat ik in de ogen van een vreemde keek. Misschien was ze in shock. Toen ze weer iets zei, klonk haar stem koud en afstandelijk. Ze keerde zich van me af en keek langs het fort naar het water. 'Niet hier.'

'Ik mag niet weg. Chief Whaley heeft me…'

Ze keerde zich om en marcheerde naar de straat. 'Blijf maar als je dat wilt – ik ben weg.'

Ik greep haar arm bijna voor de tweede keer, maar diep vanbinnen wist ik dat ik geen woord meer uit haar zou krijgen als ik dat deed. Ze zou weglopen en ik zou er helemaal alleen voor staan. Ik kon niet alleen zijn, niet nu.

Met nog een laatste blik op Mundie en de andere agenten volgde ik haar de straat in naar een rode Toyota die langs de rand van Wild Rose Lane geparkeerd stond. 'Waarom rijd jij in Matty's auto?'

Ze haalde de sleutels van de auto uit haar zak en trok het portier aan de bestuurderskant open. 'Rij je mee of niet?'

Toen ik me niet verroerde, fronste ze haar wenkbrauwen en verplaatste ze haar gewicht van de ene voet naar de andere.

'Ik rij in Matty's auto omdat ik met hem en Chloe bij de Historische Vereniging was toen ik dat bericht van jou kreeg. Hij stond achter mijn auto, dus was het gemakkelijker om deze te nemen.'

'Bericht? Ik heb je geen bericht gestuurd.'

Ze keek me met gefronste wenkbrauwen aan alsof ze zich afvroeg of ik gek was. Ze hield me haar telefoon voor. Boven in het scherm stond een bericht:

Kom om kwart voor vier naar Jaffrey Point – 28052021

'Heb je je telefoon laten vallen of zo? Van die datum klopt helemaal niets.' Ze wees naar het scherm. 'Alsof je dit elf jaar geleden hebt verstuurd.'

Ik pakte mijn telefoon en scrolde door de berichten. Ik had sinds die ochtend niets meer naar haar verstuurd. Het laatste bericht was meteen na de hoorzitting in de rechtbank. Daarna niets meer. Ik hield mijn telefoon naast die van haar en staarde naar de beide schermen, alsof ik verwachtte dat er op een van de twee iets zou veranderen. Ik staarde nog steeds naar die schermen toen mijn oog op het bericht viel dat vóór dat van mij was binnengekomen op Kira's telefoon. Twee woorden van Matty.

Hé daar

Dat was een bericht van drie uur geleden.

Kira zag dat ik ernaar keek. Ze graaide haar telefoon terug en gromde gefrustreerd. 'Weet je, je moet echt eens beslissen of je me nu wel of niet vertrouwt. Ik zie niet hoe we verder moeten als het niet zo is. Er zijn een heleboel jongens die iets van me willen, maar dat betekent niet dat ik met ze naar bed ga.'

Kira liet zich op de bestuurdersstoel vallen en sloeg het portier dicht.

De motor startte.

Er ging een seconde voorbij.

Twee.

Ik haastte me om de auto heen en stapte in. We zaten een tijdje zwijgend naast elkaar door de voorruit te staren.

'Er is de afgelopen tijd veel gebeurd,' zei ik uiteindelijk. Het lukte me niet haar aan te kijken.

'Je zegt het.' Ze kuchte. 'En jij denkt dat jij de enige bent die ermee te maken heeft? We zitten er allemaal tot de nek toe in – jij, ik, Chloe, Alesia, Spivey. Als ik niet met jou kan praten, moet ik met iemand anders praten. En dat is het, niet meer dan dat: praten. Misschien zie jij het niet,' zei ze, 'maar jij verstopt je achter een muur. Het is net of jij mij en de anderen als kwade geesten ziet en dat zijn we niet. Wij zijn niet slechter dan jij. We proberen alleen maar allemaal uit te vogelen wat er gebeurt.'

Kira keerde zich naar me toe. De uitdrukking op haar gezicht werd zachter. 'Mijn ouders lezen elk bericht dat op mijn telefoon binnenkomt, alles op mijn computer. Dat weet je. Dus hebben we een code bedacht. Als Matty me een bericht van twee woorden stuurt – het maakt niet uit welke woorden – betekent dat: *Bel me*. Meer is het niet. Ik heb hem gebeld en hij zei dat hij met Chloe naar de Historische Vereniging ging om dingen uit te zoeken.'

Ik wilde dat dat waar was. Echt. Ik zei tegen mezelf dat dat heel plausibel was, want Kira en ik hadden dat spelletje honderden keren gespeeld als we niet wilden dat haar ouders wisten wat we uitspookten. Shit, als zij me een bericht stuurde met de tekst *Ik zit te blokken voor wiskunde*, bedoelde ze dat ze stiekem de deur uit wilde en dat ik haar moest oppikken.

Toch voelde het nog steeds niet goed. Rotzooien met Matty, niet rotzooien met Matty. Het was niet het enige wat me dwarszat.

Ik keek naar de flitsende zwaailichten op het parkeerterrein verderop en overwoog of ik het zou vragen en dacht toen verdomme, waarom niet. ‘Hebben jullie Lily Dwyer ontvoerd?’

De vraag leek haar niet kwader te maken. Ze keek eerder verbaasd. Ze kreeg rimpels in haar voorhoofd, hield haar hoofd scheef en volgde mijn blik naar de auto van Chief Whaley.

‘Hè? Nee. Is dat wat de Chief denkt?’

Ik vertelde haar wat hij over de foto had gezegd, wat hij op de beelden van de bewakingscamera’s had gezien.

Toen ik uitgesproken was, zei ze: ‘Billy, dat is belachelijk.’

‘Hoe verklaar jij het dan?’

‘Je kent de mall. Je kunt er geen tien minuten rondlopen zonder iemand tegen te komen die je kent. Ik kom er voortdurend. Net als Alesia, Chloe, Izzie… en Lily waarschijnlijk ook, net als negenennegentig procent van alle anderen hier uit de buurt die net zo oud zijn als wij. Dat betekent toch niet dat er sprake is van een of ander vreselijk complot?’

Ze keerde zich van me af en keek uit het raam.

‘Luister, ik wilde je dit niet vertellen. Ik wist werkelijk niet goed hoe ik je dit moest vertellen, of dat je me ook maar zou geloven…’

‘Vertellen? Wat?’

Het laatste restje kwaadheid sijpelde uit haar weg. Ze pakte mijn hand. ‘Op de dag dat Lily is vermist, zag ik jouw vader bij de mall. Eerst bij de eettentjes en later buiten. Toen Lily ons vertelde dat ze een afspraakje had met iemand die Brian heette, zei ze erbij dat hij al ouder was. We zeiden tegen Chief Whaley dat hij op Exeter zat, maar dat was niet waar. We gaven haar dekking. Zij had ons niet veel over hem verteld, maar hij ging niet meer naar de highschool. Hij studeerde niet eens.’ Ze keek me in de ogen. ‘En toen zag ik Lily bij jouw vader in de auto stappen. Izzie heeft het ook gezien. Ik vind het heel erg, Billy. Toen je belde, wilde ik het vertellen, maar ik kon het gewoon niet. Toen heb ik opgehangen en allerlei redenen proberen te bedenken waarom jouw vader daar was en waarom Lily met hem meeging… Ik probeerde een excuus te vinden, maar eigenlijk is dat er domweg niet. Geen goed excuus.’

Ik zakte onderuit op mijn stoel.

Nee. Onmogelijk.

Mijn vader heeft niet…

zou nooit

Lily ontvoeren.

'Als hij in de mall was, bij de eettentjes, waarom hebben ze hem dan niet op de videobeelden gezien?'

Kira pakte mijn hand en dwong me haar aan te kijken. 'Billy, ze hebben hem nóg niet gevonden, maar dat gaat gebeuren.'

De steen in mijn maag groeide tot het formaat van een honkbal. Ik had het gevoel dat ik weer zou moeten overgeven.

'Ik denk ook dat ik weet wat hij bedoelde met "roze koe",' zei Kira, en dat sloeg in als een bom.

'Wat?'

Ze streek een lok haar uit haar ogen en keek naar haar handen op het stuur. 'Je weet dat Rory dealt, hè?'

Dat was niet bepaald een geheim. 'Ik weet dat hij wiet verkoopt.'

Een medelijdend lachje plooide zich even om haar lippen. Een lachje dat me duidelijk maakte dat ik naïef was of blind, of beide.

'Tegenwoordig doet hij in zwaarder spul. Vooral pillen. Ik weet niet of het waar is, maar het gerucht gaat dat zijn vader het spul oppikt als hij met de boot de zee op is. Dan ontmoet hij een andere boot die uit Canada komt of zoiets en neemt wat hij krijgt mee aan wal. Hij sluist het spul door naar Rory en Rory en zijn maten verkopen de boel op de highschools in de omgeving, en in clubs en kroegen in de stad. Een paar maanden geleden is hij ook iets gaan dealen wat ze U4 noemen. Het is een roze poeder en daarom noemen ze het ook wel pink of pinky...'

'Roze koe?' aarzelde ik.

Kira knikte. 'Alesia heeft me dat verteld. Dat was een van de vele redenen dat ze met hem heeft gebroken. Wiet kon ze nog wel door de vingers zien, maar niet die zware troep. Dit is echt rotzooi. Rory verkoopt het niet alleen aan pubers maar ook aan vissers, zakenlui. Volwassenen. Ze kopen het allemaal. Alesia zei dat hij het z'n roze melkkoe noemt. Hij denkt dat hij er rijk van zal worden, zegt ze.'

Maar nu niet meer.

'Rory is dood,' zei ik zacht. 'Hij ligt bedolven onder een hoop keien achter het fort. Zack en Colin ook.'

Ik vertelde haar over Rory's boot en daarna over wat Whaley en ik op Wood Island hadden aangetroffen.

'Dat is onmogelijk,' zei ze toen ik uitgesproken was. Ik wist echter dat ze me geloofde, want ze trilde als een espenblad. Ze dacht aan hetzelfde als ik – de kelder, de vloek van Alesia. Wat we hadden gezien. Wat we hadden gedaan. Alles.

Ze hield nog steeds mijn hand vast en naarmate de tijd verstreek voelde ik haar greep steviger worden.

'Billy, wat is er in godsnaam aan de hand?' vroeg ze uiteindelijk.

Een vuist bonkte op mijn raam. We schrokken ons allebei wezenloos.

Matty stond naast de auto woedend naar ons te kijken. Achter ons stond Kira's auto. Chloe zat op de passagiersstoel. Matty wierp nerveuze blikken naar de patrouillewagens van de politie op het parkeerterrein en gebaarde dat ik het raam open moest draaien.

Hij zag er verwilderd uit en had een woeste blik in de ogen. Als de auto niet was klemgereden, zou ik tegen Kira hebben gezegd dat ze weg moest gaan. Achteraf betreur ik het nog altijd dat het is gegaan zoals het ging.

Toen het raam omlaag was boog Matty zich naar binnen. 'Praat jij met Whaley, Billy? Wat heb je hem verteld?'

'Ik heb hem helemaal niets verteld.'

'Gelul. Je hebt hem meegenomen naar het huis. Ik zag jullie terugkomen.'

Hij maakte met een hand een gebaar naar de flitsende zwaailichten. 'Heb je hem verteld over de vloek van Alesia? Heb je hem verteld dat ze Rory heeft vervloekt? Dat zij hem onder de keien heeft gegooid?' Zijn stem werd met ieder woord luider. Kwader. Toen hij onverwachts een beweging maakte, zag ik een revolver die achter zijn broeksband gestoken was. Ik wist het niet zeker, maar hij leek op de revolver die Spivey had getrokken toen Rory naar het eiland was gekomen. 'Wat heb je hem verteld, Billy?' vroeg Matty opnieuw.

Hij wist dat Rory dood was.

Ik had het hem niet verteld. Hij wist het al.

Matty trok de revolver, maar hield hem uit het zicht, verborgen achter het portier. Hij keek Kira aan.

'Ik had gezegd dat je hem moest ophalen en naar mijn boot moest brengen. Waarom zit je verdomme hier? Probeert hij je over te halen om ook naar de Chief te gaan?'

Ze schudde snel haar hoofd. 'We zouden net wegrijden toen jij...'

'Lieg niet.'

'Dat doe ik niet,' zei ze. 'Dat zou ik...'

'Alesia had gelijk – we kunnen jullie allebei niet vertrouwen.'

Ik probeerde niet aan de revolver te denken. Ik probeerde rustig te blijven.

'Matty, dit loopt uit de hand. Laten we teruggaan en er bij mij thuis over praten. Er is niemand thuis. Misschien vertellen we het Whaley, misschien niet, maar we moeten een soort plan bedenken. We willen niet iets doen...'

‘Alesia zei dat je dat zou doen, dat je zou proberen ons over te halen ermee te stoppen. Daarom hebben we het je niet verteld.’

‘Wat niet verteld?’

Kira klemde haar handen zo stevig om het stuur dat haar knokkels wit wegtrokken.

Matty schudde zijn hoofd. ‘Jij gaat dit niet voor ons verkloten, Hasler. Vergeet het maar.’

Hij handelde voordat ik ook maar iets kon doen.

Ik zag nog een glimp van de revolver voordat die door het open raam naar binnen kwam – hij hield hem bij de loop in zijn vuist geklemd. De kolf sloeg tegen mijn hoofd en alles werd zwart.

16

Toen ik mijn ogen weer opendeed, lag ik languit op mijn rug op de achterplecht van de Annabelle onder een grijze deken die zo stoffig was dat ik vier keer moest niezen. Een vijfde keer kondigde zich aan, maar die wist ik te onderdrukken. Die niesbui deed mijn ogen tranen en bijna had ik mijn ogen afgeveegd met die deken (wat een tweede niesbui tot gevolg zou hebben gehad), maar ik kon me nog net inhouden en gebruikte mijn mouw.

Er zat een oude man aan het roer. Hij manoeuvreerde door Het Rak naar Wood Island. Hij hoorde me niezen maar keek niet om – hij was te druk met het omzeilen van de rotsen – hij hief alleen even zijn linkerarm en riep boven het geluid van de motor uit: ‘Gezondheid!’

Het was donker en de temperatuur was gedaald tot een ijzige kou. Woeste wolkenpartijen maalden boven ons in de lucht, het begin van een storm, en hoewel ik wist waar ik was, had ik geen enkel besef van tijd.

Ik ging overeind zitten en voelde met mijn vingers onderzoekend aan mijn achterhoofd. Ze stuitten meteen op de bult zo groot als een walnoot die godsgruwelijk veel pijn deed. ‘Waar is Matty, verdomme?’

‘Wie?’

‘Matty. Matty Fernandez. Hij heeft me een klap verkocht. Bewusteloos geslagen.’

‘Ik ken geen Matty.’ Hij nam gas terug. Het zwoegen van de motor ging over in een zacht pruttelen en de Annabelle verloor snelheid. ‘Verdomme,’ mompelde de man. Hij sloeg met een vuist op het roer.

‘Wat is er?’

'De nacht wacht op niemand, dat is wat er is.'

Zijn linkerarm kwam weer omhoog. Hij wees naar de woeste lucht en vervolgens naar Wood Island, een eindje verderop. Alle ramen van het huis waren donker. Zijn vinger was krom, de gewrichten waren gezwollen van artrose.

'Ik dacht dat ik terug zou zijn voordat de nacht invalt, maar het lukt niet. Het lijkt erop dat we hier vastzitten tot de ochtend. Geen beginnen aan om in het donker naar Wood te varen.'

Hij reikte naar de contactsleutel, zette de motor uit en keerde zich naar mij.

'Maak jezelf nuttig en gooi een anker overboord, wil je?'

De linkerkant van zijn gezicht was weg.

Verrot.

Weggevreten.

Een van die twee.

Zijn linkeroogkas was niet meer dan een donker gat met korstige randen. Een spoor van geel pus sijpelde van diep uit dat gat langs wat er nog restte van zijn neus. Zijn rechteroog was bijna wit, bedekt met dikke vliezen. Staar. Toen hij weer begon te praten kon ik, waar zijn wang had moeten zijn, zien hoe de spieren van zijn kaak over het kaakbeen aantrokken en weer ontspanden. Zijn stem was lijzig, zwaar gekleurd door het dialect dat in Maine wordt gesproken. 'Ik geloof niet dat we al aan elkaar zijn voorgesteld,' zei hij. Hij stak zijn hand uit. 'Lester Rote.'

Ik probeerde achteruit te schuifelen, maar ik kon nergens naartoe.

Wat er over was van zijn lip krulde vreemd omhoog. 'Die Matty heeft je behoorlijk te pakken gehad. Je ziet eruit alsof je moet kotsen.' Hij liet zijn hand weer terugvallen en gebaarde met een duim over zijn schouder naar de voorsteven van de boot. 'Ik heb een flesje whiskey weggestopt onder dat bankje als je iets nodig hebt om de scherpe kantjes eraf te krijgen.'

Zijn stem had iets hijgerigs en ik zag dat dat kwam door de diepe snee in zijn keel. Steeds als hij iets zei, glipte er ook lucht door die snee naar buiten en klapperde de losse flap vlees die daar hing. Donker slijm glinsterde in dat schemerige gat. Op andere plekken in zijn hals was het vocht ingedroogd tot een roestbruine korst, waar de boord van zijn shirt in vast was komen te zitten, maar die nu stukje bij beetje losscheurde als hij bewoog.

Hij zag hoe ik naar hem staarde en veegde met de palm van zijn hand spuug weg. Daarna haalde hij zijn vochtige vingers door zijn stugge haar. 'Je bent niet zo'n prater, hè?'

'Jij bent Lester Rote,' lukte het me te zeggen. 'De man van Geraldine.'

De man die bijna veertig jaar geleden was overleden.

Hij hield zijn geruïneerde gezicht scheef. 'En wie ben jij?'

'Billy. Billy Hasler.'

Hij ging staan en rekte zich uit, begeleid door een hele reeks krakende en knakkende geluiden van zijn botten en gewrichten. 'Pak dat klote-anker, Billy. Ik vraag het niet nog een keer.'

Terwijl hij op weg ging naar de voorplecht, pakte ik links van me het anker en tilde het over het gangboord. Het brak met een zachte plons door het zwarte oppervlak van het water en verdween. Ik zag nog net een grijze vorm onder de boot opzij schieten om het anker te ontwijken. Ik deinsde terug op de bank waar ik zat.

'Shit!

Als een man die zijn halve gezicht mist kon grijnzen, dan was dat wat Lester deed.

'Die klootzakken doen niets liever dan tegen zonsondergang van de rotsen grazen. De smeerlappen houden nooit op met eten, maar net na de schemer zijn ze het hongerigst.' Zijn misvormde halve grijns kreeg een boosaardig karakter. 'Wil je echt eens wat zien?'

Er was een houten koelbox ingebouwd aan stuurboord. Hij wipte de beide bronzen sluitingen los en trok het deksel omhoog. Een wolk dikke vliegen stoof naar buiten, een levende wolk van iets zwarts. Lester vloekte zacht en sloeg naar ze met zijn door artrose aangetaste hand tot ook de laatste weg was, en stak toen zijn hand in de koelbox. Hij kwam weer tevoorschijn met een vuistgrote homp glinsterend vlees. Deze keer kon ik niet meer tegenhouden wat zich in mijn maag bevond en wanhopig een weg naar buiten zocht.

Ik slaagde erin mijn hoofd over het gangboord te steken en in het water te kotsen. Ik besefte pas welke vergissing ik maakte toen Lester me aan mijn kraag terugtrok de boot in. 'Hoho, voorzichtig, jongen!'

Een haai brak door het wateroppervlak en schoot minstens anderhalve meter de lucht in. Hij kwam omhoog, de bek wijd open, precies op de plek waar ik overboord had gehangen. Even keek ik recht in die doodse donkere ogen. Toen sloeg hij met een enorme klap weer terug in het water en verdween. Een golf zout water sloeg over ons heen.

Lester barstte in lachen uit. 'Als ik van plan was om ze jou te voeren, had ik dit niet meegenomen.'

Hij hield het nog steeds in zijn hand.

Een hart.

Hij hoefde me niet te vertellen dat het een mensenhart was. Op een of andere manier wist ik het gewoon. Vraag me niet hoe dat kan, ik wist het.

Ik weet niet of hij iets met zijn vingers deed, erin kneep, of wat dan ook, dat stomme hart klopte en zwart bloed sijpelde uit een van de hartkamers. Hij smeet het met een zwaai van zijn arm weg over het water. Het viel een meter of vijf van de boot in het water. Ik telde drie vinnen die door het water sneden naar de plek waar het hart uit het zicht was verdwenen. De haaien botsten op elkaar. Even was er een verwarrende schermutseling, toen waren ze weg. In een paar seconden was het gebeurd. Lester veegde zijn hand af aan zijn shirt. 'Het zijn vuile monsters, maar je ontkomt er niet aan. Je gaat van ze houden.'

Hij stak zijn hand opnieuw in de koelbox. Deze keer kwamen er een voet en een deel van de botten van een onderbeen uit, afgehakt net onder de kuit. Hij gooide ze in het water.

Iets bonkte tegen de bodem van de boot. Een bonk die de boot deed schommelen. Toen vloog een grijze raket naar het been, sneller dan de andere grijze monsters.

Ik was met stomheid geslagen.

Ik kreeg geen adem meer.

Lester zette een voet op het gangboord van de Annabelle, steunde op zijn knie en tuurde over het water. 'We hebben hier blauwe haaien en reuzenhaaien. Ook mako's, maar die witte spannen de kroon. Ik heb er gezien van wel meer dan vier meter lang. Bloedsnel en bijna geruisloos. In die hersentjes gaat het maar om één ding: *smak, smak, smak*.'

Hij reikte weer in de koelbox en produceerde nu iets wat eruitzag als een bovenbeen. Hij gooide het overboord.

'Hoeveel zijn het er?' hijgde ik.

'Jezus... weet ik veel.' Met een bloederige vinger wees hij naar zijn gehavende gezicht en hoofd. 'Eentje is genoeg. Maar het goede nieuws is dat ze razendsnel zijn. Het is gebeurd voordat je het doorhebt. Wacht maar.'

Het eerstvolgende wat hij uit de koelbox haalde was een slanke arm. Hij bekeek de arm onderzoekend in het zwakke maanlicht. Om de pols zat nog steeds een horloge met een vergulde wijzerplaat. De eerste regendruppels kletsten op het glas en rolden eraf. Ze spoelden wat van het overvloedige bloed weg.

Ik kende dat horloge.

Ik had het een jaar geleden gekocht voor Kira's verjaardag.

Ze deed het nooit af.

De halve grijns kwam weer terug op Lesters gezicht. 'Ik heb gehoord dat ze de moeite waard was om te zien. Daar zou ik wel een stukje van lusten.' Zijn ene oog bekeek de arm en knipoogde naar mij. 'Misschien heb ik dat al gedaan.'

Hij gooide de arm hoog in de lucht. Hij ketste af op een rots voordat hij in het water viel te midden van een tumultueuze warboel van haaienvinnen.

Achter me kuchte iemand. Ik keek om en zag mijn vader achter in de boot zitten. Keith Spivey zat er ook, en Whaley. Geraldine Rote en Marston zaten dicht bij elkaar met een grote kop thee tegen elkaar te fluisteren. Er zaten nog vier volwassenen die ik niet kende. Hoe die allemaal in de boot pasten, was me een raadsel. Het leek wel of de Annabelle was gegroeid.

Lester graaide opnieuw in de koelbox. Hij wuifde al die mensen achter in de boot weg met een geagiteerd gebaar van zijn benige artrosehand. 'Ik heb nooit beweerd dat ik een veerman was. Ik snap niet waarom hij steeds maar weer zo veel mensen aan mijn boot toewijst. De Annabelle is niet gebouwd voor zo veel mensen. Als we niet verlost worden van een beetje gewicht, liggen we straks allemaal te spartelen.' Hij tilde de resten van een torso uit de koelbox, niet meer dan de borstpartij in een bloederig shirt. Hij rolde het overboord. Het viel met een doffe plons in het water en zonk. De haaien schoten er als krankzinnigen op af. Een knalde met geweld tegen de boot, deed de boot kapseizen en bijna omslaan.

Lester loeide. 'Ooh! Nu is het een feestje! Klaar om te zwemmen?'

Mijn ogen schoten open.

Ik was niet op de Annabelle.

Ik was…

17

Chief Whaley ramde de pook van zijn auto in de parkeerstand en vloekte. Hij had wel geweten dat Billy de benen zou nemen bij de eerste de beste gelegenheid – Mundie had de opdracht gekregen hem te volgen naar de anderen zodat ze allemaal in één keer konden worden opgepakt. Dat was een jammerlijke mislukking geworden. Gelukkig was New Castle klein, en hij hoorde van drie mensen dat Kira Woodward, Matty Fernandez en

Chloe Kittle waren ondergedoken in het gebouw van de Historische Vereniging. De laatste van die drie pas een half uur geleden. Dat betekende dat Billy in de buurt moest zijn. Maar nu waren ze er geen van allen. Waar waren ze dan verdomme naartoe?

Hij pakte de microfoon van zijn radio. 'Mundie, ben je daar?'

'Ja, Chief.'

'Ze zijn weg. Sta jij nog bij Jaffrey te wachten op de mannen van de State Police?'

'Die zijn er al tien minuten. Twee busjes, vijf man helemaal in het rubber die als mieren overal overheen kruipen en glibberen.'

'Is er iemand bij die we kennen?'

'Walt Merton en Mitch Garrison uit Hampton. Ze zijn hier zelf naartoe gereden.'

Whaley kende Walt en Mitch goed. Ze hadden samen de academie gedaan en waren in de streek opgegroeid. Hij drukte op de zendknop van zijn microfoon.

'Zeg tegen die twee dat ze voor jou de zaak in de gaten moeten houden. Jij moet naar het huis van de Haslers. Als Billy daar niet is, rij je naar de steiger achter het Piscataqua-café. Daar meert hij een oude reddingsboot af. Leg dat ding aan de ketting. Dan ga je naar de haven bij 1B Zuid, bij Sagamore Creek en dan doe je hetzelfde met de boot van Matty Fernandez. Als je zijn vader ziet, zeg je hem dat we met zijn zoon moeten praten. Als Matty thuiskomt, moet hij hem naar ons toe brengen. Ik wil al die jongelui voor het donker op het politiebureau.'

Hij keek omhoog naar de donker kleurende lucht en wist dat ze aan dat laatste een zware dobber zouden hebben. De zon was amper nog te zien aan de horizon, er was storm op komst.

'Je weet dat de ouders niet zullen toestaan dat we met ze praten, ook al krijg je ze allemaal op het bureau.'

'Laat dat maar aan mij over. Zorg jij maar dat je Billy Hasler vindt. Sla hem maar in de boeien als het niet anders kan. Stop hem maar in de cel bij zijn vader.'

'Komt voor elkaar, Chief.'

Whaley voegde er bijna aan toe: *En raak hem deze keer niet weer kwijt*, maar daarvoor was hijzelf net zo verantwoordelijk als Mundie. Hij had hem aan een korter lijntje moeten houden bij Jaffrey Point. Hij drukte weer op de zendknop van zijn microfoon. 'Mundie, nog iets – is de tank van jouw boot vol?'

'Daar heb ik al aan gedacht, Chief. Als ik met Fernandez heb gepraat, ga ik naar Wood om te kijken wat daar gebeurt. Ik wil wedden dat we daar moeten zijn.'

'Geen probleem met dit weer? Er steekt een vervelende storm op.'

'Ik doe dit niet voor het eerst, dat komt wel goed. Over een uurtje of zo ben ik op het water.'

'Begrepen. Wees voorzichtig. Over.'

'Hé, Chief?'

'Ja...?'

Whaley hoorde een reeks klikken. Dat deed Mundie als hij nerveus was. Hij drukte herhaaldelijk op de knop van zijn microfoon. 'Rory en die jongens... Denkt u ook dat dat eruitzag als dat oude verhaal over de stenen gooi...'

Whaley onderbrak hem. 'Niet over een open kanaal. We hebben het daar later over.'

Mundie bleef even stil. 'Oké, begrepen. Ik zal me melden als ik naar Wood vertrek. Over en uit.'

Whaley bleef nog minstens een volle minuut voor het gebouw van de Historische Vereniging zitten nadenken. Hij trommelde met zijn vingers op het stuur. Toen hij Rory en die andere jongens daar bedolven onder die keien in het water zag, was dat oude verhaal het eerste wat hem te binnen schoot. Meteen daarna moest hij denken aan dat boek dat hij in Lily Dwyers kamer had gezien – *De duivel van Great Island* – geschreven over dat verhaal. Een boek dat ze mee naar huis had genomen van de Historische Vereniging van New Castle. Als je wordt opgeleid tot politieman, is kogels vermijden het eerste wat je leert. Het tweede wat je leert is dat toeval niet bestaat.

Hij keek naar het oude gebouw en probeerde het allemaal op een rijtje te krijgen, maar er schoot hem niets zinnigs te binnen. Als iemand hem al puzzelstukjes aanreikte, kwamen die allemaal uit verschillende dozen.

Een dikke regendruppel spatte op de voorruit, seconden later gevolgd door een tweede. Whaley schudde zijn hoofd, zette de motor af en stapte uit. Hij nam de treden van het bordes met twee tegelijk en liep door de dubbele deuren het kleine gebouw met zijn witte gevels in. Hij was er meer dan een jaar niet geweest, maar hij herinnerde zich de geur. Niet echt vervelend, een beetje muf, alsof je de pagina's van een oud boek binnenliep en de omslag achter je dichttrok.

Voordat de deur achter hem dichtviel had Mrs White haar bureau al in de steek gelaten en was ze onderweg naar hem toe. 'Het spijt me, Chief, ik heb geprobeerd ze hier te houden. Maar ze wisten niet hoe snel ze weg moesten komen toen ik Sandy terugbelde. Ik dacht dat ze me niet hadden gehoord, maar misschien was dat wel zo.'

Mrs White was in de zeventig en hoewel ze jeugdig overkwam, mocht je niet van haar verwachten dat ze het tempo van een stelletje pubers beter had kunnen bijbenen dan hijzelf. Hij kon haar niets kwalijk nemen. 'Kunt u me laten zien waar ze mee bezig waren?'

'Dat is makkelijk. Ze hebben niets teruggezet.'

Ze knikte naar een tafel voor in het vertrek die vol lag met boeken en documenten.

Whaley liet zich op een van de lege stoelen vallen en vroeg zich af hoeveel pubers in de zomervakantie met hun neus in de boeken doken in een instituut als dit.

'Wat is dit allemaal?'

'Ze waren aan het graven in de geschiedenis van Wood Island.' Mrs White ging op de stoel tegenover Whaley zitten en boog iets naar voren over de tafel. 'Kent u die geschiedenis?'

Een maand geleden, nee. De afgelopen tijd heb ik een stoomcursus gedaan.

Hij had geen tijd voor een lesje geschiedenis. Niet nu Rory en die twee andere jongens dood onder die keien lagen. Niet nu er een meisje werd vermist, terwijl hij er diep vanbinnen van overtuigd was dat Billy en die anderen precies wisten wat er gaande was, maar als zij het belangrijk vonden om in al deze boeken te zoeken, dan was het voor hem ook belangrijk.

'Ik weet stukjes en beetjes,' zei hij. 'Ik weet dat de kustwacht er jaren geleden een station had en dat het eiland ergens in de jaren veertig aan de familie Rote is verkocht.'

Mrs White knikte. 'En nu is het van die jongen.'

'David Spivey.'

'Ja, de zoon van Keith en Pam. Het lijkt wel alsof iedere keer dat het huis in andere handen komt, iemand alles weer boven tafel haalt. Ik kan me herinneren dat ik er ook naar keek toen ik nog een jong meisje was. Ralph Peck en ik samen aan het speuren na een bezoekje aan Geraldine op het eiland. Dat moet nu al zo'n zestig jaar geleden zijn geweest. Ik kreeg er toen al de rillingen van om het te zien, en nu weer.'

Ze bladerde door een stapeltje losse vellen papier en viste er een fragiel uitziend geel document in een plastic beschermhoesje en een leren omslag tussenuit.

'In de negentiende eeuw heeft Wood Island gediend als quarantaine-eiland toen de gele koorts rondging. Dit zijn de passagierslijst en het logboek van de kapitein van de Reina, een schip dat aan het begin van de Spaans-Amerikaanse Oorlog in 1898 van Cuba vertrok en erin slaagde uit de Cariben te ontsnappen. Ze hadden koers gezet naar Canada en waren al halverwege de kust van de Verenigde Staten toen aan boord de gele koorts uitbrak. In het begin dacht de kapitein dat hij Canada nog zou halen, maar in een tijdsbestek van een paar dagen verloor hij zijn bemanning en werd hij gedwongen een besluit te nemen. Hij kon proberen het uit te zingen op de Atlantische Oceaan met een bemanning die steeds verder werd gedecimeerd, of afmeren ergens in de VS – vijandelijk gebied – en proberen daar zo ongeschonden mogelijk uit te komen. Hij was bang dat hij, wat hij ook zou doen, zijn schip kwijt zou raken. Op zee blijven zou waarschijnlijk zijn dood worden en als hij aan wal ging, zouden de Amerikanen zijn schip confisqueren om het in te zetten in de oorlog met Spanje. Hij zou worden weggezet als verrader, ook al was het hem erom te doen het leven van zijn bemanning en passagiers te redden. Het uitbreken van een zware storm met wind uit het oosten maakte het nemen van een besluit overbodig. Hij gaf het restant van zijn bemanning opdracht het schip gereed te maken om af te meren. Ze waren verder naar het noorden gekomen dan hij dacht. Ze lagen ondertussen voor de kust van Maine, hier dus. Hij werd onderschept door schepen van de Amerikaanse marine en naar Wood Island geëscorteerd, waar ze werden gedwongen af te meren. De kapitein verwachtte dat de Amerikanen bij hem aan boord zouden komen, maar de kustwacht was geenszins van plan zich bloot te stellen aan een bemanning en de passagiers van een schip waarop de gele koorts huishield. De kapitein van de Reina kreeg te horen dat niemand het schip mocht verlaten, onder welke omstandigheden dan ook. Dat speelde zich af in mei 1898.'

Mrs White tikte op de leren map en wees toen naar een verfomfaaid oud notitieblok waarvan het eerste blad was volgeschreven in een keurig vloeiend handschrift. 'Dit is het originele logboek van de kapitein. Het is in het Spaans geschreven. Ik weet niet wie het heeft vertaald, maar dit notitieblok hebben we ook al sinds mensenheugenis in het archief. Ik spreek niet vloeiend Spaans, maar ik kan het heel aardig lezen en ik kan u verzekeren dat die vertaling punctueel is. Toen ik het voor het eerst als jong meisje zag, betwijfelde ik dat. Het relaas is in het begin heel helder, maar dan wordt het slordig. Ik denk dat de kapitein ook ten prooi viel aan de gele koorts. Samenhangende gedachten gingen langzamerhand over in oeverloze hersenspinsels en uiteindelijk hield hij helemaal op met schrijven. Dit is een mooi voorbeeld:

> Mei 1898. Zonder toegang tot de vaste wal vormen onze voedselvoorraden zowel een zegen als een vloek. We zijn van Cuba vertrokken met voldoende voorraden om de zuidelijke punt van Canada te halen, als we de porties uiterst zorgvuldig en terughoudend uitdelen. Mijn bemanning is vertrouwd met de honger op zee en kan de pijn verdragen, maar dat geldt niet voor onze passagiers. Het rijkere deel weigert rantsoenering. Tijdens de eerste dagen van de reis was er zelfs sprake van het tegendeel. Ze leken er meer op gericht zich barstensvol te eten alsof eten een manier was om de tijd te doden. Veel van de passagiers (in het totaal drieënveertig, onder wie tweeëntwintig kinderen) zijn afkomstig uit een weeshuis en aan kinderen uitleggen dat er slechts beperkte voorraden zijn is even zinloos als tegen een steen praten. Ik was gedwongen om wachtposten bij de voorraden te zetten, in de hoop de agressiefste passagiers af te schrikken. Als we zonder vertragingen waren doorgevaren naar Canada, hadden we te weinig gehad. Daarvan ben ik overtuigd. In die zin is de gele koorts een zegen geweest, omdat hij de aantallen aanzienlijk heeft uitgedund. Op het moment dat ik dit schrijf betreuren we zes doden en elf zieken. Ik ben ervan overtuigd dat het er de komende dagen meer zullen worden. Doden eten niet. De zieken eten weinig, als ze al iets eten. Dat betekent dat er voor de rest meer overblijft. Het zijn akelige rekensommen met positieve uitkomsten om allerlei foute redenen. Omdat we hadden verwacht tegen deze tijd onze bestemming bereikt te hebben, ben ik nu bang dat onze voedselvoorraad meer gevaar loopt te bederven en te verrotten dan uitgeput te raken, met als gevolg nog steeds dat we zullen verhongeren, want de Amerikanen lijken niet gewillig onze voorraden aan te vullen. Hoewel we hier afgemeerd liggen onder het mom te zijn gered, denk ik dat ze in werkelijkheid gewoon wachten tot we er niet meer zijn. Ze wachten tot de honger en de koorts onze dekken hebben schoongeveegd, zodat ze de Reina in bezit kunnen nemen zonder een druppel bloed te vergieten. Ze kijken van een afstand toe als we onze doden toevertrouwen aan de zee, als we hen aan de haaien voeren. Net als de haaien draaien ze eindeloos in kringetjes om ons heen. Ze wachten geduldig.

Whaley hoorde het verhaal aan en moest zichzelf in herinnering brengen dat dit meer dan honderd jaar geleden was gebeurd.

'Was dat gebruikelijk in die tijd?' vroeg hij. 'Om al die mensen op dat schip domweg dood te laten gaan zodat ze bezit konden nemen van het schip?'

Mrs White tuitte haar lippen en knikte grimmig.

'Helaas wel. Het is met meerdere schepen zo gegaan. Niet alleen met de Reina en niet alleen hier. Tegen de tijd dat bemanning en passagiers beseften wat er aan de hand was, waren ze te zwak om zich te verzetten. Als ze dat wel deden, werd iedereen die van boord ging door de militairen doodgeschoten. Als excuus gebruikten ze de quarantaine. Het was oorlog. Die mensen op die schepen waren de vijand en hun lot was bezegeld op het moment dat ze zich overgaven.'

Ze bleef Whaley nog even aankijken en begon toen door de bladzijden van het notitieblok te bladeren.

'De weken daarna zijn er uitgebreide bijdragen geschreven, maar daarin zit veel herhaling. Iedere dag werden meer mensen ziek. Meer mensen gingen dood. De kapitein verordonneerde dat niemand nog zijn hut mocht verlaten met uitzondering van de bemanning, maar het duurde niet lang voordat zijn bemanning zo was uitgedund dat hij dat "huisarrest" niet langer kon handhaven. De kinderen van het weeshuis waren in het ruim. De deur ervan was afgesloten. Ik dacht in eerste instantie dat hij die deur op slot hield om ervoor te zorgen dat ze er niet uit kwamen, maar...'

Toen ze vond wat ze zocht, streek ze de nieuwe pagina's glad boven op het notitieblok en omcirkelde ze een paar passages met haar vingertop. 'Ah, daar is het. Dat is het punt waarop het raar wordt.' Ze las een stuk voor.

> 21 mei 1898. De passagier van hut negen heeft zijn aanbod nog eens bevestigd. Door het versplinterde hout van de deur van zijn hut fluisterde hij zijn voorstel en deze keer – God sta me bij – nadat hij het al vier keer eerder had geprobeerd, heb ik hem aangehoord. Terwijl hij sprak vroeg ik me af wie hij nog meer had benaderd. Bemanningsleden? Andere passagiers? Er zwerven er nog meer rond op het schip die mijn orders negeren. Hoewel deze man het nog niet heeft aangedurfd onder mijn ogen zijn hut te verlaten, zijn anderen minder terughoudend. De wanhoop hangt zwaar in de lucht en hoe gruwelijk zijn voorstel ook moge zijn, het wordt met de dag aantrekkelijker voor wie er maar naar wil luisteren. Zozeer zelfs dat ik ertoe ben overgegaan twee keer per dag af te dalen naar het ruim om de kinderen te tellen. Vanochtend telde ik er nog slechts zeventien. We be-

gonnen deze reis met tweeëntwintig kinderen. Vier hebben de ziekte niet overleefd. Dat betekent dat er een ontbreekt. Het is een meisje van twaalf jaar dat Amelia heet. Het is onduidelijk of de andere kinderen iets weten over het moment dat ze uit het ruim is gehaald, of wie daarvoor verantwoordelijk is, want ze weigeren er iets over te zeggen. De angstige blik in hun ogen als ik ernaar vraag, spreekt boekdelen. Ze is ontvoerd en de andere kinderen is onder dreiging te kennen gegeven te zwijgen. Het zware slot op de deur van het ruim is intact. Er zijn geen sporen van pogingen het open te breken. Dat maakt de verdwijning van het meisje verbijsterend, omdat ik de enige ben die de sleutel heeft.

Whaley voelde hoe zijn maag ineenkromp.

'Wat was het precies wat die man aanbood?'

Mrs White sloeg nog een paar pagina's om en las met zachte stem een volgende passage voor.

23 mei 1898. Er zijn opnieuw twee kinderen verdwenen. Twee jongens, van veertien en vijftien. Allebei waren ze er nog bij de telling van gisteravond, maar vanochtend niet meer. Met nog maar zo weinig bemanningsleden bleek het doorzoeken van het hele schip lastig. Het leverde dan ook niets op. Steeds als ik langs hut negen kwam, werden mijn ogen naar de deur ervan getrokken en toen ik zeker wist dat de jongens nergens anders op het schip waren, heb ik aangeklopt. Toen er niet werd gereageerd, heb ik geroepen. Toen dat ook geen reactie opleverde, heb ik mijn loper gebruikt om de deur open te maken. De hut was leeg. Hij was niet aan dek en ook niet in een van de gemeenschappelijke ruimtes. Was het iemand anders geweest, dan had ik aangenomen dat hij in de hut van een andere passagier was, maar om een of andere reden wist ik dat we hem niet zouden vinden als we alle hutten zouden langsgaan – wat uiteindelijk ook zo bleek te zijn. Hij was niet aan boord, hoe onwaarschijnlijk dat ook moge klinken. De lucht in de hut was koud en doods en had de schimmelige geur van graftombes. Ik zelf ben naar binnen gegaan, maar de matrozen die me vergezelden weigerden een voet over de drempel te zetten. Beiden spraken maar een mondjevol Spaans – het waren Afrikaanse spierbonken die voor vertrek in de haven waren geronseld. Ik verstond hun taal niet, maar ik zag in hun ogen dezelfde angst die ik in de ogen van de kinderen had gezien. Ik mag daar denigrerend over hebben gedaan, maar ik voelde het ook – die mannen waren mijn meerdere, ze durfden toe te geven dat ze bang waren

terwijl ik mijn angst nog steeds ontkende. Er was geen bagage in de hut. Er waren geen kleren. Geen boeken. Geen bezittingen, helemaal niets. De hut was even leeg als in de weken die aan onze reis vooraf waren gegaan. Het bed was opgemaakt en oogde onbeslapen. Nogmaals, hij kon niet van boord zijn gegaan. Als hij dat had geprobeerd, dan zouden de Amerikanen hem hebben neergeschoten, zoals ze dat ook hadden gedaan met anderen die probeerden het schip te verlaten. Luitenant Hertzog, de man die het bevel voerde op deze godvergeten verzameling rotsen, zou niet hebben nagelaten me met veel ijver op de hoogte te brengen van zijn dood als die werkelijk had plaatsgevonden. Zijn dood zou zijn gepresenteerd als nog maar eens een waarschuwing voor de overlevenden aan boord. Maar zelfs als deze passgier erin geslaagd was het schip te verlaten, had hij geen kant op gekund, zeker niet met bagage. De haaien voorkomen een vlucht door het water. Toch was de man weg en het had er alle schijn van dat hij er nooit was geweest.

Mrs White zweeg even om al die informatie te laten bezinken, sloeg een pagina van het notitieblok om en ging toen verder.

24 mei 1898. Er zijn nog drie volwassenen overleden en er is nog een kind zoek. Dat brengt het totaal op veertien kinderen en vijftien volwassenen. Vijf van die volwassenen zijn bemanningsleden. De man in hut negen is terug. Ik kan het niet verklaren. Zijn hut was nog steeds leeg bij de laatste ronde even na twaalf uur gisteravond, maar toen ik er nog geen uur geleden weer langs kwam, hoorde ik de fluisterstem opnieuw door het hout. Hij deed me hetzelfde aanbod dat hij mij en anderen al zo vaak heeft gedaan – breng me een token jonger dan zestien jaar, dan garandeer ik je dat je dit zult overleven. Het was op dat moment…

'Wacht even,' zei Whaley. 'Leest u dat laatste stuk nog eens voor.'

Mrs White keek hem aan.

'Breng me een token jonger dan zestien jaar, dan garandeer ik je dat je dit zult overleven.'

Whaley herinnerde zich een paar onbegrijpelijke opmerkingen over tokens in het testament van Geraldine Rote:

Tokens jonger dan zestien jaar worden beschouwd als eigendom.

Mrs White reikte naar een ander oud boek op een plank naast de tafel. 'De betekenis van woorden verandert in de loop van de tijd. Dit is een woordenboek uit 1850. De definitie in dit boek moet dus ongeveer juist zijn.' Ze bladerde naar de letter t, vond het lemma en las voor.

'Een token. Eén, een ding dat dienstdoet als zichtbare of tastbare representatie van een feit, een eigenschap of een gevoel. Twee, een tegoedbon die kan worden ingewisseld voor goederen of diensten, veelal gegeven als geschenk. Drie, gedaan om de schijn op te houden of als symbolische daad.'

De knoop in Whaleys maag trok verder samen.

'Begrijp ik dat verkeerd of vraagt hij om een...'

'Een offer,' zei Mrs White zacht. 'Dat is wat het in deze context betekent. Hij zegt tegen de kapitein dat hij hem op een of andere manier in leven kan houden als hem een kind gegeven wordt. Hij deed iedereen die maar wilde luisteren hetzelfde aanbod en iemand is daarin meegegaan. Meerderen zijn daarin meegegaan.'

Alle kleur trok weg uit Whaleys gezicht.

'Wat wilde hij precies met die kinderen? Wat deed hij met ze?'

Mrs White negeerde de vraag. Misschien wist ze het antwoord, misschien niet. Ze ging verder met het verhaal.

'Er waren toen al meerdere kinderen zoek, maar het werd erger. Luister...'

28 mei 1898. Waanzin belaagt mijn brein. Verhalen over hekserij en zwarte kunsten worden niet langer gefluisterd, maar doen openlijk de ronde onder de overgeblevenen. Zelfs de beschaafdste passagiers hebben elk vorm van decorum afgeworpen. Er zijn nog elf volwassenen en negen kinderen op het schip. Van mijn bemanning zijn er nog twee in leven, en van die twee vertrouw ik alleen Herberto, een zeeman met wie ik al jaren vaar. Hij en ik hebben de afgelopen nacht de wacht gehouden bij de deur van het ruim, om de beurt wakend en slapend, en toch zijn er weer twee kinderen verdwenen. Het ruim is een afgesloten ruimte. De enige ingang is die deur. De sleutel van die deur zit in mijn zak. Daar heb ik hem deze hele godvergeten reis opgeborgen. De kans dat een van de kinderen nog opheldering over de verdwijningen kan verschaffen, is nihil. Ze zijn bijna catatonisch van angst. Ze kruipen bij elkaar weg als angstige lammeren voor de slacht. Hut negen was bij mijn laatste ronde weer leeg, al mompelde onze passagier er nog maar een paar uur eerder wel zijn demonische boodschap achter de gesloten deur. Als mij nog genoeg bemanning restte, zou ik iemand op zijn bed zetten om te wachten op zijn onvermijdelijke terugkomst, maar daar wil ik Herberto niet aan opofferen. Al die andere volwassenen

zijn ofwel in slechte conditie ofwel onbetrouwbaar. Ik ben bang dat diegenen die niet ziek zijn, maar al te graag die taak zouden willen uitvoeren, alleen niet voor mij, maar om er zelf van te profiteren. Ze zouden hem alleen maar opwachten om te kunnen ingaan op zijn aanbod zodat de gele koorts hun bespaard zou blijven. Ik heb de overgebleven passagiers in twee kampen ingedeeld, in passagiers die het aanbod van deze man hebben aangenomen en passagiers die dat niet hebben gedaan. Het maken van die indeling is niet moeilijk. Een deel van de passagiers is angstig – ze sluiten zich op in hun hut en komen alleen tevoorschijn om zich maaltijden te verschaffen – terwijl anderen over de dekken flaneren alsof dit een pleziertochtje is. Ze lachen en maken grapjes en bezien de anderen meewarig, alsof zij de gelukkigen zijn die een of ander geheim delen, die lid zijn van een genootschap. Hoewel ik hen veracht, kan ik geen enkele reden bedenken om bang voor ze te zijn. Wie het aanbod heeft aanvaard, vormt geen bedreiging meer. Het zijn de anderen die ik in de gaten moet houden. Ik moet de ernst van hun wanhoop juist inschatten. Als ik de kinderen niet kan beschermen, kan ik misschien de eerstvolgende die hen wil misbruiken tegenhouden. Emerson moet gevoed worden? Nee, meneer! Emerson moet verhongeren!

Emerson?

De naam kwam Whaley bekend voor, maar hij kon hem niet meteen plaatsen. Toen schoot het hem weer te binnen. Hij had de naam op dat bord zien staan, in de keuken van het huis op Wood Island – *Geef Emerson eten, alsjeblieft.*

Mrs White sloeg een pagina van het notitieblok om en begon weer te lezen.

30 mei 1898. Herberto is dood. Hij sprong gisteravond van het schip en de Amerikanen hebben hem doodgeschoten. Misschien waren er signalen die zijn bedoelingen verraadden, maar die zijn mij niet opgevallen. Mijn enige bemanningslid is nu Martinez, maar hij lijdt zwaar onder koortsaanvallen en kan me niet bijstaan. Ik ben in slaap gevallen op het bed van hut negen, waar verder niemand was, maar werd later wakker in de gang. Ik zat op de vloer met mijn rug tegen de gesloten deur van de hut en het arglistige gefluister van de man sijpelde door het hout in mijn oor. Ik weet dat ik zal sterven als ik zijn aanbod niet accepteer. De Amerikanen zullen daarvoor zorgen door me domweg samen met de anderen aan boord te houden. Ik

> voel me stijf en mijn lichaam doet pijn. Ik hoop dat die pijn alleen veroorzaakt is door het slapen op de vloer en niet door de ziekte. Ik weet niet hoeveel kinderen er nog over zijn en ik weet evenmin hoeveel volwassenen er nog zijn die het aanbod niet hebben aangenomen. Emerson, Emerson, Emerson. Ik ben niet van zins deze plek nog te verlaten. Als ik niet kan voorkomen dat de kinderen uit het ruim verdwijnen, wil ik ze hier tegenhouden, voordat hij de tokens die hij zo hongerig begeert in ontvangst kan nemen.

'Ik denk dat hij toen zelf ziek aan het worden was,' zei Mrs White. 'Er is nog één passage van een paar dagen later, maar ik weet niet zo goed hoe ik die moet plaatsen.'

> 2 juni 1898. Waarom heb ik geen einde aan hem gemaakt toen het begon? Mijn ziel zij vervloekt. Mijn lichaam voelt alsof ik in brand sta. Huiver onder ijs. Het ruim is open. Geen kinderen meer. Alleen mijn stank. Ik lig in kots, pis en stront en al die smerigheid schenkt me voldoening, want zolang het me doet kokhalzen, weet ik dat ik leef. We hebben gesproken, hij en ik, maar ik herinner me zijn woorden niet. Anderen keken toe. Herberto was er op een of andere manier ook bij. Zijn hand op mijn hoofd. Zijn belofte. De vloek. De vervloeking. Vervloekt, de Amerikanen. Vervloekt zullen ze zijn – honger kent slechts kortstondige bevrediging. Een man moet eten en er is niets wat hem aan boord zal houden. Dit beest, dit ding.

Mrs White zuchtte zacht en maakte een gebaar naar het logboek.

'Dat is het laatste wat erin geschreven is. Hij moet toen ziek zijn geweest, toch? Hij maalt.'

Whaleys gedachten waren bij de man van hut negen.

'Wat heeft de kapitein gedaan? Heeft hij alsnog het aanbod geaccepteerd? Heeft hij het overleefd? Of was het te laat nu er geen kinderen meer waren?'

Terwijl hij de woorden uit zijn mond hoorde komen, besefte hij al hoe absurd die vraag was, net zo goed als hij ervan doordrongen was dat hij eigenlijk alles van het verhaal geloofde. Met zijn gezonde verstand kon hij natuurlijk niet anders dan vaststellen dat het allemaal lulkoek was, maar ergens in zijn hoofd speelde wat Billy toen in het huis had gezegd. Over het huis, dat het was veranderd. Hij had gezegd dat de hele kelder was verdwenen. Er was veel meer geweest, dat viel te lezen op het gezicht van de jongen toen ze door het huis liepen. Billy herkende het huis niet meer. Dat was niet zo veel vreemder dan het verhaal over een man die van een schip verdween met al zijn bezittingen.

Mrs White wees naar een dik, in leer gebonden boek op de hoek van de tafel.

'Dat is een oud journaal van de kustwacht. Er staat een vermelding in van een schip met de naam Reina dat geconfisqueerd is in augustus 1898, maar er staan alleen specificaties van het schip bij. Niets over waar het vandaan kwam, niets over passagiers – gezond of ziek. Ik denk dat ze er inderdaad niet over zouden schrijven als ze werkelijk iedereen aan boord lieten doodgaan. Als ze hen krijgsgevangen hadden gemaakt, zou daar misschien wel ergens een vermelding van zijn, maar daarover is niets te vinden.' Ze maakte een weids armgebaar. 'Je kunt er alleen maar naar raden wat er met die mensen is gebeurd.'

'Hoe heette die man in hut negen?' vroeg Whaley met een hoofdknik naar de passagierslijst. 'Staat dat daarin?'

Mrs White knikte, ze trok de lijst naar zich toe en liet haar vinger erlangs omlaagglijden.

'Hij heette Thybold,' zei ze. 'Thybold Marston.'

18

Ik werd wakker in de oude slaapzaal van de kustwacht in het huis op Wood Island. Mijn droge keel voelde als schuurpapier.

Ik was een tijd bewusteloos geweest.

De zon was ondergegaan, het was donker in de slaapzaal. Er brandde geen enkel licht.

Regen kletterde op het dak.

In eerste instantie zag ik alleen Matty's silhouet. Toen ik probeerde mijn ogen op hem scherp te stellen, begon de plek op mijn hoofd waar hij me had geslagen pijn te doen en te kloppen. Ik wilde er met mijn hand aan voelen en besefte toen dat mijn handen achter mijn rug waren vastgebonden aan het bed waarop ik lag.

'Voordat je iets zegt,' zei Matty, 'moet je naar me luisteren. Heel zorgvuldig. Kun je dat? Of heb je meer tijd nodig? Ik kan je nog een paar minuten geven om bij te komen, maar niet heel veel. Nik nok en zo, zoals híj altijd zegt...'

Bij die laatste woorden wierp hij een blik over zijn schouder. Daar zat Spivey op een van de bedden in kleermakerszit, licht voorovergebogen. Hij wiegde zijn bovenlichaam zacht heen en weer. Hij keek even in mijn richting, maar zei niets.

'Is hij in orde?'

Matty had de revolver in zijn hand. Hij tikte met de loop tegen zijn pols.

'Daar hebben we het zo over. Ik wil zeker weten dat je begrijpt wat er gaande is en jij ziet eruit alsof je er nog niet helemaal weer bij bent. Je ogen rollen in hun kassen.' Hij zette een fles water aan mijn lippen. 'Hier, drink maar. Dat helpt.'

Ik dronk een kwart van de inhoud van de fles. Toen zette Matty de fles weg.

Hoewel het donker was in de slaapzaal, meende ik toch te kunnen zien dat hij nu weer was zoals eerder. Geen stof, geen spinnenwebben. De bedden waren allemaal keurig opgemaakt. De emmer was weg. De verf zag er weer fris uit, niet langer verkleurd en afbladderend. Er lag geen slaapzak op de vloer. De rugzak en de kleren van Spivey lagen niet overal verspreid. Door de open deur kon ik zien dat op de overloop de trap omhoog ook weer terug was.

Een donderslag. Woedend en hard. Een witte bliksemflits schitterde even door het huis, gevolgd door een volgende donderslag. Buiten het raam links van me joegen woeste onweerswolken achter elkaar aan. Dikke regendruppels spetterden tegen het raam. Zware windstoten deden de houten planken van het huis kreunen en floten door de kieren.

'Benny is buiten nog steeds aan het graven. Een beste kerel,' zei Matty. 'Hij kan het kennelijk niet laten.'

Het was allemaal even onbegrijpelijk als het eerder was geweest en hoewel ik graag wilde geloven dat die klap tegen mijn hoofd er iets mee te maken had, wist ik dat dat niet zo was. Wat ik zag was even echt als wat ik eerder had gezien en blijkbaar bestonden beide dingen naast elkaar.

'Waar is Kira?'

'Hier ben ik.'

Toen een nieuwe bliksemflits het vertrek helder verlichtte, zag ik haar in de deuropening staan. Ze had haar armen om zich heen geslagen alsof ze zichzelf omhelsde. Ik had graag gezegd dat ze er bezorgd uitzag, dat ze zich zorgen maakte om mij, maar de eerlijkheid gebiedt te zeggen dat ik niets kon zien op haar gezicht. Ze keek naar Matty en mij vanaf haar plek op de drempel. Ik weet zeker dat ze de revolver kon zien, maar ze maakte geen aanstalten me te bevrijden. Ze zei niet tegen Matty dat hij weg moest wezen. Ze stond daar gewoon in het donker.

Met die droge keel deed het pijn om te praten, maar ik deed het toch.

'Waarom is het licht uit?'

'Er is iets mis met de generator.'

'Matty heeft je niet met opzet zo hard geslagen,' zei Kira zacht. 'Bied hem je excuses aan, Matty.'

Matty grinnikte.

'Ja... sorry. Die was goed raak. Je bent bijna een uur buiten westen geweest. Helemaal mijn fout.'

Matty stak zijn hand uit naar mijn slaap, maar ik rukte mijn hoofd opzij.

'Tering,' riep ik. 'Krijg allemaal de tering.'

Ik rukte aan de touwen om mijn polsen. 'Maak die touwen los.'

'Je moet luisteren.'

'Ik luister niet naar je gelul als je me vastbindt en een revolver op me richt!'

Matty keek afwezig omlaag naar de revolver in zijn hand, alsof hij vergeten was dat hij hem vasthield. Hij keerde zich naar Kira.

'Haal eens wat water of zo, wil je?'

Kira knikte, keek me even aan – ik zou zweren dat haar mond stilletjes de woorden *Het spijt me* vormden – stak toen de overloop over naar de slaapkamer en vandaar naar de badkamer die ongetwijfeld ook weer terug was.

Toen ze uit het zicht verdwenen was, drukte Matty de loop van de revolver tegen mijn wang en liet hij hem langs mijn gezicht omlaagglijden.

'Het is maar een .22. Een van die kerels bij de haven heeft me verteld dat iemand die je met een .22 in zijn buik schiet, er dagen over doet om dood te gaan. Je gaat niet dood aan de kogel, maar aan je eigen stront. Die lekt uit je darmen door het gat dat die kogel maakt, en veroorzaakt dan infecties, waardoor je langzaamaan van binnenuit verrot. Het moet vreselijk pijnlijk zijn.'

'Misschien zou je zo nu en dan eens een boek moeten lezen, dan zou je weten dat ze dat sepsis noemen.' Ik keek naar Spivey. 'Waarom laat je hem dit doen? Moet dit een of ander leuk spelletje zijn of zo?'

Matty keek kwaad en hief het pistool, alsof hij me er een tweede keer mee wilde slaan.

'Geen spel,' zei Spivey, zacht wiegend. 'Geen spel.'

De afwezige stem waarmee hij dat zei was geloof ik nog beangstigender dan de revolver of de gedachte opnieuw een klap tegen mijn hoofd te krijgen. Ik geloof niet dat Spivey er helemaal bij was.

Kira kwam terug met water. Ze knielde bij het bed en gaf me te drinken. Toen ik uitgedronken was, veegde ze mijn mondhoek schoon en streek ze met een zachte hand mijn haar achter mijn oor.

'Het spijt me zo, schat,' fluisterde ze.

'Achteruit,' zei Matty. 'Ik wil je niet in de buurt van die touwen zien.'

'Ik maak hem niet los.'

'Kan me niet schelen. Weg daar.'

Kira streelde mijn wang en ging staan. Ze liep terug naar de deur.

Ik rukte opnieuw aan de touwen. Zo hard dat het bed kraakte, maar er schoot niets los. De touwen sneden alleen dieper in mijn polsen.

'Dat is een wurgknoop,' zei Matty. 'Die heeft mijn vader me geleerd. Hoe harder je trekt, hoe strakker hij wordt. Dus misschien kun je daar beter mee ophouden. Of niet, het kan mij niets schelen. Die bedden zijn vastgezet aan de vloer, de muur en de zoldering. Dus dat krijg je nooit los. Je doet alleen jezelf pijn.'

Ik keek langs hem heen naar Kira. 'Jullie hebben Lily ontvoerd, hè? Is ze hier?'

Kira zei niets, maar boven ons hoofd klonk een luide bons, alsof er een meubelstuk omviel en met een klap op de vloer terechtkwam. Spivey hield op met wiegen en keek met grote ogen naar de zoldering.

Een gesmoorde gil volgde direct op de bons – alsof iemand wilde gillen maar meteen de mond werd gesnoerd. Daarna volgde een stilte die op een of andere manier onheilspellend was.

Als het huis werkelijk weer in de staat verkeerde waarin ik het voor het eerst had gezien, was recht boven ons de vliering. De enige deur met een slot in het hele huis.

'Jullie hebben haar echt ontvoerd.' Ik kreeg het er met moeite uit. 'Lily Dwyer. Jullie hebben haar de hele tijd al verborgen gehouden.'

Kira en Matty keken nu ook omhoog. Ze waren bleek weggetrokken. Matty slikte en hapte zo luidruchtig naar adem dat we het allemaal konden horen. Toen schudde hij het van zich af. 'Misschien kun jij je maar beter concentreren op je eigen situatie,' zei hij. 'Laat de rest maar aan ons over.'

Alesia Dubin verscheen op de overloop achter Kira. Daar bleef ze naar mij staan kijken met een hand op een heup. Ze had haar haar bij elkaar gebonden in een paardenstaart. Ze droeg een witte blouse en een spijkerbroek met afgeknipte pijpen. De bovenste drie knoopjes van haar blouse stonden open zodat de groene amulet zichtbaar was op de bleke huid van haar borst. Ze likte haar roze lippen. 'Iedereen eruit, behalve Spivey. We moeten alleen met hem praten.'

19

Matty keek Alesia aan, krabde met de loop van de revolver zijn wang, ging staan en liep naar de deur. Onderweg pakte hij Kira bij haar elleboog. Hij drukte de revolver tegen haar onderrug en duwde haar de overloop op. 'Wij zijn beneden, Hasler. Geen rare geintjes uithalen.'

Hij liet zijn hand langs haar rug omlaagglijden naar haar billen. Kira sloeg zijn hand weg.

'Hoho, het is maar voor de gein,' lachte Matty. Hij zwaaide met de revolver. 'Je moet wel oppassen, anders krijg je nog een kogel in je kont.'

'Raak haar niet aan,' zei Alesia. 'Niet op die manier. Niet als ik het niet zeg. Neem haar mee naar beneden, naar Chloe en Izzie, en wacht daar op mij.'

Hoe ze dat had kunnen zien, was me een raadsel. Alesia had al die tijd naar mij gekeken en zelfs geen steelse blik over haar schouder geworpen naar die twee achter haar.

Het scheen Matty niet te deren. Hij produceerde een achteloos kuchje. Matty en Kira verdwenen in het donker op de overloop.

'Waarom doe je geen licht aan?' zei ik tegen Alesia. 'Je maakt mij echt niet bang met dit theater.'

Alesia tuitte haar lippen. 'Niemand probeert jou bang te maken, Billy.'

Ze klikte met haar vingers en de gloeilampen boven ons hoofd begonnen te branden. De hele slaapzaal baadde ineens in een zee van licht.

Jezus! Hoe kon ze dat...?!

Mijn ogen waren gewend geraakt aan het duister. Die plotselinge zee van licht was pijnlijk. Ik kneep even mijn ogen dicht. Toen ik ze weer opendeed, gluurde ik naar Spivey. Hij zat nog steeds op hetzelfde bed, weliswaar in de buurt van de schakelaar, maar ik zou het hebben gezien als hij er een hand naar uitgestoken had. De enige beweging die ik hem had zien maken was dat heen en weer wiegen.

Alesia's getuite lippen verbreedden zich tot een sluw glimlachje. 'Niet alles is wat het lijkt, Billy.'

Ik rukte opnieuw aan de touwen. Het bed kraakte.

'Ik geloof dat ik aardig doorheb wat er aan de hand is. Je hebt besloten dat je liever in de gevangenis zit dan op de universiteit. Als je me losmaakt wil ik dat best vergeten, maar ik wens je sterkte als je dat daar boven moet uitleggen.' Ik keek naar de zoldering. 'De halve staat is naar haar op zoek.'

Alesia boog zich naar me toe. Haar adem rook naar ijskoude munt.

'Zoals ik al zei: niet alles is wat het lijkt.'

Ze strekte een hand uit naar Spivey en klikte weer met haar vingers.

'Brief.'

Aanvankelijk leek Spivey haar niet te horen, toen stak hij zijn hand in zijn achterzak en haalde hij er een verfrommeld vel papier uit dat hij haar aangaf. Ze legde het op de vloer tussen ons in, vouwde het open en streek voorzichtig alle vouwen glad. Daarna hield ze het voor me omhoog zodat ik kon lezen wat erop stond.

Het was een brief van Spiveys arts.

Ik las hem twee keer voordat het tot me doordrong wat er stond.

Woorden als *agressief*, *uitzaaiingen*, *stadium vier* vielen me direct op, maar het was het woord *terminaal* dat me als een mokerslag trof.

Ik keek Spivey aan.

'Ik begrijp het niet. Bij de hoorzitting vandaag zei Marston dat het veel beter met je ging. Hij had zelfs de resultaten van je bloedonderzoek om dat aan te tonen. Hier staat dat je doodgaat.'

Spivey reageerde niet. Hij wiegde zacht en ritmisch heen en weer.

Alesia reikte achter zich en legde een hand op zijn knie.

Hij hield op met wiegen en bleef stokstijf zitten.

'Het is goed,' zei ze. 'Vertel het hem maar.'

Dit was de eerste keer sinds ik was bijgekomen dat hij me aankeek. Ik bedoel, me echt aankeek, alsof hij begreep wat hij zag en niet alleen maar iets deed wat erop leek. Hij zuchtte. 'Die brief is gebaseerd op een bloedonderzoek van juni, ongeveer een week voordat grootmoeder overleed en dit allemaal begon.'

'Toen we nog naar school gingen?'

Hij knikte. 'Ja... Ik dacht dat ik nog in remissie was. Ik werd heel regelmatig onderzocht, om de paar maanden, maar het was zo lang geleden dat ik problemen had gehad, en ik voelde me goed, dus had ik het onderzoek een paar keer overgeslagen. Dat was stom, ik weet het, maar daar kan ik nu niets meer aan doen. De leukemie kwam terug, razendsnel en agressief. Tegen de tijd dat ik iets begon te voelen, die vlekken op mijn arm zag en me meldde voor een bloedonderzoek, was er al geen weg meer terug.' Hij viel even stil. 'Nou ja, dat is niet helemaal waar, er waren nog steeds behandelingen mogelijk, maar niet meer om opnieuw in remissie te gaan. Ik zou er alleen wat extra tijd mee kopen.'

Nu was ik werkelijk in de war. 'Dus die papieren die Marston bij de hoorzitting liet zien waren vals?'

Spivey keek weg. 'Nee, die waren ook echt.'

'Ze kunnen onmogelijk allebei echt zijn.'

Spivey slikte. 'Ik ben beter geworden sinds ik hier ben. Het is net of de leukemie weg is. Ik weet dat het niet zo is. Het kan niet, maar ik voel me goed en uit het bloedonderzoek blijkt dat het beter gaat.'

Om dat te bewijzen stak hij me beide armen toe. De huid was schoon – geen enkele bloeduitstorting, geen vlek, geen verkleuring te zien.

'Het gaat goed zolang ik hier op het eiland blijf. Hier in huis.' Hij liet zijn armen weer zakken. 'Zodra ik hier wegga, komt het echter weer terug. Ik ging met de Annabelle naar de stad en ik ben daar misschien twee uur geweest en dat kwam meteen met een behoorlijke klap aan. Ik werd zo duizelig en flauw dat ik amper terug kon komen.'

'Hij kwam niet terug,' zei Alesia. 'Nou ja, hij zou het niet hebben gehaald als hij alleen was geweest. Ik heb hem met de grootst mogelijke moeite uit de auto op de boot gekregen en pas een paar uur nadat we terug op het eiland waren, was hij in staat weer iets zinnigs te zeggen. Ik dacht werkelijk dat het gebeurd was.'

Spivey slikte opnieuw. 'Iets hier houdt me in leven.'

Boven ons klonk een nieuwe bons, even hard als de eerste keer. Weer het met een klap op de vloer vallen van een meubelstuk, gevolgd door een gesmoorde gil. Spiveys hoofd schoot achterover. Zijn ogen zochten de zoldering af. Toen sloeg hij zijn handen over zijn oren en kneep hij zijn ogen stijf dicht. 'Laat het ophouden. Alsjeblieft, laat het ophouden.'

Alesia streelde zijn haar en boog zich naar hem toe. 'Ik ben ermee bezig.'

Spivey trilde. Hij was niet de enige.

'Ik geloof dat ik moet overgeven,' zei ik. 'Ik moet naar de wc.'

20

'Chief?'

Whaley keek op en zag dat Mrs White hem van de andere kant van de tafel aanstaarde.

'Marston?' vroeg hij. 'Weet u dat zeker?'

Ze draaide de passagierslijst honderdtachtig graden en zette haar wijsvinger naast de naam. Hij stond er in een keurig, vloeiend handschrift naast het nummer negen. Thybold Marston.

Whaleys hart ging wild tekeer. Hij voelde een druppel zweet die over zijn voorhoofd omlaaggleed.

'Gaat het, Chief? U ziet eruit alsof iemand u net een stomp in de maag heeft gegeven. Wilt u een glas water?'

Hij dwong zijn hoofd om te knikken.

Mrs White glimlachte bezorgd, kwam overeind en liep door de zaal naar een fonteintje bij het toilet.

Whaley probeerde dingen op een rijtje te zetten, maar hij was de draad helemaal kwijt. Door de jaren heen had hij al heel wat meegemaakt, ook veel wat hij liever zou vergeten – verkeersongelukken, glij- en struikelpartijen, zelfmoord – allemaal gezichten die hij nooit meer zou vergeten. Ze trokken zich rustig terug in de stille hoekjes van je brein. Ergens in donkere kamertjes. Soms zochten ze even het licht en boden ze een glimp, een herinnering, een enkel beeld om vervolgens weer stil weg te sluipen. Maar ze waren er altijd, ze lieten je niet los. Ze fluisterden tegen elkaar. Hij hoorde ze nu ook, ze waren opgewonden. Met name één stem die luider klonk dan alle andere – Billy Hasler aan die telefoon…

Ik kan Patricia en William nog steeds horen lachen, Chief, jij ook?

Jij ook?

Twee kinderen die ogenschijnlijk helemaal niets met die anderen te maken hadden, traden op de voorgrond en eisten alle aandacht op – hij had ze nooit gezien, was nooit betrokken geweest bij het onderzoek naar hun dood. Twee kinderen jonger dan zestien die voet aan wal hadden gezet op het eiland en op een of andere manier na hun dood de weg naar het eiland terug hadden gevonden.

Tokens.

Eigendom.

Breng me een token jonger dan zestien jaar, dan garandeer ik je dat je dit zult overleven.

De speurneus in hem begon lijnen te trekken.

Rechter Schultz bij de hoorzitting van die ochtend – *Maar hij wordt behandeld voor zijn ziekte?*

Ja, had Marston gezegd. *Ik ben niet gemachtigd in detail te treden, maar hij gaat vooruit.*

Hij dacht aan iedereen die de afgelopen weken op het eiland was geweest. Hoeveel waren er nog geen zestien geweest?

Jezus, Lily Dwyer.

Niets van alles wat er in zijn gedachten spookte, kon waar zijn.

Dat gebeurde enkel in films.

Spookverhalen.

Niet het echte leven.

Hij geloofde niet in dat soort zaken. Dat had hij nooit gedaan. Het had allemaal met elkaar te maken, maar daar was een logische verklaring voor. Die hoefde hij alleen maar te zoeken en hij wist precies waar hij moest beginnen.

Hij vocht tegen de trilling die zijn hand dreigde te verlammen en deed zijn best in één keer op de zendknop van zijn radio te drukken. 'Sandy, ben je daar?'

Even stilte, toen: 'Ja... Chief, zeg het maar.'

Hij slikte. 'Op mijn bureau ligt een dagvaarding van de hoorzitting van vanochtend. Kun je die voor me pakken? Ik heb het adres nodig van de firma die de dagvaarding heeft verstuurd.'

'Eén moment, blijf aan de lijn.'

Mrs White kwam terug met een glas water en reikte hem dat aan. Hij dronk het in drie gulzige slokken leeg. Dat voelde beter.

'Ik heb het. Bent u er klaar voor?'

Whaley pakte zijn aantekenboekje en zijn pen. 'Toe maar.'

Sandy Lomax las een adres in Boston voor. Hij schreef het op. 'Doe me een plezier en neem contact op met Dennis Witt. Hij werkt bij de recherche van de politie in Boston. Zijn nummer staat in mijn rolodex. Vraag hem om er eens langs te rijden en me te bellen als hij er voor de deur staat. Zeg maar dat ik hem heel dankbaar ben. Daarna wil ik dat je op internet alles opzoekt wat je maar kunt vinden over Lockwood Marston. Zijn advocatenkantoor, gezin, wat dan ook. Print het uit en leg het maar op mijn bureau.'

'Doe ik.'

'Bedankt, Sandy.'

Hij veegde een druppel water van zijn mondhoek en keek Mrs White aan. 'Zegt de naam Lily Dwyer u iets?'

'Dat meisje dat in het nieuws was? Dat wordt vermist?'

Hij knikte. 'Ze had een boek in haar kamer. *De duivel van Great Island.* Ze had het hiervandaan.'

Mrs White overpeinsde dat even met gefronste wenkbrauwen. 'Dat boek heeft zij niet geleend. Dat heeft Alesia Dubin drie maanden geleden mee naar huis genomen.'

'Alesia Dubin? Weet u dat zeker?'

Mrs White wees naar een klembord dat op de hoek van de tafel lag. 'Wilt u me dat even geven?'

Whaley schoof het klembord naar haar toe en ze bladerde door de vellen papier. 'We maken iedere keer als we voor iemand iets uit het archief halen een aantekening en die komt op dit klembord. Ook als iets het gebouw niet uit gaat. Als het weer terugkomt, kan de aantekening er weer uit. Ah... Daar heb ik het.'

Ze tikte op een vel papier en las hardop de datum. April. Drie maanden geleden.

'Nu ik eraan terugdenk, was het een memorabel bezoek. Ze wilde al dit materiaal inzien. Alles wat we hebben over Wood Island en dat schip, de Reina.'

'Deed ze onderzoek voor een werkstuk op school of zo?'

Mrs White schudde haar hoofd. 'Nee, niets van dat alles. Ik denk dat haar moeder haar ertoe heeft aangezet.'

'Haar moeder? Hoezo?'

Ook al waren Whaley en zij daar alleen, Mrs White sprak fluisterend.

'Haar moeder Laura heeft iets met het occulte en met paranormale verschijnselen. Altijd al. Dat is niet ongebruikelijk voor mensen uit deze streek, maar voor haar is het bijna een obsessie. De herberg van Walton met zijn geesten en de put daar waarin die kinderen zijn gestorven, het oude fort, Wood Island – elke begraafplaats, elke dolende geest, elk heksenverhaal tussen Salem en Bangor – zij weet er alles van.' Mrs White maakte een gebaar dat alles omvatte wat er op tafel lag. 'In de loop van de jaren heeft ze al dit spul minstens tien keer doorgenomen. De eerste keer was ze zelf nog een puber, dat weet ik nog. Daarom viel het me ook op toen haar dochter erin geïnteresseerd bleek. Het deed me zo aan haar denken. Toen ik die pubers hier vandaag zag, was het een soort flashback, alsof ik Laura Dubin en haar vrienden hier weer zag. Alsof er geen dag voorbij was gegaan.'

Whaley fronste zijn wenkbrauwen. 'Wie waren de vrienden van Laura Dubin?'

Mrs White deed even haar ogen dicht. Ze bladerde terug door de jaren in haar geheugen.

'Pam Rote natuurlijk, dat wil zeggen Pam Spivey tegenwoordig. Haar toen nog toekomstige echtgenoot Keith, en Teddy Hasler. Die vier waren onafscheidelijk voor zover ik het me herinner. In ieder geval een tijdlang, maar ik geloof dat ze ergens onenigheid over hebben gekregen.'

Toen ze die namen noemde gingen Whaleys nekharen recht overeind staan.

Toeval bestaat niet.

Zijn radio produceerde een statisch gekraak. Hij verwachtte Mundie te horen met een verslag van wat hij had aangetroffen op Wood Island. Het was echter opnieuw Sandy Lomax.

'Chief, Mundie heeft zich gemeld. Ik moest u zeggen dat er niemand thuis was bij Hasler. Matty is niet in de haven. Zijn vader zegt dat hij de hele dag niet een van al die pubers heeft gezien en dat de boot van Matty er niet ligt. Misschien heeft hij hem ergens anders afgemeerd. Mundie heeft motorproblemen met zijn eigen boot. Hij is ermee bezig en zegt dat hij naar Wood zal gaan zodra hij de motor weer aan de praat heeft gekregen.'

Whaley onderdrukte de neiging om te vloeken.

'Er staat een vrouw hier voor de balie die Laura Dubin heet. Ze wil Ted Hasler spreken. Kan ik haar door laten gaan naar achteren?'

Whaley keek Mrs White aan.

Toeval bestaat niet.

Whaley drukte op de knop van zijn microfoon. 'Houd haar daar aan de balie vast. Ik kom eraan.'

Hij bedankte Mrs White en haastte zich de deur uit. De regen viel met bakken uit de hemel. Hij trok de kraag van zijn jas omhoog over zijn hoofd toen hij de auto zag die onderaan de heuvel achter zijn auto geparkeerd stond. De antieke Jaguar glansde spookachtig zacht achter een sluier van regen. De auto had rondom getint glas en zelfs toen het achterportier openging, nam hij alleen het silhouet waar van een man die diep weggedoken op de achterbank zat. Whaley zette koers in die richting en ook al was hij nog tien meter verwijderd van die auto achter de zijne, het leek wel of alles stilviel toen Marston naar hem riep...

'Misschien moeten wij maar eens praten, vindt u ook niet? Er zijn ongetwijfeld mensen die vinden dat het al veel eerder had gemoeten.'

21

'Ik moet naar de wc,' zei ik opnieuw. Dat was geen smoes, mijn maag was samengekrompen alsof iemand er een reusachtige vuist omheen geklemd hield. De plek op mijn hoofd waar Matty me had geslagen, klopte en ik voelde druk achter mijn ogen. Ik had nog nooit een hersenschudding gehad, maar ik was er vrij zeker van dat dat nu het geval was. Bij dat alles voelde ik maagzuur in mijn keel omhoogkomen.

'Doe het maar in je broek,' zei Alesia achteloos.

Spivey stopte met wiegen en keek naar de vloer. 'Laat hem naar de wc gaan. We zijn geen wilde beesten. Waar zou hij heen moeten?'

Alesia keek mij diep in de ogen. Die krankzinnige groene gloed straalde even helder als de amulet om haar hals. Haar adem voelde koud in mijn gezicht.

'Matty heeft de revolver,' zei ze nadat ze even had nagedacht. 'Hij is beneden bij Chloe, Kira en zijn zus. Geloof me maar als ik zeg dat hij een van hen zal doodschieten als jij iets doms probeert te doen. Als íémand iets doms probeert te doen, sterft er iemand. Begrepen?'

'Kom op, zeg.' Spivey gromde. Eindelijk keek hij naar haar. 'Dat is nergens voor nodig. Hij is mijn...'

'Jouw vriend, ja. Ik weet het. Maar een hond die in het nauw gedreven is, bijt van zich af. Zelfs een hond die je al zijn hele leven hebt gehad.'

'Maak die touwen los, Alesia. Ik houd hem in de gaten.'

Ze staarde me nog even aan en ging toen naast me op het bed zitten, boog zich om me heen en ging aan de slag met de knopen van Matty. Ik keek naar Spivey terwijl ze bezig was, maar hij wilde mij niet aankijken. Toen de knoop losschoot en ik overeind wilde komen, greep Alesia mijn schouder. 'Ik zou het heel erg vinden als Kira iets overkwam – ze is een schat.'

Ik schudde haar hand van me af en ging staan. Misschien kwam ik te snel overeind, of misschien was het de wond, maar de hele slaapzaal begon te zwaaien en scheef te trekken. Ik kreeg een waas voor mijn ogen. Ik greep met beide handen het bed vast en slaagde erin mijn evenwicht te hervinden. Ik bleef lang genoeg stilstaan om mijn zicht weer tot rust te laten komen en schuifelde toen voorzichtig naar de overloop.

Alesia bleef op het bed zitten. Spivey liep twee passen achter me. Toen ik opnieuw bijna viel, deed hij geen moeite om me te helpen. Integendeel, hij deed juist een stap achteruit, geschrokken, alsof hij dacht dat ik hem zou vastpakken voor steun en hem zou meenemen in mijn val.

Ik zoog luidruchtig lucht in mijn longen, ging weer rechtop staan en vervolgde mijn weg door de slaapzaal naar de badkamer aan het andere einde. Bij de deur bleef ik stilstaan. Ik draaide me om, naar hem toe. 'Waarom heb je me niet verteld dat je doodgaat?'

Hij keek over zijn schouder door de slaapzaal om zeker te weten dat Alesia ons niet langer kon horen, maar sprak desondanks bijna fluisterend. 'Gast, ik ga al heel lang dood. Ik ben er alleen beter in geworden.'

Opnieuw klonk boven ons een luide bons, gevolgd door een van pijn vervulde kreet die onmiddellijk werd gesmoord. Spiveys hoofd schoot omhoog. Zijn gezicht trok lijkwit weg.

'Als je je zorgen maakt over Matty en de revolver,' fluisterde ik, 'ik help je. Samen kunnen we het hem afhandig maken en de meisjes en Lily van het eiland wegbrengen. Het is nog niet te laat om alles recht te zetten. Ik zal Whaley vertellen dat je me hebt geholpen. Ik zal zeggen dat Matty en Alesia erachter zaten, zoiets, we bedenken wel iets... Ik weet dat je dit niet wilt.'

De blik in zijn ogen maakte me duidelijk dat het niet zo eenvoudig zou zijn. Als Whaley gelijk had, als Kira en de anderen hadden meegeholpen om Lily te ontvoeren, dan zou het niet zo makkelijk zijn om iets geloofwaardigs te bedenken. Zij hadden haar hiernaartoe gebracht en hij had dat toegestaan. Daar kon je niet onderuit. 'Misschien ziet het er niet goed uit,' zei ik, 'maar het wordt alleen maar erger als je niets doet.'

Hij beet op zijn lip. Heel even dacht ik dat ik hem had overtuigd, maar toen trok dat waas van verdoving weer over zijn gezicht, wierp hij een blik in de richting van Alesia, keek mij weer aan en zei met stemverheffing: 'Moet je nou pissen of niet?' Hij tastte om de hoek van de deur en deed het licht aan. 'Nik nok.'

Ik wist niet wat ik moest zeggen, dus hield ik mijn mond.

Ik stapte de badkamer in, deed de deur dicht en op slot.

Doe nooit de deuren op slot, ging het door me heen. Dat kon ik wel negeren, vond ik. De deur was een solide exemplaar van eikenhout en het slot was degelijk. Dat kraakte je niet zomaar met een paperclip. Je had er een echte sleutel voor nodig.

Ik zette regelrecht koers naar het raam achter het badmeubel. Ik kreeg maar één kans en ik wist dat ik snel zou moeten handelen. Het raam had geen slot, alleen een draaigrendel. Ik klom op het badmeubel, ontgrendelde het raam en deed het open.

De storm gierde naar binnen. Ik wist zeker dat Spivey het kon horen. Een loeiende wind en ijzige regen sloegen tegen mijn vel en voelden als messteken in mijn ogen. De kracht waarmee de elementen door het raam de badkamer in kwamen, was zo groot dat ik bijna teruggeworpen werd, de badkamer in. Ik greep beide stijlen van het raam en hees mezelf naar buiten, het dak op. De dakpannen van het steile dak waren glad van de regen, maar ik vond met beide voeten houvast in een smalle goot onderlangs het dak. Ik had geen idee of die goot mijn gewicht kon dragen, dus zette ik me alleen schrap met mijn voeten en gleed ik vooral op mijn rug langs het dak omlaag naar de voorkant van het huis. Tegen de tijd dat ik de dakrand had bereikt waren mijn kleren doorweekt en had ik het zo koud dat ik over mijn hele lichaam trilde. Ik hield niet in. Dat kon ik niet. Als Spivey had gehoord dat ik het raam had opengemaakt, zou hij nu het slot proberen open te breken, als hij al niet in allerijl naar beneden was gerend om de anderen te waarschuwen. Wat hij ook deed, ik had weinig tijd en niet echt een plan.

Bij de dakrand, zo'n vier meter boven de grond, gunde ik me geen ogenblik om te aarzelen. Ik rolde om op mijn buik, liet mijn benen over de rand zakken en gleed erachteraan omlaag. Ik deed een poging de goot met twee handen stevig vast te grijpen, kreeg er heel even vat op, maar dat was niet genoeg om me af te remmen. Ik viel vier meter omlaag en klapte zo hard in de modder dat ik bijna weer het bewustzijn verloor. Als de grond door alle regen niet in een modderpoel was veranderd, had ik zomaar een been of mijn rug kunnen breken, maar het enige wat de storm in mijn voordeel had bewerkstelligd was het creëren van de zachte modderpoel. Het was geen kussen, maar het deed net genoeg om mijn val te breken.

Mijn lichaam wilde daar niets van weten. Er trok opnieuw een waas voor mijn ogen. Bijna ging ik van mijn stokje, maar ik zoog met geweld lucht in mijn longen, lange diepe teugen. Ik wachtte zo lang als ik maar durfde, krabbelde toen overeind en rende naar de steiger, puur op adrenaline.

Zowel de Annabelle als de skiff van Matty lag te bonken tegen de steiger, weerloos tegen woeste, nietsontziende golven, die soms even hoog waren als ik lang was. Als ik over mijn schouder had gekeken, zou ik gezien hebben dat overal in het huis lichten aangingen, een voor een. Dan had ik gezien dat elk raam tot leven kwam alsof de kamers ontwaakten uit een dutje. Als ik niet had gekeken naar al dat woeste water, maar goed naar waar ik naartoe moest, dan had ik dat ene gat dat Benny had gegraven wel gezien, dan was ik daar niet in gestapt. Ik zag het echter niet, mijn voet bleef bij een hoek steken en ik vloog languit op mijn buik over de modder. Ik kwam nog geen anderhalve meter voor Benny, daar waar hij stond, tot stilstand.

'Kijk nou toch eens...' gromde hij terwijl hij me nieuwsgierig opnam. Zijn kleren waren ook doorweekt en hingen als een gladde tweede huid om zijn magere gestalte. Hij hijgde. Hij was even gestopt met graven en leunde met beide handen op de greep van zijn roestige schop. Hij veegde met een besmeurde arm over zijn voorhoofd in een poging het struise haar in het gareel te dwingen, maar het enige effect was een zwarte smeer die meteen begon uit te lopen in de onophoudelijk neerstromende regen. 'Weet meneer Spivey dat u hier bent?'

Ik kwam veel trager overeind dan mijn bedoeling was. Mijn beide benen voelden aan als elastiekjes en mijn hart ging tekeer als een sloophamer. Ik keek naar het huis. Er was geen spoor te bekennen van Spivey of de anderen. Ik zei het enige wat ik zo snel kon bedenken. 'Hij heeft me naar buiten gestuurd om de boten te inspecteren.'

Hij keek over mijn schouder naar Het Rak, hield zijn hand boven zijn ogen tegen de regen en tuurde.

'De Reina lag eerder vandaag een beetje te gieren, maar het lijkt erop dat de kapitein haar nu goed op de wind heeft. Een paar anderen hebben klappen opgelopen tegen de keien. Geen idee hoe ze er nu bij liggen. Dat zullen we morgenvroeg wel gewaarworden, denk ik.'

Ik had geen idee waarover hij het had. Ik draaide me om en zag niets op het water. Niets dan golven die op het graniet stuksloegen. De witte koppen joegen het schuim meters hoog de lucht in. Ik probeerde voorbij die heksenketel te kijken, maar de regen kwam in zulke dikke vlagen uit de lucht dat het zicht beperkt was tot luttele meters. Ik kon het station van de kustwacht niet zien, geen enkele van de huizen langs de kustlijn – zelfs waar de vuurtoren bij Fort Constitution moest zijn, was het donker. Bij een bliksemflits zag ik nog steeds niets van dat alles, maar ik hield mezelf voor dat het door de storm kwam omdat dat de enige logische verklaring was. Terwijl ik dat tegen mezelf zei, bekroop me een andere mogelijkheid, een gedachte die onmogelijk waar kon zijn – *al die dingen zijn er niet. Nog niet.*

Bij een nieuwe bliksemflits die het gebied verlichtte waar het verlaten gebouw van de Portsmouth Prison stond – zóú moeten staan – kostte het me de grootste moeite om overeind te blijven. Mijn benen leken wel van rubber. Het gebouw was er niet. Ik zag de rotspartijen bij de werf waar het gebouw had moeten staan, maar daar zag ik alleen bomen. Pal voor de kust lagen boten afgemeerd, maar de bliksemflits bood me te weinig tijd om er goed naar te kijken. Ik herkende er niet een. Daar hadden echter nooit boten gelegen. Dat stond de kustwacht niet toe, je mocht alleen verderop om de bocht afmeren. Alles wat ik tijdens die bliksemflits zag, was fout.

Ik hoorde niet dat Matty me van achteren besloop. Zelfs als ik hem wel had gehoord, denk ik niet dat ik iets had kunnen doen. Er was iets in me gebroken, ik had het opgegeven.

Hij had de revolver niet in de aanslag. Hij had hem niet nodig. Hij ging tussen mij en Benny staan en sloeg de jongen op de schouder. 'Hoe staat het met de waakvlam, Benny?'

Benny veegde met zijn mouw de modder van zijn voorhoofd. 'Brandt glanzend en strak bij de laatste controle, sir!'

'Mooi. Dat doet me deugd.'

Benny verplaatste zijn gewicht op de greep van de schop en bekeek mij met tot spleetjes geknepen ogen.

'Hij ziet er een beetje pips uit. Waarschijnlijk is het het beste als hij maar zo snel mogelijk naar binnen gaat, voordat hij iets oploopt van de regen.'

Matty greep mij bij mijn elleboog.

'Dat was precies wat ik dacht. Het was nogal ruw op de weg hiernaartoe. Het weer heeft alles behoorlijk onder spanning gezet.'

'Ik dacht al dat je de haaien wel bezig had gezien. Ze waren helemaal door het dolle heen daar voordat het wolkendek openbrak.'

'Het lijkt wel of alles en iedereen het op zijn zenuwen heeft vanavond, maar wij hebben geen haaien gezien, hè Billy?'

Ik reageerde niet. Ik wist niet zo goed of ik nog wel woorden kon vormen.

Benny grijnsde.

'Meestal zie je ze pas als ze bezig zijn restjes van je lichaam tussen hun tanden vandaan te pulken.'

Een nieuwe bliksemflits, gevolgd door het diepe rommelen van een donderslag.

'Daar zeg je wat,' zei Matty. Hij duwde me met zachte dwang in de richting van het huis. 'We zullen jou verder met rust laten, zodat je weer aan het werk kunt.'

'Dank u, sir! Er is veel te doen,' antwoordde Benny met een door de regen vervormde stem. Hij gaf met zijn schop een vlakke klap op de natte aarde.

Matty stuurde me langs diverse gaten naar de veranda voor het huis. Achter ons begon Benny te fluiten. Ik zal nooit weten hoe hij dat voor elkaar kreeg met al die regen. Het liedje herkende ik, maar ik had het al heel lang niet meer gehoord. Misschien was de laatste keer toen ik tien was – mijn grootmoeder had een plaat waar het op stond en die draaide ze zo vaak dat de naald soms oversloeg – het was een nummer van Ted Lewis en zijn orkest en het heette 'When My Baby Smiles at Me'.

Ik draaide me om en wilde nog een keer naar hem kijken. Ik verstijfde.

Hier op de veranda, iets hoger dan de begane grond, had ik een beter overzicht over het eiland. Ik zag niet alleen de gaten waar we net langs waren gelopen en het gat dat Benny nu groef, ik zag alle gaten. Het waren er minstens honderd, misschien wel meer. Alle grond van het eiland om het huis was omgewroet – diepe gaten met bulten zand, modder en keien ernaast. Je zou tien man nodig hebben die dagenlang dag en nacht bleven graven, om voor elkaar te krijgen wat ik zag. Niet één van die gaten was er een paar uur geleden toen ik hier met Whaley was.

Benny stond tot zijn knieën in het gat dat hij grommend groef. De grond vloog met schoppen vol op een bult. Mijn ontregelde brein probeerde de som uit te rekenen. Een half uur per gat? Twintig minuten. Nee. Zelfs als hij erin zou slagen om iedere tien minuten een gat te graven, dus zes per uur, had hij maar een fractie kunnen doen van wat ik zag.

'Benny heeft gelijk,' zei Matty. 'Je ziet er inderdaad een beetje pips uit.'

Hij trok me het huis in, de keuken in, en sloot de deur achter ons.

Als ik me had omgedraaid om nog een laatste keer naar New Castle te kijken, had ik misschien bevestigd gekregen dat ik op een of andere manier in het verleden keek. Ik zou opnieuw een kustlijn hebben gezien van honderd jaar geleden.

Ik heb me vaak afgevraagd wat ik zou hebben gedaan als ik dat had gezien. Terugkijken is vreemd. Je blik op het verleden wordt verondersteld helder te zijn. Dat is hij voor mij nooit geweest, niet als het om die nacht gaat. Voor een deel ben ik daar dankbaar voor. De herinneringen aan die nacht, de beslissingen die we hebben genomen in de aanloop ernaartoe – deels als groep en deels niet – alles wat er nog zou gebeuren, kan maar beter in het schemergebied blijven. Een levendige herinnering zou tot niets minder dan waanzin leiden.

22

Whaley probeerde zichzelf zo goed mogelijk te beschermen tegen de regen toen hij over het kleine gazonnetje naar het geopende achterportier van de auto liep. Hoewel Marston zich naar hem toe boog, leek het of de schaduwen ook bewogen, een soepig donker sijpelen in de doodse lucht. De benige hand van Marston klopte ritmisch op de lege plek van de achterbank naast hem.

'Ga zitten, Chief, voordat u verkouden wordt. U ziet eruit alsof u wel even een beetje rust kunt gebruiken.'

Het mocht dan nog zulk slecht weer zijn, Whaley overwoog de man te sommeren uit te stappen. Hij overwoog zich naar binnen te buigen en Marston bij zijn schrale nek te pakken en uit de auto te sleuren, maar hij deed niets van dat alles. Hij gleed naar binnen en maakte het zich gemakkelijk op de achterbank. Het oude fluweel oogde alsof het hem het liefst in zijn geheel zou opslokken, zo zacht was het. Toen hij zijn voeten de auto in trok, maakte zijn rechterknie bij het buigen het maar al te vertrouwde knappende geluid.

Marston maakte klikkende geluiden met zijn tong. 'Ah, de gevaren van het ouder worden. Ik hoop dat het geen pijn doet.'

'Niets ernstigs.'

Er zat iemand voorin op de bestuurdersstoel, maar Whaley zag alleen de contouren van het achterhoofd onder een zwarte pet.

'Als ik niet te veel van u vraag, Chief, zou u dan het portier dicht willen trekken? Dit weer is verschrikkelijk.'

Hoewel het portier zwaar was, veel zwaarder dan de portieren van moderne auto's, bewoog het moeiteloos, alsof de auto net van de assemblagelijn in de fabriek was gerold, net geolied en doorgesmeerd.

Marston droeg hetzelfde pak als eerder, geen haar op zijn hoofd sprong uit het gelid. Hij boog iets naar voren.

'Chauffeur, wilt u de afscheiding sluiten? We hebben waarschijnlijk behoefte aan enige privacy.'

'Yes, sir,' klonk het antwoord. De stem was van een veel jongere persoon dan Whaley zich had voorgesteld. Hij meende de stem te herkennen. Hij probeerde iets meer van de chauffeur te zien te krijgen, maar een afscheiding van verduisterd glas schoof omhoog achter de voorstoelen en scheidde het voorste en het achterste deel van de auto van elkaar.

'Gezien uw beroep kent u dit model auto waarschijnlijk als een politieauto – dat is waar hij aanvankelijk voor gebouwd is. Een Jaguar MK1 Saloon uit 1958. Van de limousine-uitvoering zijn er slechts een paar gemaakt. Deze heb ik in Duitsland gevonden en langer geleden dan ik me kan herinneren met een vrachtschip laten overbrengen. Het is een verschrikking als het gaat om benzineverbruik en ik weet dat ik iets zou moeten kopen wat een beetje praktischer is, maar ik kan mezelf er niet toe brengen afscheid te nemen van deze auto.' Hij maakte een gebaar naar een zilveren blad op een kleine minibar die in de rugleuning van de bestuurdersstoel was gebouwd. 'Mag ik u een kop thee aanbieden?'

'Ik geloof niet dat we genoeg tijd hebben voor thee.'

'Onzin. Wat is nog de zin van het leven als er geen tijd meer is voor exquise zaken?'

Marston schoof een kop en schotel naar Whaley en zette voor zichzelf ook een kop en schotel gereed. Fragiel Chinees porselein met her en der geraffineerde patronen, ongetwijfeld op de klei gepenseeld met de hand en waarschijnlijk veel ouder dan de auto. Marston tilde het deksel van een pot die deel uitmaakte van het servies. Stoom waaierde omhoog. Whaley had geen idee hoe Marston water had kunnen koken in deze auto en Marston maakte geen aanstalten om het uit te leggen. Hij reikte naar een klein houten kistje alsof dit allemaal doodnormaal was.

'Ik ben heel erg gecharmeerd van een blend die ik rechtstreeks koop van een theehandelaar in Mombassa. Ik drink er veel te veel van, vrees ik, maar we hebben allemaal onze ondeugden, is het niet, Chief?'

Met een ronde zilveren lepel schepte hij theebladen uit het kistje. Met een mes schoof hij de overtollige bladen weer terug. De rest ging in de pot met kokend water. De geur van de thee dreef onmiddellijk door de kleine ruimte, een zwaar, gronderig aroma, vochtig en heet. Marston herhaalde dit vier keer voordat hij het deksel weer met een tevreden glimlach op de pot zette.

'Hoelang je de thee laat trekken is het geheim, heb ik ontdekt. Te kort en de thee is slap, te lang en hij wordt bitter.'

Whaley had geen idee waar de man het over had en het interesseerde hem evenmin. Hij keek uit het raam en probeerde vat te krijgen op wat hij zag. Iets was helemaal ontspoord. De straat was veranderd. De gebouwen.

De Historische Vereniging troonde nog steeds op Windmill Hill, rechts van Whaley, daar waar het gebouw moest zijn, maar op het bord was te zien dat de Historische Vereniging er niet meer was gehuisvest. In plaats daarvan hing er een groot bord op de gevel waarop stond te lezen dat het hier om een kerk van de baptisten ging. Dat kon niet kloppen, want normaal stond daar OPENBARE BIBLIOTHEEK, en ook al klopte dat ook niet, omdat de bibliotheek er niet was gehuisvest, dat was wél het bord dat daar hoorde te hangen. Hij had dat bord er zijn hele leven zien hangen en nu was het weg. Hij kende de geschiedenis. Het stond in het geheugen van alle bewoners gegrift. In 1925 kocht de gemeente de oude kerk van de baptisten om er een bibliotheek van te maken. In 1990 werd een nieuwe bibliotheek gebouwd op de oude dorpsweide en trok de Historische Vereniging in dit gebouw. De Historische Vereniging liet het bord van de Openbare Bibliotheek hangen, omdat dat... eh... nu eenmaal de geschiedenis was. Hij wist dat het zo was gegaan, maar op een of andere manier keek hij naar alles wat eraan vooraf was gegaan. De betimmering van de gevels was nog wit, maar had niet meer de glans van de Benjamin Moore-lakverf die Whaley er samen met acht andere vrijwilligers twee jaar eerder op had aangebracht. De verf was dof. Hij bladderde af, op sommige plaatsen zag je het kale hout. De bomen links waren ook anders. Veel kleiner, jonger, niet zo vol als ze zouden moeten zijn. En de straat? Wat was er in vredesnaam met de straat gebeurd? Het asfalt zat vol gaten en kuilen. De gele middenlijn was weg en het plaveisel leek smaller dan het zou moeten zijn.

Whaley kneep zijn ogen half dicht. Hij veegde met zijn vingertoppen over het raam.

'Wat is dit?'

Marston liet niet blijken of hij Whaleys vraag had gehoord of niet. Toen Whaley zich weer naar hem toe keerde, zag hij dat de lippen van de man bewogen. Amper hoorbaar murmelde Marston iets, hij telde zacht in zichzelf. Toen hij geteld had tot waar hij wilde tellen, trokken zijn lippen strak tot een grijns over zijn gelige tanden. 'Ah, we zijn er.' Hij pakte de theepot met zijn rechterhand terwijl hij met de linkerhand een klein zilveren zeefje op het kopje van Whaley zette.

'Deze methode leidt iets sneller tot geknoei dan traditionele theezakjes, maar ik denk dat u het met me eens zult zijn dat de superieure smaak het de moeite waard maakt.'

Hij schonk de thee langzaam in, om de zeef de kans te geven op te vangen wat er nog aan theeblaadjes meekwam. Nadat hij ook zijn eigen kop thee had ingeschonken, zette hij het filter weg op een stoffen servet en hief hij zijn kop in een kleine toost.

'Op het genieten van de betere geneugten van het leven in goed gezelschap!'

Whaley priemde een duim naar het raam en stond op het punt iets van een verklaring te eisen toen hij besefte dat er niets uit te leggen viel. Het bord van de Historische Vereniging hing weer waar het hoorde te hangen, evenals het bord boven de ingang. De verf was weer correct en de straat lag er weer intact bij. Het enige wat niet in orde was, was hijzelf – het zoemde in zijn hoofd en hij hoorde een fluittoon. Hij was zijn gevoel voor evenwicht kwijt, alsof hij net uit een karretje van een achtbaan was gestapt en nog niet helemaal stevig weer op beide voeten stond.

Brigadoon verdwenen alsof het er nooit was geweest.

'Drink, Chief, u zult zich beter voelen.'

Whaley dronk. Niet omdat hij dat wilde, maar omdat zijn lichaam dat om een of andere reden nodig had en zonder toestemming tot handelen kon komen. Zijn handen reikten naar de kop en brachten die naar zijn lippen. Het enige wat Whaley kon doen was toekijken. Het enige wat hij kon doen was zijn mond opendoen, de hete thee over zijn tong laten stromen en die doorslikken. Hij nam nog twee slokken en zette toen pas de kop terug op het schoteltje.

Marston straalde en voor het eerst leek zijn glimlach oprecht.

'Briljant, vindt u niet?'

Whaley vond dat het smaakte als modderig water, maar dat zei hij niet.

'Wie is Thybold Marston voor u? Wie is Emerson?'

Marstons ogen vernauwden zich even, zijn lange vingers rustten op de rand van het zilveren dienblad.

'Heb ik het bij het juiste eind als ik veronderstel dat meneer Spivey niet weet dat u hier bent?'

'Ik ben geen verantwoording verschuldigd aan menéér Spivey.'

'Nee, dat bent u niet, nee...' Hij zuchtte. 'Maar ik wel. Als raadsman van meneer Spivey ben ik gebonden aan bepaalde regels aangaande vertrouwelijkheid. Ik ben bang dat ik u zonder zijn expliciete toestemming erg weinig kan vertellen over het huis, het eiland en alles wat daarmee samenhangt.' Zijn tong piepte uit zijn halfgeopende mond en streek langs zijn dunne lippen. 'Regels zijn regels, Chief, en die regels gaan al terug tot mijn voorgangers.'

'Regels zijn regels,' herhaalde Whaley. 'Tokens jonger dan zestien jaar worden beschouwd als eigendom. Wie op het eiland is bij zonondergang moet op het eiland blijven tot zonsopkomst, tenzij toestemming voor vertrek wordt verleend door de beheerder. De entiteit mag nooit worden verkocht... Dergelijke regels?'

'Precies.'

'Allemaal onbegrijpelijk.'

'Het hoeft ook niet begrijpelijk te zijn,' zei Marston. 'Niet voor u.' Dat laatste voegde hij er achteloos aan toe, alsof hij een vlieg van zich af sloeg.

Whaley was niet van plan zich te laten afschepen of intimideren.

'Ik heb een zaak van een vermist kind en Joost mag weten wat er allemaal gebeurt op dat eiland. Meerdere minderjarigen uit mijn werkterrein zijn betrokken bij een onverkwikkelijke zaak en u lijkt aan de touwtjes te trekken. U kunt mij vertellen wat er gaande is of ik ga een aantal telefoontjes plegen voor dagvaardingen en huiszoekingsbevelen, met als gevolg dat ik een uur later in Boston sta te neuzen in uw dossiers.'

Marstons ogen sperden zich open en zijn valse glimlach verscheen weer op zijn gezicht.

'O, Chief, gaat u me werkelijk met dreigementen bang maken? Net nu ik dacht dat we goede vrienden zouden worden? Misschien moet u nog eens bij uzelf te rade gaan. Ik vind het best. Soms gaan onze emoties met ons op de loop en emoties vieren absoluut hoogtij.' Hij reikte naar de theepot. 'Wilt u nog een kopje thee?'

Whaleys kop was leeg.

Hij kon zich niet herinneren dat hij de thee had opgedronken.

Was hij gedrogeerd?

Hoe zou dat gebeurd moeten zijn? Marston dronk de thee ook. Misschien zat er al iets in zijn kopje voordat de thee werd ingeschonken? Misschien dronk Marston zijn thee niet echt, deed hij net alsof. Misschien iets in de lucht in de auto? Misschien...

'Blijf bij de les, Chief!'

'Clifford,' antwoordde Whaley. Hij wist niet precies waarom. 'Clifford Whaley.'

'Dat bent u, Chief. Chief Clifford Whaley, geboren hier in New Castle in 1969 als zoon van Elmore en Gerta Whaley. Twee gewaardeerde burgers die omkwamen bij een tragisch auto-ongeluk toen u nog maar zevenentwintig was. U hebt geen kinderen, niet omdat u geen kinderen wilt of uw best niet hebt gedaan, maar u vermoedt dat uzelf of uw vrouw kampt met vruchtbaarheidsproblemen, hoewel geen van u beiden ooit een arts heeft geconsulteerd. U gelooft dat het zal gebeuren als het in de plannen van de

Almachtige staat geschreven, en anders niet, een overtuiging die ik heel aandoenlijk vind.'

Whaley deed zijn mond open om iets te zeggen, maar er kwam niets uit. Zijn hart klopte sneller dan het zou moeten doen. Een dringend ritme. Elke keer dat hij ademhaalde, leek er minder lucht in zijn longen te komen. Hij vocht tegen de neiging om flink naar adem te happen. Hij wilde deze man niet de bevrediging schenken waar hij kennelijk naar op zoek was. De helft van wat Marston zei was een publiek geheim en de rest kon niet meer zijn dan een beredeneerde gok, al voelde het als een belediging, een aanranding bijna. Marston probeerde hem van zijn stuk te brengen en dat lukte hem. Zeker met wat hij vervolgens zei.

'Hoelang hoest Mary nu al?'

Whaleys hart sloeg over. 'Hoe weet u in hemelsnaam...?'

Hij viel stil. De blik in de ogen van Marston maakte hem duidelijk dat Marston veel meer wist dan alleen het hoesten. Het hoesten van Mary was twee maanden geleden begonnen. Ze zei dat ze de kriebel in de keel had en het maar niet kwijt kon raken. Ze had nooit gerookt en ze praatten er verder niet over. Ze gaven de schuld aan een of andere allergie, aan de seizoenen. Vorige week echter was ze buiten adem nadat ze de trap naar de bovenverdieping op was gelopen. Ze moest gaan zitten om op adem te komen. Ze had dokter Lambrey gebeld. Die had diezelfde middag naar haar longen geluisterd, gezegd dat het waarschijnlijk niets voorstelde, maar dat hij het toch verstandig zou vinden als ze zich liet onderzoeken door een vriend van hem, een specialist in Exeter, voor alle zekerheid. Ze had een afspraak in haar agenda staan voor overmorgen.

'Waarschijnlijk is het niets,' mompelde Whaley.

'En laten we hopen dat het met een sisser afloopt.' Marston knikte. 'Maar als het... iets is... Dan is het te hopen dat u er snel bij bent.'

In Whaleys hoofd klonk ineens een zachte fluisterstem als door de deur van een scheepshut: *breng me een token dat nog geen zestien is, dan zal ik ervoor zorgen dat ze in leven blijft. Dan is het niet meer dan een kriebel in de keel. Dat zou het eigenlijk heel goed kunnen zijn.*

Whaley liet bijna het porseleinen kopje stukvallen op het zilveren dienblad. Hij wilde het niet langer in handen hebben, hij wilde het niet langer zien. Hij wilde weg uit de auto van Marston. Het kopje was opnieuw leeg en opnieuw kon hij zich niet herinneren de thee te hebben opgedronken. Met een trillende hand zette hij het kopje op het dienblad. Hij deed zijn uiterste best om normaal adem te halen.

Marston nam een slok van zijn thee en zette zijn kopje op het dienblad naast dat van Whaley. Hij keek gefascineerd naar een druppel die langs het porselein omlaaggleed. Voordat de druppel op het dienblad viel, veegde hij hem weg met zijn duim. Met het soort achteloosheid waarmee je een ander kanaal op de tv kiest sneed hij een ander onderwerp aan.

'Dat geval van dat meisje dat wordt vermist, is heel tragisch. Ik kan u verzekeren dat ik met haar te doen heb en heel erg met haar ouders meeleef. Ik ben ervan overtuigd dat ze u zeer dankbaar zijn voor uw snelle en adequate ingrijpen van deze ochtend. Ik bedoel de arrestatie van meneer Hasler. Ik begrijp dat hij een jeugdvriend is, dus dat moet het nogal pijnlijk maken. Maar u bent daaraan voorbijgegaan, hebt het bewijsmateriaal op zijn waarde geschat en de man achter de tralies gezet. Linksom of rechtsom zal hij u uiteindelijk wel vertellen wat hij met haar heeft gedaan. In dergelijke zaken komt na verloop van tijd meestal vanzelf duidelijkheid.'

'We hebben een haar van het meisje in zijn auto gevonden,' zei Whaley. 'Dat vind ik een beetje te gemakkelijk.'

'Of uw vriend de projectontwikkelaar is toch een minder geniale crimineel dat hij had gedacht. Wie niet voorzichtig is, valt in de kuil van zijn eigen fouten – zoveel heb ik in ieder geval begrepen uit het handjevol misdaadromans dat ik heb gelezen. Geef ze een eind touw en ze knopen zichzelf op.'

'Ted Hasler is geen kidnapper,' antwoordde Whaley. 'Hij stond u in de weg, hij maakte u en uw cliënt het leven zuur. Dat is een motief. Hij stelt alles in het werk om David Spivey van dat eiland te krijgen. Hij stelt alles in het werk om ervoor te zorgen dat de jongen wordt opgenomen voor een behandeling. Hij stelt alles in het werk om u te dwarsbomen bij wat u ook aan het doen bent. Die haar in de auto van Ted was inderdaad onvoorzichtig, daar hebt u gelijk in. Zonder die haar zou het nooit bij me opgekomen zijn om naar u te kijken voor Lily Dwyer.'

In reactie daarop glimlacht Marston slechts.

'En toch, in weerwil van dat alles, zit ik hier thee te drinken met de Chief of Police, terwijl uw vriend achter de tralies zit te wachten op wat hem ten laste zal worden gelegd. Je zou kunnen zeggen dat u uw tijd verknoeit, Chief. Terwijl u rondstommelt en dwaalsporen volgt, is dat meisje ergens, misschien nog levend, misschien dood, maar als ze nog leeft, hoelang denkt u dan dat ze nog heeft als er niemand is die voor haar zorgt? Veronderstel eens dat ze over een week wordt gevonden in de bouwput van een van de projecten van meneer Hasler, vastgebonden en gestorven van dorst.

Ik heb over zo'n geval gelezen, niet zo heel lang geleden in Chicago, geloof ik. Veronderstel eens dat uw meerderen te horen krijgen dat u meneer Hasler niet vanaf het moment dat u hem hebt gearresteerd, het vuur na aan de schenen hebt gelegd om erachter te komen waar ze is, dat u niet de overduidelijke aanwijzingen die er zijn hebt gevolgd, maar u hebt overgegeven aan een heksenjacht en gerespecteerde advocaten uit Boston hebt zwartgemaakt met allerlei rare complottheorieën. Denkt u zich eens in wat ze met u zullen doen. Er zullen genoeg mensen zijn die vinden dat diezelfde advocaat heel stevig in zijn schoenen zou staan als hij u aanklaagde voor laster en aantasting van de goede naam.' Hij maakte een weids armgebaar. 'Zowel het een als het ander zou weleens een heel abrupt einde van uw carrière bij de wetshandhaving kunnen betekenen. Misschien zouden zelfs de ouders van het meisje zich genoodzaakt zien u aan te klagen, en terecht, zou ik denken. Allemaal onverkwikkelijke zaken, heel onverkwikkelijk. En dat allemaal alleen omdat u niet had gedaan wat van u mocht worden verwacht.'

Whaley was niet van plan zich door Marston te laten intimideren.

'Als ik toch al zo veel problemen heb, moet ik u misschien maar meenemen naar het bureau en in de cel naast die van Ted Hasler stoppen. Dan kunnen we het met z'n drieën doornemen.'

'Uw thee wordt koud, Chief.'

Marston had zijn kopje weer volgeschonken. Whaley had het hem niet zien doen.

Whaley zette het kopje aan zijn lippen en dronk. Dat wilde hij niet, maar hij besefte het pas toen hij het lege kopje terugzette. Dat beangstigde hem. Heel erg zelfs, maar hij was niet van plan het op te geven.

'Ik weet dat u haar hebt ontvoerd. Misschien hebt u het niet zelf gedaan, maar dan heeft iemand het in opdracht gedaan. Misschien die pubers. Ik zal haar vinden. U zei het al: wie onvoorzichtig is, verraadt zichzelf.'

Marston luisterde er geamuseerd naar. Het valse lachje verscheen weer op zijn gezicht.

'Ik ben bang dat we de weg een beetje zijn kwijtgeraakt. We moeten ons even focussen. U en ik jagen hetzelfde na: het welzijn van meneer Spivey en zijn vrienden. Ik verzeker u dat dat het enige is wat ik nastreef. Mijn enige doel.'

'Waarom krijg ik dan het gevoel dat u hem en alle anderen gebruikt?'

'Niets kan verder van de waarheid verwijderd zijn dan dat. Ik ben er louter en alleen om te dienen, om mijn plichten te vervullen. Verder niets.'

Hij wierp een blik op een klok die in de rugleuning van de bestuurdersstoel was ingebouwd, boven de minibar. 'Ach, ik verlies de tijd uit het oog vandaag en er is nog zoveel te doen. Geef me uw hand, Chief.'

'Mijn hand?'

Whaley stak zijn hand uit. Dat wilde hij niet, maar hij had even weinig zeggenschap over die handeling als over het drinken van de thee.

Marston legde een van zijn handen tegen Whaleys hand, handpalm tegen handpalm, en legde er zijn andere hand bovenop. De huid van de man was koud en klam, niet de aanraking van iets levends. Het was iets anders. Hij oefende druk uit, kneep en alles werd anders.

23

De wereld buiten de auto was weer oud geworden. Niet alleen de Historische Vereniging en de straat, maar elk huis en alles wat er maar langs de hoofdstraat was gebouwd. Links rolde een wagen, voorbijgetrokken door een lui voortstappende merrie. Haar hoeven klepperden zo hard op het plaveisel dat ze het in de auto konden horen. Achter de wagen liepen een man, een vrouw en een jongen van een jaar of tien. Ze droegen kleren die aan lang vervlogen tijden deden denken. Ze keken niet naar de auto en Whaley wist zonder erover na te hoeven denken dat ze die ook niet zouden zien als ze in de richting van de auto keken. Whaley zag alles – wat het dan ook mocht zijn – door de achterkant van een plaat spiegelglas.

'Waar zijn we?' wist hij met moeite uit te brengen.

Marston verstevigde de greep op zijn hand. Toen hij begon te spreken kwam zijn stem niet uit een bepaalde richting. Hij leek Whaley te omvatten, hem te omstrengelen, hem te raken tot diep in botten.

'Ik geloof dat we beiden weten dat *waar* een minder goede vraag is dan *wanneer*. Al is ook dat niet echt toepasselijk, om een aantal redenen die ik u zo eenvoudig mogelijk zal proberen uit te leggen zodat u het kunt begrijpen.'

Hij keerde zich van het raam naar Whaley. Zijn ogen waren donkere poelen.

'Tijd is net zomin een vast gegeven als het water van een snelstromende rivier. Je kunt van elke plek langs de oever in de rivier stappen. Het is ook mogelijk er weer uit te stappen. Maar nu komt het. Meedrijven met de stroom en er even later weer uitstappen, het water volgen waar het moet gaan, is veel eenvoudiger dan tegen de stroom in zwemmen en proberen de plaats te bereiken waar het water is geweest – het is niet onmogelijk voor een geoefende zwemmer, maar het is moeilijk, de stroming is krachtig. Voor wie de strijd met het water niet wil aangaan, is er nog een andere optie, die overeenkomsten vertoont met wat wij nu doen – je kunt in de rivier stappen en stilstaan zonder een van beide kanten op te gaan. Je kunt doodstil blijven staan en eenvoudigweg zowel stroomopwaarts kijken, naar alles wat is geweest, als stroomafwaarts, naar alles wat nog gaat komen. Stervelingen zoals u zullen nooit in staat zijn een dergelijke prestatie te leveren. Dat hoeft ook niet, u hoeft slechts te begrijpen dat ik dat wel kan. Dat moet u begrijpen om in u op te kunnen nemen wat ik u ga tonen. Wilt u mij volgen?'

Whaley begreep er niets van. Hij wilde uitstappen, maar kon zich niet bewegen. Zijn lichaam weigerde hem te gehoorzamen en zelfs toen hij knipperde met zijn ogen, toen hij ze een milliseconde sloot, was de neiging om ze meteen weer open te doen en gekluisterd te blijven aan de starende blik van de man, overweldigend. Het deed pijn niet te kijken.

Marston kneep harder in Whaleys hand. Een van de vingers van Marstons hand trok krom en Whaley voelde hoe de nagel zich in zijn handpalm groef. Niet zomaar een kras, de vingertop boorde zich in zijn hand, zocht zich draaiend en wroetend een weg door de huid naar het vlezige deel daaronder.

Whaley kreeg een wit waas voor de ogen. Toen dat optrok, zat hij niet langer in de auto van Marston. Hij zat in een rommelige woonkamer, die hij leek te herkennen, al kon hij het niet plaatsen. De gordijnen waren dichtgetrokken, er hing een verschraalde lucht. Zijn ogen hadden even tijd nodig om aan het schaarse licht te wennen. Toen dat voorbij was, zag hij een vrouw in een leunstoel voor een tv die niet aan stond. Hoewel haar ogen open waren, bewoog ze niet. Toen hij een stap dichterbij kwam zag hij korstig slijm en braaksel om haar mond en op haar kin. Hij zag de lege blik in de ogen. Hij zag dat haar borst niet op en neer ging en hij wist dat ze dood was. Hij wist ook wie ze was.

Pam Spivey.

Dit was niet een of andere weggestopte herinnering. Hij had haar niet zo gezien toen een overdosis twee jaar geleden bijna een einde aan haar leven had gemaakt. Haar zoon had haar gevonden, hij had de hulpdiensten gebeld. Tegen de tijd dat Whaley arriveerde, werd ze al door ambulancebroeders op een brancard het huis uit gereden. De leunstoel herkende hij echter wel. Toen hij die stoel destijds had gezien, had hij moeten denken aan zijn eigen stoel voor de tv, waar hij zo nu en dan in plaatsnam om naar een wedstrijd van de Red Sox te kijken, of als hij een portie football nodig had en bereid was het irritante geblèr van de verslaggever aan te horen. Zijn stoel was een moment van geluk, die van haar geenszins. Bijna identiek, maar toch geheel aan elkaar tegenovergesteld. Hij had haar niet bijna dood in haar stoel gezien, toen niet, nooit, dus dat was dit niet. Hij bevond zich ergens stroomafwaarts in de rivier. Marston had hem meegetrokken, het water in, en liet hem zien waar het water naartoe stroomde.

Whaley zag het kogelgat in haar hoofd pas toen hij half om de stoel heen was gelopen. Kennelijk kon hij zich verplaatsen in wat dit dan ook mocht zijn. De wond was veroorzaakt door een klein kaliber, waarschijnlijk een .22. De loop was stevig tegen haar voorhoofd gedrukt toen de trekker was overgehaald, dat was te zien aan de schroeiplekken om de wond. Hij zag geen wond waar de kogel het hoofd weer had verlaten. Het was ook onwaarschijnlijk dat zo'n kleine kogel dat zou doen. Hij bevond zich nog ergens in haar hoofd nadat hij als in een flipperkast alle kanten op was gestuiterd en daarbij alles wat er in haar aan leven was, stukje bij beetje had vermoord. Het pistool lag naast haar stoel, vlak bij haar met gestrekte vingers omlaag bungelende hand.

Whaley probeerde zijn hand vrij te rukken. Heel even was hij terug in de auto van Marston en zat hij weer op de achterbank naast de man. Zijn knie schoot omhoog en raakte het zilveren dienblad. De theepot viel om en de thee vloog alle kanten op. Het leek Marston niets te doen. Hij boog naar Whaley toe en fluisterde slechts één woord.

'Kijk.'

Een luchtstroom ruiste langs – muren verschoven, openden zich en sloten weer. De auto was weg en Whaley stond in het politiebureau van New Castle, niet in de hal, maar in de met glas afgeschermde ruimte achter de balie waar zijn agenten burgers die binnenkwamen te woord stonden.

Sandy Lomax zat bij de radio en zijn eigen woorden, dat wat hij had gezegd toen hij op het punt stond het gebouw van de Historische Vereniging uit te lopen, klonken blikkerig uit de luidspreker…

Houd haar daar aan de balie vast. Ik kom eraan.

Hij keek toe hoe Sandy overeind kwam en naar de balie liep. 'Als u even wilt gaan zitten, mevrouw Dubin? Chief Whaley is onderweg.'

Whaley keek door het glas naar de vrouw in de hal. Ze was achter in de dertig, ze droeg een bruine blouse en een donkere spijkerbroek. Een zwarte regenjas hing keurig opgevouwen over haar arm. Haar kastanjebruine haar was nat en hing vastgeplakt langs haar hoofd. Ze keek Sandy aan met felle groene ogen. 'Ik heb werkelijk haast. Zou je me op zijn minst kunnen bevestigen dat Teddy Hasler hier is?'

Sandy knikte. 'Hij zit achter met zijn avondmaaltijd.'

De vrouw volgde de blik van Sandy naar de deur achter in de smalle hal en heel even dacht Whaley dat Laura Dubin zou proberen die deur open te maken. Die deur zat op slot, hij zat altijd op slot. De deur was gepantserd met stalen platen. Als ze het probeerde, zou haar een teleurstelling te wachten staan. Maar ze probeerde niets. Ze glimlachte en legde haar regenjas op een van de lege stoelen. 'Nou, dan moet het maar op die manier.'

'Pardon?'

Laura Dubin pakte de stoel die het dichtst bij de deur stond, die toegang bood tot het alleen voor personeel bestemde deel van het bureau, schoof de rugleuning met een zachte kreun schuin onder de deurkruk en trapte toen met haar hak tegen de twee stoelpoten om hem vast te klemmen. Eerst dacht Whaley dat het haar bedoeling was om de deurkruk af te breken en zo het slot te forceren, maar dat zou haar nooit lukken. Die stoel was domweg niet sterk genoeg. Hij zou nooit goed functioneren als hefboom. Maar toen besefte hij dat Laura Dubin andere plannen had. Ze wilde die deur barricaderen, om te voorkomen dat Sandy – of wie dan ook – de hal kon bereiken. Als die deur gebarricadeerd was, moest Sandy van achter de balie het hele politiebureau door, de achterdeur uit en de voordeur weer in om in de hal te komen.

Sandy stond met beide handen tegen het glas gedrukt te kijken naar wat er gebeurde.

'Mevrouw? Wat doet u?'

Laura Dubin deed een stap achteruit, bewonderde het resultaat van haar werkzaamheden en begon te wroeten in haar broekzakken.

'Het zou heel leuk geweest zijn om Teddy nog even weer te zien, even een paar minuten herinneringen ophalen. We hebben elkaar al jaren niet meer gesproken. Eigenlijk al niet meer sinds we klein waren. Het lijkt wel of het nog maar een week geleden is dat we pubers waren.' Ze knipte met haar vingers. 'De tijd vliegt voorbij.' Ze keek Sandy door het glas aan. 'Heb jij kinderen?'

Sandy schudde haar hoofd.

De glimlach keerde terug op Laura's gezicht.

'Dat is, denk ik, goed. Alles wordt anders in je leven. Elke gedachte gaat van mij, mij, mij naar hen, hen, hen. Begrijp me goed, dat is niet verkeerd, het is gewoon anders. Iemand vroeg me eens of ik voor een rijdende auto zou springen om mijn dochter te redden, en dat kon ik onomwonden beantwoorden met ja, zonder enige aarzeling. Stel me dezelfde vraag over mijn ex en ik zou hem waarschijnlijk voor een auto duwen als ik de kans kreeg. Geen schijn van kans dat ik ooit voor hem zou willen sterven, nu niet en zelfs niet in het begin, toen we helemaal hoteldebotel van elkaar waren. Maar kinderen. Overbodige vraag. Daar doe je alles voor.' Nog steeds rommelend in haar zakken, vroeg ze: 'Weet je zeker dat ik Teddy niet even kan spreken. Heel even maar?'

Opnieuw schudde Sandy haar hoofd.

Laura Dubin haalde haar schouders op en streek een losse streng vochtig kastanjebruin haar achter haar oor. Haar groene ogen zogen licht op en straalden.

'Ik denk dat ik hem toch al wel heel snel weer zie. Pam ook. Het lijkt wel of we de hele band weer bij elkaar krijgen. De oude nummers weer spelen.' Ze neuriede een stukje van een liedje dat Whaley niet herkende.

Zweet parelde op Sandy's voorhoofd. Ze was langs het glas in de richting van de gebarricadeerde deur geschuifeld.

Laura Dubin leek even verloren te zijn in herinneringen aan lang vervlogen tijden. Ze blies gefrustreerd haar adem uit. 'O, nou, oké, je moet me één ding beloven, goed?'

Sandy staarde haar aan.

'Beloof me dat je me er weer naartoe brengt... als dit voorbij is?'

Sandy hapte naar adem. Ze hapte zo luidruchtig naar adem dat Whaley het kon horen.

Laura Dubin haalde lucifers uit haar zak en streek er een aan.

'Het is belangrijk dat we teruggaan, anders werkt het niet.'

Sandy drukte haar handpalm tegen het glas. 'Nee!'

'Wat we allemaal wel niet doen voor onze kinderen,' zei Laura Dubin zelfgenoegzaam.

Haar arm maaide opzij en ze gooide de brandende lucifer naar de stoel waarop haar jas lag. Die vatte vlam en veranderde in een oogwenk in een vuurzee. Whaley besefte dat de jas niet alleen nat van de regen was geweest. Laura Dubin had hem in iets brandbaars gedoopt.

Laura Dubin bleef doodstil staan. De glimlach week geen moment van haar gezicht.

Sandy gilde.

Whaley was bij haar in de ruimte achter het glas, maar ook weer niet. Hij kon haar niet vastpakken en door de deur naar achteren duwen. Hij kon het glas niet stukslaan en proberen het vuur te doven. Hij was toeschouwer, niet meer en niet minder. Hij zat in de auto van Marston en om hem daaraan te helpen herinneren, wrikte Marston met zijn vinger. Een verlammende pijn verspreidde zich vanuit Whaleys handpalm langs zijn arm omhoog naar zijn schouder. Whaley wist dat de vinger van de man zich diep in zijn hand had geboord, dat hij langs bot en bindweefsel schraapte, tussen pezen en spieren wroette. Hij probeerde tevergeefs zijn hand weg te trekken. 'Wat was dat, verdomme?'

Marston gaf geen antwoord. De plooien in zijn gezicht verraadden niets.

'Het is tijd om het water in te waden, Chief. Probeer niet te veel binnen te krijgen – ik zou niet willen dat u verdronk. U wilt die lieve Mary niet alleen achterlaten met die kriebel in de keel. We moeten de arme Mary niet over het hoofd zien bij alles wat er gebeurt.'

Marstons vinger wroette opnieuw. De pijn die dat veroorzaakte was heviger dan alles wat Whaley in zijn leven had doorstaan. Niet alleen trok er opnieuw een wit waas voor zijn ogen, hij dacht dat hij het bewustzijn zou verliezen. Misschien gebeurde dat zelfs wel even, want toen alles weer min of meer gewoon werd, zat hij niet meer in de auto van Marston. De auto van Marston was weg.

Hij stond achter zijn eigen auto, op het grind langs de hoofdstraat, in de regen, met zijn rug naar het gebouw van de Historische Vereniging. Hij keerde zich om, hij wilde het bord op de gevel zien – hij moest het bord op de gevel zien om niet gek te worden –, het bleek te zijn zoals het hoorde. Zijn hand daarentegen was niet in orde. Er zat een diepe wond midden in zijn handpalm. Hij staarde er even naar en zag hoe het bloed opwelde in dat gat, hoe het langs zijn vingers op het witte grind droop en de plas water aan zijn voeten kleurde. Het stormde in zijn hoofd. Zijn andere hand trilde toen hij een zakdoek uit zijn zak haalde. Hij was bezig de zakdoek om de gewonde hand te binden toen hij de rook zag. Dunne, omhoog kolkende slierten witte en grijze rook net voorbij de bocht in de hoofdstraat, woest uitwaaierend in de wind en de regen van een storm die uit het niets was ontstaan. Een alarm begon te loeien – hij herkende meteen het geluid van de oude koperen klok die boven de deur van het politiebureau hing.

24

Misschien was ik in slaap gevallen, misschien niet. Ik zou liegen als ik zei dat mijn herinneringen helder en scherp waren. Ik herinner me dat ik me verdwaasd door Matty liet terugvoeren naar het huis. Ik herinner me de plotselinge rust toen hij de keukendeur achter ons dichtdeed en de regen buitensloot. Ik herinner me absoluut de manier waarop de anderen naar me keken toen we langs hen door de woonkamer naar de trap liepen, op weg naar de slaapzaal. Ik herinner me in het bijzonder de blik van Kira, alsof ik haar op een of andere manier had teleurgesteld.

Ik viel neer op het bed waarop ik eerder vastgebonden had gelegen en ik hield zelfs mijn handen stil toen Matty me opnieuw boeide. Dat was allemaal helder in mijn herinnering. Het werd allemaal wazig nadat hij me alleen had gelaten.

Ik weet niet of ik daar uren of minuten gevangen werd gehouden.

Ik kreeg dorst, maar er kwam niemand met water.

Mijn maag rommelde en herinnerde me eraan dat ik al een hele tijd niets had gegeten.

Maar eigenlijk zat ik daar maar, verloren in mijn eigen gedachten.

In het begin luisterde ik, maar later wilde ik dat niet meer.

Ik hoorde steeds maar die geluiden boven mijn hoofd – de krakende klap van een meubelstuk op de vloer, de kreet van pijn en vervolgens niets meer.

Ik zag voor me hoe Lily Dwyer op die vliering daarboven ergens mee tegen de deur sloeg, maar zo langzamerhand zozeer was verzwakt dat ze telkens maar één keer kon uithalen. Dat ze daarna een kreet van teleurstelling niet kon onderdrukken. Dat het stil werd als ze daarna probeerde uit te rusten en kracht te verzamelen voor een volgende poging. Ze was als iemand die onder een ingestort gebouw ligt en op een metalen pijp slaat, steeds dezelfde handeling herhaalt tot die een automatisme wordt.

Ze hadden het licht weer uitgedaan. In ieder geval op de eerste verdieping. De duisternis omsloot me als een schimmelige oude deken.

Er klonken voetstappen, en misschien was dat het vreemdste van alles, omdat ze heen en weer leken te gaan op de overloop, net buiten de slaapzaal. Voetstappen van tientallen mensen. Ze kwamen de trap op, hielden stil bij de lockers en werden luider als ze dichter bij de deur van de slaapzaal kwamen waar ik geboeid op een bed zat. Dan stopten ze. Het hield gewoon op.

De eerste keer dat het gebeurde, dacht ik dat het de anderen waren die me kwamen halen. De tweede keer dacht ik dat het iets moest zijn wat ik me verbeeldde. Maar bij de derde keer en iedere keer daarna wist ik dat de geluiden echt waren, op een bepaald niveau. Toen ik dat accepteerde, hoorde ik ook de fluisterende stemmen van mannen die ik niet kende, net buiten de deur van de slaapzaal. Opgewonden, maar gefluisterde gesprekken. Ik dacht aan de zeelieden die hier waren ondergebracht – daar moest ik wel aan denken – en de mannen van de kustwacht later, en de voorvaderen van Geraldine Rote daarna.

In afzondering kan je geest je grootste vriend worden, of je grootste vijand. Toen mijn geest de mogelijkheden begon op te sommen, vernauwde mijn bewustzijn zich tot ik nog maar één stem hoorde die ik absoluut niet wilde horen…

Als een ziel een plaats inneemt, sijpelen sommige delen dan in het hout? Net als zweet of uitgeblazen adem? Waar gaan zulke dingen heen? Bezitten de levenden een eigen plaats of lenen ze die slechts van de doden?

Niemand was hier ooit overleden, had Spivey ons verteld, maar velen hadden hier geleefd. Hoeveel blijft daarvan hangen? Hoeveel kan een plaats bevatten? Hoelang duurt het voordat het over de randen stroomt?

Ik dacht aan de grote splinter in mijn hand, de splinter die ik had opgelopen toen ik afdaalde naar de kelder. Ik dacht aan hoe hij zich in mijn vlees had geboord en daar was blijven steken. Had ik hem er helemaal uit gekregen? En als dat niet zo was, als op een of andere manier iets van dit huis in mij was achtergebleven, verspreidde dat zich dan? Als een infectie?

Hadden we met onze stomme spelletjes iets in het leven geroepen, of was er altijd al iets geweest wat wij hadden gewekt? Dat laatste klonk veel logischer en hoezeer je ook hoopte dat het niet zo was, er viel niets aan te doen.

Toen ik heel goed naar die stemmen luisterde, hoorde ik dat het over Emerson ging.

Emerson plezieren.

Emerson voeden.

De hoop iets terug te krijgen van Emerson.

Veel meer dan dat kon ik er niet uit opmaken, maar dat wilde ik ook niet.

Boven – weer de krakende klap met het meubelstuk.

Een korte kreet.

Stilte.

Niets dan onophoudelijke regen buiten.

Als die geluiden klonken, hield het fluisteren op. Ingehouden. Alsof wat er fluisterde ook die geluiden hoorde. En als daarna de stemmen terugkwamen (en dat deden ze keer op keer) leken ze extra opgewonden.

Meteen daarna kwamen de voetstappen, van datgene wat de trap beklom en dichterbij kwam tot aan de deur en dan verdween. Maar niet deze keer.

De voetstappen werden luider en luider, klonken op de trap, op de overloop, tot aan de deur, maar deze keer viel daar een schaduw, de schaduw van een persoon. Het was zo onverwacht dat ik bijna begon te gillen. Als Kira niet een zaklantaarn had aangedaan en die op zichzelf had gericht, had ik dat zeker gedaan.

Ze bleef even stilstaan bij de deur. Op haar gezicht tekende zich medelijden met mij af. Toen kwam ze naar me toe en knielde ze bij me neer. Ze boog zich zo dicht naar me toe dat ik haar haar kon ruiken. Die vertrouwde geur trok me even weg uit de onpeilbare duisternis waarin ik had vertoefd, al was het ook maar heel even.

Haar warme adem streek over mijn oor. 'Ze kunnen ons horen.'

De woorden klonken zo zacht dat ik dacht dat ik me ze misschien verbeeldde. Ik wilde iets horen wat bewees dat ze nog altijd aan mijn kant stond en die vier woorden waren precies wat ik nodig had, dus produceerde mijn brein ze – maar toen ze zich weer oprichtte, streken haar lippen langs mijn wang en kuste ze me o, zo zacht op mijn mondhoek. Toen wist ik dat ook die woorden echt waren. De rauwe boodschap die ze daarna overbracht, versterkte dat idee alleen maar.

'Ik wil niet dat Matty iemand iets aandoet, maar dat doet hij wel. Hij zei dat hij gaat schieten als je weer probeert te ontsnappen. Hij zal jou niet neerschieten, maar een van de anderen, misschien mij. Dus alsjeblieft, doe niets. We komen hier wel uit, dat beloof ik je.'

Ze boog zich om me heen en maakte de boeien los. 'Ze willen dat ik je iets laat zien,' zei ze.

25

In zijn jonge jaren, toen hij bij de Highway Patrol werkte, had Whaley eens assistentie verleend bij een verkeersongeval op de 195. Een bestelbusje met een klapband linksvoor, de chauffeur was de macht over het stuur kwijtgeraakt en het busje was over de kop geslagen. Op een of andere manier was hijzelf uit het busje gekatapulteerd, of eruit gekropen, maar zijn vrouw en zijn acht jaar oude zoontje niet. Toen Whaley ter plekke arriveerde, vond hij de man tien meter van het wrak. Zijn gebroken arm bungelde langs zijn lichaam, bloed stroomde over zijn gezicht. Hij staarde alleen maar naar het wrak. Verdoofd. Duidelijk in shock. Hij kon zich niet bewegen. Toen Whaley naar hem toe rende en vroeg wat er was gebeurd, haalde de man zijn telefoon tevoorschijn en begon hij foto's te maken. 'Voor de verzekering,' mompelde hij. 'Die willen ze hebben.'

De vrouw en het zoontje hadden hun gordel gedragen en hadden slechts lichte verwondingen toen Whaley en de ambulancebroeders hen eruit haalden. Ze waren allebei naar de man toe gerend, maar zelfs toen ze hem omhelsden, kon hij alleen maar staren naar wat er nog restte van het bestelbusje. Ze hadden drie man nodig gehad om hem in een ambulance te krijgen.

Whaley had gedurende zijn lange carrière vaak mensen in shock gezien, maar het was hemzelf nooit overkomen. Tot nu.

Hij keek naar de slierten rook. Hij staarde naar de groeiende zwarte rookwolk in de avondlucht boven wat het politiebureau moest zijn en kon zich niet bewegen. Hij kon niets met wat hij zag. De raderen in zijn hersens waren knarsend tot stilstand gekomen. Hij begreep niet wat er was gebeurd en hij wilde niet begrijpen wat er nu gebeurde, want als hij echt naar rook keek (en dat was zo), dan was dat andere ook waar.

Pam.

Vergeet niet wat hij over Mary zei. Hij wist van het hoesten. Hij wist op een of andere manier veel meer dan hij prijsgaf. Soms was een kriebel in de keel niet meer dan een kriebel in de keel, soms was het veel meer, en die klootzak wist het.

De storm raasde rondom hem. Een donkere, woedende zomerstorm. Donkere wolken dreven aan en mengden zich met de rook, in een soort morbide dans, iets wat het vuur eerder leek aan te wakkeren dan te doven, iets wat zich verblijdde in de verwoesting die plaatsvond. Elke donderslag was een rollend lachsalvo. Whaley wist diep vanbinnen dat iets was bevrijd, iets wat nooit zijn kooi zou mogen verlaten.

Marston had hem dit laten zien voordat het gebeurde of op het moment dat het gebeurde, wat geen van beide mogelijk was, maar toch wist hij dat het zo was.

Als de kloppende pijn in zijn hand er niet was geweest, had hij daar wel een uur kunnen staan terwijl zijn brein uit alle macht probeerde een puzzel op te lossen die onoplosbaar was. Maar die kloppende pijn was er alsof Marstons priemende vinger nog steeds in de wond wroette en hem aanspoorde iets te doen.

Het is tijd om het water in te waden, Chief.

De radio op zijn schouder kraakte.

'Chief?'

Sandy Lomax.

Hij graaide met zijn goede hand naar de microfoon en drukte bijna de zendknop kapot. 'Jezus, Sandy, wat ben ik blij dat ik je stem hoor. Vertel me alsjeblieft dat alles goed met je is.'

'Het... Het was die vrouw... Ze...'

'Ik weet het. Heb je iedereen naar buiten gekregen?'

En vraag me niet hoe ik ervan weet. Dat wil ik je niet vertellen. Als ik het hardop vertel, wordt het misschien waar.

'Het ging allemaal zo snel. Als het had gekund, had ik haar wel tegengehouden. Iets heel brandbaars, denk ik. Moet wel... oud gebouw... Mijn god, ze stond daar gewoon, ik...'

'Sandy,' onderbrak Whaley haar. 'Heb je iedereen naar buiten gekregen? Ted Hasler zit in de cel achter. Hij kan er zelf niet uit komen!'

Hij liet de zendknop los en wachtte op een reactie die niet kwam.

'Sandy?'

Toen ze uiteindelijk reageerde, klonk haar stem ver weg. Gelaten.

'Hij is er niet meer, Chief. Het vuur ging zo snel. Ik heb geprobeerd me aan het protocol te houden. Al die keren dat je alarmoefeningen hebt gedaan. Het had vanzelf moeten gaan, maar...' ze viel even stil. 'Ik ging naar achteren... al die rook... en ik kwam bij de deur van de cel en die was op slot. Het duurde een paar seconden voordat ik de juiste sleutel had, maar toen ging hij nog niet open. Ik zag hem door het raampje. Hij zat naar de vloer te staren. Ik riep en toen keek hij op naar me en...'

'En toen wat, Sandy?'

Statische ruis.

'Ik zou durven zweren dat hij "Ga weg" zei. Ik hoorde het niet, maar zag zijn lippen bewegen. Toen keek hij weer naar de vloer. Chief, ik denk dat hij de deur had gebarricadeerd, net als die vrouw in de hal. Heb ik dat verteld? Ze pakte een stoel...'

'Het is goed, Sandy,' zei Whaley. 'Het is niet jouw schuld.'

Hij kon zijn ogen niet losmaken van die zwarte wolk, die was uitgegroeid tot een monsterlijke deken die over een groot deel van het eiland hing en kolkte en wervelde. Dikke slierten rezen op vanaf de grond. De brandweer van New Castle was gehuisvest in een pand meteen achter het politiebureau, maar het was een vrijwillig korps dat moest draaien op een beperkt aantal vrijwilligers. Hij had slechts één sirene gehoord, ergens achter zich. Waarschijnlijk brandweerwagens die vanuit Portsmouth de weg op waren gestuurd. Hij wist dat hij de volgende vraag niet moest stellen over een open radiokanaal, maar hij deed het toch. Hij moest het weten.

'Sandy, is Ted Hasler dood?'

Ze reageerde onmiddellijk. 'Het spijt me, Chief. Ik kon zijn deur niet open krijgen en de rook werd zo dik. Ik heb het geprobeerd, maar...'

Whaley kneep beide ogen stijf dicht en liet de lucht langzaam uit zijn longen ontsnappen.

'Het is niet jouw schuld, Sandy. Waar ben je nu?'

Toen Sandy Lomax antwoordde, klonk haar stem alsof ze amper haar tranen kon bedwingen.

'Aan de overkant, bij Henry's. Er is nog iets, Chief. Jolene Peterson zei dat ze Keith Spivey naast het gebouw zag rennen op het moment dat het vuur begon. Ze zag dat hij instapte in zijn Ford en wegreed.' Ze aarzelde even. 'Ze denkt dat hij probeerde binnen te komen door de achterdeur, maar die is altijd op slot.'

Waarom zou in hemelsnaam Keith Spivey...

Whaley hoorde in gedachten de stem van Mrs White. *Die vier waren onafscheidelijk. Laura Dubin, Pam Rote – Pam Spivey tegenwoordig – haar toen nog toekomstige echtgenoot Keith, en Teddy Hasler. Onafscheidelijk. In ieder geval een tijdlang, maar ik geloof dat ze ergens onenigheid over hebben gekregen.*

Twee doden, misschien drie. Had Keith een .22? Had hij Pam doodgeschoten en was hij nu voor Ted gekomen? Was hij op de vlucht?

Whaley drukte opnieuw op de zendknop.

'Heeft Jolene gezegd welke kant hij opging?'

'Naar het zuiden door de hoofdstraat, naar de hangbrug bij Blunt.'

Dat was de andere kant op dan zijn eigen huis. Het Wentworth Hotel was die kant op, net als de Wentworth-jachthaven. Keith had geen boot, maar hij kende genoeg mensen die er wel een hadden. 'Kun je werken? Als dat niet zo is, begrijp ik dat heel goed, maar ik moet het wel weten.'

Een paar seconden lang bleef het stil.

'Het gaat weer, Chief. Wat moet ik doen?'

Whaley schraapte zijn keel.

'Installeer je bij Henry's tot we iets beters hebben gevonden. We moeten Keith oppakken. Bel de havenmeester en vraag hem de havens af te sluiten. Bel daarna Mark Lemmy en laat hem de brug hijsen voor het geval Keith over de weg probeert te ontsnappen. Roep Mundie op met de radio. Hij moet 1B versperren in de richting van Portsmouth, zodat Keith daar ook niet langs kan. Zet alles dicht.'

'Ik heb al een half uur geen contact gehad met Mundie. De laatste keer dat hij zich meldde, was hij aan zijn boot aan het werken. Daarna heb ik niets meer van hem gehoord.'

'Dan moet je de politie in Rye inschakelen voor de wegversperringen. Als hij van het eiland af is, wordt het moeilijk hem op te sporen. Misschien kan de politie van Portsmouth uitkijken naar zijn pick-up op de 195. Als hij in de auto zit, zal hij waarschijnlijk op weg zijn naar de snelweg.'

Jezus, als Keith van het eiland wist te komen, konden ze naar hem fluiten. Whaley streek met zijn vingers door zijn uitdunnende haar. Hij vroeg zich af wie hij nu eigenlijk voor de gek hield. Keith Spivey was misschien allang gevlogen.

'Stuur maar een opsporingsbevel uit voor de hele county. Dat gaat waarschijnlijk sneller.'

Bijna gaf hij Sandy ook opdracht een ambulance te sturen naar het huis van de Spiveys om te kijken hoe het met Pam ging, maar die zou van Portsmouth General moeten komen. Hij kon er sneller zelf naartoe. Hij drukte opnieuw op de zendknop. 'Is de brandweer er? Hebben ze de zaak onder controle?'

'Ik weet niet of ze de zaak onder controle hebben, maar ze doen hun best. Het hele gebouw is van hout.'

Whaley zuchtte. Dit kon niet waar zijn.

'Zeg dat ze zich moeten concentreren op het indammen van het vuur als het bureau niet meer te redden is. Laten we hopen dat de regen meehelpt. Ik kom naar je toe zodra ik kan.'

'Begrepen, Chief.'

Whaley was blij dat iemand het begreep, want zelf begreep hij er geen snars van. Het enige wat hij begreep was dat die brand de minste van al zijn zorgen was. Een krakende donderslag deed hem huiveren. Hij voelde een doffe pijn kloppen in zijn knie en zijn schouder. Al zijn oude footballblessures speelden bij dit weer op.

Hij trok de zakdoek strak om zijn gewonde hand, negeerde de pijn, liep om zijn auto heen, stapte in en startte de motor. Hij schakelde zwaailicht en sirene in en accelereerde de hoofdstraat in, waarbij hij bijna een Subaru aanreed toen hij op de weg keerde. De ruitenwissers deden hun best, maar de regen vocht terug. De donderslagen klonken verdacht veel als de rollende lachsalvo's van een hongerig beest.

26

Ik liep achter Kira en de bundel licht uit haar zaklantaarn aan naar beneden. De batterijen waren bijna leeg, of het lampje had zijn beste tijd gehad, want het kleine beetje licht dat de zaklantaarn verspreidde leek bij iedere stap nog zwakker te worden. Ik wist niet waarom al het licht uit was en toen ik Kira ernaar vroeg, antwoordde ze niet. Ze greep me alleen bij mijn pols beet en trok me mee.

We bleven staan bij de trap en ze liet het zwakke licht van de zaklantaarn over de foto's glijden.

'Heb je deze weleens bekeken? Ik bedoel, aandachtig bekeken?'

Net als de trap (en de kelder, nu we het daar toch over hebben) waren de foto's er niet geweest toen ik hier eerder vandaag met Whaley was. Toen waren er alleen lege plekken op de muur geweest. Nu hingen ze er weer allemaal alsof ze nooit weg waren geweest en alleen al bij het zien van al die lijsten nam mijn hoofdpijn in intensiteit toe.

Achter me in de woonkamer hoorde ik iemand. Toen klonk het dunne stemmetje van Izzie.

'Er is een reden waarom we hier allemaal zijn. Het is nooit toeval geweest dat we hier alle zes kwamen.'

Ik keerde me naar haar toe, maar ik zag niets. Het was inktzwart in de kamer, alsof de muren in staat waren om het licht op te eten.

'Laat het hem zien.' Dat was de stem van Alesia, net zomin zichtbaar in de diepe duisternis. 'Maar denk om de tijd.'

'Nik nok tot in het extreme,' zei Chloe zacht. Meteen klonk het geluid van Spiveys gitaar, een drietal noten zonder samenhang, uit de verste hoek van de kamer, in de buurt van de haard.

Mijn ogen spanden zich tot het uiterste in om iets te zien, maar iedere keer als een gestalte zichtbaar leek te worden, leek de duisternis zich eromheen te vouwen en dubbel zo zwaar te worden. Spivey stond bijna tegen ons aan voordat ik doorhad dat hij naar ons toe liep. Hij was niet meer dan een rimpeling in de duisternis.

Ergens vanuit de duisternis klonk de stem van Matty.

'Kom bij mij zitten op de bank, Kira.'

Ik hoorde zijn hand op de kussens kloppen. Ik kon hem niet zien, maar het kostte me geen moeite om hem me voor te stellen met een zelfgenoegzame grijns op zijn tronie.

Kira wierp een vuile blik de duisternis in, gaf Spivey de zaklantaarn en zei tegen mij: 'Laat hem het uitleggen. Op die manier is het beter. Ik ben bij de anderen. Als ik blijf, zou het...'

'Zou het wat?'

'Spivey legt het uit,' herhaalde ze. Toen zei ze iets zachter: 'Ik hou van je, Billy, vergeet dat niet. Onthoud altijd dat ik alles zou doen... voor jou.'

Het sprongetje in haar stem bracht me van mijn stuk en ik dacht dat ze misschien een soort geheimtaal sprak in de hoop dat ik het zou begrijpen, maar die anderen niet. Misschien was ik onnozel, of, en dat was waarschijnlijker, misschien hadden mijn hersens de grens bereikt van wat ze aankonden qua verbijstering en bedrog. Hoe dan ook, het was me niet duidelijk wat ze bedoelde. Ze liet mijn hand los en ik liet haar gaan. Ze stak geruisloos de kamer over. Ik verloor haar in de duisternis.

Toen ik me weer naar Spivey toe keerde, weigerde hij me aan te kijken. Hij richtte de zaklantaarn op de foto's en liet de lichtbundel over de lijsten glijden. De foto's waren weer anders.

De foto van Chloe en Izzie in badpak op de steiger hing er nog steeds. De meeste andere foto's waar Spivey als kind op stond, hingen er ook nog, al waren sommige anders. Ik wilde het liefst geloven dat ze vervangen waren door andere, maar op een of andere manier wist ik dat het niet zo was. De foto's waren veranderd. De foto's waren als een venster, ze boden een glimp van iets, ze waren een middel van het huis om... om wat? Om te communiceren? Nee, dat klopte niet. Ik wist het antwoord, maar wilde het mezelf niet toegeven. Ik denk dat ik het eigenlijk zelfs de eerste keer dat ik op deze plek stond al wist. Die foto's waren voor het huis hetzelfde als de trofeeën die een jager aan de muur hangt.

Spivey tikte op de foto van Izzie en Chloe.

'Op het moment dat die twee van de boot op de steiger stapten, had hij ze te pakken. Er viel niets terug te draaien, geen tweede kans. Ze waren eigendom. Tokens.'

Hij slikte.

'Voedsel voor Emerson.'

Hij liet zijn stem iets dalen.

'Ik heb tegen jullie gezegd dat ik ze hier niet wilde, maar niemand luisterde. Marston had de regels aan me uitgelegd. Ik vond het totale nonsens, maar hij had ze aan de orde gesteld toen we het testament doornamen en het leek stom om risico's te nemen zolang ik niet de kans had gehad om alles uit te zoeken. Toen wilden ze per se mee. Ik realiseerde me hoe belachelijk het was wat Marston allemaal zei en liet het maar voor wat het was. Maar Marston wíst dat ze hier waren geweest. Hij begon er meteen over bij ons volgende gesprek. En nu komt het – toen hij over Chloe en Izzie begon, deed hij net alsof het eigenlijk een soort grap was, alsof grootmoeder een of ander raar bijgeloof had of zo, hij knipoogde zelfs een beetje samenzweerderig naar me, in de trant van *Ik zeg niks als jij ook niks zegt.* Het kwam over als een uitdaging en daar ging ik op in. Dat was het moment dat de feestjes begonnen.'

Ik wist waar hij naartoe wilde, want de foto's vertelden het hele verhaal. Op veel van de nieuwe foto's stonden vrienden van school en anderen die ik hier in het huis had gezien. Hij hoefde er niet bij te vertellen dat die allemaal nog geen zestien waren, evenmin als hij me hoefde te vertellen dat iedereen jonger dan zestien die op het eiland was geweest hier op de foto's aan de muur stond. Dat leidde ik af uit een foto in sepia, helemaal rechtsboven, waarop volgens mij Patricia en William Whidden stonden. Ze hielden elkaars hand vast en stonden op de keien. Over het water achter hen was een al jaren niet meer bestaande versie van New Castle te zien.

Tokens.

Eigendom.

Voedsel voor Emerson.

'Het is niet bij mij begonnen. Het gaat al heel lang zo. Dit is mijn vader,' zei Spivey. Hij wees naar een foto met een jongen die een paar jaar jonger was dan wij. Hij stond op een vissersboot naast een andere jongen van wie ik het gezicht maar al te goed kende.

Mijn adem stokte in mijn keel. 'Dat is... mijn vader.'

Spivey knikte. 'Hij was een vriend van mijn moeder – zij allebei. Alesia's moeder ook. Met z'n drieën kwamen ze hier stiekem om mijn moeder op te zoeken. Dat hebben ze verborgen gehouden voor grootmoeder, die heeft het nooit geweten.' Hij tikte op de foto met de zaklantaarn.

'Herken je de boot?'

Hij wist dat ik die herkende. Je kon het onmogelijk missen. 'Dat is de Merv.'

'De Merv,' herhaalde Spivey. 'Let op. De Merv was de boot van Lester. Toen hij er niet meer was, heeft grootmoeder de boot achter slot en grendel opgeborgen in het botenhuis. Niemand mocht hem nog gebruiken. Toen ik jou ermee liet varen, was dat misschien wel de eerste keer in dertig jaar dat hij in het water lag. Het is ondenkbaar dat grootmoeder twee jongetjes toestemming zou geven om ermee te gaan vissen. Dit moment – dat met z'n tweeën poseren voor deze foto – heeft nooit plaatsgevonden. Zo werken die foto's blijkbaar niet. Het zijn geen stukken uit de werkelijkheid. Het zijn afdrukken. Emerson claimt ze en poneert ze dan in een of andere setting, of die nu werkelijkheid is of niet. Die conclusie hebben we getrokken toen we dit zagen.'

Hij wees naar een andere foto – Matty tot aan zijn heupen in het water met een hand op een rots. Misschien was het dezelfde rots als die waarop ik hem had gemeend te zien zitten met Kira, de eerste avond dat ik op het eiland was.

'Matty zegt dat hij hier nog nooit in het water is geweest, niet zoals op deze foto. Zijn vader nam hem mee om in deze omgeving te vissen toen hij klein was, en ze kwamen wel aan wal op het eiland om te eten en wat rond te snuffelen. De laatste keer dat dat gebeurde was hij tien. Op deze foto is hij ouder. Ik denk dat het huis hem zo ziet.'

Spivey krabde over zijn dijbeen met de zaklantaarn. De bundel licht schoot even alle kanten op. Toen richtte Spivey de zaklantaarn op een andere foto helemaal bovenaan links.

'Dat kleine meisje is Alesia. Haar moeder heeft haar een aantal keren meegenomen. Die maakte dan een lunchpakketje en ze beschouwden het als een dagje uit. Dan zei ze dat ze op avontuur gingen. Alesia's moeder wílde Alesia hier op het eiland. Ze nam haar zo vaak mee als ze maar kon.'

Hij zweeg even en bekeek nog een paar foto's.

'Daar is Kira. Ze kanode hiernaartoe met haar vader. Ze kan zich niet herinneren dat ze ooit is uitgestapt en voet heeft gezet op het eiland, maar dat moet haast wel, anders was ze hier nu niet. Ze denkt dat ze op deze foto twaalf is. Ze kan zich dat bloemetjesbadpak nog herinneren, maar als voor deze foto hetzelfde geldt als voor alle andere, klopt dat misschien niet. Dan is het wat het huis zich van haar herinnert.'

Ik herinnerde me dat badpak. Lichtblauw met overal roze bloemen. Ze had het een keer in de zomer aan op mijn verjaardagsfeestje. Mijn moeder had de sproeier aangezet op het gras en om beurten renden we door het water. Spivey en Matty waren erbij geweest en nog een stuk of vijf anderen.

Spivey richtte de lichtbundel op een zwart-witfotootje van tien bij vijftien, helemaal links.

'Dat is Benny. Het was niet de eerste keer dat hij hier was bij de feestjes. Hij was hier al eerder geweest. Daar praat hij echter niet over. Ik weet niet zeker of hij zich dat wel kan herinneren.'

Op de foto had Benny een shirt in een lichte kleur aan. Zijn broek werd opgehouden met bretels.

Bretels.

Zo ging dat in Benny's tijd, met bretels.

Benny's tijd. Ik had geen idee waar die gedachte vandaan kwam. Terugbllikkend denk ik dat het huis die gedachte in mijn hoofd heeft gestopt.

Ik dacht aan Benny nu, buiten aan het graven, zelfs terwijl het onweer en de regen toenamen. Hij kon niet stoppen.

In de kast boven klonk een luide krakende klap.

De van pijn vervulde kreet.

Spivey kneep zijn ogen dicht tot het weer voorbij was.

27

De laatste uithaal van Whaleys sirene werd abrupt afgebroken toen hij slippend tot stilstand kwam op de oprit van de Spiveys. De sluizen in de hemel waren opengezet en de regen kwam met bakken naar beneden. Zware druppels hamerden als vuistslagen op het dak van de auto en het glas van de ramen. Het was bijna onmogelijk om iets buiten de auto te zien. De pick-up van Keith was er niet – dat kon hij nog wel zien – en hij dacht dat hij even een gordijn zag bewegen achter een van de ramen aan de voorkant van het huis, maar dat wist hij niet zeker. Het kon ook de wind zijn geweest, of zijn verbeelding die iets wilde zien, want als Pam thuis was en door het raam naar buiten gluurde, was er niets aan de hand.

Met een klap sloeg hij het portier achter zich dicht. Hij rende om de auto heen naar de voordeur op de veranda – zijn uniform was doorweekt en drie minuten in de auto hadden daar niets aan verholpen – hij veegde het natte haar van zijn voorhoofd en bonsde met zijn vuist op de voordeur.

'Pam? Doe open! Ik weet dat je thuis bent!'

Toen er geen reactie kwam, bonkte hij opnieuw op de deur.

'Verdomme, Pam! Doe open! Ik moet met je praten!'

Toen het nog steeds stil bleef, pakte Whaley de deurkruk. De deur zat niet op slot. Aarzelend duwde hij de deur open. De scharnieren piepten. De buitendeur gaf meteen toegang tot de woonkamer. Alle gordijnen waren dicht en nergens brandde licht. De kleine ruimte was gehuld in duisternis en sombere schaduwen.

Pam Spivey zat in haar aftandse leunstoel voor een dofzwart tv-scherm. Haar gezicht was lijkbleek. Op het bijzettafeltje stond een potje waarin pillen hadden gezeten. Ze had geen enkele poging gedaan om te verbergen wat ze had gedaan – het deksel was van het potje, het potje was leeg. Speeksel sijpelde uit haar mondhoek op de kraag van haar blouse en vormde daar een donkere vlek.

Nergens was een pistool te zien, maar haar polsen waren bebloed. Ze had zich niet gesneden (dat was het eerste wat Whaley dacht, maar godzijdank bleek dat niet het geval), maar er eindeloos over gewreven. De huid was geschaafd en stuk, alsof ze had gekrabd tot ze begonnen te bloeden. Het waren geen dodelijke wonden, maar het moest vreselijk veel pijn hebben gedaan.

Het visioen van Marston – als het dat tenminste was geweest – had ernaast gezeten.

Whaley liep de kamer in, slikte wat slijm weg en drukte op de zendknop van zijn radio.

'Sandy? Ik heb een ambulance nodig op het adres van de Spiveys.'

Pams hoofd draaide wiebelig zijn kant op. Haar nekspieren leken amper in staat het gewicht van haar hoofd te dragen.

'Dat hoeft niet.'

Ze tilde een hand op met de handpalm omhoog.

'Ik heb er maar vier genomen. Meer had ik niet.'

Ze sprak lijzig. Toen ze het woord vier uitsprak, klapte ze haar duim in en liet ze hem trots vier vingers zien.

'Vier... Meer niet.'

Whaley deed een stap in haar richting. 'Vier van wat?'

'Van de roze.'

Roze koe.

U4.

Whaley kende het spul. Hier aan de kust was het niet echt een probleem, maar verder landinwaarts was het heel erg, vooral rond de meren van New Hampshire en in de bergen. Het was een synthetisch opiaat, veel erger nog dan fentanyl.

Pam keek naar het lege pillenpotje en giechelde zacht.

'Ik geloof dat ik op zoek moet naar een nieuwe dokter voor een herhaalrecept. M'n vorige heeft zichzelf een zeemansgraf gegraven.'

Jezus! Die pillen kwamen van Rory.

'Heb je gehoord wat er is gebeurd?'

'Rory is midden in een dampende hoop stront gestapt in plaats van eromheen te lopen. Dat is wat er gebeurd is.'

Sandy had niet gereageerd op zijn oproep. Whaley drukte opnieuw op de zendknop. 'Sandy, ben je daar?'

Niets. Sandy had meer dan genoeg aan haar hoofd.

Pam stuurde haar ogen zijn kant op. Haar hoofd volgde de ogen.

'Het is oké, Chief. Dat hoeft allemaal niet. Normaal neem ik er zes, en soms acht, als ik 's nachts wil gaan slapen. Vier is maar een soort voorgerechtje voor iemand met zo veel ervaring als ik. Ik dacht, ik moet me maar een beetje ontspannen voordat Emerson van mij ook voer maakt.'

Weer Emerson.

En ze klonk helemaal niet oké. Elk woord dat ze uitsprak kwam zo ongeveer voort uit het midden van het vorige. *Heddizzookeessjief, dahhooevvagguhmaaglniiedd.*

Hij liep de keuken in en belde zelf 911 met de vaste lijn. Hij kreeg een opgenomen boodschap aan de lijn. Hij legde de hoorn op het aanrecht en liet het bericht uit de telefoon zijn gang gaan. Als er uiteindelijk iemand aan de lijn zou komen, zouden ze in een oogwenk achterhalen waarvandaan was gebeld en uitrukken als ze niets meer hoorden.

'Wat dacht je van een kop koffie, Pam?'

Iemand had koffiegezet. De pot was nog halfvol. Het zag eruit alsof het er al een tijdje stond en het was waarschijnlijk niet te zuipen, maar alles was beter dan niets.

'Ah, dat zou heel lekker zijn, Chief. We maken er een gezellig theekransje van.'

Ze grinnikte, opgetogen over haar eigen grapje, maar het enige wat er in Whaleys hoofd spookte was het bittere brouwsel dat Marston hem op de achterbank van zijn auto had geserveerd. Hij zocht in de keukenkastjes tot hij koffiebekers had gevonden.

'Waar is Keith?'

Pam keek de lege kamer rond alsof tot haar doordrong waar ze was, maar nog niet helemaal hoe ze daar gekomen was.

'Niet hier, zou ik zeggen.'

Zzouuwwiksegghun.

Whaley kwam uit de keuken met de koffie.

Pam hield iets in haar vuist geklemd – een oud fotootje van Spivey, een jaar of vier, vijf oud. De randen van de foto waren afgesleten en gescheurd, maar Spivey stond erop en keek grijnzend met die grote onnozele ogen in de lens.

Voordat Whaley ernaar kon vragen, zei ze: 'Hoeveel weet je?'

De woorden kwamen er traag uit, gevangen in een dikke stroop van de drugs.

Whaley hield zich niet in en vertelde alles wat hij wist. Wat Mrs White hem bij de Historische Vereniging had verteld. Rory. Alles wat Marston hem had verteld en had laten zien. Hij vertelde het niet omdat zij het recht had het te weten (misschien viel er iets voor te zeggen dat ze wel degelijk het recht had het te weten, maar het waren politiezaken en dat mocht hij niet uit het oog verliezen), maar omdat het luisteren haar nieuw leven in leek te blazen, haar leek op te tillen uit de door drugs veroorzaakte schemertoestand – en omdat hij het zelf nodig had het allemaal een keer hardop uit te spreken. Hij moest het een keer horen om het werkelijk te maken. Hij vertelde haar alles. Eerst langzaam, om zeker te weten dat ze het kon bijhouden, daarna sneller toen de rem eraf was. Ze knikte zo nu en dan instemmend, hoorde bij andere delen van het verhaal alles in de lege ruimte starend aan, maar zijn verhaal leek geen moment op onbegrip te stuiten. Whaley vertelde haar niet over de brand, hij vertelde niet dat Laura Dubin en Ted Hasler dood waren, en hij eindigde met wat hij had gezien in het testament van Geraldine Rote: de regels. Dezelfde regels die hij op een bord had gezien in dat huis, die iedereen kon zien die dat huis binnenliep, want terwijl hij het vertelde en het vormgaf, drong het besef bij hem door dat dat heel belangrijk was.

Pam dronk de koffie en luisterde. Ondertussen leek ze gefascineerd door de damp die opsteeg uit de beker. Toen Whaley uitgesproken was, zette ze de beker onhandig neer op het bijzettafeltje, naast het lege pillenpotje.

'Het scheelt dat je weet van de regels,' zei ze met een stem die nog steeds geen afzonderlijke woorden kon vormen en klonk alsof haar tong opgezwollen was. 'Mijn lieve oude moeder vond het pas nodig me erop attent te maken toen ik op een dag haar kleinzoon meenam naar het eiland om haar te ontmoeten. Maar toen was het al te laat. Tot die dag dacht ik dat we alleen maar te maken hadden met een dikke lading kinderachtige flauwekul. Opgepoetste spookverhalen die bedoeld waren om iedereen de stuipen op het lijf te jagen. Als ik het had geweten, had ik hem niet meegenomen. God, nee, absoluut niet.'

Tokens jonger dan zestien jaar worden beschouwd als eigendom.

'Je zei daar vanochtend bij de hoorzitting iets over.'

Haar hoofd wiebelde naar voren en achteren in een poging bevestigend te knikken. Haar ogen wiebelden mee, maar vertraagd, alsof haar hoofd sneller kon bewegen dan haar ogen.

'Mijn vader Lester stierf voordat ik was geboren. We waren maar met z'n tweeën en mijn hele jeugd lang mocht ik van mijn moeder nooit vrienden uitnodigen op het eiland. Er kwamen er wel een paar stiekem, maar niet veel. Mijn moeder zei altijd dat het te gevaarlijk was met al die rotsen, de stroming, het tij – en vooral de haaien. Altijd maar de haaien. Ze zei...' Haar stem stierf weg en ze staarde naar de vloer.

'Pam...?'

Toen ze niet reageerde, tikte Whaley haar zacht op haar wang. Haar huid voelde klam. Haar blik dwaalde van de vloer eerst naar hem en vervolgens naar de koffiebeker.

'Mag ik nog een beetje?'

De beker was nog halfvol, maar Whaley haalde niettemin de koffiepot en vulde de beker bij.

Pam pakte de beker en bracht die naar haar lippen. Ze kantelde hem iets te veel en te snel waardoor een beetje koffie langs haar mond en over haar kin stroomde. Ze slaagde erin de beker half leeg te drinken en zette hem toen terug op het bijzettafeltje. Toen ze verderging met haar verhaal, klonk haar stem iets krachtiger.

'Ze vertelde me een keer dat het water daar iets warmer was en dat de vissen er daarom naartoe kwamen, met de haaien er meteen achteraan. Verdomde vreetmachines.' Even raakte ze de draad van het verhaal kwijt, toen pakte ze die weer op, als het touw van een vlieger dat uit de hand geglipt is en nog net weer gegrepen kan worden voordat het onbereikbaar wordt achter de wegfladderende vlieger. 'Ze zei dat niemand – en ik bedoel echt niemand – ooit op het eiland mocht komen. Het interesseerde haar niet dat mensen er achter onze rug over roddelden. Wat anderen dachten interesseerde haar geen moer en waarom zou het ook.' Pam maakte met haar arm een traag rond cirkelend gebaar. 'Zij kwam nooit van dat eiland af. Zij hoefde al die roddels niet te horen. Maar ik wel, iedere dag. Ik hoorde ze op school. Ik hoorde ze in het park. Ik hoorde ze in de bibliotheek en in de winkel. Misschien was zij gelukkig als weduwe en kluizenaar met de loopjongens van Marston die ons boodschappen brachten en alles wat we nodig hadden, maar ik was zeker niet gelukkig en ik wilde absoluut geen eenzame puber zijn, maar dat maakte ze wel van me. En daarom haatte ik haar. Ik háátte haar. Het maakte niet uit hoe goed ik mijn best deed op school, ik was dat enge kind dat op een eiland woonde, dat kind over wie iedereen praatjes vertelde.'

Whaley ving een glimp op van de foto die ze in haar hand hield en zag dat die was veranderd. Hoe dat in hemelsnaam kon, was hem een raadsel. Het was niet langer Spivey op de foto, maar het gezicht van iemand anders die hij niet herkende. Niet aanvankelijk. Hij moest er de jaren afpellen, de gelooide door de zon getaande huid, de ontberingen en de stress. Het haar was dikker, want de jongen op de foto was veel jonger dan de man die hij kende. Het was nog maar een puber, maar hij herkende uiteindelijk de ogen – het was niet langer Spivey op de foto, maar zijn vader. Hij stond trots op de voorplecht van een boot en showde een grote gestreepte zeebaars. Een andere man stond naast hem, maar die was veel minder veranderd. Het kostte Whaley geen moeite hem te herkennen.

Ted Hasler. Ongeveer even oud als Billy nu was, misschien iets jonger.

Wist ze dat hij dood was?

Pams vuist sloot zich om de foto.

'Teddy deed aardig tegen me. Hij was een van de weinigen. Hij en ik samen had wel iets kunnen worden, maar hij gebruikte zijn gezonde verstand en hield afstand. Door mijn moeder meed iedereen me, alsof ik besmettelijk was. Ik smeekte haar om te verhuizen. Ik smééкte. Verkoop dat stomme eiland en koop ergens een gewoon huis. Ze wilde er niets van weten. Ik wist niet dat ze dat niet kon – ze móchte het niet verkopen.'

Pam klauwde met kromme vingers aanhalingstekens om het woord 'mocht'.

'Kutregels.'

Ze keek hem aan, haar pupillen waren niet meer zo groot als eerder.

'Kun je je voorstellen dat ik een volledige beurs kreeg voor UNH? Kun je je dat voorstellen?'

Whaley wist het.

Het was Ted Hasler geweest die hem dat had verteld.

Het was al lang geleden dat hij na zijn dienst langs de Thirsty Moose was gereden om er het einde van een wedstrijd van de Red Sox te kijken. Op een van de krukken zat Ted Hasler. Die had ruzie met zijn vrouw, niets ernstigs voor zover Whaley kon inschatten, maar ernstig genoeg om niet meteen vanuit zijn kantoor naar huis te gaan. Dat kantoor was toen nog het kleinere in South Street.

'Kom erbij zitten,' zei Ted. Hij sloeg met de vlakke hand op de kruk naast zich.

Whaley was ernaast komen zitten.

Een half uur later, het was het tweede deel van de achtste inning, stonden de Sox er bar slecht voor en na dat ene glas bier volgde een niet gering aantal volgende glazen. Een boosaardige, dronken grijns verscheen op Teds kaken. Hij boog zich naar Whaley toe.

'Hé, weet je nog hoe Pam Spivey er destijds uitzag. Op de highschool?'

De Moose was een kroeg met stamgasten en de kroegbaas kende zijn pappenheimers, dus stond er op een plank achter de bar een hele verzameling jaarboeken van Portsmouth High. Tientallen, helemaal terug tot in de jaren vijftig. Ted had het jaarboek van 1988 gepakt en had het moeiteloos bij een foto van Pam opengeslagen. Whaley herinnerde zich dat Ted Hasler precies wist op welke pagina hij moest zijn. Hij bladerde er niet alfabetisch doorheen, hij raadpleegde geen index of zo, hij sloeg de pagina open zoals alleen iemand dat kan doen die het al veel vaker heeft gedaan en weet waar hij moet zijn. Toen hij zijn duim op de foto zette, kwam er een melancholieke blik in zijn ogen, iets wat hij op geen enkele manier probeerde te verbergen.

'Ze was stil. Ze ging eigenlijk verder met niemand anders om dan met ons groepje, maar die glimlach van haar, die kon je betoveren. En die benen...' Hij hield zich in, besefte tegen wie hij sprak en nam een beetje afstand. 'Ze was er zo een die je een stijve nek kon bezorgen als je haar over je schouder nakeek, dat bedoel ik.'

De glimlachende puber op de foto vertoonde geen enkele gelijkenis met de vrouw die Whaley kende. Hij had Pam nooit met een glimlach gezien. Geen échte glimlach. Hij had haar nooit horen lachen. De Pam die hij kende zag er veertig jaar ouder uit dan het meisje in het jaarboek, ook al was slechts de helft van die tijd voorbijgegaan na het maken van die foto.

Ted Hasler had met zijn duim over de kin in zwart-wit gestreken. 'De jaren stapelen zich op achter de keuzes die we maken, Chief. Op een dag sta je op een kruispunt. Dan blijf je even stilstaan en denk je hard na over je volgende stap. Sommige straten zijn als een rivier, die stromen maar één kant op, je kunt niet terug.'

Whaley wist dat er iets tussen hen was geweest in het laatste of het voorlaatste jaar op school. Tot dat moment had hij het weggestouwd in de categorie jeugdliefdes, maar de blik in Teds ogen (of hij nu dronken was of niet) had duidelijk gemaakt dat het vuur in zijn hart nooit was gedoofd.

'Gedane zaken nemen geen keer,' had Ted gezegd en hij had het jaarboek dichtgeklapt.

Het is tijd om het water in te waden, Chief.

De herinnering aan Marstons stem voerde Whaley terug naar het hier en nu. Hij stond in de woonkamer van Keith en Pam Spivey. Pam zat voor hem in haar leunstoel. Ze wekte de indruk zelf aan het einde te zijn van een trip door het verleden. Ze schraapte haar keel en haar blik viel op het lege pillenpotje.

'Een beurs voor UNH, maar ma – Geraldine – wilde er niets van weten. Ze torpedeerde het plan zodra ik de envelop op de eettafel liet vallen. En toen ontaardde een geweldige uitnodiging ineens in een ruzie zonder weerga. Ze zei dat ik niet naar de universiteit kon. Ze zei dat er geld zat was en dat er geen enkele reden was om te studeren. Ik hoefde niet te werken. Ik hoefde me over al die dingen geen zorgen te maken. Ze begreep niet waarom ik weg wilde. Ze begreep niet hoe graag ik weg wilde van dat gefluister achter mijn rug en ergens anders opnieuw wilde beginnen. Dat had niets te maken met geld of een veilig bestaan. Toen ik haar dat probeerde uit te leggen, snoerde ze me de mond. Ze dreigde zelfs me van school te halen en me het laatste jaar op de highschool thuis af te laten maken met een privéleraar. Ik voelde me een gevangene. Ergens hoopte ik dat Teddy me zou redden. Dat hij me mee zou nemen. Maar in plaats daarvan nam hij de benen. Als Keith zich niet had gemeld weet ik niet wat ik had gedaan... Hij was...'

Ze dreef weer weg, zocht naar de juiste woorden.

'Hij was een ridder in een gedeukt harnas. Hij heeft het altijd goed bedoeld, denk ik.'

Ze draaide de foto om en ik verwachtte opnieuw Keith te zien, maar nu was het weer Spivey, net als eerder.

Had hij het zich verbeeld?

Nee.

Hij zag wat hij zag.

'Waarom ben je niet domweg vertrokken? vroeg hij. Hij duwde de gedachten aan die foto naar de achtergrond. 'Gewoon weglopen en naar de universiteit? Je had een beurs en je had het geld van je moeder niet nodig, toch?'

Pam pufte.

'O, dat heb ik wel geprobeerd, meteen na de highschool. Geraldine en ik raakten verzeild in weer zo'n krijspartij. Ik heb een tas ingepakt, ben in Keiths boot gestapt en met hem weggevaren zonder om te kijken. Daar kwam niets van terecht. We waren halverwege de haven toen ik voelde hoe het huis aan me trok. Het deed gewoon pijn om van de boot op de steiger aan wal te stappen. En we waren met Keiths auto nog maar halverwege de brug naar het vasteland toen ik al zat te gillen dat hij moest omkeren en me terug moest brengen. Dat was nog nooit gebeurd als ik naar school ging of ging winkelen. Al die keren wist het huis dat ik terug zou komen en dus liet het me gaan. Ik kreeg toestemming om een tijdje weg te blijven. Maar weglopen was andere koek. Dat kon het huis niet laten gebeuren. Iedereen jonger dan zestien die voet op het eiland zet, wordt beschouwd als eigendom – dat staat in de regels – maar als je er bent geboren, zoals ik, ben je een heel ander token. Dan ben je vanaf je geboorte van hem.'

28

Spivey herstelde zich, maar hij was zichtbaar aangedaan. Het werd erger met iedere keer als we die geluiden van boven hoorden. Dat was goed. Het betekende dat hij nog niet helemaal verdwenen was. Als ik een poging zou wagen het pistool te bemachtigen, zou hij misschien achter me staan. Ik wilde dat hij me een teken gaf, een sein, dat hij iets zou zeggen wat zou bevestigen dat het zo was, maar als hij al zoiets had gedaan, had ik het niet opgevangen. Hij kneep zijn ogen even stijf dicht en deed zijn best om het van zich af te schudden. Ik zag dat hem dat niet lukte en toen hij weer over de foto's begon, hoorde ik zijn stem trillen.

'De foto's veranderen,' zei hij. 'We denken dat het iets te maken heeft met wie hier staat. Misschien zou je iets anders zien als je hier alleen stond, en weer iets anders als je hier met Kira stond... zoiets. Het huis lijkt te weten dat ik de huidige beheerder ben. Ik krijg de meeste foto's te zien, samen met wie naast me staat.'

Om die bewering te staven, liep hij weg naar de woonkamer. Ik volgde hem met mijn ogen, misschien niet langer dan een seconde, maar toen ik weer naar de muur met foto's keek, was slechts de helft van de mensen van zo-even er nog. De andere foto's waren op een of andere manier veranderd in landschapjes. Op één foto zag ik de Annabelle, van een afstandje gefotografeerd, die een hoge, grijze golf beklom in een krans van opspattend schuim.

Achter me, ergens in het schemerduister van de woonkamer, klonk de stem van Spivey luid genoeg om boven het loeien van de storm uit te komen. 'We zijn hier allemaal als kinderen ooit geweest – tokens jonger dan zestien. Sinds dat moment zijn we van hem, ook al wisten we dat niet. Een aantal van onze ouders ook, en dankzij die stomme feestjes nu ook een aantal van onze vrienden.'

'De feestjes waren noodzakelijk,' onderbrak Alesia hem. 'We hadden meer nodig. Híj had meer nodig.'

'Voedsel voor Emerson,' zei Chloe. 'Emerson moet gevoed worden.'

'Om Spivey te redden,' corrigeerde Alesia haar. 'Dit gaat niet allemaal om Emerson.'

'Dat is niet alles,' zei Kira. Ik wilde haar zien, maar het was te donker. 'Als je hem de waarheid wilt vertellen, moet je hem ook de hele waarheid vertellen.'

'We geven Emerson wat hij verlangt,' zei Alesia. 'Hij geeft ons iets in ruil. Iets schitterends.'

'Schitterend,' schamperde Matty. 'Fuck dat. We worden rijk, man. Nooit meer geldgebrek of wat dan ook. Marston zegt dat we allemaal voor de rest van ons leven gedekt zijn, niet alleen Spivey. En niet een gewoon leven, maar een leven van jewelste. Alsof we een soort van eeuwig leven leiden.'

'En jij gelooft hem?'

'Jij niet? Ik wist het, dat jij hem niet zou geloven,' sneerde Matty. Hij gromde. 'Daarom hebben we jou erbuiten gehouden. Je bent een complete debiel. Na alles wat je hebt gezien, begrijp je er nog steeds geen snars van.' Hij zweeg even en in mijn gedachten zag ik hem in de duisternis van de woonkamer zijn hoofd schudden. 'Onze ouders hebben toen ze zo oud waren als wijzelf een deal met hem gesloten – een minder mooie deal dan de onze, maar toch – en hun ouders ook. En weer anderen daarvoor. Hoe kan het dat het al die mensen zo voor de wind is gegaan, denk je? Een mooie studie aan de universiteit? Een neusje voor het zakenleven? Shit, nee. Ze zaten allemaal hier, in dit huis, en voerden een keer een goed gesprek met Marston over Emerson en maakten een afspraak. Een beetje geven en nemen. Die van ons is echter beter. Toen wij aan de beurt waren, hebben we er een pro bij gehaald.'

'Een pro?'

'Alesia's moeder,' antwoordde Matty. 'Ze was er destijds bij, deed mee en begreep waar haar groepje de mist in was gegaan. Ze heeft bijna haar hele leven alle details bestudeerd en heeft zich in de strijd geworpen toen het tijd werd voor haar eigen dochtertje en haar vrienden. Ze heeft een fantastische deal uit het vuur gesleept. Als we dit afmaken, zitten we allemaal de rest van ons leven gebeiteld, niet alleen Spivey.'

Ergens uit de duisternis klonk de stem van Izzie, timide en zacht.

'We worden nooit meer ziek, we worden nooit oud, we zullen nooit iets tekortkomen.'

'Mijn moeder heeft zich haar hele leven voorbereid op dit moment,' zei Alesia. 'Ze heeft elke seconde dat ze tijd had besteed aan een speurtocht om alles te weten te komen over Emerson, dit eiland en al die anderen voor ons. Ze ontdekte wat er nodig was om Emersons gift te ontvangen. Toen ze erachter kwam dat het voor haar te laat was, heeft ze mij onderwezen. Ze gaf me een kaart, instructies.'

'Het hele Project Poltergeist,' zei Chloe, 'al onze voorbereidingen, het is allemaal gericht op vanavond. Op wat er gaat gebeuren.'

'Het ligt allemaal binnen handbereik,' zei Alesia. 'Er wacht nog slechts een laatste stap.'

Boven klonk opnieuw de krakende klap.

De van pijn vervulde kreet van Lily.

De stilte, en toen wist ik...

Lily Dwyer.

Vijftien jaar oud.

Waarschijnlijk maagd.

De token die alle andere tokens deed verbleken.

Het gat van Benny in de kelder.

Ze zouden dat arme kind daar begraven bij al die andere dode dingen.

Matty zei iets, maar wat hij zei werd overstemd door het aanzwellende zoemen in mijn oren. Het bloed en de adrenaline die door mijn lichaam raceten. Mijn bonkende hart dat probeerde alles bij te benen. Mijn hersens draaiden overuren en het resultaat was een nieuwe gedachte, een die nog veel erger was dan die eerdere.

Spivey had gezegd dat ze allemaal ooit als kind op het eiland waren geweest, jonger dan zestien – op die manier waren ze voedsel voor Emerson geworden – het huis had foto's die dat lieten zien. Ze hingen daar allemaal aan de muur, maar er ontbrak één foto.

Er was niet één foto waar ik op stond.

Ik was nooit op Wood Island geweest. Niet met mijn ouders, niet met vrienden. Pas toen Spivey het erfde, was ik er voor het eerst geweest.

Wat betekende dat voor mijn status?

Wat was ik voor Emerson?

Toen klikte er nog iets.

Ik herinnerde me wat Alesia zei toen ze in de kelder alles in die schaal mengde, toen ze die eerste vloek uitsprak...

Het zijn zij die hier uit eigen vrije wil zijn die het meeste openstaan en u welkom heten.

Mijn vader had me vaak verteld dat de werkelijke betekenis van een document bij een overeenkomst niet was gelegen in wat was beschreven – soms was wat er niet stond minstens even belangrijk. Soms zelfs belangrijker. Dat wat werd geïmpliceerd. Dat wat tussen de regels geschreven stond. In het testament van Geraldine Rote stond:

Tokens jonger dan zestien jaar worden beschouwd als eigendom.

Daarmee werd iedereen ouder dan zestien niet specifiek uitgesloten, alleen wie nog geen zestien was, werd automatisch beschouwd als eigendom. Wat betekende dat voor iedereen die ouder was dan zestien? Voor iedereen die hier 'uit eigen vrije wil' kwam? Want dat gold immers voor mij. Deze laatste keer misschien niet, maar alle keren hiervoor. Niemand had me gedwongen. Ik was gekomen omdat ik was gevraagd. Je zou kunnen zeggen dat ik me vrijwillig had gemeld.

Het zijn zij die hier uit eigen vrije wil zijn die het meeste openstaan en u welkom heten.

Als de anderen allemaal tokens waren, wat zou Emerson dan geven voor iets, voor íémand, die hij niet zelf kon claimen?

Diep uit de duisternis vanaf zijn plek op de bank naast Kira, hoorde ik Matty de haan van de revolver spannen. 'Hij begint het te snappen.'

'Het is tijd om naar beneden te gaan,' fluisterde Alesia.

Ik sprintte langs Spivey naar de deur, maar Matty was sneller. Hoe hij in hemelsnaam zo snel van die bank kon komen en bij mij in de buurt was, is me een raadsel. Hij tackelde me met zijn volle gewicht. De klap perste de lucht uit mijn longen, mijn hoofd sloeg tegen de muur. Als hij me niet al eerder een klap op mijn hoofd had verkocht, zou ik nu snel genoeg hersteld zijn om terug te vechten, maar mijn hoofd raakte bijna op dezelfde plek de muur waar die eerdere klap was terechtgekomen. Ik kreeg een waas voor mijn ogen, alles begon te tollen. Ik zag Matty een vuist ballen en hoorde Kira gillen: 'Niet nog een...'

29

Whaley kon slechts luisteren naar het verhaal van Pam.

'Keith en ik waren vast van plan die eerste avond naar Boston te vluchten, de volgende dag verder weg en uiteindelijk misschien naar Californië, maar we kwamen New Castle nog niet eens af. We probeerden het meerdere keren, maar ik werd steeds zo ziek dat ik dacht dat ik dood zou gaan.'

Buiten raasde de storm. Het huis kraakte onder de druk van de wind. De houten constructie rammelde als een oud skelet. Het ritme van de regen was hypnotiserend. Whaley dwong zijn hersens dat allemaal buiten te sluiten en zich te concentreren op Pams stem. Pam zweeg lang genoeg om een volgende gedachte in woorden te gieten, om de juiste woorden te zoeken achter dat door drugs opgetrokken waas.

'Ik was toen achttien, ik haatte mijn moeder als de pest, en ik was niet van plan ooit nog een woord tegen haar te zeggen. Wat mij betreft was ze niet langer mijn moeder. Ik gaf haar de schuld. Ik denk dat ze me waarschijnlijk had verteld wat er gaande was, als ik terug was gegaan. Dat ze me oud genoeg had gevonden voor de waarheid. Maar ik ging niet terug en dat gesprek is nooit gevoerd. Ik voelde me alleen vreselijk ziek. De hele tijd, en ik begreep niet waarom. Ik wist dat het steeds erger werd als ik verder weg ging, maar ook dat begreep ik niet. Ik wilde weg, maar ik kon niet weg. Dat was wat ik begreep. Na verloop van tijd ben ik met Keith hier komen wonen. Het ergste van de ziekte verdween. Ik vermoed dat het huis of het eiland of wat dan ook besefte dat dit in de buurt was en de greep liet verslappen. Ik maakte er een gewoonte van een paar keer in de week naar de oude dorpsweide te gaan om naar het eiland te kijken en soms voelde ik me dan beter. Ik ging ermee door, want het had veel weg van een heilzame therapie. Toen kwam het kind. Ik deed geen poging Geraldine op de hoogte te brengen en zij nam geen contact op met mij. Ze wist waar ze me kon vinden. Daar liet ik het bij. De dagen werden weken, de weken werden maanden en de maanden werden jaren.'

Hoewel Pams handen trilden, reikte ze naar de koffiebeker en dronk ze. Toen ze de beker weer op het bijzettafeltje zette, leken haar armen nog steeds te zwaar om te bewegen, maar haar stem klonk iets levendiger.

Haar vingers speelden met de randen van de foto.

Whaley had graag gezien dat ze hem nog eens zou omdraaien. Hij wilde zien wat erop stond, maar Pam draaide de foto niet om.

'De geboorte van David was voor mij een keerpunt,' zei Pam. 'Ik was nog jong, net twintig. Misschien waren het de hormonen, of misschien het feit dat er tijd verstreken was, maar ik wilde dat mijn moeder deel was van mijn moederschap, dat ze haar kleinzoon kon zien. Er waren twee jaar voorbij gegaan. Ik denk dat dat de haat zwakker maakte. Keith had er bij me op aangedrongen pogingen te ondernemen om vrede te sluiten... Dus op een zondagochtend pakte ik de kleine David in en voeren we met Keiths boot naar het eiland.' Pam glimlachte en keek naar de achterkant van de foto en haar lege armen. 'David was zo klein, maar hij betekende alles voor me. Ik herinner me dat ik op weg naar het eiland voor hem zong en het gevoel had dat er een enorme last van me af viel, dat die last met elke meter die we dichter bij het eiland kwamen lichter werd. De zon scheen, het was prachtig weer, de vogels floten goddomme alsof we in een Disney-film waren beland. Toen we afmeerden bij de steiger wist ik gewoon dat alles zou goedkomen.'

Pam viel stil. Tranen welden op in haar ogen. Ze poetste ze weg met de mouw van haar trui.

'We troffen Geraldine aan in de tuin naast het huis. Toen ze mij zag brak er een glimlach door op haar gezicht, maar toen ze het bundeltje zag dat ik in mijn armen hield, Davids kleine handje dat omhoog reikte naar mijn gezicht, verbleekte ze. Ze had een aardappel in haar hand die ze net had opgegraven. Ik herinner me dat ik zag dat haar greep verslapte en dat die aardappel zomaar uit haar hand op de grond viel. Haar mond viel open. Het bleef even stil en toen slaakte ze een vreselijke gil. Het was afschuwelijk, het ging door merg en been, alsof iemand net haar hand eraf had gehakt. Ze wees. Ze wees naar de kleine David, mijn kleine Spivey.

"Weg! Ga weg! Nee!" krijste ze, steeds maar weer. Ze joeg ons terug naar de boot van Keith en al die tijd krijste ze die woorden. Ze bleef staan krijsen op de steiger toen we wegvoeren. Het was zo vreemd dat ik, toen we terug waren, nauwelijks kon geloven dat het echt gebeurd was. Het kon niet waar zijn, maar dat was het wel. Daarna heb ik haar acht jaar lang niet meer gezien. Toen kwam ze hier – zonder uitnodiging, zonder aankondiging – ze stond zomaar ineens op de stoep. Toen heeft ze het verteld. Alles uitgelegd.'

'Thanksgiving,' mompelde Whaley.

'Heeft David het verteld?'

Hij knikte.

'Op de dag dat Geraldine stierf en ik hem ophaalde van school.'

Pam streek met haar duim langs de rand van de foto. Whaley ving maar een glimp op van de afbeelding, maar dat was genoeg om te zien dat de foto weer was veranderd. Het was niet langer Spivey. Het was niet langer Keith. Het enige wat hij zag voordat haar hand de foto afdekte, was de bumper van een auto en een deel van een been van iemand die op de motorkap zat.

Whaley wilde de foto uit haar hand rukken en omkeren, maar een stem in zijn hoofd fluisterde dat de nieuwe afbeelding dan weer plaats gemaakt zou hebben voor Spivey. Hij schraapte zijn keel.

'Wat is Emerson eigenlijk precies?'

Pam haalde slapjes haar schouders op.

'Geen idee. Shit, de baarlijke duivel. De dood. Hij heeft dat eiland lange tijd geleden geïnfecteerd, het huis... hij doet beloften waar anderen zich aan moeten houden. Hij is een ziekte op dat eiland.'

Haar ogen sperden zich open, op haar gezicht verscheen een uitdrukking die een mengeling was van bewondering en vrees. 'Dat eiland, het huis, alles daar geeft je wat je maar wilt hebben – geld, roem, vrienden, liefde, gezondheid – maar het neemt ook. Het heeft geen scrupules in het opeisen van zielen. Het is alsof er een meetlat langs ligt. Als Emerson je iets geeft, moet je iets van gelijke waarde teruggeven. Hij is... hij is hongerig, hij teert op wat hij van je krijgt, hij wil gevoed worden, hij moet eten, maar hij kan niet zomaar eten. Begrijp je dat? Om te kunnen eten moet hij jou eerst iets geven, wat hij krijgt moet daarop het antwoord zijn. Het is nooit andersom. Dus biedt hij aan, Hij verleidt, hij neemt...'

Emerson mag niet verhongeren...

Whaley probeerde het tot iets zinnigs te kneden. 'Maar Emerson is niet Marston. Marston is niet Emerson. Ze zijn niet dezelfde... persoon?'

Ze schudde haar hoofd. 'Nee, Emerson is een ding. Is iets. Marston is de klootzak die Emerson aan de riem houdt, aan het lijntje. Hij is een bloedzuiger. Voor zover ik heb kunnen nagaan hebben de voorvaderen van Marston Emerson in hun greep gekregen, wat hij dan ook mag zijn, en ze hebben nooit meer losgelaten. Ze staan met één been in de echte wereld en houden met de voet van het andere been de beheerder van het eiland eronder – en ondertussen leven ze van de buit.'

De Beheerder.

Zo stond het in het testament van Geraldine.

En Marston was de Persoonlijke Vertegenwoordiger van de Beheerder.

Toen Pam zich weer naar het bijzettafeltje boog, pakte ze niet de koffiebeker, maar sloot ze haar hand om het lege pillenpotje en keek ze erin, kennelijk in de hoop dat ze er een over het hoofd had gezien. Toen niet één pil zich op magische wijze manifesteerde, wierp ze het lege potje van zich af door de kamer. Het stuiterde over de parketvloer en verdween onder de bank. Pams oog viel op één enkele verdwaalde roze pil op het randje van het bijzettafeltje. Ze veegde hem op, liet hem in haar mond vallen en slikte hem door voordat Whaley de kans kreeg in te grijpen. Het was alsof ze een spontane metamorfose onderging. Haar lichaam werd zo slap als een vaatdoek, de spieren in haar gezicht leken te smelten.

'Vijf minuten op dat eiland, meer was er niet nodig. Het claimde mijn zoon. zoals het eerder al mijn moeder en mij had geclaimd. En daarvoor mijn vader en mijn grootouders en een heel reeks anderen daarvoor, wie weet hoeveel, maar dat was niet genoeg, het moest Spivey ook hebben. Ik wilde Geraldine niet geloven toen ze dat vertelde. Ik ontkende het zelfs toen Spivey ziek werd. Ik hield mezelf voor dat het toeval was. Op een dag verscheen Marston op het toneel en dat zei me genoeg.' Ze keek Whaley aan. 'Hij heeft Spivey twee jaar geleden een keer lift naar huis gegeven vanuit school. Heeft hij je dat verteld?'

Whaley schudde zijn hoofd.

'Twee jaar geleden, in september. Spivey reed meestal met Billy Hasler mee, maar Billy had griep of zo en bleef ziek thuis. Marston heeft een oude Jaguar, zwart. Ik herinner me dat ik hem op de oprit hoorde. Zo'n laag grommend geluid. Ik zag de auto door het raam. Ze bleven nog vijf minuten zitten, toen stapte Spivey uit en reed Marston weg. Spivey wilde me niet zeggen waarover ze hadden gepraat, maar ik wist het. Emerson liet zich uitbetalen en Marston kwam het nieuws brengen. De avond daarop heb ik... Dat weet je wel.'

Die avond had Pam een overdosis genomen.

Fentanyl, weggespoeld met Jack Daniel's.

Maar er klopte iets niet.

'Wacht – twee jaar geleden? Spivey weet dit allemaal al twee jaar?'

'Oh, ik denk dat Spivey al een idee heeft wat er aan de hand is vanaf het moment dat hij ziek werd. Hij verschilt niet van mij, toen ik weg wilde van het eiland. De kanker vreet hem van binnenuit op. Als hij afstand neemt, wordt het erger. Op het eiland gaat alles goed. Waarom denk je dat Marston zei dat ze naar het eiland moeten komen om zijn bloed te testen? Hem mankeert helemaal niets zolang hij in dat verdomde huis is. Dat is die bijzondere therapie waarover hij het vanochtend bij de hoorzitting had. Vroeg of laat zal Emerson hem opsouperen zoals hij dat met iedereen doet. Of misschien komt er een dag dat David het zat is en dan loopt hij bij Henry's naar binnen, net als Geraldine, en valt hij dood op de vloer als het hem allemaal te veel wordt.'

Ze sperde opnieuw haar ogen open en keek hem woest aan.

'En dan vind je hem daarna op dat kuteiland. Ik wil wedden dat Geraldine daar al is. Met z'n tweeën houden ze een plekje vrij voor mij.'

Niemand sterft op dat eiland, maar dat betekent niet dat ze niet thuiskomen. Op het laatst komen we allemaal thuis. Op het laatst is dat het enige wat we kunnen doen.

Pams hand keerde terug naar het tafeltje, naar de plek waar het lege pillenpotje had gestaan. Haar vuist sloot zich om lucht. 'Dit is niet goed.' Haar lichaam verstrakte.

'Wat is niet goed?'

Die laatste pil kwam hard aan. Hij duwde haar over een of ander randje. Ze keek om zich heen met een panische blik in haar ogen, alsof ze zojuist was wakker geschrokken. 'Het is fout. Alles. Ik wil niet wakker zijn,' zei ze. 'Niet voor wat er nu komt.'

'Voor wat er nu komt?'

Even daarvoor was ze nog helder geweest, maar nu werden haar ogen glazig en dreef ze weg. Ze keek opnieuw de lege kamer rond. Haar vinger tikte nerveus tegen de rand van de foto. 'Ze zijn allemaal dood. Net zo dood als ik. Hij heeft ze even laten proeven en nu willen ze meer. Zo begint het en zo eindigt het. Altijd.' Haar hoofd rolde opzij, haar ogen vonden Whaley. 'Het heeft jou ook in zijn greep. Ik kan het aan je ruiken. Jij hebt het gezien zonder het masker en nu heeft het een wanhopige honger naar je.' Iets drong tot haar door. Ze schoot overeind, heel even maar wakker. 'Het heeft Teddy te pakken gekregen. Ja, hè?'

Er was geen reden om haar voor te liegen. Whaley knikte.

Haar ogen vulden zich met tranen en dwaalden weg van hem.

Whaley liet het even betijen en vertelde haar toen wat er was gebeurd.

Pams gezicht verstrakte toen hij Laura Dubin noemde. Haar hoofd wiegde traag naar voren en weer terug bij het aanhoren van wat Laura Dubin had aangericht.

'Inhalige, zelfzuchtige teef... Zelfs toen we nog klein waren, toen we van alles ontdekten, dacht ze al niet na over de gevolgen. Ik zweer je met de hand op het hart dat zij meer weet van wat daar gebeurt dan ik en dat ze stommetje speelt. We dachten allemaal dat we als groep dingen aan het ontdekken waren, maar dat was helemaal niet zo. Ze was ons altijd één stap voor, zij stond aan het roer. De eerste keer dat Teddy en Keith meegingen naar het eiland, was het haar idee. We waren allemaal veertien. Zij wist wat dat betekende, daar ben ik van overtuigd, maar dat vertelde ze tegen niemand. Teddy en ik hebben er een keer over gepraat, jaren later. Hij zei dat ze er heel nonchalant over deed – Kom op, we gaan Pam opzoeken, stiekem achter de rug van Geraldine, dat wordt leuk – alsof het een gezellig bezoekje op vrijdagavond was, maar zij wist beter. Met dat tochtje heeft ze die drie veroordeeld – opzettelijk. Ze wilde in het gevlei komen bij Emerson, alsof het een oppervlakkige flirt was. Ze kwam een belofte na. Iedere keer dat ze naar het eiland kwam werkte ze aan het bouwwerk. Wij hadden geen idee, in het begin, en tegen de tijd dat we genoeg te weten waren gekomen en het tot ons was doorgedrongen dat we haar maar beter uit de weg konden gaan, was het te laat. Toen met Thanksgiving, toen Geraldine het kwam uitleggen, vertelde ik haar van Laura Dubin, Teddy en Keith op het eiland. Ik zweer je, ze was zo aangedaan dat ze er bijna in bleef. Ze legde uit hoe het was met de Beheerder, dat alleen de Beheerder iets van Emerson in ruil kreeg, dat wat Laura Dubin probeerde te bewerkstelligen zinloos was, dat het nooit zou werken. Dus weet je wat Laura deed?' Pam keek Whaley met glazige ogen aan. 'Ze zorgde ervoor dat haar dochter haar klauwen lekker diep in mijn zoon zette. Ze incasseert indirect wat ze niet rechtstreeks van Emerson kan krijgen. Ze is een uitvreter, een bloedzuiger, net als haar moeder... Brand, zei je? Heeft ze brand gesticht?'

Whaley knikte.

'Ze vond zichzelf altijd al een heks. Het verbaast me dat ze zichzelf niet aan een paal heeft vastgebonden voordat ze een lucifer afstreek. Joost mag weten wat ze door de jaren heen allemaal in het gewillige oor van haar dochter heeft gefluisterd.'

Whaley moest aan zijn vrouw Mary denken, aan thuis, aan het hoesten. Het stelde waarschijnlijk niets voor, maar het kon iets zijn. Marston had het niet ter sprake gebracht om hem van zijn stuk te brengen. Hij had hem een aanbod gedaan. Als jij met je handen van mij afblijft, zal ik jou een dienst bewijzen. Maar hij kon dat aanbod niet doen, toch? Als wat Pam hem vertelde waar was, zou Spivey...

Stop. Zo mocht hij niet denken. Hij mocht die gedachten geen kans geven zich te vormen. Want als Mary ziek was, en dit Emerson-ding kon daar iets aan doen, zou het iets in ruil willen en daar kon hij niet mee leven. Hij kon niet... Stop! Verdomme, stop! Whaley haalde zijn vingers door zijn haar en probeerde zich weer te concentreren.

'Hoe maken we een eind aan dit gedoe?'

De reactie was een zuur lachje.

'Je maakt er geen eind aan. Je kunt er geen eind aan maken en je kunt het niet even onderbreken. Het ís er. Het was er al heel lang voordat wij het vonden en het zal er ook nog zijn lang nadat wij allemaal onder het zand daar begraven liggen nadat het ons tot zich heeft geroepen. Ha, je mag hopen dat het zich in jouw ziel verslikt als het je opslokt. Dat zou het beste zijn wat je kan overkomen.'

Haar stem werd weer lijzig. Ze zakte weg. Of misschien was het erger dan dat.

Normaal neem ik er zes, en soms acht, als ik 's nachts wil gaan slapen. Vier is maar een soort voorgerechtje voor iemand met zo veel ervaring als ik.

Ze had er vijf gehad, maar misschien had ze over de rest gelogen. Haar ogen rolden omhoog in de kassen. Alleen het oogwit was te zien.

Whaley sloeg zacht met zijn vlakke hand tegen haar wang.

'Pam, waar is Keith?'

'Ik wil niet wakker zijn,' mompelde ze, en ze herhaalde: 'Niet voor wat er nu komt.'

Hij sloeg haar nog een keer, iets harder nu.

'Pam, je moet me vertellen waar Keith is.'

Haar ogen gingen traag iets open, het bleven spleetjes. 'Keith wilde onderhandelen. De stomme idioot denkt dat hij een soort ruilhandel op poten kan zetten. Haar voor Spivey. Emerson pakt ze allebei en peuzelt ze gewoon allebei op. Ze interesseert Emerson niet.'

Toen Pam 'haar' zei, wiebelde haar hoofd naar de deur van de achterkamer – een slaapkamer die Keith jaren geleden aan het huis had gebouwd als logeerkamer, maar in werkelijkheid was het een rommelkamer geworden.

Whaley beende met grote stappen door de woonkamer en deed de deur open. Hij zag de deur openzwaaien, de kamer in. Zijn ogen vonden een tweepersoonsbed ingesloten door dozen.

Het bed was leeg.

Aan het hoofdeinde waren twee touwen vastgebonden. Aan het voeteneinde ook. Op een kartonnen bordje op de vloer lag het restant van een half opgegeten sandwich. Er stond ook een emmer. Whaley hoefde niet te kijken wat erin zat. Dat maakte de stank duidelijk.

Lily Dwyer was hier geweest.

In deze kamer.

'Waar heeft hij haar naartoe gebracht, Pam?'

Toen ze geen antwoord gaf, draaide hij zich om en stelde hij de vraag nog een keer – luider deze keer.

Hij had geen idee waar Pam het pistool vandaan had gehaald. Hij was beducht geweest voor een pistool toen hij binnenkwam, maar ze had er geen in handen gehad. Hij had de kamer rondgekeken en niets gezien. Toch had ze hem nu in haar hand. Pam Spivey drukt de loop van een .22 tegen haar voorhoofd. Haar vingers klemden zich zo stevig om de kolf dat ze wit wegtrokken.

Haar woorden kwamen uit haar mond als een rommelige hoeveelheid klanken, maar Whaley begreep…

'Ik zie je daar, Chief. We gaan allemaal naar huis.'

Het schot was niet meer dan een ploppend geluid. Haar hand sloeg achteruit en het pistool stuiterde kletterend over de vloer. Haar hoofd viel opzij. Het was allemaal voorbij in luttele seconden. Whaley had zich niet verroerd en de tijd die hem nog resteerde van zijn leven kon hij zich niet losmaken van de vraag of hij haar kunnen tegenhouden als hij een poging had gedaan. Vier, hooguit vijf stappen zou het zijn geweest, maar hij had geen stap gezet. Hij was als verstijfd blijven staan. Zelfs op dat moment kon hij het niet opbrengen om naar haar toe te lopen. Hij had een glimp opgevangen van de foto toen die uit haar hand viel en naar de vloer dwarrelde. Dat beeld zette alles voor hem stil.

De auto was een Mustang, een convertible uit 1965. Wit met een rode bies. Chroom dat gepoetst was tot het glansde in de zon. Op de motorkap zat een jongen van een jaar of twaalf, dertien met een enorme grijns op zijn smoel.

Whaley kende die auto.

Hij kende die jongen ook.

Hij wist ook dat die foto domweg niet kon bestaan.

30

Toen ik weer bijkwam, waren we in de kelder.

De stank van verrotting was zo heftig dat ik hem proefde in mijn mond. De lucht was zwaar en vochtig en zo vol van de dood dat ik niet verbaasd zou zijn geweest als ik bij het openen van mijn ogen had geconstateerd dat ik was opgesloten in de graftombe van de Vaughns in Point of Graves, of in een grenenhouten kist onder een laag zand met als enige gezelschap mijn eigen bloederige krabsporen en mijn eigen zure, verschaalde adem.

De anderen bewogen zich als olieachtige schaduwen door de kelder. Er brandden kaarsen, maar net als boven konden de vlammetjes weinig uitrichten tegen de duisternis. Het waren niet meer dan kleine oranje speldenprikjes die flakkerden in de stille, doodse, van stof verzadigde lucht.

Mijn kin lag stevig op mijn borst en toen ik eindelijk genoeg wilskracht had verzameld om mijn hoofd op te tillen, bleef mijn shirt even aan mijn kin plakken voordat het terugviel op mijn borst. Ze hadden me op de stoel bij de cv-ketel gezet en mijn handen en voeten eraan vastgemaakt met ducttape. Ze hadden ook een stuk ducttape over mijn mond geplakt en toen ik door mijn neus probeerde te ademen, zorgde het snot ervoor dat ik niet meer dan een miniem zuchtje lucht binnenkreeg. Ik had meer adem nodig. Ik snoof hard en verslikte me bijna in de rotzooi die in mijn keel terechtkwam.

'Je moet die tape van zijn mond halen – hij kan amper ademhalen,' zei Kira, ergens in het donker. 'Wat gebeurt er als hij moet kotsen of zo? Dan blijft hij erin.'

Matty's gezicht doemde voor me op in de schemer, centimeters van mijn gezicht. Hij legde een hand onder mijn kin en tilde mijn hoofd op zodat hij me in de ogen kon kijken. 'Die tape blijft erop.'

'Kira heeft gelijk. We hoeven niet bang te zijn dat iemand ons hier in de kelder kan horen.'

Dat was Izzie. Ik kon haar niet zien, maar het klonk dichtbij.

Mijn oogleden waren zwaar. Ze wilden steeds dicht. Ik keek door spleetjes en zag een heldere flits links. Ik dwong mijn ogen helemaal open en ving een glimp op van Alesia die een kaars aanstak.

'We willen niet dat hij allemaal onzin gaat roepen tijdens het uitspreken van de bezwering. Houd zijn mond afgeplakt.'

'Mag ik hem weer slaan als hij het probeert?' Matty glunderde. 'Dat was leuk.'

'Je bent een stomme neanderthaler,' mompelde Kira.

Matty's grote schaduw schoof voor me langs. Hij hief zijn arm en spande zijn spierballen aan. 'Precies. Daarom hou je van me.'

'Dat zou je willen.'

'Hij mag nu nog niet doodgaan, dus er wordt niet meer geslagen,' zei Alesia. Haar stem klonk doods en gevoelloos. Ze was nu aan de andere kant. Ik kon haar niet meer zien. 'Iemand moet hem in de gaten houden. Als hij begint te kokhalzen, ruk je de tape eraf, dan kan hij het uitspugen. Daarna plak je de tape er weer op.'

'Iegh...' kreunde Chloe. 'Ik niet.'

'Ik ook niet,' piepte Izzie.

Hun stemmen klonken overal om me heen. Het kostte me moeite om ook maar een van hen te fixeren. Het voelde alsof ik door het dikke slijk van een droom waadde.

'Hij gaat niet overgeven.' Dat was Kira weer. Nu pal naast me. 'Ik let op hem.' Ze streek zacht met haar hand over mijn wang. 'Wakker worden, schat.'

Hij mag nu nog niet doodgaan.

Dat is wat Alesia zei.

Nu nog niet.

De cv-ketel brandde links naast me. De klep boven de waakvlam stond een beetje open. De blauwe vlam danste en straalde een hitte uit die veel heviger was dan bij zo'n vlammetje zou moeten. Op een randje van de ketel net onder de waakvlam lag een halfleeg doosje lucifers. Afgebrande lucifers en een paar lege doosjes lagen op de grond. In de rest van de kelder was het donker. Overal brandden kaarsen, maar het leek wel of de kelder zich voedde met licht, of de kelder het licht opslokte voordat het zich kon verspreiden.

Matty verscheen opnieuw voor me, amper een schaduw. Hij liet de revolver tot naast zijn heup zakken en schraapte zijn keel.

'Voordat je wat zegt, moet je naar mij luisteren. Ik ken jou. Jij bent een brave padvinder. Dat ben je altijd al geweest. Met alles wat je in je hebt wil je het nu waarschijnlijk wel uitschreeuwen dat we met iets afgrijselijks bezig zijn, dat je ons moet tegenhouden, dat je er een einde aan moeten maken, blablabla. Vergeet dat allemaal even en luister. Kun je dat?'

Ik keek hem alleen maar aan. Ik zou hem niet de voldoening schenken van welke vorm van instemming dan ook. Niet zolang hij me vastgetapet hield aan een stoel. Hoe kon ik in godsnaam überhaupt iets zeggen met afgeplakte mond?

Dat leek Matty niet te interesseren. Hij boog zich naar me toe.

'Ik kan je vertellen, en het lijdt geen enkele twijfel, dat er leven is na de dood. Dat hebben wij bewezen. Je hoeft me niet te geloven – je zult het snel genoeg ervaren. Het is echt. Project Poltergeist heeft gewerkt. We hebben niet alleen ontdekt hoe we die deur open moeten krijgen, we hebben ook ontdekt hoe we hem weer moeten sluiten, en...' Dat laatste woord liet hij onafgemaakt hangen, hij kauwde even op het vervolg. 'We hebben ontdekt hoe we door die deur gaan en terugkomen. Die noot hadden we nooit gekraakt als Alesia en haar moeder ons niet hadden geholpen. Vooral haar moeder... Zonder haar zouden we nog steeds rond stommelen in het donker. Deze plek is altijd heel krachtig geweest, maar een batterij op zich is waardeloos. Je moet er iets aan koppelen om die kracht in te zetten. Alesia's moeder heeft ons dat geleerd. Dat heeft ze ons geleerd en nog veel meer.'

Ik keerde mijn hoofd af en keek naar het gat van Benny. Ik zag in gedachten Lily daar, haar ogen wijd open, op haar gezicht een verstilde uitdrukking van doodsangst, haar mond vol zand.

Matty pakte me bij mijn kin en trok mijn hoofd weer recht.

'Ik weet niet wat er door jouw hoofd gaat, maar ik zou maar kalm aan doen. Je ziet er ziekjes uit.'

'Waarschijnlijk heeft hij een hersenschudding.' Kira streelde mijn wang. 'Mag ik hem nog wat water geven? Of misschien een beetje eten?'

Achter Matty kwam Alesia in beeld. Ze stak kaarsen aan rond het pentagram in het midden van de keldervloer. In het pentagram was iets afgedekt met een zwarte doek. 'Hij heeft niets meer nodig. Dit is zo voorbij.'

Een grijns brak door op Matty's gezicht. 'Laat hem eens zien wat je mij gisteren hebt laten zien.'

Alesia bleef even stil. 'Wat? Dit?'

Ze hield haar hand een paar centimeter voor haar borst, de vingers gespreid. Ze tilde de hand langzaam omhoog.

Het werd lichter in de kelder.

Het was de duisternis die week of de kaarsen die op een of andere manier feller gingen branden. In de hele kelder werd het lichter, alsof ze aan een dimmer draaide. Het pentagram was ineens goed zichtbaar. Chloe en Izzie zaten allebei waar ze de vorige keer ook hadden gezeten. Matty liep door de kelder en leunde tegen de betonnen muur van het reservoir.

Ik zag Spivey ongeveer halverwege de trap zitten. Hij koesterde zijn gitaar. Ik zag zijn vingers over de snaren glijden, maar hoorde geen geluid.

'Dat bedoel ik niet,' zei Matty. 'Dat andere.'

Alesia liet haar hand zakken en stak nog een kaars aan. 'Echt? Waarom moeten we ons voor hem bewijzen?'

'Ik wil dat hij ziet wat er aan zijn neus voorbijgaat. Heel snel even. Dat moet kunnen.'

Ze stak de laatste kaars van het pentagram aan, schudde de lucifer uit en gooide hem tegen de muur achter de cv-ketel. 'Oké, maar heel even.'

Matty keek me stralend aan. 'Let op, man, dit is te gek.'

Alesia schopte haar tennisschoenen uit en groef met haar tenen in het zand. Net zo lang tot ze tot bijna aan haar enkels onder het zand zat. Toen sloot ze haar ogen en haalde diep adem. Ze begon iets te mompelen met zo'n diepe stem dat ik er niets van kon verstaan. Ik weet niet eens welke taal het was.

Een ijzige wind streek langs mijn wang. Het zand in de kelder warrelde op. De kelder had geen ramen, dus de wind kon onmogelijk van buiten komen. De ene helft van mijn hersens zocht zelfs na alles wat ik al had meegemaakt nog altijd naar een logische verklaring, terwijl de andere helft allang wist dat die er niet was. De vlammen van de kaarsen bogen weg. Ik dacht eerst dat die wind veroorzaakte dat ze bijna plat lagen, maar in dat geval zouden ze allemaal dezelfde kant op buigen, en dat deden ze niet. Elk afzonderlijk vlammetje boog naar Alesia en leek zich naar haar uit te strekken. En toen gebeurde wat onmogelijk was.

Even dacht ik nog dat Alesia simpelweg haar voeten weer uit het zand had getrokken, maar het besef drong meteen tot me door dat dat niet zo was. Haar voeten waren opgestegen uit het zand met de rest van haar lichaam. Haar hele lichaam steeg op. De eerste paar seconden was het nauwelijks te zien. Misschien had ze zich opgedrukt, misschien stond ze op haar tenen en leek het door een trucje of een speling van het licht alsof ze opsteeg. Maar toen werd het duidelijk dat haar voeten het zand niet meer raakten. Er was een centimeter ruimte die aangroeide tot twee centimeter, tot vijf. Ik keek met open mond toe hoe Alesia langzaamaan hoger zweefde, haar lippen prevelden nog steeds iets, haar gezicht was verstijfd in concentratie. Vijftien centimeter, vijfentwintig, een halve meter, een meter. Toen haar hoofd de balken van de zoldering dreigde te raken, begon ze te kantelen. Haar hoofd en haar bovenlichaam kantelden naar ons toe, haar voeten kantelden van ons weg. Ze hield haar armen langs haar zij tot ze horizontaal zweefde.

Alesia Dubin zweefde.

'Er zijn geen touwen,' fluisterde Matty. 'Geen spiegels, geen hocuspocusflauwekul. Ze doet het echt.'

'En het is niet gemakkelijk,' zei Alesia, luid genoeg om door ons verstaan te worden. 'Daarom kom ik nu weer naar beneden. Maar ik wil eerst nog iets proberen.'

De concentratie trok diepe groeven in haar gezicht. Ze daalde tot ongeveer halverwege tussen de vloer en de zoldering, trok haar benen op, drukte haar knieën tegen haar borst en maakte een complete salto, zoals een astronaut in gewichtloosheid. Daarna strekte ze haar benen weer en landde zacht op de grond. Ze keek naar haar schoenen, besloot dat ze die niet meer nodig had en schopte ze in een hoek.

'O, man! Dat was nog beter dan gisteren!' Matty keek me verwachtingsvol aan. 'Zag je dat? Zág je dat?'

Chloe en Izzie keken vol bewondering op naar Alesia. Chloe's mond viel open, ze greep Izzies arm. Van de trap klonken een paar gitaarklanken.

'Wow,' fluisterde Kira. Ze stond nog altijd naast me met een hand op mijn schouder.

Alesia glimlachte. Ze hield haar hoofd schuin, maakte een reverence en liet haar hand rondtollen in de lucht. 'Tada.'

'Dat moet je mij ook leren,' zei Matty.

'Mij ook,' zei Chloe.

Alesia keek naar haar pols, naar het horloge dat ze niet droeg.

'Als we niet beginnen, gaat niemand van ons iets doen. Wie heeft het vod?'

'Ik.' Chloe trok uit haar broekzak een gevlekte doek. Het was het vod waarmee ik een paar weken geleden het bloeden had gestelpt toen ik de trap naar de kelder afliep en een grote splinter in mijn hand kreeg.

Alesia pakte het van Chloe aan en rook eraan.

'Het zou moeten werken, maar het is niet vers. Ik denk dat ik geen risico wil lopen.'

Ze keek Spivey aan die nog steeds halverwege de trap zat. 'Is dat steakmes nog ergens hier beneden?'

31

Whaley had geen idee hoelang hij daar stond, met een brok in zijn keel die hij niet weg kon krijgen, zelfs niet toen hij zich herinnerde hoe hij moest slikken. Het was na het schot onbegrijpelijk stil geworden in het huis – geen gestaag tikkende klokken, geen zoemende koelkast, geen plofje of kraakje als het hout zich zette, zoals dat gaat in oude huizen. Whaley hoorde alleen de wind buiten en de regen die trommelend op het ijzeren golfplatendak sloeg alsof er grind met vuistenvol uit de hemel werd gegooid. Hij hoorde slechts een lichte zucht toen de laatste lucht uit Pam Spiveys longen ontsnapte en ze voor de allerlaatste keer onderuitzakte in haar leunstoel. Misschien was het wel een zucht die hij zelf had geslaakt. Hij wist het niet. Hij had geen gevoel in zijn vingers, zijn tenen. Hij voelde helemaal niets. Zijn lichaam was hem even oneigenlijk als het pistool dat daar op de vloer lag. Het dunne sliertje rook dat uit de loop opsteeg vulde het vertrek met de stank van zwavel. Hij had geen vin verroerd, niet omdat de aanblik van Pams zelfgekozen dood hem had verlamd, hoe afgrijselijk die ook was, maar omdat zijn blik gekluisterd was aan de foto, omdat zijn hersens worstelden om de logica in te zien van wat zijn ogen aan informatie doorseinden.

De jongen.

De auto.

Whaley voelde een pijn in zijn borst opkomen, voelde hoe zijn longen samenkrompen en dwong zichzelf ze vol lucht te zuigen. Een lange, diepe teug lucht door zijn mond. Hij hield de lucht even vast in zijn longen en ademde toen door zijn neus weer uit. Hij dwong zijn lichaam tot ontspanning, ook al was dat het laatste wat zijn lichaam wilde. Zijn lichaam wilde op slot, het wilde niets met dit alles te maken hebben. Hij dwong zichzelf een tweede keer diep adem te halen en daarna een derde keer. Pas toen hij daarna het gevoel had dat hij ertoe in staat was, liep hij op slappe benen door de kamer.

Hij verwachtte dat de foto weer zou veranderen voordat hij hem kon pakken. Hij wíst dat dat zou gebeuren, en daarom knipperde hij niet met zijn ogen, keek hij geen moment weg. Zelfs toen buiten een donderslag het hele huis deed schudden en zijn hart een keer deed overslaan, keek hij niet weg. Toen hij dichterbij kwam, begonnen zijn ogen te tranen van het staren. Toen zijn vingers de gerafelde rand van de foto vastpakten, de foto van de vloer raapten, keek hij niet weg.

Hij kon niet wegkijken.

Hij had de auto nooit gezien, niet in het echte leven. Zijn vader had hem verteld over de convertible Mustang uit '65 die hij in '71 van een dealer in Kennebunkport had gekocht en met veel zorg had gerestaureerd, maar weer had moeten verkopen toen zijn vrouw (Whaleys moeder) zwanger werd van hun eerste kind. Hij kon zich evenmin veel herinneren van zijn broer. Die was, tien jaar oud, aan taaislijmziekte overleden toen Whaley vier was. Dat wist Whaley alleen van foto's en verhalen. Soms had hij zijn vader betrapt als die treurend naar foto's van oude Mustangs in tijdschriften zat te kijken. Dan gleed zijn vinger over de contouren, dan volgde zijn vinger de rondingen en de hoeken. Soms gingen er minuten voorbij en raakte hij helemaal verstrikt in zijn herinneringen. Als hij dan weer met een schokje terugkeerde in de werkelijkheid, was dat altijd met iets van schuld in de sombere trekken op zijn gezicht. Dan vertelde hij wie het maar wilde aanhoren dat ze het geld destijds veel meer nodig hadden gehad dan die auto. Hij zei dat de verkoop hem niet speet, in het geheel niet, maar het was op een pijnlijke manier altijd duidelijk dat hijzelf de enige was die hij daar nooit helemaal van kon overtuigen.

Overal in het bescheiden huis van zijn ouders stonden foto's van zijn broer. Hij was hun eerste kind geweest en zijn moeder had gretig gebruikgemaakt van de camera. Toen Whaley werd geboren was ze in dat opzicht gekalmeerd. Waarschijnlijk waren er drie keer zo veel foto's van zijn broer als van hem. In het huis waarin Whaley opgroeide kon hij geen kant op kijken zonder dat het gezicht van zijn broer hem toelachte van een aan de wand hangende foto of een lijstje op een schoorsteenmantel of tafel. Het waren de scheve voortanden van zijn broer die Whaley zich het beste kon herinneren. Bij het zien van die foto's drong één enkele gedachte zich altijd aan hem op: *Ik mag lijden dat mijn tanden dat niet doen.* En dat deden ze niet. Als Whaleys broer ooit de puberteit had gehaald, zou hij ongetwijfeld met een beugel hebben rondgelopen.

Toen Whaley de foto van de armleuning van Pams stoel pakte en dichter bij zijn ogen hield, trilden zijn handen zo erg dat je het papier kon horen ritselen.

Hij twijfelde er niet aan of de jongen op de foto zijn broer was. Hij wist dat het niet kon omdat de jongen op de foto minstens twee, drie jaar ouder was dan zijn broer toen die overleed, maar in die tanden kon je je niet vergissen. Hij had ook dezelfde ogen. En hetzelfde haar. Dezelfde sproeten op zijn neus. Hij zat op de motorkap van de oude auto van zijn vader. Die auto was verkocht en uit het leven van zijn vader verdwenen voordat de jongen was geboren. Die twee dingen hadden geen gemeenschappelijk leven, en toch stonden ze samen op deze foto. En niet alleen dat. Hij kon hun oude huis aan Campbells Lane weliswaar vaag, maar onmiskenbaar zien en de rozenstruiken van zijn moeder bij de voordeur (rozen die ze pas een jaar of vijf nadat haar oudste zoon was overleden had geplant, ze noemde het perk vaak haar tuin ter nagedachtenis).

Whaley wilde niet begrijpen wat hij zag, maar het begon hem wel te dagen. Hij ontkwam er niet aan zich af te vragen of zijn vader zijn broer misschien een keer had meegenomen naar Wood Island. Misschien zelfs samen met zijn moeder. Een uitje met het gezin. Zijn vader had hem een keer verteld dat Benny dol was op vissen.

'Chief, ben je daar?'

Sandy Lomax.

Met zijn ogen nog altijd aan het beeld op de foto gekluisterd, zocht Whaley met zijn vingers naar de zendknop van zijn radio. 'Zeg het maar.'

'Ik ben gebeld door Maurisa Bradley van River Road. Ze heeft een pickup achter het Piscataqua-café zien staan die daar niet hoort te staan. Een rode Ford. Het zou die van Keith Spivey kunnen zijn.'

Shit, de boot van Billy. Keith wist van de boot van Billy.

'Die jongen van Hasler heeft daar een oude reddingssloep afgemeerd. Ik heb Mundie gevraagd die aan de ketting te leggen. Weet jij of hij dat heeft gedaan?'

'Ik heb geen idee, Chief, ik heb het nogal druk gehad. Ik heb Mundie niet kunnen bereiken. Precies het goede moment om te verdwijnen.'

Sandy was een van de gelijkmoedigste mensen die Whaley kende. Er moest heel wat gebeuren om haar van haar stuk te brengen. Ze was nu van haar stuk. Haar stem trilde net zo hevig als Whaleys hand en haar stem klonk gefrustreerd.

'Mundie, meld je als je dit hoort.'

Ze zwegen allebei een hele tijd afwachtend, maar uit de luidsprekers klonk alleen statische ruis.

Toen er een halve minuut verstreken was, drukte Whaley weer op de zendknop. 'Het is goed, Sandy. Ik ben in de buurt. Ik ga wel kijken.'

Hij keek naar de slaapkamer en keerde zich om naar Pam. Hij wilde geloven dat ze eindelijk rust gevonden had, maar haar laatste woorden spraken andere taal.

Ik zie je daar, Chief. We gaan allemaal naar huis.

'Ik beveilig het huis van de Spiveys. We hebben een...'

Bijna had hij 'zelfmoord' gezegd, maar hij hield zich nog net in. Hij kon de dood van Pam niet hardop uitspreken over een publiek toegankelijk kanaal.

'We hebben een 10-56.'

Hij wierp nog een blik op de slaapkamer, de touwen op het bed, de emmer, en zei: 'En nog iets. Ik weet niet wat ik daarvan moet denken.'

Hij verwachtte de vraag of het Pam was, maar Sandy stelde hem niet. Ze had het waarschijnlijk wel verwacht. Iedereen die Pam kende zou het hebben begrepen.

'Begrepen.'

'Bel de State Police maar. Wij hebben te weinig mankracht. We kunnen een beetje hulp goed gebruiken.'

'Yes, sir.'

In dat laatste klonk iets van opluchting door, niet veel, maar toch.

Die woorden vormden voor Whaley echter geen opluchting. Ze riepen een andere herinnering op uit zijn geheugen. De chauffeur in Marstons auto. Die stem die hij zich vaag herinnerde. Dat kon ook niemand hem kwalijk nemen, want hij was pas vier geweest toen hij die stem voor het laatst had gehoord.

Snel ademend, nog net niet hijgend, keek Whaley opnieuw naar de foto. Hij hoopte dat er nu weer iets anders te zien zou zijn, het maakte niet uit wat, maar hij zag nog steeds hetzelfde tafereel. De lijnen leken nu zelfs iets scherper. Ook de scherptediepte was ineens toegenomen. Het huis, dat hij eerst maar amper kon onderscheiden, was nu duidelijk zichtbaar. Benny's glimlachende gezicht staarde hem nog altijd aan vanaf de motorkap, en je zou zweren dat zijn been bewoog. Niet veel, een klein rukje, maar hij had het gezien. Hij wist het zeker.

Whaley slikte. 'We komen er wel uit, Sandy... Hou je taai.'

Hij vergat op de zendknop te drukken bij dat laatste zinnetje en net als zijn vader als die het over de Mustang had, waren die woorden ook meer bedoeld voor zijn eigen gemoedsrust dan voor Sandy.

Hij stopte de foto van Benny in zijn zak en haastte zich het huis uit, de storm in. Hij trok de deur stevig achter zich dicht.

32

Toen Whaley van Portsmouth Avenue de bocht door slipte naar River Road, sloegen schuimende golven stuk op de rotsen rechts van hem. Schuimvlokken vlogen over zijn auto. Het was vloed, uitzonderlijk hoog water, en je kon aan de lucht zien dat het nog veel erger zou worden. Bulderende zwarte stormwolken rolden, voortgedreven door de wind, over elkaar tuimelend en door elkaar schuivend het land op alsof er niet genoeg ruimte in de lucht was voor al die wolken en alleen de sterkste van zich mochten doen spreken. De variant die de natuur had bedacht voor een gevecht op de luchtplaats van een gevangenis: gemeen, wraakzuchtig en gevoed met niet-aflatende woede.

Hij kon zich maar drie momenten herinneren dat River Road onder water had gestaan, maar hij wist zeker dat vannacht de vierde keer zou worden. De regen kwam schuin naar hem toe en zelfs met de ruitenwissers op de hoogste stand kon hij amper iets door de voorruit zien. Een geschrokken hert rende voor hem de straat over en als hij niet pal daarvoor had moeten afremmen vanwege een met water gevulde put in het wegdek, zou hij het beest geraakt hebben – en dat zou misschien genoeg zijn geweest om hem over het randje het water in te doen duikelen. Het veroorzaakte een golf van angst die hem overspoelde. Niet zozeer vanwege het gevaar voor zijn eigen leven, maar omdat hij bang was voor de foto. Zou die dat ijskoude water overleven? Zou hij hem kunnen vasthouden of zou het water hem de foto ontnemen? Als hij het overleefde zonder de foto, zou hij dát ook overleven?

Belachelijk. Hij wist het. Maar het ging wel door zijn hoofd.

Die foto was niet zomaar een plaatje, het was een levend, ademend ding en hij wilde hem voor geen goud kwijtraken.

Twee keer had hij onder het rijden een snelle blik op de foto geworpen. Hem uit zijn zak gehaald en op het stuur geklemd. Beide keren was er iets veranderd. Niet veel, maar toch. De eerste keer was de foto ingezoomd op het gezicht van zijn broer. De auto en het huis waren niet langer te zien, maar de glimlach op het gezicht van zijn broer had aan intensiteit gewonnen. Alsof zijn broer blij was hem te zien, alsof hij wist dat ze binnenkort weer samen zouden zijn en hij de vreugde over dat vooruitzicht niet kon verbergen. Benny had er op dat moment jonger uitgezien, ongeveer de leeftijd waarop hij was gestorven, ongeveer zoals Whaley hem zich van alle andere foto's herinnerde. Whaley had de foto snel weer in zijn zak gestopt, want hij had zelf ook opwinding gevoeld. De tweede keer dat hij de foto had bekeken, was die weer uitgezoomd. Benny stond er nu niet meer alleen op met de auto. Whaleys vader stond naast Benny. Hij had een arm om Benny's smalle schouders geslagen en hield met zijn andere hand een grote gestreepte zeebaars omhoog. De haak en de vislijn hingen nog uit de bek van het dier. Whaleys vader was onderhand drieëntwintig jaar dood.

Ook de tweede keer had hij de foto weer in zijn zak gestopt, maar als hij met zijn ogen knipperde zag hij beide foto's haarscherp voor zich. Hij wilde de foto een derde keer bekijken, maar hij durfde het niet meer.

Whaley remde af toen hij voorbij Oliver Street reed en het Piscataquacafé in zicht kwam. Het werd alleen opgelicht door bliksemflitsen en het rode en blauwe geflikker van zijn eigen zwaailicht. Er was kennelijk een stroomstoring. Hij had niet gemerkt wanneer het was gebeurd, maar in alle huizen langs River Road was het donker en de straatlantaarns brandden evenmin.

De pick-up van Keith Spivey stond slordig geparkeerd bij de hoek van het gebouw, de laadbak stak nog uit over de straat. Het portier aan de passagierskant stond open. Ongetwijfeld was het interieur doorweekt. Keith was nergens te zien, maar hij kon niet ver weg zijn. De boot lag er nog, afgemeerd aan de steiger. Hij sloeg met harde klappen tegen de steigerpalen, als een ezel die probeerde uit het water weg te vluchten. Als het water bleef stijgen, zou het zomaar kunnen dat de boot zijn zin kreeg. Bij elke golf ging de steiger kopje-onder, om daarna weer op te duiken in het schuim. Een aantal planken van de steiger zat los. Twee waren helemaal verdwenen, met gapende gaten als gevolg, rottende kiezen die uitgevallen waren.

Keith wilde onderhandelen. De stomme idioot denkt dat hij een soort ruilhandel op poten kan zetten. Haar voor Spivey. Het pakt ze allebei en peuzelt ze gewoon allebei op.

Misschien was hij binnen. De ramen van het Piscataqua-café waren jaren geleden van luiken voorzien. Whaley had door de jaren heen een aanzienlijke schare pubers uit het café naar huis gejaagd (evenals een aantal volwassenen). Misschien vonden die onderhandelingen daarbinnen plaats.

Nee, niet daarbinnen. Onderhandelingen zouden allemaal worden gevoerd op het eiland. Sommige dieren kun je maar beter in hun kooi opgesloten houden tegen voedertijd. Als ze binnen waren, zou Keith er snel genoeg uit komen.

Whaley schudde die gedachte van zich af. Hij wist niet zo goed waar die ineens vandaan kwam. Hij parkeerde pal achter de Ford en blokkeerde zo een mogelijke ontsnappingsroute. Hij koesterde niet de illusie dat hij Keith ongezien zou kunnen besluipen. Hij had dan weliswaar bij aankomst zijn sirene niet laten loeien, dat was nergens voor nodig, maar zijn zwaailichten stonden aan en die verlichtten het halve blok huizen van de straat. Dat moest Keith hebben gezien, of hij nu binnen of ergens buiten was.

Whaley drukte op de zendknop van zijn radio.

'Sandy, ik ben bij het Piscataqua-café. Het is inderdaad de pick-up van Keith. Ik ga het hier even verkennen. Als je over tien minuten niets van me gehoord hebt moet je versterking oproepen, oké?'

Geen antwoord.

Hij herhaalde het bericht.

Opnieuw geen antwoord.

Sandy was druk met iets bezig of de storm stoorde de radio. Misschien allebei.

Toen Whaley de microfoon weer losliet, ging zijn hand onwillekeurig naar de zak waarin hij de foto had gestopt.

Je weet dat dit nu meteen moet, hè? Laat ik het dan maar doen. Nik nok, en zo.

Nik nok? Waar had hij dat verdorie gehoord?

De wereld lichtte ineens fel op bij een bliksemflits. Een donderslag volgde. Zijn auto schudde onder het geweld. De regen sloeg tegen de ramen.

Dit kon geen uitstel lijden als Keith het meisje ontvoerd had.

Als ze op miraculeuze wijze nog in leven was, telde iedere seconde.

Het leek Whaley het beste om de zwaailichten aan te laten en niet in het donker te opereren, dus zette hij met een schakelaar de zwaailichten in de flitsstand. Hij stapte uit. Zijn rechterhand ging automatisch naar de kolf van zijn dienstwapen. Met zijn duim schoof hij het leren riempje weg dat het pistool zekerde, meer uit gewoonte dan omdat er direct gevaar dreigde.

Zijn kleren waren doorweekt en koud. Water klotste in zijn laarzen. Hij dacht opnieuw aan de foto. Hij had hem in zijn borstzak gestopt, waarschijnlijk was hij ook doorweekt. Hij overwoog even of hij hem in de auto zou achterlaten (misschien achter slot en grendel in het dashboardkastje), maar nee, dat leek hem geen goed idee. Hij wilde hem bij zich dragen. De foto voelde warm. Hij wist dat hij zich dat verbeeldde, want foto's genereren geen warmte (en ze veranderen ook niet), dus als deze foto hem het idee gaf dat hij warm was, zat dat in zijn hoofd. Maar als de foto warmte produceerde, was dat misschien Benny's manier om hem duidelijk te maken dat hij bij hem was. Ze zouden deze nacht samen tot een goed einde brengen. Daar waren broers nu eenmaal broers voor, toch?

Whaley haastte zich over het plaveisel, stampte door plassen en dook onder het overstek aan de zijgevel van het gebouw. Alle ramen op de begane grond waren dichtgetimmerd. Hij zag nergens sporen van geknoei. Hij dacht niet dat Keith zich door een van de ramen toegang had verschaft. Op de achterdeur zat een oud hangslot. Dat slot had door de jaren heen zo veel opdonders gehad, dat het met een flinke ruk open schoot. Als Keith binnen was, was hij hier naar binnen gegaan.

Hij schoot om de eerste hoek, haastte zich langs de muur en stond op het punt de tweede hoek om te slaan toen hij iets op de steiger zag, gevaarlijk dicht bij de waterkant, hangend boven de boot. Hij wist het niet zeker van die afstand, maar het leek op een opgerold vloerkleed dat was dichtgeplakt met ducttape.

Jezus, dat moet Lily Dwyer zijn. Kan niet anders.

Keith had het arme kind vermoord.

De foto in Whaleys zak werd heet en schroeide bijna zijn huid. Dat was géén verbeelding. Zijn hand liet zijn pistool met rust en ging naar zijn borstzakje. Hij voelde met zijn vingertoppen aan de rand van de foto. Die was niet nat, hij voelde zelfs niet vochtig aan. De hitte verdween in een flits, even snel als ze gekomen was.

Whaley hoorde een zachte klik achter zijn hoofd en voelde dat iets achter zijn oor tegen zijn schedel werd gedrukt.

'Sta stil, Chief,' zei Keith. 'Ik wil je niets doen, maar als het moet, doe ik het.'

Opnieuw voelde Whaley even een warme gloed uitgaan van de foto.

Had de foto hem erin laten lopen?

Hem afgeleid zodat hij zijn hand van zijn pistool had gehaald?

Met zijn vrije hand trok Keith Whaleys pistool uit de holster. Hij keek er even naar en gooide het toen met een zijdelingse worp in het water.

Een golf kwam aanrollen, stortte zich op de steiger, doorweekte het vloerkleed en zoog het bijna mee terug het water in. Het vloerkleed schudde en bleef daarna stilliggen.

'Is dat Lily Dwyer?'

Keith keek naar de steiger. Toen hij begon te praten, verspreidde hij de stank van verschaalde rum. 'Je had hier niet moeten komen, Chief. Dit is allemaal niet jouw zaak.'

Dat was het wel, dat maakte de foto hem duidelijk.

'Ik zal doen wat ik kan om je te helpen, maar je moet me vertellen wat er is gebeurd.' Whaley ging zachter praten. 'Heel veel mensen zijn naar je op zoek. Die weten dat ik hier ben. Het is voorbij. Geef mij de kans je naar het bureau te brengen voordat er nog meer slachtoffers vallen.'

Keith kreunde zacht in een walm van drank. Hij greep Whaley bij zijn schouder en stuurde hem in de richting van de steiger.

'Naar de boot. Doe geen domme dingen. Ik wil je niets doen.'

'Dit wil je helemaal niet doen. Het loopt niet goed af.'

Keith kreunde opnieuw.

'Dat was ook nooit de bedoeling.'

33

'Een mes?' Kira ging tussen Alesia en mij in staan. 'Waar heb je een mes voor nodig?'

Alesia verplaatste haar gewicht naar haar linkerbeen en showde opzichtig haar heup. 'Wat denk je? Maak je geen zorgen, ik zal niet al te diep snijden.'

'Je hebt niets gezegd over snijden.'

Alesia's gezicht vertrok gefrustreerd. 'Mijn moeder heeft zich voor ons opgeofferd, híérvoor, en jij maakt je zorgen dat je vriendje een sneetje oploopt. Word volwassen, Kira. Waar is het mes?'

Toen ze geen antwoord gaf, trok Matty een zwart knipmes uit de achterzak van zijn spijkerbroek. 'Hier, gebruik dat van mij maar.'

Het was hetzelfde mes dat hij al in zijn zak had toen we nog klein waren. Een glanzend zwart heft met een roestvrijstalen lemmet van acht centimeter.

'Ik heb hem vorige week nog geslepen,' zei hij tegen Alesia. 'Dat zal geen pijn doen.'

Verdomme, nee, vast niet.

Ik rukte aan de ducttape, probeerde te gaan staan, maar slaagde er niet in meer te doen dan wat machteloos wiebelen op de stoel.

Het mes was uitgerust met een springveer en Alesia had het eerder in handen gehad – ze klikte het open met een geroutineerde beweging van haar wijsvinger en liep naar ons toe. Kira verroerde geen vin. Alesia bracht het mes omhoog en hield de punt een centimeter van Kira's oog.

'Als je van plan bent om door te gaan met dwarsliggen, kunnen we ook een tweede stoel van boven halen. We hebben nog meer dan genoeg ducttape. Een bezwering werkt altijd beter met twee dan met een.'

Toen Kira nog steeds stil bleef staan, kreunde ik achter de ducttape die over mijn mond was geplakt. Het klonk als kreunen, maar ik schreeuwde dat ze aan de kant moest gaan. Het was tot daaraan toe dat Alesia mij wilde snijden, maar het was duidelijk dat ze niet zou aarzelen om zich met geweld langs Kira te werken en ik wilde niet dat ze gewond zou raken. Niet als het alleen maar een paar seconden uitstel zou opleveren. Ik schreeuwde een tweede keer.

Kira's ogen schoten vol. Ze knikte zacht naar me en deed een paar stappen opzij. Ze was van streek en keek niet waar ze haar voeten neerzette. Haar rechtervoet bleef steken in de bult zand over het gat van Benny. Ze hield zich met moeite staande met een paar hinkende stappen en steun bij de muur.

Alesia vond het allemaal heel grappig en lachte zacht toen ze met het mes in de aanslag naar me toe liep. Ik zag haar amper – mijn blik was gekluisterd aan de bult zand. Degene die het zand weer in het gat had gestort, had het stevig aangestampt. Kira's hak had er een aanzienlijke klont uit losgewrikt, een stuk van bijna dertig centimeter. Uit het zand staken twee vingers – een wijsvinger en een middelvinger – een uitgestrekte hand die omhoog reikte uit een geïmproviseerd graf. Ik had nog nooit een huid gezien die zo wit was, alsof al het bloed er tot aan de laatste druppel uit was gezogen. Bij het gewricht was de vinger een beetje gelig verkleurd, de eerste knokkel was zwart. De nagels waren lang, ooit felroze geverfd, maar nu afgebladderd en gebroken, besmeurd en vervuild.

O, mijn god, was Lily levend begraven?

Was dat die reikende hand? Een laatste poging om uit haar graf te ontsnappen?

Mijn hart bonsde als een sloophamer.

Het drong tot me door dat Alesia niet om Kira lachte. Ze keek naar die vingers. Onderweg naar mij schopte ze het zand terug en stampte ze het met haar blote voet aan. Ze schudde haar hoofd. 'Benny is een schat. Hij graaft een gat van een meter tachtig diep en slaagt er dan nog steeds in om het begraven te verprutsen. Het hart van dat joch zit op de juiste plaats, maar het is een raadsel waar zijn hersens zitten.'

'Maakt het wat uit?' vroeg Matty achter haar. 'Voor wat er gaat gebeuren, bedoel ik. We kunnen hem zeggen dat hij het opnieuw moet doen.'

'Ik denk het niet.' Alesia zette de punt van het mes tegen mijn hals, voerde de druk op en trok het omlaag in een vloeiende beweging.

Ik voelde het warme bloed uit de wond op mijn huid voordat het pijn deed.

'Ooh.'

Alesia gooide het mes weg en drukte snel het vod tegen de wond.

'Ik heb je een beetje dieper gesneden dan ik van plan was. Ik geloof niet dat ik iets belangrijks heb geraakt. Nou ja, dat zien we wel.'

Ze keek naar Kira.

'Dit doekje heb ik nodig. Heb jij iets anders waarmee je dat gat kunt dichtstoppen?'

Kira staarde afwezig naar de bult zand. Ze keek op toen ze besefte dat Alesia tegen haar praatte. Ze knikte en scheurde een reep van haar T-shirt. Toen Alesia het vod wegnam, kwam Kira naar me toe, ze bond de reep van haar T-shirt om mijn hals en trok het verband strak aan. Ze boog zich naar me toe.

'Het is niet zo erg als ze zegt. Dit zal het bloeden wel stelpen.'

De snee klopte, mijn hals voelde warm. De pijn straalde uit naar mijn slaap. Ik wilde haar graag geloven, maar ik voelde dat het noodverband verzadigd raakte met bloed en dat er iets langs mijn hals omlaag druppelde.

Ik was al duizelig van de klappen op mijn hoofd, waarschijnlijk had ik een hersenschudding, en dit maakte het nog erger. Mijn ogen wilden dicht zakken, maar dat stond ik niet toe. In plaats daarvan rukte ik mijn hoofd opzij en keek ik naar het mes van Matty. Ik wilde dat Kira me zou begrijpen.

Ze begreep me inderdaad, maar ze raapte het mes niet voor me op zodat ik me zou kunnen bevrijden van de ducttape. Ze wrikte het met haar voet in het zand. Ze ontnam me wat waarschijnlijk mijn laatste kans was om mijn noodlot te ontlopen.

Alesia keek opnieuw op haar lege pols, het niet aanwezige horloge. 'Iedereen moet zijn plaats in de cirkel innemen.'

Matty liet zich naast Izzie en Chloe vallen en keek omhoog naar Spivey, halverwege de trap. 'Jij ook.'

Spivey bleef nog even stilzitten, legde toen zijn gitaar weg en kwam de trap af naar de kelder. Hij leek een bewuste poging te doen niet naar mij te kijken toen hij langs me liep en zijn plek in de cirkel innam.

Alesia hief haar vrije hand, cirkelde hem een keer rond in de lucht en liet hem toen langzaam zakken. Het licht van de kaarsen slonk met hetzelfde tempo, het werd bijna volledig donker, zodat alleen nog schaduwen te zien waren. Alleen de kaarsen op de punten van het pentagram brandden fel, op een of andere manier feller dan de rest.

Net als Spivey keek Kira niet in mijn richting toen ze plaatsnam in de cirkel.

Toen Alesia was gaan zitten, trok ze de zwarte doek weg die over de voorwerpen midden in het pentagram lag. Ze gooide de doek opzij.

Ik tuurde en deed mijn best te ontwaren wat zich daar bevond in het schemerduister. Ik zag de schaal van Alesia en een paar flessen met water. Er lag ook een klein pakketje in doorzichtig plastic. Er zat een wit poeder in. Ze legde de doek met mijn bloed in de schaal, keek Matty aan en zei: 'Revolver?'

Toen hij haar de revolver gaf, legde ze die rechts naast de schaal, bij de flessen water.

Een zware donderslag deed het huis zo op zijn grondvesten schudden dat stof neerdwarrelde van de zoldering. als zwarte sneeuw in het kaarslicht.

Alesia keek opnieuw op haar pols. Ze schraapte haar keel.

'Oké, het is tijd. Geef elkaar de hand.'

34

Toen Whaley niet in beweging kwam, duwde Keith hem in zijn onderrug, hard genoeg om hem struikelend van zijn plaats te krijgen.

'De boot. Nu!' zei Keith. 'Ik zweer je dat ik je hier voor je kop knal als je me nog langer ophoudt.'

De zware regen was niet bij machte de stank van alcohol weg te spoelen.

Whaley gaf zijn verzet op en begon naar de boot te lopen. Zijn schoenen zogen zich bij iedere stap vast in de modder. Hij gebruikte dat om tijd te winnen, hield zijn tempo traag.

'Je hebt gedronken, Keith. Je moet heel goed nadenken over wat je aan het doen bent. Wij mogen dan vrienden zijn, ieder ander mens ziet dat je een politieagent onder schot houdt. Misschien is even gas terugnemen het beste wat je kunt doen. Dan heb je de kans je gedachten weer op een rijtje te krijgen.'

'Mijn gedachten staan ongeveer zo mooi op een rijtje als ik ze maar wil hebben,' gromde Keith, 'maar niettemin bedankt.'

Hij had gedronken, dat leed geen twijfel, maar hij leek niet dronken. Dat maakte het allemaal des te angstwekkender. Als alcohol dicteerde wat er gebeurde, wist je zeker dat mensen fouten zouden maken. Iemand die een of twee glazen had gedronken om de spanning de baas te worden, was heel iets anders. Dat veronderstelde een plan dat ze niet ten uitvoer wilden brengen zonder zich een beetje moed in te drinken. Keith sprak niet lijzig. Hij stond niet onvast op zijn benen. Eigenlijk kon Whaley zich niet herinneren dat hij de man ooit zo doelbewust had zien handelen. Dat joeg hem meer angst aan dan al het andere.

Toen ze bij de steiger waren, duwde Keith Whaley het plankier op, over de ontbrekende planken, in de richting van de boot. Hij bleef Whaley in de rug duwen tot die aan de rand van de steiger bij het opgerolde vloerkleed stond. Dat omhulde een lichaam. Van deze afstand kon je je daarin niet vergissen. Zelfs ondanks de regen kon Whaley het ruiken. Bovendien zag hij de vorm, de bobbels van de schouders en de heupen. Het arme kind. Het was een lot dat niemand verdiende.

Keith gaf hem nog een duw. Water klotste over hun voeten. Golven en het wassende water probeerden hen te grijpen.

'In de boot. Trek dat kleed achter je aan en dan ga je daar op dat bankje voorin zitten zodat ik je in het oog kan houden.'

Whaley bleef staan.

'We blijven hier wachten op versterking. Jij legt dat pistool op de steiger zodat niemand per ongeluk op je zal schieten. Daarna rijden we naar het...'

Bijna had hij 'bureau' gezegd, maar hij besefte dat het gebouw er waarschijnlijk niet meer stond. De gloed in de lucht was verdwenen, maar de schade was nu eenmaal een feit.

'Ik heb die brand niet gesticht, Chief,' zei Keith alsof hij Whaleys gedachten kon lezen. Hij stapte om Whaley heen. Zijn ogen waren bloeddoorlopen en de hand met het pistool trilde.

'Ik was daar om Teddy eruit te halen, maar toen stond de boel al in brand.'

'Ik weet dat jij het niet hebt gedaan. Het was Laura Dubin.'

'Laura Dubin?'

Whaley knikte. 'Ze stak de boel in de hal aan. Sandy kon eruit komen, Ted Hasler niet.'

Keiths bloeddoorlopen ogen sperden zich wijd open.

'Teddy is... dood?'

Opnieuw knikte Whaley.

Keith had even nodig om dat te verwerken en kreunde toen, opnieuw de stank van verschaalde rum verspreidend.

'Het was net zomin Dubin als ik. Het was dat eiland, dat ding dat daar leeft. Hij heeft Teddy en Laura geclaimd, opgeëist wat hem toekomt. Nu komt hij voor Pam en mij, net zo goed als hij haar ouders heeft opgeëist en alle anderen. Ik weet dat het zo is. Ik moet er eerst een eind aan maken. Een belofte nakomen, dat is de enige manier.'

Whaley kon hem niet vertellen wat er met Pam was gebeurd. Niet nu. Keith stond al op instorten. Hij deed zijn best om zijn stem zo kalm mogelijk te houden, maar die brak toch.

'Wat vind je ervan als we naar jouw huis teruggaan, poolshoogte bij Pam nemen en het hele probleem doornemen? Ik stuur iemand naar Wood Island om te kijken hoe het met je zoon en de anderen is. Om zeker te weten dat niemand iets mankeert. Wat vind je daarvan?'

De foto werd even gloeiend heet en koelde toen weer af. Opgewonden vanwege het goede idee of juist kwaad, Whaley wist het niet.

Keith hoorde hem maar half. Zijn gezicht verstrakte. Hij tuurde over het water, door de regen en keek toen op zijn horloge. 'O, jezus, het is al laat.' Hij richtte het pistool op Whaleys gezicht.

'In de boot.'

'Ga je op me schieten, Keith? Schiet je een politieagent dood? Een vriend?'

'Stap verdomme in die boot!'

Whaley keek naar het kleed aan zijn voeten. 'Ik kan je hier niet mee helpen. Daar kan ik niet aan meewerken. Dat arme kind verdient een beter lot. Volgens mij kun je dat nog altijd begrijpen. Denk eens aan haar ouders, aan wat die doormaken. Ze moeten haar terugkrijgen. Je moet ze de kans geven dit af te sluiten.'

Keiths gezicht drukte een en al verbazing uit. Zijn vrije hand ging naar zijn achterzak. Hij haalde er een heupfles half uit, bedacht zich toen en schoof hem weer terug.

'Dat is niet dat meisje.'

'Wie is het dan wel?'

'Zij is het niet,' herhaalde Keith. 'Lily Dwyer krijg je snel genoeg nog te zien.'

Whaley stond op het punt te protesteren, toen Keith hem een duw gaf. Met zijn vlakke hand, hard tegen zijn borst. Whaley raakte zijn evenwicht kwijt, zijn voeten verloren het houvast op de steiger en hij tuimelde over de rand in de boot. Met zijn rug klapte hij tegen een van de bankjes. Hij rolde eraf op de bodem. Een wit waas van pijn trok voor zijn ogen terwijl hij omhoogkeek naar de steiger. Even dacht hij dat hij iets had gebroken. Hij wriemelde met zijn vingers, met zijn tenen in zijn laarzen en rolde voorzichtig zijn hoofd heen en weer. Alles functioneerde nog, maar alles deed hem vreselijk pijn.

Keith kwam razendsnel in actie. Hij schoof het pistool op zijn rug achter zijn broeksband en trok de landvasten los van de bolders. Mundie had de boot zoals gevraagd aan de ketting gelegd, maar Keith had het slot er afgeknipt voordat Whaley er was. Zowel het slot als de ketting lag op de steiger.

Met de laatste van de landvasten nog in de hand sprong Keith in de boot. Dronken of niet, voor zijn zeebenen maakte het niets uit. Hij greep het kleed en trok het omlaag in de boot. De val werd gebroken door het bankje waarop Whaley was geland. De bundel rolde naast hem op de bodem van de boot. Whaley dwong zich op zijn hurken en stond op het punt een poging te wagen terug op de steiger te klimmen, maar Keith rukte het pistool weg vanachter zijn rug en zwaaide ermee naar de voorplecht.

'Daarheen en stilzitten. Als je ook maar iets doet, schiet ik een kogel in je kop. Jij gaat mij niet langer ophouden. Moven!'

Whaley kroop naar de voorplecht. Elke spier in zijn lichaam protesteerde. Hij greep het dolboord en trok zich naar het bankje. Voorzichtig ging hij zitten.

Met het pistool nog altijd op Whaley gericht ging Keith aan het roer zitten. Hij draaide de contactsleutel om en startte de motor. De motor brulde toen hij de gashendel naar voren duwde en de boot op koers legde naar Wood Island. Het gevecht met de golven begon.

De foto in Whaleys zak werd weer warm. Hij klopte, opgewonden van de hitte. De foto wilde dat hij naar Wood Island ging. Alleen al de gedachte daaraan joeg de hitte aan. Whaley probeerde de hitte te negeren en dwong zichzelf na te denken over het vloerkleed dat volgens Keith niet het lichaam van Lily Dwyer omhulde.

35

Vastgetapet aan de stoel kon ik alleen maar toekijken. Toekijken en luisteren. Of de kaarsen nu weer feller waren gaan branden, of dat mijn ogen zich aanpasten aan de duisternis zal ik nooit weten, maar ik kon ze nu duidelijk onderscheiden in het flikkerende kaarslicht – Spivey, Matty, Kira, Alesia, Izzie en Chloe. Ze hielden elkaars hand vast. Ze hadden de cirkel gesloten alsof ik daar nooit deel van had uitgemaakt. Hun handen reikten over de plek waar ik had gezeten. Alesia begon te spreken met die zachte, monotone stem van haar.

'Vaak is gezegd dat de levenden slechts lenen van de doden. Het leven is een dunne sluier, uitgestrekt over de eeuwigdurende wereld van alles wat ervoor is geweest. Dat wat het oudste is, ligt het diepste begraven. Begraven onder lagen van alles wat daarna kwam. Het recentste is hier, zo dichtbij, maar toch net buiten bereik, even verloren en onbereikbaar als de seconde die zojuist voorbijgegaan is. Er staat een... een barrière tussen deze en de andere wereld die beide van elkaar scheidt, een muur tussen de levenden en de doden. Het is de meest solide muur ooit gebouwd, al zien de meesten hem niet. Hij is zo hoog als de eeuwigheid en zo diep als de bron, er is geen passage over of onder de muur, er is alleen een weg door de muur en die weg is slechts door weinigen gekend en begrepen. Wij, in onze cirkel, hebben de deur gezien, wij zijn gezegend met de sleutel en wij smeken hun die met de bewaking van de grens zijn belast ons waardig genoeg te oordelen om over te steken, zoals wij hen die van de andere kant komen verwelkomen.'

Ik wist dat het buiten stormde – wind en regen geselden het huis – maar niets ervan drong door tot in de kelder. De kelder was even stil als een verzegelde graftombe. Het was alsof de kelder dieper wegzonk in de aarde, zichzelf losmaakte van alles eromheen. De schaduwen waren er weer, diep en donker. Ze kropen langs de muren, in de hoeken, olieachtig zwart, en reikten met begerige vingers naar de vijf, zonder tot contact in staat te zijn.

De geluiden van de storm hadden plaatsgemaakt voor het knisperende gefluister van die schaduwen, opgewonden, maar amper hoorbaar. Was dat wat er met mensen gebeurde... Als ze... Misschien als de tijd verstreek? Was dat wat we dan werden? Of waren die schaduwen iets anders, iets wat was opgeroepen uit een oord dat ik niet kende, maar ook niet wilde kennen of begrijpen?

Vergeleken met de vorige keer kwamen ze nu veel sneller. Ze manifesteerden zich zoveel gemakkelijker dan toen. Omdat ze nu de weg kenden? Of was Alesia's kracht gegroeid? Geconcentreerder? Of beide?

Ik keek naar de plek waar Kira met haar voet Matty's mes onder het zand had gewerkt, slechts een meter bij me vandaan, maar onmogelijk te bereiken. Ik rukte mijn beide armen omhoog en probeerde met mijn benen te schoppen, maar het haalde niets uit. Het gefluister was rondom – opgewonden, hongerig. Ik probeerde niet naar de bult zand naast me te kijken, het haastige graf van Lily Dwyer, maar kon mijn ogen er niet van afhouden. Ik verwachtte elk moment haar vingers weer te zien, grabbelend en graaiend naar de lucht, verwoed proberend om zich uit haar graf te klauwen.

Alesia sprak nog steeds met monotone stem.

'We hebben allemaal gedronken van het water uit de put van George Walton. Het vervloekte water, geput door mijn reeds lang geleden verscheiden zuster Prudence Toliver, heeft weken gevloeid in onze aderen, heeft zich vermengd met ons bloed en is een deel van ons geworden. Dat water verbindt niet alleen ons, maar bindt ons ook aan deze plaats, waar alles is begonnen. Het verschaft ons de sleutel tot de deur. En wij...' ze keek de kring rond, '... zijn niet de eersten.'

Ergens boven ons klonk een luide bons. Het was geen donderslag, het geluid was minder diep. Het klonk meer als een boom die op het huis viel, maar ik wist dat het dat ook niet kon zijn – er waren geen bomen op Wood Island. Was er iets van de muur gevallen? Was het Benny die een deur hard dichtsloeg, die eindelijk naar binnen kwam? Dat leek me ook niet waarschijnlijk. Op een of andere manier wist ik dat Benny vanavond eigen zaken moest afhandelen. Als Benny ergens thuishoorde, was het in de storm.

Als de anderen de bons hadden gehoord, lieten ze dat niet merken. Hun ogen waren op Alesia gericht. Ze zogen alle woorden uit haar mond op.

Alesia stak haar vinger in de schaal die in het midden stond en roerde zacht het bebloede vod rond. Met elke cirkel die ze voltooide, cirkelde ook de aanwakkerende wind door de kelder. De wind volgde haar bewegingen. Stof en zand wervelden op en schuurden over mijn huid als schuurpapier. De vijf in de kring sloten hun ogen. Dat kon ik niet. Ik dwong mijn ogen open te blijven zodat ik kon zien wat ze deden.

Alesia's stemgeluid zwol aan.

'Bloed van bloed, as van as, vandaag gevloeid, maar op een vervlogen dag verwekt. Ik smeek je, kom, door een kus van vuur gewekt, tot leven. Laat ons tot inzicht komen en laat wie twijfelt beven bij het zien van het recht door ons genomen!'

Een felle, rood- en oranjekleurige vlam schoot uit de schaal omhoog, reikte bijna tot de balken van de zoldering, zakte weer in en viel terug in de schaal als een vloeistof die er van grote hoogte in werd gegoten. Het vod met mijn bloed was in een oogwenk verdwenen, gevangen in de vlam en verteerd. Het onderging een metamorfose van doek naar as, fijn stof dat werd meegevoerd door de wind die rondcirkelde in de kelder, die het droeg, uitspreidde over het zand en mij toen met hernieuwde kracht zo fel attaqueerde dat ik bijna met stoel en al omviel. Ik kreeg stof in mijn ogen en moest ze wel sluiten, op hetzelfde moment dat Alesia gilde: 'Billy Hasler, twijfelaar in ons midden, ik beveel je te zien!'

De wind was weg.

Het was stil.

Doodstil.

Ik deed mijn ogen open en dwars door tranen vol stof en vuil, keek ik de kelder in en zag ik gezichten die ik niet herkende.

36

Ze zaten in een kring rond een pentagram in het licht van fel brandende kaarsen, maar het waren niet mijn vrienden. Het waren er vijf, maar de kleren die ze droegen klopten niet. De twee meisjes droegen een jurk. Het ene meisje droeg een kapje, het andere had lange blauwe linten in haar blonde haar gevlochten. Twee van de jongens droegen een zwarte broek met bretels en een wit overhemd. Een van de twee gaf een aardewerken pot aan de derde die een verschoten overal droeg.

'Het heeft pit, Ralph. Pas maar op, een kippenveertje zoals jij kan zomaar buiten zinnen raken door dit spul.'

De jongen die Ralph heette trok een grimas en beschouwde de opmerking kennelijk als een uitdaging. Hij zette de pot aan zijn lippen en nam een diepe teug. Hij maakte er een heel spektakel van en zette daarna de pot naast zich op de grond. Hij trok opnieuw een grimas, kneep zijn ogen dicht en schraapte zijn keel. Toen hij daarna weer wat zei, klonk zijn stem een beetje hees.

'Jij weet helemaal niets van pit, Les. Je zou het spul dat mijn grootvader brouwt eens moeten proeven. Hij maakt het van perziken die zo rijp zijn, dat je het in de tank van een ploeg kunt gooien.'

Les – Lester.

Lester Rote?

Ralph Peck?

Wie zag ik daar zitten?

Dit klopte niet. Ik zág dit niet. Ik zat er middenin. Dit was niet een of ander visioen, ik zat op precies dezelfde plek in de kelder en – wacht, het was wel anders. De cv-ketel was weg. De oude houtgestookte ketel stond er wel. De ijzeren deur was dicht, maar er gloeide vuur in de ketel.

Heel even dacht ik dat ik weer mijn bewustzijn had verloren, maar het was te echt. De hitte van het vuur in de ketel. Hun stemmen. Ik rook het zweet en het vuil van de jongens en ik wist dat ze hele dag op een akker hadden staan werken. De kelder rook ook anders en het drong ineens tot me door dat al het zand van de begraafplaatsen was verdwenen. Lily. Het gat van Benny. Alles wat er begraven had gelegen. Op de vloer lagen nu brede houten planken.

'Geen pit? Waarom heb je dan tranen in je ogen?' vroeg het meisje met de linten met een nerveus giecheltje. Ze wilde de pot pakken, maar Ralph was haar voor en graaide hem buiten haar bereik.

'Ik dacht het niet. Niet met je ma boven ons hoofd,' zei Ralph. 'Zij vertelt het je pa en die slaat me verrot.' Hij knikte naar de beide andere jongens. 'Ons alle drie.'

'Ik heb al drie dagen niet geslapen en jij maakt je zorgen dat mijn ouders iets aan mijn adem ruiken?' Het meisje (Geraldine?) greep de pot uit Ralphs hand en nam een gulzige slok. Meteen daarna nog een. Ze hield pas op toen ze moest hoesten en toen dat gebeurde, klotste het laatste beetje dat nog in de pot zat er bijna uit. Ralph pakte de pot terug en bracht hem in veiligheid.

'Jezus, Ger,' zei hij zacht.

Geraldine hoestte bijna een minuut lang. Toen ze de prikkel eindelijk kon onderdrukken, veegde ze met haar hand haar mond af.

'Ma weet niet eens dat we hier beneden zijn en pa is op zee aan het vissen. Ze kunnen ons nooit horen.'

Met een timide stemmetje zei het andere meisje dat ze het ook wilde proberen.

Ralph en Lester keken elkaar aan en keerden zich toen naar Geraldine.

'Zou dat eigenlijk wel werken?'

Geraldine keek naar het andere meisje en haalde haar schouders op.

'Ik weet het niet. Laat haar het maar proberen. Ik wil het weleens zien.'

'Heeft het al lang genoeg gestaan?'

Geraldine haalde opnieuw haar schouders op.

'Dat zei ik al, ik weet het niet. Geef het haar maar, dan komen we er wel achter.'

Lester graaide de pot uit Ralphs hand.

'Dat is het laatste beetje dat ik heb. Ik wil niet dat zij ermee knoeit. Probeer eerst eens iets anders.'

'O, jezus,' mompelde Geraldine. Ze keek om zich heen, zocht iets wat ze kon gebruiken, vond niets en trok toen een van de linten uit haar haar. Ze bood het lint aan het andere meisje aan.

Het meisje met het kapje keek even zenuwachtig naar het lint en maakte toen aanstalten om het te pakken. Met haar vingers op minder dan een centimeter van het lint verstijfde ze. Ze trok haar hand terug.

'Ik weet het niet.'

'Wát weet je niet, Patricia?' vroeg Geraldine. 'Weet je niet of je het kunt, of weet je niet of je het wilt proberen?'

Patricia Whidden, bedacht ik. Dat betekende dat die andere jongen waarschijnlijk haar broer William was.

Ik wist niet in welk jaar dit zich afspeelde, maar de twee waren in 1951 overleden.

'Ik ben gewoon een beetje nerveus, meer niet,' zei Patricia zacht. Ze richtte zich tot Ralph Peck. 'Jij hebt gekregen wat je wilde, toch? Dat werkte goed?'

'Het werkte,' zei Ralph Peck. 'Nadat jij dat had gedaan, heeft de boot van mijn vader de ene grote vangst na de andere naar huis gebracht. Hij zegt dat hij nog nooit zoiets heeft meegemaakt. Bijna een maand lang kwam hij met lege handen thuis en nu heeft hij gewoon te weinig opslag.'

'Dus dat heeft gewerkt?' vroeg ze voor de tweede keer.

Ralph knikte.

'Dat heeft heel goed gewerkt. Emerson zij geprezen.'

'Emerson zij geprezen,' herhaalden de anderen in koor.

William knikte naar zijn zus.

'Probeer het maar. Wat heb je te verliezen?'

Patricia leek dat allemaal te overwegen en reikte toen ze een besluit had genomen naar het blauwe lint, bewoog haar vingers erboven en tilde het fragiele textiel van Geraldines open handpalmen zonder het aan te raken.

Geraldine hapte naar adem.

Lesters mond zakte open toen Patricia het lint om haar pols liet draaien. Met trillende handen zette hij de pot aan de lippen en nam hij een grote slok.

'Emerson zij geprezen,' zei William, deze keer heel zacht, bijna fluisterend. Hij strekte zijn vuile handen uit naar de pot. 'Ik ben aan de beurt. Geef eens hier.'

Ze leken allemaal even verbaasd toen hij de pot nam en eruit dronk.

'Mijn sterren,' zei Patricia zacht. 'Gisteren kon ik niets aanraken, maar nu voelt het als... het voelt net weer als eerder.'

William zette de pot neer en veegde zijn mond triomfantelijk af.

'Dat spul heeft echt pit. Dat valt niet te ontkennen. O, hé, kijk eens...'

Hij strekte zijn been en boog het een paar keer bij de knie.

'Het doet zelfs geen pijn meer. Alsof het nooit gebroken is geweest. Ik heb me nog nooit zo goed gevoeld. Zo sterk.'

'Nu wil ik,' zei Geraldine. Haar gezicht drukte een en al bewondering uit.

'Niks ervan,' zei Lester Rote. 'We hadden afgesproken dat ik aan de beurt was.'

Ralph Peck pakte de pot, hield hem dicht tegen zich aan, maar dronk er niet uit. Hij draaide hem rond tussen zijn vingers.

'Ik denk dat we er pas naartoe moeten gaan als alles weer rustig is geworden. De helft van de mensen loopt nog steeds te hoop bij de put van Walton. Ze willen dat hij dichtgegooid wordt, afgedekt. In de kerk werd over niets anders gepraat dan over de put zegenen.' Hij keek boos naar Patricia en William. 'Konden jullie niets anders bedenken? Iets wat een beetje minder de aandacht trok? Jullie hadden je moeten ophangen in het bos, zoals we hadden besproken.'

Ze keken hem aan, maar zeiden niets.

Toen er bijna een volle minuut in stilzwijgen voorbij was gegaan, haalde hij een kleine revolver uit een zak van zijn overall. Hij legde de revolver in het midden en gaf hem een slinger zodat hij ronddraaide.

'De volgende keer moet het snel gaan. Op een plek waar ze geen lichaam vinden. Misschien hooguit een briefje.'

'Zoals van iemand die is weggelopen van huis?' vroeg Geraldine.

'Precies.' Ralph Peck knikte. 'Niemand gaat op zoek naar een weggelopen kind.'

37

Harde wind joeg de regen in schuine flarden omlaag. Koude druppels gleden over Whaleys huid als glasscherven. De boot zwoegde over de schuimkoppen van de golven richting Wood Island. De motor van de Merv kreunde en brulde, maar weigerde de strijd op te geven. Hoe dichter ze bij het eiland kwamen, des te harder leek het geluid te worden, alsof de Merv een opgewonden hond was die het huis rook. Whaley hield zijn hoofd voorovergebogen. Met zijn ene hand hield hij zich vast aan het bankje waarop hij zat, zijn andere hand hield hij op de foto. De pijn in zijn rug was minder geworden, het was niet langer een snijdende pijn, maar nog slechts een dof kloppen. Keith stond half, zat half achter het roer. De regen maakte het windscherm waardeloos – Keith stond zo dat hij er net overheen kon kijken. Whaley wist hoe verraderlijk Het Rak al kon zijn op een mooie dag, zelfs bij hoogwater. Overal staken rafelige rotsen omhoog als rotte tanden. Met de wind, de regen en de golven erbij was de kans groot dat ze eraan zouden gaan voordat ze die paar honderd meter naar Wood Island hadden afgelegd. Het water was vijftien graden op een warme zomerdag en hij wist dat de haaien rondzwommen op zoek naar prooi. Weer zoals dit bracht het water in beweging, verstoorde de vissen. Zeggen dat er iets gaande was daar onder het oppervlak was een understatement. De haaien vierden feest.

Whaley schermde zijn ogen af tegen de regen en het overvliegende zoute schuim en keek naar Keith. Diens ogen schoten heen en weer als de ogen van een waanzinnige. Zijn lippen bewogen snel. Hij mompelde woorden en zinnen die alleen hijzelf kon horen. Whaley kon niet liplezen, maar hij zou zweren dat hij wist wat de man mompelde.

De entiteit mag nooit worden verkocht alle goederen die op of in de entiteit worden aangetroffen worden beschouwd als onvervreemdbaar deel van de entiteit en mogen uitsluitend worden uitgeleend, verhuurd onder van tevoren bepaalde condities ze mogen niet worden verkocht tokens jonger dan zestien jaar worden beschouwd als eigendom neem de telefoon niet op houd de waakvlam in de gaten die gaat nog weleens uit wie op het eiland is bij zonondergang moet op het eiland blijven tot zonsopkomst doe nooit de deuren op slot Emerson mag niet verhongeren neem de telefoon niet op…

Steeds maar weer opnieuw.

'Keith, je moet je beheersen!' schreeuwde Whaley boven het ronken van de motor en de geluiden van de storm uit. 'We moeten hulp zoeken! We moeten er met z'n allen naartoe!'

Hij riep dat alleen maar omdat hij niets beters wist te bedenken. Keith wekte niet de indruk een terugkeer toe te juichen. Keith wekte de indruk dat hij nooit meer terug zou gaan.

Keith draaide zijn hoofd met een ruk naar Whaley en keek hem woest aan – alsof hij vergeten was dat Whaley aan boord was. Het mompelen hield op en hij leek een laatste poging te doen om zijn gezond verstand te gebruiken.

'Ik dacht dat wij dit waren begonnen,' riep hij. 'Destijds toen we nog pubers waren. Godvergeten naïevelingen waren we, maar als je zo oud bent, denk je dat alles om jou draait. We gingen er stiekem naartoe. Ted, Laura en ik. Pam liet ons binnen en dan verstopten we ons in de kelder. We joegen elkaar doodsangsten aan met spookverhalen. Destijds dacht ik dat wij Emerson hadden opgeroepen toen we de eerste keer met een ouijabord in de weer gingen, maar dat was flauwekul – hij was er al, hij wachtte op ons. Laura wist dat toen al, dat weet ik verdomd zeker. Het zal, denk ik, bij ons vijfde tripje naar het eiland zijn geweest dat ze ons het verhaal vertelde van Patricia en William Whidden, in 1951. Dat verhaal ken je toch?'

Whaley knikte, want het was goed om Keith bezig te houden. Als hij praatte, betekende dat dat hij ook luisterde. Maar hij praatte wel over een kelder die niet bestond. Dat wist Whaley ook. Dat had hij zelf gezien. Dat hield hij zich steeds weer voor omdat hij niet meegesleurd wilde worden in dit schimmenspel. Een stemmetje in zijn achterhoofd probeerde steeds maar tegen te werpen dat het ook andersom kon zijn, dat het zien van de kelder niet de zinsbegoocheling was, maar het níét zien.

Keith kauwde op zijn wang en tuurde naar hem.

'Natuurlijk ken je dat verhaal. Het is waarschijnlijk het grootste publieke geheim van New England. Ik weet nog dat ik het hoorde vertellen toen ik een jochie was – dat ze twee lichamen hadden gevonden op Wood en dat niemand wist hoe die daar waren terechtgekomen. Een joekel van een raadsel destijds en Lester Rote die meteen daarna verdween met het woord "schuldig" in hoofdletters op zijn voorhoofd. Er waren ook allerlei verhalen over hoe die twee zijn doodgegaan. Dat ze in die put op het erf achter de herberg zijn gevallen. Dezelfde put waar George Waltons dochter driehonderd jaar eerder was gevallen. Na dat ongeluk met die twee van Whidden hebben ze razendsnel die put gedempt. Ik snap niet waarom ze dat na de eerste keer niet hebben gedaan. Maar nou komt het, Pam heeft ons verteld dat ze er niet in zijn gevallen, maar dat ze erin zijn gesprongen. Ze zei dat ze dat van haar moeder Geraldine had. Laura begon te stralen als een kerstkrans. Dat vermoeden had ze wel gehad, maar nu werd het bevestigd.'

Hij rukte het roer hard naar links en ontweek op het allerlaatste moment een stuk graniet dat drie meter boven het water uitstak. Whaley raakte de greep op het dolboord kwijt, maar slaagde erin niet overboord te slaan. Het kleed rolde naar hem toe en klapte tegen zijn been. Hij pinde het met zijn voet vast terwijl Keith de boot terug op koers legde en een nieuwe golf in dook. Water klotste naar binnen, de boot helde over, kapseisde bijna, maar richtte zich nog net weer op.

'We moeten terug,' riep Whaley. 'We verdrinken.'

Keith gaf vol gas, de motor brulde en de voorsteven boorde zich recht in de volgende golf, begon te klimmen en schoof eroverheen. Whaley voelde zijn maag zich omdraaien.

'Let op,' riep Keith boven het geluid van de motor uit. Hij negeerde Whaley volledig en zwaaide met het pistool.

'Toen Pam zei dat ze sprongen, dacht ik dat ze niet goed bij haar hoofd was, tot ze allerlei details vertelde die zij onmogelijk had kunnen weten. Ze vertelde ons hoe William de planken die over de put waren getimmerd, loswrikte. Dat ze elkaars hand vasthielden toen ze sprongen. Dat William zijn been brak toen ze op de bodem van de put landden. Dat ze allebei verdronken toen ze het hoofd niet langer boven water konden houden. Ze wist alles tot en met de kleren die ze aanhadden. Pams moeder Geraldine had het een keer op een avond allemaal aan Pam verteld. Als je me niet gelooft, moet je het maar aan Ralph Peck vragen. Geraldine zei dat hij erbij was geweest, dat hij had gezien dat ze het deden.'

'Ralph Peck?'

'Hij hoorde ook bij hun groep – Ralph Peck, Geraldine, Lester Rote en die twee van Whidden.'

Keith keek over het windscherm, stuurde de boot om een paar rotsen en liet zich weer op de kruk achter het roer zakken.

'Dat bedoelde ik. Ik dacht dat wij – Pam, Teddy, Laura en ik – de eersten waren, maar toen hoorden we van Geraldine en die anderen voor ons. Het gebeurt iedere keer opnieuw, bij elke generatie. Dat ding... Emerson... eist alle kinderen op die voet aan wal zetten. Het verleidt ze met de belofte dat ze alles kunnen krijgen wat ze willen, maar als puntje bij paaltje komt, komt er niets van terecht. Het bezit ze. Emerson haalt ze in. Ons allemaal... tokens. Als het je daar niet kan krijgen, stuurt het zijn handlanger Marston op je af, zoals hij bij mij en Pam heeft gedaan. Die valt je net zo lang lastig tot je toegeeft. Linksom of rechtsom, Emerson krijgt je te pakken.'

'Ik begrijp het niet,' zei Whaley. 'Waarom zouden Patricia en William in die put springen. Waarom gingen ze zover?'

'Bij de dood houdt het niet altijd op, Chief. Als Emerson je zover krijgt dat je naar hem luistert, zal hij je daarvan overtuigen. Hij laat je denken dat wat erna komt veel beter is dan wat we nu hebben. Hij zorgt ervoor dat je haast maakt om daar te komen. Als die pubers nog niet dood zijn, zal dat niet lang meer duren. Emerson deed wat hij kon om ons zover te krijgen, maar wij hebben nooit toegegeven. Toen we in de gaten kregen wat er aan de hand was, hebben we met z'n vieren een pact gesloten. We besloten dat we het zouden uithongeren tot het volledig verzwakt zou sterven. Geen van ons wilde zich opofferen, hoe moeilijk we het ook kregen. Emerson vocht terug, gaf ons redenen genoeg om toe te geven, maar we hielden stand. Althans, Pam en ik.' Zijn stem stierf weg. Hij bleef even stil en keek toen Whaley aan. 'Nou blijkt dat Laura Dubin ons belazerd heeft. Teddy Hasler ook. Heb je je ooit afgevraagd waarom het hem zo voor de wind gaat? Waarom het allemaal zo vanzelfsprekend lijkt?'

Een zware golf stortte zich over het gangboord op de Merv en deed de boot bijna kapseizen. Keith gooide het roer om en probeerde weer met de kop op de golven te komen. Whaley greep zich vast aan het bankje en slaagde er opnieuw ternauwernood in niet overboord te slaan. Het kleed, geheel doordrenkt, was zo zwaar dat het amper nog bewoog.

Toen Keith de boot weer op koers had, riep hij: 'Laura nam Teddy weer mee naar het eiland, net voordat hij zestien werd, en met z'n tweeën hebben ze toen een deal voor zichzelf gesloten met Emerson.' Hij verzonk even in gepeins. 'Teddy dacht dat ze een grapje maakte. In die tijd geloofde hij er niets van en ging hij gewoon voor de lol mee. In de jaren daarna is hij er misschien anders over gaan denken, maar het valt niet meer terug te draaien.'

'Wat valt niet meer terug te draaien?' riep Whaley.

'Ze kreeg hem zover dat hij zijn eerstgeborene opofferde aan Emerson.

Dat heeft hij me een paar weken geleden verteld, net nadat Geraldine was overleden. Zijn geweten begon op te spelen en hij heeft geprobeerd het eiland te kopen. Dat was toen hij probeerde te helpen.' Keith trok een grimas. 'Je kunt er niet redelijk mee praten. Zo werkt het niet. Emerson neemt. Emerson heeft hem genomen. Emerson heeft Laura genomen...'

En hij heeft Pam genomen, dacht Whaley. Hij merkte dat hij naar het opgerolde kleed keek. 'Als je er niet redelijk mee kunt praten, waarom heeft...'

'Hou je vast!'

Een volgende grote golf stortte zich op hen. Keith sloeg de gashendel naar voren, stuurde hard naar links en liet de boot schuin tegen de golf opklimmen. De motor sputterde, sloeg bijna af en hervatte zijn brullende arbeid.

Whaley werd weer heen en weer gesmeten. Vanuit een ooghoek ving hij even een glimp op van Wood Island en het huis. Achter alle ramen brandde helder licht. Abnormaal helder. Hij dacht terug aan dat wrak van een generator dat Billy en hij eerder op de dag hadden gezien.

Hij wist dat er geen elektriciteit op het eiland was.

Toen Keith het eiland en het huis zag, klapte hij opnieuw dicht. Hij begon weer te mompelen.

De entiteit mag nooit worden verkocht alle goederen die op of in de entiteit worden aangetroffen worden beschouwd als onvervreemdbaar deel van de entiteit en mogen uitsluitend worden uitgeleend, verhuurd onder van tevoren bepaalde condities ze mogen niet worden verkocht tokens jonger dan zestien jaar worden beschouwd als eigendom neem de telefoon niet op houd de waakvlam in de gaten die gaat nog weleens uit wie op het eiland is bij zonondergang moet op het eiland blijven tot zonsopkomst doe nooit de deuren op slot Emerson mag niet verhongeren...

Bij de waterkant liep iemand in de regen. Nee, hij liep niet, hij stond te graven. Meer dan de contouren waren niet te zien.

In Whaleys zak begon de foto weer te gloeien, heter dan alle andere keren.

38

Ik schrok terug in de... werkelijkheid?

Het was alsof iemand me bij mijn kraag greep en door de kelder sleepte. De stoel wankelde toen ik tegenspartelde en dat hij niet met mij omviel was een kwestie van geluk. Een poot bleef haken achter iets wat in het zand begraven lag, iets hards, ik had geen idee wat het was, maar ik wilde het ook niet weten.

'Goddomme, wat was dat?' schreeuwde ik, maar de ducttape over mijn mond voorkwam dat de anderen meer hoorden dan een gesmoorde kreet.

Alesia keek de kring rond en zei: 'Emerson zij geprezen.'

'Emerson zij geprezen,' herhaalden de anderen – zelfs Kira, al leek haar stem pas na een kleine vertraging te klinken.

De vlam in de schaal doofde even snel als hij was opgeschoten. In luttele seconden werd het felle oranje een dof rood en daarna was hij helemaal weg. Misschien was die vlam heet geweest, maar Alesia haalde zonder een krimp te geven het restant van het vod uit de schaal. Ze legde het naast de schaal en streek het glad. Ze reikte opnieuw in de schaal en haalde er een tweede offerande uit. Zo ging ze door tot alle zes offerandes naast elkaar lagen.

Het vod.

Het zilveren medaillon dat van Spiveys moeder was geweest.

De helft van mijn vaders visitekaartje.

Wat er restte aan lucifers.

De sleutelhanger van Spivey.

Zwarte vellen papier, het overblijfsel van de dagvaarding van Spivey.

Al die dingen waren zwartgeblakerd en bijna onherkenbaar, met uitzondering van de sleutelhanger van Spivey. Die leek onaangeroerd. Alesia hield haar hoofd schuin toen ze ernaar keek en vroeg zich af wat het betekende. Toen legde ze er haar vingers op en trok ze hem naar zich toe, wat een klein spoor in het zand veroorzaakte.

'Eerdere tokens zijn allemaal terug naar huis gekomen, mijn lieve Emerson, op een na – Keith Spivey. Ik smeek je geduld met ons te hebben – hij zal er weldra voor je zijn.'

Ze kneep even haar ogen dicht. Toen ze ze weer opendeed, zei ze: 'Hij komt uit eigen vrije wil naar je toe. Daarvan ben ik overtuigd.'

Ze hief haar hoofd en keek naar mij.

'Dat betekent dat er nog maar één resteert.' Het kaarslicht flikkerde op haar wasbleke huid. 'De token geschonken door zijn vader. Voor eeuwig de jouwe.'

Een brok zo groot als een vuist snoerde me de keel dicht.

'En Emerson heet hem welkom.'

Ik rukte aan mijn boeien, maar ik kreeg er geen beweging in. De tape om mijn polsen en enkels leek alleen maar strakker aan te trekken.

De duisternis werd intenser en zoog zich in de muren tot die niet langer zichtbaar waren. De lucht werd ijskoud. De enige warmte kwam van de cv-ketel naast me, uit de openstaande klep van de waakvlam.

Met een zachte stem, die ik echter nog steeds heel duidelijk kon verstaan, ging Alesia verder.

'Zoals allen die zijn gekomen en allen die nog zullen komen, schenken wij alles wat we zijn. Geest, lichaam en ziel. Wij zijn gezegend dat wij onder hen zijn die verkoren zijn zich te geven en wij zijn gezegend dat wij onder hen zijn die ontvangen. Wij geven alles wat wij hebben uit eigen vrije wil en nemen slechts wat ons ten deel valt. Ons geschenk voor het jouwe. Emerson zij geprezen.'

'Emerson zij geprezen,' herhaalden de anderen.

Het knisperende gefluister uit de hoeken van de kelder, een koorzang van de verdoemden, rees tot een crescendo. Donkere gestalten duwden en stootten elkaar aan in pogingen het beter te kunnen zien zonder al te dichtbij te komen. Waren William en Patricia Whidden daar ook bij? Lester Rote? Ralph Peck? Geraldine? Ik zag ze niet, maar ik wist dat ze er waren. Op een of andere manier wist ik dat ze er allemaal waren, allen die eerder waren geweest.

Alesia zweeg bijna een minuut lang. Haar bovenlichaam wiegde mee met die fluisterende stemmen, luisterend. Toen begon ze te mompelen, met nadruk in haar stem, in een taal die ik niet begreep. Ze luisterde. Mompelde. Luisterde. Stribbelde tegen. Het was een verhitte discussie tussen haar en het onbekende. Ten langen leste viel ze stil en knikte ze. Toen ze haar ogen weer opendeed, gloeiden ze met een groen licht dat zo fel was dat de halve kelder erdoor werd verlicht. Ze keerde zich naar Izzie en Chloe.

'Het besluit is gevallen. Jullie beiden zijn aan de beurt.'

Ik verwachtte dat ze zouden protesteren, maar dat deed geen van beiden. Even lag er een uitdrukking van shock op hun gezicht, toen knikten ze haastig.

Matty boog zich over de kring naar zijn zus en klopte bemoedigend op haar been.

'Het is oké. Ik kom meteen na je. Dat beloof ik.'

Chloe kroop dichter naar Izzie toe, drukte zich zo stevig tegen haar aan dat hun lichamen in het schemerduister leken te versmelten. Met opengesperde ogen staarde ze Alesia aan.

'Dan kan ik ook doen wat jij doet?'

De trekken op Alesia's gezicht verzachtten tot een geruststellende glimlach. 'En nog heel veel meer.'

Alesia keek de kring rond.

'Jullie allemaal. Dit is geen einde, het is een begin. Je zult nooit meer iets moeten ontberen. Je zult nooit meer ziek zijn, je zult nooit oud worden, je zult de dood niet leren kennen. Je kracht en je macht zullen onmeetbaar zijn. Wat ik jullie heb laten zien, is maar een voorproefje.'

Izzie slikte. 'En we hoeven niet hier te blijven? Op het eiland?'

'Alleen in het begin,' verzekerde Alesia haar. 'Alleen maar lang genoeg om gewend te raken aan wat je zult worden. Ik zal niet liegen – dat heb ik nooit gedaan – je zult tijd nodig hebben om je aan te passen, om te leren als herborene te bestaan in een fysieke wereld, maar mettertijd zul je daarin slagen. En we hebben alle tijd... Zij die ons zijn voorgegaan, hebben dat aangetoond. Na verloop van tijd word je zo sterk, zo volledig dat je je weer bij je geliefden kunt voegen en zij zullen van niets weten. Zij die ons zijn voorgegaan, hebben ook dat aangetoond. We zullen goden zijn te midden van stervelingen.'

Izzie schoof nog dichter naar Chloe toe en legde haar hoofd op Chloe's schouder. Chloe drukte Izzies hand tegen haar lippen en kuste haar vingertoppen. Ze omhelsden elkaar bijna een minuut lang en Alesia liet hen begaan. Ze keek toe en wachtte tot de beide meisjes haar weer aankeken.

'We zijn er klaar voor,' zei Chloe. 'We willen het allebei.'

Izzie knikte.

Alesia reikte over de revolver, die nog steeds naast de schaal lag, heen en pakte een van de flesjes water. Ze draaide de dop eraf, liet hem vallen en pakte het pakketje met wit poeder. Met duim en wijsvinger maakte ze het open. Ze goot de inhoud in het flesje water, zette haar duim op de opening en schudde het flesje flink heen en weer. Het water werd een beetje troebel. Ze gaf het flesje aan Chloe.

'Het heet pentobarbital en het wordt gebruikt bij euthanasie van dieren. Het veroorzaakt geen pijn. Het voelt alsof je in slaap valt. Het zal allemaal in een paar minuten voorbij zijn. En dan... Dan weet je het.'

Met trillende hand hield Chloe het flesje onder haar neus. Ze rook eraan.

'Ik ruik niets.'

'Je kunt het niet ruiken. Het is net als in slaap vallen,' zei Alesia.

Chloe rook nog een keer aan het flesje, keerde zich naar Izzie en streek liefkozend over haar wang.

'Ik hou heel veel van je. Dat weet je, hè?'

Izzies hoofd knikte snel op en neer. Tranen welden op in haar ogen.

'En ik hou van jou.'

'Dit betekent dat we voor altijd samen zullen zijn. Niemand kan ons dat afpakken.'

'Je zult nooit oud worden,' zei Alesia zacht. 'Je wordt nooit ziek. Je zult de ongelofelijkste dingen kunnen doen...'

'Dan worden we superhelden,' fluisterde Izzie. 'Altijd samen.'

Chloe knikte, boog zich naar Izzie toe en drukte een zachte kus op haar voorhoofd. Even bleven haar lippen verlangend hangen, toen vermande ze zich. 'Voor altijd samen.'

Ze zette het flesje aan haar lippen en dronk.

Ze bleef drinken tot het flesje halfleeg was.

Ze bleef drinken tot Izzie het flesje van haar aannam en leegdronk.

39

De storm was misschien wel de zwaarste die Whaley ooit had meegemaakt, en zeker weten de zwaarste waarin hij ooit op het water was geweest. Op het water zijn bij dit weer was suïcidaal. Hij draaide zich ver genoeg om op zijn bankje om over Het Rak naar New Castle te kunnen kijken. Het water was onherkenbaar, iets uit een nachtmerrie. De oever was maar een paar honderd meter weg, maar hij kon hem niet zien. Het enige wat hij zag was een stortvloed van regen die zonder ophouden op de rotsen beukte en daar de golven ontmoette die tot onmogelijke hoogte leken op te rijzen.

Kittery was evenmin te zien, noch Portsmouth. Nergens licht, geen andere boten. Zelfs de vuurtorens bij het kustwachtstation en Whaleback waren uit, en dat was iets wat nóóit gebeurde. Dankzij de steun van generatoren en accu's was het nog nooit voorgekomen dat beide vuurtoren gelijktijdig waren uitgevallen. Keith en Whaley hadden zich net zo goed midden op de Atlantische Oceaan kunnen bevinden, dagen verwijderd van de bewoonde wereld, als het huis op Wood Island er niet was geweest. Elk raam straalde een helder, warm licht uit, een welkomstbaken, dat hen naderbij lokte en leidde.

Whaley was Keith weer kwijtgeraakt. Hoewel hij de boot met vakmanschap bleef besturen, was hij met zijn gedachten heel ergens anders. Zijn blik bleef op Wood Island gericht, maar het was een lege, starende blik.

Alsof kijken naar het eiland genoeg was om hem te biologeren. Zijn lippen prevelden eindeloos dezelfde bezwering.

De entiteit mag nooit worden verkocht alle goederen die op of in de entiteit worden aangetroffen worden beschouwd als onvervreemdbaar deel van de entiteit en mogen uitsluitend worden uitgeleend, verhuurd onder van tevoren bepaalde condities ze mogen niet worden verkocht tokens jonger dan zestien jaar worden beschouwd als eigendom neem de telefoon niet op houd de waakvlam in de gaten die gaat nog weleens uit wie op het eiland is bij zonondergang moet op het eiland blijven tot zonsopkomst doe nooit de deuren op slot Emerson mag niet verhongeren…

Steeds als hij even ophield met prevelen, werd de boot heen en weer geslingerd door de wind en de golven, alsof Keith in slaap was gevallen en zich moest inspannen om de boot weer in zijn greep te krijgen. Hij stuurde de boot om de rotsen, zocht de juiste koers weer op en begon weer te prevelen, alsof de woorden hem leidden, niet zijn vakmanschap. Hij voegde iets toe aan de bezwering, iets wat Whaley nog niet eerder had gehoord –

Stuur de Merv naar de thuishaven,

of

Verwelkom de Merv in de thuishaven,

of

Laat de Merv de thuishaven binnenvaren.

Zoiets. De woorden werden amper hoorbaar slechts één keer gepreveld.

Whaley drukte op de zendknop van zijn radio, maar had geen bereik. Het was onduidelijk of Keith het, zo druk als hij was met zijn bezwering, doorhad, hij reageerde in ieder geval niet. Het maakte ook niet uit. De radio had het begeven of het weer stoorde het radiocontact. Whaley ving zelf geen statische ruis op en het groene signaallampje dat normaal gesproken oplichtte als hij een boodschap uitzond, bleef uit.

Toen ze dichter bij het eiland kwamen, ving hij zo nu en dan een glimp op van de degene die daar aan het graven was. Een jongen, dacht hij, al was het moeilijk het goed te zien. Niet heel groot. En hoe belachelijk het ook was, hij stond daadwerkelijk te graven. Hij groef als een robot – ogenschijnlijk zonder enig ontzag voor het weer. De schop ging op en neer in een onverstoorbaar ritme en gooide zand naar weerszijden. De jongen stond tot zijn knieën in een gat en vertoonde geen enkel teken van vermoeidheid. Niets wees erop dat hij misschien even zou stoppen. Er was iets waanzinnigs gaande, want het gat dat hij nu groef was niet het enige. Er waren tientallen van zulke gaten, misschien wel honderd. Telkens als een golf de boot optilde, kreeg Whaley even het hele eiland te zien omdat dat dan iets lager lag en het had veel weg van Zwitserse gatenkaas. Niet een van die gaten was er eerder op de dag geweest. De jongen moest over bovennatuurlijke krachten beschikken om in zo'n korte tijd zo veel gaten te graven.

Met nog een meter of twintig te gaan naar de steiger, naar een plek achter de Annabelle – de boot van Geraldine Rote, wat betekende dat Spivey op het eiland moest zijn – leek Keith op te schrikken uit zijn trance.

'Chief,' zei hij luid genoeg om boven de storm uit te komen, 'ik moet je iets bekennen waar ik niet trots op ben.'

Dat meen je niet, dacht Whaley schamper. Het kostte hem moeite Keith aan te kijken in plaats van naar het opgerolde kleed aan zijn voeten te kijken.

'Ja... En dat is?'

Keith stuurde de boot met een ruk naar stuurboord om een golf te pareren en liet de boot weer terugvallen op de oude koers toen ze over de kam van de golf heen waren.

'Ik maakte me zorgen, al langer eigenlijk, dat Pam iets doms zou doen. Niet dat ze iemand anders iets zou aandoen, dat zou ze nooit doen, maar zichzelf. Het ging de afgelopen weken niet goed met haar, met alles wat er aan de hand is. Dus heb ik...'

Hij aarzelde even en veegde water uit zijn ogen.

'Ik heb haar in de achterkamer vastgebonden. Ik weet hoe dat klinkt, maar het was voor haar eigen bestwil. Daar is ze nu ook. Als ik hier niet van terugkom, moet jij haar losmaken.'

Whaley kreeg het even te kwaad. Hij herinnerde zich de rauwe, geschaafde polsen van Pam die hem meteen waren opgevallen toen hij binnenkwam. De bloederige touwen op het bed in de achterkamer. Het was Pam geweest die daar vastgebonden op dat bed had gelegen, niet Lily Dwyer.

Hij keek omlaag naar het opgerolde vloerkleed...

Keith wilde onderhandelen. De stomme idioot denkt dat hij een soort ruilhandel op poten kan zetten. Haar voor Spivey. Het pakt ze allebei en peuzelt ze gewoon allebei op.

Als dat niet Lily was, wie dan wel?

'Keith, wie ligt er in dat kleed?'

Misschien gaf Keith hem een antwoord, maar dat ging dan verloren in het lawaai dat de boot maakte toen die ruw langs de oude autobanden die als stootwillen aan de steiger hingen, schuurde bij het afmeren. Iemand gooide een touw naar hen.

Whaley keek op en zag de jongen die zo-even nog aan het graven was op de steiger staan – die aanblik joeg alle andere gedachten uit zijn hoofd. Hoewel zijn huid door de koude regen gevoelloos was geworden, voelde hij nu toch hoe het bloed uit zijn gezicht wegtrok. Zijn hart bonkte zo hard in zijn borstkas dat hij dacht dat het er zo uit zou breken. Vlak voor dat hart in zijn borstkas werd de foto zo gloeiend heet dat het hem niet verbaasd zou hebben als hij spontaan was ontbrand.

'Benny,' riep Keith. 'Leg een lijn op de achtersteven voordat de golven ons weer wegslaan!'

De jongen knikte ijverig.

'Sir, yes, sir!'

Whaley zat als aan de grond genageld op het bankje voor in de boot.

Hij kon niet ademhalen.

Hij kon alleen maar toekijken hoe zijn lang dood gewaande broer hielp bij het afmeren van de boot.

40

In eerste instantie gebeurde er niets.

Toen Izzie het flesje had leeggedronken, zette ze het op de grond en nam ze Chloe's beide handen in de hare. Ze keken elkaar aan met grote angstige ogen en een onecht glimlachje om hun lippen. Seconden tikten voorbij.

Chloe hoestte.

Zo begon het.

Ze zat roerloos tegenover Izzie. Plotseling ging er een spasme door haar hele lichaam. Een kuch kwam diep uit haar longen omhoog, schoot door haar keel en barstte dwars door haar glimlach terwijl ze nog haar mond dichtkneep in een poging te onderdrukken wat er omhoogkwam. Het was geen kriebel in de keel, haar hele lichaam nam eraan deel. De glimlach op haar gezicht maakte plaats voor angst. Het werd nog erger toen ook Izzie begon te hoesten. Ze hielden niet langer elkaars hand vast, maar graaiden wanhopig naar houvast, grepen zichzelf bij de keel en sloegen met vuisten op hun maag – eerst zichzelf, toen elkaar – niet in staat te stoppen, niet in staat zich in te tomen, en snakkend naar iets van verlichting en steun tussen de spasmen door.

Ik weet niet bij wie als eerste het schuim op de lippen kwam, het ging allemaal zo snel...

Dikke witte druppels eerst, daarna een sliertje en al direct daarna een stroom wit schuim barstte uit hun mond, droop over hun kin en doorweekte hun shirt. Het wit kreeg een roze, daarna rode tint. Izzies rug strekte zich ineens kaarsrecht, alsof iemand haar bij haar haar had gegrepen en overeind rukte. Toen zakte ze in elkaar, rolde op haar rug. Haar benen trappelden. Ze schopte en sloeg om zich heen met haar armen. Chloe viel om, boven op Izzie. Beiden begonnen te stuiptrekken.

Het duurde allemaal maar een halve minuut, misschien iets langer.

Het enige wat erger was dan de geluiden waarmee het gepaard ging, was de ijzige stilte die erop volgde toen geen van beiden nog bewoog – en ook nooit meer zou bewegen.

Ik zat verstijfd op mijn stoel.

Kira's mond zakte open. Ik dacht dat ze zou gaan gillen, maar ze bleef stil. Toen ze probeerde op te staan om naar Izzie en Chloe toe te gaan, trok Matty haar weer omlaag naast zich in de kring.

De kaarsvlammen werden langer, reikten eerst naar de balken van de zoldering en bogen toen naar de ontzielde lichamen van de beide meisjes, niet in staat hen echt te bereiken.

'Emerson zij geprezen,' zei Alesia zacht, ogenschijnlijk onbewogen.

'Emerson zij geprezen,' herhaalde Matty.

Spivey zei niets. Terwijl het allemaal gebeurde was hij stil gebleven. Hij zat naast Alesia, maar zijn geest was elders.

Kira knipperde haar tranen weg en leek alleen nog naar Izzie en Chloe te kunnen kijken. Ik schreeuwde achter de ducttape over mijn mond haar naam, maar het klonk als een gesmoorde kreun en doorbrak de stilte van de bezwering niet. Matty had haar aan haar arm weer omlaag getrokken. Nu wreef hij haar over haar rug. De smeerlap grijnsde zelfs naar mij terwijl hij dat deed. Een meter bij hem vandaan lag zijn dode zus en dat weerhield hem er niet van te proberen mijn vriendin te versieren.

Het knisperende gefluister was even stilgevallen, maar nu kwam het weer op gang. Misschien werd besproken wat er zojuist te zien was geweest of werd er gespeculeerd over wat er nog zou komen. Hoe het ook zij, het zwol vrijwel meteen weer aan tot de opgewonden ruis van eerder op de avond.

Spivey begroef zijn gezicht in zijn over elkaar geslagen armen, trok zijn knieën op tegen zijn borst en wiegde langzaam voor- en achteruit. Er was iets in hem gebroken.

Alesia negeerde hem. Ze wierp een blik op Kira, liet toen haar vingers over de ronde kolf van de revolver glijden. Haar geest was een vuurzee van miljoenen gedachten achter die gloeiende groene ogen. Ze keek Matty diep in de ogen.

'Ik heb nog een pakje pentobarbital, maar je mag ook de revolver gebruiken. Jij kiest.'

Ze haalde een tweede pakketje met wit poeder uit haar zak en liet het in het zand tussen hen beiden in vallen.

Matty keek naar het pakje, schudde zijn hoofd en zei: 'Hij zou het nooit opdrinken. Laat me de revolver eens zien.'

Ik rukte zo hard aan mijn boeien als ik maar kon. De stoel bewoog amper en dat maakte me nog kwader. Het had geen enkele zin om te schreeuwen, maar toch deed ik het. Er was niets anders wat ik kon doen.

Alesia schoof de revolver naar Matty. Hij raapte hem op, klikte de cilinder open en keek met gefronste wenkbrauwen naar Spivey. 'Heb je nog meer munitie? Er zitten maar twee kogels in.'

Spivey hield op met wiegen maar hield zijn hoofd verborgen tussen zijn knieën. Zijn stem klonk omfloerst.

'Zo heb ik hem gevonden.'

Matty dacht na. Hij zwaaide met het pistool naar mij.

'Ik knal hem af en gebruik de tweede kogel voor mezelf. Dan heb jij nog genoeg pentobarbital over voor...' Zijn stem stierf weg. Hij keek van Alesia naar Spivey, van Spivey naar Kira en weer terug naar Alesia.

Alesia knikte.

'Zat. Meer dan genoeg.'

Ze keek naar mij en hield haar hoofd schuin.

'Maar het offer moet vrijwillig worden gebracht, het mag niet genomen worden. Hij moet zelf een eind aan zijn leven maken, net als jij. Zijn leven nemen tegen zijn wil zou tenietdoen wat mijn moeder voor ons heeft weten te bereiken.'

'Al die verdomde regels,' mompelde Matty. Met zijn duim drukte hij de cilinder weer dicht. 'Het moet kennelijk allemaal op de moeilijke manier.'

Hij keerde zich naar rechts en drukte de loop van de revolver tegen Kira's slaap.

'We hebben haar niet nodig om hier een eind aan te maken, Hasler. Jij gaat die speciale cocktail van Alesia drinken. Zo niet, dan bepleister ik de muren daar achterin met de hersens van je vriendinnetje.'

O, dat vonden de schaduwen prachtig. Dat hoorden ze graag. Het knisperende gefluister zwol aan tot een juichend gezoem.

41

Hij was het.

Bennett 'Benny' Whaley.

De broer die aan taaislijmziekte was overleden toen hij tien jaar oud was, toen Whaley vier was. De broer wiens graf onder een wijdvertakte eik lag in de noordwesthoek van Pleasant Street Cemetery. De broer die tegen hem had geschreeuwd omdat hij per ongeluk een legosteentje op het vloerkleed had vergeten op te ruimen, vlak bij het trapje van het stapelbed – het legosteentje waarop Benny om drie uur 's nachts met blote voeten was gaan staan, wat hem hard genoeg deed brullen van de pijn om iedereen in het huis wakker te maken.

Zijn broer Benny.

Kletsnat en smerig stond zijn dode broer Benny daar op de steiger in de regen te rommelen met een landvast die in de knoop was geraakt. Op een of andere manier leek hij vijftien of zestien, maar hij was het. Daar twijfelde Whaley niet aan – die scheve voortanden, kon niet missen, maar het was ook het gezicht van de jongen, een gezicht dat hij even goed kende als zijn eigen gezicht. Het waren niet alleen de fysieke kenmerken die Whaley herkende. Het was ook de manier waarop hij stond. Zijn manier van lopen. De klank van zijn stem. Hij herkende het allemaal even onweerlegbaar als hij zichzelf herkende.

Bloed.

Verwantschap.

Familie.

Zijn broer, Benny.

'Vang!' riep de jongen.

Whaley ving niets. Het doorweekte touw kletste tegen zijn borst en viel voor zijn voeten. Whaley kon alleen maar kijken.

Keith kwam schuifelend naar voren, greep het touw en sloeg het om een van de kikkers. Hij plaatste zijn voet tegen het dolboord om kracht te zetten en de boot strak tegen de steiger af te meren.

'Hé, Chief, ben je er nog? Er is werk aan de winkel.'

Keith had het pistool niet langer in zijn hand. Hij had het niet ergens neergelegd (dat had Whaley hem tenminste niet zien doen), maar er zat een bobbel op zijn rug bij zijn broeksband. Misschien had hij het daar weggestoken. Whaley zou hem kunnen tackelen, overmeesteren en dan…

'Chief!' riep Keith. Hij staarde Whaley aan, wachtend op een reactie.

Toen die niet kwam, vloekte Keith zacht. Hij werkte zich langs Whaley en greep een uiteinde van het opgerolde kleed. Hij sleurde het omhoog naar de steiger.

'Aanpakken, Benny. Help mee om dit uit de boot te krijgen.'

Benny was ook stil geworden. Hij hield zijn hoofd een beetje schuin en keek met toegeknepen ogen naar Whaley.

Whaley wilde graag geloven dat Benny hem herkende, maar dat leek niet helemaal de manier om het uit te drukken. Benny herkende íéts, maar het was alsof hij maar niet kon bedenken wat het was. En hoe zou hij dat ook kunnen? Whaley was vier jaar oud geweest toen Benny hem voor het laatst had gezien.

En Benny was nooit een puber geworden, maar toch stond hij hier. Hoe kon dat in hemelsnaam?

Benny schudde het van zich af en greep het vloerkleed vast.

Keith telde tot drie, duwde toen omhoog vanuit de boot terwijl Benny op de steiger sjorde. Met z'n tweeën slaagden ze erin het onhandige pakket op de steiger te krijgen.

De foto brandde zo heftig in Whaleys borstzakje dat hij zeker wist dat hij een schroeiplek op zijn borst zou zien als hij zijn shirt uittrok.

Benny tilde het vloerkleed op zijn schouder en droeg het van de steiger, langs de Annabelle, naar de wal. Het pakket woog minsten vijftig kilo, waarschijnlijk wel zestig, als het niet meer was, maar hij tilde het op alsof het niets was.

Het duizelde Whaley, het zoemde zo luid in zijn hoofd dat hij niet doorhad dat Keith naast hem was gaan staan.

'Hij is niet wie jij denkt dat hij is. Niet helemaal,' zei Keith.

'Hij is mijn...'

'Ik weet het. Maar hij is het ook niet. Ik weet alles over je broer. Laura maakte heel nauwgezet aantekeningen van alles wat ze te weten kwam, en voor een deel heeft ze mij op de hoogte gebracht, al vertelde ze Ted nog veel meer. Jouw broer is hier ooit geweest voordat hij overleed. Dat maakte een token van hem. Toen hij stierf, heeft Emerson hem teruggeroepen. Iedereen die het eiland bezoekt als hij jonger is dan zestien wordt eigendom van Emerson, Chief. Zo werkt het. Ze vormen brandstof voor zijn vuur. Als ze sterven, roept hij ze terug. Het maakt niet uit of het om een natuurlijke dood gaat of om een ongeluk een paar duizend kilometer verderop. Dat maakt niet uit, net zomin als wanneer ze sterven. Jong of ver in de tachtig. Tijd heeft geen betekenis voor hem of dit eiland. Hoe het ook gebeurt, alle tokens van Emerson komen terug naar huis. Ze vinden pas rust als ze dat doen.'

'Noem je dat rust?'

Keith haalde zijn schouders op. 'Noem het dan maar vrede. Het enige wat ik weet is dat het beter is dan níét komen. Ik heb me laten vertellen dat proberen weg te blijven een helse ervaring is, dood of levend. Pam zal dat bevestigen.'

'Maar hij was tien toen hij...'

Whaley kon het niet over zijn lippen krijgen, hij kon het niet hardop uitspreken.

'Bij sommigen houdt het verouderingsproces niet op, al gaat het langzamer. Anderen gaan terug naar een vroegere leeftijd. Toen Geraldine van het eiland kwam en Pam en mij alles vertelde, zei ze dat zij dacht dat iedereen terugkeert naar een tijd waarin ze het gelukkigst zijn geweest. Ik weet niet of dat waar is, maar die gedachte maakte het haar gemakkelijker om te slapen. Misschien wilde je broer graag opgroeien. Misschien was dat het enige waaraan hij op het einde nog kon denken. Dat heeft Emerson hem dan gegeven.'

Whaley had een gesloten hand om de borstzak met de foto gelegd. Hij drukte hem plat tegen zijn borst en voelde door zijn shirt heen de warmte tegen zijn handpalm. Zijn broer op de motorkap van zijn vaders auto. Wat Keith allemaal beweerde leek nergens op te slaan, maar toch ook weer wel. Hij wilde best wel geloven dat Benny aan niets had kunnen denken dan de jaren die hij zou gaan missen toen hij op het einde ziek in bed lag – jaren met hem, jaren met hun ouders – er lag een heel leven op hem te wachten en de ziekte graaide dat allemaal voor zijn neus weg.

Hij moest met hem praten.

Op dat moment was er verder niets wat belangrijk was.

Whaley greep de steiger vast en wilde zich omhoogtrekken, maar Keith hield hem tegen.

'Chief, er is nog iets wat je moet weten.'

Whaley schudde Keiths hand van zich af.

'Wat?'

Keith reikte achter zijn rug en even dacht Whaley dat hij het pistool wilde pakken. Maar Keith klopte op de heupfles in zijn achterzak en stelde vast dat hij hem niet was kwijtgeraakt.

'Die gaten die hij graaft...' zei hij. 'Dat doet hij al heel lang.'

'Wat zoekt hij?'

Keith tuitte zijn lippen.

'Zijn eigen lichaam. Hij zoekt er al naar vanaf het moment dat hij hier op het eiland kwam. Omdat hij het niet kan vinden, blijft hij graven.'

Benny's lichaam lag begraven op Pleasant Street, waar het altijd al had gelegen.

Niemand sterft op dat eiland, maar dat betekent niet dat ze niet thuiskomen. Op het laatst komen we allemaal thuis. Op het laatst is dat het enige wat we kunnen doen.

O, jezus, Benny.

Whaley sprong bijna uit de boot.

Hij gleed bijna uit toen hij uit alle macht over de steiger begon te rennen.

Benny was al halverwege het huis. Hij was blijven staan bij een van de vele gaten die hij had gegraven en had het opgerolde kleed op de rand gelegd. Het leek of hij van plan was zich in het gat te laten zakken.

'Benny, wacht!'

De woorden kwamen uit zijn eigen mond, maar Whaley hoorde niet zijn eigen volwassen stem. Hij hoorde de woorden alsof het een kind van vier was die riep.

Benny verstijfde toen hij de kreet hoorde. Hij had zich al half in het gat laten zakken. Hij fronste in verwarring zijn wenkbrauwen en liet zich verder omlaagzakken, beide handen als ankers in de modderige rand van het geïmproviseerde graf. Water vloeide uit de kuil over de rand. Benny's mond hing een beetje open. Hij staarde Whaley aan.

Toen Whaley een halve meter voor hem bleef staan en naast het opgerolde vloerkleed hurkte, ontsnapte er een enkel woord aan de lippen van zijn broer.

'Cliffy?'

Dat was te veel voor Whaley. Tranen welden op in zijn ogen. Zijn adem bleef steken in zijn keel. Alle kracht vloeide uit hem weg en spoelde weg in de modder.

Whaley knikte zwakjes, meer kon hij niet doen.

Zelfs het laatste kleine beetje kleur trok weg uit Benny's gezicht.

'Mijn god, Cliffy, ben jij dat echt?'

42

Kira probeerde te gaan staan, maar Alesia greep haar vast met een klauw als een bankschroef en hield haar stil.

'Matty heeft gelijk. We kunnen dit wel zonder jou, maar als je nog steeds wilt meedoen, kan dat. Je moet alleen na Billy gaan, het is niet anders.'

Ik had het opgegeven om te proberen de ducttape over mijn mond kapot te krijgen. Het was godsonmogelijk om er zonder hulp van af te komen. Schreeuwen leek evenzeer zinloos, maar dat deed ik wel. Ik schreeuwde Kira's naam en sloeg met mijn hoofd voor- en achteruit. Ik rolde met alle spieren in mijn lichaam om maar los te komen.

Het leek Matty allemaal wel te amuseren. Zijn mondhoek krulde omhoog in een sneer.

'Haal die tape eens van zijn mond. Ik wil hem horen smeken.'

Alesia keek even naar me, wees naar me, de tape werd van mijn mond gepeld en viel op mijn schoot. Ik wist dat ze me niet werkelijk had aangeraakt, maar ik voelde haar nagels houvast zoeken op de tape.

Mijn mond zat vol met een walgelijk mengsel van snot en gruizig speeksel. Ik spuugde het van me af in het zand en keek Matty woest aan.

'Jouw zus is dood, stomme imbeciel. En Chloe ook. Zelfs als het allemaal waar is, hoe weet jij nou dat Alesia je niet voor háár karretje spant? Je hebt gezien wat ze deed – dat zweven – wat denk je dat zíj krijgt als ze ons allemaal aan hem uitlevert? Ons allemaal, en jóú ook? Ze geeft geen flikker om ons, ze geeft alleen om zichzelf. Dat weet je!'

Ik gebaarde met mijn kin naar de ontzielde lichamen van Izzie en Chloe. 'Kijk naar ze! Dat heb jij gedaan!'

Matty keek niet. Niet naar Izzie en Chloe. Hij drukte de loop harder tegen de slaap van Kira.

'Dat hebben ze zelf gedaan,' zei hij toonloos. 'Ik heb toegekeken, net als jij. Jij laat mij Kira hier doodschieten, dat is andere koek, dat is moord, dat snap ik. Maar ik vind een beetje bloed aan mijn handen niet erg als dat ons over de eindstreep helpt. Ik kijk naar de prijzen die we gaan binnenslepen. Als jij dit verkloot, schiet ik je alsnog gewoon dood. Een kogel voor haar en een voor jou. Dat gaat het worden.'

Hij knikte naar het pakketje met poeder.

'Dat sla ik naar binnen nadat ik jullie tweeën heb afgemaakt en dan vinden ze me hier samen met Izzie. Misschien schrijf ik nog wel even een klein briefje en dan zeg ik dat jij ons gedwongen hebt. Niemand loopt hier levend de trap weer op.'

'Nik nok,' zei Alesia zacht.

'Maak het klaar,' zei Matty tegen haar zonder mij uit het oog te verliezen.

Alesia schroefde de dop van een flesje water, goot het poeder erin en schudde de fles tot het poeder was opgelost. Ze wilde de fles aan Matty geven, maar die nam hem niet aan. Hij spande de haan van de revolver met zijn duim.

'Wat gaan we doen, Hasler?'

'We moeten dit niet doen,' zei Spivey. Hij had zijn hoofd nog steeds gebogen tussen zijn knieën. Zijn stem klonk gesmoord. 'Ik wil dit niet meer.'

'Hou je bek,' spuugde Matty hem toe. 'Hou je klotebek dicht.'

Spivey deed er opnieuw het zwijgen toe.

In Kira's ogen stonden tranen.

Ik kon niet toezien hoe zij zou sterven.

Als niemand van ons levend uit deze kelder zou komen, kon ik niet toezien hoe zij zou sterven. Ondanks alles hield ik nog steeds van haar.

Ik hoefde het niet hardop te zeggen. Kira wist het.

'Nee,' kreunde Kira. Ze begon verwoed met haar hoofd te schudden, zo hard en snel dat ik bang was dat de revolver zou afgaan. Matty moest dezelfde…

Hij rukte de revolver weg van haar hoofd en haalde zijn vinger van de trekker. Hij hield de revolver wel op haar gericht toen hij de fles water van Alesia aanpakte en in Kira's hand drukte.

'Breng deze naar hem. Ik wil zien dat hij er minstens de helft van opdrinkt.'

Kira's vingers sloten zich om de fles, maar dat was eerder iets instinctiefs dan een bewuste handeling. Ze leek verrast de fles in haar hand te zien. Als Matty zijn vrije hand niet om haar hand had geklemd, had ze fles ongetwijfeld laten vallen.

Maar ze kwam niet in beweging. Matty drukte de loop opnieuw tegen haar slaap, nu zo hard dat hij haar bijna ondersteboven duwde.

'Nu, Kira!'

Ik keek haar in haar betraande ogen en vergat de rest van de wereld.

'Het is oké,' zei ik zacht. 'Het komt allemaal goed. Breng me die fles maar.'

Er ging nog bijna een minuut voorbij voordat ze genoeg wilskracht had verzameld om in actie te komen. Ze ging op wankele benen staan, hield de fles in haar handen geklemd. De loop van de revolver bleef tegen haar slaap gedrukt. Matty stond zo dicht bij haar dat ze samen leken te versmelten tot één persoon. Ik weet niet wat hij verwachtte dat ze zou doen, wat ze zou proberen, maar hij gaf haar geen centimeter speelruimte. Schuifelend overbrugde ze de korte afstand tussen ons beiden, ze liet zich op haar knieën zakken tussen mij en de cv-ketel. Matty bleef staan en richtte de revolver op haar hoofd.

'Emerson zij geprezen,' zei Alesia vanaf haar plek in de kring tussen Spivey en de beide dode meisjes.

'Emerson zij geprezen,' herhaalde Matty.

De schaduwen zwegen, alsof ze te zeer gevangen waren door wat er gebeurde om nog een geluid voort te brengen. Ze kropen wel dichterbij en de kaarsvlammen weken voor hen, slonken tot bijna niets.

'Hou de fles voor zijn mond,' zei Matty tegen Kira. 'Pas op dat je niet knoeit. Hij moet de helft drinken, meer niet.'

Kira tuitte haar lippen en probeerde tevergeefs het trillen te onderdrukken.

Ze hield de fles op een paar centimeter van mijn mond.

'Ik hou van je, Billy.'

Dat was de eerste keer sinds we met elkaar omgingen dat ik wist dat ze het meende. Ik zag het in haar ogen, ik hoorde het aan haar stem en ik voelde het in de warmte die ze uit alle poriën van haar lichaam uitstraalde. Matty moet ook iets hebben gemerkt. Zijn greep op het pistool werd slapper en hij knipperde met zijn ogen, maar het was net zo snel weer weg als het was gekomen. Hij verstrakte weer en keek naar me met tot spleetjes toegeknepen ogen.

'Drink.'

Ik keek Kira aan, ik keek naar niets anders, ik vergát al het andere en dwong mezelf om te glimlachen.

'Ik hou van jou.'

Als ik dan toch moest sterven, was zij het laatste wat ik wilde zien.

Ik boog voorover en zette mijn lippen tegen de fles. Toen ze hem hief en kantelde, dronk ik. Eerst aarzelend, toen met grotere teugen. Het water smaakte een beetje kalkachtig, maar niet onaangenaam.

'Niet meer dan de helft,' zei Alesia. Ze boog zich naar ons toe om het beter te kunnen zien. Haar ogen fonkelden als smaragden.

Ik voelde de starende blikken uit duizend ogen.

Iedereen keek.

Iedereen wachtte gespannen af.

Zelfs Spivey. Hij wiegde niet langer, had zich naar me toe gekeerd en keek met openhangende mond.

Ze keken allemaal zo gespannen naar mij dat niemand zag dat Kira zich naar de cv-ketel boog.

Zelfs Matty reageerde niet snel genoeg om haar tegen te houden en te voorkomen dat ze de waakvlam uitblies.

43

Benny verdween.

Er was geen lichtflits, er klonk geen hoorbare plop, er was helemaal niets.

Het ene moment was hij er en keek hij omhoog naar Whaley vanuit het gat, en het volgende moment was hij er niet meer.

Het gat was ook weg.

En de schop van zijn broer.

De kruiwagen.

Alles – weg.

Whaley hurkte en liet zich op zijn knieën in de modder vallen. Hij dreigde weg te zakken in de doorweekte grond. Zware regendruppels leken hun best te doen hem in elkaar te drukken.

Zijn hoofd sloeg heen en weer en leek onafhankelijk van de rest van zijn lichaam te functioneren. Zijn hart kromp samen onder invloed van een golf van adrenaline. Heel even dacht hij dat het gebeurd was – dat hij nu ging sterven. Hij schokte, dwong zichzelf adem te halen, zijn longen vol te zuigen, en hoestte. Zijn lichaam kwam sputterend weer tot leven, bijna net als de motor van de Merv eerder bij de steiger. Die vergelijking kwam bij hem op omdat hij zag dat ook de Merv verdwenen was, evenals de Annabelle.

De steiger was verlaten.

Er was geen spoor te bekennen van Keith.

Toen hij om zich heen keek, zag hij dat alle gaten verdwenen waren, niet alleen het gat waarin Benny had gestaan. Alle gaten, stuk voor stuk. Het was niet zo dat ze heel snel weer volgegooid waren (wat natuurlijk ook nooit in een oogwenk had gekund) – de grond zag eruit alsof er nooit gaten waren geweest. Overal op het eiland tot aan de waterkant groeide onkruid en laag struikgewas.

Het was ook donkerder. Het duurde even voordat Whaley begreep hoe dat mogelijk was, maar toen het tot hem doordrong, stond hij zich niet toe naar het huis te kijken. Hij wist wat hij zou zien. Hij wist dat het donker zou zijn achter alle ramen, dat al het licht was gedoofd. Hij wist het omdat hij niet langer het gebrom van de generator uit het schuurtje hoorde. Het gestage gebrom was voortdurend onder het gebulder van de storm door te horen geweest. Nu niet meer. Hij wist dat als hij naar het schuurtje zou gaan, hij slechts de verroeste restanten zou vinden van de machine die ooit het eiland van stroom had voorzien. De half ontmantelde machine die hij eerder samen met Billy had gezien. Een generator die onmogelijk vijf minuten geleden nog in werking was geweest, eentje die al tientallen jaren geen stroom meer had geleverd.

Een donderslag rolde langs de hemel en Whaley schrok zo erg dat hij bijna omvertuimelde. Zijn ene hand gleed weg in de modder en met de andere greep hij het vloerkleed om zijn evenwicht niet te verliezen.

Het kleed was er nog.

In zekere zin was dat een geruststelling. Het betekende dat hij zich niet alles van het afgelopen uur had ingebeeld.

Niet álles.

Nee. Hij had zich niets ervan ingebeeld, want als dat wel zo was, zou Benny niet echt zijn.

Maar hoe kon hij echt zijn?

Hoe was het eigenlijk mogelijk dat zijn dode broer echt was?

Whaley scheurde bijna zijn shirt kapot in zijn poging de foto uit zijn borstzak te halen. De knoop brak af en viel een meter verderop met opspattend water in de modder. Hij prutste met de foto, rukte eraan en toen hij bleef steken – *Jezus, trek hem niet stuk!* – stak hij zijn duim er iets voorzichtiger onder en slaagde hij erin hem te bevrijden. Hij negeerde de regen en hield de foto een paar centimeter van zijn ogen zodat hij er in het donker naar kon kijken.

Zijn maag kromp samen.

De randen van de foto waren gerafeld en ingescheurd. Witte kreuklijnen doorkruisten het oppervlak en David Spivey was degene die, een jaar of vijf, zes oud, met die grote ogen van hem recht in de lens keek. Geen Mustang, geen Benny...

'Nee! Nee! Nee!' schreeuwde Whaley. Hij schudde de foto alsof het zo'n oude polaroid was die je heen en weer moest wapperen om hem te ontwikkelen, alsof die beweging op een of andere manier de foto weer zou kunnen veranderen. Maar het maakte niet uit hoelang hij met de foto wapperde. De foto was ook niet warm meer. Hij was koud, nat en levenloos.

Het was goddomme een gewone kutfoto, meer niet.

'Nee...' kreunde Whaley. Hij boog zich diep voorover, tot zijn voorhoofd op het opgerolde vloerkleed rustte. Voor het eerst in bijna dertig jaar huilde hij.

Hij had wellicht de hele nacht zo verzonken kunnen blijven in zijn verdriet als de stank die oprees uit het vloerkleed hem niet bij zinnen had gebracht. Na een paar minuten drong die zich onmiskenbaar aan hem op. Hij schoot overeind tot hij zat en keek naar het kleed. Hij kon zich niet herinneren dat hij de foto weer in zijn borstzak had gestopt en hij kon zich ook niet herinneren dat hij het eerste stuk tape van het kleed had losgetrokken. Dat was geen black-out of iets dergelijks, het was eerder een kwestie van een reset die zijn hersens uitvoerden, en tegen de tijd dat tot hem doordrong wat hij aan het doen was, had hij meer dan de helft van de tape waarmee het opgerolde vloerkleed bij elkaar werd gehouden verwijderd. Hij probeerde een stuk aan het andere uiteinde los te krijgen en moest daarvoor zijn tanden gebruiken. Toen ook dat laatste stuk was verwijderd, gaf hij het kleed een duwtje, net hard genoeg om het te laten rollen. De stank was overweldigend, een stank die hij als politieman maar al te goed kende, dezelfde stank die hij nog maar kort geleden bij Jaffrey Point had geroken. De dood was in het kleed gesijpeld, had het tot in alle vezels doorweekt. Hij probeerde zijn adem in te houden terwijl het kleed zich ontrolde.

Toen er nog één slag te gaan was, hield hij in, onwillig om de dode zo respectloos in de regen te onthullen, zelfs na alles wat er al was gebeurd. Hij trok met een trillende hand de laatste flap van het kleed opzij.

Het levenloze lichaam van Geraldine Rote keek hem vanachter gesloten oogleden aan. Een heel klein beetje lijm was te zien in een ooghoek. De huid van haar gezicht had een ziekelijk roze tint, de make-up die de begrafenisondernemer had aangebracht was nu gebarsten en geschilferd. Haar mond stond een beetje open. Whaley kon de steken zien waarmee werd voorkomen dat haar mond helemaal open zou zakken.

Keith had haar opgegraven.

Keith bracht haar naar huis.

Whaley hoorde geen naderende voetstappen. Behalve regen en windvlagen hoorde hij maar bar weinig. Pas toen Keith hem aansprak, drong het tot hem door dat de man daar stond. Hij klemde een haveloze plunjezak tegen zijn borst.

'Chief, we moeten haar begraven.'

44

Het werd donker in de kelder.

Niet alleen omdat de waakvlam doofde, maar omdat al het licht doofde. Toen Kira de waakvlam uitblies, kon ik de kaarsen slechts vanuit een ooghoek zien.

Ze gingen niet uit omdat ze uitgeblazen werden, ze doofden niet.

Ze... waren gewoon niet meer.

Ze waren weg.

Het licht dat zich flakkerend van hun vlammen verspreidde, loste op alsof het nooit had bestaan. Er hing geen zwavelgeur van het doven, er was gewoon helemaal niets...

Het knisperende gefluister was ook weg. En...

Het drong tot me door dat ik niet langer vastgetapet zat aan de stoel. Nergens tape, alsof die er nooit was geweest. Ik probeerde dat te bevatten, maar mijn maag speelde ineens op. Ik voelde een scherpe pijn diep in mijn maag alsof iemand daarbinnen zich een weg naar buiten probeerde te snijden.

Het gif van Alesia.

Hoeveel had ik gedronken?

O, jezus, ik...

Voordat ik die gedachte kon afmaken, trokken vingers mijn mond open. Een hand schraapte langs mijn tanden en schoof mijn mond in. Vingers zochten ruw hun weg over mijn tong, zochten diep in mijn keel en vonden...

Ik kokhalsde.

Mijn maag kromp spastisch samen. Alles wat zich in mijn maag bevond kwam er in een golf uit. De hand werd teruggetrokken toen een natte, smerige, hete vloeistof uit mijn mond spoot, de duisternis in. Alles aan mijn lichaam deed zijn best het gif naar buiten te werken. Ik viel met een schok voorover van de stoel. Iemand ving me op – ik kon niet zien wie het was, het was te donker – en liet me rustig op de grond zakken.

Ik voelde vingers liefkozend door mijn haar gaan en hoorde Kira's stem.

'Het is oké, gooi het er allemaal uit. Het is oké. Het is oké...'

Ze hield mijn hoofd tegen haar borst totdat de laatste stuiptrekkingen voorbij waren, tot er niets dan lucht in mijn maag was. De laatste paar keer dat ik moest overgeven voelde het alsof er glasscherven door mijn slokdarm omhoogkwamen.

'Het is oké,' zei ze opnieuw.

Ik kon haar nog steeds niet zien, maar het was duidelijk dat ze om zich heen tastte. Haar rechterhand wroette zoekend in het zand. Ze vond wat ze zocht en pas toen ze een lucifer had afgestreken, besefte ik dat ze de lucifers had gezocht die Spivey paraat hield voor de waakvlam.

De lucifer gaf niet veel licht, maar wel genoeg om haar en mezelf te zien. Ik kon ook de kring zien rond het pentagram waar de anderen hadden gezeten, maar het was allemaal weg. De vloer was leeg en kaal. De lichamen van Izzie en Chloe lagen er nog, maar Spivey, Alesia en Matty waren verdwenen.

Verwoed keek ik om me heen en achter me – waar...?

Kira hield de lucifer boven haar hoofd om de kelder beter te kunnen zien.

'Zie jij Matty?'

'Ik... zie... geen...'

De trap was verdwenen.

Het vlammetje van de lucifer doofde. Kira streek snel een tweede af. Ik kon vaag de contouren van de muur zien waar de trap was geweest, maar zelfs dat viel niet mee. Het was alsof ik naar het idee van een muur keek in plaats van naar de muur zelf. Het licht van de lucifer reikte niet tot aan de balken van de zoldering en daar was ik in zekere zin blij om. Ik was er behoorlijk van overtuigd dat die balken er helemaal niet meer waren. Evenmin als de deur bovenaan de trap.

Ik moest denken aan mijn tocht naar het eiland met de Chief eerder die dag, toen er geen kelder was.

Op een of andere manier was ik in die kelder die er niet was.

'Ik begrijp het niet,' mompelde ik met een stemmetje als van een bang kind. 'Waar is alles?'

Ik keek naar waar Alesia had gezeten.

'Waar zijn ze?'

Kira draaide om haar as met de lucifer, gespannen, angstig.

'Waar is Matty? Zie jij hem ergens?'

Ze klonk doodsbang.

Ik had haar nog nooit zo bang meegemaakt.

Ik schudde mijn hoofd. 'Nee.'

Ze waren tegelijkertijd met de waakvlam verdwenen.

Ik weet niet waar die gedachte vandaan kwam, maar hij zat ineens in mijn hoofd en ik wist dat het waar was.

'Kun je je bewegen?' Kira streek een nieuwe lucifer af. 'Heb je alles eruit gespuugd?'

Ik veegde met mijn mouw langs mijn mond. 'Ik geloof het wel.'

'Ik moet je iets laten zien.'

Ze trok me mee naar het gat van Benny. Dat was er wel nog steeds, het graf midden in de kelder.

Kira gaf mij de brandende lucifer en het doosje.

'Strijk een nieuwe af als hij op is. Ik moet kunnen zien wat ik doe.'

Ze begon zand weg te krabben. Met haar blote handen begon ze te graven.

Ik greep haar pols. 'Dat kunnen we niet doen.'

Ze maakte zich los uit mijn greep en ging door met graven.

'Je móét dit zien.'

Kira schoof de kluit opzij die de vingers afdekte, aarzelde heel even en streek toen het zand van de vingers en ging door met graven. Ze legde een pols bloot en een deel van de arm. Om de pols zat een horloge – aanvankelijk herkende ik het niet, maar toen wel – en dat was onmogelijk, want...

Kira bleef graven.

Een schouder.

Donkerblond haar.

Ze maakte een deel van de borst van het meisje vrij, net genoeg om de groene amulet zichtbaar te maken die ertegenaan kleefde met vochtige aarde.

Kira begon het hoofd vrij te maken. Ik wilde dat ze zou stoppen. Ik wilde dit niet zien, maar ik kon haar niet tegenhouden, niet zolang we het gezicht niet konden zien. Daarna pas hield ze op en bleef ze hijgend stilzitten op haar hurken.

De stank was ondraaglijk, maar ik had niets meer in mijn maag om over te geven. Ik denk dat ik in een shock verkeerde.

Ik was de lucifer helemaal vergeten en brandde mijn vingers aan het vlammetje. Ik schudde de lucifer uit, liet bijna het doosje vallen, maar slaagde erin een nieuwe lucifer af te strijken.

Ik hield de lucifer dicht bij het gezicht.

Het meisje dat in het gat van Benny was begraven was niet Lily Dwyer. Het was Alesia Dubin.

Alesia Dubin was bovendien al een tijdje dood. Een aantal dagen. Misschien wel een week.

Diep in de duisternis, vanuit de verste hoek, schraapte iets of iemand zijn keel.

45

Whaley keek naar het lichaam van Geraldine Rote. De regen spoelde binnen de kortste keren de make-up weg. Eronder kwam een gekreukelde lijkbleke huid bloot te liggen. Gezwollen en donker dooraderd.

'Het is niet het meisje,' wist Whaley uit te brengen. 'Het is niet Lily Dwyer.'

Keith zette de plunjezak op de grond en liet zich op een knie zakken naast Whaley.

'Ik heb je gezegd dat zij het niet was, dat ze veilig was.'

'Veilig? Waar?'

In tegenstelling tot Whaley keek Keith wél naar het huis. Hij staarde er met een intense blik naar en keerde zich toen weer naar Whaley.

'Ze belde me een paar weken geleden. Meteen nadat Geraldine haar opwachting had gemaakt bij Henry's. Ik kende haar niet, ik had nog nooit met haar gesproken, maar ze leek alles te weten over mij en over Pam en het huis hier. Ze zei dat ze bevriend was met de dochter van Laura Dubin, dus dat maakte het verklaarbaar. Laura heeft haar dochter door de jaren heen van alles aangepraat, heeft haar volgestopt met alles wat ze ontdekte, alles wat ze bij elkaar sprokkelde, niet alleen over dit eiland en Emerson sinds hij destijds van dat schip af kwam, maar ook wat hij allemaal had gedaan voordat hij voet aan wal op Wood Island zette. Ze heeft zijn spoor honderden jaren terug gevolgd. Misschien wel duizend jaar, naar plaatsen over de hele wereld, overal waar hij sporen had achtergelaten. Vervloekte oorden. Oorden des doods. Ik heb altijd gedacht dat Laura de enige was die wist wat Emerson was, maar toen ik naar dit meisje luisterde, besefte ik dat Laura's dochter misschien nog veel meer wist.'

Keith keek Whaley met fletse ogen aan.

'Laura was een heks. Daar heeft ze haar hele leven in gestopt. Wist je dat? Een volbloed heks met alle toverkunsten van dien, en ze heeft haar dochter alles geleerd wat ze wist.'

'Alesia,' zei Whaley zacht. 'Haar dochter heet Alesia.'

'Ja... Alesia. Zo heet ze.' Keith knikte. 'Laura had zelf een kopie van het testament van Orlan Walton. Dat was de vader van Geraldine. Dat testament was opgemaakt door Clarence Marston, de grootvader van Lockwood Marston, denk ik. Die klootzakken hebben altijd heel dicht bij het vuur gezeten. Ik weet niet hoe ze die kopie in handen had gekregen, maar de regels stonden erin, net als in het testament van Geraldine. Bijna tot op de letter hetzelfde, met één uitzondering. In het testament stonden maar twee manieren waarop het eiland een andere eigenaar kon krijgen – als gift voor Kittery of als nalatenschap voor een bloedverwant.'

Hij zweeg even en likte zijn lippen.

'In het testament van Orlan Walton stond nog een derde manier, slechts vier woorden: "Verenigd in sacramentele coïtus".'

Keith had moeite met de uitspraak van die woorden en Whaley wist niet zo precies of hij het wel goed had gehoord. Hij had geen Latijn meer onder ogen gehad sinds zijn studie, maar...

'Betekent dat niet...'

'Dat betekent huwelijk,' onderbrak Keith hem. 'Eenwording. Vandaag de dag is een huwelijk pas rechtsgeldig als er een papier ondertekend is, maar door de eeuwen heen en al duizenden jaren lang vindt die eenwording plaats door middel van seks. Laura geloofde dat, als haar dochter seks had met mijn zoon, zij gerechtigd was tot het eigenaarschap, of op zijn minst een claim kon voorleggen aan Emerson. Lily vertelde me dat die twee al met elkaar naar bed gingen. Daar kon ik dus niets aan doen. Dat was ook niet het ergste. Als je eigenaar bent van dit eiland levert dat je misschien rijkdom, een goede gezondheid en status op, maar dat is maar de helft van het verhaal en het is zeker niet dat wat Laura Dubin interesseerde en het was zeker niet wat haar dochter nastreefde. Ze wilde de kracht. Geraldine vertelde me dat Emerson duizenden jaren oud was, misschien zo oud als de tijd. Ouder dan hemel en hel. Misschien zo oud als alles.'

Keith keek naar het huis.

'Dat hij hier is, al die duistere energie gevangen op één plek. Het is als een accu, een die steeds sterker wordt – hij voedt zich met de zielen die hij claimt, de "tokens". Dat is het waar de dochter van Laura naar streeft. Lily zei dat ze bereid is Emerson te geven wat hij vraagt. Ze heeft geprobeerd Lily over te halen hiernaartoe te komen met de rest, maar Lily wist wel beter. Ze is pas vijftien en vermoedde terecht dat Alesia haar alleen maar nodig had om het vuur te voeden.'

'Waar is Lily nu?'

'Nadat ik met haar had gepraat, heb ik Teddy gebeld. We wisten dat ze gevaar liep, dus heeft hij ervoor gezorgd dat hij haar bij de mall kon oppikken. Hij heeft haar ondergebracht in een leegstaand huis in York. Ik denk dat het een pand was dat hij wilde doorverkopen. Hij zei dat niemand op het idee zou komen om daar te zoeken.'

'Daar is ze nu nog steeds?'

Keith schudde zijn hoofd. 'We denken dat een paar van die pubers haar zijn gevolgd en hebben gezien dat ze bij Teddy in de auto stapte, dus heeft hij haar een paar keer naar een andere plaats gebracht. Naar andere huizen waarvan hij de eigenaar is. Ik weet niet waar, maar wel dat hij steeds voor een veilig onderkomen zorgde. Ik ben ervan overtuigd dat ze nu ook veilig is.'

Whaley herinnerde zich de beelden van de bewakingscamera van de mall.

Kira Woodward, Chloe Kittle, Izzie Fernandez en Alesia Dubin slechts een paar passen achter Lily Dwyer.

Een bliksemflits lichtte alles heel even helder op. Whaley ving vanuit een ooghoek een glimp op van het huis – donker, in verval –, iets doods dat op een eiland voor de kust langzaam verging.

Whaley besefte pas hoezeer hij rilde toen hij probeerde te gaan staan. Zijn benen waren slap en gevoelloos. Als zijn schoenen niet zo'n zuigend geluid hadden gemaakt in de modder bij pogingen zijn evenwicht te bewaren, had hij niet eens geweten dat hij op zijn voeten stond. Iets in dat geluid klonk echt. Meer echt dan het geluid van de regen, de wind en het huis. Een huis waarvan hij niet zo overtuigd meer was dat het er echt stond, net zo goed als hij er niet van overtuigd was dat hij niet meer dan tien minuten geleden een generator had horen brommen. Als hij naar het huis liep – op schoenen die de hele weg ernaartoe die zuigende geluiden maakten – als hij naar het huis liep en een hand op die witte gevel legde, zou hij dan hout voelen of zou zijn hand er zo doorheen gaan? Hij keerde zich om en tuurde naar de lege steiger met een hand boven de ogen tegen de regen.

'Het huis oscilleert,' legde Keith uit. 'De boten zijn van het eiland, van Emerson. Ze oscilleren met Emerson.'

'Oscilleren?'

'Het is alsof er twee werelden naast elkaar bestaan op dezelfde plaats – de wereld van de levenden en die van de doden. Ze kunnen hier niet beide tegelijkertijd zijn. Er is dus steeds een beweging heen en weer van de ene naar de andere wereld en weer terug. Oscillatie.'

En Benny is niet in deze wereld.

'Brigadoon...' mompelde Whaley.

'Hè?'

Toen Whaley niet reageerde, keek Keith opnieuw naar het huis.

'We moeten naar binnen voordat ze allemaal dood zijn, maar niet voordat het oscilleert. Als we te vroeg naar binnen gaan, raken we aan de verkeerde kant opgesloten.'

Hij zei dat allemaal alsof het gesneden koek was.

Gesneden waanzinkoek.

Verdomde Brigadoon.

Whaleys hand was weer naar zijn borstzak gegaan, op zoek naar de warmte van de foto, maar die warmte was er niet.

Keith greep een hoek van het kleed en legde die over het gezicht van Geraldine Rote.

'Na een volgende oscillatie moeten we haar begraven. In die wereld, niet in deze.'

'Waarom?'

Het woord glipte eruit en Whaley had er meteen spijt van, want hij wilde het antwoord niet horen. Hij wist niet of hij dat nog wel aankon.

Keith spaarde hem niet.

'Als Emerson iemand claimt is dat niet het einde. Het is het begin van iets anders. Zij heeft alleen een kans op vrede als we haar begraven – als we haar híér begraven.'

'Ik dacht dat je haar hiernaartoe bracht voor een ruil.'

'Hè?'

'Je vertelde Pam dat je ging onderhandelen over een ruil.' Hij keek omlaag naar Geraldine. 'Haar voor je zoon. Dat zei Pam.'

Keith tuitte zijn lippen. Hij was in de war, maar toen begon het hem te dagen.

'Nee, niet Geraldine. Ik geef hem de dochter van Laura. Dat wil ze sowieso. Ze kan het krijgen. Fuck die moeder en fuck dat kind. Ze verdienen het allebei om te branden in de hel.'

Ergens in zijn hersens klikte iets. Hij verbleekte. Hij fronste zijn wenkbrauwen. De woorden bleven steken in zijn keel.

'Chief, wanneer heb jij Pam gesproken?'

Whaley zweeg. Hij hoefde niets te zeggen. Keith paste zelf de puzzelstukjes in elkaar.

Het kleine restje leven in de ogen van de man doofde. 'Ze is er niet meer... toch?'

Een paar seconden gingen voorbij, toen knikte Whaley plechtig.

Toen Keith eindelijk iets zei, klonk zijn stem even gebroken als hij zelf leek te zijn.

'Dit ding heeft me alles afgenomen. Ik geef niet meer. Het is afgelopen.'

Hij legde zijn hand op het vloerkleed dat Geraldine Rote omhulde.

'We begraven haar en daarna begraven we het.'

Hij maakte een hoofdgebaar naar de zwarte plunjezak.

De verroeste rits was maar halfgesloten en toen een bliksemflits weer even alles helder verlichtte, ving Whaley een glimp op van wat er in de plunjezak zat.

Dynamiet. Een stuk of vijf staven dynamiet, misschien meer. Er zat ook een tijdklok bij en draad.

46

Kira hoorde het ook. Iets of iemand schraapte zijn keel. Ze drukte zich tegen me aan, greep de lucifer uit mijn vingers, hield hem hoog boven haar hoofd naar de hoek waar het geluid vandaan kwam.

'Matty? Ben jij dat?'

Het flakkerende vlammetje deed zijn best, maar als er in de kelder tot dan toe een olieachtige duisternis had gehangen, was die duisternis nu op een of andere manier nog dieper geworden en even ongrijpbaar als de muren en de zoldering. Ik kreeg sterk de indruk dat de muren er helemaal niet meer waren, dat het reservoir er niet meer was. Omdat de kelder er niet meer was. We waren in dat andere huis. Dat huis dat geen kelder had. Als Kira me had verteld dat we op een stukje grond zaten dat in een soort vormeloze ruimte ergens in het heelal zweefde, zou ik haar geloofd hebben.

Kira zei dat niet, ze drukte zich nog steviger tegen me aan en hijgde.

'Zie je hem? Zie je hem?'

Matty klakte met zijn tong en terwijl zoiets het juist gemakkelijker zou moeten maken om hem te vinden, was het tegendeel waar. Het geluid kwam niet uit een bepaalde richting, het was overal om ons heen. Het echode tegen het niets van de duisternis. Het cirkelde rond in de onbegrensde ruimte alsof het een uitweg zocht.

Hij sprak met een trage monotone stem als iemand die gehypnotiseerd was.

'Dek Alesia weer af. Ik zie haar niet graag zo. Ik denk niet dat ze zou willen dat we zo aan haar dachten. Ze is nu zoveel meer. Het ontaarden van dat omhulsel voelt... respectloos. Ik wil haar niet graag kwaad zien als ze terugkomt.'

Hij liet langzaam lucht uit zijn longen ontsnappen.

'Je weet hoe ze kan zijn... kon zijn... doet er niet toe.'

De dode ogen van Alesia staarden me aan, omfloerst door staar. Haar mond was verstijfd in een schreeuw. Stijf opgedroogd wit spuug koekte aan haar mondhoek, haar wang, haar hals en haar shirt zoals bij Izzie en Chloe – Alesia had het gif ook gedronken. Ze was als eerste gegaan. Toch was ze bij ons in de kelder geweest. Ze was nog maar net bij ons, hier in deze kelder. Ik knipperde niet met mijn ogen, want ik wist dat ze met haar vingers zou wriemelen als ik dat deed, dat ze omhoog zou reiken, me vast zou pakken en me bij haar onder die deken van zand zou trekken.

'Je zou je gezicht eens moeten zien, Hasler. Je kijkt alsof je een geest hebt gezien.'

Kira tastte achter zich naar de stoel en begon daar in het zand te wroeten.

'Help me het mes te zoeken.'

Het mes van Matty.

Het mes dat ze onder het zand had verstopt nadat Alesia mij had gesneden.

Ik liet me naast haar op mijn knieën vallen en begon zand opzij te vegen.

Matty begon zacht te lachen.

'Ik zag wel dat je het verstopte, Kira. Waarom denk je dat het daar nog steeds ergens ligt? Misschien is het wel meegegaan met de vorige oscillatie. Ik gun je heel even om te zoeken. Ik denk dat wat er nu komen gaat veel leuker is als jij een mes hebt, als je denkt dat je weg kunt komen.'

Was hij dichterbij?

De grond schudde.

Rommelde.

Een motregen van zand daalde op ons neer als zwarte sneeuw.

Kira legde met een ruk haar hoofd in haar nek en keek naar waar de zoldering had moeten zijn.

'Wat was dat?' fluisterde ik.

'Doorgraven,' zei ze snel. Zelf begon ze weer te wroeten in het zand.

'Ga je hem dat niet vertellen, Kira? Ik vind dat je het hem zou moeten vertellen.'

'Val dood.'

'Dat zou je willen.' Hij lachte.

'Wat moet je me vertellen?'

Ze antwoordde niet, maar bleef graven.

'We horen hier niet te zijn,' zei Matty. 'De doden vinden het niet fijn. Ze willen ons weg hebben. Dat is een dubbele moraal, als je het mij vraagt. Ze mogen van ons wel in onze wereld rondzwerven, waarom dan wij niet in die van hen?'

De grond trilde opnieuw.

Niet alleen de grond. Alles trilde. De lucht, de duisternis. Ik haalde diep adem en besefte dat het moeilijker werd om adem te halen.

'Jij voelt het, hè?' zei Matty. 'Alles komt op ons af. Alesia heeft me verteld dat ze het een keer drie minuten heeft volgehouden. Wij zijn hier nu al meer dan vijf minuten. Hoelang denk je dat we het nog kunnen volhouden voordat het allemaal boven op ons instort? Kunnen we hier doodgaan? Ik zou wedden dat het kan. En als dat zo is, zouden wij dan kunnen spoken bij de doden zoals zij bij ons spoken?'

Hij was dichterbij, dat leed geen twijfel.

Ik kon hem nog altijd niet zien. Ik kon eigenlijk vrijwel niets zien.

'Blijf graven!' Kira kreunde toen ze een nieuwe lucifer afstreek.

De duisternis had zich nu zo strak om ons heen gevouwen dat ik de lichamen van Chloe en Izzie pal naast ons niet meer kon zien. Alesia's dode ogen waren flikkerende speldenprikken die ons onbewogen aanstaarden.

'Het is er niet,' zei Matty. 'Je weet dat het er niet is. Ik denk dat de echte vraag die je jezelf zou moeten stellen, is of de revolver er nog steeds is. In tegenstelling tot het mes had ik de revolver in mijn hand toen je de waakvlam uitblies. Misschien heb ik hem nog steeds in mijn hand.'

Kira mompelde iets wat ik niet kon verstaan.

'Wat zei je?'

Ik zoog een volgende teug lucht in mijn longen. De lucht was zo ijl geworden dat ik te weinig zuurstof kreeg en mijn longen meer lucht naar binnen zogen. Ik werd een beetje duizelig. Verdween de zuurstof? Ademden we de laatste lucht in?

Kira sprak snel, alsof ze een mantra scandeerde.

'Hij heeft de revolver niet. Hij heeft de revolver niet. De revolver verdween net als de tape waarmee jij vastzat op de stoel. Jij raakte de tape aan, maar toch is het weg, dus hij heeft de revolver niet meer.'

Toen Matty weer iets zei, twijfelde ik er niet meer aan dat hij dichterbij was. Het klonk alsof hij pal naast ons stond.

'Ik vind het oké om hier dood te gaan, Kira. Jij ook? Geen probleem als Billy door jouw schuld doodgaat? Anders moet je snel die waakvlam weer aansteken, zolang het nog kan. Verstikking is iets raars. Het bekruipt je. Je wordt eerst licht in je hoofd, dan ga je dingen zien, rare dingen die onmogelijk echt kunnen zijn. Als je geluk hebt raak je bewusteloos voordat je doodgaat. Maar niet iedereen heeft geluk. De meesten zijn klaarwakker. Ik heb me laten vertellen dat het net zoiets is als ademhalen na een flinke stomp in je maag.'

Tegen de tijd dat ik het zag was het te laat.

Matty's vuist kwam uit het niets. Hij ramde de knokkels van zijn gebalde vuist op mijn rechternier en toen ik me omdraaide, sloeg hij me opnieuw, nu midden in mijn buik. De lucht schoot uit mijn longen en voordat ik naar adem kon happen, sloeg hij opnieuw.

Er trok een wit waas voor mijn ogen. Ik ving nog net een laatste glimp op van Kira die naar de cv-ketel schoot en verwoed probeerde een lucifer af te strijken. Toen ze de lucifer bij de waakvlam hield, begon de vlam verblindend wit te branden.

47

Alles verschoof.

Whaley voelde het deze keer, de verandering, de oscillatie die de wereld om hem heen onderging. Het gebeurde krankzinnig snel, in een milliseconde, in minder dan een oogwenk, maar hij voelde het niettemin. Het ene moment was hij zijn evenwicht kwijt, en toen niet meer, alsof de grond even kantelde en zich onmiddellijk weer oprichtte, als zoiets zou kunnen. In die flits waren ook de gaten weer terug. Als Whaley niet een wankele stap opzij had gezet, was hij vast en zeker in het gat gevallen dat Benny aan het graven was toen hij verdween.

In het schuurtje bromde de generator. Achter alle ramen van het huis brandde fel licht. Eerst even heel intens, daarna rustig, alsof de generator er bij het opstarten even een paar extra nijdige volts uit gooide.

Beide boten lagen weer aan de steiger, ze stampten woest op de hoge golven en sloegen met harde klappen tegen de autobanden.

De gaten waren er weer, maar Benny niet.

De foto brandde in Whaleys borstzak alsof iemand er een lucifer bij had gehouden. Hij haalde hem tevoorschijn en keek naar de afbeelding. Benny zat op de motorkap van de auto en keek stralend in de lens. Maar er was nog iets anders. Helemaal rechts op de foto lag over de oprit voor de auto de schaduw van een veel jonger kind. Niemand hoefde Whaley te vertellen dat het om een vier jaar oude jongen ging, om hemzelf.

Keith zat gehurkt bij zijn plunjezak en keek hem kwaad aan. 'Heb je die van Pam?'

Whaley knikte.

'De foto's liegen. Je moet er niet naar kijken. Je moet hem vernietigen.'

Whaley reageerde als een klein kind dat snel zijn favoriete speeltje tegen zijn borst klemt. Hij propte de foto in zijn borstzak voordat Keith een poging kon doen hem af te pakken. Niemand zou hem die foto afpakken.

'Ik houd hem,' zei hij en zelfs dat kwam er op een kinderlijke manier uit.

Keith blies gelaten de lucht uit zijn longen en ging staan. Hij veegde zijn natte haar uit zijn gezicht en greep de ene kant van het vloerkleed met Geraldine Rote.

'Help me om haar in dat gat te krijgen voordat er weer een transitie plaatsvindt.'

Whaley keek in het gat. Het was minstens anderhalve meter diep en er stond een centimeter of tien water op de bodem. Het leek vreselijk respectloos om het ontheiligde stoffelijk overschot van Geraldine Rote in dat gat te laten zakken.

Keith vloekte binnensmonds.

'Moet ik het pistool weer trekken of doe je wat goed is?'

Wat goed is.

Niets van wat er gebeurde was goed, maar Whaley haalde gelaten zijn schouders op, liep naar de rand van het gat en begon erin te klimmen.

'Hoho!' riep Keith. 'Niet in dat gat klimmen. Je moet niet in dat gat zijn als er weer een oscillatie is. We laten haar met het kleed zakken. Maar pas op bij de rand van het gat. Die modder is onbetrouwbaar, je wilt er niet invallen.'

Whaley kneep even zijn ogen dicht en beval alle stemmen in zijn hoofd die protesteerden dat ze godverdomme hun kop moesten houden. Hij pakte het kleed bij de twee hoekpunten tegenover Keith. Samen sleurden ze het zo dicht bij de rand als ze maar durfden te komen. Keith telde tot drie en op de derde tel tilden ze het kleed kreunend boven het gat en lieten ze het voorzichtig zakken.

De schop van Benny stond rechtop in de bult zand achter het gat. Keith greep de schop en gooide hem naar Whaley.

'Help mee om het gat dicht te gooien.'

Voordat Whaley kon protesteren liet Keith zich op zijn knieën vallen en begon hij met zijn blote handen woest zand in het gat te schuiven.

Als Whaley had opgekeken, als hij door de regen in de richting van de kustlijn had gekeken, zou hij de lijken hebben gezien die opstonden uit de gaten, al die lijken die niet Benny waren. Hij zou al die ogen hebben gezien die nieuwsgierig waarnamen wat Keith en hij aan het doen waren.

48

Ik zag dat Kira de waakvlam aanstak, Matty zag het niet, de oscillatie verraste hem. Heel even was hij afgeleid en dat gaf mij de kans mijn knie op te trekken tegen zijn ribben. Ik hoorde het bot knappen. Hij slaakte een kreet en rolde van me af. Hij bleef op zijn zij liggen en sloeg zijn armen om zijn buik. Mijn armen zaten verstrikt in iets waar ik ze niet zomaar uit kreeg. Toen ik beter keek, zag ik dat het de slierten ducttape waren die nog om mijn polsen hingen. Op een of andere manier kwamen ze terug met de oscillatie, al zaten ze niet meer aan de stoel vast. Ik trok de slierten ducttape weg en veegde ze van me af als het rag van een spinnenweb.

Achter me klonk een gil.

Een gil doordrenkt van doodsangst. Heel even dacht ik dat het Kira was, maar zij was het gelukkig niet. Alesia stond over haar eigen lijk gebogen. 'Waarom is dat opgegraven? Wáárom is dat opgegraven?' krijste ze.

Ze hield een hand voor haar mond, de vingers gespreid op de wang. Zo stond ze te wijzen – het was ten enenmale onmogelijk, maar ze stond er wel. De gloed die ik eerder in haar ogen had gezien, was even helder als de waakvlam. Zo helder dat alles waarnaar ze keek oplichtte. Toen ze zich naar mij toe keerde, kroop dat licht over mijn huid als honderden mieren. Ze zweefde een paar centimeter boven de vloer met bungelende voeten.

Ik week als een krab door het zand achteruit, me afzettend met mijn handen, en knalde tegen Matty. Hij probeerde mijn schouder vast te pakken, maar ik rolde van hem weg voordat hij houvast kreeg en dat was maar goed ook, want als hij er op een of andere manier in was geslaagd om me zo lang stil te houden dat mijn brein de kans had gekregen te verwerken wat mijn ogen zagen, had ik zeker weten mijn verstand verloren.

Langs de muren van de kelder zaten minstens nog eens twintig mensen, roerloos, stokstijf als standbeelden. Alleen hun lippen bewogen razendsnel en produceerden een knisperend gefluister. Woorden die ik aanvankelijk niet begreep, toen wel. En toen wenste ik dat ik dat had kunnen terugdraaien...

Emerson heet je welkom, Billy Hasler. Emerson heeft op je gewacht. Je bent de zoon van je vader, het geschenk van je vader. Geef jezelf en blijdschap zal je deel worden. Geef jezelf en eeuwig leven zal je deel worden. Geef jezelf opdat hij zich kan voeden met jouw ziel. Emerson verdient het niet langer honger te lijden. Emerson zij geprezen.

Ik herkende de gezichten niet, niet in het begin, zeker niet alle gezichten, maar ik zag Lester Rote. Ik zag Patricia en William Whidden. Ik zag nog veel meer mensen, gevangen in een tijd die niet de mijne was – dat kon ik opmaken uit hun kleding. Er zaten jongens niet veel ouder dan ik in het uniform van de kustwacht, anderen droegen de grauwe witte en grijze kleren van de puriteinen, weer anderen waren gekleed in de haveloze resten van kleren die veel te lang op zee waren gedragen. Er waren ook vrouwen en kinderen. Al hun lippen produceerden vanuit de onbewogen gezichten dat knisperende gefluister.

Ze kwamen langzaam dichterbij, om gek van te worden zo langzaam, ze zweefden allemaal. Alesia was het dichtstbij, nu vlak naast de lichamen van Izzie en Chloe.

Ergens uit die massa klonk de stem van Matty.

'Ik geloof dat je een van mijn ribben gebroken hebt, Hasler. Ik maak je af – ah, daar is de revolver.'

Mijn vingers klauwden in het zand en begonnen te graven alsof ik hoopte dat ik me daar zou kunnen verbergen. Toen ze iets hards raakten, iets van metaal, wist ik eerst niet wat het was. Het was het mes. Ik klikte het open en hield het met gestrekte arm voor me. Mijn hand trilde zo hevig dat ik bang was dat ik het zou laten vallen.

Net als al het andere was ook de trap weer terug. Spivey riep vanaf de bovenste treden.

'Billy! Deze kant op! Snel!'

Iemand greep me van achteren vast, stak twee armen onder mijn oksels en sleurde me op mijn voeten mee. Bijna stak ik met het mes, maar ik zag nog net op tijd dat het Kira was die me overeind hielp.

'Schiet op!'

Ik krabbelde op en schuifelde met haar naar de trap. Het kostte me moeite Alesia en die anderen de rug toe te keren. Ik zag niet dat Matty de revolver op me richtte, maar ik hoorde het schot. De kogel vloog zo dicht langs mijn hoofd dat mijn haar ervan wapperde.

Het hoofd van Alesia, alleen haar hoofd, draaide op haar romp om, bijna honderdtachtig graden.

'Je mag hem niet doodschieten. Hij moet zichzelf doden.'

'Als ik met hem klaar ben, rukt hij zijn eigen keel aan flarden om een einde te maken aan wat ik van plan ben,' zei Matty. Met luidere stem ging hij verder. 'Spelletje spelen, Hasler? Kom op, gewoon een spelletje!'

Alesia keek weer voor zich. Haar ogen werden groot en haar mond zakte open. Een brede lach spreidde zich uit over haar gezicht. Ze keek langzaam om zich heen, naar de muren, de trap, omhoog naar de zoldering. Ze balde haar vuisten in een triomfantelijk gebaar.

'O, hij is hier! Ik voel hem overal. Het is schitterend! Ik ben er voor jou, Emerson. Wij zijn er voor jou!'

Toen ik de trapleuning vastpakte, voelde ik hem ook – een energie die kloppend en warm door het hout ging. Geen levenloos ding, maar een levend, ademend ding. Het kwam uit de muren en uit het hout onder onze voeten. De lucht was er vol van, was vol van hém.

Een stem zweefde door de lucht, laag en zuiver. Het was misschien wel de mooiste stem die ik ooit heb gehoord. Als iemand tegen me had gezegd dat het de stem van een engel was, zou ik dat hebben geloofd. Hij sprak op een vlakke toon die niet van een specifieke plek kwam, maar overal leek te zijn, in alles. Ik wist dat dit Emerson was. Zijn woorden reikten door mijn vlees tot in mijn botten.

'Ik accepteer de offerande, maar hij is onvolledig.'

'Hij is voor jou!' riep Alesia. 'Wij allemaal!'

'De laatste tokens moeten zich vrijwillig aanbieden.'

'Ja, ja, dat willen ze! Dat doen ze!'

'Want ik ben het al, en zij behoren mij toe.'

'Ja!'

'Een voorproefje misschien van wat je zult ontvangen? Misschien zie je dan een pad waarlangs je naar mij kunt leiden wat mij toebehoort?'

Alesia zweefde een tiental centimeter boven de grond. Haar lichaam verstijfde, haar rug trok hol, haar mond viel open. De gloed in haar ogen en in de amulet om haar hals werd zo fel dat ik er amper nog naar kon kijken, al kon ik mijn ogen er ook niet van losmaken – haar vingertoppen, haar tenen lichtten groen op. Haar haar kwam tot leven en fladderde wild in een windvlaag die van alle kanten kwam en nergens naartoe blies.

'O...'

Ze kreunde slechts die ene klank. Haar gezicht vertrok in niets minder dan een orgastisch genot terwijl het groene licht een dans over haar lichaam uitvoerde.

'Het is allemaal jouw deel als je hen naar mij voert. Als zij zich vrijwillig aanbieden.'

De gloed die Alesia uitstraalde verlichtte de hele kelder en in dat licht zag ik Matty in de verste hoek. Hij zette zich schrap tegen de muur van het reservoir en trok zich met een hand overeind. In zijn andere hand hield hij de revolver.

'Hij zal zich wel aan je overgeven, maak je daar maar geen zorgen over. Hij zal erom smeken tegen de tijd dat ik met hem klaar ben. Ik zal hem laten zien hoe zijn vriendinnetje er vanbinnen uitziet. Ik zal haar darmen er met mijn blote handen uit scheuren. Ik zal hem dwingen toe te kijken totdat hij krijsend een eind aan zijn leven zal maken. En dan wil ik wat mij toekomt.'

'Ja.'

Matty schuifelde naar ons toe, schuifelde naar de trap, een hand op zijn ribben gedrukt.

'Dat bedoel ik!' straalde hij, zwaaiend met de revolver.

Kira duwde me vooruit met een hand op mijn rug. Ze produceerde een van angst doordrenkt geluid, een dun woedend makend gejammer. Tot de dag waarop ik sterf zal ik dat geluid steeds weer horen als ik alleen ben.

Spivey verscheen bovenaan de trap en keek omlaag, naar hén, niet naar ons, maar wat er ook zou gebeuren, ík zou absoluut niet omkijken – ik wist dat ik die laatste paar treden omhoog niet zou halen als ik dat deed.

Alesia's stem vulde nog steeds de kelder. Het was nu niet helemaal meer haar stem. Het was een mengeling van haar stem en die van Emerson.

'Je kunt zo hard wegrennen als je wilt, Billy, maar er is nergens een plekje dat niet aan hem toebehoort. Emerson zij geprezen.'

'Emerson zij geprezen,' herhaalde het koor van schimmen in de kelder.

49

Whaley voelde de starende blik van ogen lang voordat hij de ogen zelf zag. Toen zijn nekharen overeind gingen staan, toen hij kippenvel op zijn armen kreeg, keek hij niet op. Hij verzette zich tegen alle instincten in zijn lijf en dwong zijn hoofd gebogen te blijven boven de schop. Dat was zijn training als politieman. Als er iemand was die zag dat ze Geraldine Rote begroeven, zou die een wapen kunnen hebben, een mes, het maakte Whaley niet uit, misschien wel een raketwerper, het enige wat Whaley had was het verrassingselement. Hij stak de punt van de schop in de modder, leunde er met zijn onderarm op alsof hij even uitrustte en sprak bijna fluisterend Keith aan.

'Er is iemand.'

Keiths handen lagen open, ze zaten onder de schrammen. Als hij zo doorging, zouden beide handen niet meer dan bloederige pulp zijn tegen de tijd dat de grafkuil dichtgegooid was. Maar Keith gaf geen krimp. Tot dat moment was hij geen moment opgehouden met zand in het gat gooien.

'Ze zijn er al een tijd.'

'Geef me de revolver.'

'Je hebt niks aan een revolver.'

Whaley had nog steeds niet opgekeken. Hij hield zijn ogen strak op Keith gericht en pakte de schop stevig beet.

'Geef me verdomme die revolver!'

'Wat dood is kun je niet doodschieten.'

Whaleys hart sloeg een keer over. Na die paar woorden wilde hij niet eens meer opkijken, maar hij begreep dat er niets te kiezen viel. Hij slikte de brok in zijn keel weg en tilde behoedzaam zijn hoofd op.

Een tiental mannen stond bij de zuidwesthoek van het huis, een paar meter van het kleine stoepje bij de achterdeur. De wind speelde met hun haren en deed hun kleren wapperen, maar zijzelf bewogen niet, zij stonden stokstijf stil. Ze keken zonder uitzondering naar Whaley en Keith, uitdrukkingloos, met een uitgestreken gezicht, sommigen met de mond iets open, anderen met een stijf dichtgeknepen mond, maar allemaal keken ze. Whaley herkende godzijdank niet een van hen. Hij wist niet meer of hij op het punt stond zijn verstand te verliezen of dat dat al twintig minuten geleden was gebeurd, maar als hij daar het gezicht van een bekende tussen die toeschouwers had gezien, zou zijn lot bezegeld zijn en zouden ze hem kunnen afvoeren. Ze waren stuk voor stuk nat, doorweekt net als hij, maar dat was niet logisch als ze...

'Ze zien er niet uit als doden.'

'Nee, dat is logisch, niet hier.'

'Wat moet dat betekenen?'

'Het betekent wat het betekent. Hier, op deze plek, zijn ze niet helemaal dood, maar ook niet helemaal levend. Ze zijn ergens tussenin. Ze zijn...'

'... eigendom,' mompelde Whaley.

'Tokens. Emersons eigendom.' Keith keek naar zijn bloedende handen en toen naar het half gevulde graf van Geraldine Rote. 'Als iemand die door Emerson is geclaimd ergens anders sterft, wordt diens ziel opgeroepen... naar huis geroepen. Zonder hun stoffelijk overschot raken ze gevangen in een niemandsland. Dat zijn zij... gevangenen. Het lichaam moet ook hier begraven zijn, écht begraven. Zo breng je het tot een einde, zo krijgen ze rust en vrede.'

Hij haalde het heupflesje uit zijn zak tevoorschijn – Whaley dacht dat hij het eerder had laten vallen – maar hij dronk er niet uit. Hij goot een beetje over Geraldine Rote en sloeg een kruis.

'Wijwater, uit de kerk in de stad,' zei hij zonder op te kijken.

'Zodat ze niet terugkomt,' zei Whaley. 'Niet zoals zij.'

'Als het goed is.'

'Is dat waarom die mannen de lichamen van Patricia en William Whidden na al die jaren hiernaartoe hebben gebracht en begraven? Zodat ze rust en vrede zouden vinden?'

Keith knikte.

'En toen heeft een of andere idioot ze in '72 weer opgegraven en meegenomen. Daarom wil ik wedden dat ze hier nu nog steeds op het eiland rondzwerven. Gevangen. Opnieuw gevangen.'

O, Jezus. Benny.

Zijn lichaam was begraven op Pleasant Street Cemetery.

Whaleys hoofd schoot omhoog. Hij wilde kijken of hij zijn broer tussen al die gezichten zag, maar besefte...

'Ze zijn dichterbij. Allemaal.'

Hij had geen beweging gezien, niets wat zich verroerde, maar op een of andere manier waren ze allemaal een meter of wat genaderd. Er waren er ook meer bij gekomen. Ze stonden achter Keith en hem, bij het huis en op de rotsen bij het water. Er waren er meer dan hij zo snel kon (of wilde) tellen.

Hij huiverde. Dat kwam niet doordat hij doodsbang was – wat hij overigens wel was. Hij hapte even naar adem.

Keiths ogen gingen wijd open.

'Voelde jij dat ook?'

Whaley knikte.

'Dat is Emerson. Ik denk dat hij hier is.'

'Dat kan ik beter afmaken,' zei een stem op slechts een paar centimeter naast Whaleys hoofd. Hij wentelde om zijn as en haalde uit met de schop. Ternauwernood slaagde hij erin in te houden en te voorkomen dat hij Benny de kop insloeg.

Benny gaf geen krimp. Hij stond naast hem, even roerloos als de anderen. Regendruppels rolden over zijn bleke gezicht.

In alle opzichten leek het alsof Whaley ook een van hen was. Hij stond als aan de grond genageld. Hij stond zo dicht bij zijn broer dat hij hem kon ruiken, een geur die hem even vertrouwd was als zijn eigen geur. Hij hief zijn hand op en bracht hem tot op een centimeter van Benny's wang – hij wilde de warmte voelen – maar dichterbij durfde hij niet. Hij zou het niet kunnen verdragen als hij geen warmte, geen leven zou voelen. Hij geloofde liever in de illusie.

'Er gaat iets vreselijks gebeuren,' zei Benny. Zijn ogen schoten wild heen en weer, naar het huis en weer terug naar Whaley. 'Iets heel ergs. Ik blijf liever hier buiten in de storm. De regen geeft me het gevoel...'

Whaley hoorde niet hoe zijn broer die zin afmaakte. Zijn eigen brein vulde het aan met wat hij wanhopig probeerde te vermijden. Hij wilde het niet horen, hij wilde niet denken dat ik leef.

Benny nam hem de schop uit handen. Whaley liet hem begaan.

Keith kwam overeind en stak zijn hand achter zijn rug. Hij trok de revolver uit zijn broeksband, keek er even naar en reikte hem toen Whaley aan.

'Pak aan als dat je een goed gevoel geeft.'

Whaley nam de revolver aan.

Het zorgde er niet voor dat hij zich beter voelde.

Volstrekt niet.

50

Tegen de tijd dat Kira en ik de bovenste trede hadden bereikt, was Spivey al halverwege de trap naar de eerste verdieping.

'Schiet op!'

Hij wachtte lang genoeg om te zien dat we achter hem aan kwamen en verdween toen om de bocht.

Ergens bovenaan die trap was Kira dichtgeklapt (ik denk dat het door de dreigementen van Matty kwam), niet helemaal, maar ze werd slomer en trager. Alsof een deel van haar zich in zichzelf keerde en daar een plek zocht om zich te verstoppen. Ik pakte haar bij de arm en trok haar mee. Ik deed mijn uiterste best de doodsangst, die als een uitgehongerde worm in mij tekeerging, in bedwang te houden.

Toen we langs de foto's op de overloop kwamen, spande ik me in om níét naar ze te kijken. In plaats daarvan keek ik de woonkamer in – wat misschien wel veel erger was.

Acht of negen schimmen stonden in de woonkamer, allemaal naar ons gekeerd. Gezichten uit het verleden die ik niet kende en ook niet wilde leren kennen. Ze stonden even roerloos als die in de kelder en mompelden steeds maar weer dezelfde bezwering.

Emerson heet je welkom, Billy Hasler. Emerson heeft op je gewacht. Je bent de zoon van je vader, het geschenk van je vader. Geef jezelf en blijdschap zal je deel worden. Geef jezelf en eeuwig leven zal je deel worden. Geef jezelf opdat hij zich kan voeden met jouw ziel. Emerson verdient het niet langer honger te lijden. Emerson zij geprezen.

Het waren de twee op de bank die ervoor zorgden dat ik geen stap meer kon zetten. Mijn hart bonsde zo hard dat ik bang was dat het zou ontploffen.

Izzie en Chloe zaten naast elkaar op de bank.

Ik wist dat ze dood waren en in de kelder lagen – Kira en ik waren bijna over hun lichamen gestruikeld bij onze vlucht – maar hier zaten ze.

Ze hielden elkaars hand vast en zagen met een verbijsterde blik in de ogen alles aan. Ze zaten even roerloos als de anderen, met uitzondering van Chloe die naar een blikje Pepsi Diet greep dat iemand op de salontafel had laten staan. Het lukte haar niet het te pakken. Chloe staarde naar haar hand, naar haar vingers die ze om het blikje had gekromd, maar die er geen vat op kregen. Toen ze haar hand tot een vuist kneep, gingen ze door het blikje heen alsof dat er niet echt was. Dat was echter niet het geval. Zíj waren er niet echt, of als ze er wel waren, waren ze niet langer...

In mijn herinnering doken de vreemde beelden weer op met Lester Rote, Geraldine, Ralph Peck en Patricia en William Whidden. Beelden van William die de pot met drank vastpakte, tot verbazing van de anderen. Patricia en dat lint.

Kira hapte naar adem toen ze Chloe en Izzie zag. Ze keek met een ruk over haar schouder naar de keldertrap en vervolgens weer terug toen ze zelf conclusies begon te trekken.

Ik trok haar mee naar de keuken, naar de achterdeur, maar verstijfde – er waren er nog meer –

O, jezus, hoeveel? Wat zijn het?

– mensen, geesten, gedaanten, verschijningen, spoken, schimmen... Ze stonden schouder aan schouder en blokkeerden de weg naar buiten. Hun lippen prevelden net als alle anderen die vreselijke bezwering.

Waren ze tastbaar? Als we ons naar buiten probeerden te wringen, zouden ze ons dan kunnen tegenhouden? Zouden we dwars door hen heen gaan?

Konden ze ons tegenhouden?

Ik wilde ze niet aanraken.

Ik wilde niet dat ze mij aanraakten.

Alsof ze een infectie hadden en ik bang was dat een aanraking...

'Schiet op, verdomme!' riep Spivey van boven. 'Voordat ze hier ook de weg blokkeren.'

Het laatste wat ik wilde was naar boven gaan en riskeren dieper in het huis vast te lopen, maar we hadden geen keus. Matty kwam achter ons aan. We hoorden hem kreunend de keldertrap op komen, voorafgegaan door een monsterachtige schaduw die het groene licht uit de ogen van Alesia van zijn contouren maakte. Alesia maakte zich niet druk om de trap. Zij zweefde even moeiteloos door de lucht als een stofje dat wordt meegevoerd door een bries. Ze had haar armen gestrekt en balde haar vuisten. Strekte haar vingers en balde haar vuisten, haar hele lichaam gloeide, brandde van energie. Als ze die niet gebruikte, dacht ik, zou ze ontploffen. Maar het was duidelijk dat ze niets liever deed dan die energie gebruiken.

Ik begon de trap te beklimmen en trok Kira achter me aan. Toen ze zich schrap zette en haar huilen een bitter 'Nee! Nee! Nee!' werd, droeg ik haar naar boven. Ik had geen keus, want zij zag Matty niet de hoek omkomen en de revolver op haar hoofd richten. Ze zag de duivelse grijns niet op zijn gezicht en ze zag niet dat zijn vinger druk zette op de trekker.

51

Een bliksemflits doorkliefde de lucht, meteen gevolgd door een donder als een zweepslag, zo hard als een kanonschot. De regen werd voortgejaagd door de wind en kwam in schuine flarden naar beneden. Whaley wachtte even en snelde toen achter Keith aan. Met de plunjezak op zijn schouder was Keith al halverwege het stoepje bij de achterdeur toen Whaley een eerste stap zette. Hij keek niet om naar Benny – o, dat wilde hij wel, maar hij deed het niet. Hij wilde zijn broer niet weer uit het oog verliezen, maar hij wist dat hij afdaalde in een soort inferno – dat maakten alle haren op zijn lichaam die overeind gingen staan hem duidelijk – en dat hij zich niet mocht laten afleiden. Dat zou zijn dood worden. Toen ze dichter bij het huis kwamen, bleef hij voor zich kijken, maar kon hij de geluiden die Benny maakte nog steeds horen. Het smakkende geluid van de schop in de modder. Hij luisterde ernaar door het ruisen van de regen heen. Zolang hij dat kon horen, wist hij dat Benny daar was. Dat moest genoeg zijn.

Keith en Whaley zigzagden tussen alle schimmen door die tussen hen en het huis stonden. Die deden geen enkele poging hen tegen te houden, maar ze zetten ook geen stap opzij. Whaley kreeg de indruk dat ze alleen toeschouwers waren, nieuwsgierig hoe het allemaal zou gaan, en verder geen rol speelden – tot hij wel een keer over zijn schouder keek en zag dat ze de rijen achter hen gesloten hadden. Tegen de tijd dat ze het stoepje bij de achterdeur bereikt hadden, waren de verloren zielen (zo zag Whaley hen) zo dicht tegen elkaar gaan staan dat ze een ondoordringbare haag achter hen vormden.

Ze sluiten je in.

Dat doen ze.

Ze sluiten je in als een wild paard dat gevangen moet worden.

Keith greep Whaley bij zijn shirt en sleurde hem mee de paar treden naar het stoepje op.

'Je kunt ze maar het beste negeren.'

'Kunnen ze ons iets doen?'

Keith kauwde op zijn wang maar reageerde niet.

Whaley maakte een gebaar met zijn arm en wees naar de grond.

'Hoe kan het dat ze voetafdrukken achterlaten als ze dood zijn?'

Keith keek niet naar de grond, naar de aangestampte modder. Hij bleef Whaley aanstaren.

'Niet allemaal, alleen degenen die hier al een tijdje zijn. Ze hebben tijd nodig om het te leren.'

Net als de uitleg over het huis dat oscilleerde, liet Keith dit klinken alsof het de normaalste zaak van de wereld was. Misschien was het dat voor hem ook wel. Hij weidde verder niet uit. Hij verplaatste alleen de plunjezak van de ene schouder naar de andere en reikte naar de deurkruk.

Whaley hield hem tegen.

'Laat mij als eerste naar binnen gaan.'

Dat leek Keith amusant te vinden. Hij deed een stap opzij en maakte ruimte voor Whaley.

'Ga je gang.'

Whaley deed een stap tot voor de deur en drukte op de zendknop van zijn radio.

'Mundie, als je dit kunt horen, ik ben op Wood Island en ga het huis in. We hebben hier versterking nodig.'

Toen hij de zendknop weer losliet, kwam er geen reactie. Het ledlampje op de radio brandde nog steeds niet. Hoogstwaarschijnlijk had de radio zijn bericht niet eens uitgezonden, maar het voelde goed om standaardprocedures te volgen, om terug te vallen op wat je als politieman nu eenmaal deed. Hij bonsde met zijn vuist op de deur.

'Spivey? Dit is de politie. We komen naar binnen!'

Hij verwachtte geen antwoord. Het bleef stil.

Hij pakte de revolver steviger beet en greep de deurkruk.

Hij fronste in verwondering zijn wenkbrauwen.

De deurkruk gaf mee, maar de deur ging niet open.

'Er moet aan de binnenkant een grendel op zitten. Hij heeft hem vanbinnen op slot gedaan,' zei Whaley.

Keith schudde zijn hoofd.

'Nee, dat is het niet.'

'Wat dan wel?'

'Emerson wacht op mij, niet op jou.'

Keith duwde de deurkruk voorzichtig naar beneden. De deur ging langzaam open.

Er waren meer schimmen in de keuken. Vier mannen in het uniform van de kustwacht stonden tegen het aanrecht geleund en gaven Keith en Whaley net genoeg ruimte om erlangs te lopen. Over hun gezicht speelde een smaragdgroen licht dat uit de woonkamer kwam.

Whaley richtte de revolver op de mannen toen hij langs hen liep, maar ze negeerden hem. De ogen van de zeelui waren op Keith gericht. Samen mompelden ze zacht.

Hij is vrijwillig gekomen. Naar huis gekomen. Hij is van jou. Hij is van ons. Emerson zij geprezen.

'Emerson kan de tering krijgen,' snauwde Keith binnensmonds.

Achter hen sloeg de buitendeur met een luide knal dicht. Whaley wist dat hij niet hoefde te proberen hem open te maken.

Niet tot hij er klaar voor was.

Hij schudde zijn hoofd om die gedachte kwijt te raken.

Alles in het huis zag er anders uit – alsof hij in een compleet ander huis stond. Nu waren het aanrecht, alle keukenkastjes en alle keukengerei nieuw. De vloer ook, onlangs in de verf gezet. De barsten in het plafond waren verdwenen.

Whaley dwong zichzelf dat allemaal te negeren. Het interesseerde hem niet of het huis 'oscilleerde', zoals Keith dat noemde. Het interesseerde hem niet of het huis om middernacht in een pompoen veranderde. Het enige wat hem interesseerde waren de pubers. Die pubers hier veilig weg krijgen, uit de klauwen van wat dat hier dan ook mocht zijn.

Keith bleef staan op de drempel van de woonkamer. Whaley stond achter hem toen de vier zeelui iets anders begonnen te fluisteren.

Een hoestje is gewoon een hoestje, toch, Chief? Niets aan de hand met Mary. Je hoeft je over haar geen zorgen te maken. Totdat je dat wel moet doen. Toch? Emerson zij geprezen.

Als door een wesp gestoken draaide Whaley zich om naar de zeelui. Woedend keek hij hen aan, maar ze negeerden hem. Ze keken langs hem heen. Ze keken dwars door hem heen, alsof hij er niet was.

'Negeren, Chief,' zei Keith. 'Laat ze niet in je hoofd komen.'

Keith draaide zich weer om naar de woonkamer, staarde naar binnen en kneep zijn ogen samen om ze te beschermen tegen die felle groene gloed die zijn hele gezicht een vale tint gaf.

Het licht verdween toen hij over de drempel stapte. Even dacht Whaley dat Keith ook weg was, maar hij bleek midden in de woonkamer te staan en, o god, de pubers waren er ook.

52

De kogel miste Kira op een haar na en sloeg met een doffe klap in de muur.

Dat was Matty's laatste kogel en zoals hij daar stond te kijken naar de rokende revolver in zijn hand, zijn andere hand tegen zijn gebroken ribben gedrukt, wist ik dat hij geen partij voor me zou zijn. Ik stond op het punt me op hem te storten toen een van die dingen, van die schimmen naast hem ging staan.

Hij was niet veel ouder dan ik, misschien zelfs wel jonger, dat viel niet te zeggen. Zijn bleke huid was gespikkeld met sproeten. Op zijn hoofd stond een pet van de kustwacht. Hij had hem scheefgetrokken. Hij stak zijn hand in zijn broekzak – een broek die hem minstens twee maten te groot was – en haalde er een handvol kogels uit. Met een sluw lachje hield hij ze Matty voor. De woorden *Emerson zij geprezen* rolden geluidloos van zijn lippen.

Kira was al een tijdje tot weinig meer in staat, maar nu was het nog veel erger – het revolverschot, de steeds fellere groene gloed van Alesia ergens achter Matty, die als een soort tegenlicht over de hele eerste verdieping en Matty's handelingen bij het herladen van de revolver scheen – Kira sloot zich helemaal in zichzelf op. Ik sloeg mijn arm om haar middel, tilde haar op en droeg haar de trap op. Steeds maar weer kreunde ze het woord *nee*, alsof ze werd geleid door een metronoom – *nee... nee... nee...*

Op de eerste verdieping bleef ik alleen even staan om een blik op de overloop te werpen. Er stonden minstens vijftig schimmen dicht op elkaar gepakt. Ze verdrongen zich bij de lockers langs de muren en in de deuropening van de slaapzaal en wat Spiveys slaapkamer was. Stuk voor stuk zeelui in het witte uniform van de kustwacht. Er waren er ook bij die in gescheurde vodden liepen die nog slechts door zout en zweet aan elkaar bleven hangen, aan hun voeten laarzen waarin het krioelde van modder en smerigheid die beter in zee had kunnen blijven.

Ik dacht aan het raam van de badkamer waardoor ik al eerder was ontsnapt, maar daar kon ik onmogelijk komen. Niet zonder me een weg tussen hen door te banen – en als een van hen nieuwe kogels kon geven, solide kogels, dan waren ze zelf waarschijnlijk ook solide. Solide genoeg om ons tegen te houden als…

'Verdomme, Billy, schiet op!'

Opnieuw Spivey.

De tweede verdieping.

Zelfs nu ik Kira meer droeg dan meesleurde, nam ik de trap met twee treden tegelijk.

Spivey stond op de overloop bij de afgesloten deur van de vliering – maar die deur was niet meer op slot. Spivey draaide aan de deurknop en trok de deur open. De duisternis aan de andere kant van de drempel was zo diep dat die dreigde naar buiten te golven.

'Schiet op! Doe de deur achter je op slot. Hier zoekt hij je niet!'

Een mallemolen van gedachten racete in mijn hoofd. Ik wilde niet in een afgesloten ruimte opgesloten zitten, maar we konden ook niet verder weg. Kira kon niets zelf. Ik verdraaide het mes in mijn hand. Ik had het zo stijf vastgegrepen dat mijn vingers gevoelloos waren geworden.

Matty was al gewond.

Hem uitschakelen…

Ik klom razendsnel langs de ladder omhoog naar het luik naar de torenkamer. Ik trok de grendel weg en duwde het luik open. Het lawaai van de wind en de regen die de ramen van de toren geselden, loeide door het gat omlaag. Het ging me erom dat ik Matty wilde misleiden met de gedachte dat we deze kant op waren gegaan.

Spivey keek naar me op, knikte instemmend en verdween in het duister van de vliering. Ik liet me weer zakken langs de ladder, duwde Kira de vliering op, ging achter haar naar binnen en trok de deur met een ruk dicht.

De duisternis omhulde ons als een natte deken, vergeven van schimmel.

Ik hoorde iets wat ik de afgelopen uren niet meer had gehoord.

De klap van een meubelstuk dat omviel op de vloer.

Een felle kreet, gevolgd door een krakend geluid.

Daarna werd het stil.

De geluiden hadden pal achter ons op de vliering geklonken.

53

Ik heb geen idee hoe Kira de lucifers in handen had gekregen en ik zou op dat moment niet geloofd hebben dat ze in staat was er een af te strijken, maar dat was precies wat ze deed. Ze jammerde nog slechts zacht fluisterend. Toen ze de lucifer voorzichtig omhoogbracht en zich omdraaide in de richting van het geluid, ving ik even een glimp op van haar trillende lippen.

Een oude houten stoel lag op zijn zij op de vloer en aan de zolderbalken hing…

O god, aan de zolderbalken hing…

Kira gilde.

Met een vreemd hijgend geluid schoot het laatste restje lucht uit mijn longen. Ik wankelde achteruit tot ik met mijn rug tegen de deur sloeg.

Aan de zolderbalken hing David Spivey met een touw om zijn nek.

Zijn bloeddoorlopen ogen puilden uit hun kassen. Zijn mond hing open en zijn tong stak bij een mondhoek naar buiten. Zijn grauwe huid had de textuur van stopverf, olieachtig, lichaamssappen sijpelden uit zijn poriën en werden opgezogen door zijn kleren vol vlekken. Een van zijn schoenen was van zijn voet gegleden en lag op de vloer in een plas…

'Stink ik?'

Op een of andere manier stond Spivey ook tussen mij en Kira in en keek hij op naar het lijk. Zíjn lijk.

Ik maakte zo'n wilde uitwijkende beweging dat ik weer tegen de deur knalde. Ik grabbelde naar de deurknop, maar mijn vingers functioneerden niet. Ze gleden over het metaal en vielen stil langs mijn zij.

'Dat spijt me dan. Ik heb in mijn broek geplast toen mijn nek brak. Of misschien was het al net daarvoor. Dat weet ik niet.'

De harde knal van een meubelstuk dat omviel.

Spiveys korte, felle kreet.

En dan het breken van de nek.

De stilte.

Spivey kneep bij het horen van die geluiden zijn ogen dicht en sloeg zijn handen voor zijn oren.

'Waarom doet hij dat. Laat het ophouden, Billy! Laat het ophouden!'

We hadden de geluiden gehoord, maar de stoel had niet bewogen, evenmin als het lijk van Spivey. Het was als de soundtrack van een film die niet synchroon liep met de beelden.

Op Spiveys shirt zat een briefje gespeld. Een woord in het beverige handschrift van Spivey...

Kutkanker!

Toen de geluiden voor de derde keer weerklonken, moest ik denken aan die eerste nacht op het eiland (was dat werkelijk nog maar drie weken geleden?), het verhaal van Chloe over de geest in het John Paul Jones House die van de zolder kwam in ouderwetse kleren, een kamer binnenging en verdween. Keer op keer, alsof een videoband op repeat was gezet en daarin was blijven steken.

Spivey schudde zijn hoofd. 'Laat het ophouden, alsjeblieft...'

Kira was in een hoek weggekropen. Ze trilde zo hevig dat ze de lucifer met twee handen moest vasthouden. Haar ogen schoten heen en weer van het dode lichaam dat aan de zolderbalken hing naar de andere Spivey die bij ons stond. Ze had het geweten van Alesia, maar het was duidelijk dat ze het niet wist van Spivey.

Hij ademde, de Spivey die nu weer naast me stond. Hij knipperde met zijn ogen. Er welden tranen op in zijn ogen.

Hij leefde, maar toch...

Voordat ik besefte wat ik deed, legde ik voorzichtig mijn hand op zijn schouder.

Hij was warm, solide, even echt als Kira en ik.

Ik keek van hem omhoog naar het lichaam dat aan de balken hing en weer terug.

'Hoe...?'

'Ik weet het niet precies,' zei Spivey. 'Emerson brengt ons terug... achteraf. Ik voel me... levend. Eigenlijk steeds meer. Alesia zei dat we hier een tijdje op het eiland moeten blijven, maar als de tijd verstrijkt worden we steeds sterker. Dan kunnen we naar het vasteland. Eerst korte tochtjes, dan langer.' Zijn ogen lichtten op. 'De kanker doet geen pijn meer, Billy. Hij is weg. En er is veel meer. Zoveel wat ik je zou willen vertellen, maar dat kan niet. Pas als je je bij ons aansluit. Want dat doe je, hoop ik? Ik wil dit niet alleen doen. Chloe heeft Izzie. Ik denk dat Alesia nu met Matty is. Jij hebt Kira. Ik heb... niemand. Ik heb je hier nodig.'

Opnieuw de luide knal van de omvallende stoel.

Spiveys korte, van pijn vervulde kreet.

Het breken van zijn nek.

De stilte.

Spivey kromp ineen.

'Je kunt me helpen zoeken naar een manier om dat te laten ophouden. Alles komt goed als we dat kunnen stoppen. Ik weet het zeker.'

Hij keek naar het mes in mijn hand.

'Gebruik het mes. Eerst jij en dan Kira. Niemand van ons hoeft alleen te zijn. Het doet maar heel even pijn. Nik nok – ik beloof het je.'

Kira jammerde zacht.

De vloerplanken kraakten. Niet die van de vliering, maar die van de overloop net achter de deur.

Matty.

54

In het licht van de kaarsen die overal in de kamer stonden te branden zaten Izzie Fernandez en Chloe Kittle beiden op de bank. Dicht tegen elkaar aan, de handen ineengestrengeld, keken ze met angstige ogen op naar Keith en Whaley toen die vanuit de keuken de kamer binnenkwamen. Ze zeiden niets.

Alesia Dubin was er ook. Toen hij haar zag, bleef Keith als aan de grond genageld staan, evenals Whaley een fractie van een seconde later.

Haar huid had een zachte tint gekregen, bijna lichtgevend. Iets wat leek op de uitstraling van zwangere vrouwen, maar dan anders. Whaley kon het niet goed bevatten en was er ook niet zo zeker van dat hij dat wilde. Het was onnatuurlijk, dat was duidelijk. Ze was geheel in het zwart gekleed. Laarsjes met hoge hakken, een kort rokje en een blouse die voor een deel openhing zodat een smaragd zichtbaar was die aan een ketting om haar hals hing. Haar bruine haar hing in losse krullen op haar schouders. Dat de smaragd dezelfde groene kleur had als het licht dat ze in de keuken hadden gezien was hem niet ontgaan, net zomin als het feit dat haar ogen diezelfde kleur hadden.

Ze trok haar mondhoek op in een uitdagend lachje. Ze legde er haar wijsvinger op, alsof ze een scabreus klein geheimpje had en alleen haar vinger het nog verborgen hield. Ze wierp een blik op Whaley, maar het was Keith die haar aandacht trok.

'Hallo Keith,' spinde ze, 'ik heb je gemist.'

Bij het horen van die vijf woorden wist Whaley dat ze niet in gesprek waren met Alesia Dubin. Niet precies tenminste. Dit was iemand... een iets... anders. Hij had slechts één keer eerder met Alesia gepraat, toen hij haar en haar vrienden kwam halen toen Lily Dwyer werd vermist, maar hij herinnerde zich haar stem. Het timbre. De stem die hij zich herinnerde was er wel, maar er klonk een andere stem in door, een oudere, diepere stem. En daaronder was nog een derde stem, nog ouder en dieper. Meerdere stemmen spraken als één als ze iets zei.

Whaley gebaarde naar Izzie en Chloe, een onhandig gebaar dat *Kom hier* moest betekenen, en wapperde met zijn vrije hand achter zijn rug terwijl hij met zijn andere hand de revolver vasthield die hij schuin op de vloer richtte, ongeveer in de richting van Alesia.

'Kom deze kant op, meisjes, en ga bij me staan. Loop om haar heen.'

Geen van beide meisjes bewoog. Ze staarden hem met glazige ogen aan. Whaley werd overvallen door een merkwaardige gedachte.

Zo moet het zijn als je vanuit een tv-toestel een kamer in kijkt.

Ze bekeken hem, observeerden hem. Ze waren niet honderd procent in zijn wereld aanwezig, net zomin als hij helemaal in hun wereld aanwezig was.

Alesia verplaatste haar gewicht van haar ene been op het andere en zette een hand op haar heup.

'Teddy zou hier ook moeten zijn. En Pam. Het is net of we de hele band weer bij elkaar krijgen. Alle oude hits weer spelen, toch, Keith?'

Het gevoel van een déjà vu overspoelde Whaley nog voordat ze begon te neuriën. Maar in tegenstelling tot die keer dat hij diezelfde woorden hoorde in een visioen in de auto van Marston, herkende hij het lied nu wel. Het was 'What a Difference a Day Makes' van Esther Phillips.

My yesterday was blue, dear
Today I'm part of you, dear
My lonely nights are through, dear
(Since you said you were mine)
What a difference a day makes

Dit was Alesia Dubin niet, dit was...

'Laura,' zei Keith zacht.

Ze pakte de smaragd vast die aan de ketting om haar hals bungelde en kromde haar vingers eromheen.

'Emerson heeft zich gehouden aan de belofte die hij me heeft gedaan. Ik kreeg het op het laatst een beetje benauwd, maar hij haalde me zo uit het vuur, precies zoals hij had gezegd. Emerson zij geprezen.'

‘Emerson zij geprezen,’ herhaalden de twee meisjes op de bank met een overtuiging die Whaley angstwekkend vond.

Keith slikte.

‘Wat betekent dat voor jouw dochter?’

Ze hield haar hoofd schuin en tuitte haar lippen.

‘O, Alesia is ook hierbinnen. Net als Emerson. Het is fantastisch. Het is alsof drie stel hersens samenwerken, maar dat is het ook weer niet helemaal, want Emerson is… zovéél. Zoveel méér. O, wat hij me allemaal zal leren. Het is een lange reis geweest, maar nu ben ik thuis. Ik ben precies op die plek die altijd mijn bestemming is geweest. En nu jij hier bent, gekomen uit je eigen vrije wil, zijn we als tokens allemaal thuis. Dat voel je toch? Al die energie? Mijn god, de lucht zit vol elektriciteit. Dit huis, de kracht. Het zou allemaal verspild zijn geweest als jouw zoon… maar nu…’ Ze hield haar hand naar hem uit, haar lange vingers wenkten hem.

‘Zet de laatste stap, dan kunnen we het allemaal delen.’

Toen ze dat laatste zei, dwaalde haar blik naar de revolver in Whaleys hand en weer terug.

‘Maar je kent de regels. Je moet het zelf doen.’

‘Ik doe het niet.’

‘Jawel, je doet het wel,’ zei ze met een achteloos schouderophalen. ‘En het is onbeleefd om een dame te laten wachten.’

Haar vinger maakte een schokkerige beweging, de revolver werd uit Whaleys hand gerukt, vloog door de lucht en viel voor Keiths voeten.

‘Eigenlijk vraag ik me alleen af wie vervolgens Emerson zal voeden.’

55

Ik legde mijn wijsvinger tegen mijn lippen en maande zonder iets te zeggen Spivey en Kira tot stilte. Ik drukte mijn oor tegen de deur, hoorde niets dan het huilen van de wind door het open luik naar de toren, maar zag wel een schaduw bewegen over de kier onder de deur.

Kira zag het ook. Ze wees ernaar, er bewoog nu niets.

Stond hij daar?

Stond hij aan de andere kant van die deur?

Toen vormde zich plotseling een andere gedachte.

Leefde Matty of was hij dood?

Bij Alesia had ik het niet kunnen zien.

trap af omdat hij die zware plunjezak bij zich had. Dwars door alle pijn, door alle hectiek heen drong zich steeds één enkele gedachte aan Whaley op: er zit een bom in die plunjezak en die zal ontploffen. Keith raakte de laatste trede van de trap veel harder dan Whaley en stuiterde over Whaley heen. Hij rolde zeker nog een meter verder voordat hij bleef steken in een oude ijzeren vouwstoel vlak voor de cv-ketel.

Whaley keek naar Keith en zag de lichamen liggen.

Het enige licht in de kelder kwam uit de cv-ketel. Iemand had de klep voor de waakvlam open laten staan, zodat een blauwwitte gloed het ergste duister verjoeg, amper een buitenste laagje van de schaduwen krabde. Daar was Whaley blij om, want wat hij zag hoorde in de schaduwen te blijven. Als hij bij daglicht zou zien wat hij zag, zou hij gek worden (misschien was hij dat zo langzamerhand al), want die lichamen konden daar evenmin zijn als die hele kelder. En toch lagen daar iets meer dan een meter van hem vandaan de dode lichamen van Chloe en Izzie, de beide meisjes die hij zojuist levend had gezien op de bank in de woonkamer.

Toen Keith kreunde en Whaley zijn hoofd in die richting draaide, zag hij Alesia, half begraven, en dat was nog vreemder, want hij had zojuist met haar gepraat.

'Hoe erg ben jij gewond?'

Keith rolde voorzichtig heen en weer en trok zijn armen onder zijn lichaam weg. Hij trok de plunjezak dichter naar zich toe en gebruikte hem als steun om zich op zijn knieën te hijsen.

Whaley kneep zijn beide ogen stijf dicht. Hij moest wel. Het was hem godsonmogelijk iets te zeggen met voor zijn ogen het beeld van Alesia's hand die uit het zand omhoogstak. Vliegen zoemden op en om haar gezicht. De ontbinding had al een begin gemaakt. Het stonk in de kelder naar de dood, naar lichaamssappen die uit de lijken sijpelden en vochtplekken in het zand maakten met…

'Verdomme, Whaley, blijf erbij!'

Whaley herpakte zich.

Op dat moment laaide de pijn, die hem even met rust had gelaten toen zijn hersens probeerden grip te krijgen op het onmogelijke, weer op.

'Sleutelbeen,' kreeg hij er met moeite uit. 'Rechterbeen vernield.'

'Fuck, het zal ook eens niet,' mompelde Keith.

Whaley begreep niet wat Keith daarmee bedoelde en wilde ernaar vragen toen hij uit een hoek van de kelder knisperend gefluister hoorde, ergens buiten het gebied dat werd beschenen door het licht van de waakvlam.

'Er is nog iemand hier. Waar is de revolver?'

'Vergeet die kutrevolver.'

Keith trok de rits van de plunjezak open en begon hem leeg te maken. Hij stalde alles netjes voor zich uit op de grond. Zes staven dynamiet, ontstekers, een bundeltje kabel, een batterij en een kleine witte timer.

'O, verdomme.' Keith kneep zijn ogen tot spleetjes en hield de timer omhoog naar het blauwwitte licht. 'De timer is stuk. Fuck!'

Keith smeet hem tegen de muur. Hij maakte een kletterend geluid toen hij de muur raakte en viel onzichtbaar op de grond.

Whaley had vrede met een bom die onbruikbaar was. Hij maakte zich meer zorgen over de mensen die vanuit het duister naar hen toe kwamen.

57

Het schot van Matty raakte niemand, maar dat betekende niet dat een volgend schot ook niemand zou raken. De hand waarin hij de revolver hield kwam al weer omhoog terwijl Kira de ladder naar de toren beklom. Achterovervallend kon hij niet richten. De kogel die hij min of meer in de richting van Kira afvuurde, miste haar volledig en verdween ergens in de zoldering.

Als er meer ruimte was geweest op die overloop, was hij onderuitgegaan, maar Matty klapte al tegen de muur achter hem voordat zijn benen de tijd kregen om onder hem uit te slaan.

Ik volgde het momentum van de deur, zette me schrap en bracht mijn rechterschouder ter hoogte van zijn borstkas. Ik hoopte hem opnieuw tegen zijn ribben te raken, maar de regen die door het luik was gevallen, had de vloer glibberig gemaakt. Ik gleed uit en mijn schouder schampte zijn heup. Kreunend week hij uit. Hij hervond zijn evenwicht terwijl ik op een knie terechtkwam en zo naar hem opkeek.

Matty likte zijn lippen en spande de haan van de revolver.

'Elleboog of knie? Waar wil je de eerste?'

Ik hield nog altijd het mes in mijn hand. Toen ik mijn greep op het heft verstevigde, lachte hij zacht en deed hij een stap achteruit.

'Denk je dat je me kunt steken voordat ik een kogel in jou kan pompen?'

Hij drukte opnieuw een hand op zijn ribben. Zijn huid was lijkbleek. Er lag een waas van zweet op zijn voorhoofd. Hij leed duidelijk pijn.

'Spivey is dood,' zei ik.

'Je meent het. Wie heeft hem geholpen met het touw, denk je?'

Ik schraapte mijn keel.

'En hij staat pal achter je.'

'Nou, en?'

Spivey stond daadwerkelijk achter hem. Hij was de kast uit gekomen en ik wachtte tot hij iets zou doen, maar hij deed niets. Hij stond er alleen maar.

'Hij kan me niets doen,' zei Matty. 'Dat staat Emerson niet toe.'

Achter Spivey, op de vliering, klonk een klap, een kreet vol pijn en het kraken.

Spivey kneep zijn ogen dicht, wiegde zijn hoofd met korte rukjes naar voren en naar achteren en voerde ogenschijnlijk een gevecht tegen onzichtbare demonen.

Kira's been kwam door het luik in zicht. Ze had zich op een of andere manier schrap gezet en trapte Matty boven op zijn hoofd. Het produceerde een ziekmakend dof geluid.

Ik schoot vooruit, sneed omhoog met het mes en stak hem in zijn buik, pal onder de hand die hij tegen zijn ribben drukte. Hij wankelde achteruit, buiten mijn bereik. Hij sloeg bijna dubbel, maar slaagde er wel in de trekker opnieuw over te halen. De kogel trof me als een vuistslag in mijn schouder. Ik liet het mes vallen, draaide weg, zakte neer in de andere hoek en greep naar de kogelwond.

Matty was al weer overeind gekrabbeld. Nu greep hij zijn buik in plaats van ribbenkast. Dik zwart bloed sijpelde tussen zijn vingers door en het werd me duidelijk dat ik hem dieper had gesneden dan ik van plan was. Het leek hem niet te deren. Hij hief zijn andere hand weer en maakte zich gereed om nog een keer te schieten toen het tot hem doordrong dat hij de revolver kwijt was. Die was weggestuiterd over de vloer en lag ergens achter hem, achter Spivey die even stil was geworden als de schimmen die ik in de kelder zag.

Kira trapte opnieuw naar Matty. Ze had zich tot halverwege de ladder laten zakken en haar schoen maakte contact met Matty's kin. Zijn hoofd sloeg opzij, hij zakte op zijn knieën met een verbaasde blik in de ogen.

'Billy!'

Ze stak haar hand naar me uit met gestrekte vingers en ik slaagde erin overeind te komen.

Pijn straalde uit vanuit mijn schouder. Ik haalde mijn bebloede hand lang genoeg van de wond om te kunnen constateren dat de schade beperkt was; de kogel had vooral huid, spieren en vet vernield, en een soort bloederige goot in mijn schouder gekerfd. Ik keek verwoed om me heen en zag de revolver tegen de andere muur liggen.

'Laat liggen!'

Kira greep me bij mijn arm en trok me naar de ladder. Matty kwam alweer in beweging, probeerde te gaan staan en was van plan de revolver te pakken.

Spivey was weg.

In die fractie van een seconde dat ik een andere kant op keek, was hij verdwenen.

Kira gaf een ruk aan mijn arm. Ze trok me bijna de eerste twee treden van de ladder op en haalde ergens onvermoede krachten vandaan. Ze klauterde naar boven door het luik, ging op haar buik op de vloer liggen, greep de kraag van mijn shirt en begon me omhoog te sleuren.

Een snerpende pijn sneed door me heen telkens als ze me weer woest omhoog rukte. Ik werkte met mijn ene niet gewonde arm zo goed en zo kwaad als dat ging mee.

Toen ik door het luik schoof, had Matty de eerste sport van de ladder bereikt, bloed vormde een plas om zijn voeten.

Hij grijnsde weer.

De klootzak wilde van geen opgeven weten.

58

Whaley probeerde te gaan zitten en de schimmen die zich aan hem opdrongen van zich af te houden. Een rauwe golf van hitte rolde langs zijn arm omhoog en explodeerde in zijn schouder met een stekende pijn zoals hij nog nooit had gevoeld. Wat volgde toen hij weer op het zand viel was nog erger. Het voelde alsof een tiental slagersmessen vanaf zijn elleboog omhoog door zijn arm sneden en bij de schouders nog eens werden rondgedraaid. Hoewel zijn shirt doorweekt was met regenwater hoopte zich bij het kuiltje in zijn hals ander warm vocht op. Hij durfde er niet aan te voelen, want hij wist bijna zeker dat zijn sleutelbeen door de huid naar buiten stak.

Bij de dode meisjes was een pentagram getekend in het zand. De kaarsen op de hoekpunten ontbrandden geheel zonder hulp en bij dat licht kon Whaley de rest van de kelder zien, kon hij zien wie er verder nog waren. Het waren er veel.

Mannen, vrouwen, kinderen – te veel om te tellen. Ze bewogen niet meer en stonden zo stokstijf stil dat het standbeelden hadden kunnen zijn – een tableau dat de geschiedenis van de mensheid van de afgelopen vijfhonderd jaar verbeeldde.

'Je hoort hier niet,' zei een van hen.

Toen Whaley de schim zocht bij de stem, besefte hij dat het Ted Hasler was, die nog dezelfde kleren droeg die hij eerder op de dag aanhad. Links naast hem stond Geraldine Rotc en rechts...

'O god... Pam.'

Keith werd lijkbleek toen hij haar zag. Zijn mond zakte open en hij trilde over zijn hele lichaam. 'Waarom heb je...'

Verslagenheid tekende zich af op zijn gezicht. Hij wierp een blik naar de zoldering. 'Onze zoon is al weg...?'

Het was onduidelijk of Pam hem hoorde. Ze stond even doodstil als de anderen en knipperde zelfs niet even met haar ogen. Ze staarde naar het pentagram in het zand.

Keiths stem klonk gehaast, niet meer rationeel toen hij weer begon te spreken. Hij keek niet naar zijn vrouw, dat leek hij niet te kunnen. Alsof hij alles zou vergeten als hij weer naar haar keek.

'Chief, luister naar me. We hebben niet veel tijd.'

Hij had de zes staven dynamiet bij elkaar gebonden en bevestigde met nerveuze vingers de ontstekers.

'Je moet me hierbij helpen. Zonder timer moet ik ze met de hand tot ontploffing brengen. Dat betekent dat het nu een klus voor twee mannen is.'

'Ik ga jou niet helpen om een bom...'

Keith onderbrak hem.

'Ik neem de bom voor mijn rekening. Jij moet iets anders doen.'

Er zat geen enkele logica in wat hij Whaley daarna opdroeg.

'Keith, dat is...'

Waanzinnig.

Dat wilde hij zeggen, maar hij slikte het in. Het zou geen van beiden iets van voordeel opleveren en het zou wel net dat laatste zetje kunnen zijn dat Keith over het randje duwde waar hij al een tijd op stond te wankelen.

Whaley moest daar koste wat het kost weg zien te komen.

Hij schoof behoedzaam zijn goede arm onder zijn lichaam en probeerde zich op te drukken. Hij kwam tien centimeter omhoog en viel toen weer neer. Hij ving een glimp op van zijn gebroken been en zag dat zijn voet de verkeerde kant op stond. Alles onder de knie was verdraaid en krom.

'Geen van ons beiden komt hieruit,' hijgde Keith. 'Dat spijt me. De bedoeling was dat ik de enige zou zijn, maar het is wat het is en we kunnen er nu niets meer aan veranderen. Je moet echt doen wat ik je net heb gezegd. Geen seconde eerder en geen seconde later. Hoor je? Begrijp je dat?'

Hij was klaar met de ontstekers en begon de draden aan te sluiten. Zijn handen trilden zo erg dat hij miste, steeds als hij probeerde een draadeinde door het oog van een schroefaansluiting te steken. Onder het uitstoten van een stroom verwensingen bleef hij het proberen tot hij er eindelijk een bevestigd kreeg, om daarna dezelfde wanhopige pogingen te ondernemen bij de volgende ontsteker.

'We gaan een einde aan deze klotezooi maken.'

'Pam zei dat dat niet kan.'

Keith kon ternauwernood voorkomen dat hij naar Pam keek. Hij prutste met de moed der wanhoop met een nieuwe draad.

'Ja... Pam was niet altijd even...'

'Ach, arm mannetje,' fluisterde een stem bij Whaleys oor. Wat Keith verder zei, ging verloren. De stem was zo dichtbij dat hete adem zijn wang streelde. 'Dat moet vreselijk pijn doen.'

Alesia Dubin zat gehurkt naast hem met ogen waaruit een zo felgroen licht straalde dat hij haar niet kon aankijken. Ze was niet langs de trap naar beneden gekomen. Dat zou hij hebben gezien. Ze was er gewoon, slechts luttele meters van haar eigen dode lichaam. Ze liet een vingertop door zijn haar glijden, langs zijn gezicht omlaag, en tikte daarna even hard tegen de scherpe splinter van zijn sleutelbeen die door de huid uit zijn schouder naar buiten stak.

Het geloei dat Whaley produceerde klonk als dat van een dier dat gewond in de berm ligt nadat het is aangereden door een auto. Iets wat opgeruimd moet worden.

Je hoort hier niet.

Je hoort hier niet.

Duizend stemmen vormden een koor.

Alesia hief haar hand en maande ze tot stilte. Ze likte het bloed van haar vingertop.

Zijn bloed.

'Ze hebben gelijk, weet je,' zei ze met die stem gevormd uit vele. 'Maar ik ben bereid een uitzondering te maken. Een ruil.'

Emerson zij geprezen.

Alle stemmen tegelijkertijd.

Emerson zij geprezen.

Ze had de foto in haar hand. Hoe ze die te pakken had gekregen zonder dat hij er erg in had, was hem een raadsel, maar ze hield hem vast met duim en wijsvinger. De foto zag er zo nat en gehavend uit, zo fragiel, dat hij uiteen zou vallen als er nog iets meer zoals de gebeurtenissen van deze nacht bij kwam – eigenlijk net als Whaley zelf. Ze schudde de foto een keer hard heen en weer en bestudeerde de afbeelding. Haar gezicht drukte bezorgdheid uit.

Whaley wilde er dichter bij zijn, maar kreeg zijn lichaam niet in beweging.

'Laat zien.'

Ze hield haar hoofd schuin.

'Wil je dat echt?'

Hij slaagde erin zwakjes te knikken.

Toen ze de foto omdraaide, slikte hij.

De auto van zijn vader.

Benny zat op de bumper en Whaley stond naast hem. Ze waren allebei ouder. Benny was een puber, net als buiten, en Whaley was zoals hij nu was, inclusief het natte, bebloede uniform. Zijn gebroken been bungelde er onder een vreemde hoek bij terwijl hij tegen de Mustang leunde. Zonlicht glinsterde op het bot dat bij zijn hals door de huid stak. Hoe erg de aanblik daarvan ook was, hij werd het meest getroffen door Mary die aan het stuur van de convertible zat. Van haar haar waren nog maar een paar losse piekjes over. Ze was veel gewicht kwijtgeraakt. Je kon haar amper nog herkennen. Haar ogen lagen diep in de kassen. Ze waren geel en donker omfloerst.

'Dat komt door de chemo,' zei Alesia met die vreemde meervoudige stem. 'De chemo kan even wreed zijn als de kanker, soms zelfs erger. Ze houdt het nog een tijdje vol, vooral voor jou, maar uiteindelijk is dat allemaal geleende tijd. Haar langzame sterfproces is begonnen op de eerste dag dat ze moest hoesten.'

Ze schudde de foto opnieuw. Deze keer lag Mary in een ziekenhuisbed, alleen in een kamer. Op die foto bewogen haar lippen.

'Laat het ophouden,' fluisterde Alesia. 'Dat is wat ze zegt...'

'Nee...'

'Wat nee? Moet het niet ophouden? Of wil je niet meer zien?'

Whaley gaf geen antwoord. Dat kon hij niet.

'Maar het is jouw schuld,' zei Alesia. 'Begrijp je dat niet? Dat gebeurt er als je ervandoor gaat. Als het je lukt die trap op te kruipen en ons in de steek te laten. Het is waar dat je hier niet hoort te zijn, maar ik ben begripvol. Ik heb zelfs mededogen, zou je kunnen zeggen. Ik wil haar lijden net zomin zien als ik jou hier graag pijn zie lijden.'

Alesia liet haar hand over Whaleys borst glijden, langs zijn middel naar zijn verbrijzelde been.

'Dit hoeft ook geen pijn te doen. Niet meer.'

Een fractie van een seconde deed het inderdaad geen pijn.

'Ik help jou als jij mij helpt. Jij blijft bij ons en ik zorg voor je vrouw. Ik regel dat haar hoest niet meer dan een hoestje is. Ik geef haar de jaren die jij opoffert, en als haar dagen geteld zijn, mag ze ook hiernaartoe komen. De jaren gaan in een oogwenk voorbij – dat garandeer ik je. En dan zullen jullie altijd samen zijn.'

'Chief, vergeet niet wat ik je heb gezegd,' mompelde Keith. 'Vergeet niet wat je moet doen.'

Alesia's hoofd draaide op een onmogelijke manier boven haar romp. Ze nam in ogenschouw wat Keith deed.

Hij had alle ontstekers doorverbonden. Een draad was aangesloten op de batterij. De andere draad stroopte hij met zijn tanden. Als die draad in contact zou komen met de andere pool van de batterij zouden de staven dynamiet exploderen.

Alesia glimlachte speels.

'O, die Keith. Altijd een grappenmaker!'

Ze wees naar hem en wipte haar vinger omhoog.

Keith schoot omhoog, kwam met een krakende klap tegen de zolderbalken, viel weer omlaag en bleef in een vormeloze hoop naast de cv-ketel liggen.

'Emerson zij geprezen,' jubelde het schimmenkoor.

Alesia steeg op.

Ze liet de foto bij Whaleys hoofd vallen en zweefde naar de schimmen.

59

Kira en ik waren niet alleen in de toren.

Ik zag het meisje dat ineengedoken in een hoek zat meteen nadat ik het luik had dichtgegooid en de zware schuifgrendel erop had geschoven. Ze droeg een vuile witte jurk die haar een paar maten te klein leek. Hij viel amper tot halverwege haar dijen. Haar blote voeten zaten onder de aangekoekte modder. Ze had ook aangekoekte modder op haar gezicht en in haar sliertige blonde haar. Toen ze haar mond opendeed, klonk er een diepe zangerige stem als nat grind tussen de rottende, gele tanden.

My yesterday was blue, dear
Today I'm part of you, dear
My lonely nights are through, dear...

'Godver...' mompelde Kira. Ze schuifelde op handen en voeten achterwaarts weg van het meisje. 'Godverdegodver...'

Het was de dochter van George Walton – het eerste meisje dat in 1657 in de put verdronken was. Zij moest het wel zijn.

Matty bonkte tegen het luik. Het sprong iets omhoog, maar de grendel hield stand.

'Hé, Billy, Billy... Ik dacht dat jij niet zo dol op hoogtes was? Waarom kom je niet hier beneden? Of nog beter, laat mij maar bovenkomen, dan help ik je.'

Hij sloeg met zo godsonmogelijk veel kracht tegen het luik dat de hele vloer trilde.

Kira pakte mijn met bloed doorweekte mouw beet en trok me tegen zich aan. Een nieuwe hete golf van pijn schoot vanuit de kogelwond door mijn arm en mijn lichaam. Mijn hart sloeg een keer over. Ik siste.

'Sorry,' fluisterde ze, maar ze liet me niet los. 'Laat eens zien hoe erg...'

'Het is niets,' zei ik, terwijl ik wist dat het bepaald niet niets was.

Onze slaapzakken lagen nog steeds in een hoek, een vergeten restant uit een ander leven.

De telefoon rinkelde.

Ik was die telefoon vergeten. De bellen rinkelden dof, zwegen, en rinkelden opnieuw.

Het meisje in het witte jurkje zat op haar hurken en drukte haar rug in de hoek tegen de muur.

'Niet opnemen! De telefoon liegt. De telefoon is dol op leugens.'

Matty bonsde weer tegen het luik.

Hoe kon hij in godsnaam zo hard tegen dat luik slaan?

De schroeven waarmee de grendel vastzat, begonnen mee te geven. Nog een paar van die harde beukende klappen en het was gebeurd.

Ik graaide de hoorn van de haak.

'Wat?!'

De stem aan de andere kant van de lijn klonk zo ver weg, dat hij verloren ging in het geweld van de wind en de regen die van alle kanten de toren belaagden. De stem zwol aan en stierf weg alsof hij werd gedragen door de op de kust slaande golven van het tij beneden ons. De eerste keer dat er iets werd gezegd, hoorde ik alleen het woord 'bel'.

'Ik kan je niet verstaan!' riep ik.

Het meisje wiegde op haar modderige hakken voor- en achteruit. De rauwe zangerige stem klonk weer.

'Meneer, mevrouw – ik kan u niet verstaan! Ik hoor u niet! Ik... kan... u... niet... verstaan! Luider spreken alsjeblieft!'

Een gedempt grommen van Matty.

Het luik sprong opnieuw omhoog. Ik hoorde het geluid van ijzer, van schroeven die vervormd raakten, een kort scherp krijsen.

De stem aan de telefoon zei: '... naar de ...bel. Ga naar de Annabelle...'

Een bliksemflits onderstreepte dat laatste woord. Er klonk een klik over de telefoonlijn en de verbinding werd verbroken.

Ik was het.

Mijn eigen stem.

Ga naar de Annabelle.

Kira had het niet gehoord. Ze kon het onmogelijk hebben gehoord, maar ik had de hoorn nog niet uit mijn hand laten glijden toen zij al naar buiten keek, naar de wrakke widow's walk aan de andere kant van het glas.

60

Alesia verplaatste zich naar het midden van het pentagram.

Ze liet geen voetafdrukken achter in het losse zand. Het drong tot Whaley door dat ze weliswaar haar benen en voeten bewoog alsof ze liep, maar dat ze de grond niet raakte. Ze zweefde er een paar centimeter boven. Midden in het pentagram sloot ze haar ogen.

'*Egi hic quod mea.* Ik ben hier voor wat mij toekomt.'

'Emerson zij geprezen.'

Whaley had geen idee hoeveel schimmen er nu in de kelder waren, veel meer dan hij zou kunnen tellen. Toen ze eenstemmig Emerson prezen, was dat met een stemgeluid dat de fundamenten liet trillen en de zolderbalken deed schudden. Misschien waren er wel honderd schimmen, misschien wel duizend. Tienduizend. Een onmogelijk aantal en het begon Whaley te dagen dat dit, wat het ook mocht zijn, veel verder terugging in de geschiedenis dan het moment in 1898 dat de Reina hier afmeerde, het ging terug tot tijden lang voordat die passagier zijn malicieuze beloften aan de kapitein deed. Dit was iets wat zo oud was als de aarde. Dit was het kwaad zelve.

Alesia hief haar handen. De kaarsvlammen strekten zich van de lont uit tot een meter boven haar hoofd. Ze waren niet langer oranje en rood en geel, maar fel smaragdgroen. Haar ogen en de amulet om haar hals gloeiden. De lucht in de kelder kwam tot leven en wervelde opgewonden rond.

'Ik heb je gegeven wat je wilde. Ik heb elk verlangen gestild en al je behoeften bevredigd. *Venio quod mea.* Ik kom voor wat mij toekomt. *Adsum ad colligunt.* Ik kom om in te zamelen. Nu is de tijd. Jij bent mij, ik ben jou. Ik ben Emerson, want wij zijn velen!'

Alleen zei ze deze keer niet 'Emerson', ze zei 'Legioen', en dat woord maakte in Whaley een herinnering wakker aan een verhaal dat hij als kind had gehoord. Een Bijbels verhaal over een demon die uit een man werd gedreven en in een kudde varkens werd gejaagd, waarna die varkens zichzelf het leven ontnamen door van de rotsen te springen. Whaley zag de kelder, de dode meisjes aan zijn voeten, de schimmen die uit de duisternis traden en realiseerde zich dat hij getuige was van het tegenovergestelde van dat Bijbelse verhaal – hij zag hoe de doden één werden, zich voedden...

Ik ben Legioen, want wij zijn velen.

Pam was de eerste. Ze stapte uit de menigte van schimmen naar de rand van het pentagram, over de lijnen van het symbool naar Alesia, en vervolgens op een of andere manier ín Alesia. Heel even leek het net of ze allebei op dezelfde plek stonden, maar toen was Pam verdwenen. Teddy was de volgende. Zijn gezicht was uitdrukkingloos. Hij bewoog als een slaapwandelaar. Hij volgde het spoor van Pam en verdween eveneens. Een voor een stapten de schimmen naar het midden van het pentagram en verdwenen ze, werden ze een met haar – vijf, tien, twintig, vijftig, het was onmogelijk de tel bij te houden. Bij elke schim die in haar opging, brandde het groene licht feller. Alesia kneep haar ogen dicht, haar gezicht kreeg een extatische uitdrukking – haar lichaam rilde, zweefde, nam hen allemaal op en...

'Chief...'

De stem was zwak, het was niet meer dan gefluister. Het was een wonder dat Whaley het hoorde.

Keith lag nog steeds op de grond waar hij was neergekomen. Hij probeerde te gaan zitten, maar faalde daarin jammerlijk. Hij sleepte zich naar de batterij.

'Chief, we moeten het doen... Nu!'

61

Ik rukte het snoer van de telefoon los van het toestel en kwam overeind.

'Pak de slaapzakken!' commandeerde ik Kira.

Kira keek naar het snoer.

'Wat ga je doen?'

'Wat ga je doen?' wauwelde het meisje Kira na. Ze schuifelde een beetje dichterbij. Ze rook als iets wat na het afgaande tij op het strand is achtergebleven.

Matty beukte opnieuw tegen het luik. Een schroef kwam nu daadwerkelijk los uit het hout. Het luik sprong zo hoog op dat ik een glimp van Matty opving voordat het weer op zijn plek viel.

Het meisje zag hem ook en dat leek ze leuk te vinden – ze kroop naar het luik en legde haar wang op de vloer ernaast. Toen Matty weer tegen het hout sloeg, giechelde ze geamuseerd.

'De slaapzakken, Kira! Schiet op!'

Ik raapte de hoorn van de telefoon op en liep naar de deur van de widow's walk. Het hangslot zat er weer op, maar het gaf de strijd al op toen ik er drie keer een klap op had gegeven met de hoorn.

Toen ik de deur openrukte, kwam de razende storm naar binnen. We werden er alle drie door gegrepen. IJskoude regen joeg door de toren en vond elk hoekje, aangejaagd door hongerige windvlagen. Zoute lucht teisterde mijn gezicht en stak in mijn ogen. Mijn schouder stond in brand, maar het viel allemaal in het niet bij de angst die mij in zijn greep kreeg toen ik naar buiten keek over die widow's walk – de verrotte planken, spekglad van de regen, de leuning die nog maar heel weinig weg had van een leuning, niet meer dan een paar balkjes die met een paar spijkers aan elkaar zaten. De hoogte. Acht, negen meter boven de begane grond.

Ik haalde diep adem, en nog een keer. Ik stond aan het begin van de widow's walk en probeerde het snelle bonken van mijn hart onder controle te krijgen, maar het werd alleen maar erger. Ik haalde geen adem meer. Ik hyperventileerde. Het bloedverlies deed mijn ledematen trillen, alsof ik een machine was die draaide op de laatste dampen van de brandstof. Mijn knieën knikten en ik zou zijn gevallen als Kira er niet was geweest. Ze sloeg haar arm om me heen en klemde onder de andere arm de beide slaapzakken.

'Ik hou je vast,' zei ze zacht. 'Stapje voor stapje.'

Ik keek naar haar en wenste dat ik dat niet had gedaan. Vanuit een ooghoek zag ik dat het meisje in de witte jurk bezig was met de grendel van het luik. Ik kon haar gezicht niet zien, maar ik kon me voostellen dat ze gefrustreerd was. De eerste twee keer dat ze probeerde de grendel vast te pakken, gingen haar vingers door het ijzer heen. Ze leek beet te krijgen, maar het was maar heel even. Hoe gefrustreerd ze ook was, ze gaf niet op. Heel geduldig probeerde ze het steeds opnieuw en bij elke poging kreeg ze de grendel een beetje verder in beweging. Ondertussen bleef Matty het luik van onderen bestoken met kolossale klappen.

Kira schuifelde de widow's walk op en trok mij mee. Ze manoeuvreerde over en langs ontbrekende planken en ik deed haar in alles na.

'Zet je voeten breeduit,' zei ze. 'De planken zijn het sterkst aan de buitenkant.'

Ondanks de pijn in mijn schouder en de voortdurende aanvallen van hoogtevrees slaagde ik erin met korte, snelle teugen adem te halen. Iedere keer als een windvlaag aanzwol, greep ik de leuning en klemde ik er mijn vingers omheen. Iedere keer leidde Kira me een klein beetje verder, dwong ze me voort.

Ik zag de Annabelle pas toen we het einde van de widow's walk hadden bereikt. De boot lag niet afgemeerd aan de steiger. De storm had in combinatie met het hoogwater een groot deel van het eiland onder water gezet en de Annabelle dreef pal onder ons. Ze sloeg met harde klappen tegen de fundamenten van het huis. Heel even dacht ik dat ik Lester Rote aan het roer zag, maar toen zag ik dat het niet Lester was, maar Spivey. Hij keek weg, had zijn handen op het roer en de gashendel, stond er stokstijf bij, als een standbeeld, alsof hij daar bij de bouw van het schip was neergezet. Zijn blik was gericht op iets wat heel ver weg achter die woedende zee lag.

Ik sloeg de hoorn van de telefoon om een min of meer betrouwbaar uitziende staander van de leuning en knoopte hem vast met het snoer, waarvan ik het losse eind over de rand gooide. Het snoer was lang, maar niet lang genoeg. Er ontbrak nog tweeënhalve meter.

'Pak het snoer met je slaapzak vast, zodat je je handen niet brandt. Knijp zo hard je kunt en laat je naar beneden glijden langs het snoer. Probeer op je rug te vallen, op de slaapzak,' zei ik tegen Kira. Ik hoorde het mezelf zeggen en vond het belachelijk.

Ze keek naar mijn schouder. Mijn shirt was doordrenkt met bloed.

'Hoe houd jij je vast?'

Achter ons sloeg het luik met een knal open.

Matty's hoofd verscheen. De zieke grijns op zijn gezicht werd breder toen hij ons zag.

'Nu!' riep ik tegen Kira.

Matty's arm kwam door het luik omhoog, met de revolver in zijn hand. Hij zette zijn elleboog als hefboom op de vloer en werkte zich omhoog.

Het meisje in de witte jurk keek even naar hem en draaide zich toen naar Kira en mij. Er kroop een grimas van opwinding over haar gezicht. Ze schuifelde scheef als een krab onze kant op, over de drempel naar buiten, over de widow's walk.

Kira liet zich over de rand zakken, pakte het snoer zoals ik haar had uitgelegd en begon omlaag te glijden.

Veel te snel.

Ik keek machteloos toe hoe ze steeds sneller ging, het einde van het snoer bereikte en op het dek van de Annabelle viel, half op het hout, half op de slaapzak. Toen ze niet bewoog, was ik ervan overtuigd dat ze dood was. Maar ze deed haar ogen open, keek naar mij op en rolde opzij.

Ik kon het niet doen.

Niet van die hoogte.

En ik zou het ook werkelijk niet hebben gedaan als het meisje met de witte jurk niet tegen mij aan was geknald.

Ze raakte me met een ziekmakend weeë knal, alsof haar botten niet meer dan wat verrotte twijgjes waren in een losjes bij elkaar gehouden zak vlees. Ik viel over de rand terwijl het meisje zich aan me vastklampte. Op een of andere manier slaagde ik erin het telefoonsnoer te grijpen met mijn goede hand. Ik had er onmiddellijk spijt van, want het snoer sneed in mijn handpalm als een heet mes. Ik kneep desondanks, want anders viel ik zonder meer mijn dood tegemoet. Toen ik neerkwam op het dek van de boot, begaven de planken het. Ze braken niet volledig. Ze deukten in en veerden net genoeg weer op om mijn val voor een deel te breken. Er ging misschien een seconde voorbij, net genoeg tijd om te beseffen dat ik de val had overleefd en Kira mijn naam te horen schreeuwen. Toen kwam de pijn, een helse pijn als een stroomstoot vanuit het midden van mijn rug in de buurt van mijn staartbotje, die uitwaaierde door mijn hele lichaam. Alsof hij werd bestuurd door een eigen intelligentie maaide mijn goede arm om zich heen in een poging verlost te raken van het meisje met de witte jurk, maar ze was er niet meer. Ze was verdwenen.

Matty sprong.

Hij stapte van de rand van de widow's walk en liet zich naar mij toe vallen.

62

Whaley kroop naar Keith.

De pijn, de angst – hij maakte er gebruik van. Voor elke centimeter gebruikte hij het als brandstof. Met zijn goede arm trok hij zich verder, sleepte hij zijn geradbraakte lichaam door het zand. Zijn val van de trap had hem niet ver van de cv-ketel doen landen. Hij hoefde maar een metertje, maar het leek wel een kilometer.

Whaleys hart bonkte zo hard dat hij dacht dat het zou barsten. Het bloed klopte achter zijn ogen en in zijn slapen, het gierde door zijn aderen. Hoeveel lucht hij ook in zijn longen zoog, het was veel te weinig, zijn lichaam had minstens de helft meer nodig. Hij wist dat hij op het punt stond te breken, dat hij dat punt al voorbij was. Elke seconde dat hij langer leefde was een geleende seconde.

Hij vermeed het om achterom te kijken naar Alesia. Hij wist dat hij waarschijnlijk niet verder zou kunnen, dat hij zijn blik niet meer van haar zou kunnen losmaken als hij even omkeek. Als hij het geluid had kunnen uitschakelen, zou hij dat ook hebben gedaan. Hij hoorde hoe ze een met haar werden, hoorde hoe zij op een of andere manier al die zielen absorbeerde. Bij elke ziel lichtte de groene gloed even extra fel op. Hij hoefde niet om te kijken om te weten dat het steeds sneller ging. De velen die een werden, de velen die Legioen werden. Hij…

Whaley verloor het bewustzijn, heel even, een seconde, maar toen hij weer probeerde zich te bewegen, waaierde de pijn van zijn gebroken sleutelbeen uit als een elektrische lading die langs zijn hele rug trok, door zijn gebroken been en toen de pijn daar de breuken bereikte, trok een wit waas voor zijn ogen. Er was niets anders meer dan dat witte waas waarin hij verdronk.

'Chief!'

Keith probeerde te schreeuwen, maar Whaley hoorde hem slechts ver weg. Het geluid bereikte hem door een lange tunnel. Pas de derde keer hoorde hij iets.

Whaley voelde niet dat er armen om hem heen werden geslagen. In eerste instantie althans niet. Heel even dacht hij te zweven, net als Alesia, maar toen hij zijn ogen weer opendeed, zag hij Benny die naast hem knielde en hem naar Keith toe trok. 'Ik heb je,' zei zijn broer. 'We zijn er bijna.'

Whaley verloor opnieuw bijna het bewustzijn toen hij bij Keith bij de cv-ketel was, maar Benny hield hem overeind.

'Ik heb je,' zei zijn broer opnieuw.

Ik weet het.

De foto was op de grond gedwarreld en lag vlak bij hem.

Keith had een van de twee draden aan de batterij vastgemaakt, de andere hield hij vlak bij de niet afgeschermde pool. Hij keek Whaley aan, er leek een diepe rust in hem te zijn gekomen. 'Bij drie,' zei hij. 'Eén...'

63

Kira trok me opzij en Matty sloeg min of meer staand tegen het dek. Zijn rechterbeen ving het grootste deel van de klap op. Het brak en vouwde bijna als een harmonica dubbel, maar zwaaide onder hem weg toen Spivey vol gas gaf en de Annabelle tegen en over de golven koers zette naar New Castle. Matty sleepte zich naar de achtersteven en zakte daar in elkaar.

Hij bewoog niet meer, maar ik wist dat hij niet dood was.

Ik ving een glimp op van Wood Island en het huis achter ons, achter alle ramen brandde nog steeds licht, maar na een volgende golf was er niets meer van te zien.

Kira had haar armen om me heen geslagen. Ik lag voor een deel bij haar op schoot. Ik probeerde te gaan zitten, maar het lukte me niet.

Vanuit een ooghoek zag ik dat Spivey de gashendel helemaal naar voren had geduwd. De motor brulde, de boot klom over een nieuwe golf en viel met een zilte plons omlaag in het golfdal.

Spivey probeerde de gashendel naar zich toe te trekken, maar zijn vingers gleden er dwars doorheen. Gefrustreerd deed hij een tweede poging. Deze keer gleed zijn hand niet alleen door de gashendel, maar ook door het dashboard. Met zijn andere hand bleek hij niet langer in staat het roer vast te houden – we waren te ver van het eiland. Ik kon dwars door hem heen zien. Hij was...

Kira gilde.

Zo gebroken als hij was, rolde Matty zich om. Hij richtte de revolver en haalde de trekker over...

64

De foto lag op zijn kop. Whaley kon de afbeelding op de andere kant niet zien. Wat hij zag bestond alleen in zijn verbeelding, toch zag hij het even scherp alsof hij de opname zelf had gemaakt. Hij zag het gezicht dat hij wilde zien. Het gezicht van zijn vrouw Mary, op een zomerdag, jaren geleden, bij hun eerste ontmoeting. Het zonlicht op haar rug en een glimlach die de wereld deed smelten. Hij zag perfectie.

Keith sloot zijn ogen en ademde zacht uit. 'Twee...'

Whaley voelde dat Benny's armen strakker om hem heen getrokken werden, dat ze samen naar de cv-ketel bogen, naar de waakvlam. Whaley blies.

65

Stilte.

Water.

We lagen in het water.

We zonken.

Kira had nog steeds haar armen om me heen geslagen. Kennelijk kon ze zich ergens tegen afzetten, of misschien lukte het haar net om te watertrappen, maar we kwamen weer boven, hoestten beiden om het zoute water kwijt te raken. We slaagden erin een teug lucht in de longen te zuigen voordat een nieuwe golf over ons heen rolde en ons weer onderdompelde.

De Annabelle was verdwenen, was onder ons verdwenen. Spivey was er ook niet meer.

Gewoon weggeflitst, alsof hij er nooit was geweest.

We dobberden in het water.

'Waar is Matty?' wist Kira tussen twee hoestbuien uit te brengen. Ze deed verwoede pogingen in alle richtingen om zich heen te kijken.

Toen ik mijn hoofd draaide, voelde het alsof het op mijn nek was bevestigd met messen. Zelfs de geringste beweging sneed door mijn spieren en kraste op mijn botten.

'Probeer je stil te houden,' zei Kira. 'Ik denk dat je je rug hebt gebroken toen je op het dek viel.'

'Mijn...'

De wereld begon te draaien, even werd alles zwart en vormde zich een wolk van niets om mij.

Kira sloeg me in mijn gezicht. 'Je hebt veel bloed verloren. Wakker blijven!'

Mijn benen trappelden en hielpen mee om ons drijvende te houden. Spiergeheugen, onwillekeurige bewegingen. Het boeide me niet echt hoe dat kon, maar ik had het niet kunnen doen als ik mijn rug gebroken had. Het was goed, ook al verging ik van de pijn.

Een nieuwe golf stortte zich op ons, tilde ons op en liet ons minstens drie meter verder weer neerkomen. Ik ving weer een glimp op van Wood Island.

Het huis was donker.

Al het geweld van de storm ten spijt wist ik dat het was veranderd.

Weer teruggekeerd naar...

'Het huis is geoscilleerd,' zei Kira. Haar lippen waren vlak bij mijn oor. 'Zo noemde Alesia dat. Er moet iets gebeurd zijn.'

Misschien is het wel meegegaan met de vorige oscillatie.

Dat zei Matty over het mes toen Kira...

O, god. Annabelle. Spivey.

Dat was het.

Weg.

Het water om mijn schouder was warm. Dat kwam door het bloed, besefte ik.

'Help!' klonk Matty's stem door de storm. 'Help me!'

De eerste keer amper hoorbaar, de tweede keer duidelijker.

Ik zag hem het eerst. Een meter of tien bij ons vandaan. Hij ging kopje-onder en worstelde zich weer omhoog. Nu gilde hij.

'Haai! Hij is...'

Toen was hij weg.

Het gebeurde razendsnel.

Hij sneed zijdelings door het water, alsof iemand in een speedboot een touw om hem heen geworpen had en vol gas wegvoer, en zakte toen onder water.

Hij zakte niet, hij werd onder water getrokken.

Hij kwam niet meer boven.

Kira hijgde. Ze verstijfde. Ze hield op met watertrappen. Ik niet, dat kon niet – ik hield ons beiden boven water. Ik wierp nog een laatste blik op Wood Island en slaagde er toen in om ondanks alle pijn mijn hoofd te draaien en de andere kant op te kijken, naar het strand, naar New Castle.

'We halen het niet,' zei ze vlak bij mijn oor met een gebroken stem, terwijl een nieuwe golf zich over ons hoofd stortte. 'Het is te ver naar de kust!'

Ze had gelijk.

De Annabelle had ons slechts halverwege Het Rak gebracht. Het was nog een paar honderd meter naar het smalle strandje bij de oude dorpsweide. Ik trok Kira dichter tegen me aan, hield haar zo stevig vast als ik maar durfde zonder het gevaar te lopen dat ik niet meer kon watertrappen om ons boven water te houden. Mijn spieren wilden niet meer. De brandende pijn van zojuist was weg, maar nu voelde het alsof ik met duizend spelden werd geprikt. Langzamerhand werden mijn benen gevoelloos. Het ijskoude water zoog de laatste kracht uit me weg. Maar ik kon niet stoppen. Ik wilde niet doodgaan.

'Zie je hem? Waar is hij gebleven? Waar is hij verdomme gebleven?'

Kira reageerde niet, ze begroef alleen haar gezicht dieper in mijn schouder en snikte.

'Je moet zwemmen, Kira! Je moet zwemmen.'

Ze knikte even heel snel en begon weer te watertrappen.

De haai zou het bloed uit mijn schouder ruiken.

Hij zou mij als volgende prooi zoeken.

Als hij mij had gevonden zou hij zich op haar storten.

'Jij moet gaan,' zei ik. 'Jij zwemt sneller dan ik.'

Een felle pijnscheut schoot onder uit mijn rug omhoog.

'Ik weet niet eens of ik wel kan zwemmen.'

Als de haai druk met mij bezig is, kun jij het misschien halen.

Ze schudde haar hoofd en greep me steviger vast.

'Misschien moeten we proberen terug te gaan.'

Maar we waren al te ver. We zouden het niet halen.

Even verdwenen we samen onder water – ik hapte een mondvol zeewater en proestte die weer uit. Ik was zomaar opgehouden met watertrappen, heel even maar. Dat wilde ik niet, het gebeurde gewoon. Ik kon dit niet volhouden. Ik kon niet voor ons beiden zwemmen en het watertrappen van Kira stelde niet veel voor.

'We moeten zwemmen, Kira. We moeten...'

'O, god, daar...' Ze verstijfde en wees naar links.

Mijn blik volgde haar vinger en ving nog net een glimp op van de vin die vijf meter verderop onder water verdween.

Mijn voeten raakten iets. Graniet, een van de grote rotsblokken die in Het Rak uit het water omhoogstaken. Ik haakte er mijn teen achter en trok ons een klein beetje dichter ernaartoe. Kira greep een punt beet en trok ons zo goed en zo kwaad als ze kon een stukje het glibberige graniet op.

'Hou op met watertrappen,' fluisterde ze. 'Klem je vast aan de rots. Zo dicht ertegenaan als je maar kunt. Niet bewegen.'

Toen we de haai weer zagen, cirkelde hij om de rots op een afstand van nog geen drie meter.

Ik voelde geen pijn meer.

Het koude water. Het bloedverlies. Shock. Waarschijnlijk al die dingen bij elkaar opgeteld.

'Ik hou van je,' kon ik nog net uitbrengen voordat ik het bewustzijn verloor.

'Ik hou van jou,' fluisterde Kira. Haar warme adem was het enige wat ik nog voelde. 'Niet bewegen. Ik laat je niet los.'

Daarna was alles zwart.

66

Ik weet niet hoelang ik weg was, maar toen ik weer bijkwam, was de storm gaan liggen. Het was nog steeds donker, maar het voelde alsof dat niet lang meer zou duren. Het was laagwater, ik hing nog met een voet in het water en voor het overige op het droge op de rots.

Kira was weg.

Ik riep haar naam tot ik hees was, en zelfs toen bleef ik roepen.

Ik schreeuwde tot ik opnieuw het bewustzijn verloor.

Deze keer liet ik het gebeuren.

Woensdag 14 juli 2010

1

'Billy?'

Een zacht tikje op mijn wang.

'Haal de dokter. Hij komt bij!' riep iemand. 'Billy, kun je me horen?'

Mijn moeder.

Het was de stem van mijn moeder.

Er ging een deur open.

Ik hoorde voetstappen.

Vingers deden een oog open en een fel wit licht brandde op mijn netvlies en maakte de rest van de wereld onzichtbaar.

'Kun je het licht volgen?'

Een mannenstem.

De halo om het felle licht kromp een klein beetje. Ik zag een man met grijs haar en met witte kleren aan die zich over me heen boog en een penlight langzaam van links naar rechts en weer terug bewoog. Ik wilde mijn oog dichtknijpen, maar hij hield het open. Ik liet mijn oog met het licht meedraaien.

Ik kon mijn ogen wel bewegen maar mijn hoofd niet.

'Goed.' Hij knipte het lampje uit en deed een stap achteruit. 'Dat is heel goed.'

Op het naamplaatje dat aan de rand van zijn borstzak geklemd zat stond dr. Alfred Rainer.

Hij maakte een reeks aantekeningen op het klembord aan het voeteneinde van mijn bed, hing het terug en keek mijn moeder aan. 'U krijgt nu een paar minuten en dan moeten we een paar testjes doen.'

Ze knikte.

Hij zette zijn hand op mijn borst.

Ik zag dat hij het deed, maar ik voelde zijn hand niet.

'Fijn dat je terug bent, meneer Hasler.' Hij maakte een vuist, tikte daar zachtjes mee op mijn borst. Ik voelde er niets van.

Een tel later was hij vertrokken.

'Ben ik verlamd?'

Mijn stem klonk heel anders dan mijn eigen stem. Zwak, laag en rauw. Mijn keel voelde aan als schuurpapier.

Mijn moeder draaide weg, pakte een plastic beker met een drinktuitje, het soort waaruit ik dronk toen ik klein was, en bracht het naar mijn lippen. Ik dronk het halfleeg voordat ze de beker weer wegnam. 'Je moet niet te veel in één keer drinken, dan word je misschien misselijk.'

Ik voelde paniek opkomen. 'Ik kan me niet bewegen, ma...'

Ze likte haar lippen. 'Je hebt je bekken en twee ruggenwervels gebroken. De artsen hebben ze vastgezet. Ze denken dat je ruggenmerg niet beschadigd is, maar zolang je nog aan bed gekluisterd bent, kunnen ze niet met zekerheid zeggen of je blijvend letsel hebt opgelopen. Je nek ligt in een brace. Whiplash. Dat is minder erg dan je rug, maar ze willen voorlopig niet dat je je hoofd beweegt. De wond in je schouder is oppervlakkig. Ze hebben hem schoongemaakt en gehecht. Zesendertig steken. Je houdt er wel een litteken aan over.'

Ze tikte op mijn borst. Ik voelde weer niets maar hoorde wel een doffe bons.

'Ze hebben je ingepakt in gips om te voorkomen dat je je beweegt.'

Ze had wallen onder haar bloeddoorlopen ogen. Veel gehuild of te weinig slaap... waarschijnlijk allebei.

Ik slikte.

'Waar ben ik?'

'In Portsmouth General.'

Toen ze zag dat ik naar de streep zonlicht keek die tussen de jaloezieën door naar binnen piepte, zei ze: 'Twee dagen.'

Twee dagen.

Ik slikte opnieuw. 'Is Kira hier?'

Iemand klopte op de deur. De deur ging op een kier open en iemand stak zijn hoofd om de hoek.

Ik hoorde schoenzolen op de vloer van degene die naar binnen kwam en naar mijn bed liep. Toen pas zag ik hem. Agent Mundie. Het leek alsof hij zich al een tijdje niet meer had geschoren. Zijn uniform was gekreukeld, zijn haar zat in de war. Zonder zijn ogen van mij af te wenden, zei hij tegen mijn moeder: 'Mevrouw, ik moet met hem spreken.'

Ze schudde haar hoofd. 'Niet voordat de advocaat hier is. Ik heb hem net een bericht gestuurd.'

'U weet hoe dringend het is, mevrouw Hasler. Het gaat niet alleen om uw zoon.'

Toen ze niet reageerde ging hij door.

'U mag erbij blijven. Als ik hem iets vraag wat u niet zint, zal ik niet aandringen. Uw advocaat kan erbij zijn als de State Police komt. Die zijn ook onderweg.' Hij aarzelde even. 'We zijn een heleboel mensen antwoorden schuldig.'

'Het is goed, ma.'

Ik wilde hem vertellen wat er was gebeurd.

Ik móést het hem vertellen. Iemand.

Mundie haalde zijn telefoon tevoorschijn en tikte op een paar knoppen. 'Ik ga dit opnemen.'

'Nee.' Mijn moeder fronste haar wenkbrauwen. 'Je neemt het niet op. Wat hij jou vertelt, blijft vertrouwelijk. Als je hem officieel wilt ondervragen, wacht je maar.'

Hij beet op zijn lip en stopte zijn telefoon weer in zijn zak.

'Oké.'

Mijn moeder knikte naar de zak aan de infuusstandaard. 'Hij zit zwaar onder de medicijnen. Niets van wat hij jou vertelt kan als geoorloofd bewijsmateriaal dienen.'

Ze keken elkaar even zwijgend aan.

Mundie haalde een stoel uit de hoek van de kamer en ging naast me zitten.

'Vertel me eens wat je je kunt herinneren. Neem de tijd. Alles wat er gebeurd is nadat je wegging toen we met Chief Whaley bij Jaffrey Point waren. Lukt dat?'

Ik knikte.

Ik vertelde alles.

Ik hield niets achter.

Ik weet hoe krankzinnig het allemaal klonk, maar dat kon me niets schelen.

Ik praatte bijna twee uur lang.

Ik verwachtte elk moment de dokter terug, maar toen hij wegbleef kreeg ik het vermoeden dat hij op de gang werd tegengehouden, dat hem te kennen werd gegeven dat hij moest wachten. Op een gegeven moment dacht ik hem te horen tegenstribbelen.

Ik bleef praten, want ik moest het kwijt. Ik onderbrak mijn verhaal alleen om water te drinken. Mijn moeder pendelde ijverig heen en weer naar de badkamer om de beker bij te vullen als hij leeg was.

Toen ik uitgesproken was, viel er een vreemde stilte. Het enige wat je hoorde, waren de machines en gedempte stemmen op de gang.

Mundie had een notitieblok gepakt. Hij tikte met zijn pen op een hoek en leek zorgvuldig te overwegen wat hij zou gaan zeggen. Hij boog zich iets naar mij toe.

'Billy, je moet me nu echt vertellen waar je vrienden zijn – Izzie en Matt Fernandez, David Spivey en Alesia Dubin. Je moet me nu de waarheid vertellen. Hun familie maakt zich grote zorgen.'

'Ik... Dat heb ik je verteld.'

Hij rechtte zijn rug, sloot zijn ogen en pakte de brug van zijn neus vast tussen duim en wijsvinger, alsof hij een opkomende hoofdpijn probeerde te onderdrukken. Toen boog hij zich weer naar me toe.

'Je zei dat Izzie, Chloe en Alesia daar in de kelder zijn doodgegaan. Er is geen kelder onder het huis op Wood Island. Amper een kruipruimte. Ik weet het, want ik ben er geweest toen ik mijn boot weer aan de praat had. Krap een uur na Chief Whaley. Ik was op het eiland op het moment dat de kustwacht jou van die rots in Het Rak plukte. We hebben elke vierkante centimeter van het eiland onderzocht. Er is daar geen vliering waar David Spivey zich heeft opgehangen. Zijn lichaam is niet in het huis en dat van de meisjes evenmin.'

'Omdat het huis is geoscilleerd. Ze zijn er. Alleen...'

'Billy, ik moet weten wat er werkelijk is gebeurd. Die families zijn vreselijk bezorgd. Er zijn nu al twee dagen voorbij.'

Ik voelde een pijnlijke steek in mijn borst.

'Je zei niets over Kira.'

Mundie zweeg. Hij kneep zijn lippen op elkaar.

'Je noemde ze allemaal, behalve Kira.' Mijn hart sloeg op hol. 'Is ze naar de kust gezwommen? Heeft ze het gehaald?'

Mundie keek mijn moeder aan. Ze keerde zich van hem af en keek uit het raam.

'Ik wil haar zien!'

Ik probeerde te gaan zitten, maar dat lukte me niet.

'Jullie hebben haar gevonden! Toch?'

Mundie sloeg zijn blik neer. Zijn stem klonk zacht.

'We hebben het lichaam van Kira Woodward gevonden in de bergruimte tegenover de slaapzaal. Ze was al enige tijd dood. Op zijn minst een paar dagen. Het gif dat ze had gedronken... Ze had de beker nog in haar hand. Volgens de lijkschouwer was het pentobarbital.'

Hij viel even stil, krabde aan de stoppelbaard op zijn wang.

'Ze hebben bij het toxicologisch onderzoek in de spoedpoli hetzelfde gif aangetroffen in jouw maag, maar in een veel geringere hoeveelheid.'

Hij keek me aan.

'Hadden jullie met z'n tweeën een soort zelfmoordpact gesloten?'

Ze was al enige tijd dood.

Ik schudde verwoed mijn hoofd. Het deed vreselijk pijn in de brace, maar dat kon me niet schelen.

'Nee. nee. Kira heeft geen zelfmoord geleegd – Chloe en Izzie dronken het gif. Alesia ook, denk ik. Ik heb het weer uitgekotst. Kira hielp me om over te geven, ze...'

Mundie keek naar de vloer.

Het was duidelijk dat hij me niet geloofde.

'Kira heeft me geholpen het uit te kotsen,' herhaalde ik. 'Ze hielp me te ontkomen aan Matty. Het huis uit.'

'Naar een boot met jouw vriend, de geest van David Spivey, aan het roer,' onderbrak Mundie me. Hij schudde op zijn beurt zijn hoofd. 'Daarmee kan ik niet aankomen bij de ouders. Ik moet weten wat er werkelijk is gebeurd en je bewijst jezelf geen dienst als je...'

De deur van de kamer ging open. Marston kwam binnen. Hij droeg een zwart pak, precies zo'n pak als de vorige keer dat ik hem zag. Hij knikte naar mijn moeder en keek Mundie fronsend aan.

'Meer niet, agent. Ik zou mijn cliënt graag onder vier ogen willen spreken.'

2

Mundie liep rood aan, wierp een gefrustreerde blik naar Marston, oogde alsof hij niets liever zou doen dan een van woede vervulde tirade afsteken, maar bedacht zich. Hij wees naar mij.

'Je moet dat joch vertellen dat hij moet ophouden met die lulkoek. Er worden vijf pubers vermist. Er is een meisje dood en hij is de laatste geweest die ze allemaal heeft gezien. De State Police is onderweg en je kunt er donder op zeggen dat de FBI niet lang op zich zal laten wachten. Om nog maar te zwijgen van dat kampement met persgieren buiten. Hij wordt als volwassene aangeklaagd en ik kan je vertellen dat hij geen stap buiten de gevangenis zal zetten tot hij oud genoeg is voor zijn AOW.'

'Vooralsnog zul je eerst moeten bewijzen dat mijn cliënt überhaupt een misdaad heeft begaan, Deputy.'

Marstons dunne lippen plooiden zich in een verzoenend lachje dat allesbehalve gemeend leek.

'Misschien moet je iets meer van je mankracht inzetten op het opsporen van je vermiste Chief in plaats van ongefundeerde beschuldigingen rond te strooien. Het klinkt alsof je beslist een beetje hulp zou kunnen gebruiken. Hij heeft een geweldig moment uitgezocht om de benen te nemen. Ik heb begrepen dat hij voor het laatst is gezien in het gezelschap van Keith Spivey, die, laat ik dat eraan toevoegen, ook wordt vermist. Beide mannen gaan graag vissen. Misschien maken ze een tochtje naar Lake Winnipesaukee. Heb je er al aan gedacht dat David Spivey weleens met zijn vader mee zou kunnen zijn? Met die beide mannen mee? En als je in ogenschouw neemt dat die jongen van Fernandez, Matty, ook de zoon van een visser is, is het niet zo raar om te denken dat hij daar ook bij is. Misschien zijn ze daar allemaal – zijn zusje, haar vriendin – die Alesia Dubin – ik wil wedden dat ze met z'n allen voor een paar dagen zijn ondergedoken in een hut, straks opgetogen weer terugkeren in jouw kleine stadje en van de prins geen kwaad weten. Pubers blijven pubers, Deputy. En volwassenen denken ook niet aan alles. Mettertijd komt alles aan het licht. Op dit moment heeft mijn cliënt tijd nodig om te herstellen van zijn verwondingen. Het lijdt geen twijfel dat hij heel veel heeft meegemaakt en als je hem zo lastigvalt, kan het alleen maar erger worden.'

Mundie keek alsof hij zou ontploffen. Zijn hand gleed langs zijn zij naar de leren houder met zijn handboeien.

'Zorg dat hij vertelt wat er werkelijk is gebeurd, of hij kan in de Penitentiaire Inrichting van de staat New Hampshire uitzieken. Daar kun je op rekenen.'

Hij marcheerde langs Marston en sloeg de deur met een knal achter zich dicht.

Toen hij weg was, richtte Marston zich tot mijn moeder.

'Mevrouw, ik zou uw zoon graag onder vier ogen spreken.'

'Hij is minderjarig.'

'Niet lang meer, en ik ben bang dat de Deputy in één opzicht gelijk had – als er een aanklacht komt, zullen ze uw zoon als volwassene aanklagen. Los daarvan zal hij misschien meer geneigd zijn om vrijuit te spreken als alleen ik er ben.'

De glimlach keerde terug op zijn gezicht.

'Dat begrijpt u vast wel.'

Mijn moeder keek niet alsof ze dat begreep.

Ze keek alsof ze moe was van het vechten en alsof ze dat de afgelopen dagen heel veel had gedaan.

Ze liep de kamer uit zonder mij of Marston nog een woord waardig te achten. Ze was verdwenen voordat ik de kans had gekregen tegen haar te zeggen dat ze me niet alleen moest laten met die man.

Toen de deur achter haar dichtging, keek Marston naar de stoel waarop agent Mundie had gezeten. Hij ging niet zitten maar liep naar het raam.

De brace om mijn nek bood me weinig speelruimte. Ik kon hem alleen vanuit een ooghoek zien. Ik weet niet wat ze in het infuus deden tegen de pijn, maar het was wat Spivey 'het goeie spul' zou hebben genoemd, want het kleine beetje dat ik mijn hoofd in beweging wist te krijgen leek pas twee seconden nadat ik met mijn brein de opdracht had gegeven te worden uitgevoerd.

'Meneer Spivey heeft me gevraagd op te treden als uw raadsman, mocht er iets gebeuren,' zei Marston zacht.

Het licht dat door het raam naar binnen viel, maakte dat er alleen een silhouet te zien was.

'Als ik meneer Spivey zeg, doel ik natuurlijk op uw vriend David, niet op zijn vader. Uw moeder twijfelde in eerste instantie, maar toen de man die uw vaders belangen behartigde, Donald Murdock, zich terugtrok, had ze maar weinig keuze. Ik neem aan dat ze mij als een tweede keus beschouwt. Ik kan me alleen maar een vage voorstelling maken van wat u van me denkt.'

Ik slikte de brok in mijn keel weg.

'Is Kira dood?'

Ik twijfelde er niet aan wat er met de anderen was gebeurd. Het maakte niet uit of Mundie me geloofde of niet. Ik kon me iedere seconde op Wood Island haarscherp voor de geest halen en ik weet nog heel precies wat er daarna kwam. Als ik mijn ogen dichtdeed, voelde ik weer hoe Kira me op die rots tegen zich aan klemde. We waren allebei ontsnapt. En ja, ik verloor het bewustzijn, maar Kira kon zwemmen als geen ander en ik wist zeker…

Marston liet een benige vinger ratelend langs de lamellen van de jaloezie glijden.

'Accepteert u mij als uw persoonlijke vertegenwoordiger in deze zaak? Ik ben bang dat ik alleen vertrouwelijk met u kan praten als u dat doet.'

'Ja, verdomme, dat doe ik. Is ze dood?'

De stilte die volgde was bijna verpletterend. Als ik niet hulpeloos in dat bed had gelegen, zou ik zijn opgesprongen en had ik de waarheid uit hem gewurgd.

'Dat hoeft ze niet te zijn,' zei hij na verloop van enige tijd. 'Niet voor u. Ik denk dat u dat weet. Ach, dat weet ik in feite zeker. Misschien moet u de vraag stellen waarmee u in werkelijkheid worstelt.'

Ik kneep mijn ogen dicht, knipperde de tranen weg en perste de woorden over mijn lippen.

'Wannéér is ze gestorven?'

'Ah,' zuchtte hij, tevreden met zijn eigen optreden. 'Daar is het dan.'

'Zeg het.'

'Twee dagen geleden, niet lang na zonsondergang, is juffrouw Woodward op het bed in de grote slaapkamer op Wood Island gaan zitten en heeft ze het gif gedronken dat haar door juffrouw Dubin werd aangereikt. Dat deed ze ongeveer twintig minuten voordat meneer Spivey zichzelf ophing op de vliering. Juffrouw Woodward had die plek uitgekozen, omdat ze wist dat ze van plan waren om u na terugkomst op te sluiten in de slaapzaal. Ze wilde dicht bij u blijven, wat ik nogal aandoenlijk vond. Dat was haar enige wens. Ik kan u verzekeren dat haar dood snel en zonder pijn intrad.'

In gedachten zag ik Chloe en Izzie stuiptrekkend op de vloer van de kelder, het schuim dat uit hun mond droop.

Snel en zonder pijn.

'Van uw vrienden,' ging Marston door, 'was juffrouw Dubin de eerste die zich offerde. Juffrouw Woodward was de tweede. Daarna volgden meneer Spivey, Izzie Fernandez en Chloe Kittle. Van die laatste twee bent u getuige geweest. Hoewel Matthew Fernandez in Het Rak overleed, kwam hij niet lang daarna thuis, zoals dat met alle tokens gaat. Emerson was erg in zijn nopjes.'

Marston liep terug naar mijn bed en liet zijn tong over zijn gele tanden glijden. 'Dat is de waarheid. Úw waarheid. Omdat het huis nu eenmaal is wat het is, zal alleen het lichaam van juffrouw Woodward ooit worden gevonden, of is het ooit gevonden.'

'Omdat het huis oscilleert,' mompelde ik.

De vliering waar Spivey overleed bestaat niet in deze... wereld? Werkelijkheid? Tijd? Ruimte?

Ik wist het juiste woord er niet voor en de pijnmedicatie maakte het me onmogelijk helder genoeg te denken om eruit te komen. Het juiste woord zoeken was als het vastpakken van een bal gemaakt van water.

De vliering bestond niet.

De kelder waar Alesia was begraven, waar Izzie en Chloe stierven...

Ik zuchtte: 'Alles wat Kira deed... toen ze me hielp...'

Deed ze nadat ze was gestorven.

'Ze hield heel erg veel van u,' zei Marston.

En ik hield van haar.

'Dat is úw waarheid,' zei Marston nog een keer. 'Een waarheid die niemand buiten deze kamer ooit zal begrijpen of willen geloven. Als u daaraan vasthoudt zal dat u zeker veroordelen tot een leven van vervolging. Wat nog belangrijker is, als u dit deelt met anderen – het maakt niet uit hoeveel mensen u deelgenoot maakt van uw verhaal – zal het uw vrienden niet terugbrengen. Er is geen manier waarop dat kan.' Hij likte zijn lippen. 'Dat kan niemand... behalve u.'

Hij plaatste de toppen van zijn gespreide, lange vingers op mijn borst.

'Bied uzelf aan aan Emerson, dan zult u met uw vrienden worden verenigd. Geef uzelf aan hem en de liefde en de omhelzing van juffrouw Woodward zullen van dat moment tot in eeuwigheid uw deel zijn. Dat kan ik u verzekeren.'

Ik was even heel dankbaar voor dat pakket gips om mijn lichaam dat mij gescheiden hield van de hand van die man, dat verhinderde dat ik zijn vingertoppen zou moeten voelen.

Mijn moeder kwam terug de kamer in en trof ons zo aan. Marston die zich over me heen boog met een hand op mijn borst, terwijl zijn laatste woorden nog als een dikke nevel in de lucht hingen.

Ze schraapte haar keel, een onhandige poging haar aanwezigheid te melden.

'Meneer Marston, wilt u even in de gang op me wachten? De artsen willen een paar testen doen met Billy, maar er is iets wat ik hem eerst moet vertellen wat geen uitstel duldt.'

Hij liep weg zonder nog een woord tegen mij te zeggen. Die dag tenminste.

Mijn moeder ging op de rand van het bed zitten en veegde de tranen van mijn gezicht. 'Het gaat om je vader...'

Vrijdag 28 mei 2021

1

Dat was elf jaar geleden.

Ik denk dat de cirkel gesloten is, dat we terug zijn aan het begin van deze gedachtewisseling, als je het zo mag noemen.

Ik verwacht niet dat je me gelooft.

Ik zou mezelf niet geloven.

Duikel maar een oud exemplaar op van de *Portsmouth Herald*. Je moet de krant van 8 juni 1972 hebben, dat is de dag dat Patricia en William Whidden werden gevonden op Wood Island. In de krant van elf dagen later vind je het in memoriam van Lester Rote. De informatie over dat schip, de Reina, is niet moeilijk te vinden. Neem 2010 door en je vindt een stortvloed aan berichten over de pubers die zijn verdwenen, over het meisje dat dood in dat huis is aangetroffen, en wazige foto's waar ik op sta. We waren allemaal minderjarig, dus onze namen werden niet genoemd, maar dat belette de pers niet om me te volgen, om over de anderen te schrijven en van alles over ons te verzinnen, waarbij ze putten uit 'anonieme bronnen' om zich in te dekken. Het laatste verhaal dat over mij werd geschreven, verscheen op 28 mei 2013 in de *Seacoast*. Als je wilt nagaan of het klopt wat ik zeg, zul je alles gemakkelijk kunnen vinden.

Je kunt het ook laten. Het maakt mij niet uit.

Dit gaat niet over jou. Dit gaat...

Sorry.

Dat is een van de redenen waarom ik altijd mijn mond heb gehouden. Het maakt me allemaal kwaad.

Het punt is dat ik ze mis. Ik weet zeker dat het voor jou moeilijk te begrijpen is, als je bedenkt wat ze hebben gedaan, maar ze waren mijn vrienden. Ik ben met hen opgegroeid. Ik hield van hen. Vooral van Kira. Ik heb de afgelopen elf jaar geprobeerd die paar weken te vergeten en alleen te denken aan alle mooie tijden die daaraan vooraf waren gegaan, maar in beide opzichten heb ik jammerlijk gefaald. Waarom blijft alles wat slecht is in zulke heldere beelden hangen in het geheugen, terwijl de rest vervaagt? Ik zou er alles voor overhebben nog een keer de warmte te voelen van Kira die zich tegen me aandrukt, maar in plaats daarvan schotelt mijn geheugen me die laatste ogenblikken op die rots voor – het koude graniet dat tegen de huid van mijn gebroken rug drukte, en haar gesmoorde snikken. Ik probeer me beelden voor de geest te halen van mijn vader, van de keren dat we een honkbal overgooiden, maar het enige wat ik zie is die laatste ruzie in zijn auto.

Het ergste is wat Marston zei in die ziekenhuiskamer.

Meestal word ik 's nachts schreeuwend wakker, maar de nachten dat ik wakker word met hem in mijn gedachten, schreeuw ik het hardst.

Bied uzelf aan aan Emerson, dan zult u met uw vrienden worden verenigd.

Ik vervloek Marston omdat hij die gedachte in mijn hoofd heeft geplant.

Het moet gezegd dat hij zich aan zijn woord heeft gehouden. Hij heeft me uit de cel gehouden. Er is eindeloos sprake geweest van aanklachten, maar de dood van Kira was duidelijk een kwestie van zelfmoord en hoewel ze mij aansprakelijk wilden houden, was mijn aanwezigheid in het huis niet genoeg om me als crimineel te bestempelen. Kira's ouders spanden een civiele zaak tegen me aan. Ze beweerden dat ik hun dochter had overgehaald om het te doen, maar mijn moeder trof buiten de rechtbank een schikking met hen. Ze stemde erin toe een forse cheque uit te schrijven voor een stichting ter preventie van zelfmoord in de hoop een eind aan alles te maken. Het was een wat vervelend handen schudden, uitonderhandeld door Lockwood J. Marston. Omdat Chief Whaley samen met Spiveys vader Keith verdween op dezelfde dag als Izzie, Chloe, Alesia en Matty, bezwoer hij dat ook. Ik denk dat een goede advocaat veel weg heeft van een goochelaar – kijk eens naar mijn rechterhand, terwijl mijn linker het werk doet. Zonder lichamen kostte het hem weinig tijd om het verhaal om te buigen. Meerdere mensen wisten te vertellen dat ze Whaley en Keith met de Merv hadden zien vertrekken naar Wood Island in die nacht van de grote storm, maar er was niemand die hen had zien terugkomen. De Merv werd drie dagen later stuurloos teruggevonden op Het Rak, niemand aan boord, maar er stond wel vijftien centimeter water op de vlonders. Het gerucht dat het meeste aanhang vond, was dat Whaley en Keith erin waren geslaagd ons op te pikken bij het eiland, maar dat bij de terugtocht iedereen overboord was geslagen. Stormachtige wind, regen, wilde golven, de hele mikmak – op een of andere manier was ik erin geslaagd op die rots te klimmen en had ik het overleefd, de anderen niet. Het feit dat ik me er niets van kon herinneren, voedde die veronderstellingen alleen maar, want hoe zou ik me ook gebeurtenissen kunnen herinneren die zó traumatisch waren? Sommigen dachten dat ik gedrogeerd was geweest, ook dat gerucht ging rond. Andere pubers die op de feestjes waren geweest, beweerden dat er misschien iets in het water had gezeten, iets wat hallucinaties veroorzaakte, misschien iets wat mijn geheugen had aangetast…

Allemaal flauwekul en ik heb een hekel aan mezelf omdat ik toesta dat het voortwoekert.

In het begin ging ik er alleen maar in mee omdat ik bang was. Daarna klampte ik me aan het verhaal vast omdat ik wilde dat het waar was. Alesia had immers makkelijk iets in mijn water kunnen doen, toch? Shit, we dronken allemaal uit die beker. In veel opzichten was dat verhaal veel schoner. Veel gemakkelijker te verteren dan wat ik me herinnerde, míjn waarheid…

Chief Whaley en Keith Spivey gingen de geschiedenisboeken in als helden en ik kwam er pas achter wat er werkelijk met hen was gebeurd toen Marston het me uiteindelijk een paar maanden later vertelde. Hij vertelde me wat Whaley en Keith was overkomen op dezelfde dag dat hij me vertelde dat Wood Island officieel eigendom was geworden van de gemeente Kittery. Nu Spivey verdwenen was, was er geen naaste bloedverwant die eigenaar kon worden van het eiland. En zelfs als die er wel was geweest, zou het eigendom niet in diens handen zijn overgegaan. Op het moment dat Keith voet aan wal zette op Wood Island, ging het eigendom, zoals geclausuleerd in het testament van Geraldine Rote, over naar de gemeente Kittery. De papieren waren die ochtend ondertekend. Er zijn geruchten dat het eiland een museum moet worden. Ik weet niet zo goed wat ik daarvan moet denken. Ik vroeg Marston wat dat zou betekenen voor Emerson, voor de zielen op het eiland, voor alles wat verdween toen het huis de laatste keer oscilleerde, maar hij gaf geen antwoord. Drie jaar later ging ik gewapend met ducttape, een pistool en fles Jack Daniel's naar zijn kantoor in Boston, vast van plan een antwoord af te dwingen, maar ik trof op het adres dat ik had niets dan een lege stadsvilla aan waarin al jaren niemand meer had gewoond. Hoe ironisch dat is, is me niet ontgaan, want hetzelfde overkwam me toen ik uiteindelijk genoeg moed had verzameld om terug te keren naar het huis op Wood Island. Dat was elf jaar na het overlijden van mijn vrienden, 28 mei 2021 om precies te zijn.

Ik ben er daarna nog vele malen geweest.

Daar gaat het zo nog over.

Eerst verdient Lily Dwyer de aandacht.

Als je dit leest, weet je waarschijnlijk dat ze de ochtend na de grote storm het politiebureau in Portsmouth binnenwandelde. Dat was vrijwel op hetzelfde ogenblik dat ik de OK uit werd gereden na de operatie aan mijn bekken en mijn onderrug. Haar haar was niet langer roze. Ze had het nu bruin geverfd en dat zorgde ervoor dat de dienstdoende agent achter de balie haar niet meteen herkende. Mijn vader bleek haar een paar keer op een ander adres te hebben ondergebracht, een soort stuivertje-wisselen met verschillende panden om haar uit handen te houden van Alesia en de anderen – ze wist dat ze van plan waren haar te doden en ze was daar niet klaar voor. Ze was bang dat haar ouders er niets van zouden begrijpen, dus had ze Keith opgezocht – ze wist dat Spiveys vader het tot op de laatste letter zou begrijpen. Het laatste huis waar ze haar hadden ondergebracht was en klein victoriaans huis in South Street dat mijn vader onlangs had laten renoveren, op amper een kilometer of vijf van New Castle. Ik weet dat ze een verklaring heeft afgelegd, maar pas toen haar advocaat erbij was, en je mag raden wie dat was. Ik ben er ook van overtuigd dat hij verantwoordelijk was voor de grote financiële bijdrage aan het studiefonds voor Lily Dwyer. Ik heb geen idee wat er in haar verklaring staat, maar ik kan je wel vertellen wat er in de kranten heeft gestaan – ze had ruzie gehad met haar moeder en was weggelopen. Ze had ingebroken in een leegstaand huis en was gebleven 'om haar moeder een lesje te leren'. De pers kreeg nooit een vinger achter de roze haar die in mijn vaders auto was gevonden, maar Mundie heeft me later eens verteld dat die haar was afgeschreven als potentieel bewijsmateriaal – Lily had een woning van mijn vader gekraakt. Het was heel waarschijnlijk dat hij onbewust die haar in dat pand had opgepikt en dat die zo in zijn auto terecht was gekomen. Toeval dus. Nog meer volstrekte flauwekul, maar het was onmogelijk bewijs van het tegendeel te leveren en omdat mijn vader dood was, was er ook geen enkele reden om er een vervolg aan te geven.

In het begin heb ik geprobeerd in contact te komen met Lily, maar als ik haar belde, belde ze niet terug.

Een half jaar later sprak ik haar aan toen ze naar buiten kwam uit Starbucks. Voordat ze in haar auto kon stappen, zei ik wie ik was. Als ze mijn naam al herkende, liet ze dat niet merken. Ik vertelde haar wie mijn vader was en zelfs dat leverde me alleen een nietszeggende, starende blik op. Ik vroeg haar naar dat telefoongesprek destijds in de toren. Zei dat ik wist dat zij dat was geweest aan de andere kant van de lijn. Ik vertelde haar wat ze had gezegd. En hoewel het haar deed verbleken zei ze dat zij dat niet was geweest. Ze zei dat ze nooit met mij had gesproken, dat ze nooit opgesloten had gelegen in de kofferbak van een auto.

Nooit niet, helemaal niet, nee, nee, nee.

Ik begreep de hint en liet haar daarna met rust.

De telefoon liegt. De telefoon is dol op leugens.

Dat is wat de dochter van George Walton, zo lang al dood, me die laatste avond in de toren vertelde, en ik geloofde haar omdat ik mijn eigen stem uit die telefoon had gehoord en wist dat ik nooit aan die gesprekken was begonnen. Of (sprekend als advocaat van de duivel) als dat wel zo was, kon ik me daarvan niets herinneren.

Op 28 mei 2021 om twaalf voor half twee 's middags stuurde ik een bericht naar Kira's oude nummer.

Kom op 12 juli 2010 om kwart voor vier 's middags naar Jaffrey Point.

Ik weet niet precies waarom. Misschien iets van bijgeloof? Ik had geen idee wat er zou gebeuren. Kira was er al drie jaar niet meer. Ik nam aan dat haar ouders haar telefoon allang hadden uitgezet, maar het bericht kwam niet als onbestelbaar terug uit cyberspace. Het verdween gewoon. Ik stond bij Jaffrey Point toen ik het verstuurde, op de rotsen, niet zo ver van de plek waar Rory Moir, Zack Kirkley en Colin Booth waren omgekomen. Ik had eerst een paar uur doorgebracht in Fort Stark. Ik had helemaal bovenop naast een van de diepe munitieschachten naar Wood Island zitten kijken als ik even niet verder las in een roman van Dan Brown. Net zo goed als Spivey een lievelingsplekje had gehad op het strand waar hij goed kon nadenken, was dit mijn lievelingsplek geworden. Het was er stil, dat was iets wat ik echt nodig had, en ik kon vandaar het huis zien – van een afstand, ook iets wat ik echt nodig had.

Ik dacht vaak aan Spivey en Kira. Soms aan Chloe en Izzie. Minder vaak aan Alesia en Matty. Wat die twee deden kwam voort uit hebzucht. Een hartstochtelijk verlangen naar iets wat nooit voor hen bestemd was, gevoed door Alesia's moeder, wier gedrevenheid nog veel erger was dan die van Alesia en Matty. Ze waren mijn gedachten niet waard. Maar de anderen…

Spivey wilde alleen maar beter worden.

Chloe en Izzie wilden alleen maar geaccepteerd worden.

En Kira… Ik houd mezelf voor dat ze alleen maar meeging om mij te beschermen. Dat mag dan niet helemaal waar zijn, het helpt me wel in slaap te vallen in die paar nachten dat ik kan slapen. Het helpt me te accepteren wat er is gebeurd.

Spivey heeft eens gezegd dat niemand daar ooit sterft. Tot aan die ene nacht kan dat heel goed waar zijn geweest. Los van wat ik hier allemaal heb neergeschreven heb ik nooit aanwijzingen gevonden dat er iemand anders gestorven zou zijn. Niet voor die nacht en niet na die nacht. Het huis had, anders dan ik, geen moeite met slapen.

Ik zat stil en dacht.

Donker.

Leeg.

Een paar honderd meter van de kust van New Castle oogde het net zo alleen als ik me voelde.

Maar was dat ook zo?

Was er iets daar?

En alle dagen, nachten en jaren dat ik daar zat te staren naar dat huis, lieten twee gedachten me niet met rust…

Weten de doden dat ze dood zijn?

En Marston…

Bied uzelf aan aan Emerson, dan zult u met uw vrienden worden verenigd.

Dat eerste was een vraag. Het tweede een suggestie. Samen voedden ze de gedachte die er meteen op aansloot…

Wat zou er gebeuren als ik die waakvlam weer aanstak?

Na een aantal jaren waarin die gedachten alles overheersten, kon ik niet langer weerstand bieden aan de verleiding.

Op 28 mei 2021, kort nadat ik dat bericht naar Kira had verstuurd, stouwde ik mijn rode rugzak samen met wat andere spullen onder in de munitieschacht van Fort Stark en roeide ik voor het eerst in drie jaar naar Wood Island.

Toen ik aan wal stapte en het huis van dichtbij te zien kreeg, besefte ik dat het niet slechts al die tijd alleen was geweest, maar dat het was overgeleverd aan totale verwaarlozing.

Het glas van de meeste ramen was stuk of helemaal verdwenen. In een deel van het dak zat een groot gat, een ander deel was vervaarlijk doorgezakt. De widow's walk die ooit trots op de nok had gelegen, lag nu in brokstukken op de grond naast het bakstenen fundament dat uit elkaar aan het vallen was. Hier en daar lagen stukgeslagen bierflessen en ik kon de vraag niet onderdrukken of de pubers die dat bier gedronken hadden, jonger waren geweest dan zestien. Verzamelde Emerson nog steeds tokens? Of was hij naar elders vertrokken?

Naast wat er restte van een voorraadschuurtje vond ik een verroeste schop. Ik had geen schop meegenomen, wat, gezien wat ik van plan was, een beetje onnozel was. Ik denk dat ik er ergens van uitging dat het huis daar wel voor zou zorgen.

In de keuken was het bord met de regels van Spivey er niet meer. Niets van het keukengerei was er nog, geen nieuw spul en geen oude spullen. Afgaande op de beschadigde kasten en de gehavende vloer leek het me vrij duidelijk dat iemand ooit op het idee was gekomen om alles van waarde mee te nemen. In de woonkamer was het niet anders. Geen tv, geen stereo, niets van dat alles. Er lag een oude bank in stukken tegen de muur, maar het raam erachter was er niet meer en Moeder Natuur had in de loop der jaren de bank naar de haaien geholpen. De kussens waren verrot, er zaten gaten in. Toen ik even stilstond, hoorde ik heel even de ratten die erin huisden. Toen werden ook zij stil en wachtten ze tot ik weer weg zou zijn om daarna door te gaan met wat ratten zoal doen.

Hoewel mijn rug en mijn bekken min of meer genezen waren, werd ik soms ineens getroffen door een pijnscheut bij het lopen. Koud weer kon het op gang brengen en soms regen. Als ik me opwond, me druk maakte of gestrest was, was het het ergste. Toen ik me naar de trap keerde, stond mijn rug in brand. Ik gebruikte de schop als kruk toen ik naar de trap liep. Het blad van de schop zonk bij iedere stap een eindje in het rottende hout van de vloer. Tegen de tijd dat ik aan de voet van de trap stond, was ik de schop dankbaar voor zijn diensten – als ik hem niet had gehad om op te steunen, was ik neergestort. Het glas in de lijsten was gebarsten, de lijsten zelf zaten onder een aangekoekte laag stof, maar de hele muur hing vol foto's.

Foto's met Spivey.

Foto's met Kira.

Chloe en Izzie stonden aan de rand van het water en keken over de zee.

Er waren geen foto's van Matty. Geen foto's van Alesia, al voelde ik haar aanwezigheid. Als ik me snel genoeg omdraaide, zou ik haar betrappen terwijl ze achter me de trap af liep zoals ze dat lang geleden had gedaan.

Een van de grootste foto's was een groepsportret met Keith, Pam en Spivey. Ze hadden de armen om elkaar heen geslagen en glimlachten naar de camera. Ze leken waarlijk gelukkig en dat zorgde ervoor dat ik me voor hen gelukkig voelde.

Er hing een foto met mijn vader. Jonger dan ik hem kende, in de twintig. Hij droeg een blauw shirt, een lichtbruine korte broek en hij stond grijnzend aan het roer van wat de Annabelle moest zijn. Het was een heldere dag, de zee was blauw en er was zelfs geen streepje land aan de horizon in zicht. Ik vroeg me af of Lester Rote daar bij hem op de boot was. In tegenstelling tot de Merv was de Annabelle na de grote storm verdwenen en nog niet teruggevonden. Ik twijfelde er niet aan dat hij ooit weer zou opduiken.

De foto van Chief Whaley en zijn vrouw was kleiner, tien bij tien. Het was de enige foto zonder stof. Hij leek nieuwer dan de rest.

Ik herinnerde me vaag dat ze een paar jaar geleden bang waren geweest dat Whaleys vrouw kanker had, maar het was loos alarm gebleken, niet meer dan een cyste in haar keel. Ze meldde zich om acht uur 's morgens bij de polikliniek van het Portsmouth General en wandelde om twee uur 's middags weer naar buiten. Ik had haar een week daarvoor nog gezien op de jaarlijkse plantenmarkt van New Castle. Ze zag er gezond uit.

Ik vermoed dat de foto waar ik zelf op stond me bang had moeten maken, maar dat gebeurde niet. Ik had die foto verwacht. Als hij er niet was geweest, was het erger geweest. Maar daar hing hij, een beetje scheef, naast de foto met Kira. Ik stond erop zoals ik een uur eerder boven op Fort Stark had gestaan naast de munitieschacht. Op de foto hield ik een touw in mijn hand. Ik vierde het in die schacht en je kon nog net de lus zien. Ik vroeg me nog af of ik er wel mee kon doorgaan. De woorden van Marston ratelden aan de lopende band door mijn hoofd.

Bied uzelf aan aan Emerson, dan zult u met uw vrienden worden verenigd.

Als je dit leest – mijn laatste schrijfsel, mijn waarheid – dan weet je dat ik het uiteindelijk heb gedaan. Als het anders was geweest had ik dit verbrand.

Weten de doden dat ze dood zijn?

Het antwoord is ja, al weten ze het misschien niet meteen in het begin. De tijd verloopt anders... naderhand.

De gedachte Kira weer tegen me aan te kunnen drukken vulde me met een warmte die ik al tien jaar niet meer had gekend en onwillekeurig keek ik omhoog naar de overloop.

Ik zou Spivey weerzien... Dat was ook een plezierige gedachte.

Alsof ik na een lange reis thuiskwam.

Ik ging niet naar boven. Dat was niet nodig. Ik kwam hier om naar beneden te gaan.

Met het blad van de schop wrikte ik de vloerplanken los boven de plek waar de keldertrap moest zitten. Het kostte me niet meer dan een paar minuten. Het graven nam echter wel een flinke tijd in beslag. Eerlijk gezegd weet ik niet hoelang. Het kan dagen zijn geweest, misschien zelfs weken. Toen ik eenmaal was begonnen, kregen de handelingen iets mechanisch, iets koortsachtigs. Ik verloor elk besef van tijd, het enige wat overbleef was graven – dieper, steeds dieper. Helemaal nadat ik had blootgelegd wat er nog restte van die verrotte trap onder al die grond. Toen kwam ik pas echt op gang. Het gaf me een richting, een doel.

Ik hoefde niet de hele kelder uit te graven (al zou ik dat wel hebben gedaan), alleen een pad omlaag, een pad naar de cv-ketel. Toen mijn schop eindelijk op metaal stuitte, stopte ik alleen even om te huilen. Vanaf dat moment groef ik met mijn handen. Ik vond de klep waarachter de waakvlam schuilging en wrikte hem open.

'Nog even en dan ben ik bij je, schat,' zei ik. Ik verbaasde me erover hoe luid mijn stem weerkaatste tegen het zand.

Mijn handen trilden zo erg dat ik meerdere pogingen moest doen om een lucifer af te strijken. Toen ik het brandende vlammetje naar de ontsteker bracht, voelde ik Kira's vingers om mijn hand, om mijn pols, ze stuurde me.

Samen staken we de waakvlam aan.

Samen vanaf dat moment.

Nik nok.

Nawoord

Zeven.

Dat is het aantal keren dat ik de naam van de stad in dit verhaal heb veranderd van New Castle in iets anders. Het was een tijdje MillBrook Harbor, Coldwater Cove, Foxhollow, Ravensbrook, Thornbury, Ashford Mills, Misty Haven... Die laatste trok me aan – Misty Haven. New Castle stond een paar keer op het punt Misty Haven te worden. Maar al die namen voelden niet goed. New Castle is geen stad die alleen in het verhaal bestaat. Het bestaat echt, het is een slaperig klein stadje op een echt eiland voor de kust van New Hampshire. Ik ben er met mijn gezin naartoe verhuisd in de zomer van 2019, ongeveer een jaar voordat de wereld zich voor het eerst in de praktijk voorbereidde op de apocalyps. We kochten er een fijn huis van fijne mensen, renoveerden het van de kelder tot de zolder en maakten er ons huis van. New Castle is de plaats waar wij 'altijd thuis' zijn.

Begrijp je mijn dilemma?

Dit boek is fictie.

(Ja, toch?)

Je kunt de naam van een bestaande stad niet gebruiken in een boek zoals dit.

(Natuurlijk niet. Zoiets zou ik nooit doen.)

Maar... Veronderstel... Als ik het wel deed, hoe zou dat uitpakken?

In schrijversland gaat dat zo.

Ik stuurde het manuscript naar mijn agent. Hoewel ik de afgelopen jaren diverse pogingen heb ondernomen me voor haar te verstoppen, weet ze waar ik woon. De naam van de stad viel haar meteen op en ze stuurde meteen een e-mail...

Je weet dat je die naam moet veranderen, hè?

Ik zei dat ik dat zou doen.

(Ik geloof dat het die keer Foxhollow werd.)

Vervolgens veranderde ik het razendsnel weer terug.

Als ik een boek indien bij mijn uitgever, moet ik een formulier invullen en een lijst opstellen van alle personen en plaatsen die in het boek genoemd worden en die echt bestaan. Ik vulde New Castle in en stuurde het formulier terug. Ik zat te wachten op een e-mail van een of andere advocaat in New York. Ik was ervan overtuigd dat die e-mail zou komen.

Ik zou wel kunnen leven met Misty Haven, toch? Al had ik geen zin om het te veranderen.

Vanaf de stoep van mijn huis kan ik een steen gooien naar een huis dat in de zeventiende eeuw is gebouwd. Paul Revere is hier langs gegaloppeerd. Er zijn hier oorlogen uitgevochten (er staan nog twee forten die daaraan herinneren en het kustwachtstation op het puntje van het eiland is een aanwijzing van wat misschien ooit gaat komen).

Als je verhuist naar een plek die zo oud is als New Castle, krijg je je deel aan oude verhalen te horen. New Castle heeft een geschiedenis. New Castle heeft zijn schimmen.

Wood Island ligt pal voor de kust van New Castle, het is vanaf ons strand zichtbaar. Iedere avond brandt er fel licht achter de ramen van het witte houten huis met het rode dak. Als je goed kijkt, zie je daarbinnen mensen in de weer. Omdat ze wisten waarmee ik de kost verdien, kwamen de mensen hier in New Castle me algauw opzoeken met verhalen die ze als kind over dat eiland hadden horen vertellen. Het zijn dezelfde verhalen die kinderen elkaar vandaag de dag in het oor fluisteren.

E*é*n verhaal trok vooral mijn aandacht.

In 1972 werden er twee lichamen gevonden op Wood Island. Het waren niet meer dan geraamten, begraven in het zand op het strand.

(Toe maar, googel het maar, ik wacht wel even.)

De lokale politie (waarschijnlijk die van Kittery in Maine, of die van Portsmouth in New Hampshire) werd als eerste ingeschakeld. Niet lang daarna verscheen de State Police op het toneel. Een officier van justitie van de staat vertelde de pers dat het om een federale kwestie ging. Het kantoor in Boston van de FBI werd ingelicht en...

Geen klein zaakje, hè?

Dat dacht ik ook.

Ik nam contact op met de FBI en kreeg te horen dat ze van niets wisten.

Ik nam contact op met de officier van justitie van de staat die een rol in het verhaal speelde – hij was nog steeds actief – die me vertelde dat hij zich er niets van kon herinneren. Niets op het politiebureau van Kittery, niets op het politiebureau van Portsmouth. Niets. Op het politiebureau van New Castle was evenmin een dossier. Er waren stoffelijke resten gevonden (dat was echt gebeurd) en die waren weer verdwenen.

Het krantenbericht dat Billy Hasler een paar honderd bladzijden geleden op het bureau van zijn vader vond, bestaat echt.

In een eerder boek heb ik je verteld over het 'wat als'-gen. Dat is dat kleine beetje venijnige jeuk dat een schrijver kan gaan kwellen als hem zoiets ter ore komt. Ik stak mijn kop in een onderzoekstunnel en zocht alles op wat ik over Wood Island kon vinden, feiten en fictie. En alles over New Castle en Portsmouth. Begraafplaatsen, spookhuizen. Een lijk van iemand die zich had opgehangen in een van de forten.

Er begon zich een beeld te vormen.

Stukjes van een puzzel begonnen in elkaar te grijpen.

Een verhaal.

Het verhaal van Billy.

Een groot deel van wat je net hebt gelezen is fictie, maar er zijn flarden realiteit aan toegevoegd die het geheel wat kruidiger maken. Ik laat het aan jou over om uit te maken wat fictie en wat feit is. Als je zelf een beetje onderzoek doet, zul je versteld staan van de hoeveelheid waargebeurde feiten in Billy's verhaal.

Dat brengt ons terug bij de plaatsnaam New Castle.

Tot op de dag van vandaag is er geen advocaat bij mijn uitgever opgestaan om te eisen dat ik die naam verander. Als je dit leest, hebben ze dat niet gedaan (tenzij ze pas op de knop 'Verzenden' hebben gedrukt nádat iemand de persen waarop dit is gedrukt heeft gestart). Hoe het ook zij, de naam is blijven hangen en daar ben ik dankbaar voor. De naam van de stad veranderen zou net zoiets zijn geweest als aan een losse draad trekken in een breiwerk. Als ik de naam van de stad veranderde, zou ik ook Wood Island, Henry's Market, Piscataqua-café en het Wentworth Hotel een andere naam moeten geven... al die namen bestonden (en bestaan nog steeds).

Namen zouden niet moeten worden veranderd als ze deel uitmaken van een geschiedenis.

De geschiedenis zou ook niet moeten worden veranderd.

Zelfs de enge delen ervan niet.

Júíst de enge delen niet.

Mocht je ooit in Portsmouth in New Hampshire terechtkomen, dan vind je er boten die je naar Wood Island kunnen brengen. Ik verzeker je dat het een tocht is die de moeite waard is. Je kunt er de Merv bewonderen. Je kunt er over het strandje lopen, de vuurtoren bezichtigen. Je kunt het huis met zijn witte gevelbekleding en rode dak bekijken. Het ligt er glanzend nieuw bij. Doe Emerson de groeten. Hij is nooit ver weg. Als je de ladder naar de widow's walk op durft, kijk dan even of je ergens de Annabelle ziet, en zwaai naar Lester Rote. Vergeet echter niet om voor zonsondergang terug te keren naar de vaste wal, want er gaan geruchten dat het daar 's nachts kan spoken.

Tot een volgende keer,
jd

New Castle, NH
1 augustus 2024

Heb je genoten van dit boek?

Laat dan een review achter op de site van de winkel waar je het gekocht hebt, of op een lezerscommunity als Hebban.nl. Dat helpt andere lezers dit boek ook te vinden.